LES FILLES
DE HALLOWS FARM

DU MÊME AUTEUR

Invitation à la vie conjugale, Quai Voltaire, 1998.

Angela Huth

LES FILLES DE HALLOWS FARM

Roman

Traduit de l'anglais par
Christiane Armandet et Anne Bruneau

Quai Voltaire

Titre original :
Land Girls.

Première publication : Sinclair-Stevenson, Londres, 1994.

Pour Candida et Rupert.

Qui commence par les certitudes
    Finira par le doute
Mais qui s'éveille au doute
    Trouvera les certitudes

Francis Bacon, 1605.

PROLOGUE

Agatha vit Prue s'avancer sur la poutre de la grange, les bras raides et tendus, maladroite mais déterminée et courageuse. Ses minces jambes pâles étaient éclairées par la lampe électrique braquée bien au-dessous d'elle. Ses épaisses chaussettes réglementaires et ses brodequins gisaient quelque part dans le foin.

Agatha vit Prue s'arrêter et chanceler sans oser regarder en bas. Son pied gauche hésita, ne sachant, tout d'un coup, où se poser. Les orteils furent saisis de panique. Elle était presque arrivée au bout, là où l'attendait l'échelle. Mais elle ne pouvait plus se décider à avancer.

Agatha vit Prue tomber dans les ténèbres et entendit son cri. Dans la maison, personne n'avait pu l'entendre, car, au même instant, une sirène avait commencé à mugir. Sa voix sinistre et le hurlement perçant s'étaient mêlés en un bruit terrible qui, même à présent, quelque cinquante ans plus tard, résonnait encore aux oreilles d'Agatha.

Elle fit un effort pour chasser de son esprit l'image de cette nuit-là et se retrouva assise à la table de ce restaurant chic d'un hôtel londonien.

Comme d'habitude, Agatha était arrivée la première. Stella n'était jamais à l'heure. Prue était imprévisible.

Elle fit glisser son gant de chevreau noir et laissa courir son doigt sur la blancheur de la nappe qui étincelait devant elle. Elle espérait que le serveur tout proche, qui la guettait avec zèle, ne lui présenterait pas l'impressionnant menu qu'il tenait en équilibre sur sa main et ne lui demanderait pas ce qu'elle voulait boire. Elle ne voulait rien, sauf quelques instants pour se reprendre avant l'arrivée des autres. Le voyage depuis Tiverton avait été long et Joshua, son petit-fils, avait conduit trop vite, à son gré, dans la circulation londonienne. Elle se sentait un peu déracinée. Les villes la mettaient toujours mal à l'aise. Elle se félicitait d'avoir refusé de passer la nuit chez sa fille, comme elle y avait été invitée, et d'avoir décidé de rentrer par le train de cinq heures. Son mari l'attendrait à la gare pour la ramener chez eux. Il aurait, selon ses instructions, allumé le feu et mis la tourte au four. En vieillissant, elle appréciait la sérénité de leurs tranquilles soirées en tête à tête. Il aurait fallu d'excellentes raisons pour qu'elle acceptât d'en sacrifier une et de passer la nuit à Londres. À présent, elle y venait rarement, bien que rien, sauf une véritable catastrophe, n'eût pu l'empêcher de retrouver ses plus vieilles amies lors de leur réunion annuelle.

Levant les yeux, elle constata que le serveur lui tournait le dos. Il avait sans doute estimé qu'une vieille dame, qui attendait patiemment, ne valait pas la peine qu'on s'en occupe. Il avait tout à fait raison. Agatha connaissait l'efficacité de son regard sévère et était contente d'en avoir usé. Le professeur l'avait épousée, prétendait-il, parce qu'elle était si intimidante. Il avait voulu savoir si, au fil des années, il finirait par être moins intimidé. Était-ce le cas ? Elle l'ignorait. Ce n'était pas le genre de questions qu'elle pourrait poser.

Derrière la fenêtre, les arbres de Hyde Park étaient d'un or plus profond que ceux du Devon. Leur hêtre à eux commençait tout juste à changer de couleur. Elle se souvint que les arbres frivoles des parcs avaient toujours une bonne longueur d'avance dans leur maturité. Elle l'avait remarqué plus d'une fois en attendant les autres. C'était merveilleux que l'étonnement dure encore. Et, bien entendu, c'était pour les arbres qu'à l'origine elles avaient choisi cet endroit. En tant qu'anciennes travailleuses volontaires à la campagne, toutes les trois avaient eu envie de voir le ciel pendant leur repas. Elles s'étaient réunies pour leur premier déjeuner d'après-guerre, dans cette même salle à manger, quelques mois avant le mariage de Prue. Nourriture infecte – bœuf et pommes de terre à l'eau –, mais aucune d'entre elles ne s'en était plainte. Quelques années plus tard elles avaient goûté ensemble leur premier avocat – à une table du coin, si Agatha avait bonne mémoire. La cuillère d'argent qui glissait pour la première fois dans la chair verte et crémeuse d'un fruit inconnu... quelle expérience amusante ! C'était l'année, se souvint Agatha, où le déjeuner avait commencé plus facilement que d'habitude – toutes les trois riant de leurs réactions devant l'avocat. Elles n'avaient rien ressenti de la gêne initiale qui s'emparait d'elles quand elles se retrouvaient au bout d'un an ou plus. Elles vivaient si loin les unes des autres, leur vie avait pris des directions si différentes, qu'il était difficile, parfois, de savoir par où commencer.

Agatha, plus calme à présent, caressa du bout des doigts le fin calice d'argent du vase. Il ne contenait qu'une seule rose pâlissante et un brin de fougère. Elle essaya de calculer combien de fois, toutes les trois, elles avaient observé leur métamorphose mutuelle par-dessus de semblables petits bouquets minables. Mais qu'importait le nombre de fois ? C'était une tradition qui continuerait jusqu'au décès de l'une d'elles. Et alors, les deux autres... Quand l'une d'elles mourrait, les deux autres jugeraient-elles loyal ou déloyal de continuer ces déjeuners ?

Agatha leva les yeux. Elle vit deux images de Prue – l'une, jeune et perchée sur la poutre, et l'autre plus nette, écrasée par la grande porte de la salle à manger : une frêle silhouette dont la petite tête alerte virevoltait dans tous les sens à la recherche de son amie. Agatha agita son gant. Prue sourit et fit la moue de ses lèvres arquées. Elle se hâta tellement que les serveurs, tout disposés à lui venir en aide, comprirent que leur assistance serait mal venue et reculèrent en souriant intérieurement. Ils avaient l'habitude, supposa Agatha, des vieilles dames excentriques.

Quand Prue parvint à la table, Agatha se leva. Elles se penchèrent l'une vers l'autre, formant un triangle par-dessus la rose. Elles s'embrassèrent. Prue avait ce parfum exotique et musqué qu'elle utilisait depuis toujours et que Stella et Agatha n'avaient jamais approuvé. Elle portait du vert, comme d'habitude, qui s'harmonisait avec ses yeux. Sur son front, un béret de velours, incliné de côté comme le voulait la mode, dissimulait presque sa frange blanche. À l'époque, la frange très longue – et cause de plaintes constantes – avait été blonde. De sous cette frange elle avait papillonné ingénument des prunelles en direction de tous les hommes qui venaient à la ferme, imitant en cela les stars prestigieuses dont elle trouvait la vie si fascinante. Ses yeux étaient encore d'un vert extraordinaire. Il était difficile d'imaginer que Prue, la plus jeune des trois, approchait les soixante-dix ans. Alors qu'elle, Ag...

« Tu n'as pas changé, Ag. Comment vas-tu ?

– Très bien. »

Elles s'assirent, toutes les deux jouant avec leur serviette raide sans se regarder davantage pour éviter qu'un examen plus poussé ne leur révélât des changements qu'elles ne désiraient pas constater.

« Désolée de t'avoir fait attendre. En général le train de Manchester n'a pas de retard. Et j'ai quand même battu Stella.

– Je n'ai reçu une carte postale d'elle que la semaine dernière pour dire qu'elle prendrait le huit heures cinquante de York.

– Moi aussi.

– Parlait-elle de sa santé ?

– Seulement pour dire qu'elle avait eu une autre bronchite.

– Alors elle nous a écrit la même chose.

– C'est ce qu'elle fait toujours.

– Elle a toujours eu un sens inné de la justice, cette chère Stella.

– Oui, c'est vrai.

– Quelle époque – cette époque de la moisson !

– Quelle moisson ! J'y pense souvent. »

Elles se turent. Agatha, de nouveau, tripotait la nappe de damas pendant que Prue parcourait d'un ongle rose le pied de son verre à vin. Un serveur, tout près, saisissant l'occasion, bondit à leur table.

« Ces dames prendront-elles l'apéritif ? »

Agatha adopta son air le plus froid. Elle désapprouvait la façon dont, de nos jours, les serveurs s'adressaient aux clients.

« Prends-tu ta Dame blanche habituelle ?

– Pourquoi pas ? dit Prue, les yeux brillants.

– Et pour moi un Kir royal. » Puis, d'une voix si basse que le serveur ne put entendre cette remarque privée, elle ajouta : « Quelque chose que Joshua m'a fait connaître à Noël dernier.

– Joshua ! » Prue, qui n'avait pas de petits-enfants, battit des mains. Agatha avait toujours admiré son intérêt enthousiaste pour la famille des autres. « Il doit avoir trente ans ?

– Presque », répondit Agatha.

Mais elle ne pensait pas à Joshua. Elle pensait à son mari : à cet instant il devait être assis près de l'Aga avec un sandwich au fromage, préoccupé par l'avenir de ses frisonnes. Seul, sans qu'elle fût là pour le détourner de ses pensées, il se tourmenterait encore une fois pour savoir s'il devait ou non vendre la ferme. Agatha redoutait cette décision. Ils n'avaient pas envie de déménager au bout de quarante ans.

« Il est si âgé que ça ? reprit Prue quand le serveur se fut éloigné avec la commande.

– Eh oui », répondit Agatha.

La simple idée d'avoir à distiller des nouvelles, bizarrement, l'ennuyait. Les amies ne s'étaient pas vues depuis huit mois, bien que lettres et cartes occasionnelles leur eussent permis de garder le contact. Pendant cette période il n'était rien arrivé d'extraordinaire à Agatha : et, sans doute, rien de très extraordinaire non plus aux deux autres. Mais, ayant fait l'effort d'entreprendre un si long voyage pour se voir, chacune estimait qu'il lui incombait de divertir les autres de son mieux. Et donc, en général, c'était à qui débiterait, le plus vite possible, les derniers potins. Bien qu'elles eussent fermement l'intention de parler aux autres de leur vie actuelle, ce qui les enflammait vraiment, c'était leur passé. Se souvenir était tellement plus simple... mêmes blagues jamais éculées, hypothèses passionnantes sur ce qui aurait pu arriver, compréhension de ce que les dures années de guerre leur avaient appris. Prue, Stella et Agatha ne cessaient de s'émerveiller de la chaleur radieuse qui émanait encore de leur expérience partagée tant d'années auparavant. Elles quittaient leur rendez-vous revigorées, heureuses, une fois de plus, que ce quelque chose qui les avait liées dans le passé restât si agréablement vivant et intact malgré les vicissitudes du temps.

Agatha et Prue se regardèrent avec une timidité ineffable que leurs cocktails dissiperaient bientôt. Elles avaient besoin, toutes les deux, de leur amie pour animer cette réunion : Stella qui s'entendait à merveille à briser la glace, Stella qui répétait qu'elle n'imaginait pas de vivre sans être amoureuse, qui disait qu'une journée sans aimer était une journée perdue, Stella, qui, comme l'avait pressenti Agatha au moment même où elle l'avait rencontrée, avait reçu en partage une joie de vivre qui lui permettait de s'accommoder de la maladresse des autres. Agatha avait tant appris de Stella.

« Je pense qu'elle va être là d'une minute à l'autre, dit-elle, un peu démoralisée, ayant envie d'un verre et plus encore d'être dans le train du retour où elle pourrait méditer sur tout ce qui allait se dire.

– Bien sûr. Chère Stella », dit Prue, un peu démoralisée aussi.

Agatha reconnut, dans ses yeux verts qui jetaient des regards flamboyants et pleins d'espoir vers la porte, quelque chose de familier.

CHAPITRE PREMIER

Un soir du début d'octobre 1941, John Lawrence conduisit les trois volontaires pour les travaux agricoles, de la gare à sa ferme.

Il faisait un froid inhabituel pour la saison. Il y avait eu une forte gelée le matin même et elle n'avait pas fondu de toute la journée. Des flaques glacées crépitaient sous les roues de sa lourde et vieille Wolseley. Il entendait le sifflement et le craquement furieux de la glace qui éclatait. Le bruit lui rappelait ces petites fusées qu'il brandissait, les nuits de feu de joie, pour amuser Joe quand il était enfant. Il ne quittait pas la route des yeux.

Deux des filles étaient derrière et une près de lui. Faith lui avait plusieurs fois répété leur nom, mais il les avait oubliés. À la gare, il n'avait pas voulu leur demander. Il leur avait serré la main, s'était présenté et avait pris leurs valises avant qu'elles puissent protester. Pour ce qu'il en pouvait juger, elles avaient l'air plutôt bien. La déléguée du district lui avait garanti qu'elle lui enverrait des filles correctes.

Mais filles correctes ou non, ces dispositions ne plaisaient pas à Mr. Lawrence. Il ignorait tout de la psychologie des filles et n'aimait pas trop ce qu'il en avait entendu dire. Faith et lui s'étaient mariés à dix-huit ans, deux mois avant la déclaration de la guerre de 1914. Faith s'était débrouillée seule pendant ses quatre années d'absence. Elle ne s'était jamais plainte, dans ses merveilleuses lettres, du froid, du misérable cottage, de la pauvreté et de l'accouchement de Joe, seule près d'un maigre feu. Quand Mr. Lawrence était revenu, vivant et sans blessure, elle avait décrété qu'ils ne se sépareraient plus jamais. Ils ne l'avaient plus jamais fait : ils ne le feraient jamais. C'était la seule femme dans sa vie. Il ne pouvait en imaginer une autre. Ils n'avaient pas de filles et il en était heureux.

Il avait fallu un certain temps pour le convaincre d'accepter ces travailleuses volontaires. Mais ses deux ouvriers agricoles avaient été appelés sous les drapeaux dans les semaines qui avaient suivi le début de cette nouvelle guerre et il était clair que lui et Joe ne pouvaient se charger seuls de la ferme. Ils travaillaient seize heures par jour et il restait encore des choses à faire. Pourquoi ne pas essayer ce plan de l'armée de terre, avait suggéré Faith, qui lisait chaque mot du journal quand on en apportait un à la maison, et qui connaissait donc tout de ce projet. Si cela ne marchait pas, avait-elle dit, ils pourraient repenser la question. Étant donné le manque criant de main-d'œuvre dans les environs, Mr. Lawrence fut obligé de reconnaître qu'on n'avait pas le choix. Il avait cédé de mauvais gré.

Et voilà, elles étaient là, toutes les trois, dans sa voiture. Très calmes, n'échangeant pas un mot entre elles. Mr. Lawrence renifla. La forte odeur de colley mouillé, qui imprégnait l'habitacle de la voiture depuis des années, était dominée à présent par un violent parfum féminin, du genre que Faith aurait qualifié d'exotique. Répugnant plutôt, pensa-t-il. Déjà une intrusion dans sa voiture, où il aimait être seul avec ses chiens et leurs honnêtes effluves. Il se frotta le nez, en signe de protestation. La fille, à ses côtés, se raidit. Du coin de l'œil, il la vit tourner la tête pour regarder par la vitre. Il ralentit et en profita pour détailler le reste de sa personne : de jolies petites mains gantées croisées dans son giron, une jupe coupée dans un tissu bouffant et rosâtre. Elle avait croisé les jambes et seul un genou était visible. Le petit carré de son genou était tendu sous les fibres bronze de son bas. Pendant que, fasciné, Mr. Lawrence l'observait, un rai de lumière perça un nuage gris et pénétra dans la voiture à travers le pare-brise. Un instant infinitésimal, le genou scintilla comme un joyau. Mr. Lawrence détourna les yeux. Des bas de soie artificielle ! C'était bien ça ! Faith n'en avait qu'une seule paire, pour aller à l'église. Bon, cette jeune fille apprendrait vite qu'il y avait peu de temps ou de place pour des bas de soie artificielle dans une ferme. Déjà il ne l'aimait pas. Elle irait partout dans la maison avec ses maudits bas et les ferait sécher dans la salle de bains s'il n'y prenait pas garde – il voyait ça d'ici. Une invasion totale !

« Et comment vous appelez-vous ? demanda-t-il.

– Stella. »

Stella ! Seigneur ! Il aurait dû se douter qu'elle avait un prénom bizarre. Il décida de ne pas le demander aux autres. Il connaîtrait les noms en temps voulu. À condition qu'il leur laisse le temps.

Il régla le rétroviseur et jeta un coup d'œil à ses passagères, sur la banquette arrière. Deux petits visages flous, tachetés et brouillés par les imperfections du verre. L'une d'entre elles avait une longue frange pâle qui retombait en grande partie sur ses étranges yeux de chat, verdâtres pour autant que Mr. Lawrence pouvait en juger. Elle portait plus de rouge à lèvres que Clara Bow. Manifestement, elle se prenait pour une star de cinéma : il rirait bien en la voyant décrotter la croupe d'une vache ! Cette idée le fit sourire. La seconde le frappa comme étant plus collet-monté, plus maîtresse d'école. De courtes boucles brunes, une peau pâle et rien sur les lèvres. Quel trio, pensa-t-il. Avec elles dans la maison… cela dit il leur donnerait une chance. C'était un homme juste. Il pouvait se tromper.

« Encore un demi-mile avant d'arriver, maintenant », dit-il. Il sentit un changement général dans la voiture. « C'est là que mes terres commencent, à gauche. Vous travaillerez dans les champs là-haut. »

Les têtes se tournèrent. Des boucles blondes dansèrent et se reflétèrent dans le rétroviseur terni. Des yeux verts, pleins de curiosité, s'élargirent. Il se demanda ce qu'elles pensaient de ses haies bien taillées – il était lui-même maître en la matière et elles ne croiraient jamais combien d'heures lui avait demandé ce travail et quel plaisir cela lui avait donné. Il se demanda ce qu'elles pensaient de ses champs bien moissonnés et des bois jaunissants sur la pente, au loin. La nature leur semblait-elle sauvage ?

Inquiétante ? Faith avait précisé qu'aucune d'entre elles n'était une fille de la campagne. Un endroit aussi retiré que Hallows Farm devait leur paraître très étrange.

Il manœuvra l'énorme volant. La Wolseley fit une embardée et passa par une grille ouverte, en projetant la fille brune contre la blonde. De petits gloussements nerveux. Des excuses. Il roula lentement dans la cour de la ferme et s'arrêta près de la maison. Quand il eut coupé le moteur, il reposa ses mains sur le volant. Il lui vint à l'esprit qu'il devrait essayer de sourire et annoncer d'une voix chaleureuse : *Eh bien, nous y voilà, les filles !* Mais il décida de ne pas le faire. Il n'avait pas l'habitude d'énoncer l'évidence et, manquant de talent de comédien, il ne pouvait dissimuler ses mauvais pressentiments. Par ailleurs, il ne désirait pas paraître antipathique et les filles devaient être intriguées par son long silence.

« Voilà, dit-il enfin. Je vais vous confier à Faith, ma femme. »

Seigneur, comme il lui tardait de les lui confier.

Les filles s'extirpèrent de la voiture. Mr. Lawrence vit qu'elles examinaient le sol et choisissaient silencieusement leur chemin entre des rigoles de boue qui coulaient à travers le gel. Quand il prit leurs valises dans le coffre, elles sautaient d'une bande de gravier dur et argenté à une autre pour protéger leurs jolies petites chaussures de la boue jaillissante. La plus grande, la brune, semblait la plus agile. La jupe rose était hésitante et délicate ; la star de cinéma chancelait, pouffait et tomba presque. On dirait un groupe de choristes qui n'aurait pas répété, pensa Mr. Lawrence : des drapeaux aux couleurs brillantes – rose, vert, bleu pâle, si étranges contre l'austère façade de pierre de la maison. Elles lui faisaient penser à des fleurs.

Une des volailles névrosées de Faith accourut en gloussant à l'angle de la cour.

« Regardez ! Avez-vous déjà vu des poulets aussi petits ? » hurla la star de cinéma avec un accent du Nord prononcé.

La grande brune se pencha vers la poule, comme pour caresser sa tête agitée.

« Je pense que c'est une bantam », dit-elle.

Faith apparut sur le seuil. Son regard croisa celui de son mari, puis passa rapidement de la rose à la verte puis à la bleue, dénué de critique.

« Je suis si contente que vous soyez là, dit-elle. Vous devez mourir de faim et être épuisées. Entrez, entrez. »

Mr. Lawrence regarda les drapeaux colorés franchir en bon ordre le seuil obscur et commencer leur invasion.

Les filles suivirent Mrs. Lawrence dans la cuisine. Prue, la dernière de la file, était silencieusement piquée au vif par la rebuffade de la prétentieuse brune. Comment aurait-elle su distinguer une maudite bantam d'une poule ordinaire ? Durant leurs cours de formation, il n'y avait pas eu de leçon sur la basse-cour, et les seules volailles qu'elle avait vues à Manchester pendaient la tête en bas, toutes plumées, chez le boucher.

La vaste cuisine était sombre, embuée et envahie par les effluves chauds et douceâtres d'une odeur que Prue ne put identifier exactement. Le sol de dalles pâles était usé et un peu creusé devant l'évier émaillé. Sur les larges espaces des murs brun sombre, aux balafres de peinture écaillée, la seule décoration était un calendrier daté de 1914. Son illustration fanée représentait un jeune soldat embrassant une jeune fille devant un joli cottage. *Adieu*, disait la légende, en écriture moulée d'un sépia spectral. Prue sentit que les larmes lui piquaient les yeux. Elle regrettait amèrement la petite cuisine de chez elle, les murs blancs étincelants, le parfum de Jeyes Fluid, et l'étagère chargée par la collection de boîtes à biscuits aux couleurs vives que sa mère rapportait des stations balnéaires. Cet endroit était si lamentablement vieillot, lugubre, minable. Et les deux colleys, couchés sur un tapis râpé devant le poêle, avaient l'air méchant. Prue détestait les chiens. Elle se tourna pour regarder par la fenêtre afin que les autres ne puissent voir ses larmes. Mais la vue était brouillée par la condensation. Tout ce qu'elle aperçut à l'extérieur fut la masse indistincte d'une grange ou d'un bâtiment et la zébrure d'un ciel qui s'obscurcissait.

Les caractéristiques – qui déprimaient tellement Prue – de cette cuisine de ferme où le travail était dur laissaient Stella insensible. Dans son état de rêve éveillé, n'ayant quitté Philip que vingt-quatre heures plus tôt (Philip qu'elle aimait de tout son être, Philip pour lequel elle tremblait, soupirait et languissait tellement que c'était comme si un fer brûlant lui fouaillait les entrailles – la comparaison lui était venue dans le train), les événements extérieurs lui restaient indifférents. Elle savait qu'en conformité automatique avec ce que lui avaient appris son enfance disciplinée et ses quatre semaines de formation (qu'elle avait appréciées), son sens du devoir lui permettrait de fournir un travail efficace. Elle ne décevrait pas sa mère et ferait volontiers tout ce qu'on lui ordonnerait. Mais, d'un autre côté, elle ne serait pas *là*. Son âme serait avec Philip quand il embarquerait à Plymouth, si *attendrissant* et si *beau* dans son uniforme que la simple idée du col raide qui lui sciait le cou l'emplissait, elle, d'une splendide faiblesse. Et, durant ces semaines où elle attendrait impatiemment la première lettre, son esprit se nourrirait des souvenirs qu'elle gardait de lui, en repasserait encore et encore les images. Elle ne s'en lasserait jamais. La meilleure, bien sûr, était celle de Philip à son anniversaire, ôtant sa veste malgré le regard désapprobateur de son père. Il faisait trop chaud pour valser à l'aise, avait-il dit. Cette valse ! Leur adresse de danseurs avait été entravée par le besoin mutuel de garder leurs hanches en contact. Ils avaient exactement la même taille et leur besoin de se toucher s'était accru – poitrines, mentons, joue contre joue, heurt de cœurs battant à tout rompre qui se fondaient l'un dans l'autre. Avant que la musique ne ralentisse ils ne dansaient déjà plus du tout, mais simplement se balançaient doucement, oublieux de tout sauf de leur extraordinaire désir.

« Les gelées sont servies dans la salle à manger, avait crié sa mère, et il y a encore beaucoup de coupes de fruits. »

Stella et Philip ne désiraient pas de gelée : ils se désiraient l'un l'autre. Ils s'étaient échappés de la pièce et avaient monté l'escalier en courant jusqu'à l'ancienne nursery. Elle comprenait un large canapé confortable, qui avait été fort utile à Stella, autrefois, lors de plusieurs épisodes passionnés. Elle avait fermé la porte derrière eux. Le rideau de black-out était cloué au châssis de la fenêtre et nul rai de lumière ne trouait les ténèbres. Stella avait saisi Philip par la main et contourné le cheval à bascule en faisant un grand détour : un jour, un de ses soupirants s'étant violemment cogné la jambe, leurs baisers avaient été interrompus par des cris de douleur qui avaient tué leur ardeur. Ils parvinrent au canapé. L'obscurité ajoutait à leur excitation. Elle avait senti qu'il s'asseyait près d'elle et s'était demandé avec impatience pourquoi il tripotait les manches de sa chemise.

« Qu'est-ce que tu fais ?

– J'enlève mes boutons de manchettes.

– Pourquoi enlèves-tu tes boutons de manchettes ?

– Je veux retrousser mes manches.

– Pourquoi veux-tu retrousser tes manches ?

– Je remonte toujours mes manches, c'est tout.

– Comme si tu t'apprêtais à *jardiner* ou quelque chose comme ça ? pouffa Stella.

– Oui, quelque chose comme ça. »

Il n'avait pas l'air de rire.

Philip l'avait couchée sur le canapé. Pendant que sa bouche s'écrasait sur la sienne (dans l'obscurité elle ne se souvint plus, tout d'un coup, à quoi elle ressemblait, mais elle fleurait le friand à la saucisse et la bière), elle sentit qu'il relevait expertement la jupe de la robe sophistiquée que la vieille Mrs. Martin avait coupée d'après un modèle de *Vogue*. Tandis que le doigt de Philip courait sur la couture de son bas, derrière sa jambe, la suivant jusqu'en haut, Stella se rendait compte que la vieille Mrs. Martin était la seule personne de *connaissance* qui avait été effectivement tuée par une bombe. La main continua son trajet sur les petits renflements de la jarretelle – elle se dit que ne pas s'opposer à la prise d'assaut par un homme était sûrement un signe d'amour véritable – et, le temps qu'il continuât son offensive, toute sa sympathie pour Mrs. Martin s'était évanouie. Stella s'était entendue gémir et s'était abandonnée à des mouvements gênants s'ils avaient été visibles, mais dans des ténèbres aussi profondes tout semblait permis. Puis, au moment où Philip poursuivait ses caresses, le mugissement de la sirène avait traversé la pièce. Ils s'étaient séparés et étaient revenus sur leurs pas dans le noir, leurs murmures se noyant dans le hurlement de la sirène. La musique s'était arrêtée. Dehors on criait des instructions. Stella se souvint qu'elle avait eu très froid.

S'il n'y avait pas eu la sirène, qu'auraient-ils fait ?

Entassée avec les autres invités dans la cave, Stella avait vu Philip dérouler les manches de sa chemise et remettre ses boutons de manchettes. Il lui avait chuchoté que cette interruption avait été une sacrée malchance.

« Mais à ma première permission, je te promets…

– Tu me promets quoi ?

– Tu le sais bien. Nous devons être patients. »

Stella avait senti le tremblement de son soupir impatient. Ils avaient enlacé leurs doigts brûlants.

« Comment être patients ?

– C'est impossible. Mais je t'aime. Quel endroit pour faire une déclaration ! »

Il avait l'air très triste. Stella lui prit l'autre main.

« Redis-le, répète-le encore et encore pour que je le croie.

– Je t'aime.

– Bon, je t'aime, moi aussi. Écoute : voilà la fin de l'alerte.

– Ce fut rapide. Pas de bombes, Dieu merci. »

Les invités remontaient péniblement l'escalier, mais il était clair que la fête était finie. Sur le seuil, Philip l'avait embrassée pour lui dire bonsoir. Puis il était parti en la laissant si fondante d'amour que le trajet d'aujourd'hui n'avait fait que l'effleurer, avec la légèreté d'un flot de rubans. Elle avait eu l'impression d'être immobile, bien qu'elle eût voyagé dans des trains et des voitures, les paysages défilant sous ses yeux.

Elle pouvait enfin se reposer. Les choses avaient cessé de se balancer et de tourbillonner. La réalité s'imposait plus vivement. Elle pouvait à nouveau se concentrer, se concentrer sur la grande surface de toile cirée bleue, rayée mais propre, qui recouvrait la table de cuisine, sur les quatre bols blancs destinés à une cuisine de géant, sur la théière couleur acajou assez grande pour abriter plusieurs Chapeliers fous, sur le pot assorti plein de lait crémeux qui moussait comme du cerfeuil sauvage.

Stella leva les yeux sur l'épouse de son nouvel employeur et se demanda si Mrs. Lawrence pouvait voir l'état d'amour tangible dans lequel elle était. Mrs. Lawrence fit un très léger signe de tête et se pencha pour essuyer la toile cirée immaculée avec un chiffon gris. Ce petit signe de reconnaissance suffit à Stella. Elle fut immédiatement attirée par cette femme décharnée et osseuse, avec son tablier croisé, ses avant-bras musclés, ses mains hideuses et ses cheveux gris enroulés si haut derrière sa nuque qu'ils révélaient cruellement les creux vulnérables entre les tendons. Stella aimait son visage aigu comme un silex, sa mâchoire légèrement protubérante, son nez pointu, ses paupières ridées sur ses yeux noirs. Elle admirait la chair hâlée et marquée par des années de dur travail physique. Elle baissa les yeux sur ses propres mains parfaites, aux ongles si polis que leur luminosité apparaissait même dans la lumière tachetée d'obscurité de la pièce. Elle se sentit coupable d'avoir eu une vie facile.

Mrs. Lawrence versa bruyamment un thé épais dans le premier bol.

« Voyons, dit-elle, qui d'entre vous est... ? »

Elle jeta un coup d'œil sur Stella, qui fut sensible à l'honneur de devoir se présenter la première.

« Je suis Stella Sherwood. »

Le halètement de sa voix était un message personnel à l'adresse de Mrs. Lawrence.

« Et vous ?

– Prue Lumley.

– Prue. Et vous, vous êtes donc Agatha ?

– Oui, mais, s'il vous plaît, appelez-moi Ag. Tout le monde le fait. Personne ne m'appelle Agatha.

– Pas étonnant ! » dit Prue, encore piquée par l'histoire de la bantam.

Mrs. Lawrence tendit les bols de thé noir aux filles et les

invita à se servir des épaisses tartines beurrées qu'elle avait disposées sur une assiette. Prue, en état de manque parce que c'était sa première journée depuis des années sans un biscuit au chocolat, examina le buffet. Elle n'y vit qu'une vieille boîte rouillée. Elle songea que Mrs. Lawrence était quelqu'un de bizarre : ne pas leur offrir de biscuits après leur long voyage !

« Au dîner, ce soir, mon mari vous expliquera l'organisation du travail, dit Mrs. Lawrence. Nous dînons à six heures trente. Je vais vous conduire à l'étage, vous laisser déballer vos affaires et vous installer. » Elle s'interrompit et rassembla ses forces avant d'annoncer une nouvelle désagréable : « J'espère que ça vous est égal de partager une chambre. Nous n'avons que deux petites chambres d'amis, et donc l'une d'entre vous aurait dû loger au village. J'ai pensé que vous préféreriez être ensemble… et donc j'ai aménagé le grenier où il y a plein de place inutilisée. Ce n'est pas très luxueux, mais c'est propre et confortable. Le soir vous pouvez descendre au salon avec nous, bien sûr. Nous écoutons la radio et il y a un feu de bois. Il peut y faire très bon. » Elle s'interrompit à nouveau et reprit ses forces pour annoncer une autre nouvelle désagréable : « Tout ce que je vous demande, c'est de ne pas essayer de faire parler mon mari, le soir. Il est épuisé après sa journée de travail. Il aime écouter la radio les yeux fermés… Vous pouvez toujours apporter votre raccommodage, la lumière est meilleure en bas que dans le grenier. »

Le raccommodage ? Stella et Ag virent le visage catastrophé de Prue, puis se regardèrent.

Leur bol de thé terminé – à moitié terminé seulement en ce qui concernait Stella –, les filles suivirent Mrs. Lawrence. L'escalier était couvert d'un antique linoléum et menait à un couloir isolé aux murs de bois moucheté. Ses vieilles lattes, spongieuses sous leurs pieds, creusées comme si on les avait sculptées, étaient recouvertes d'un morceau de tapis élimé jusqu'à la corde. Le couloir conduisait à une salle de bains ne ressemblant à celle qu'avait Prue à Manchester que par sa petite superficie. En regardant les carreaux craquelés, la trace de rouille qui courait des robinets à la bonde, dans la baignoire, la minable carpette sur le linoléum du plancher, Prue fut terrassée par le souvenir des serviettes de bain roses et duveteuses et de la garniture en crochet qui, chez elle, coiffait le papier toilette. Ses yeux s'emplirent à nouveau de larmes.

« On se la partage tous, dit Mrs. Lawrence, mais on doit y arriver sans problèmes. Deux bains par semaine, le soir si vous n'y voyez pas d'inconvénient, et ne dépensez pas trop d'eau. Trois pouces, dit mon mari. Quatre si vous n'en prenez qu'un par semaine. Et, s'il vous plaît, n'oubliez pas de nettoyer la baignoire après vous en être servies, et laissez vos serviettes en haut. Nous, nous libérerons la salle de bains vers quatre heures quarante-cinq, et donc vous pourrez vous la disputer plus tard. »

Quatre heures quarante-cinq *du matin* ? La stupéfaction effaça de l'esprit de Prue la pensée réconfortante du rose de chez elle. Mrs. Lawrence, ses bras musclés croisés sous sa poitrine plate, les conduisit, par un escalier plus raide et plus étroit, vers la porte basse du grenier.

Il s'étendait sur toute la longueur de la maison et avait un toit en pente d'un côté et trois lucarnes. Les poutres apparentes avaient été récemment chaulées : il y avait des taches de blanc sur les lattes poncées et quelques vieilles carpettes. Ag, avec son regard observateur, se rendit immédiatement compte à quel point Mrs. Lawrence avait dû travailler pour réussir à obtenir une propreté si étincelante. Ayant passé cinq ans dans de spartiates dortoirs de pension, les étroits lits de fer avec leur matelas concave et leurs dessus-de-lit de coton – qui avaient dû, devina Ag, commencer leur vie comme housses de protection – lui étaient merveilleusement familiers. Elle embrassa du regard la table de toilette au-dessus de marbre avec sa cuvette et son broc de sévère porcelaine blanche, les deux commodes délabrées, les lampes avec leur abat-jour de papier plissé. À côté de chaque lit il y avait une chaise en bois – à l'école on inspectait chaque soir ces chaises près des lits. Si les vêtements n'étaient pas correctement pliés, on avait une mauvaise note. Ag se demanda si ses compagnes seraient très ordonnées. La pièce ne la déprimait pas. Elle lui plaisait déjà.

Quand chacune aurait rangé ses affaires, orné son coin de décorations et de livres et disposé ses photographies, ce serait très agréable, si tant est qu'un dortoir pût l'être.

Ce qui manquerait à Ag, elle le savait bien, c'était l'intimité. Pendant les trois ans qu'elle avait passés à Cambridge, son plus grand plaisir avait consisté à se retirer dans la solitude de sa petite chambre nue et froide. Ici, elle ne pourrait être seule nulle part. C'est ce qui lui manquerait le plus. D'une façon ou d'une autre il lui faudrait trouver une heure par jour pour être seule – faire une promenade, peut-être. Elle ne connaissait pas l'ouest de l'Angleterre, mais elle avait lu des romans de Thomas Hardy et avait très envie de découvrir la région. Chez elle, c'était sur la côte est. La maison où elle avait grandi était presque à découvert au milieu d'une plaine formée de champs plats. Ce qu'elle préférait c'était l'époque où poussaient les choux : elle aimait la façon dont ils cliquetaient et tintaient quand on passait entre les collerettes pointues de leurs raides feuilles violettes et argentées. Elle n'avait jamais compris pourquoi les peintres ne trouvaient pas les choux aussi beaux que les fleurs. Ag regarda par une des petites lucarnes. Les ciels du Norfolk lui manqueraient également, ainsi que la proximité de la mer. Quoi qu'il en soit, elle voyait dans ce travail une aventure et une occasion qu'elle avait acceptée avec empressement. Un jour, si elle survivait à la guerre, elle aimerait raconter à ses petits-enfants ce que cela avait représenté que de faire partie de l'armée féminine agricole. « Ce premier soir, j'aurais vraiment aimé qu'il y eût une étagère », se dit-elle en sortant une pile de Penguin Books de son sac. Ag se surprenait souvent à dicter ses mémoires tout en vivant sa vie.

Quand Mrs. Lawrence eut quitté la pièce, Prue prit sa valise et la jeta sur l'un des deux lits qui étaient côte à côte. Le troisième était à l'autre bout du grenier, près d'une fenêtre.

« Si ça vous est égal, à vous deux, je préférerais être près de quelqu'un, dit-elle.

– Cela m'est complètement égal », dit Stella. Où qu'elle fût, elle serait seule avec Philip, et donc rien n'avait d'importance pour elle. Consumée par son amour, elle considérait comme inexistantes les épreuves physiques ; seule existait la douleur de l'attente.

« Alors je vais prendre ce lit, si cela ne vous fait rien. » Ag fut soulagée. La distance supplémentaire établie avec les deux autres lui laisserait un peu plus d'intimité.

Prue était, elle aussi, satisfaite de ces décisions : elle n'était pas fille rancunière, mais elle mettrait quelque temps à oublier l'incident de la bantam. D'instinct, Ag ne lui plaisait pas trop. L'avoir fait passer pour une idiote en public dès le début, c'était mesquin. Elle se surprit à renifler encore – stupides larmes.

« C'est ta première nuit loin de chez toi ? » lui demanda Stella.

Prue acquiesça.

« Et toi ?

– Oh, j'ai été envoyée au collège à douze ans », répondit Stella.

Au fond de la pièce, Ag, qui empilait ses exemplaires de Hardy, eut un petit sourire de compréhension.

« Moi je ne me suis jamais éloignée de plus de dix miles de Manchester, sauf pour les cours de formation.

– Tu t'habitueras.

– Je l'espère. »

Prue s'installa dans le creux en hamac de son lit, en balançant ses jambes enfantines au-dessus du sol et en serrant une photographie sur son cœur. Elle était extraordinairement jolie – avec ce quelque chose de séduisant, référence de toutes les époques, qui vient d'un modèle intemporel. Rien d'original, mais le genre de simple juxtaposition de traits qui fait que l'on reconnaît si facilement la beauté quand on la rencontre – un visage en forme de cœur, des lèvres en arc qui, de profil, semblent toujours prêtes à faire la moue, des yeux bridés, des cheveux cendrés et ébouriffés. Des larmes vert-jaune brillaient dans ses yeux. L'une d'entre elles coula sur sa joue et perdit instantanément sa couleur.

Stella posa la main sur l'épaule de Prue.

« Montre-moi ta photo », dit-elle.

Prue tendit un cliché représentant la façade d'une petite boutique. *Elsie's Bond Street Salon.*

« Ma mère tient un salon de coiffure, dit-elle. S'il n'y avait pas eu cette maudite guerre, je serais presque sous-directrice à présent. J'ai fait huit mois d'apprentissage, de shampooings et de permanentes, et voilà. J'allais juste apprendre les teintures. » Elle pouffa de rire. « Peut-être pourrais-je m'exercer ici. Me rendre utile. » Elle sourit à Stella. « Tu as de jolis cheveux. J'ai apporté mes ciseaux, mon eau oxygénée et mes pinces à cheveux. » Elle fit un signe de tête à Ag. « Je peux aussi changer ton style quand tu veux – il suffit de demander.

– Merci, répondit Ag.

– Mazette : qui est ce beau garçon ? » Prue désigna la photo que tenait Stella. Celle-ci la lui tendit : c'était un grand portrait en Polyfoto de Philip, qui avait été pris dans un studio de Guildford, une semaine plus tôt. L'enseigne de vaisseau Philip, sérieux dans son uniforme, cheveux rebelles domptés à la Brylcreem, pinçait les lèvres en une fine ligne de sérieuse concentration, bien que Stella, elle, pût détecter l'infime retroussis à la commissure, qui témoignait, pour les intimes, de l'autre aspect de sa personnalité.

« Mince alors ! s'exclama Prue, après un instant de silence religieux. Il a l'air sacrément bien. Tu es amoureuse ?

– Totalement, désespérément, absolument. » Stella éclata de rire, de joie pure. « Je ne pense qu'à Philip, je n'en dors plus, je n'en mange plus, j'ai perdu trois kilos.

– C'est plutôt sérieux, alors, remarqua Prue. Je n'ai jamais ressenti ça. Et toi, Ag ?

– Non », dit Ag. Elle se demandait si cela gênerait les autres qu'elle range ses livres sur le dessus d'une des commodes.

« Alors, tu as vraiment de la chance, dit Prue.

– Oui. » Stella reprit la photographie. « Mais à quoi bon vivre si on n'est pas amoureuse ? Il me faut être tout le temps amoureuse. Je ne peux pas imaginer de ne pas l'être.

– Et ça a toujours été de Philip ?

– Grands dieux, non ! » Stella éclata de nouveau de rire, d'un délicieux rire roucoulant que lui envia Prue. « Il y en a eu des tas d'autres, mais Philip est *le bon.*

– Tu veux parler de mariage ? Du mariage en grandes pompes ? »

Stella effleura le contour du visage de Philip.

« Nous ne nous connaissons pas depuis très longtemps, dit-elle. Mais je crois qu'on sait, d'une façon ou d'une autre, lorsque c'est… je veux dire que je ne serais pas surprise, quand la guerre sera finie…

– Ça vous gêne si je mets ma photo sur la commode ? demanda Prue en se levant.

– Bien sûr que non, répondit Stella. Je mettrai celle de Philip sur la chaise.

– Et toi, Ag ? » Prue se dit que si elle essayait avec assez de persévérance, elle réussirait finalement à détendre la grande brune hautaine.

« Je mettrai la mienne à côté de la tienne. » Ag posa un petit porte-photo double en cuir sur la commode. D'un côté il y avait une photo de sa mère, dans les années 20, morte quand Ag avait deux ans. De l'autre il y avait un instantané récent qu'elle avait pris avec son Box Brownie : le colonel Marlowe, son père, aimable juriste, devant son bureau de King's Lynn.

« Eh bien, voilà ce que j'appelle une beauté, dit Prue en s'emparant du cadre dès qu'Ag l'eut installé. Du tonnerre, n'est-ce pas ? Tout à fait Vivien Leigh. C'est ta mère ? » Ag acquiesça. Prue reposa la photo. « On ne peut pas dire que tu lui ressembles beaucoup. »

À présent, elles étaient à égalité, et Prue était pleine de remords. Elle regrettait sa réflexion. C'était pire que l'histoire de la bantam, plus blessant. Elle espéra qu'on lui pardonnerait. Mais elle ne pouvait dire ce que Ag, si digne, ressentait. Ag revint rapidement vers son lit. Elle se mit à chercher quelque chose dans son sac à main.

Prue ressentit impérieusement le besoin d'une cigarette.

« Ça gêne quelqu'un si je prends une sèche ? » Elle sortit un paquet de Woodbines et une boîte d'allumettes de sa poche.

« Pas du tout, répondit Ag, si légèrement qu'elle semblait ne pas avoir remarqué le sarcasme de Prue.

– Je m'en moque », dit Stella.

Prue s'approcha d'Ag.

« Désolée. Je ne voulais pas dire ça. On ne peut rien déduire d'une photo. Je ne sais pas ce qui m'a pris.

– C'est sans importance, répondit Ag.

– Mais ta mère est réellement belle, ajouta Prue.

– Était, précisa Ag. Ne devrions-nous pas descendre pour dîner ? » Elle regarda sa montre. « C'est presque l'heure. »

Prue se dirigea vers l'unique fauteuil, s'assit sur le bras et inhala profondément.

« Juste quelques bouffées, vite fait, dit-elle. Croyez-vous que nous allons être obligées de manger ce qui avait cette affreuse odeur dans la cuisine ?

– Du lapin et des navets, dit Ag. Je parierais ce que vous voulez.

– Du lapin et des navets ? Mince, je ne pourrai jamais avaler ça. Et croyez-vous que Mr. Lawrence aura retrouvé sa langue ?

– Il était très nerveux dans la voiture, dit Ag.

– Bah ! Pour qui nous prenait-il ?

– Moi, je n'étais pas nerveuse, dit Stella. Je pensais simplement à Philip.

– Bien sûr. » Prue tirait rapidement sur sa cigarette. « Tu pensais simplement à Philip. Quant à Mrs. Lawrence, c'est vraiment une vieille sorcière.

– Je l'aime bien, rétorqua Stella.

– Moi aussi, renchérit Ag.

– Alors ça en fait deux », dit Prue. Elle balança ses jambes plus vite. « On n'a pas beaucoup l'impression que c'est la guerre, ici, n'est-ce pas ? »

L'obscurité patinait la salle à manger qui sentait le sombre meuble ciré. Le lustre central, à l'abat-jour moucheté par les ailes abstraites des phalènes mortes, éclairait faiblement un morne couvert : fourchettes, couteaux, cuillères à dessert, serviettes dans un rond de bakélite colorée à chaque place, verres et cruche à eau. Au centre de la table, île dans un lac saumâtre, était posé un support d'argent ciselé qui contenait deux petits récipients en verre taillé pour le sel et le poivre. Une pique brillante en argent, au bout formant une poignée, se dressait entre la salière et le poivrier. Cet objet fragile, seule lueur dans la pièce, fit sourire Stella. Elle se demanda quand Mrs. Lawrence avait le temps de le polir. Elle songea qu'il était important pour elle d'en trouver le temps.

Ag, debout près de la table – aucune ne savait que faire ni où s'asseoir – redressa un dessous-de-plat taché de sauce qui représentait une scène du Dorset rural un siècle plus tôt. Dans le silence embarrassé qui les rassemblait, l'horloge tictaquait, en sourdine, insistante, ses jolies aiguilles de cuivre parcourant imperceptiblement leur chemin tout autour du soleil de cuivre du cadran.

« Les horloges me donnent la chair de poule », dit Prue. Elle se dirigea vers le buffet, pour examiner une photographie placée dans un cadre de cuir bon marché. C'était celle d'une jeune fille à l'air sérieux et aux cheveux raides enroulés comme ceux de Mrs. Lawrence.

« Elle n'a pas l'air particulièrement marrante, n'est-ce pas ? »

Mrs. Lawrence entra avec un plat de civet. C'était bien du lapin. Son mari, qui portait un plat de purée de pommes de terre et de navets rôtis, la suivait. Les filles échangèrent subrepticement un coup d'œil. Prue, dans le dos des Lawrence, fit mine d'avoir la nausée. Mais elle prit l'assiette remplie que lui tendait Mrs. Lawrence.

« Où est Joe ? » demanda Mr. Lawrence à sa femme.

Il avait une énorme platée de nourriture devant lui. Mrs. Lawrence, la dernière à s'asseoir, ne s'en était servi qu'une petite portion.

« Il est allé livrer les aliments pour animaux à Robert. Il a dit qu'ils mangeraient peut-être quelque chose aux Cloches. »

Mr. Lawrence renifla.

Il y eut un long silence, entrecoupé par le tintement amorti des couteaux et des fourchettes dans l'épaisse sauce.

Prue, malgré elle, mangeait voracement. Le tic-tac de l'horloge lui vrillait les tempes. Elle se tourna vers son voisin, Mr. Lawrence.

« C'est votre fille ? demanda-t-elle en désignant la photographie d'un signe de tête.

– Non », répondit-il.

Prue lui accorda quinze tic-tac de l'horloge pour en dire plus. Il garda le silence. Elle se tourna vers sa femme.

« Qui est-ce, alors ? »

Mrs. Lawrence s'essuya les lèvres avec sa serviette. Elle avait déjà terminé son assiette.

« C'est Janet, dit-elle, la fiancée de Joe. » Elle attendit qu'Ag et Stella se soient toutes les deux retournées pour regarder la photo avec un nouvel intérêt et soient revenues à leur nourriture. « Ils doivent se marier quand la guerre sera finie. Au printemps, nous l'espérons.

– Cela dépend de Mr. Churchill, dit son mari.

– Ils savent qu'ils peuvent avoir longtemps à attendre. Ils semblent tout à fait résignés. »

Mrs. Lawrence parlait avec fermeté. Stella et Ag espéraient que Prue ne poserait plus de question. Prue n'avait pas ce genre de réticence. Elle se tourna à nouveau vers le fermier.

« Alors Joe, votre fils, n'a pas été appelé ?

– Non, il ne l'a pas été et ne le sera pas. Asthmatique. Sans espoir. Il en a souffert toute sa vie.

– Il n'a vraiment pas eu de chance, Joe, remarqua Mrs. Lawrence.

– Il aurait aimé être dans la marine, ajouta son mari.

– Il aurait aimé aller à Cambridge. Il avait été pris et on pensait beaucoup de bien de lui. Mais quand la guerre… nous ne pouvions nous passer de lui à la ferme.

– Mon… j'ai un ami dans la marine, dit Stella.

– Je suis allée à Cambridge, dit Ag. Il ne devrait pas rater cette chance, s'il peut. Il pourra y aller après la guerre.

– Peut-être », dit Mrs. Lawrence.

Ils retombèrent dans le silence. Le tic-tac de l'horloge s'imposa à nouveau. Ce ne fut qu'après que Mrs. Lawrence leur eut servi à tous de grosses parts de tarte aux pommes nappée de crème que son mari aborda la question du travail.

« Vous avez dû entendre parler de la ferme par la commissaire du district, commença-t-il. Un peu de ceci et un peu de cela, une ferme mixte. Jusqu'à présent, nous faisions ce que nous préférions, bien que j'aie entendu dire qu'on puisse recevoir l'ordre imminent de mettre l'essentiel en terre arable. Pour le moment nous avons un petit troupeau de frisonnes et une centaine de moutons, mais nous pensons nous en débarrasser après le prochain agnelage. Chacun sait ce qu'il a à faire. Faith s'occupe de tout dans la maison – les courses, la cuisine, le ménage, la lessive, etc. Les volontaires agricoles ne sont pas censées aider aux tâches domestiques, mais je suppose qu'elle ne refuserait pas un coup de main de temps en temps. » Il regarda sa femme qui secoua la tête et baissa ses yeux las. « Elle s'occupe de tous les fruits – nous n'avons qu'un petit verger, prunes de Damas, prunes et pommes. Elle s'occupe de la taille, du ramassage, de l'emballage, de tout, pas vrai, Faith ? En plus des confitures et des condiments – vous ne manquerez pas de bonne confiture, ici, hein, Faith ?

– Non, dit Faith.

– À part ça, quand il y a vraiment urgence, ma femme nous aide pour la traite et l'agnelage – elle sait tout faire, hein, Faith ? »

Il s'interrompit un instant et regarda Prue. À nouveau des larmes vertes et vitreuses dansaient dans ses yeux.

« C'est bien la première fois que j'entends ça, dit-elle. Pauvre Mrs. Lawrence ! »

Mr. Lawrence l'ignora. Il avait vu juste : cette star de cinéma, cette petite pépée, ne serait pas bonne à grand-chose avec ces larmes de femmelette à la simple idée d'une honnête journée de travail.

« Tout le reste nous revient, à Joe, à moi et à vous trois. Vous pouvez toutes avoir à vous occuper de différentes choses, on verra dans quoi chacune est la meilleure. À cinq heures vingt du matin il y a du thé sur la table de la cuisine, à cinq heures trente on descend traire. Je vous distribuerai vos différentes tâches chaque matin. Quelqu'un a une préférence ? »

Prue se porta immédiatement volontaire.

« Eh bien, Mr. Lawrence, j'ai constaté, en cours, que j'aimais les tracteurs. Je suppose que vous ne le croiriez jamais, mais ils ont dit que je savais tracer un sillon très droit.

– C'est difficile à croire, je le reconnais, répliqua-t-il, sans pouvoir réfréner un petit sourire.

– J'aime m'occuper des vaches », dit Ag. Ce serait peut-être elle qu'il initierait à la taille des haies. Il l'imaginait, cisailles en main – avec son joli visage doux et ses pensées dissimulées derrière ses paupières baissées. Il ne voyait pas, en tout cas, sa tête sérieuse penchée contre le flanc boueux d'une vache.

« Je m'en souviendrai. Et vous ? » Il se tourna vers Stella. L'image de son genou palpitait encore dans son esprit.

« J'ai bien peur d'avoir commencé le cours en retard parce que mon père était malade, et j'ai raté les leçons sur la traite. Je peux donner un coup de main partout, en général… Je ferai un peu de tout.

– C'est bien. Bon, alors, vous commencez demain matin à l'aube. Je vous préviens dès à présent, je suis plutôt gentil… – Ag vit la bouche de son épouse se tordre imperceptiblement – … mais il y a une chose que je ne tolérerai pas : c'est qu'on soit en retard, vu ? Et autre chose : pas de dérobade. C'est un travail dur et il y a de longues heures, mais vous aurez la satisfaction du travail bien fait. La satisfaction de savoir que vous faites votre devoir dans cette maudite guerre. Maintenant… » Il repoussa sa chaise, épuisé par l'effort que lui avait demandé ce long discours : « Je pense que nous devrions… fêter votre première nuit avec le vin au gingembre que fait ma femme. Vous ne goûterez jamais rien de pareil, je vous le garantis. »

Il se dirigea vers le buffet, l'ouvrit et en sortit cinq verres à vin qu'il posa sur la table. D'un rose si pâle qu'on le devinait à peine, ils étaient gravés de papillons qui dansaient parmi des rubans voletants. Ag pensa que c'était un vrai miracle que les énormes mains maladroites de Mr. Lawrence n'aient pas brisé leur pied fragile. C'étaient les premiers beaux objets qu'elle voyait dans la maison. Elle ne put retenir un cri de plaisir :

« Qu'ils sont jolis ! » s'exclama-t-elle.

Mrs. Lawrence rougit. Le moindre compliment l'embarrassait.

« Ils viennent de ma mère, dit-elle. Ma mère collectionnait les jolies choses. Nous n'en avons plus beaucoup. Nous avons dû en vendre petit à petit. Les mauvaises années. » Elle se mit une main sur la bouche, comme si elle en avait trop dit. L'ombre à peine accentuée sous ses yeux, l'esquisse d'un sourire dans son regard trahissaient son sentiment d'orgueil contenu quand elle regarda son mari verser l'épais vin doré. Une fois que les verres furent pleins, leur éclat fut rehaussé par le vin.

Il faisait presque noir dehors, à présent. Personne n'alluma. La pièce était plus chaude, incrustée des odeurs mélangées de la nourriture, de la cire et de la légère touche du parfum musqué qui émanait de Prue. Mr. Lawrence, étant venu à bout de son discours de circonstance, avait tout à coup des mouvements plus détendus, se carrant plus lourdement sur son siège – le seul pourvu de bras – et portant un verre frêle à ses lèvres.

« Un toast, proposa-t-il. À Mr. Churchill.

– À Mr. Churchill », chuchotèrent les filles en levant leur verre.

La lumière brumeuse venant de la fenêtre se mêla au rose des verres et au doré du vin. Les verres étaient à présent de la teinte de prunes humides, remarqua Ag, poussée par son émerveillement habituel devant les jeux de couleur.

« Et, bien sûr, à vous, les filles.

– Merci, Mr. Lawrence, pouffa Prue. C'est gentil. »

Le fermier ne put à nouveau retenir un sourire en voyant trois petites mains blanches porter les verres à leurs jolies petites bouches : demain elles mettraient le fumier en tas, balayeraient la cour, graisseraient des pis douloureux.

Ils burent tous ensemble. Mrs. Lawrence par courtes gorgées. Le vin fort leur brûla la gorge, la poitrine et l'estomac. Il leur réchauffa les mains et fit tourner leur tête, pleine d'impatience et de bien-être.

Les verres étaient vides ; le bouchon fut remis en place sans qu'on les eût invitées à se resservir et la bouteille rangée dans le buffet. Les filles aidèrent Mrs. Lawrence à emporter la vaisselle à la cuisine. Son mari resta un instant dans la pièce vide que la présence nouvelle d'étrangères lui rendait insolite. Le vin lui brûlait encore les lèvres et le tic-tac de l'horloge l'apaisait. Peut-être s'habituerait-il à la maison pleine. Après tout, ce ne serait peut-être pas si terrible. Même la star s'y ferait, apparemment. Dans un moment, il rassemblerait son courage pour ressortir. Il y avait beaucoup à faire avant que la nuit ne tombe et Joe n'était toujours pas rentré. Il se permit de fermer les yeux un instant, la tête rejetée en arrière. Il entendait le tic-tac de l'horloge et, en arrière-fond, des rires, de l'autre côté du couloir.

La vapeur d'eau chaude montant de l'évier avait embué la cuisine. Les bras de Mrs. Lawrence étaient profondément plongés dans d'épaisses bulles, d'où elle sortait des assiettes blanches et étincelantes. Les filles tournoyaient autour d'elle, luttant pour être la première à attraper chaque assiette. Elles avaient attaché des torchons sur leur jupe de couleur. Dans l'obscurité naissante, elles tâtonnaient parmi des placards inconnus en essayant de deviner où ranger la vaisselle. Elles se cognaient les unes aux autres. Le vin au gingembre les avait surprises par sa force. Il les faisait rire.

Comme elles étaient toutes trois fatiguées et désireuses d'être en forme pour leur première matinée, elles convinrent de se coucher tôt. Mrs. Lawrence leur rappela de ne pas allumer avant d'avoir épinglé, à chaque fenêtre, le rideau du black-out. Aucune n'eut l'énergie de s'en occuper : elles se dévêtirent près de leur lit, en se tournant le dos quand elles passèrent leur chemise de nuit par-dessus leur tête. Prue, la seule à qui ces leçons n'avaient pas été enseignées en pension, imita l'attitude pudique des deux autres. Elle eut du mal à voir clairement son visage dans son miroir de poche : il lui fallut quelque temps pour enlever le mascara de ses cils et le rouge de ses lèvres.

Fascinée, elle regarda les deux autres se brosser les cheveux à grands coups, courts et consciencieux, comme si c'était un rituel auquel elles se livraient depuis des années. Les cheveux d'Ag étaient ternes et épais. Ils avaient besoin d'être désépaissis et mis en plis. Stella aussi pourrait changer de coiffure. Quand Prue les connaîtrait mieux, elle leur ferait tâter de ses ciseaux et les convaincrait d'améliorer tout ça. Ces projets chassèrent le léger sentiment de nostalgie qu'elle éprouva.

« C'est drôle que moi, fille de coiffeuse, je ne me brosse jamais les cheveux le soir, dit-elle.

– C'est très bizarre, ça », acquiesça Stella.

Ag s'assit au bord de son lit et roula ses bas. Elle portait une chemise de nuit en flanelle au corsage volanté de dentelles, et des pantoufles. Ça fait très *grand-mère*, se dit Prue, en laissant glisser ses propres mules de velours rose avec leurs pompons de duvet de cygne assortis. Et à présent la silhouette de grand-mère avait posé le net petit tas de bas sur la chaise, à côté d'une pile de livres, et s'était retournée pour regarder Stella et Prue.

« Je pense que je dois vous dire quelque chose », dit-elle calmement en se croisant les mains comme une nonne. Il y eut un long silence. « Voilà, je ne m'appelle pas Agatha, en réalité.

– Oh ? » Prue était prête à être étonnée par n'importe quelle déclaration que cette fille guindée serait disposée à faire.

« Non. C'est bien pire que ça. C'est Agapanthus.

– *Quoi* ? Aga – quoi ? » Prue se plia en deux de rire. « Ça n'existe pas !

– Eh bien si, dit Ag. C'est à la fois un nom de fleur et le nom du… bateau de mon grand-père. »

Prue examina son propre visage incrédule, avec ses joues marbrées de mascara, dans son miroir de poche.

« Un bateau de pêche, ou quoi ? »

Ag hésita :

« Plutôt un yacht, en réalité, répondit-elle finalement. Mais un petit. Mon père a insisté pour qu'on me baptise Agapanthus. Il est bizarre, parfois. Mais il a aussi reconnu qu'à l'école, avec un nom comme ça, je passerais un mauvais quart d'heure. Donc nous nous sommes mis d'accord pour Agatha – ce qui n'est pas vraiment mieux, n'est-ce pas ? Quoi qu'il en soit, tout le monde a fini par m'appeler Ag, et donc je n'ai pas eu besoin de m'expliquer. »

Elle courba la tête. Le trouble chaleureux apporté par le vin au gingembre disparaissait. Avouer son histoire de nom avait été une soudaine impulsion qui s'était emparée d'elle avec force : maintenant que c'était fait, elle se demandait pourquoi.

« Je trouve que c'est *merveilleux*, dit Stella. Agapanthus ! Tu pourrais être célèbre avec un nom comme ça !

– Ça ne ferait pas mal pour un salon de coiffure, à mon avis, remarqua Prue. Tu l'as déjà dit à quelqu'un ?

– Juste à un ami, à Cambridge. Desmond.

– Et tu nous le dis dès la première nuit ? Je dois dire que nous sommes flattées, n'est-ce pas, Stella ? Un problème et je crierai du haut des meules de foin : Agapanthus ! Oui, c'est ce que je crierai ! »

Elles éclatèrent de rire.

Ag se mit au lit et s'assit, les bras entourant ses genoux relevés. Les sensations qu'on éprouve, la première nuit dans une nouvelle école, la submergèrent : d'une part tout était si familier, d'autre part il y avait quelque chose de bizarre à être une adulte dans ce qui ressemblait à un monde d'enfants.

« Je ne sais pas ce qui m'a pris. J'ai simplement eu l'impression que je devais vous le dire. Bonne nuit. »

À l'école, elles se souhaitaient toujours bonne nuit, même si elles avaient très sommeil. Elle s'étendit et, experte, finit par trouver une position confortable sur le matelas très dur. Elle s'endormit en une seconde.

Prue, dans son lit, s'agitait, en quête de douceur : elle pensait ne jamais s'habituer à ce matelas. Cela dit, le vin au gingembre l'avait rendue gaie, et elle devait reconnaître qu'il y avait quelque chose de bizarre dans la confession d'Ag. Sa mère l'avait prévenue qu'elle pleurerait sans doute la première nuit, mais elle ne versa pas de larmes et s'endormit rapidement, elle aussi.

Stella s'empara de la photo de Philip, sur la chaise, dès qu'elle jugea que les autres ne l'entendraient pas. Terriblement réveillée, elle embrassa son visage dans le noir. Elle la reposa, mais ne put s'endormir. Au bout d'un moment – il faisait trop sombre pour regarder sa montre, et le réveil d'Ag était trop éloigné – elle se glissa hors du lit et s'approcha à pas de loup de la fenêtre la plus proche. La lune était pleine. Elle brillait, nébuleuse, à travers des nuages sombres dont elle effrangeait le bord. Stella regarda dans la cour : côtés flous des granges et des abris et énorme tas de fumier dont l'odeur âcre montait jusqu'à elle. La nuit était d'un calme si exagéré qu'elle redouta des bombardements. Les bombardiers surgissaient souvent du silence le plus profond. Que feraient-elles s'il y avait un raid ? Mrs. Lawrence n'avait pas parlé d'abri…

Stella vit un homme entrer dans la cour à bicyclette. Il freina en opérant un petit tour brusque ; si quelqu'un l'avait regardé, elle aurait pensé qu'il crânait. Il descendit de sa bicyclette et la poussa dans la grange. Elle vit qu'il était grand et large d'épaules. Quand il en ressortit, il s'arrêta, regarda la lune et se gratta la tête. À présent, Stella apercevait ses énormes bottes boueuses. Au lieu de se diriger vers la maison, il retourna vers la grange et s'y appuya lourdement, le visage tourné contre le mur. Il se protégea le front de son bras replié et ses épaules se voûtèrent. Il resta immobile un long moment – deux ou trois minutes, pensa Stella.

Elle pouvait se faire des idées – il était loin – mais il avait l'attitude de quelqu'un de désespéré. Finalement il se secoua, se redressa et reprit à grandes enjambées le chemin de la barrière. Gelée, à présent, Stella retourna se coucher. Elle reprit la photographie de Philip et la serra dans ses bras. Sous les couvertures, elle embrassa son visage de verre glacé et jura de l'aimer jusqu'à sa mort.

CHAPITRE II

Quand le vent soufflait dans la bonne direction, les cloches de l'église de Hinton Half Moon s'entendaient jusqu'à Hallows Farm. Le hameau n'était guère plus qu'un groupe de maisons de pierre éparpillées, dont une avait été convertie en une petite épicerie-bureau de poste local. Elle offrait peu en matière de provisions : du Bird's custard, des Horlicks, du Bovril et quelques paquets de papier à cigarettes Basildon, ramollis par leur long séjour sur les étagères. Quelques produits de luxe, suivant l'humeur de Mrs. Tyler qui tenait la boutique, venaient, parfois, s'ajouter à ces produits de base. Les bons jours, elle se levait tôt, cuisait du pain et disposait, dans la vitrine poussiéreuse, quelques miches brunes sur une feuille de papier sulfurisé. L'odeur du pain chaud attirait les voisins dès l'aube. Une demi-douzaine de clients faisaient la queue à la porte à huit heures trente, heure officielle d'ouverture. Mrs. Tyler, la loi à elle toute seule, comme elle aimait tant à le souligner, leur intimait l'ordre de patienter en agitant sa main potelée. Ce n'était pas avant huit heures trente-cinq, ou même huit heures quarante, qu'elle tournait enfin, très lentement, la clé rouillée et laissait entrer les chalands empressés. Il n'y avait jamais assez de pain. Il y avait toujours une dispute et des voix déçues. Il était notoire que Mrs. Tyler adorait les petits drames qui se déroulaient une ou deux fois par semaine dans sa boutique : dans sa vie banale, elle y mesurait l'étendue de son pouvoir.

De temps à autre, le comportement désagréable de Mrs. Tyler exaspérait tellement les autres membres du village qu'ils juraient de boycotter ses produits. Mais leur conjuration ne durait jamais plus d'un jour ou deux. Ils avaient besoin de timbres, ils voulaient toucher leur pension ou ajouter quelques shillings à leurs économies. Et une fois dans la boutique ils se laissaient tenter par un chou-fleur ou un chou inattendu, un panier de tomates ou de reinettes grises qui venaient du jardin des Tyler. Ils savaient très bien qu'on les avait mis là en guise d'appât. Mais la ruse marchait toujours. Malgré leurs bonnes intentions, les habitants des onze cottages qui formaient Hinton Half Moon finissaient par se faufiler dans le bureau de poste, la tentation prenant très facilement le pas sur les principes, pour acheter le piège du jour chez Mrs. Tyler.

Ratty Tyler, époux de la postière depuis cinquante et un ans, participait aux petits triomphes de sa femme, parce qu'elle les lui décrivait, chaque soir, avec une jubilation infatigable. Il ne cherchait ni à l'encourager ni à la décourager. Il avait découvert, au fil des ans, qu'une neutralité pleine de dignité était l'attitude la plus sage à adopter en ce qui concernait Edith. Dans le passé, dans l'ardeur d'une fidélité de jeunesse, il s'était retrouvé plus d'une fois dans de mauvais draps pour l'avoir soutenue. C'était à cause d'une bêtise d'Edith qu'il avait dû abandonner sa boucherie prospère de Dorchester, juste avant la dernière guerre. Une histoire de calomnies, dont il avait depuis longtemps oublié les circonstances exactes. Boycott total des clients. Confusion. Honte. Ratty détestait ne serait-ce que se la remémorer, bien que parfois toute cette horrible histoire lui revînt à l'esprit quand Edith était d'une humeur particulièrement agaçante. Il l'avait prévenue que, si elle allait trop loin, ils seraient chassés d'Hinton Half Moon tout comme ils l'avaient été de Dorchester. Mais Edith ne semblait pas consciente du danger. Elle continuait à prendre des risques.

À la fin de la Grande Guerre, les Tyler avaient trouvé un cottage dans lequel ils habitaient toujours. Le premier dimanche, Ratty avait annoncé qu'il savait sonner les cloches, et c'est dans la froide sacristie qu'il avait rencontré le jeune et énergique John Lawrence. À cette époque, les Lawrence, eux aussi, vivaient dans un cottage à Hinton, mais ils possédaient quelques acres de terre où ils élevaient un petit troupeau de moutons. Les deux hommes avaient eu une brève conversation dans le cimetière. Ratty avait deviné l'ambition de Mr. Lawrence qui avait déjà en vue Hallows Farm, alors occupée par une vieille femme sénile.

« Et dans quelle branche êtes-vous ? avait demandé Mr. Lawrence.

– Nous venons de nous installer ici, monsieur. Ce que je voudrais, c'est un travail intermittent. N'importe quel travail à la ferme me plairait.

– Nous débutons nous aussi, mais je pourrais vous proposer quelques heures par semaine.

– Très bien, monsieur. »

Les deux hommes s'étaient serré la main.

« John Lawrence.

– Ratty Tyler.

– Ratty[1] ?

– Un terme d'affection, monsieur, au cas où vous auriez pensé à autre chose. Adopté aux temps de nos fiançailles par celle qui est maintenant ma femme. »

Ratty se permit de mentir. La vérité c'était qu'Edith avait choisi de l'appeler ainsi dès qu'on les avait présentés. Elle avait immédiatement dit qu'elle ne pouvait supporter son véritable prénom, Reginald. Ratty avait été séduit par sa petite tête soucieuse aux boucles blondes et ses jolies chevilles, et il avait craint que ses objections ne démolissent le projet qui commençait à prendre forme dans son esprit. Et donc depuis ce jour il était Ratty, bien qu'au fin fond de son âme il estimât souvent que le nom aurait convenu davantage à Edith qu'à lui.

Il fut clair dès le début que Mr. Lawrence et lui se comprenaient bien. Il commença à travailler trois heures par semaine pour deux shillings de l'heure. Quand l'élevage des moutons marcha bien et que le troupeau se mit à grandir, il travailla un jour et demi. À l'époque où Mr. Lawrence

1. Grognon, ronchon. Mais *rat* veut aussi dire « rat » en anglais. *(Toutes les notes sont des traductrices.)*

acquit Hallows Farm, Ratty y travaillait tous les jours, toute la journée. Au bout de quelques années, le travail devint trop lourd pour eux deux : ce fut Ratty qui suggéra qu'ils pouvaient embaucher d'autres ouvriers agricoles. Il trouva lui-même deux jeunes garçons durs à la besogne – un de Hinton et l'autre venant de quelques miles à l'ouest – et gagna ainsi le titre de régisseur.

Actuellement, bien que Ratty se considérât encore comme régisseur, et que Mr. Lawrence, plein d'égards, n'eût en rien laissé croire que sa position avait le moins du monde changé, les deux hommes savaient que le titre était plus honorifique qu'effectif. Le fait est qu'avec sa hanche arthritique et les pénibles douleurs que quelquefois, à présent, il avait aux yeux, Ratty ne venait à la ferme que deux fois par semaine. Quand les garçons de ferme avaient été appelés sous les drapeaux, il avait admis à regret que l'idée des volontaires, proposée par Mrs. Lawrence, pouvait être la solution.

Pendant toute sa vie, les jours ouvrables, Ratty s'était levé à quatre heures du matin. Il aimait le silence de l'aube, le silence de la cuisine où il mangeait un quignon du pain bis d'Edith et où il faisait chauffer de l'eau pour le thé dans l'énorme bouilloire noire. Juste avant de partir il en montait un bol dans la chambre sous le toit et le laissait sur la table, près d'elle. Parfois il s'arrêtait un instant pour regarder les boucles à présent blanches de sa femme et son visage ridé, courroucé jusque dans son sommeil. Des années auparavant, sans s'extraire de sa somnolence, elle lui aurait réclamé un baiser. Il se serait exécuté et en aurait été remercié d'un sourire ensommeillé. À proprement parler, Edith n'avait pas souri depuis des années. Pas de bonheur. La seule chose qui faisait briller ses yeux, c'était *le triomphe*. Triompher de ses voisins, ses clients. Triompher de n'importe qui, et de Ratty lui-même. Il se demandait ce qui avait si vite transformé une jeune fille insouciante en une vieille femme revêche. Rien que Ratty pût clairement identifier : il faisait ce qu'il pouvait pour la satisfaire. Mais il avait appris que le mariage était une drôle d'affaire. À l'époque – jeune homme tout fou – il ne savait pas dans quoi il se lançait. Mais il n'avait jamais envisagé d'abandonner sa stérile embarcation. Il avait fait des promesses au Seigneur et il ne les romprait pas. De plus, s'il essayait avec suffisamment d'énergie, se disait-il parfois, tout pourrait miraculeusement changer et Mr. et Mrs. Ratty Tyler formeraient un couple aussi heureux que Mr. et Mrs. John Lawrence.

Heureusement pour Ratty, il avait reçu la grâce d'avoir un esprit bien compartimenté. Il abandonnait les tribulations de son mariage quand il fermait la porte derrière lui. À quatre heures trente précisément, il clopinait dans le chemin qui menait à Hallows Farm, boitant un peu, les mains enfoncées dans les cavernes familières de ses poches, les oreilles, sous sa casquette, mordues par le froid.

Depuis vingt ans que Ratty empruntait ce chemin, il avait été le témoin de milliers de petits matins, chacun si peu différent des autres que seul un observateur familier pouvait voir les changements quotidiens qui formaient l'arrière-fond de chaque saison. Depuis que sa santé et son âge l'avaient obligé à prendre une demi-retraite, et qu'à présent il ne faisait plus le trajet que deux fois par semaine, Ratty, plus que jamais, accordait du prix à l'intimité de l'aube. Il écoutait le bruit de ses pas sur la route – ils n'étaient plus ni fermes ni alertes – et le chœur épars des oiseaux. Un merle, parfois, se lançait dans un solo, son chant n'étant troublé que par une bande de moineaux jaloux. Une draine inquiète appelait son compagnon et un rouge-gorge impertinent lui répondait. Il y avait peu d'oiseaux cachés que Ratty ne pût identifier à leur chant, et leur compétition, à l'aube, le faisait sourire.

De son bâton il frappait l'herbe haute des talus et remarquait, comme toujours, la taille nette des haies de Mr. Lawrence. Dans le ciel, une lune transparente reposait sur le ventre de nuages nocturnes. Mais la masse noire commençait à s'effilocher là où elle touchait les collines basses. Des bandes de jaune, pâle comme la lumière de flambeaux, illuminaient la rangée de beaux ormes qui protégeaient Hallows Farm des vents du nord. Par-dessus la barrière qui ouvrait sur les pâturages, Ratty voyait les frisonnes, les pattes noyées dans la brume montante, qui broutaient une dernière fois avant la traite. Il n'avait pas parcouru le dernier demi-mile que la brume s'était pratiquement évaporée et que le contour noir et familier de la vieille grange se découpait sur le ciel. Un filet de fumée s'élevait de la cheminée de la ferme. Autrefois, Ratty arrivait toujours avant que Mrs. Lawrence n'allumât le feu dans la cuisine. Ses retards, ces derniers temps, le troublaient. Bien qu'il sût que Mr. Lawrence comprendrait et ne lui demanderait pas de se hâter, il prenait la précaution de dissimuler l'heure précise de son arrivée. Ce matin, par exemple, il alla tout droit à la grange pour ranger quelques piles d'aliments à bétail. Quand Mr. Lawrence passerait dans quelque temps, entre cinq heures trente et six heures, il ne pourrait pas savoir quand Ratty s'était mis à travailler et on pouvait compter sur lui pour ne pas le demander.

Ratty avait aussi une autre raison, ce matin-là, pour désirer commencer par la grange. Les filles seraient là, et il voulait les apercevoir avant qu'elles ne le voient. Voir qui il devrait affronter, si on peut dire. Prendre leurs mesures. Il n'avait jamais travaillé aux champs avec des femmes et n'imaginait pas ce que ça donnerait. Mais étant un homme que de très petits changements stimulaient, il n'était pas opposé à cette idée – pas autant, en fait, que Mr. Lawrence. Il était possible qu'elles ne tiennent pas le coup – pour sa part, il ne pouvait imaginer une fille sur un tracteur. Mais, en toute loyauté, il devait leur donner leur chance. Et si elles n'étaient pas à la hauteur, alors elles partiraient. Comme il en avait convenu avec Mr. Lawrence, on ne perdrait pas de temps à leur donner une seconde chance. On n'avait pas de temps à perdre avec cette guerre.

Plein de bienveillance, Ratty arriva à la grange. Son enthousiasme à l'idée de ranger une pile de lourds sacs avait disparu. Il s'en occuperait plus tard. Pour l'instant, il avait besoin de se reposer.

Il s'appuya contre le haut pare-chocs du tracteur Fordson rouge. Sa peinture, autrefois d'un bel écarlate, était à présent écaillée et ternie. Il sortit sa pipe d'une poche intérieure et passa de longues minutes à l'allumer. La fumée âcre se mêla à l'odeur de quelques tas de foin qui restaient de l'année dernière, de betteraves fourragères pourries, de goudron, de corde et de rouille. Là-haut, sur les poutres sombres, les maudits pigeons continuaient à roucouler sottement. (L'amour que Ratty portait aux oiseaux ne s'étendait pas jusqu'aux pigeons lymphatiques.) Une vache meugla dans le Grand Marais : c'était Betty, d'après le bruit. Il continua à regarder la cour vide, savourant à l'avance le spectacle amusant qu'offrirait une de ces filles en train de balayer. Certain qu'on ne pouvait pas le voir, il tira longuement sur sa pipe et commença à attendre patiemment. Au bout d'un moment, il eut conscience que son cœur était un peu agité. Ce sentiment lui rappela quelque chose. Ratty fit un effort pour se souvenir. Voilà, ça y était : l'événement, vieux de bien des années, de son mariage. Debout devant l'autel à attendre sa fiancée, il avait ressenti exactement la même tempête faite d'attente anxieuse et d'excitation. Et voilà à quoi cela l'avait mené…

Stella, Ag et Prue se présentèrent à la table de la cuisine à cinq heures quinze. Elles se tenaient toutes raides dans leurs nouveaux uniformes. Ag avait retroussé les manches de son pull-over vert : la laine lui en grattait les poignets. Stella avait eu des problèmes avec le col de sa chemise fauve. Prue tapait du pied dans ses rigides souliers réglementaires.

« Chacune de ces choses pèse une tonne, se plaignait-elle. Et c'est pour *ça* que je suis devenue volontaire… » Elle caressa ses pantalons de velours côtelé et tortilla un peu ses hanches étroites.

Prue était la seule à avoir pris la liberté d'ajouter quelque chose à son uniforme – tout en respectant le règlement – même si cela était inapproprié. Elle s'était noué une écharpe de mousseline rose au sommet du crâne. Bien qu'aujourd'hui elle ne portât pas de rouge à lèvres, son mascara était aussi épais que d'habitude.

Mrs. Lawrence emplit les bols d'un thé noir et chaud et fit circuler une assiette d'épaisses tartines. Le regard qu'elle jeta à Prue explicitait clairement ce qu'elle taisait. Puis son mari entra et formula à haute voix ce qu'elle pensait.

« Ce truc sur votre tête, dit-il, ne tiendra pas longtemps contre le flanc d'une vache. »

Prue battit des cils dans sa direction.

« Je vais prendre le risque, dit-elle, rebelle.

– Très bien. »

Mr. Lawrence s'étonna d'être bizarrement touché par la vue des trois filles, toutes prêtes à travailler pour lui et alignées dans sa cuisine si tôt le matin.

« De plus, ajouta Prue en prenant une seconde tartine, je pensais qu'on s'était mis d'accord pour que je fasse un tour sur le tracteur. Je vous ai dit que je me débrouillais assez bien.

– Mettez-vous dans la tête que ce n'est pas une fête foraine. Il ne s'agit pas de "faire un tour". Vous faites un travail pénible. Comment vous appelez-vous ?

– Prue. Prudence. » Elle leva le menton.

Mr. Lawrence renifla avec dégoût.

« Et qu'est-ce que c'est que cette *odeur*, pour l'amour du ciel ? »

Prue, deux taches roses sur les joues s'harmonisant avec son nœud de mousseline, fut ravie qu'il l'eût remarquée.

« Nuits de Paris », précisa-t-elle en souriant.

Le charme du jeune visage vaniteux de Prue réduisit son employeur au silence.

« C'est une ferme, ici, dit-il finalement d'une voix moins rude qu'il n'en avait eu l'intention. Je ne veux pas que mon étable sente le Moulin-Rouge, merci bien. Vous êtes une ouvrière agricole, vous comprenez, pas une star de cinéma. »

Mrs. Lawrence regardait obstinément son thé.

Prue continuait à sourire, contente que Mr. Lawrence lui trouvât quelque chose d'une star.

« Peut-être que *Vacances romaines* serait plus à votre goût ?

– Je ne veux aucun de vos parfums de fantaisie, pensez seulement à la traite, s'il vous plaît, Prudence. »

À présent, Mr. Lawrence était plus sec. Il fit un signe de

tête dans la direction d'Ag, ne voulant pas demander son nom à une autre.

« Vous, vous allez prendre le balai de la cour et nettoyer la porcherie, jeune fille, et vous, Stella – il ne se souvenait que trop bien de son prénom –, vous devez apprendre à traire avant qu'on puisse vous laisser toute seule avec les vaches. Le quartier général nous en a donné les moyens, n'est-ce pas, Faith ? »

Sa bouche esquissa une espèce de sourire. Il se permit de jeter un regard sur le genou de Stella. Le joyau était à présent dissimulé par les pantalons de velours côtelé, bien que sa forme pointue fût encore visible. Mr. Lawrence fit un nouveau signe de tête en direction d'Ag.

« Vous, vous trouverez Ratty Tyler par là-bas. Il vous montrera où sont les balais et vous dira ce qu'il y a à faire. Quant à vous, dame Prudence, vous irez à l'étable où mon fils Joe vous donnera des consignes en un rien de temps. Stella peut m'accompagner. »

Stella vit que Mrs. Lawrence levait les yeux vers le visage empourpré de son mari.

Il sortit avec les filles dans la cour. L'air du petit matin était froid. Stella le suivit dans l'étable où elle prendrait sa « leçon », comme il l'appelait.

Pendant qu'elle marchait à ses côtés, pataugeant dans ses bottes de caoutchouc au même rythme que lui, le fermier fut envahi par une vive impression de trahison.

Il évita de regarder Stella et maudit la guerre.

Mains dans les poches, se demandant ce qu'elle devait faire, Ag resta seule au milieu de la cour. Elle ne voyait personne qui pouvait être Ratty Tyler et n'avait pas envie de crier son nom. Ratty ? Mr. Tyler ? Comment devait-elle l'appeler ? Et qui était-il ? Les bruits s'entrechoquaient dans la cour. Elle craignait que Mr. Lawrence ne revînt de l'étable, où il était allé avec Stella, et ne la trouvât oisive.

Un homme grand, bien charpenté, aux paupières tombantes sur des yeux très noirs, apparut derrière la grange.

Il portait une lourde pelle, une fourche et un balai. Sans sourire, il s'approcha d'Ag.

« J'ai pensé que vous auriez besoin de ça, dit-il.

– Merci. Je cherchais Mr. Tyler.

– Ratty arrive quand ça lui chante. Je suis Joe.

– Et moi Ag. »

Joe lui tendit le balai. Il avait passé cinq minutes difficiles dans la grange à essayer de persuader Ratty de sortir pour montrer à la fille ce qu'elle devait faire. Mais Ratty, dans une de ses humeurs les plus obstinées, avait insisté pour rester caché. Il lui fallait du temps pour s'habituer à elles. Joe comprenait. Mais, à la fin, il eut pitié de la grande fille dans la cour et tomba d'accord avec Ratty pour la mettre au courant.

« Vous devez nettoyer la cour à fond et laver les rigoles à grande eau avec du Dettol – il y a des seaux et de l'eau par là. Le tas de fumier est par-derrière. La porcherie est après l'étable : il n'y a qu'une truie. Pas facile de caractère. Faut pas se trouver sur son chemin. La grange est pleine de paille propre. Si vous avez besoin de quelque chose, je serai en train de traire. »

Il s'éloigna à grands pas. Ils ne s'étaient pas regardés une seule fois.

Ag soupesa le balai et son poids la surprit. Elle devait inventer sa propre méthode, pensa-t-elle, et elle commença à balayer par le coin le plus éloigné de la grange.

Comme il n'y avait pas trace de Joe Lawrence dans l'étable, Prue en profita pour se familiariser avec les vaches. Il y avait un troupeau de vingt frisonnes. Chacune, enchaînée à sa mangeoire, avait un nom inscrit sur sa stalle : Betty, Emma, Daisy, Floss, Rosie, Nancy – Prue se demanda si elle parviendrait jamais à les distinguer. Elle constata que leurs pattes étaient boueuses mais leurs flancs propres et leurs pis nets. Il semblait bien que quelqu'un d'autre s'était chargé du nettoyage, Dieu merci. Ce serait une partie de son travail qu'elle ne pourrait jamais apprécier.

Prue arriva devant Felicity, une vache presque entièrement noire. Elle avait des yeux particulièrement intelligents et doux, ceints de longs cils bleuâtres. Prue se demanda à quoi ils ressembleraient avec du mascara et eut un petit sourire. Elle jeta un coup d'œil au pis douloureux et rose, avec sa marbrure obscène de veines gonflées. Elle suivit du doigt la colonne vertébrale de Felicity sur toute sa longueur, à rebrousse-poil, et le poil noir de la vache se redressa sur les os.

« Je t'aime bien », dit-elle tout haut.

Elle quitta le dos de l'animal des yeux et se retrouva en train de regarder dans les yeux aux paupières lourdes d'un homme qu'elle présuma être Joe. Mazette ! Quel type... ! Son esprit s'envola vers les séduisants acteurs dont elle rêvait, mais ne put en trouver de comparable. Quoi qu'il en soit, décida-t-elle promptement, elle serait heureuse de renoncer à labourer et prête à traire tout le troupeau matin et soir si c'était ce Joe qui dirigeait son travail. Le regard du garçon, sans expression, un peu *inquiétant*, se posa sur ses cheveux et sur le nœud. C'est bizarre, elle avait été imperméable à l'opinion des autres, mais il y avait quelque chose dans le coup d'œil de Joe qui la faisait se sentir un peu ridicule. Ce qu'elle ne voulait surtout pas, c'était une désapprobation immédiate. Cela aurait fait partir leurs relations d'un mauvais pied.

« Pourquoi celle-là s'appelle-t-elle Felicity ? demanda-t-elle enfin, en penchant la tête avec coquetterie sur son épaule – une attitude qu'elle avait prise à Veronica Lake.

– C'était une génisse heureuse. C'est une vache heureuse. » Joe donna une tape sur la croupe de Felicity. Il semblait avoir oublié le nœud dans les cheveux de Prue.

« Puis-je commencer par elle ?

– Non. Nous commençons à l'autre bout, avec Jemima. »

Prue fit la moue.

« Je suis Prue, au fait. Votre père m'appelle *Prudence.*

– Je sais. Savez-vous traire ?

– Je ne l'ai fait que quelques semaines pendant la formation. Je ne suis pas mauvaise.

– J'ai entendu dire que vous aviez très envie de conduire le tracteur.

– *J'ai dit* ça, seulement au cas où Mr. Lawrence aurait pensé que les femmes n'aimaient pas labourer. Je suis très contente de traire.

– Moi aussi j'aime bien ça. Beaucoup de fermes ont des machines à traire. Ce n'est pas vraiment la peine pour un troupeau de la taille du nôtre, bien que Papa en ait parlé avant cette maudite interruption. »

Ils écoutèrent tous deux le bruit perçant d'un petit avion qui passait dans le ciel. Joe montra l'autre bout de l'étable :

« Il y en a deux que je n'ai pas nettoyées – Sylvia et Rose. Par là il y a une éponge, un seau et des chiffons. La règle, c'est que nous changeons l'eau toutes les deux vaches. Le tabouret et le seau à traire sont dans la laiterie. Je vous montrerai comment faire marcher le refroidisseur quand vous aurez terminé.

– Ne vous faites pas de souci. Je m'y *connais* en refroidisseur », dit Prue. Elle essaya de faire passer l'idée que sa connaissance des refroidisseurs allait bien au-delà de la simple technique.

« Il faudrait commencer. Je me suis mis en retard ce matin en m'occupant de votre amie.

– Je vais commencer. »

Prue rougit de contrariété : dire qu'Ag, à qui on avait simplement demandé de balayer la cour, avait été la première à retenir l'attention de Joe. Elle avança lentement, en balançant des hanches, dans le passage bétonné qui séparait les deux rangées de vaches qui lui tournaient le dos. Elle savait que Joe la suivait encore du regard. Elle prit l'éponge et le seau avec le geste étudié d'une actrice et commença à essuyer le pis gonflé de Sylvia comme si ce travail était un mouvement de danse. Quand elle eut lavé les deux vaches, elle se dirigea nonchalamment vers l'endroit où Joe trayait une bête agitée du nom de Mary.

« Et où, s'enquit-elle, une main sur la hanche, aussi provocante qu'elle le pouvait compte tenu du cadre, puis-je trouver un récipient pour le premier lait ? »

Joe lâcha les trayons de Mary. Il regarda Prue, impassible.

« Je ne crois pas que nous en ayons, dit-il.

– Vous n'en avez pas ? » La voix de Prue était faussement stupéfaite. « On nous a dit que c'était *essentiel*...

– On vous l'a peut-être dit. Nous ne faisons pas tout dans les règles, ici. Nous jetons simplement les premiers jets avant de commencer à remplir le seau. »

Il recommença à traire.

« Sur le *sol* ? Croyez-vous, dit Prue après avoir écouté quelques instants le bruissement du lait de Mary qui frappait le seau, que ce soit un sujet que je puisse aborder avec votre père ? Ou la commissaire du district ? Ou...

– Parlez-en à qui vous voulez », répondit Joe.

Bien que son visage fût à moitié caché par le flanc de Mary, Prue voyait bien qu'il souriait.

Dans la laiterie, elle se lava les mains dans la cuvette avec du savon au phénol. Elle était consciente de son petit triomphe, elle avait l'impression qu'un défi mutuel avait été reconnu. S'il ne se passait rien d'autre, elle pourrait au moins jouer à taquiner Joe. Cela la distrairait des ennuyeux travaux de cette vieille ferme – et qui sait ? Un jeu peut en cacher un autre...

À califourchon sur le petit tabouret à traire, la tête enfoncée dans le flanc de Jemima, les mains tirant avec assurance sur les durs trayons froids, Prue s'abandonna aux transports de la rêverie. C'était étrange, mais elle se plaisait ici. Elle aimait les bruits apaisants – le martèlement étouffé des sabots, le tintement des chaînes sur les cous – qui accompagnaient les notes aiguës des jets de lait sifflant contre le seau en métal. Elle se rendait compte que le doux parfum de foin du souffle de la vache oblitérait son propre *Nuits de Paris* – elle dirait à Mr. Lawrence, au moment opportun, qu'il n'avait pas besoin d'avoir peur. La pensée des énormes bottes de Joe lui donnait l'impression, d'une certaine façon, d'être chez elle – ce qui était bizarre si on considérait que cette glaciale étable était aussi différente que possible du salon de coiffure de sa mère. Elle se surprit à prier pour que la traite lui fût régulièrement confiée, si Joe devait être son partenaire. Mais son esprit fut distrait de l'examen des différentes possibilités qu'offrait ce partenariat par un bruit lointain de billes qui roulaient. Elle se raidit.

« À des kilomètres, lui cria Joe. Ce n'est qu'un entraînement, d'après le son. »

Prue, tendue, attendit quelques instants, les doigts relâchés sur les trayons. Elle avait oublié la guerre. Elle se releva, et souleva facilement le seau plein de lait écumeux. Il avait une faible odeur de primevère. Elle vit avec plaisir qu'elle avait battu Joe. Il était tentant de lui faire remarquer à quelle rapidité elle trayait. Mais Prue y renonça. Elle alla à la laiterie, versa le lait dans le refroidisseur et choisit un seau dans le stérilisateur pour la vache suivante. Ce matin elle avait obtenu sa petite victoire. C'était assez pour un début.

Stella, quand elle vit sa « vache », éclata de rire. C'était un appareil rudimentaire et ingénieux : un cadre à quatre pattes, incliné vers l'intérieur, comme les pieds d'une table à tréteaux. Du sommet pendait un sac de toile qui avait grossièrement la forme d'un pis et duquel se balançaient quatre trayons de caoutchouc d'un rose glaïeul. Stella pensa à une vache de pantomime.

« Oh, Mr. Lawrence, dit-elle, est-ce pour mon apprentissage ?

– Ce ne sera pas long. Vous en aurez bientôt l'habitude. »

Mr. Lawrence lui adressa un de ses brusques sourires. Il prit un seau plein du lait de la veille et le versa dans le sac. Puis il s'accroupit sur le tabouret placé sous l'ersatz de pis, plaça le seau sous le sac vide et saisit un trayon de ses deux mains.

Il n'était pas expert et avait conscience d'être ridicule. Ses doigts tremblaient, bizarrement. Une mince filet de lait coula du trayon.

« C'est plus facile sur une vraie vache, dit-il. Voilà, essayez. »

Stella prit sa place et saisit le lisse trayon rose.

« C'est un rythme qu'il faut trouver, expliqua-t-il quand il l'eut observée un moment. Quand on a trouvé le rythme, ça va tout seul et la vache est heureuse. Voilà, c'est bien. » Le fermier se plaça fièrement derrière son élève. Elle était intelligente, cette petite, autant que séduisante. « Remplissez le seau pendant quelque temps, et vous serez prête pour traire une vraie vache demain. D'accord ?

– Parfait. »

Mr. Lawrence s'accorda quelques instants d'admiration silencieuse. Drôle de fille. Si guindée dans son langage et pourtant si vive. Il laissa ses yeux errer sur son dos et ses beaux cheveux qui retombaient en avant. À l'endroit où ils se séparaient, il pouvait voir un petit bout de son cou, pas plus large que l'empreinte du pouce d'un homme. De tout son être, il désirait le toucher, ne serait-ce qu'un moment infinitésimal, sentir sa chaleur. Debout, luttant contre son terrible désir, il sentit que ses mains et ses genoux se mettaient à trembler. Il était étourdi. La voix de Stella vint de très loin.

« Est-ce que c'est comme ça qu'il faut faire ? »

Il se passa un long moment – le silence n'était violé que par le bruit ridicule du lait qui giclait – avant qu'il ose répondre :

« C'est très bien. »

Il fit un pas vers elle, vit ses mains se lever, se tendre vers son dos innocent : hésiter, trembler, se retirer.

Stella se retourna en souriant. Elle vit ce qu'elle prit pour un regard de profonde inquiétude dans les yeux de Mr. Lawrence. Quel homme timide ! Ce devait être épouvantable, songea-t-elle, de voir tout à coup la paix de Hallows Farm perturbée par des filles maladroites venant d'un autre monde. Elle fut submergée par un sentiment de compréhension, mais ne put trouver les mots appropriés pour l'exprimer.

« Je reviendrai dans un moment », dit Mr. Lawrence.

Il attendit que Stella recommence à se concentrer sur les trayons de caoutchouc pour partir rapidement.

Une fois seule, Stella huma l'aigre odeur de lait et de fumier du bâtiment. Il faisait froid et humide. Ses doigts, sur les trayons, devenaient mauves. Elle décida de terminer aussi vite que possible sa leçon particulière et de se concentrer sur le massage rythmique des risibles trayons. En même temps elle commença à rédiger la lettre pleine d'humour qu'elle écrirait ce soir à Philip : *ma première journée en tant que volontaire agricole – avec une vache en caoutchouc.* Cela lui rappela la question du courrier. Philip avait promis d'écrire immédiatement. Elle brûlait d'avoir de ses nouvelles. Les deux heures à passer jusqu'au petit déjeuner, où elle pourrait s'informer du courrier, lui semblaient une éternité. Un peu désespérée, Stella regarda la maigre quantité de lait qui se trouvait au fond du seau.

Deux heures plus tard, épaules et jambes raidies par sa position malcommode (ce serait beaucoup plus confortable avec une vraie vache sur laquelle on pouvait s'appuyer), Stella se leva et s'étira, ayant, espéra-t-elle, achevé son apprentissage. Elle avait rempli le seau à deux reprises et se sentait experte en traite. Une fois trouvé le mouvement – le rythme, comme avait dit Mr. Lawrence – cela avait été très facile. Au-delà des doux éclaboussements du lait, elle avait rêvé à Philip et repassé en esprit chaque détail des rares fois où ils s'étaient vus. Et quand elle redescendait dans la réalité, elle voyait tout ce que sa situation avait de comique – le flot d'adrénaline suscité par son amour rendant supportable la traite d'une imitation de vache.

Elle se pencha sur la moitié inférieure de la porte de l'abri et regarda dans la cour. Les frisonnes se dirigeaient lentement vers la barrière. Tour à tour elles se laissaient distraire par des spectacles familiers. Parfois l'une d'elles s'arrêtait et meuglait, envoyant des bouffées d'haleine argentée dans l'air vif et ensoleillé. Stella comprenait leurs rêveries et sourit en voyant Prue et Ag les presser, à coups de bâton hésitants. Le nœud rose de Prue avait perdu un peu de sa superbe primitive mais flottait toujours dans ses boucles blondes comme un petit oiseau dément. Elle bondissait, s'agitait et s'amusait à crier autoritairement contre les vaches. Tout au contraire, Ag marchait à grands pas dignes et n'élevait jamais la voix. Il y avait quelque chose d'à la fois paisible et mélancolique sur son visage. Stella se sentait attirée par cette fille et s'interrogeait à son sujet.

La dernière vache quitta la cour. À cet instant deux

hommes sortirent de la grange. Stella supposa que le plus grand devait être Joe, et reconnut immédiatement la silhouette de l'homme qu'elle avait vu la veille. Il avait posé la main sur l'épaule de l'homme plus âgé qui portait un épais pantalon plissé et de rutilantes bottes à lacets, uniforme des palefreniers avant la dernière guerre. Joe tentait de persuader le vieil homme de faire quelque chose et rencontrait quelque résistance. En traversant la cour, Joe leva les yeux et braqua son regard sur Stella.

« Le petit déjeuner », cria-t-il, mais sans l'attendre.

À l'idée du petit déjeuner, Stella se souvint qu'elle avait faim. Mais ne désirant pas entrer seule dans la cuisine, elle descendit le chemin à la rencontre des autres qui revenaient de la prairie. Elles aussi étaient affamées. Toutes les trois comparèrent leurs articulations raides et leurs doigts gourds et se hâtèrent vers la maison.

Avant qu'elles n'arrivent dans la cuisine, les trois hommes avaient déjà à moitié englouti d'énormes platées de pain, bacon, œufs, tomates et boudins. Mrs. Lawrence remuait une demi-douzaine d'œufs en plus dans une poêle sur le feu. Elle portait le même tablier croisé et fané que la veille, dissimulant tout sauf la laine brune et feutrée des manches de son jersey. Ag songea qu'il y avait, dans la vision de son dos, quelque chose d'extraordinairement réservé, mais de rassurant. Comme si la femme que l'on voyait accomplissait les corvées, pendant que, simultanément, vivait en elle une imagination indépendante qui lui permettait d'assumer machinalement les tracas quotidiens.

Mr. Lawrence présenta Ratty aux filles, en se souvenant de leur nom pour l'avoir vérifié auprès de sa femme. Ratty, homme économe dans ses réponses, ne fit vers elles qu'un signe de tête qui comptait pour toutes les trois. Pendant le bref moment où il les regarda, Ag remarqua ses yeux extraordinaires, veinés de toutes les couleurs semblables à celles qui parent la poitrine d'une pintade. C'était un homme qui serait souvent cité dans son journal, se dit-elle en s'asseyant à ses côtés sans craindre son silence bien particulier.

Prue saisit l'occasion de s'asseoir près de Joe. Mr. Lawrence prit note de son choix avec un dur regard neutre.

« Eh bien, nous nous en sommes bien tirés, n'est-ce pas, Joe ? » Prue se tourna vers les autres. « J'ai trait douze vaches et Joe huit. Rendez-vous compte, encore quelques heures et nous allons recommencer, n'est-ce pas, Joe ? »

Joe hocha la tête.

« Pas moi. L'après-midi c'est mon père qui le fait. »

Le visage de Prue se rembrunit. Elle accepta l'assiette de choses frites que Mrs. Lawrence lui tendait et s'absorba dans la nourriture.

Mr. Lawrence, ayant terminé le premier, semblait pressé de s'en aller. Il distribua les tâches pour la fin de la matinée. Ag aiderait Mrs. Lawrence au poulailler et essayerait de réparer le toit goudronné. Prue devait laver l'étable à grande eau, stériliser les seaux, récurer la laiterie et mettre les bidons de lait dans la cour.

« Tout prêts, ajouta-t-il, pour le camion. Pensez-vous que vous arriverez à les monter dans le camion, Prudence ? »

Prue leva les yeux de son assiette, inquiète, sachant ce qu'un bidon plein de lait devait peser. Mais elle ne voulait pas paraître faible aux yeux de Joe.

« Bien sûr, répondit-elle.

– Vous dépassez le bidon d'un pied au moins, n'est-ce pas ? » Le début de sourire de Mr. Lawrence montrait qu'il savourait sa plaisanterie.

Puis il se tourna sur sa gauche où Stella sauçait son jaune d'œuf avec une épaisse tranche de pain.

« Vous y connaissez quelque chose en chevaux ?

– Un peu.

– Alors vous allez m'accompagner. Nous irons à la Grande Prairie, ça vous donnera une idée de la propriété. »

Les trois hommes se levèrent en laissant leur assiette vide et leur bol sur la table. Mrs. Lawrence s'assit enfin avec un œuf à la coque. Dans la lumière, ses joues étaient défraîchies et ses yeux cernés de noir par la fatigue. Elle fêla rapidement la coquille de son œuf et regarda les filles.

« Vous vous y habituerez », se contenta-t-elle de dire.

À la fin de leur première journée, les volontaires étaient épuisées. Après le bol de thé de quatre heures, elles s'étendirent sur leur lit en essayant de retrouver leur énergie pour le dîner.

« Si nous sommes éreintées à ce point, qu'est-ce que ça doit être pour la pauvre Mrs. Lawrence ? remarqua Ag. Debout avant nous et toujours sur ses jambes. Et maintenant en train de cuisiner. Peut-être devrions-nous descendre l'aider.

– *Je ne peux pas*, soupira Prue. Vingt-quatre vaches traites jusqu'au bout le premier jour – quatre-vingt-seize trayons non stop, vous vous rendez compte ? Ça me suffit pour le premier jour. Fini. »

Aucune ne bougea, bien qu'elles se sentissent coupables.

« Nous serons moins raides dans une ou deux semaines, dit Ag en frottant son épaule douloureuse. Nous pourrons en faire plus.

– *Plus ?* pouffa Prue. Nous sommes des volontaires, pas des esclaves, je vous préviens.

– J'ai *aimé* cette journée, dit Stella, somnolente. J'ai aimé aller chercher Noble et m'embrouiller terriblement avec les harnais.

– Mr. Lawrence n'arrête pas de te regarder, dit Prue au bout d'un moment.

– Quoi ?

– Tu n'as pas remarqué ?

– Ne sois pas stupide. »

Ag éclata de rire :

« C'est ton imagination, Prue, dit-elle de l'autre bout de la pièce. Je pense que Mr. Lawrence est si étourdi par notre présence qu'il ne sait pas où poser les yeux. Il n'a pas l'habitude des femmes à la ferme, ni ailleurs. Mais on peut l'affirmer : lui et Mrs. Lawrence sont soudés pour la vie. Ils n'ont pas besoin de se parler ni de se regarder. Ils sont unis par le genre de compréhension muette que suscitent des années d'un heureux mariage. Apparemment, c'était comme ça pour mes parents. »

Prue s'assit. Elle enleva le nœud rose de ses cheveux.

« Je n'en sais rien, dit-elle. Ma mère et mon père s'aiment toujours, mais il faut les entendre se disputer nuit et jour ! Croyez-vous que nous gardons ces vêtements pour dîner ? Je *pue* horriblement. La vache, le fumier, le Dettol – Dieu sait quoi encore, j'empeste. Quant à mes ongles… » Elle examina ses mains : « Qu'allons-nous faire pour nos ongles ?

– Laisser courir, dit Stella en souriant.

– Pas question. Volontaire ou non, je veux garder de jolis ongles, par n'importe quel moyen. En tout cas, que pensez-vous de lui ?

– De qui ? demanda Ag.

– De Joe, bien sûr.

– Il a l'air assez gentil. Timide.

– *Assez gentil ?* Tu es aveugle ? Ne reconnais-tu pas un type sensas quand tu en vois un ? Tu ne réalises pas que Joe est quelqu'un *qui sort tout à fait de l'ordinaire* ? Pas facile à attraper, je pense, mais je tiens le pari. Il ne faudra pas longtemps avant que Joe Lawrence et moi on y arrive. »

Elle regarda Stella, puis Ag, en essayant de déchiffrer leurs réactions.

« Il y a Janet, dit Ag finalement, n'est-ce pas ? »

Prue pouffa :

« Janet ? Tu as regardé sa photo ? Elle n'est pas ce que j'appelle un obstacle.

– Mais ils sont fiancés, rappela Stella.

– C'est encore long jusqu'au printemps. » Prue examinait toujours ses ongles. « En tout cas, je vous informerai des progrès de l'affaire, si ça vous intéresse.

– C'est immoral, dit Ag en souriant à demi.

– Tu es choquée ?

– Plutôt.

– Ma devise c'est que tout est juste en amour, comme à la guerre. Et *c'est* la guerre, tu t'en souviens ? Je ne sais pas pour vous deux, mais moi je vais quitter ces pantalons puants. Jupe verte, jersey rose et une tonne de *Nuits de Paris*, quoi qu'en dise Mr. Lawrence, et Joe sera aux anges, vous verrez. »

Pendant que les deux autres riaient, Prue sortit d'un sac à coulisse un bâton de rose criard et se concentra sur ses lèvres séduisantes. « Je ne me suis jamais entichée de quelqu'un d'aussi costaud. Qu'est-ce que tu paries ? »

Elle s'adressait à Stella, la plus susceptible de relever le pari. Mais l'esprit de Stella vagabondait loin de Joe.

« Le seul pari qui m'intéresse, dit-elle, c'est de savoir si j'aurai ou non une lettre de Philip demain. Mais *sans doute* n'aura-t-il pas le temps d'écrire avant des siècles. »

Elle voulait commencer la lettre qu'elle avait rédigée en esprit ce matin-là. Mais la fatigue l'emporta sur ses bonnes intentions.

Le temps que Prue choisisse le rose convenable dans une rangée de vernis à ongles et proclame son opinion quant à l'inutilité de s'attendre à ce que les hommes écrivent, Stella s'était endormie. Ag, elle aussi, était étendue, yeux clos, et ne répondit pas. Prue ne put s'empêcher de penser qu'à elles trois elles formaient une sacrée équipe, tout en effleurant chacun de ses ongles de vernis rose flamant et en se demandant si porter ses boucles d'oreilles en coquillage au dîner ne serait pas aller trop loin.

Contrairement à ses prédictions, l'objet des désirs de Prue était loin d'être aux anges au dîner, mais, assis entre sa mère et Ag, il mangeait silencieusement du poulet et de la purée de pommes de terre. Il ne semblait pas avoir remarqué le soin que Prue avait accordé à sa toilette : nœud à pois verts dans les cheveux, rouge à lèvres brillant pour s'harmoniser avec son jersey au crochet, et sentant d'une façon extravagante son parfum parisien. Mrs. Lawrence, qui, comme d'habitude, s'assit à table la dernière, fut la seule à réagir aux efforts de Prue. Elle renifla et grimaça.

« Janet viendra déjeuner dimanche, Joe, dit-elle. Elle a téléphoné pendant que tu étais sorti.

– Ah bon ?

– Janet, expliqua Mrs. Lawrence aux trois filles, essaie de venir à peu près une fois par mois. C'est un long voyage. Elle est en poste dans le Surrey.

– C'est déjà bien qu'elle puisse venir, dit Prue. C'est bien pour vous, Joe. »

Un millier de petits calculs lui trottaient dans la tête. Elle sourit à Joe, ce qu'il s'arrangea pour ne pas voir.

La nouvelle annoncée par Mrs. Lawrence ne réussit pas à amorcer une conversation. Les filles, endolories, avaient de plus en plus sommeil pendant le repas et n'écoutaient qu'à moitié le dialogue à propos du tracteur entre Joe et Mr. Lawrence. Le dîner terminé, elles furent invitées à passer au salon pour écouter les nouvelles, mais toutes préférèrent aller se coucher.

Au moment où les filles montèrent dans leur chambre – Mrs. Lawrence avait insisté pour qu'elles ne l'aident pas à faire la vaisselle – Prue remarqua que Joe sortait discrètement par la porte d'entrée. Où allait-il ? Si elle voulait que son plan marche, elle devait être au courant de ses mouvements. L'idée l'excita suffisamment pour chasser le sommeil. Quand les deux autres furent couchées, et que, très vite, elles eurent éteint la lumière, elle alla à la fenêtre et regarda la cour d'un air morose. Elle vit Joe enfourcher sa bicyclette près de la grange et passer la barrière. Si trois comtés le séparaient de sa Janet bien-aimée, qui allait-il voir alors ? Prue resta près de la fenêtre, intriguée, jusqu'à ce qu'enfin elle entendît l'horloge d'une église lointaine sonner neuf heures. Gelée à présent, elle alla se coucher, mais la valse de ses plans l'empêcha de dormir.

Au dernier coup de neuf heures de la même horloge, Ratty Tyler, assis près du fourneau de la cuisine, éteignit sa pipe et se leva pour préparer une tasse de thé pour sa femme. Edith était carrée à la table de la cuisine, un plat de petits pains au lait fraîchement glacés près d'elle, toute prête à jeter le désordre parmi les clients matinaux du lendemain. L'ampoule peu puissante, trop protégée par un sombre abat-jour d'étain, était descendue aussi loin que sa poulie de fer le permettait. Les mains d'Edith, couleur de panais dans son faisceau obscur, s'absorbaient dans le raccommodage d'une chaussette.

« Et alors ? dit-elle.

– Alors quoi ? »

Ratty avait attendu cela toute la soirée. Il avait observé les difficultés qu'avait eues Edith à ne rien dire, pendant le repas : soupe, pain et fromage.

« De quoi ont-elles l'air ?

– Qui a l'air de quoi ?

– Tu vois bien de qui je veux parler, Ratty Tyler.

– Je ne sais pas. »

Edith soupira et coupa une autre longueur de laine grise entre ses dents ternes.

« Les filles.

– Les volontaires ?

– Bien sûr, les volontaires. De quelles autres filles je parlerais ? »

Ratty réfléchit un moment à sa question.

« D'après ce que j'en ai vu, ce sont simplement des filles », finit-il par avancer.

Il posa une tasse de thé sur la table. Il prévoyait que les questions n'étaient pas finies. Il devait gagner du temps. N'importe quoi pour gagner du temps.

« Où est le sucre ?

– Au même endroit depuis trente ans. Tu dois avoir l'esprit ailleurs. »

Il était ailleurs, c'est vrai. Il était toujours ailleurs quand il rentrait chez lui.

« Je pensais à Mrs. Lawrence, en fait. Avoir ces filles chez elle règle quelques problèmes, mais ça lui fait beaucoup de travail supplémentaire.

– Peuh ! cracha Edith, dubitative. Jusqu'à maintenant j'ignorais que tu te souciais de Mrs. Lawrence. Je suis sûre que c'est aux filles que tu pensais. » Son aiguille, chargée d'un nouveau brin de laine, plongeait prestement, comme un martin-pêcheur sur sa proie, dans le trou d'un talon brunâtre. « Autant me le dire maintenant ! »

Ratty posa le sucrier près de la tasse et se rassit. Pour avoir la paix, pensa-t-il, autant le dire maintenant.

« Il y a la petite, dit-il.

– Son nom ?

– Ils l'appellent Prudence. » Il ne jugea pas utile de faire référence à elle en l'appelant Prue, comme les autres le faisaient. Les implications d'un surnom ne feraient que raviver les inquiétudes d'Edith.

« Hou ! » Elle était souvent offensée ne serait-ce que par les noms. Son indignation n'était donc pas une surprise. « De quoi a-t-elle l'air ? »

De quoi avait-elle l'air ? Ratty se le demandait. Prudence était celle qui avait un visage semblable à ceux des filles photographiées dans les journaux les premiers jours de printemps. Petite, mais effrayante. Il n'aurait pas eu envie d'être longtemps seul avec elle.

« Comme je le dis, pas grande. Pas de quoi en faire un plat. »

Ratty avait eu l'intention de dire quelque chose de plus définitif à son sujet, afin de convaincre sa femme que la fille, assez jeune pour être leur petite-fille, n'était en aucun cas une menace. Mais il eut peur que sa méditation silencieuse, pendant qu'il s'efforcerait de trouver une description exacte, n'inspirât, par elle-même, d'autres soupçons. Il n'avait pas besoin de s'inquiéter. Pour une raison quelconque, Edith ne s'intéressa pas à Prue.

« Et les autres ?

– Il y a la moyenne, celle que j'ai conduite à Hinton en carriole avec le lait. Pas beaucoup d'expérience des harnais. »

Inutile d'ajouter qu'elle avait appris très vite, celle-là. Sur un flanc de Noble, il lui avait montré comment s'y prendre avec des harnais : vive comme l'éclair, elle l'avait imité sur l'autre flanc. Et elle avait des manières charmantes. Toutes ces remarques polies sur le paysage, en allant au village, et elle avait fait plus que sa part dans le déchargement des bidons. Joli visage, aussi. Elle lui plaisait.

« Son nom ?

– Stella.

– Elle ressemble à la cousine Stella ? »

Ratty fit non de la tête. Stella, la cousine d'Edith, était, de toutes les femmes qu'il connaissait, celle qui ressemblait le plus à une sorcière. Aucune comparaison avec la fille. Il sourit à cette pensée, sachant que sa femme, dans son rapide coup d'œil, interpréterait faussement son expression.

« Si tu poses la main sur une Stella, ce sera de *l'inceste*, aboya Edith avec la voix furieuse dont elle usait pour proférer ses remarques les plus illogiques.

– Il n'y a rien à craindre.

– Et la dernière ? »

Là, Ratty sentait qu'elle avait des soupçons. *Comment* diable pouvait-elle avoir des soupçons ? Il maudit l'instinct de son épouse.

« La grande. Agatha. On l'appelle Ag.

– Plus grande que toi ?

– D'un bon pied », dit-il, s'autorisant une exagération d'un ou deux pouces.

Edith réfréna un soupir de soulagement :

« Tu n'as jamais aimé les filles grandes.

– Non. »

Bernée ! Ag était celle qui lui plaisait plus encore que Stella. Il l'avait longtemps observée de sa cachette dans la grange. Quelque chose dans son doux visage réservé l'avait frappé. Il avait été intrigué par la façon dont ses cheveux courts s'étaient divisés pendant qu'elle balayait et lui avaient laissé entrevoir, par éclairs, son crâne blanc. Cela lui avait rappelé le merle qu'il avait vu, dans le vent, avec ses plumes ébouriffées qui laissaient voir la peau blanche de sa poitrine. S'il avait rencontré quelqu'un comme Ag quand il était jeune homme, Dieu sait qu'il n'aurait pas laissé passer sa chance.

« Blonde ?

– Brune.

– Tu n'as jamais, non plus, aimé les brunes. »

Edith effleura rapidement la masse blanche de ses boucles qui se raréfiaient.

« Non, jamais. »

Il vit Edith se détendre. Elle éloigna d'elle la chaussette raccommodée pour admirer la reprise finement tissée qu'elle avait exécutée si vite et si adroitement. Ratty n'en serait pas plus reconnaissant que de tous les raccommodages qu'elle avait faits au fil des années. Ce n'était pas qu'il ne les appréciait pas, mais les mots pour s'exprimer gelaient sur ses lèvres avant qu'il ait pu les prononcer. D'où la perpétuelle déception qu'il lui causait.

« Et qu'ont-elles pensé de toi ? »

Ratty suça sa pipe vide. Bien qu'il eût anticipé cette question, nulle réponse ferme ne lui vint à l'esprit.

« Nous avons discuté de choses et d'autres, très amicalement », s'entendit-il dire. En réfléchissant à ce mensonge, il le jugea autorisé après des vérités si partielles.

Edith renifla.

« Fais attention à ce que tu dis.

– Tu peux me faire confiance.

– Quand tu étais jeune, tu étais tout mots doux. »

Ratty s'agita. C'était, en trois décennies, ce qui ressemblait le plus à un compliment de la part d'Edith. Cela le gêna. Il ne pourrait jamais la confronter à la vérité : comment, très tôt dans leur mariage, elle avait tué les mots doux par ses rires et ses railleries. C'était elle qui avait bâti cette prison de silence où il était enfermé quand il s'agissait d'une femme. Les bannières, portant inscrit tout ce qu'il aurait voulu dire, dansaient encore dans son esprit, parfois, mais, engluées dans une prison de paroles interdites, elles ne servaient à rien. Aucun problème avec Mr. Lawrence ni avec Joe. Et même, à l'occasion, il murmurait un ou deux mots à Mrs. Lawrence. Mais trois nouvelles filles étrangères ensemble à la ferme le même jour… parler avait été tout à fait hors de ses possibilités.

« Il est l'heure d'écouter les nouvelles, dit Edith en s'emparant d'une autre chaussette dans le panier avec la curieuse douceur dont elle usait envers les objets inanimés.

– Oui. Je vais allumer la radio. »

En se levant, Ratty sentit ses os fondre de soulagement – la conversation sur les volontaires était terminée pour ce soir. Il espérait qu'elle ne recommencerait pas de sitôt : qu'il aurait le temps de reprendre ses esprits. Edith eut un petit mouvement de tête, ce qui, désormais, était ce qui ressemblait le plus, chez elle, à un sourire. Elle n'avait jamais pu mettre la radio en marche et en comprendre le réglage.

Ratty tripota le bouton. Son habileté à trouver le Home Service était un des petits moyens par lesquels il pouvait faire plaisir à sa femme en déployant très peu d'énergie. Si elle avait compris à quel point cet effort était minime, sa reconnaissance en aurait été amoindrie. Les choses étant ce qu'elles étaient, son admiration pour l'habileté technique de son mari se traduisait par un soupir, léger mais régulier, que Ratty avait fini par reconnaître. Son aiguille fut maniée avec moins de violence.

CHAPITRE III

Les volontaires avaient droit à une journée et demie de repos par semaine. Mrs. Lawrence suggéra que la première semaine elles prennent le dimanche, même si elles n'étaient là que depuis deux jours. Elle fit remarquer qu'elles n'étaient pas habituées au travail physique et qu'elles devaient avoir besoin de se reposer. Les filles acceptèrent avec gratitude. Elles proposèrent de préparer des sandwichs et d'aller pique-niquer quelque part afin de ne pas gêner. La réponse de Mrs. Lawrence fut de les inviter à déjeuner avec toute la famille : Janet serait là. Elle aimerait qu'elles la rencontrent.

À cinq heures du matin, Prue, se réveillant brusquement, se souvint qu'il n'était pas nécessaire de se lever. Sur le point de se rendormir avec volupté, l'image de Joe seul dans l'étable lui traversa tout à coup l'esprit. Il lui faudrait faire seul toute la traite aujourd'hui. Quand disposait-il donc d'un peu de loisir ?

En une minute, Prue bondit hors du lit, n'ayant plus du tout sommeil. Elle s'habilla rapidement et doucement pour ne pas déranger les autres et choisit un nœud de satin jaune pour ses cheveux. Quelle surprise elle allait lui faire ! Comme il serait content – que quelqu'un l'aide un dimanche matin.

En descendant à pas de loup, Prue entendit des voix dans la cuisine : Joe et sa mère bavardaient. Elle ne voulait pas ternir l'impact de sa bonne action en les rejoignant pour prendre un bol de thé et elle se glissa silencieusement vers la porte d'entrée.

Au moment où elle s'apprêtait à tourner la clé, elle entendit un bruit semblable à celui d'une main frappant la table de la cuisine. Et, distinctement, des voix en colère qui criaient.

« Fais attention, Joe !

– Occupe-toi de tes affaires, Maman. »

Le cœur de Prue battit plus vite. Mrs. Lawrence était une vieille bonne femme qui s'occupait de ce qui ne la regardait pas. À son âge, Joe pouvait faire ce qu'il voulait, bon sang. Elle ouvrit rapidement la porte.

Dans l'étable, les bêtes étaient enchaînées à leur stalle, agitées, comme toujours, avant la traite (comme elle avait vite appris leurs comportements !), balançant la tête, fouettant de la queue, tapant silencieusement du sabot. Prue saisit un seau pour le lait et un seau d'eau et commença à traire la première vache.

Joe arriva au moment où le seau était à moitié plein – elle savait même traire plus vite à présent. Il se rendrait sûrement compte à quel point elle avait vite appris. Prue sentit que Joe, près de la porte, la regardait mais elle ne leva pas les yeux. Elle entendit le bruit de ses pas assourdis quand il se dirigea vers elle. Elle fit mine de ne toujours pas s'apercevoir de sa présence et garda la tête enfouie dans le flanc osseux de Pauline. Elle savait que son nœud jaune s'était nettement affaissé, mais elle résista à la tentation de libérer une de ses mains pour le faire bouffer à nouveau.

« Que faites-vous ici ? C'est dimanche. C'est votre jour de congé. »

La voix de Joe était loin d'être pleine de gratitude. Pendant une minute entière, Prue écouta le sifflement rythmique du lait qu'elle tirait du pis généreux de la vache en calculant sa réponse.

« Je me suis réveillée comme d'habitude. J'ai pensé que vous seriez content d'avoir de l'aide.

– Vraiment ? »

Elle entendit Joe s'éloigner, agacé. Pourquoi était-il si fâché par sa bonne action ? Elle se sentit mal dans sa peau, comme qui a pris une mauvaise décision. Elle ne pouvait rien faire, si ce n'est continuer : elle essaya de l'éviter chaque fois qu'elle en avait fini avec une vache et qu'elle allait chercher un seau vide. Les deux heures s'écoulèrent en folles spéculations. Qu'avait-elle fait de mal ? Comment arranger la situation ? Généralement, elle pouvait se fier à la sûreté de son instinct. Ce matin, elle ne savait que répondre.

Quand Prue eut achevé de traire la dernière vache, elle se redressa et vit que Joe n'était plus dans l'étable. Pauvre crétin, pensa-t-elle : il n'a même pas profité de ma gentille offre. Il m'a laissé l'essentiel du boulot et il a foutu le camp très vite pour aller prendre son petit déjeuner.

En colère, elle sortit bruyamment de l'allée centrale en balançant son dernier seau plein. Le lait éclaboussa le sol, se mêlant à des filets d'eau chocolat et les délayant en un horrible kaki, cette couleur qui était celle de la guerre et que Prue haïssait tellement. Merde pour tout, pensa Prue. Je vais me recoucher.

Joe se tenait près du refroidisseur, les bras croisés, le visage fermé, imperméable au gémissement perçant de la machine. La vapeur, qui s'échappait du stérilisateur, embuait ce beau spectacle. Prue, furieuse et le nez en l'air, frémissait intérieurement. Elle sentait qu'il allait y avoir une espèce d'affrontement et le redoutait.

Puis, à travers la vapeur, elle vit – elle était presque sûre de l'avoir vu – le tremblement d'un sourire qui entrouvrait ses lèvres, bien que ses yeux soient toujours durement fixés sur elle.

« Petite coquine », dit-il.

Dans sa surprise, Prue posa trop brutalement son seau sur le sol. Des volées de lait débordèrent sur les côtés et caillèrent sur le béton : elle ne s'en soucia pas. Rien n'avait d'importance à présent, sauf qu'elle devait cacher son triomphe.

« Hé, *faites attention*, bon sang ! »

Il se pencha, prit le seau et versa le lait dans le refroidisseur avec une insouciance qui rappelait celle de Prue. Il se débrouillait fichtrement bien avec la stérilisation, pensa Prue, le cœur battant la chamade en se précipitant dehors sans dire un mot et en feignant d'ignorer tous les messages.

Pendant le court trajet de l'étable à la cuisine – l'odeur du bacon frit dans la cour excitait l'appétit dans l'air du petit matin –, Prue réfléchit à sa chance. Elle remercia son étoile de lui avoir fait prendre la bonne décision. L'attitude précédente de Joe, qu'elle avait, d'une façon ou d'une autre, mal interprétée, n'était que taquinerie. Joe n'était plus un problème. Le chemin de Prue était clairement tracé, Janet ou pas. Ce n'était plus qu'une question de *quand*, de *comment*, et de choix du moment où elle dirait aux autres qu'elle avait eu raison.

Pendant que Stella et Ag aidaient Mrs. Lawrence à la cuisine, Prue passa une heure à se contempler avec volupté dans le grenier désert tout en revernissant ses ongles, en choisissant des peignes pour ses cheveux à la place du ruban et en décidant finalement de porter sa robe de crêpe rouge avec son adorable décolleté déluré.

En descendant – la lourde jupe de sa robe voltigeant d'un côté à l'autre, non sans effet – elle trouva Joe et son père dans le hall, tous deux en costumes de tweed. Mr. Lawrence portait un livre de prières. Seigneur, le dimanche, ce serait sûrement un bon point pour elle que d'aller à *l'église* avec eux, pensa-t-elle – bien qu'elle espérât ne pas avoir à en venir là. Elle n'avait jamais été très portée sur l'église, avec toutes ces hymnes ennuyeuses. Mais Joe dans son costume distingué ne lui plaisait pas qu'à moitié, malgré la trace d'œuf sur sa cravate. Elle sourit. Mr. Lawrence, avec un regard de feinte désapprobation, se hâta vers la cuisine. Ce qui les laissa, elle et Joe, seuls dans le hall. Elle sourit derechef.

« Vous étiez en train de *prier* ? demanda-t-elle enfin.

– Petite impertinente », répondit Joe.

Il monta l'escalier à toute vitesse et claqua derrière lui la porte de sa chambre.

Petite impertinente… Prue réfléchit avec soin à ces mots. Il l'avait dit si légèrement, d'une voix si faussement sérieuse, afin que son sens en soit transparent, que, pour la seconde fois de la matinée Prue se sentit triomphante.

Comme elle appréciait la soigneuse analyse de cette courte remarque ! Ce qu'il voulait dire, c'était qu'elle n'était pas *très* impertinente, mais qu'il lui serait reconnaissant d'être plus prudente. Bon, elle n'avait jamais été fille à ficher la pagaille. Elle accepterait qu'il dicte les règles du jeu, si c'était ce qu'il voulait. Mais il n'y avait aucune raison pour qu'en attendant elle ne s'amuse pas.

Prue se glissa dans la cuisine où Mr. Lawrence cirait ses chaussures. Les trois femmes travaillaient avec acharnement, remuant, goûtant, allant et venant dans les volutes de vapeur qui s'élevaient du fourneau.

« Puis-je préparer la sauce ou faire quelque chose ? demanda Prue.

– Tout est prêt. »

Mrs. Lawrence renifla, dissimulant moins bien sa désapprobation que son mari. Elle semblait avoir un sixième sens, être au courant, sans aucun doute, de tout ce qui se passait sous son toit. Il serait épouvantable d'être témoin de sa colère.

Prue quitta la pièce.

Elle se retrouva dans la cour, sautant par-dessus des flaques de boue sur de petites îles de terre sèche en essayant de ne pas salir ses chaussures rouges du dimanche. En atteignant la grange – qu'elle avait fini par aimer – elle se croisa les bras sous la poitrine, frissonnante. C'était une matinée froide et sans soleil. Elle s'appuya contre le garde-boue glacé et boueux du tracteur, en s'assurant qu'on ne pouvait la voir de la maison. Elle n'eut pas le temps de se demander ce qu'elle faisait là, avec le tracteur pour seul compagnon, parce que, presque immédiatement, une petite Austin Seven bleu marine, merveilleusement propre, s'avança vers la porte d'entrée. Figée par la curiosité, Prue vit une fille – sans doute à peu près de son âge – sortir de la voiture et en fermer méticuleusement la portière à clé d'une main gantée. Elle portait un manteau gris. Ses cheveux étaient coiffés en chignon. Elle restait là, à regarder autour d'elle, comme si elle était déçue que Joe ne soit pas venu l'accueillir. Puis elle alla à la porte et tira la sonnette. Prue décida que les petits pas guindés de la fille, avec ses souliers à lacets reluisants, étaient ceux d'une maîtresse des lieux.

Joe ouvrit la porte. Ils échangèrent quelques mots et revinrent vers la voiture. Joe semblait admirer le véhicule. Il posa la main sur le capot luisant. Janet lui tapota le bras et renversa la tête en arrière. Elle avait l'air de solliciter une part de son admiration. Joe se pencha et se contenta d'effleurer son front de ses lèvres. Janet lui prit le bras. Ils entrèrent ensemble dans la maison.

C'est tout ce que je voulais savoir, se dit Prue. Elle traversa la cour si vite qu'elle éclaboussa à la fois les chaussures rouges et sa plus fine paire de bas de soie, mais elle s'en moquait.

Janet était assise au bord d'un fauteuil près de la cheminée du salon. Joe était assis sur une chaise, en face d'elle, et Stella et Ag occupaient le petit canapé dur. Ag regardait le mobilier vert olive, le parchemin craquelé de la lampe ordinaire et les reproductions fanées de la cathédrale d'York. Joe, silencieux, jouait avec un tout petit verre de porto. Janet, qui avait refusé de boire quoi que ce fût, pieds croisés sur le sol, mains posées calmement dans son giron, laissait voir, dans son attitude, quelque chose entre des bonnes manières réservées et de la désapprobation. Son visage allongé et sa bouche aux commissures tombantes mal dessinée au-dessus d'un menton protubérant lui donnaient un air de mélancolie obstinée. Ce qui était étonnant, c'est que, quand elle s'aventurait à sourire, ses yeux aux coins tombants se relevaient et que son visage ingrat en devenait presque attirant.

Stella, consciente du malaise, se sentit obligée de faire un effort de conversation.

« Quel est votre véritable travail dans les WAAF[1] ? demanda-t-elle.

1. *Women's Auxiliary Air Force* : service féminin auxiliaire des forces aériennes.

– Contrôleuse de bougies de moteur. » Janet réfléchit un instant, bien décidée à en dire plus devant l'intérêt naïf que reflétait le visage de Stella : « Ce que je voudrais vraiment c'est être radio. Mais je ne crois pas que j'y arriverai un jour. »

Elle haussa les épaules et regarda Joe qui ne fit pas mine de contester cette affirmation.

« Je suis sûre que vous y parviendrez, dit Stella, étonnée de l'indifférence de Joe. Je n'imagine pas ce qu'on peut faire quand on teste des bougies.

– Non, eh bien, ce n'est pas intéressant. Et les conditions de travail ne sont pas très agréables. Toute la journée dans un atelier froid et plein de courants d'air, avec de l'huile partout… »

Elle baissa la voix, les yeux fixés sur la porte.

Prue entra en coup de vent, un torchon noué sur sa jupe.

« Vous devez être Janet, dit-elle. Je suis Prue. Veuillez excuser mon tablier. »

Elle sourit malicieusement et serra la main de Janet dont l'incrédule visage pâle pâlit plus encore. Prue dénoua le torchon et s'ébroua avec autant de séduction qu'une stripteaseuse. Joe, sans la regarder, avala d'une gorgée ses quelques gouttes de porto.

« Je suis venue vous dire que le dîner était prêt. »

Janet se leva et lissa sa jupe de flanelle grise.

« D'où venez-vous ? demanda Prue. Dans cette merveilleuse voiture !

– Elle appartient à mes parents. Du Surrey, près de Guildford. »

La brusquerie de sa réponse fit cesser les petits sauts de Prue. Elle regarda Janet avec une curiosité nouvelle.

« Quant à moi, je ne suis jamais allée dans le Surrey, dit-elle. Est-ce que ça ne fait pas un peu loin juste pour venir déjeuner le dimanche ?

– Oui, mais si c'est la seule occasion que j'ai de voir Joe, alors les kilomètres m'importent peu. »

Janet renversa à nouveau la tête en arrière, adressant à Prue un petit sourire provocant qu'elle promena ensuite à la ronde jusqu'à ce qu'il parvienne à Joe. Ag, du coin de la pièce où elle se tenait, admira le cran de la jeune fille. Janet prit le bras de Joe et fit clairement comprendre qu'ils quitteraient la pièce en premier.

Nous avons affaire à une possessive petite dame du Surrey, pensa Prue en adressant un clin d'œil à Stella et à Ag.

« Et vous, vous êtes déjà allées dans le *Surrey* ? leur demanda-t-elle.

– Ferme-la, Prue », répondit Ag.

Janet s'assit entre Joe et Mr. Lawrence. Prue, suivant le conseil d'Ag, s'abstint de s'asseoir près de Joe et choisit la place en face de lui. Mrs. Lawrence servit à tout le monde de grandes assiettées de rôti de porc garni de légumes.

« On ne croirait jamais qu'il y a la guerre, remarqua Stella, tentant désespérément de rompre le pénible silence.

– Vous le croiriez si vous deviez manger à ma cantine, rétorqua Janet. La semaine dernière ils étaient à court de crème en poudre. On a dû se contenter de Maïzena avec le petit pain à la confiture. Quant au gâteau au chocolat…

– J'aime les gâteaux au chocolat, déclara Prue, solennellement. Tout ce qui a du chocolat, en fait.

– Je n'ai jamais fait de gâteau au chocolat. Et à présent je ne peux pas trouver de chocolat », dit Mrs. Lawrence, pour combler un nouveau silence. Elle regarda Prue : « Et je pense donc que je n'en ferai jamais.

– Et votre mère, Janet, comment va-t-elle ? » Mr. Lawrence, s'imposant de faire son devoir, jeta un coup d'œil à son fils.

« Elle va bien, Mr. Lawrence. Elle a du pain sur la planche avec le WVS[1] et le groupe de tricot qu'elle a organisé. »

Mrs. Lawrence jeta à son fils un coup d'œil perçant.

« Tu avais dit, Joe, que tu descendrais du grenier ces piles de magazines pour la mère de Janet.

– Je l'ai fait, répliqua-t-il. Je les mettrai dans ta voiture. »

Prue nota que c'était la première fois qu'il s'adressait

1. *Women Volunteer Service :* aide bénévole pour des travaux d'intérêt collectif.

directement à sa bien-aimée fiancée. Peut-être compensaient-ils en privé leur réserve en public.

« Maman sera contente. Merci, Mrs. Lawrence. »

Janet se tourna vers Joe.

« Aurons-nous le temps de faire un petit tour avant que je doive repartir ? Mon père dit qu'il préférerait que je sois rentrée avant la nuit. »

Joe regarda sa montre.

« Ça dépend, dit-il, si je peux achever la traite rapidement. »

Il ne regarda pas les filles, mais les yeux de Mrs. Lawrence passèrent de Stella à Ag et à Prue.

« Je m'occuperai de la traite ! » Prue se tourna vers Joe : « Allez vous promener, vous et Janet.

– Nous t'aiderons, proposa rapidement Ag.

– Bien sûr, ajouta Stella.

– Bon, dit Joe. Si vous insistez.

– Nous insistons. » Prue éclata de rire.

« C'est très, très gentil, dit Janet. Joe et moi sommes très, très reconnaissants. Nous avons si peu de temps. »

Prue éclata de rire à nouveau.

« Dois-je apporter la tourte aux pommes, Mrs. Lawrence ? »

Cela lui donna l'occasion de se lever lentement en faisant danser sa jupe. Elle fut heureuse de remarquer que Janet avait les yeux rivés sur ses hanches minces, sa taille fine et ses seins qui pointaient sous son adorable décolleté.

Les louanges accordées au dessert n'animèrent que fort peu le morne déjeuner. Quand il fut enfin achevé, Mr. Lawrence se leva le premier avec l'air de qui va faire une déclaration publique. Il s'adressa aux volontaires :

« Faith et moi, le dimanche, nous arrangeons pour ne rien avoir à faire jusqu'à l'heure du thé, dit-il tranquillement. C'est le seul moment où nous pouvons nous reposer ensemble. »

Stella, en regardant Mrs. Lawrence, vit que son visage avait violemment rougi.

Joe, gêné lui aussi, tapota l'épaule de Janet.

« Viens alors, Jan. J'espère que tu as apporté tes bottes.

– Nous allons ramener les vaches, dit Stella en incitant les autres à se hâter.

– Première ! » cria Prue en passant tout près de Janet et de Joe.

Ag fut la dernière à quitter la pièce. Dès qu'elle eut franchi la porte, elle entendit le cri de reproche de Mrs. Lawrence :

« John ! Comment oses-tu ?

– Désolé, chérie. Je voulais qu'elles s'en aillent, je ne savais pas comment… »

Ag se hâta de rattraper les autres, peu désireuse d'en entendre plus.

Ayant réenfilé leurs pantalons, les trois filles s'en furent à grands pas chercher les vaches dans le Pré d'En Bas. La bonne humeur de Prue s'était évanouie.

« Janet a de la veine, dit-elle.

– Oh, je n'en suis pas sûre. Elle n'a pas l'air d'avoir beaucoup de succès avec Joe », répliqua Stella.

Ag balaya de son bâton l'herbe haute du talus. Elle se tourna vers Prue.

« C'était moche, dit-elle.

– Moche ? Qu'est-ce qui était moche ?

– Ce flirt. Tu crucifiais Janet. »

Prue éclata de rire :

« Pour l'amour du ciel, si elle ne peut pas supporter qu'une autre femme sourie à son homme, alors elle se prépare de sales moments. Chez moi, tout est loyal en amour et de plus Joe a besoin de se distraire, par n'importe quel moyen. Il a fait une connerie. Il a besoin de s'amuser un peu.

– Quoi qu'il en soit, ce ne sont pas tes oignons, rétorqua Ag.

– Ça va, Miss prude. »

Prue frappa l'herbe de son bâton, encore plus fort qu'Ag.

« Assez, vous deux », dit Stella en se glissant entre elles.

Prue l'ignora et tourna son visage furieux vers Ag.

« Ce que tu veux dire, *Agapanthus*, c'est que Joe te plaît, à toi aussi. »

Le visage d'Ag s'empourpra devant cette accusation absurde et si insultante. Leurs regards se rencontrèrent, chargés d'une hostilité mutuelle, mais Ag garda son sang-froid.

« Non, je ne veux pas dire ça. Tu ne te rends pas compte à quel point tu te trompes. »

Prue fouetta l'herbe à nouveau, mais moins violemment. Le silence qui suivit fut rompu par le meuglement d'un petit avertisseur.

Elles se retournèrent et virent l'Austin Seven derrière elles. Joe conduisait et Janet, souriante, était à ses côtés. Quand ils passèrent, tout le monde agita la main. La tension retomba avec le passage de la voiture.

« Il a l'air très heureux, en fait, remarqua Ag.

– Il aime les voitures, dit Prue. Les nouvelles voitures comme celle-là.

– Eh bien, bonne chance à eux. »

Stella pensait à elle et à Philip. Elle n'avait pas eu de ses nouvelles.

Prue, tout à coup contrite, regarda Ag.

« Désolée. Quand un homme me plaît, le diable s'empare de moi.

– Sois prudente, dit Ag. Pense à Janet.

– Je ne suis pas fille à ficher la pagaille, crois-moi. »

Prue ébouriffa ses boucles et sourit à nouveau.

Arrivées à la barrière du champ, les trois filles s'arrêtèrent un moment, les bras posés sur la barre supérieure, les yeux rivés sur le troupeau de vaches impatientes. Ag se dit qu'avec un peu de chance elle reprendrait dans deux heures exactement la lecture de *Jude l'Obscur* : jusqu'alors elle avait eu peu l'occasion de lire. Stella commença à rédiger sa prochaine lettre à Philip. Prue soupira.

« Je me demande ce qu'ils fabriquent, dit-elle. Je vois mal Joe aller très loin avec cette jupe grise, et vous ? »

Mr. Lawrence s'arrangea pour redescendre avant que les filles ne reviennent de l'étable. Avoir une maison pleine d'étrangers présentait des inconvénients. Mais, dans l'ensemble, à en juger par cette semaine, les avantages l'emportaient. Faith avait eu raison au sujet des volontaires : elles se formaient parfaitement. Faith avait bien souvent raison.

Il coupa d'épaisses tranches du pain fait par sa femme. Il avait faim mais il était calme. L'énergie nerveuse et le fort sentiment d'anxiété qui l'avaient poursuivi depuis l'arrivée des filles s'étaient dissipés pendant l'heure où il avait fait l'amour avec sa femme. Comme tous les dimanches après-midi, il se sentait plein de force. Lui seul savait dénouer la rigidité de Faith, apaiser sa tension et la faire sourire. La fascination qu'il trouvait dans cette détente régulière de son épouse ne s'amoindrissait jamais, et le thé qui suivait, et qu'il préparait, était le moment qu'il attendait avec le plus d'impatience dans la semaine. Les dimanches après-midi ravivaient l'énergie dispersée de John Lawrence et lui redonnaient des forces pour affronter les journées qui l'attendaient parce qu'ils avaient renoué leurs liens d'une façon qui n'avait rien perdu de sa fraîcheur et n'était jamais devenue banale.

Lentement, gravement, le fermier beurra les tartines, mit le cake aux fruits sur une assiette et posa une cuillère à dessert près du pot de confiture de groseilles préparée par Faith. Il aurait aimé que le silence se prolongeât pendant des heures, que les filles ne reviennent pas, que la guerre soit finie. Mais dans quelques instants elles rentreraient, l'estomac dans les talons. C'était gentil de leur part de s'être occupées de la traite et d'avoir ainsi permis à Joe de passer une heure ou deux avec Janet. Les filles, les filles… Cette Stella. Tout en remuant le thé, John affronta la vérité – ce dont, en général, dans ses journées laborieuses, il n'avait pas le temps. Mais là elle était devant lui, dans sa terrible nudité : Stella ne l'inquiétait plus. Les bizarres sentiments spontanés qu'elle avait suscités en lui de façon si inattendue, presque dès le début de leur rencontre, s'étaient apaisés. Preuve supplémentaire du diable qui l'avait tenté – et là le filet de lait qui passait du pot à la tasse trembla – il venait de trouver le nom exact qui définissait la nature de ces sentiments : le désir sénile. Dégoûtant, honteux, horrible. Il avait cinquante-trois ans, il était marié depuis longtemps, n'avait jamais regardé une autre femme que Faith et n'avait jamais eu l'occasion d'être tenté. Puis une créature ensorcelante, assez jeune pour être sa fille, était arrivée et le sentiment fugace qu'elle lui avait inspiré était comme une maladie dont il ne savait se débarrasser.

Jusqu'à maintenant. Maintenant, redevenu normal, il pouvait se faire confiance. Et il se mettrait à l'épreuve pour se le prouver. L'épreuve serait fort simple – rien de dangereux. Lundi, il permuterait les travaux des filles (bonne idée pour s'assurer qu'elles pouvaient tout faire) et emmènerait Stella tailler les haies avec lui. Il aurait plaisir à lui transmettre son savoir-faire. À la fin de la journée, il proposerait aux autres de l'aider à faire un feu de joie. Et ainsi le fantôme serait vaincu : plus jamais il n'en aurait honte.

Faith entra tranquillement, sa peau mate brillant dans la profonde lumière de l'après-midi. Elle noua un tablier sur sa jupe du dimanche, versa le thé, droite et noble, et eut un petit sourire en voyant l'épaisseur de la couche de beurre.

« Il faut se rationner, souviens-toi.

– C'est notre beurre.

– Quand même. » Mrs. Lawrence s'assit. « J'ai caché le dernier pot de confiture de prunes. Tu en veux un peu avant que les filles n'arrivent ? »

Ses petits complots innocents ravissaient toujours son mari. Il refusa d'un mouvement de tête.

« Pas aujourd'hui. Ce sont de bonnes filles.

– Pas mal du tout. »

Mrs. Lawrence rougit pour la seconde fois de l'après-midi. Son mari lut dans ses pensées.

« Je t'ai dit que j'étais désolé. Je le répète.

– Inutile de le redire.

– Nous pouvons aller jusqu'aux Cloches prendre un verre et un sandwich. Ratty y sera.

– Pour échapper à Edith. » Faith éclata de rire. « Il sera

si surpris de nous voir que cela peut lui faire perdre les pédales. La semaine a déjà été assez bouleversante pour lui, en tout cas avec les filles.

– Nous n'aurons pas à les voir si nous allons aux Cloches.

– Cela m'est égal de les voir. Je ne pense pas que Joe sera très content d'être tout seul avec elles trois et Prudence qui battra des cils. De plus, tu rateras le riz au lait. Et souviens-toi que c'est *Postscript,* ton émission. Je ne peux pas imaginer que tu veuilles manquer Mr. Priestley. Nous resterons là où nous sommes. »

Ils entendirent des voix et une porte qui claquait.

Les filles firent irruption, chaussettes et pantalons boueux, apportant avec elles l'air froid de l'extérieur. Elles avaient fait une longue promenade, s'étaient perdues, avaient eu des difficultés pour aider Prue à franchir un échalier. Pendant qu'elles dévoraient et riaient, heureuses, Mr. Lawrence dut admettre que leurs pensées avaient été bien loin de Faith et de lui-même et il en fut soulagé. Il remarqua que c'était le premier repas au cours duquel des plaisanteries véritablement joyeuses remplaçaient une conversation polie. Joe, entré juste au moment où la dernière tartine était engloutie, sembla surpris par les rires et la gaieté inhabituels. Il s'assit près de sa mère, qui coupa pour lui une grosse tranche de cake. Il ignorait les regards clandestins de Prue. Peut-être, naïvement, n'en avait-il pas conscience, mais Mr. Lawrence, lui, ne manqua pas de les remarquer et fut, pour une fois, heureux de voir le visage de son fils aussi imperturbable que d'habitude. Il était difficile à sonder, Joe. Il l'avait toujours été. Mr. Lawrence était sûr que cette petite aguicheuse de Prudence n'arriverait jamais à le comprendre. Néanmoins, il se remémora la jupe plate et grise de Janet et sa voix plate et grise et il se sentit mal à l'aise. Il ne devait pas trop penser à Janet. Il lorgna Stella : elle était belle – malgré la boue sur ses joues, ses cheveux ébouriffés et son manque complet de maquillage. Innocemment, elle lui sourit. Il n'éprouva rien. Il restait ferme dans sa décision. Demain il lui apprendrait à tailler une haie.

Ce soir-là, les filles rejoignirent les Lawrence près du feu de bois dans le salon. Mrs. Lawrence raccommoda, Prudence revernit ses ongles, Ag se concentra à moitié sur des mots croisés. Stella resta simplement assise, pensant à Philip. Pendant qu'ils écoutaient tous J.B. Priestley qui, à la radio, critiquait la politique du gouvernement qui ordonnait de vendre les pommes de terre un penny la livre, Mr. Lawrence regarda Stella à plusieurs reprises en se demandant à quoi elle pensait. Il ne ressentit toujours rien, si ce n'est une certaine sécurité.

Mais le lendemain, au petit déjeuner, sa résolution flancha puis s'évanouit. Des désirs inquiétants d'infidélité, quelque chose de physiquement incontrôlable, l'assaillirent quand il la regarda siroter son thé. Il s'interrogea sur sa distraction. Elle ne cessait de jeter des coups d'œil par la vitre. Quand le facteur arriva, elle bondit avant Faith et lui arracha le paquet de lettres par la fenêtre. Elle le feuilleta rapidement et s'empara vivement d'une lettre qui lui était adressée. Elle la glissa dans sa poche arrière avec un regard de joie si vive que Mr. Lawrence comprit qu'il devrait modifier ses plans. Il ne pouvait travailler aux haies toute la journée à côté d'une fille si radieuse, sans être ému, tenté et crucifié. Elle était à nouveau tout sourire : un portrait de l'espérance, avec ses joues roses. Heureux l'homme qu'elle aime, pensa Mr. Lawrence, et il se rendit compte que sa femme le regardait avec insistance.

« J'ai besoin que quelqu'un m'aide pour les dernières prunes de Damas, dit-elle.

– Moi, je veux bien. » Stella se porta immédiatement volontaire.

« Dans ce cas, Agatha viendra travailler aux haies avec moi, dit Mr. Lawrence, et quant à vous, jeune Prudence, vous allez enfin pouvoir faire ce qui vous plaît. Quand les étables seront nettoyées, il faudra labourer le Pré d'En Haut. Joe vous montrera comment marche le Fordson – quelquefois il a ses humeurs. Il vous conduira là-haut. Puis vous vous débrouillerez.

– Mr. Lawrence ! Je ne vous décevrai pas. Vous n'aurez

jamais vu un sillon plus droit », cria Prue d'une voix perçante. Elle reposa sa tasse de thé et lui jeta autour du cou ses bras tout agités : « Merci ! Merci ! »

Mr. Lawrence se libéra maladroitement de son étreinte pour rire avec les autres. Même Joe souriait.

« Du calme, ma petite, dit-il, et ne soyez pas étonnée si le charme de la nouveauté s'estompe un peu quand vous aurez passé deux heures sur un siège de métal.

– Attendez, répondit-elle. Ma *dévotion* au labourage vous surprendra tous. Je redescends dans une minute, Joe. Je vais juste retoucher mon rouge à lèvres. On ne sait jamais qui on peut rencontrer dans un sillon… »

Faith expliqua que, comme les dernières prunes de Damas serviraient à faire des confitures et des condiments, il n'était pas nécessaire de les cueillir très soigneusement. En cueillant des prunes pour la vente, les jours précédents, Stella n'avait choisi que des fruits parfaits.

Elle porta un grand panier et un escabeau au verger et s'attaqua au dernier prunier non cueilli, dont les branches ployaient sous le poids des fruits.

C'était une belle et chaude matinée. Les gelées anormales de la semaine dernière n'avaient pas recommencé : Mr. Lawrence avait dit que c'était le plus bel été depuis des années. Sa chaleur, tempérée par une brise presque imperceptible, avait débordé sur l'automne.

Stella stabilisa l'escabeau et grimpa dans l'arbre, enfoncée jusqu'à la taille dans les branches et les feuilles. Elle aimait cueillir des fruits, elle aimait dépouiller chaque arbre de ses pommes ou de ses prunes, bien qu'elle ne fût pas encore à moitié aussi rapide et adroite que Mrs. Lawrence, qui avait travaillé à côté d'elle les premiers jours.

Dans sa dernière lettre à Philip, Stella avait essayé de décrire la joie qu'elle trouvait dans l'intimité des feuilles et dans leur danse verte, avec le soleil et l'ombre tout autour d'elle, dans le silence chuchotant rompu par un rameau qui se brisait ou le choc sourd et rythmé d'un fruit qui tombait dans le panier. Au moment même où elle avait écrit cela, elle avait pris conscience de son erreur. Dans leurs brèves rencontres, Philip n'avait pas semblé très intéressé par la nature : ce qu'il voulait entendre, plus vraisemblablement, c'étaient des déclarations de dévotion totale. Elle en avait inclus, bien sûr, à la fin, mais avait désiré faire comprendre à quoi ressemblait cette étrange vie de volontaire – avec ce moment si amusant, quand elle avait trait une vache en caoutchouc, cet autre si secret, parmi les fruits. Elle lui avait écrit trois lettres. Et maintenant, bien que son impatience d'avoir une réponse fût presque insupportable, elle avait décidé de prolonger son agonie. Lire la lettre serait sa récompense quand elle aurait rempli le panier.

Stella, les doigts tremblants, cueillit les fruits plus rapidement qu'elle ne l'avait encore jamais fait. Des taches rousses commençaient à oceller les feuilles. Quelques fruits avaient éclaté sur leur tige. Dans les fentes de leur chair, une espèce de gélatine transparente avait bouillonné et s'était durcie et elle brillait aussi vivement que du cristal. Stella jeta ces fruits abîmés dans l'herbe haute, sous l'arbre. Elle essayait parfois de polir une prune avant de la manger, mais elle ne pouvait ôter le vernis bleu de la peau. On ne pouvait pas faire briller les prunes de Damas comme des prunes. Elle supposa que chaque fruit avait ses raisons d'être : les fruits étaient aussi différents que l'étaient les roses. Mais elle était trop impatiente pour creuser plus avant la question de la nature des prunes de Damas et, comme elle était seule dans le verger, elle chanta, de sa voix claire, *La Rose de Tralee.* La lettre, dans sa poche, était brûlante.

Le panier était plein. Stella le cala entre deux branches. Il n'y avait plus de prunes à sa portée. Ses bras bruns étaient chauds, son travail bien fait. Elle s'installa sur la plate-forme de l'escabeau dans une arche de branches et déchira l'enveloppe de papier bon marché qui était le papier standard des officiers sur l'*Apollo.* Il n'y avait qu'une page dans l'enveloppe. Quand Stella commença à lire, l'ombre des feuilles, gênante au début, sautilla sur les mots.

Ma chère Stella,

Merci beaucoup pour tes lettres. Je suis content d'apprendre que, jusqu'à présent, tu apprécies ta vie de volontaire et que tu t'entends bien avec les deux autres.

Ici, c'est la routine. Toute la semaine nous avons escorté des convois dans la Manche, ce n'était pas très amusant et il n'y a pas eu de problème. Je serai heureux quand nous rentrerons à Liverpool, parce que le paysage, en mer, n'est pas très varié.

Hier soir j'ai battu le meilleur joueur aux dames dans la carrée. Il aboie plus qu'il ne mord. Il est vraiment très sympathique.

Tu ne cesses de me demander quand j'aurai une permission et quand nous pourrons nous voir. Je suis un cours d'artillerie dans quinze jours, à Portsmouth, et j'y passerai sans doute la nuit. Peut-être, en rentrant, pourrais-je faire un détour par Plymouth, bien que sans voiture ce soit difficile. Nous devrons sans doute attendre un meilleur moment, quand j'aurai cinq jours de permission. Alors, si tu peux t'arranger, nous organiserons quelque chose. Excuse ce petit mot, je suis bientôt de quart. D'une façon ou d'une autre, j'ai réussi jusqu'à maintenant à ne jamais être en retard. C'est un miracle !

Méfie-toi de ces vaches. J'essaierai de t'écrire encore, bientôt.

Je t'embrasse,

Philip.

Incrédule, Stella lut la lettre deux fois. Elle froissa l'horrible petit mot, puis, rapidement, le défroissa, le reglissa dans l'enveloppe et le remit dans sa poche.

Il n'y avait rien, rien, rien du tout, entre les lignes !

Elle souleva le panier de prunes de Damas – oh, quel espoir stupide lui avait fait accélérer la cueillette ! –, descendit non sans difficulté de l'escabeau et le posa sur le sol. Puis elle s'assit dans l'herbe à côté et s'appuya contre le tronc d'un arbre. Elle s'aperçut que des larmes dues à cette terrible déception ruisselaient sur ses joues. Elle se mordit les phalanges pour étouffer ses sanglots. Comment pouvait-il faire ça ? Comment un homme qui, si récemment, s'était déclaré si passionnément épris, pouvait-il écrire une lettre si désespérante, si vide, sans lui donner d'informations sur sa vie en mer, sur ce qu'il ressentait, sur son amour et sur la douleur que représentait son absence ? Alors qu'elle, elle avait tellement décrit sa vie, tellement déclaré son amour.

Quand le plus fort de ses sanglots fut passé, elle eut une nouvelle idée. Peut-être, tout simplement, Philip n'aimait-il pas écrire ? Aussi surprenant que cela paraisse, il y avait des gens comme ça. Exprimant naturellement ce qu'il ressentait, peut-être était-il terriblement maladroit quand il s'agissait de s'exprimer sur le papier. Peut-être ne connaissait-il pas le plaisir de transmettre ses pensées sur les ailes du vent à quelqu'un d'autre, ni même le plaisir qu'une lettre pouvait apporter. C'était ça, sûrement. Personne n'était parfait et l'homme qu'elle aimait n'avait qu'un petit défaut : il n'était pas doué pour la correspondance. Il y avait des défauts pires : elle devait estimer qu'elle avait de la chance. De plus, quand la guerre serait terminée, il ne serait pas nécessaire qu'ils s'écrivent. Ils se marieraient presque tout de suite.

Finalement, consolée par ses réflexions même si elles ne débouchaient pas sur une solution satisfaisante, Stella se dressa et souleva le lourd panier de prunes de Damas. Elle essuya ses larmes de la laine rêche de sa manche et se retourna pour prendre le chemin de la ferme. À moins de dix mètres, Joe approchait. Elle ne pouvait l'éviter.

Il s'arrêta à un mètre d'elle.

« Quelque chose ne va pas ? »

Stella renifla et tenta de sourire.

« Non, pas vraiment, merci. Je suis simplement bouleversée par la première lettre de Philip.

– Ah. Il est quoi ?...

– Enseigne de vaisseau. Sur l'*Apollo.* Il escorte des convois en Manche, des choses comme ça. Rien de passionnant. Il n'a encore assisté à aucun combat.

– Il a de la chance.

– En tout cas... » Stella haussa les épaules et se prépara à partir.

« On doit se faire du souci. Je veux dire, tout le temps. »

Stella acquiesça.

« L'absence, dit-elle. L'attente des permissions. Ne pas

savoir. Cela dit, après la guerre, nous nous marierons immédiatement. Du moins je le suppose.

– L'attente ne sera peut-être pas trop longue.

– Je l'espère. Vous devez savoir ce qu'il en est, vous et Janet, d'attendre.

– J'allais voir comment Prue s'en tire, répondit Joe comme s'il ne l'avait pas entendue. S'il y a un seul sillon pas droit, elle va m'entendre ! »

Stella se surprit à éclater de rire.

Accoudé à la barrière, Joe observa Prue quelques instants sans qu'elle le voie. Le tracteur, son grognement réduit à un bégaiement lointain, était à l'autre bout du champ. Très droite, la petite silhouette de la conductrice montait et descendait sur le siège, si légère qu'elle sautait à chaque cahot. On ne voyait qu'une tache de couleur sur sa tête – un nœud écarlate. Dans l'air, derrière elle, une flottille de mouettes plongeaient et remontaient en flèche, pendant que sur le sol la terre noire s'ouvrait en une vague molle sous les dents du soc.

Le tracteur disparut dans un creux du champ, et le bruit du moteur s'affaiblit encore. Joe calcula qu'il était à une centaine de mètres de la haie, puis qu'il devrait tourner. Il attendit de le voir réapparaître au sommet de la pente.

Mais il y eut un silence soudain et total. Après avoir attendu un moment, Joe changea de position. Il ne fit pas un pas pour entrer dans le champ. Pendant quelques minutes, pesant de tout son poids sur la barrière, il laissa son regard suivre les nuages qui fuyaient, s'écrasaient, se déchiraient et continuaient leur chemin en nouveaux lambeaux. Finalement deux grognements rayèrent le silence, puis le bégaiement rythmique reprit et les mouettes réapparurent.

Pendant que le tracteur traversait le grand champ et avançait vers lui, Joe ne le quitta pas des yeux : il vit le moment exact où Prue l'aperçut, et, bien décidée à tracer un sillon droit, s'agrippa plus fermement au volant. Elle avait réussi à labourer presque un quart du champ – ce n'était pas rapide, mais c'était raisonnablement droit. Quand Prue fut presque à la barrière elle arrêta le tracteur, mais ne coupa pas le moteur.

« Comment est-ce que je m'en tire ? » cria-t-elle.

Joe fit un salut militaire avec sérieux afin d'entrer dans son jeu.

« Pas mal. Pas mal du tout.

– J'ai eu des problèmes : j'ai calé.

– Vous vous êtes souvenue qu'il fallait mettre du pétrole ?

– Bien sûr.

– Et de l'huile de machine à coudre ?

– Pour qui me prenez-vous ?

– Et les bondes ?

– Je les ai vérifiées, idiot.

– Je regarderai quand vous serez rentrée. »

Il s'apprêta à ouvrir la barrière.

« Je ne rentre pas. » Prue commença à tirer sur le lourd volant, un ruisselet de sueur sur le nez et ses joues écarlates. « Ne prenez donc pas cette peine.

– C'est l'heure de déjeuner, bon sang !

– Je n'avalerai pas un morceau jusqu'à ce que j'aie fini ce maudit champ. »

Leurs regards se croisèrent.

« Très bien, cria Joe. Je le dirai à Maman… »

Le tracteur tournait. Elle le conduisait adroitement. Quelques instants encore, plongé dans ses pensées, Joe regarda son petit derrière qui montait et descendait et le nœud de ses cheveux rebondissants, puis il repartit vers la grange.

« Le problème avec les haies, c'est qu'elles ne se tiennent pas tranquilles, expliquait Mr. Lawrence à Ag tout en cheminant avec faucilles, serpettes et cisailles. Elles s'embrouillent terriblement si on ne s'en occupe pas, elles s'étalent de chaque côté dans les champs, et elles bouchent les fossés. Il y a des gens qui trouvent que c'est ennuyeux de s'occuper des haies, mais pas moi. En fait, à la ferme, c'est ce que je préfère. Vous tirez très vite quelque chose de votre travail, en plus d'une pile de bois pour le feu. C'est très satisfaisant. »

Ag acquiesça en silence, se demandant si elle manierait avec adresse les lourds outils.

Ils parvinrent à une haie d'aubépine, qui séparait un champ de blé récemment fauché d'une étendue de betteraves fourragères. Des deux côtés il y avait des fossés, invisibles sous un enchevêtrement de ronciers et de rejets. Ag, du regard, parcourut toute la longueur de la haie qui s'achevait à l'entrée d'un petit taillis. Son enthousiasme à lui redonner forme n'égalait pas celui de son employeur, mais elle sourit courageusement.

« Ne vous désespérez pas, dit Mr. Lawrence. Vous aurez vite le coup de main. »

Il commença à couper le bois mort à la base, isolant les jeunes pousses neuves pour juger s'il valait la peine de les laisser fleurir. La haie, expliqua-t-il, était un coupe-vent qu'il fallait donc laisser pousser à une certaine hauteur.

« Je l'ai négligée, pourtant, avec tout ce travail supplémentaire, dit-il. Cela prend du temps et demande une certaine adresse que d'arranger une haie correctement, mais c'est un travail agréable, à mon avis. Ce qu'il faut faire, c'est prendre une tige flexible, comme celle-ci, et l'entrelacer avec le bois, dans un trou – un peu comme du raccommodage –, puis s'assurer que c'est solide et que le vent ne l'arrachera pas. Au printemps prochain, des surgeons apparaîtront à chaque jointure. » Il se tourna un instant vers Ag, pour juger, à son air, si elle avait compris. « Le mieux c'est que vous me regardiez faire un petit peu, puis vous descendrez dans le fossé derrière moi pour ramasser tout ce que je jetterai, pour le feu de joie. Quand vous n'aurez pas de bois à ramasser, vous pourrez tailler les côtés du fossé : il faut les nettoyer complètement. »

Mr. Lawrence ayant donné ses instructions, il ne sembla plus avoir conscience de la présence d'Ag, complètement absorbé dans la géographie compliquée de la haie d'aubépine. Pendant un long moment, Ag observa ses adroites mains gantées fouillant parmi les feuilles, tissant les rameaux, cassant le bois mort, taillant les rétives jointures avec ses cisailles. Elle était contente qu'il ne lui ait pas demandé de commencer devant lui, et au bout d'un moment elle entreprit sa propre tâche : nettoyer le fossé. Elle était debout sur son fond boueux, un filet d'eau brune coulant lentement autour de ses bottes. Il n'était pas difficile de couper l'herbe haute et les brindilles et quand, vingt minutes plus tard, elle s'arrêta pour jeter un coup d'œil derrière elle sur la berge nette qu'elle avait elle-même nettoyée, elle comprit le plaisir que trouvait son employeur à ce travail.

Au bout d'une heure, ils prirent quelques minutes de repos. Le soleil était maintenant haut et ils avaient chaud. Mr. Lawrence retroussa ses manches. Ag, le dos douloureux, s'assit à quelques mètres de lui sur le sol. Mr. Lawrence sortit un paquet de Craven A de sa poche, lui en offrit une, qu'elle refusa, et alluma sa cigarette. Ils restèrent assis en silence, tranquilles, à suivre des yeux la fumée.

« Trouvez-vous le travail à la ferme pénible ? demanda finalement Mr. Lawrence.

– J'ai des courbatures. Nous en avons toutes les trois. Mais nous l'aimons bien.

– Bon, bon. En tout cas, c'est un travail sain. Quant à la guerre... Ce matin, ils ont dit à la radio que la nuit dernière avait été terrible sur Londres. Les pauvres.

– Nous avons de la chance d'être ici. On s'en rend à peine compte.

– Le seul danger, ce sont ces bougres d'Allemands qui lâchent leurs bombes en rentrant chez eux. C'est arrivé à moins de vingt miles d'ici, avant votre arrivée. La moitié d'un village a été écrasée et il y a eu deux morts. »

Le visage brûlant d'Ag commençait à se refroidir. La sueur, dans son dos, séchait. Mr. Lawrence tira profondément sur sa cigarette. La fumée s'éleva, piquante et agréable. Un cri et un battement d'ailes, derrière eux, rompirent le silence. Un oiseau tacheté monta dans le ciel, déviant vers le taillis.

« Du diable si ce n'est pas une grive draine, un oiseau d'orage. C'est la première que je vois depuis une ou deux semaines », dit Mr. Lawrence. Il eut un petit sourire. « Je connaissais le nom latin… »

Ag se tut un instant. Puis elle dit :

« *Turdus viscivorus*, non ?

– C'est ça. C'est bien ça ! Mazette ! êtes-vous spécialiste ? »

Ag éclata de rire.

« Absolument pas. Mais mon père m'a appris à connaître les oiseaux.

– Connaissez-vous quelques-uns de ses autres noms ?

– Je connais la traie et la tréjeasse.

– Et la treue ?

– La treue, oui. Et la trau ?

– Et il y a le nom plus commun de grive de voué : Ratty dit grive de voué, lui.

– Et la train-note ?

– Ah oui, j'avais oublié la train-note. » Mr. Lawrence écrasa sa cigarette. « Comme ça, vous connaissez les oiseaux, dit-il calmement. C'est bien. C'est plutôt rare, à notre époque. » Il sourit. « Voilà une information qui vous paraîtra bizarre : saviez-vous qu'un proverbe dit qu'une baie de gui ne germera que si elle a traversé le corps d'une grive draine ?

– Oui, j'ai entendu parler de ça. Je pense qu'il vient de l'écrivain romain Pline. »

Ag se mordit les lèvres devant l'expression du visage de Mr. Lawrence.

« Ah oui ? Vous avez été à l'Université. »

Il se leva brusquement et saisit sa serpette. Ag craignit de l'avoir blessé en quelque manière. Peut-être qu'avoir abordé un savoir si secret ressemblait à une vantardise.

« Joe était admis à Cambridge, vous savez, ajouta Mr. Lawrence en lui tournant le dos et en observant à nouveau la haie. Sacrée malchance qu'il n'ait pas pu y aller. »

Deux heures plus tard, Ag avait nettoyé plusieurs mètres de fossé et préparé un énorme tas de broussailles à brûler. Elle avait terriblement mal au dos. Malgré ses épaisses chaussettes, ses pieds, à être restés dans l'eau, étaient gelés dans ses Wellingtons et une ampoule lui brûlait le talon.

Peu désireuse de dire qu'elle en avait assez pour ce matin, elle se souvint d'une promesse faite à Mrs. Lawrence.

« J'ai dit que je rapporterais les œufs avant le déjeuner. Est-ce que ça serait bien si…

– Vous pouvez partir, cria Mr. Lawrence sans cesser de tailler une racine. Merci de votre aide. Vous avez très bien travaillé. »

Ag clopina sur le chemin, la laine rêche irritant son ampoule. Elle avait chaud, elle transpirait, elle était fatiguée et affamée. L'idée de passer l'après-midi à tailler la haie était décourageante, mais, peut-être, le déjeuner lui redonnerait-il de l'énergie. Il était pénible de tailler les haies et de curer les fossés, pensa-t-elle, mais elle avait apprécié ce travail. Elle avait aimé sa conversation sur les oiseaux avec Mr. Lawrence : drôle de type – un flot de paroles, tout à coup, puis à nouveau de longs silences concentrés.

Dès qu'Ag eut atteint la grange, elle s'assit sur un tas de paille et commença à ôter sa botte. Tout en luttant pour la retirer, elle se demanda s'il y avait un prétexte valable pour envoyer une carte postale à Desmond. Elle savait instinctivement, d'après leurs quelques brèves conversations, qu'il aimerait entendre parler de sa vie en tant que volontaire agricole. Mais quel prétexte avait-elle pour lui écrire la première ? Peut-être ne se souvenait-il même pas d'elle – malgré les explications qu'elle lui avait données sur son étrange prénom. Il se pouvait qu'il n'ait aucun souvenir de leurs rencontres occasionnelles, qu'il pensait être de hasard. Écrire l'embarrasserait peut-être, le gênerait, ou, pire, l'avertirait qu'Ag éprouvait pour lui un attachement non désiré. La réponse à la question qu'elle se posait était donc *non* : elle ne lui écrirait pas. Elle attendrait jusqu'à ce qu'il fût temps de lui envoyer une carte de Noël.

Déprimée par la réponse à laquelle, depuis plusieurs jours, elle savait aboutir, Ag leva les yeux et vit Joe qui l'observait.

« Puis-je vous aider ? demanda-t-il. On dirait que vous avez quelques difficultés.

– Merci. »

Ag leva la jambe. Joe tira des deux mains sur la botte qui glissa facilement.

« Vous devriez mettre du talc à l'intérieur, dit-il. Nous en avons à la maison. Ça les rend plus faciles à enfiler et à enlever.

– Bon, j'en mettrai.

– Comment ça s'est passé avec les haies ?

– J'ai bien aimé ça. Cela m'a plu de regarder faire votre père. Son adresse et sa rapidité sont surprenantes. Et ça m'a plu aussi de regarder derrière moi et de voir le travail que j'avais fait sur quelques mètres de fossé. Une certaine satisfaction du travail accompli. Là-dessus, je suis d'accord avec lui.

– On dirait que Prue aussi a connu ça. Elle a labouré un tiers du champ mais elle refuse de s'arrêter avant d'avoir complètement terminé. À vrai dire, elle a plutôt bien travaillé. »

Ils rirent tous les deux. Joe s'assit en face d'Ag. Il la regarda rouler son épaisse chaussette de laine et la chaussette plus fine qu'elle portait dessous. Il la regarda plier la jambe pour examiner de plus près l'ampoule qu'elle avait au talon.

« Ce doit faire un drôle de contraste, cette vie, avec Cambridge », dit-il enfin.

Ag haussa les épaules. Elle toucha la douce enflure d'un doigt délicat.

« Eh bien, de toute façon, cela se terminait. Je ne désirais qu'à moitié préparer un troisième cycle. Je n'étais pas très sûre de ce que je voulais faire, en fait. Le travail à la ferme me laisse beaucoup de temps pour réfléchir.

– Je devais aller à Trinity, dit Joe.

– Vous pouvez encore y aller, non ? Quand tout cela sera fini.

– Je le suppose. Bien que ça ne me plaise pas beaucoup d'être un étudiant d'âge mûr.

– Bien d'autres seront dans le même cas.

– C'est vrai. En attendant, le cerveau se rouille.

– Non ! » Ag sourit.

« Si. Quand ai-je le temps de lire ? Ici, les journées de

travail sont de seize heures. J'écoute de la musique sur mon gramophone quand je suis couché – cinq minutes plus tard je dors, livre en main.

– Je vous comprends.

– Et donc je vous demanderai peut-être votre aide pour me dérouiller l'esprit.

– D'accord ! Les dimanches après-midi je peux vous guider dans l'*Iliade*. » Ils éclatèrent de rire. « C'est-à-dire… si Janet n'y voit pas d'inconvénient.

– Janet n'est pas souvent là le dimanche. »

Joe se leva et s'approcha d'Ag. Il se pencha, prit son talon et examina l'ampoule intensément, comme un médecin se préparant à énoncer son diagnostic.

« Moche. Demandez quelque chose à Maman. Il vaut mieux la couvrir. » Il lâcha son talon. « Vos chevilles sont les plus fines du monde », dit-il.

Ag rit à nouveau et enfila ses chaussettes.

« Ce sont de vrais bâtons, mes jambes, dit-elle. On s'est horriblement moqué de moi à l'école. » Elle fit mine de se lever. Joe lui prit le coude pour l'aider. « Merci. J'ai promis à votre mère de ramasser les œufs dans la grange…

– Je vais le faire. Rentrez et occupez-vous de votre ampoule.

– Sûr ?

– Sûr. » Joe s'éloigna. « J'irai plus vite que vous. Je connais tous leurs coins préférés.

– Merci beaucoup.

– Qu'aurai-je en échange ?

– Mes idées sur l'*Iliade* ? Sérieusement ? Quand vous voulez. »

Joe acquiesça. Il tenait délicatement à la main deux œufs bruns qu'il avait ramassés dans une cachette.

« Pour commencer », dit-il.

Ag pensa à Joe pendant tout le temps qu'il lui fallut pour traverser en clopinant la cour de la ferme. Était-ce sa déception au sujet de Cambridge qui le rendait si bourru ? Était-ce le poids de l'asthme sur sa jeunesse et le regret de ne pouvoir participer à la guerre ? Ou était-il, de nature, quelqu'un de taciturne et de triste ? Et pourquoi – question peut-être inutile – la présence de Janet dimanche dernier ne l'avait-elle en rien égayé ? Pour sa part, Ag aurait été ravie de trouver un esprit frère avec lequel partager ses idées. Elle se voyait bien portant secours à l'âme affamée de Joe Lawrence. C'était le genre de choses qui exciterait le sens de l'humour de Desmond. En fait, Desmond n'aurait pas manqué d'être intéressé par toute la bizarre famille Lawrence d'Hallows Farm… S'il répondait à sa carte de Noël, elle lui écrirait pour le nouvel an. Ce serait un plaisir que d'attendre ; elle l'imaginait déjà.

Ag commença à composer une description de la détente très progressive du père et du fils et du fort et digne personnage de la femme qui doucement soignait son ampoule et pour laquelle, déjà, elle ressentait une vive affection.

L'après-midi, après s'être occupé de la traite avec Stella, Joe descendit au champ où son père et Ag travaillaient encore à la haie. Il aida Ag à traîner les branches les plus lourdes jusqu'à un grand tas de bois et de ronciers qu'on brûlerait avant la tombée de la nuit. Aucun des deux ne parla. Le calme de l'après-midi d'automne était rompu par le léger bruit des cisailles de Mr. Lawrence dans les feuilles d'aubépine : le craquement des petits rameaux, le bruit des branches feuillues tirées sur le sol dur. Fière de la longueur de fossé qu'elle avait curé, Ag sentait l'âcreté de sa propre sueur. Elle se surprit à travailler plus durement et plus rapidement qu'elle ne l'avait fait le matin même. Son ampoule ne la brûlait plus et son dos ne lui faisait plus mal. Comme chez elle, elle était émue par la proximité de la terre : le nuage de la guerre lointaine se dissipait dans la lumière basse du soleil du soir, dans les longues ombres projetées par la haie, le champ, le taillis et les hommes. *Oh, Desmond,* pensa-t-elle.

À cinq heures, Mr. Lawrence posa ses outils.

« Il est temps de faire le feu », dit-il.

Joe sortit une boîte d'allumettes de sa poche et se pencha pour allumer le feu de joie à la base. En quelques secondes il avait pris ; les flammes montaient dans le tas sec et craquant, leur jaune s'harmonisant avec quelques nuages haut dans le ciel.

Joe et Ag, l'un près de l'autre, les contemplèrent et en sentirent bientôt la chaleur. Ag ne sut pas combien de temps, tous trois, ils restèrent là, immobiles : mais tout à coup elle aperçut Mrs. Lawrence et Stella à la barrière. Elles portaient un panier rempli de tasses de fer-blanc et d'une grande thermos.

« Le thé, cria Mrs. Lawrence. Nous avons pensé qu'il serait le bienvenu. »

Et en effet, une petite pointe aiguë de froid, annonce d'un automne frisquet, enveloppait à présent le corps d'Ag tandis qu'au plus profond de son être elle avait encore chaud et transpirait. Le thé doux et sucré et les flammes sur son visage lui firent du bien.

Le soleil était bas quand Prue arriva. Des nuages violets dérivaient parmi les nuages jaunes – se rassemblant, s'épaississant, dressant leur défense impénétrable contre les lambeaux de lumière.

L'entrée en scène de Prue, saisissant les derniers éventails de lumière, fut impeccablement minutée. Elle escalada gracieusement la barrière, son nœud écarlate sautant sur ses boucles dont le blond s'harmonisait à l'ultime chatoiement.

« *Le champ est terminé,* complètement. Qu'est-ce que vous dites de ça ? »

Elle ne cherchait pas à dissimuler son orgueil.

Mrs. Lawrence lui tendit une tasse de thé.

« C'est bien », dit-elle.

Mais Prue attendait un compliment venant d'une autre personne. Elle tourna la tête vers Joe.

« Vous ne pensiez pas que je pouvais le faire, hein ?

– Pour autant que je m'en souvienne, je n'avais pas d'avis sur la question.

– Ça vous plairait de venir voir mes sillons ? Ils sont droits comme des I.

– J'irai plus tard.

– Il va faire sombre dans une minute. Si vous ne venez pas maintenant, ce sera trop tard. »

Joe éteignit le feu. Les confettis de cendres que fit naître son bâton se cambrèrent un instant avant de retomber sur le sol. Les minuscules yeux rouges se fermaient dès qu'ils touchaient la terre.

« Alors j'irai demain matin, dit-il.

– Vous êtes méchant, Joe Lawrence. »

Prue frappa du pied. Ag vit qu'elle était sur le point de pleurer.

« Mon avis vous intéresse-t-il ? lui demanda Mr. Lawrence en souriant.

– Bien sûr. J'ai une faim de loup et j'ai mal partout à force de tressauter sur ce maudit siège. Tout mon corps trépide encore – vous vous rendez compte ? »

La hargne de Prue mit tout le monde mal à l'aise.

Elle regarda Joe à nouveau. Il frappa les flammes avec une attention accrue.

« Du calme, dit Mr. Lawrence. Nous allons tous aller voir votre travail. Joe peut ramener les outils. »

Comme Joe les ramassait, Ag se tourna vers lui pour lui dire qu'elle avait laissé les siens à quelques mètres le long du fossé. Ce faisant, elle vit Ratty appuyé à la barrière, le visage comme une flamme pâle sous son chapeau noir. Un instant elle eut peur, à cause de son apparition inattendue et de l'angoisse que reflétait son visage.

« Ratty ! appela-t-elle. Venez prendre un peu de thé. »

Mrs. Lawrence se tourna, elle aussi, vers la barrière. Mais Ratty était déjà parti.

« Il sent un feu de joie à cinq miles à la ronde, dit Mrs. Lawrence. Il n'en manque jamais un.

– Venez, vous autres. S'il vous plaît. Mon labour… »

Avec impatience, Prue ouvrit la barrière. Mrs. Lawrence rassembla les bols vides dans son panier. Tous suivirent Prue dans le chemin, sauf Joe. Il resta en arrière pour étouffer le feu, taper sur les dernières flammes et disperser les braises pour qu'elles meurent dans le froid du soir qui, à présent, tombait rapidement.

CHAPITRE IV

Edith Tyler était la première à se féliciter de ses efforts de guerre. À Hinton Half Moon, quand on fit appel à la population, elle donna l'exemple en remettant ses casseroles en aluminium pour fabriquer des Spitfire. Elle ne garda pardevers elle qu'une bouilloire, une poêle et une petite casserole et les difficultés dues à cette restriction héroïque la faisaient jubiler.

Ratty avait été obligé d'admettre qu'elle avait été généreuse, noble et loyale, mais les inconvénients auxquels ils devaient à présent faire face l'enflammaient d'une irritation que, bien souvent, il ne pouvait contrôler. Le manque d'ustensiles culinaires était le motif le plus fréquent de leurs querelles. Ratty détectait, dans la délectation que prenait Edith à ces disputes, un malin plaisir à le railler qui, craignait-il, pourrait ne pas cesser avec la guerre. Il subodorait de plus en plus qu'Edith ne célébrerait pas la victoire en renouvelant son stock de casseroles, et qu'elle trouverait quelque autre prétexte pour que la cuisine soit sous-équipée.

Le soir du feu de joie, Ratty rentra lentement, à contrecœur. Alléché par la délicieuse odeur de la fumée d'aubépines, il était parti pour se distraire : il avait toujours aimé les feux de joie. Mais il était arrivé trop tard. Le temps qu'il atteigne la barrière et le tableau vivant s'était déjà formé autour des flammes. Il eut l'impression qu'y prendre place serait le briser et s'imposer. Rien d'inhabituel en ce qui concernait le patron et Mrs. Lawrence, bien sûr : c'étaient les filles qui avaient jeté un charme. Sans se montrer, Ratty avait observé quelques instants leurs jeunes et frais visages, pleins de l'espèce d'émerveillement qui ne s'émousse jamais devant les flammes, et un million de regrets non formulés s'étaient accumulés mystérieusement dans sa poitrine tandis que les martinets se rassemblaient dans le ciel. Que regrettait-il ? Ratty n'avait pas voulu s'interroger trop avant : cela avait quelque chose à voir avec les occasions manquées, les amours avortées, la jeunesse gaspillée. La grande aux cheveux courts et noirs – Ag – c'était elle qui avait presque causé sa perte… la façon dont elle avait crié pour l'inviter à se joindre à eux – tant de sérieux, de gentillesse, de douceur dans son visage flou, éclairé par les flammes. On pouvait presque le qualifier de saint.

Ratty avait eu envie de se précipiter près d'elle, d'accepter une des tasses de thé de Mrs. Lawrence, de se joindre au cercle magique. Mais au moment même où il avait posé la main sur le loquet, il avait su qu'il ne pouvait aller plus loin : il se serait autorisé trop de plaisir, ce dont il se gardait depuis des années. Il savait par expérience que, les quelques fois où il s'était abandonné à des moments inattendus de joie profonde, retourner ensuite à la réalité, au vide de sa vie, avait été trop cruel.

Dans la brume qui montait du sol, il suivait à présent le chemin, en proie à des sentiments mélangés. D'une part, il aurait vraiment aimé faire partie du petit groupe, autour de ce feu, symbole de triomphe à la fin d'une dure journée de travail. D'autre part, il savait que, se serait-il autorisé à le faire, l'inévitable retour à la maison et les sarcasmes d'Edith auraient ajouté à la peine de son cœur corrodé.

Edith ! Dans le ciel du soir, Ratty vit son visage, les mâchoires furieusement agitées en réponse à quelque insulte ou injustice imaginaires, ou à une difficulté domestique. Était-ce de sa faute si elle était passée aussi rapidement dans le camp des ennemis de la vie ? Quand Ratty arriva au cottage, il s'arrêta un instant dans l'allée centrale et jeta un coup d'œil par la fenêtre éclairée de la cuisine. Pourquoi cette satanée bonne femme n'avait-elle pas fait le black-out ? Il devait le lui rappeler tous les jours. Ils avaient déjà, à deux reprises, eu des remarques de la part du préposé à la défense passive. Pourquoi ne pouvait-elle comprendre la nécessité d'un effort de guerre ou d'une coopération, au-delà du don de ses casseroles pour fabriquer des Spitfire ? La sale égoïste… Ratty la voyait pelerdes pommes de terre, voûtée sur l'évier, sur la défensive, comme lorsqu'elle reprisait, faisant du couteau, comme elle l'avait fait de l'aiguille, une arme aussi dangereuse qu'un poignard. Et pourquoi ces maudites pommes de terre n'étaient-elles pas déjà en train de cuire ? Ratty avait l'estomac dans les talons. Il entra.

« Non, ton dîner n'est pas encore prêt et ce n'est pas la peine de me regarder comme ça », l'accueillit Edith. L'odeur du bacon en train de frire accrut la faim de Ratty. « Les pommes de terre ne bouillent pas encore, ajouta-t-elle, triomphante, puis il y a les carottes à préparer. Je ne sais pas comment tu crois que je vais tout faire en même temps, avec une seule casserole…

– Si nous en avions juste une de plus… » Ratty n'insista pas. Il savait que toute suggestion de ce genre n'était que du vent.

« L'ordre du gouvernement était : donner vos casseroles pour les Spitfire.

– Ce n'était pas un ordre, soupira Ratty.

– Tout comme. De plus, si j'en achetais une autre, je devrais donner celle-ci, hein ? Logique. Nous devons nous débrouiller avec le strict nécessaire. Ce sont les rigueurs de la guerre. Inutile de râler.

– Pourrais-je avoir une tasse de thé, en attendant ?

– Du thé, Ratty Tyler ? N'écoutes-tu pas un mot de ce que je raconte ? Je te l'ai dit hier soir : maintenant que nous sommes rationnés nous devons nous en tenir à trois tasses de thé par jour. C'est la guerre. » Elle commença à gratter les carottes. « Nous devons faire notre devoir. Il y aura des récompenses. Il y a une ou deux semaines, quand ce Spitfire est passé, j'ai laissé la boutique pour aller le voir. Bruyant. Et pourtant, me suis-je dit, ces Spitfire défendent notre pays, et si ce n'avait été ce petit effort minuscule – simplement six casseroles et des marmites – ce Spitfire pourrait bien ne pas être là à ce moment. Il pourrait être à l'usine dans l'attente d'un peu plus d'aluminium pour fabriquer la pointe de l'aile. Si ça se trouve, mes casseroles ont été un petit morceau du train d'atterrissage de l'avion qui est passé sur notre maison. Cela m'a fait plaisir. Je peux te l'affirmer. Cela a renforcé, plus que jamais, ma conviction que nous n'avons pas à protester si les carottes et les pommes de terre doivent cuire à tour de rôle. Le problème avec toi, c'est que tu n'as aucune imagination. Tu es incapable de comprendre ça.

– Je vais m'occuper du black-out, dit Ratty. Ce sera mon effort de guerre à moi », murmura-t-il entre ses dents.

Plus tard, sentant que les légumes étaient encore loin d'être cuits, Ratty alla s'asseoir dans le salon glacé pour écouter ITMA à la radio. Mais, distrait, il baissa le son et prêta à peine l'oreille. À la place, son regard tomba sur la photographie encadrée d'Edward – Edward Tyler, leur fils unique, tué au champ d'honneur pendant la dernière guerre.

Dans des boîtes, au grenier, étaient rangés des paquets de lettres écrites par Edward dans les tranchées, et plusieurs enveloppes étaient tachées de boue. Curieusement, ni la boue ni l'encre ne s'étaient effacées. Ratty connaissait par cœur la plupart de ces lettres. Les descriptions de la vie d'un soldat étaient si extraordinairement vivantes que Ratty avait l'impression qu'il avait partagé, avec son fils, chacune de ses expériences : il avait parfois pensé qu'une fois la guerre finie Edward deviendrait écrivain. Il en avait sûrement le talent. Ratty n'en avait jamais parlé à Edith : elle se serait moquée d'une idée aussi efféminée. Elle ignorait sans doute que les lettres existaient encore. Quelle femme sans cœur ! Ratty l'avait surprise à les chiffonner en les lisant. Si Ratty n'avait pas secrètement conservé les lettres, il ne resterait rien de la voix et des mots d'Edward. Edith avait même jeté la lettre officielle annonçant qu'Edward avait été cité à l'ordre du jour. Ratty ne le lui avait jamais pardonné. Son manque d'orgueil devant le courage de son propre fils était la preuve de son absence d'imagination : elle était incapable de comprendre ou d'imaginer l'horreur, la peur, la bravoure d'une vie qu'elle ne connaissait pas. Elle n'avait jamais pu lire un visage, un cœur, une âme.

Comme la guerre actuelle était bizarre, comparée avec la dernière guerre, songea Ratty. Jusqu'à maintenant on avait passé tant de temps dans le suspense et l'attente depuis l'invasion de la Pologne. La bataille d'Angleterre avait apporté un peu d'excitation et d'angoisse pendant six semaines ; le Blitz, à Londres, malgré toutes ses horreurs, avait eu peu d'effet sur le reste du pays. Les raids sur la côte sud étaient rares. Dans les campagnes, on vivait dans la frustration des règlements de guerre : rationnement et black-out, manque de main-d'œuvre agricole et d'horlogers – avec son réveil cassé, Ratty avait été très triste en découvrant qu'à vingt miles à la ronde, tous les horlogers avaient été appelés sous les drapeaux. Ici, dans le Dorset, on avait vraiment des excuses si on ignorait qu'il y avait la guerre. La seule chose qui ne s'estompait jamais, à chaque heure de la journée et dans les rêves agités de la nuit, c'était la tension, l'attente constante d'un possible inconnu. Si Edward avait vécu, Ratty aurait aimé discuter des deux guerres, des aspects philosophiques du frisson détestable que provoquait le danger, de cette façon particulière qu'avaient les gens de faire cause commune.

Ah ! Ratty aurait aimé discuter de cela et d'un tas d'autres sujets qui ne présentaient aucun intérêt pour sa femme. La vie aurait pu être très différente si Edward avait vécu – avec, peut-être, sa femme et sa famille tout près, et les petits-enfants qui seraient venus voir leur grand-père pour apprendre les choses de la campagne. La situation étant ce qu'elle était, tout ce que Ratty pouvait faire, c'était tenter de respecter le dernier souhait de son fils. Dans une lettre où il avait fait preuve de son humour, de son optimisme et de son espoir habituels, et dont il avait ignoré qu'elle était la dernière, Edward avait terminé par des mots qui le liaient : *Prends soin de Maman jusqu'à mon retour, Papa...* Ce qui signifiait, quand Edward avait sauté sur une mine la semaine suivante, de prendre soin d'Edith à jamais.

« Alors tu es là, se moqua-t-elle, au seuil de la pièce, en interrompant ses réflexions. D'abord tu ronchonnes parce que le repas n'est pas prêt, puis quand il est sur la table, tu as disparu. »

Ratty se leva. Il n'avait plus faim.

« Qu'est-ce que les filles ont fait ? demanda Edith en reniflant.

– La grande s'est occupée de la haie avec Mr. Lawrence. C'est tout ce que je sais. Il y a eu un feu de joie ce soir.

– Oh, je te fais confiance pour ne pas manquer un feu de joie !

– Je n'y suis pas resté.

– Je l'espère bien. Rester planter autour d'un feu de joie quand il y a du travail qui attend. »

Ratty, fatigué, tenta de détourner l'esprit d'Edith des filles. Il avait à présent appris à ses dépens qu'elles étaient un sujet de conversation redoutable.

« Ça a été bizarrement calme depuis une semaine environ, n'est-ce pas ? dit-il en guise d'ouverture. Je sens jusqu'à la moelle de mes os qu'il va y avoir un raid, bientôt. Il va se passer quelque chose.

– Si la moelle de tes os est aussi remplie de bêtises que ta tête, alors il n'y a rien à craindre, répondit Edith. L'avenir se présente mal, comme d'habitude. Je ne sais pas de quoi tu parles. »

Elle lui tendit une assiette de tranches de bacon, de pommes de terre à l'eau et de carottes. Elle l'épia impatiemment quand il enfonça son couteau dans les légumes mal cuits et les goûta. Tout aussi impatiemment elle attendit qu'il se plaigne, ayant déjà sur les lèvres une réponse à propos des Spitfire, destinée à le foudroyer net. Mais Ratty, vidé de toute énergie, eut sa petite revanche personnelle :

« Très bon », dit-il.

À Hallows Farm, ce soir-là, au dîner, plus forte que l'odeur du civet et de la purée de rutabagas, Stella crut détecter une odeur de fumée d'aubépines qui les imprégnait tous. Elle était à présent habituée à la salle à manger, avec son lourd mobilier sombre et sa lumière horrible, et, pendant la journée, elle se surprenait souvent à attendre avec impatience les dîners qu'on y prenait et les copieuses assiettées de Mrs. Lawrence qui emplissaient leurs estomacs affamés. Les repas étaient plus agréables, bien qu'il y eût encore des moments de silence. Parfois une véritable discussion éclatait et on riait. Mrs. Lawrence se remémorait son enfance dans une ferme du Devon ; son mari faisait parfois part de son inquiétude pour son frère Jack, exploitant d'une ferme dans le Yorkshire, qui souffrait d'un cancer en phase terminale ; Prue, entre les plats, examinait ses mains, qui, prétendait-elle, étaient d'un rouge horrible à cause du Lavalord qui se trouvait dans l'eau du rince-bouteilles.

« Je veux bien être pendue si je ne suis pas à faire peur, avec tous ces travaux manuels, se plaignait-elle. Des mains abîmées, des ongles ignobles, une peau tannée par les intempéries, puant la bouse de vache… Un seul homme au monde voudra-t-il de moi ? »

Cette dernière question, accompagnée d'une petite moue en direction de Joe que Stella et Aga remarquèrent, fut ignorée du destinataire qui participait toujours le moins possible à la conversation pendant les repas.

Ce soir-là, Mr. Lawrence, après avoir passé la journée à se livrer à son occupation favorite, et ayant l'agréable perspective de s'occuper encore des haies le lendemain, était d'une rare bonne humeur.

« Demain, dit-il, il sera temps de vous récompenser pour votre première semaine de bon travail par quelque chose d'entièrement nouveau – quelque chose dont toute volontaire agricole du pays doit sans doute rêver. Prue, imaginez-vous ce que c'est ? »

Prue, avec son jersey rose au crochet sur le col duquel étaient cousues de minuscules perles de cristal, rougit.

« Pourquoi me poser cette question, à moi ? Je ne vois pas du tout, sourit-elle en retour. Pourtant, si je devais répondre… Je dirais une journée sur le tracteur avec un joli petit abri pour me protéger du vent et de la pluie, et un siège rembourré de velours. »

Mr. Lawrence éclata de rire.

« Pas de chance. Non : demain on rase les moutons et on s'occupe du piétin.

– *On fait quoi ?* Et quoi ? » L'expression d'horreur de Prue était franchement comique.

Les Lawrence échangèrent un regard. Joe essaya de refréner un sourire.

« Ce n'est pas un des travaux les plus agréables, et on ne doit pas l'exécuter très souvent, mais tout le monde doit savoir le faire, expliqua le fermier. Il faut vérifier les pieds des moutons et rogner le sabot si c'est nécessaire. Ne vous faites pas de souci : je suis un professeur expérimenté. J'ai appris le travail à Joe à douze ou treize ans, n'est-ce pas, fiston ?

– Et c'est quoi l'autre chose ? demanda Prue.

– Raser, répondit Joe. Je l'ai fait à peine sorti du berceau, n'est-ce pas, Maman ? Papa m'avait trouvé de petites cisailles spéciales. »

Stella constata que Joe commençait à s'amuser.

« Je crois, dit Mrs. Lawrence tout en faisant circuler des assiettes de pudding au gingembre, que tu pourras expliquer tout ça, John, quand ce sera le moment. Je ne veux pas que ça leur coupe l'appétit. »

Il y eut un instant de silence, puis Joe jeta un coup d'œil à Prue. Elle saisit immédiatement son regard.

« Je vois bien que vous mourez d'envie de savoir, insista-t-il. Alors, allons-y. Raser, en un mot, consiste à enlever la merde séchée sur la croupe d'un mouton. »

Le silence horrifié fut rapidement brisé par le bruit des cuillères qu'étonnés on reposait sur la table. Ag éclata de rire, mais un regard cinglant de Mrs. Lawrence la réduisit immédiatement au silence.

« Joe !

– Excuse-moi, Maman. »

Prue pouffa à l'abri de ses mains.

« Bon, je vous préviens, Joe et Mr. Lawrence, dit-elle. Ne comptez pas sur moi. Il y a des limites à ce qu'une fille peut faire et si vous croyez que je vais enlever la merde du cul d'un mouton, vous vous faites des illusions. J'aimerais mieux… » Elle essaya d'imaginer une tâche un peu moins épouvantable. *« J'aimerais mieux nettoyer la porcherie.*

– Vous ferez ce qu'on vous dira de faire, ma fille, riposta Mr. Lawrence dont la bonne humeur s'était soudain envolée. Si vous avez tellement envie de nettoyer la porcherie, vous pourrez en décharger Faith quand vous en aurez terminé avec les moutons. »

Les filles ne l'avaient jamais vu si sérieux et si rouge. Il prit sa cuillère et la replongea dans son pudding. Les autres, sauf Prue, suivirent son exemple. Pâle tout à coup, elle regarda son gâteau intact et suffoqua.

« Oh, Seigneur ! J'ai oublié quelque chose. » Elle se leva et s'adressa à Joe : « J'ai oublié de mettre la toile de sac sur le moteur du tracteur.

– N'avez-vous pas oublié de vidanger le radiateur ?

– Bien sûr que non.

– Alors ça n'a pas d'importance, dit Joe.

– Asseyez-vous, ça peut attendre qu'on ait fini de dîner. » Mr. Lawrence frémissait encore de colère.

« Je vous aiderai. » Joe était moins brutal que son père.

« Je n'ai pas besoin d'aide, merci. »

Prue quitta précipitamment la pièce.

« Quelle idiote ! » dit Mr. Lawrence, qui cria par la porte qu'il y avait une torche dans le buffet.

La nuit fut fraîche et brumeuse. Une lune diffuse baignait les nuages errants d'une lumière verdâtre, trop faible pour éclairer la cour de la ferme. Prue se hâta vers la grange, le rayon de la torche barbotant comme une pagaie unique sur le sol boueux et les tas de fumier.

Même dans les ténèbres, elle fut sensible à la sécurité qu'offrait la grange : odeurs de foin, de balles de paille, de toile de sac ; sauve-qui-peut de souris dans la paille, roucoulement des pigeons endormis sur les chevrons. La silhouette du tracteur formait une énorme bosse bizarre dans ce royaume faiblement luisant avec ses vieux garde-boue déployés comme de fières basques fragiles. Prue posa la main sur le moteur. Le métal était glacé, mais pas gelé. Elle trouva deux ou trois sacs et l'en recouvrit. Elle s'était souvenue de tout le reste : comment avait-elle pu oublier ce dernier geste essentiel ?

Prue éteignit sa torche et se dirigea vers une sombre meule de paille. Elle l'escalada jusqu'à ce qu'elle domine le tracteur et puisse le voir d'en haut ainsi que la cour de la ferme. Dans sa hâte, elle avait oublié sa veste. Bien qu'elle ait changé sa chemise et son pull-over de travail pour le dîner, elle avait gardé son pantalon, et d'épaisses chaussettes et chaussures. Elle avait donc seulement froid aux bras. Mais elle ne voulait pas rentrer. Pas tout de suite.

Elle referma ses bras sur sa poitrine et posa la tête sur ses genoux couverts de velours côtelé. Ce qui dominait en elle, c'était la colère – la colère contre elle-même. Elle n'avait, en aucun cas, voulu susciter la colère de Mr. Lawrence : sa réaction, à elle, devant l'idée de raser les moutons, avait été, en partie, une plaisanterie – il pouvait sûrement comprendre ça ? Elle aurait, bien entendu, nettoyé le maudit cul des moutons sans un mot quand cela aurait été le moment – mais une fille a le droit de protester, même s'il y a la guerre. Elle désirait très vivement faire ses preuves, se doutant bien de ce que les fermiers devaient penser des coiffeuses. Mais ce n'était pas facile. Elle avait labouré le champ pendant dix heures, sans s'arrêter ni pour le déjeuner ni pour le thé, en traçant des sillons droits comme des I – et qu'avait-elle reçu en récompense ? Rien. Pas un mot. Un manque complet d'enthousiasme des Lawrence ne serait-ce qu'à jeter un coup d'œil sur son travail. Mr. Lawrence était simplement resté près de la barrière et avait murmuré : « Ça m'a l'air bien », et il s'était éloigné quand sa femme avait acquiescé, sans doute d'accord avec lui. Bien entendu, ils étaient fâchés contre elle. Fâchés à cause de Joe. Et de Janet. Mais si Stella et Ag n'avaient pas été là, presque excessives dans leurs louanges et leur étonnement, Prue aurait éclaté en sanglots. Elle n'avait voulu qu'un infime signe de reconnaissance de la part des Lawrence : qu'ils montrent qu'ils comprenaient ce que cela représentait pour une fille habituée à faire des permanentes, dans un salon de coiffure chaud et confortable, parmi les bavardages des clientes, que de passer tout à coup une journée entière à travailler, seule, des acres de terre dure. À l'idée du salon, Prue commença à pleurer.

Elle comprit, pendant ce premier instant où elle pouvait réellement réfléchir depuis son arrivée, qu'elle avait la nostalgie de son foyer. Sa mère lui manquait : cette femme aux cheveux décolorés, drôle, chaleureuse et généreuse, maintenue à flot par un éternel optimisme et un gin vespéral, et qu'aucune déception ne faisait couler. Les cancans locaux, les plaisanteries du Nord, les rires, les plans compliqués pour faire quelque chose avec rien – sa mère, dans ce domaine, était un génie –, tout cela lui manquait. Juste avant de partir, Prue avait été invitée à un thé de charité donné pour les volontaires de la défense du territoire : en un tournemain, Maman avait confectionné une belle robe taillée dans un reste du tissu destiné au black-out. Elle l'avait garnie de sequins et de guirlandes d'arbre de Noël et avait juré que, à la lumière électrique, ça ressemblerait à des plumes d'autruche. Le lendemain, quand Prue avait présenté la robe de black-out dont les décorations avaient été arrachées (les mains impatientes d'un RAF[1] y avaient rapidement contribué) – eh bien, elles avaient drôlement ri.

Prue et sa mère avaient convenu de ne pas dire dans leurs lettres maladroites et mal orthographiées à quel point elles se manquaient l'une à l'autre : cela aurait été trop douloureux. Mais elles le savaient toutes les deux. Seigneur, comme Prue avait envie d'entendre sa voix, de retrouver *l'intimité* de son petit chez-elle : le salon, la maison mitoyenne, la rangée du fond au cinéma en bas de la route. Ici, il y avait tant de miles sans maisons, un tel silence – mis à part le tracteur, dont Prue trouvait le grondement réconfortant. Et à l'intérieur, en dépit de tout le dur travail de Mrs. Lawrence, il n'y avait pas… ce que Prue appellerait de *jolies choses* : pas d'aspidistra dans un pot de cuivre, pas de têtières au crochet, pas de pendule de bois travaillée en

1. *Royal Air Force.*

forme de coucher de soleil, pas de boîtes victoriennes aux dessins représentant des enfants rubiconds avec des luges et du houx, ou des diligences. Pour une raison ou une autre, la stérile petite cuisine avec la collection de boîtes à biscuits de sa mère lui manquait plus que tout.

Elle leva une main en reniflant et fut éblouie par le rayon d'une puissante torche qu'on orienta rapidement dans une autre direction. Prue reconnut la silhouette de Joe qui se tenait près du tracteur.

« Ah, vous êtes là, dit-il. Le tracteur est couvert, je vois. Vous descendez ?

– Tout à l'heure. »

Joe tapota une des poches de sa veste :

« J'ai une barre de Mars. »

Prue pouffa. Elle sécha ses larmes. Les boîtes à biscuits s'envolèrent de son esprit.

« Où l'avez-vous trouvée ? Il n'y en a pas au village.

– J'ai mes sources. Je fais des stocks contre les rations de sucre. Descendez et je vous en donnerai un morceau.

– Vous n'avez qu'à monter ici. Pourquoi pas ? Il fait plus chaud.

– Si vous insistez. »

En quelques larges enjambées, Joe la rejoignit. Il faisait presque complètement noir : elle ne discernait que les traits flous de son visage. Il y avait une forte odeur d'animal sur ses bottes. Vaguement, elle le vit sortir le Mars de sa poche, enlever le papier d'emballage qui se fendit comme un taffetas très fin et le lui offrir. Le désir de chocolat la fit presque défaillir.

« Vous avez un couteau ? demanda-t-elle.

– Non. Vous n'avez qu'à mordre dedans. »

Il poussa le chocolat vers elle. Dans le noir, leurs mains se rencontrèrent. Elle prit le Mars. Incapable de voir jusqu'où elle mordait, elle choisit, à l'aveuglette, une longueur modeste. La douceur du caramel, du malt et du chocolat fut plus délicieuse que le goût d'aucun autre Mars qu'elle eût jamais goûté.

« Merci, dit-elle, barbouillée de chocolat, la bouche pleine. C'est vraiment le paradis sur terre, vraiment. Cela me poussera à travailler, à me reposer, à jouer, à *raser*, comme vous ne l'avez encore jamais vu. »

Pour la troisième fois, Joe éclata de rire, attisant la confiance de Prue. Elle sut qu'elle avait l'ombre d'une chance, dans cette obscurité.

« N'avez-vous pas froid ? demanda-t-il au bout d'un moment.

– Pas vraiment. » Prue frissonna, pas seulement de froid. « Où allez-vous presque tous les soirs ? Nous avons toutes essayé de le deviner. »

Il y eut un long silence avant que Joe ne réponde :

« Je vais jusqu'aux Cloches prendre une ou deux pintes avec mon ami Robert. Nous discutons. Rien de très passionnant.

– C'est tout ? J'imaginais quelque chose de différent.

– Je m'en doute. Robert a sa propre ferme, tout près d'ici. Comme moi, pour des raisons médicales, il n'a pas été appelé sous les drapeaux. Comme moi, il est coincé à la ferme toute la journée, sans personne à qui parler.

– Maintenant, il y a nous, dit Prue au bout d'un moment.

– Oui. Mais je ne suis pas encore habitué à cette idée.

– Ce n'est pas facile de parler avec vous, vraiment. Vous avez l'air plutôt maussade, en général. » Prue lui fit face avec un gentil sourire, espérant que les yeux du garçon s'étaient accoutumés aux ténèbres et que son sourire ne serait pas inutile.

« Maussade ? Moi ? Quelle drôle d'idée ! J'aurais plutôt dit réfléchi. Encore du Mars ? »

Leurs mains s'effleurèrent à nouveau quand elle s'empara de la demi-barre et mordit dans un autre petit morceau.

« Merci. Bon, vous n'êtes pas du tout maussade ce soir. C'est la première fois.

– Je suppose que vous trouvez tout ça un peu étrange, non ? Il y a tant à faire, je dois dire que nous sommes tous assez préoccupés. Ce doit être très différent de votre vie habituelle.

– Oui, bien sûr. Mais j'aime bien ça.

– C'est un dur travail.

– Cela m'est égal.

– Quelquefois plutôt désagréable. Attendez que ce soit à vous de vous occuper de la truie. »

Prue, à présent, avait plus froid. Elle serra plus étroitement ses bras autour d'elle.

« Vous savez, j'aurais aimé travailler dans un cirque. C'était mon rêve d'enfant. J'ai pratiqué des petits exercices d'acrobatie dès cinq ans. Je mettais une planche entre deux chaises et je disais que c'était une corde raide. J'ai pu faire un saut périlleux en arrière en partant de la position debout, dès que j'ai eu huit ans. J'allais au cirque chaque fois que je le pouvais – pas souvent, en fait – et je rêvais d'être une des acrobates avec des sequins. Mais mon père s'en est mêlé et a dit qu'il n'était pas question que sa fille travaille dans un cirque. J'ai continué à m'exercer chaque fois que j'en avais l'occasion, mais alors mon enthousiasme a fondu. »

Elle sentit que Joe se tournait vers elle, plein d'intérêt.

« J'ai marché sur une planche de douze pieds de haut, une fois. Jamais sur une véritable corde raide.

– Auriez-vous pu monter plus haut ?

– Facilement. Simplement je n'en ai jamais eu l'occasion. » Elle poussa un petit soupir.

« Alors, c'est l'occasion maintenant. » Joe s'agita. Il ralluma sa lampe électrique, éclairant une poutre bien haut au-dessus de leur tête. « Je parie que vous ne pouvez pas marcher sur celle-ci. »

Prue examina l'énorme poutre de bois sombre. Elle était assez large, mais plus haute que toutes celles sur lesquelles elle s'était déjà exercée. Dérangés par la lumière de la torche, les pigeons, dans les chevrons, se mirent à murmurer leurs plaintes.

« Oh, Joe. Comment y monter ?

– Il y a une échelle. Si vous tombez, vous ne vous ferez pas trop mal – avec tout le foin et la paille. De plus, je vous rattraperai… » Il déplaça le rayon de la lampe et éclaira la moitié du visage de Prue. « Ne le faites pas, si vous n'en avez pas envie. Je trouvais ça amusant. »

Prue étudia les ombres compliquées et profondes de son visage.

« Que diriez-vous si j'acceptais, si j'y allais ? demanda-t-elle.

– Eh bien, je ne sais pas. Je penserais que vous êtes plutôt courageuse, sans doute.

– Alors éteignez la lampe.

– Pourquoi ? Je devrai éclairer votre chemin très soigneusement.

– Juste un instant. Je vais enlever mes chaussures et mes chaussettes. Je ne veux pas que vous me regardiez. »

Joe détourna la torche. L'obscurité, par contraste, sembla plus profonde. Pendant que Prue manipulait maladroitement ses lacets et ôtait ses chaussettes de laine, elle entendit Joe finir la barre de Mars.

« Ça va ?

– Je suis prête.

– Je vais vous aider à descendre et à poser l'échelle. Vous êtes sûre de vouloir le faire ?

– Bien sûr », répondit légèrement Prue.

Joe sauta sur le sol et tendit une main ferme pour aider Prue à descendre à sa suite. Ils se retrouvèrent à terre, près du tracteur, tout proches l'un de l'autre. Prue s'appuya sur le garde-boue pour retrouver son équilibre. Son cœur battait à tout rompre. Elle n'avait plus froid.

« Dommage qu'il n'y ait pas une fanfare de trompettes, remarqua Joe. Franchement, il vous faudrait des trompettes. »

Prue releva la tête, espérant à nouveau que la faible lumière de la lune serait juste assez puissante pour éclairer son air bravache.

« C'est la chose la plus gentille que vous m'ayez jamais dite, remarqua-t-elle. *Il vous faudrait des trompettes.* Je ne l'oublierai jamais : *il vous faudrait des trompettes.* » Le tremblement de sa propre voix l'étonna.

« Allez, idiote. » Joe effleura son épaule. « Je vais mettre l'échelle. »

Là, sur le sol de la grange, elle distinguait mieux la large masse sombre de Joe qui attrapait l'échelle et la calait contre un des bouts de la poutre. Puis il ralluma sa lampe et éclaira les barreaux.

« Ça va ?

– Très bien. »

Prue le rejoignit, la paille et les gravats sur le sol lui irritant la plante des pieds. Elle tremblait d'excitation et de peur.

« Ne vous occupez pas de l'échelle. Je la tiendrai solidement. Puis j'éclairerai la poutre juste devant vous.

– D'accord. »

Prue saisit fermement les côtés de l'échelle et posa le pied sur le premier barreau.

« Imaginez les trompettes », dit Joe tranquillement.

Prue commença à monter.

Pour la première fois depuis qu'elle était à Hallows Farm, Ag se sentait inquiète. Ni les informations ni son livre ne pouvaient entièrement fixer son attention. Dans le salon, où Mrs. Lawrence avançait dans la confection d'une paire de chaussettes pour les soldats, et où Mr. Lawrence était assis, tête renversée et yeux clos, Ag regarda le bleu-mauve des flammes qui sifflaient à travers un tas de bûches humides. Il était trop tôt pour monter dans leur chambre. De plus, elle ne voulait pas déranger Stella qui écrivait une lettre. Ag croyait à la nécessité de protéger l'intimité des gens : elle prenait toujours soin de ne pas être importune. Elle ne savait pas ce qu'elle avait envie de faire, où elle voulait aller. Une vague inquiétude au sujet de Prue s'empara d'elle, puis un souci plus important se manifesta : elle avait enfermé les poulets, mais pas les bantams. Seigneur, comment avait-elle pu oublier ? Tout comme Prue, elle avait fait une erreur capitale. Des images terribles lui traversèrent l'esprit : les cadavres des bantams, mangées par les renards, jonchant la cour, au petit matin : la colère de Mr. Lawrence, la tristesse et la déception de Mrs. Lawrence… Ce serait insupportable. Elle ne se pardonnerait jamais sa bêtise… Le mot d'ordre tacite de son père – *Ne jamais décevoir* – l'avait profondément marquée depuis l'enfance. Et voilà, elle ne travaillait que depuis une semaine, et était sur le point de décevoir gravement ses employeurs.

Ag posa son livre et quitta prestement la pièce en chuchotant un bonsoir à Mrs. Lawrence.

Dehors, la nuit très sombre la troubla. On ne voyait aucune étoile. La lune, fuyante parmi des nuages errants, donnait, par instants, une lumière fantomatique, puis disparaissait à nouveau en laissant de profondes ténèbres. Ag avait une lampe électrique dans sa poche, mais elle avait décidé de ne pas l'utiliser jusqu'à ce qu'elle parvienne au poulailler abritant les bantams. Mr. Lawrence les avait prévenues qu'une fois la nuit tombée il fallait faire très attention à la lumière. Elle avança prudemment dans le jardin. Des branches qu'elle n'avait pas vues lui frôlèrent le visage et lui griffèrent les bras. Malgré la fermeté du sol, on avait l'impression de se noyer. Le hululement inattendu d'un hibou lui fit battre le cœur à coups redoublés : elle redoutait d'avoir à poursuivre longuement les bantams sous les haies.

Bien plus tôt qu'elle ne s'y attendait, une odeur familière de bois créosoté s'éleva des ténèbres et elle se précipita vers le poulailler. Elle alluma sa torche et fit glisser latéralement le volet du judas. À l'intérieur, les dix poulets étaient juchés sur leur perchoir, la tête cachée dans les plumes hérissées de leur cou, ce qui leur donnait un air d'indignation inconsciente. Deux poulets, dérangés par la lumière, émirent un faible gloussement somnolent. Dix paires de paupières ridées tremblèrent, mais aucune ne s'ouvrit complètement.

Ag s'approcha du poulailler des bantams. Elle éteignit sa lampe quand la lune réapparut tout à coup. À sa fugace clarté, le grillage, cloué au cadre de bois de l'enclos, paraissait aussi fragile qu'une toile d'araignée. Il n'y avait pas de volailles dans l'enclos. La porte était ouverte, exactement comme elle l'avait laissée quand elle les avait lâchées le matin même. Ag la referma, et, par le judas, éclaira l'intérieur de l'abri. À sa grande surprise, les poules, plumes brillantes et granuleuses, étaient à l'intérieur, pelotonnées plus étroitement les unes contre les autres que les poulets. Cinq d'entre elles étaient revenues à l'enclos de leur propre chef : il n'en manquait qu'une.

Le soulagement qu'éprouva Ag en constatant que cinq bantams étaient en sécurité fut assombri par le souci qu'elle se faisait pour celle qui manquait. Elle revint précipitamment sur ses pas dans le jardin, le rayon de la lampe balayant discrètement le sol, mais sans espérer vraiment y trouver la poule. Elle pensa que la grange était l'endroit le plus adéquat. Pendant la journée, les bantams se rassemblaient toujours dans la grange. Cela prenait souvent un certain temps que de les dénicher toutes de leur cachette quand il était l'heure de les enfermer pour la nuit.

Suivant les rythmes mouvants du ciel ce soir-là, c'était à nouveau le tour des ténèbres quand Ag parvint dans la cour. Elle se dirigea rapidement vers la grange. Arrivée au milieu de la cour, elle vit un éclat lumineux. Elle s'arrêta, toute ouïe, pour entendre des voix étouffées. *Avez-vous vu une bantam par ici ?* avait-elle envie de crier ; ce fut alors que son souci pour la bantam fut balayé par la curiosité, la peur et l'appréhension. Que se passait-il ? Elle ralentit le pas.

Avant même de parvenir à l'entrée de la grange, Ag entendit clairement un échange de paroles.

« Vous êtes sûre que ça va ? »

Un long silence.

« Ça va. C'est drôle, là-haut. »

Seigneur, c'était *Prue*, et Joe !

« Bravo. Vous êtes presque au bout. »

Ag s'aplatit contre le mur à l'extérieur et jeta un coup d'œil. Elle vit Joe qui lui tournait le dos et regardait en l'air, sa lampe braquée bien haut au-dessus de lui. Ses yeux s'habituant à la scène faiblement éclairée, Ag distingua des ombres immenses comme des voiles qui battaient contre les murs, leurs formes coupées en deux par le rayon élargi de la lampe qui révéla Prue – mon Dieu, l'idiote, l'idiote ! – en train de se livrer à une espèce de danse folle dans les chevrons…

Ag se détourna et porta la main à sa bouche.

« Bon, vous avez fait plus de la moitié du chemin », entendit-elle Joe déclarer.

Ag se retourna pour regarder encore. Elle voyait Prue plus nettement à présent, marchant avec précaution sur la poutre, les bras raides et tendus, maladroite, mais déterminée et courageuse. Ses minces jambes blanches étaient éclairées par la lampe électrique. Bien plus bas, Ag aperçut les épaisses chaussettes réglementaires et les lourdes chaussures brunes jetées dans le foin.

Elle vit Prue s'arrêter et chanceler, sans oser regarder en bas. Son pied gauche hésita, ne sachant tout à coup où se poser. Ses orteils furent saisis de panique. Elle était presque arrivée au bout, là où l'attendait l'échelle. Mais elle ne pouvait plus se décider à avancer.

Elle vit Prue tomber dans les ténèbres et entendit son cri.

Personne n'avait pu l'entendre de la maison car, au même instant, une lointaine sirène avait commencé à hurler. Sa voix sinistre et le hurlement perçant de Prue se mêlèrent, puis furent effacés par un bruit encore plus proche d'Ag quand une bantam terrifiée s'enfuit en gloussant dans la cour. Sauver ? Ou protéger ? Ag se retrouva en train de courir vers la maison avant d'avoir eu le temps de prendre une décision. Elle vit la porte ouverte et la silhouette de Mrs. Lawrence tenant une bougie.

« Je cherchais une bantam, cria-t-elle.

– La bantam n'a pas d'importance : descendez tout de suite à la cave. » Mrs. Lawrence claqua la porte derrière Ag. « Avez-vous vu Joe ?

– Non.

– Il doit être aux Cloches. Soit là-bas, soit sur le chemin du retour. »

Le bruit de la sirène s'atténuait. Ag suivit Mrs. Lawrence dans l'escalier de la cave. Stella y était déjà, assise sur le plancher à côté d'un petit casier de bouteilles de vin au gingembre, un bloc de papier à lettres et un stylo sur les genoux – s'étant, apparemment, à peine interrompue.

« Avez-vous vu Prue ? » L'anxiété rendait Mrs. Lawrence brusque.

« Elle est peut-être allée aux Cloches aussi. Elle était bouleversée par cette histoire de tracteur », dit Ag.

Mrs. Lawrence soupira profondément.

« La petite idiote », dit-elle.

Ag s'assit sur la pierre froide, à côté de Stella.

« Ça va ? » demanda Stella en souriant, l'esprit encore à moitié occupé par sa lettre.

Ag acquiesça. Elle entoura ses genoux de ses bras et les serra tout contre elle, essayant d'analyser ses différents sentiments : la peur des bombes, la culpabilité d'avoir menti, le souci du mépris qu'aurait Mrs. Lawrence devant son incapacité à s'occuper des bantams. Mais beaucoup plus perturbant que tout cela, il y avait ce sentiment horriblement familier, qu'elle n'avait que trop souvent ressenti à Cambridge quand, de loin, elle apercevait Desmond – sur les Backs, ou traversant la cour – avec une autre fille. *Cela*, au moins, c'était compréhensible, l'aimant comme elle l'aimait.

Mais Desmond étant à des kilomètres, ignorant de son amour, et tout espoir d'un lien quelconque entre eux étant quasiment nul… pourquoi la jalousie l'avait-elle suivie à Hallows Farm ? Et qu'y découvrirait-elle quand l'horreur de la nuit s'achèverait ?

Pour Prue, qui tombait dans le noir, le hurlement de la sirène fit partie de son propre cri. Comment un son si fort et si terrifiant pouvait-il sortir de sa petite gorge ? Pendant les moments incommensurables où elle tombait à pic dans le foin, ce fut sa seule pensée.

Une partie de son corps cogna contre un autre corps. Des bras la soutinrent, mais ses jambes semblaient loin, séparées de son corps, et un de ses genoux était douloureusement tordu. Puis les bras la maintinrent plus fermement. Elle était étendue sur le dos. Le foin la piquait à travers le crochet fragile de son pull-over. Dans son esprit, son genou était devenu un disque d'or, qui crachait du feu. Le cri mourut, un bruit horrible qui s'éloigna au loin. Ainsi c'était une *sirène*, pas elle…

« Je vous ai rattrapée. Je vous tiens. » Une voix d'homme inquiète, venant de quelque part.

Qui la tenait ? Ah oui ! Bon sang : c'était *Joe* qui la tenait. Elle avait eu envie que Joe la tienne dans ses bras depuis une semaine entière, n'est-ce pas ? Elle n'avait pas envisagé que cela se passerait de cette manière. Mais il était là, son imperméable craquant contre son bras nu. Pas exactement au-dessus d'elle, mais elle pouvait sentir son poids à ses côtés.

« Merci. »

Sa tête était remplie des étincelles venant d'une enclume invisible. Elles tourbillonnaient confusément devant une masse d'ombres : le visage de Joe, penché sur elle. Un des yeux du garçon fut enflammé par une petite touche de blanc, puis la clarté de la lune, dehors, s'évanouit et tout fut à nouveau noir.

« Ça va ?

– Je pense. Un peu étourdie. Mon genou… » Prue essaya de bouger. Joe fit glisser sa main sur la cuisse habillée de velours côtelé et s'arrêta au genou. « Je me le suis peut-être tordu. Mais c'est mon cœur qui m'inquiète, il bat trop fort. » Elle pouffa légèrement.

La main de Joe remonta le long de la cuisse, passa sur le ventre, sur les côtes, et alla se placer sur le cœur.

« Il va se calmer, dit-il. Je suis navré. Vraiment. C'était un défi stupide. Vous auriez pu…

– J'aurais pu refuser. Ne vous faites pas de souci. C'était amusant. » Prue laissa la main de Joe sur sa poitrine calmer son cœur qui battait la chamade. Sa main était large, chaude, lourde comme un fer à repasser. « Qu'est-ce que c'était que cette sirène ? demanda-t-elle.

– Un raid quelque part. Ou peut-être une fausse alerte.

– Ne ferions-nous pas mieux… ?

– Non. Ils doivent être dans la cave. Ils penseront que je suis aux Cloches.

– Ne se demanderont-ils pas où je suis ?

– Qu'ils se le demandent. Nous trouverons une explication. »

Toute l'anxiété de Prue à propos du raid et de sa propre

disparition s'envola devant cette suggestion malicieuse. Elle voulait être couchée dans le foin avec Joe, à jamais, sans se préoccuper d'autre chose. Elle mit une de ses mains sur la sienne et sentit ses énormes doigts rudes.

« De toute façon, je ne peux pas traverser la cour avec le genou dans cet état, n'est-ce pas ? »

En réalité, ce n'était plus, à présent, qu'un petit élancement, rien qu'une bonne friction et un peu de volonté ne puissent arranger – bien que personne, sauf une imbécile, n'eût affirmé à Joe, à ce moment précis, que la lésion n'était pas grave.

« Je ne pense pas que vous puissiez, petite coquine. »

Le mot l'enflamma, comme il l'avait déjà fait dans l'étable. Personne, jusqu'à maintenant, ne l'avait appelée coquine. Cela signifiait mutine, friponne, mâtine – elle l'avait vérifié, un jour. C'était un compliment, à son avis. La masse formée par la tête de Joe semblait plus proche. Son haleine, sur son visage, sentait le chocolat fondu.

« Vous allez vraiment bien ?

– Tout à fait. Est-ce que je suis tombée de haut ?

– De vingt pieds à peu près. Vous le verrez quand j'aurai retrouvé la lampe. Je l'ai laissée tomber en essayant de vous rattraper.

– Et voilà pour mon spectacle de cirque. »

Joe se recula un peu et déplaça sa main. Prue, rapidement, la reprit et la remit à sa place.

« Ne partez pas, dit-elle.

– Je ne pars pas. »

Ils écoutèrent le noir silence. Au bout d'un moment, il fut rompu par le roucoulement d'un pigeon sur un chevron. Ils entendirent le bruit aigu et lointain d'un petit avion.

« Des bombes ? interrogea Prue. Ce sera mon premier raid. Mince alors : je suis terrifiée, Joe. » Elle lui pétrit la main.

Puis la bouche de Joe fut sur la sienne, dissipant son inquiétude. Il écarta rudement la toile d'araignée laineuse de son jersey, tirailla l'épais coton de son soutien-gorge et en sortit un sein provocant. Comme un homme pressé, il agrippa la taille de son pantalon. Prue gigota pour l'aider, des tiges de foin lui brûlant le dos à chaque mouvement impatient.

« Je croyais… que tu ne te déciderais jamais. » Les jambes de Prue, nues à présent, étaient, elles aussi, égratignées par le foin.

« Ça devait prendre une semaine, non ? Petite séductrice… » Joe étouffa ses mots de baisers. « Jouant de tes jolis yeux verts pour me séduire jusque sous les pis des vaches, le tout premier matin…

– Avec la guerre, il n'y a pas de temps à perdre. C'est ce que je pense. »

À présent, Prue était dans un état de totale déliquescence, docile, tremblante, les joues écarlates, les membres glacés et impatients.

« J'ai su exactement ce que tu pensais au moment même où tu es arrivée… »

Les lèvres de Joe se posèrent à nouveau sur celles de Prue. D'un de ses bras il lui fit un oreiller. Sa main libre suscitait des miracles là où il l'effleurait, créant sur sa peau des tourbillons d'un plaisir si intense qu'elle se surprit à roucouler au rythme des pigeons. La main merveilleuse, solide comme un outil agricole, écarta ses jambes. Le roucoulement se mua en gémissement quand la corpulence et le poids de Joe l'empêchèrent de respirer et lui aussi commença à glousser et à panteler comme un moteur puissant dans l'aube glacée. Dans un petit coin indépendant de son esprit, malgré le désir qu'avait fait naître Joe en elle, Prue pensa au tracteur et eut envie de rire.

Des bombes seraient-elles tombées que les amants, dans la grange, auraient été bien trop occupés pour s'en soucier. En tout cas, la fin de l'alerte se mêla à leurs cris et accompagna la fin de leur jouissance qui se fondit dans le silence final.

« Mince ! cria Prue, finalement, en se dégageant du poids mort de Joe.

– Ton premier raid. Il y en aura beaucoup d'autres.

– Je l'espère. C'est la guerre, n'est-ce pas ? Où as-tu mis mon pantalon ?

– Perdu dans le noir.

– Allez, Joe. Nous allons avoir des histoires. Je serai renvoyée. Ne pas flirter avec le fils du fermier est la première règle tacite des volontaires agricoles.

– Si tu n'en parles pas aux autres, personne ne sera au courant.

– Promis.

– Demain soir, quand ils dormiront, tu peux te glisser dehors et revenir ici.

– Et comment pourrai-je me lever à cinq heures, si je viens nuit après nuit dans la grange avec toi, hein ?

– Tu t'y habitueras », répondit Joe, en lui ébouriffant les cheveux et en l'embrassant sur les yeux. « Reste là, je ne vais pas te laisser partir tout de suite. Nous ne faisons que commencer. »

Quelques heures plus tard, quand les premières rayures lumineuses de l'aube apparurent dans le ciel, ils rassemblèrent leurs vêtements, s'habillèrent et se faufilèrent parmi les brumes de la cour. Ratty, seul, les aperçut. Dérangé par les sirènes, il s'était levé plus tôt que d'habitude et il se dirigeait vers la grange pour y fumer sa pipe matinale, celle d'avant le petit déjeuner.

Ce ne fut qu'une question de secondes si Ratty réussit à éviter une confrontation directe. Quand il vit confusément le couple sortir de la grange, il se cacha prestement derrière le tas de fumier. Il entendait leurs voix mais ne distinguait pas les paroles. Une fois qu'ils eurent passé la porte de la ferme, il reprit son chemin vers la grange. La première chose qu'il vit, suspendu dans les ténèbres comme un pâle drapeau par un jour sans vent, fut un mouchoir blanc sur un tas de foin. Ratty le prit et le mit dans sa poche. *Les imbéciles*, pensa-t-il.

Puis, installé sur une des meules les plus basses, il alluma sa pipe et se mit à penser à Joe. Joe avait toujours été un peu coureur – ce que lui, Ratty, regrettait de n'avoir jamais été. Aucune volontaire n'était en sécurité avec Joe : Ratty l'avait su dès le début, dès que l'idée d'employer des filles avait été envisagée. Mais, bien entendu, il aurait été déplacé de sa part d'en avertir son patron et Mrs. Lawrence. Bizarre qu'ils n'y aient pas pensé tout seuls. Peut-être avaient-ils cru que Janet garderait Joe dans le droit chemin. Hou ! Tu parles ! Puis quand les filles étaient arrivées – eh bien, Ratty avait vu juste en pensant que ce ne serait qu'une question de jours entre Joe et la flirteuse aguichante. Et grand bien leur fasse... Les jeunes devaient en profiter autant qu'ils pouvaient avant d'être hachés par les bombes, se disait Ratty. Tant que Joe s'occupait de celle-là... En y pensant, ce que Ratty n'aurait pas aimé, c'était qu'il mette la main sur la grande, Ag, celle qui avait un visage de sainte. Si Joe avait le culot de la toucher, celle-là, et si Ratty l'apprenait, il ne savait pas comment il réagirait. Il imaginait qu'il ferait quelque chose de terrible à Joe : quelque chose à quoi il n'avait pas encore réfléchi, mais il trouverait. Il finirait par trouver... Il tapota ses dents de sa pipe, regarda le ciel qui pâlissait sur le toit de la ferme – ce serait une belle journée. Une belle journée pour réfléchir. Et déjà un plan commençait à s'élaborer dans l'esprit de Ratty.

À deux heures, les filles prirent le bus qui allait de Hinton Half Moon à Blandford. C'était la première demi-journée de liberté. Chacune avait quatorze shillings dans sa bourse – la moitié du salaire de leur première semaine : l'autre moitié revenait à Mrs. Lawrence pour la pension et le logement.

Le vieux bus cahotait le long des chemins bordés de feuilles jaunes, secouant les filles dans leurs différents états d'esprit. Le manque de sommeil, chez Prue, était bien caché : en l'honneur du lèche-vitrines, elle portait une jupe émeraude avec un nœud assorti et un rouge à lèvres rose flamant – pour la bonne raison, avait-elle expliqué aux autres tandis qu'elles se changeaient, qu'il fallait être prête à toute éventualité. À Blandford, l'éventualité qu'elle avait à l'esprit, c'était de rencontrer un soldat ou un aviateur du camp voisin en permission.

« Et que *ferais*-tu, exactement, si cet homme mythique

nous rencontrait par hasard dans la rue ? demanda Stella, intriguée.

– Je m'arrangerais pour faire sa connaissance avant le départ du bus, bien sûr », gloussa Prue en barbouillant ses cils d'un épais mascara.

Ag était inexplicablement déprimée. Pendant qu'elles chuchotaient parmi les averses de feuilles tombantes (*Jaunes et noires et pâles et d'un terrible rouge, multitudes frappées de Peste*[1] – les mots lui vinrent automatiquement), elle ne parvenait pas à effacer l'image de Prue tombant de la poutre dans les ténèbres et celle de son cri terrifiant mêlé au bruit de la sirène. Elle ne comprenait pas pourquoi elle avait menti à Mrs. Lawrence avant d'avoir eu le temps de réfléchir. Pas plus qu'elle ne comprenait pourquoi elle était restée éveillée pendant des heures après la fin de l'alerte et pourquoi elle avait trouvé l'apparition de Prue, qui, à l'aube, échevelée, ravie, radieuse, s'était glissée dans la maison, si troublante. Peut-être enviait-elle à Prue sa capacité à traiter si facilement les rapports avec les hommes : si on prend un homme pour cible, il faut foncer et l'obtenir. Ag ne pourrait jamais se comporter ainsi. Après mûre réflexion, elle mit sa mélancolie sur le compte de la déception. Comment Joe, un homme qu'elle en était venue à respecter, avait-il pu être si aisément trompé par une petite coureuse éhontée comme Prue ? Après tout, ce n'était pas comme s'il était *libre* : il était fiancé à Janet. N'avait-il pas pensé à Janet quand il avait cédé à son désir dans la grange ?

Ag sourit en son for intérieur, consciente de son penchant pour la phraséologie d'institutrice qui lui revenait quand elle désapprouvait quelque chose : *cédé à son désir*, vraiment. Ils avaient sans doute passé un moment très agréable. Et n'était-ce pas là, peut-être, son problème ? L'idée de Joe et de Prue accomplissant quelque chose qu'elle et Desmond ne feraient jamais ? Ou était-ce – et là surgissait la question qu'Ag détestait affronter même si elle

1. Shelley, *Ode to the West Wind.*

la voyait venir – était-ce que, malgré son amour pour Desmond, elle aurait aimé savoir qu'elle avait au moins le *pouvoir* d'attirer Joe : sentir qu'ils étaient des âmes sœurs, des égaux intellectuels, des amis ? Sans savoir trop comment, l'escarmouche de Joe et de Prue avait réussi à troubler le calme habituel de son esprit. Cela la dégoûtait et l'excitait simultanément. Cela l'inquiétait aussi pour Janet. Qu'arriverait-il à Janet ? L'esprit d'Ag n'était qu'un tourbillon de questions et de réponses peu satisfaisantes. Préoccupée, elle se taisait, acquiesçant à peine quand Prue hurlait à propos de quelque nouvel article dont elle se souvenait sur sa liste de courses.

Stella, elle aussi, était silencieuse. Le paysage d'automne, lambeaux d'or, de bronze et jaunes étincelants sur une terre d'un noir de taupe, elle ne le voyait pas. Elle avait tourné toute son attention vers Dieu.

S'il vous plaît, faites que l'*Apollo* ait très bientôt besoin de décrasser sa chaudière, priait-elle, parce que si je ne vois pas Philip très bientôt je ne sais pas ce que je vais faire…

Elles déambulèrent dans les rues de Blandford, déçues. Au cinéma on passait *Rome Express*, un vieux film, mais elles n'avaient pas le temps de le voir avant de reprendre le bus ; Prue insista pour aller immédiatement à la pharmacie où elles furent accueillies par une affichette : *Désolé, ni rouge à lèvres ni fard.*

« Comment la guerre peut-elle toucher les rouges à lèvres et les fards ? » se plaignit-elle, écrasée soudain par sa nuit blanche et au bord des larmes.

Son attente joyeuse des nouveaux coloris de Revlon évanouie, elle traînait, maussade, derrière les deux autres et se désintéressait de leurs recherches. Ag ne trouva pas le livre qu'elle espérait à la bibliothèque, mais acheta, à la place, un bouquet de chrysanthèmes aux têtes hirsutes pour Mrs. Lawrence. Stella, lugubrement, fit un stock de papier à lettres. Elles avaient froid, toutes les trois : l'éclat du soleil cachait les pointes aiguës du vent qui se levait. Vers quatre heures elles s'assirent dans un salon de thé aux tables de bois sombre, aux nappes à carreaux et aux vitres couvertes de condensation, ce qui transformait les passants en ombres fantomatiques et blanchâtres. Ag et Stella choisirent un appétissant hachis aux légumes et de la compote de pommes à la crème, pour six pence. Prue se moqua de leur parcimonie.

« Je ne vais pas chipoter, moi, déclara-t-elle avec un battement de ses incroyables cils. J'ai besoin d'énergie. » Elle commanda une crêpe aux saucisses, des haricots en sauce blanche, des pruneaux et du lait caillé pour six pence et un demi-penny. Elles burent toutes de l'orangeade. « Je donnerais n'importe quoi pour un gin-citron », soupira Prue.

L'atmosphère confinée du salon de thé et la nourriture chaude leur redonnèrent du courage. Elles ôtèrent leur cardigan et se laissèrent aller sur leur chaise à roulettes comme si, pendant leur journée de loisir, elles pouvaient retrouver une nonchalance sophistiquée. Après le plat principal, Prue offrit ses Woodbines et les autres, qui généralement ne fumaient pas, acceptèrent. Elles tirèrent maladroitement sur les petites cigarettes desséchées, en toussant et en crachant de la fumée dans toutes les directions. Prue, plus habituée, riait à présent, sirotant son orangeade avec autant de vénération que si ça avait été le gin-citron dont elle rêvait.

« J'ai une bonne nouvelle, en tout cas », dit-elle, quand les cigarettes furent enfin fumées, leurs mégots tachés de rouge à lèvres écrasés dans le cendrier, et que les compotes, le lait caillé et la crème tremblèrent dans des coupes devant elles. « Essayez de deviner ! »

Ag s'absorba dans le nettoyage de sa cuillère avec un mouchoir propre. Stella secoua la tête en signe de dénégation.

« Je l'ai *fait* ! Avec Joe. Dans la grange, la nuit dernière. Je vous avais dit que j'y arriverais. » Elle pouffa. Le nœud émeraude sautilla dans la lumière sombre.

« Seigneur ! dit Stella, presque respectueusement.

– Fallait-il que tu nous le dises ? demanda Ag, sans surprise.

– Zut ! Là tu as raison. » Prue mit la main sur sa bouche. « Je pense que je n'aurais pas dû. Bien qu'il ne puisse me demander de me *taire*.

– Il l'aurait pu, remarqua Ag. Et Janet ? Je crois que tu aurais dû penser à Janet.

– Assez de morale, Ag. Lui, il n'a pas parlé de Janet.

– Comment te sens-tu par rapport à elle ? » Ag entendit la note de désapprobation dans sa voix, aiguë comme elle l'avait été pendant leur promenade de dimanche.

« Je n'y ai pas pensé une seconde. Ce n'est pas mon problème. Tu trouves ça très mal, n'est-ce pas ? » Prue se tourna vers Stella.

« Je trouve, répondit Stella en réfléchissant rapidement, que tu devrais t'en tenir très rigoureusement à ta philosophie de ne pas mettre la pagaille. Je suis sûre que tu ne veux pas être renvoyée par les Lawrence et causer des difficultés entre Janet et Joe, hein ? »

Prue haussa les épaules.

« Ce n'est pas comme s'ils étaient *vraiment* fiancés, selon moi. De plus, tout est juste en amour comme à la guerre, comme je le *maintiens*. Ce que Janet ignore ne peut la blesser.

– Ce n'est pas tout, dit Ag. Que se passera-t-il si tu es enceinte ?

– Ne sois pas idiote. Je sais me débrouiller. Jusqu'à maintenant ce n'est pas arrivé, non ? » Prue appela la serveuse et commanda d'autres orangeades. « En tout cas, à présent que nous en avons terminé avec les questions sérieuses, n'avez-vous pas envie de savoir comment c'était ? » Son regard alla d'Ag, qui rougit violemment, à Stella, qui ne put tout à fait dissimuler une lueur d'intérêt. « Tout s'est passé comme sur des roulettes. Suivant les plans. Mes plans. Les siens aussi, si je m'y connais un peu en fils de fermier chaud lapin. Et je dois vous dire – elle se redressa et écrasa le nœud d'une main énergique – que Joe Lawrence est un sacré type. Si vous avez un jour envie de commencer, il sera un bon début. Difficile à égaler, dans le futur, si vous voyez ce que je veux dire ?

– Prue ! Tu es horrible ! » Ag sentait la sueur couler sur son front.

« Tu es épouvantable ! ajouta Stella en riant. Continue.

– Eh bien, il n'est pas nul, c'est sûr. C'est plutôt un sacré bel étalon. »

Prue étendit les mains et mesura la largeur d'un côté de la table. Ses immenses yeux verts allongés au mascara s'écarquillèrent, ses petites mains manucurées se levèrent comme celles d'anges en adoration devant Dieu. Un instant elle ressembla davantage à une peinture de Fra Angelico qu'à une volontaire agricole obsédée, et Ag, malgré elle, se mit à rire. Stella fit de même. Prue, regardant l'une puis l'autre, et voyant qu'elles ne se moquaient pas d'elle mais appréciaient son compte rendu, brûla de compléter ses révélations.

« Je vous jure, il faisait du bruit comme un sacré tracteur et mince ! je suis *moulue* ce matin ! Mais c'était très bien. Je serais prête à recommencer n'importe quoi…

– Tu es vraiment incorrigible », dit Ag, riant toujours.

Pour une raison ou une autre, elle avait le cœur plus léger : cela devait être parce qu'elle ne pouvait croire que ce qui s'était passé entre Joe et Prue fût très sérieux.

Prue fut sur le point de demander ce que signifiait incorrigible, lorsque son attention fut attirée par un jeune homme en uniforme de la RAF qui passait la porte. Il avait des cheveux blonds, brillants et coupés très courts, et la nuque rasée, traits que soulignait l'austérité de sa casquette. Agressé par le regard admiratif de Prue, il hésita, puis se dirigea vers une table près la fenêtre – aussi loin que possible des filles – et commanda une tasse de thé et un scone.

« Qu'est-ce que vous en dites ? demanda Prue. Prometteur, non ?

– Arrête de le regarder, murmura Stella.

– Prue, quelles manières ! » Ag entendit encore une note bégueule dans sa voix, même si elle riait. Elle se sentait aussi agitée. Bizarrement elle désirait pousser Prue, voir si elle se montrerait à la hauteur de ses vantardises. « Et alors, qu'est-ce que tu vas *faire* maintenant ?

– Avoir l'air sympa, c'est tout », dit Prue. Elle tourna la tête vers l'aviateur et joua de ses immenses cils.

« Tu es choquante, dit Stella qui sourit tout en étant consciente d'une pointe d'admiration dans sa réprimande. Hier soir tu as séduit Joe ; comment peux-tu ne serait-ce que regarder quelqu'un d'autre même pas vingt-quatre heures plus tard ?

– C'est pour pouvoir les mettre sur ma liste. » Prue ralentit le mouvement d'éventail de ses cils et adressa un sourire creusé de fossettes à l'aviateur. « Surtout quand il y a la guerre. » Elle ramassa son sac et y chercha son porte-monnaie. Ag, inquiète à l'idée que Prue allait franchir l'étape qui suivait logiquement et donc se diriger vers la table du jeune homme, demanda l'addition.

« Nous devrions y aller, dit-elle. Il ne faut pas manquer le dernier bus.

– Je m'en fiche bien. » Prue, rêveusement, comptait son écot. « Au fait, est-ce que quelqu'un a vu Joe ce matin ? J'ai fait la traite avec Mr. Lawrence. Je n'ai pas voulu lui demander où était Joe.

– Mrs. Lawrence a dit qu'il avait une crise d'asthme, répondit Ag. Il était dans sa chambre. »

L'idée sembla amuser Prue.

« C'était sans doute le foin, remarqua-t-elle. Il va nous valoir trouver un autre endroit auquel il ne soit pas allergique. Son lit, peut-être.

– As-tu complètement perdu la tête ? » Stella se leva et prit le bras de Prue. « Allez, on y va. Dépêche-toi. »

Entraînée par la poigne ferme de Stella, Prue, empêchée de lambiner à la porte, jeta à l'aviateur un dernier regard éloquent.

« Rabat-joie ! » se plaignit-elle, une fois qu'elles furent sorties.

Mais sa plainte n'était que de pure forme et une fois encore toutes les trois éclatèrent de rire. Elles se hâtèrent dans l'air froid des rues, bras dessus bras dessous, ivres d'orangeade et de cet après-midi de liberté, loin du dur travail de la terre. Stella et Ag refusèrent de laisser Prue s'arrêter devant les vitrines sombres qui s'apprêtaient à faire le black-out.

« La prochaine fois je viendrai toute seule, protesta-t-elle. J'achèterai un nouveau ruban et j'irai au camp de la RAF… À votre avis, pourquoi, après toutes les menaces de Mr. Lawrence, n'a-t-on pas rasé les moutons ce matin finalement ?

– Il avait probablement trop de travail, avec Joe absent, répondit Stella. On le fera sans doute demain.

– Qui rasera le mieux les moutons du Dorset ? C'est moi ! chantonna Prue. Vous verrez. »

Puis toute idée de travail s'envola de son esprit : dans l'abri du bus, une affiche annonçait un bal au camp voisin de la RAF, au bénéfice de la Fondation de la marine marchande.

« Bon sang, les filles, vous voyez ça ? suffoqua-t-elle. On est vernies ! Voilà quelque chose sur quoi rêver, non ? Voilà une occasion de porter la robe diamantée, ou les diamants seront-ils excessifs pour le Dorset ? »

Les autres l'entraînèrent sur les marches du bus et la fourrèrent sur son siège. Mais on ne pouvait éviter sa bouillonnante jouissance anticipée. Elle se tortillait, posait son menton sur le dossier du siège qui les séparait, ne cessait de tripoter ses boucles d'une main agitée et de tirailler sur le nœud avachi.

« Qu'est-ce qu'on parie qu'on tombera sur le Roméo du salon de thé, hein ? Allez, mes vieilles… Imaginez… »

Le bus démarra avec un grognement peu enthousiaste, sortit de la ville et s'engagea dans les chemins sombres. Au-dessus des haies et des champs fauchés, un ciel métallique scintillait derrière un grillage de nuages vert sombre. La première étoile du soir – *Vénus chaussée de velours*[1] dans l'esprit d'Ag – brillait. Un bal au camp de la RAF était la dernière chose qu'elle avait envie d'imaginer : rien ne la convaincrait d'y aller. Elle aurait aimé être seule dans le bus pour regarder les ténèbres qui tombaient, puis rentrer

1. Rupert Brooke, *The Old Vicarage, Grantchester.*

à pied de Hinton à la ferme, dans le silence. Elle était lasse tout à coup. Pour la première fois depuis qu'elle avait quitté la maison, elle aspirait à l'intimité silencieuse de sa chambre, à passer une soirée tranquille avec son père. Jusqu'alors, elle avait été trop occupée pour penser souvent à lui. À présent, à imaginer ses difficultés quotidiennes sans elle, une inquiétude troublante faisait naître des larmes sous ses paupières closes.

Stella, elle aussi, la tête renversée en arrière, n'écoutait qu'à demi les folles prévisions de Prue. Des fragments de la description que Prue avait faite de Joe lui revenaient en mémoire : *étalon*, vraiment. Quel mot grossier pour parler d'un homme. Stella eut un petit frisson, sachant bien qu'il était impropre pour Philip. Philip n'était pas un étalon, Dieu merci, n'est-ce pas ? Mais en fait, *qu'était*-il ? Le savait-elle ? Et où était-il à ce moment même, et pourquoi, encore une fois, n'avait-il pas écrit ?

« Je parie six pence avec vous deux, disait Prue, sa tête tressautant toujours par-dessus le siège, qu'au bal de la RAF je le draguerai dans la première demi-heure, et que nous l'aurons fait à minuit.

– Tais-toi un peu, Prue. »

Stella voulait être tranquille avec ses propres rêveries : Philip en permission quand on décrasserait la chaudière, un week-end à l'hôtel, un lit double, une bouteille de vin…

« Je crois que ce qui est drôle, continua Prue, c'est que cette guerre offre au moins un tas d'occasions, spécialement pour une fille comme moi qui ne peut résister à un uniforme. Ce que je veux dire, c'est que nous devons apporter notre petite contribution à notre pays : labourer la terre, distraire les soldats, faire qu'ils se sentent désirés, et donc que nous avons bien le droit de nous amuser un peu entretemps – n'es-tu pas d'accord, Stella ? Oh, mince : tu ne dors pas, au moins ? Ah, vous deux !… Vieilles avant l'âge ! »

CHAPITRE V

À trois heures du matin, en revenant de sa seconde visite à la grange, cherchant à tâtons son lit, Prue se cogna contre un meuble.

Son cri de douleur réveilla Ag, qui ne dit rien. Elle entendit ensuite qu'on dévissait le couvercle d'un pot. Même dans les ténèbres totales, Prue, semblait-il, avait bien l'intention d'enlever son mascara.

Ag était étendue, toute raide dans son lit, et luttait contre des images de la nuit de Prue. Dans son esprit, les détails en étaient flous. Elle était trop timide – trop prude, se gourmanda-t-elle – pour demander, même à elle-même, comment ils faisaient ça dans le foin. Mais imaginer, en gros, leur joie écrasante, image combinée avec des sentiments d'envie honteuse, la rendait malade. Elle haïssait Prue pour avoir si facilement réussi ce qu'elle ne ferait jamais avec Desmond. Elle méprisait la sottise de Prue, sa vanité, son matérialisme. Plus confusément, elle l'admirait, aussi : elle admirait son esprit direct, sa spontanéité, sa chaleur, son énergie et son goût de la fête. Ag aurait volontiers sacrifié tout son savoir littéraire pour une ou deux onces du sex-appeal de Prue. Des larmes silencieuses, nées de son sentiment d'échec, mouillèrent son oreiller.

Incapable de se rendormir, elle se leva à quatre heures et s'habilla dans le noir. En bas, il y avait de la lumière. Ag en fut surprise. Elle suivit silencieusement le couloir jusqu'à la porte de la cuisine entrouverte. En jetant un coup d'œil, elle vit, près de la cuisinière, Mrs. Lawrence verser de l'eau bouillante dans une théière. Ag entra dans la pièce. Puis elle aperçut Joe, assis à la table, sur laquelle il n'y avait qu'un vase de fleurs. Il y eut un silence gêné – le genre de silence qui règne après qu'ont été prononcés, et ont échappé, des mots pleins de colère, ou qu'il reste des choses non dites entre les gens. Joe était pâle et ne s'était pas rasé. À chaque aspiration, il avait un peu de mal à respirer.

« Vous êtes matinale, dit Mrs. Lawrence.

– Je suis désolée. Puis-je… ?

– Prenez un bol. »

Ag mit trois bols, du sucre, du lait et des cuillères sur la toile cirée à damier. Ainsi dressée, la table lui parut plus accueillante. Mais il manquait le bien-être chaleureux et habituel de la cuisine. Avec les rideaux du black-out encore tirés, la pièce donnait l'impression de ce qu'elle devait être en pleine nuit. Ag ne pouvait déterminer si sa présence était un soulagement pour Joe et sa mère ou si elle rendait les choses entre eux plus difficiles.

Ils s'assirent tous les trois à un bout de la table. Ils écoutèrent le sifflement rythmique de la respiration de Joe. Ils remuèrent leur thé en silence.

« Allez-vous mieux, aujourd'hui ? » Ag, au bout d'un moment, se tourna vers Joe.

« Oui, merci, répondit Joe. On va raser les moutons, ce matin », ajouta-t-il.

Ce n'était pas le moment de sourire. Ag se concentra sur son thé. Elle vit que c'était d'une main légèrement tremblante que Mrs. Lawrence remuait le sien – encore et encore, plus longtemps qu'il n'était nécessaire, les yeux baissés sur le petit tourbillon laiteux qu'elle faisait naître avec sa cuillère.

« Cela m'étonnerait que Prudence soit d'attaque pour ça », dit-elle.

Il y eut un autre silence. Joe ne releva pas le défi de son regard.

« Je vais enlever les rideaux du black-out, Maman, dit-il finalement.

– D'accord, mon fils. »

Joe se leva et ôta le tissu des fenêtres. Dehors il y avait

un ciel gris et uni et une lune d'argent transparente. Les deux colleys, à moitié éveillés sur leur bout de tapis, battirent de la queue quand Joe passa près d'eux. Il quitta la pièce.

« C'est son asthme », dit Mrs. Lawrence quand il fut parti. De ses yeux fatigués, elle jeta à Ag un regard dur : « Parfois il va très bien pendant des semaines entières, puis il passe deux mauvaises nuits. »

Sa voix défiait Ag de ne pas la croire.

On a des excuses à mentir, quand c'est pour protéger ceux qu'on aime, se dit Ag. Elle était touchée par la fière dignité de Mrs. Lawrence, par ce qui semblait sa véritable conviction. Sa conviction ? Peut-être croyait-elle réellement que les deux nuits blanches de Joe avaient été provoquées par l'asthme. Était-ce faire du tort à Mrs. Lawrence que de supposer qu'elle savait ce qu'avait fait Joe ? Ou était-ce reconnaître la force de son instinct ?

« C'est dommage pour lui, répondit Ag calmement.

– Et encore, il va mieux aujourd'hui qu'hier. »

Mr. Lawrence, Stella et Prue arrivèrent. Prue avait les yeux cernés. Elle était pâle sous son fard. C'était le premier matin où elle ne s'était pas souciée de son maquillage, bien que peut-être, se dit Ag, ce fût plus par négligence que par manque d'énergie.

« Alors, c'est ce matin qu'on rase les moutons ? demanda Prue à Mr. Lawrence, en prenant une épaisse tartine de pain maison.

– Oui. » Mr. Lawrence lui adressa un petit sourire. « C'est le moment. »

Mrs. Lawrence posa une autre théière sur la table. Le ciel, au-delà de la grange, pâlissait. Quelques feuilles jaunes voltigeaient devant la fenêtre.

« Vous serez aussi étonnés par mon talent pour raser que par mon talent pour labourer, sourit Prue.

– Je ne crois pas, en fait », répondit Mrs. Lawrence. Elle se tenait à un bout de la table, ses doigts grattant maladroitement la toile cirée et en froissant la surface. « Parce que vous, Prue, vous allez vous occuper de la truie ce matin. »

Le sourire de Prue s'effaça. Les Lawrence échangèrent

un rapide coup d'œil. Il était clair que la décision de Mrs. Lawrence avait été prise à l'instant même et que son mari préférait ne pas chercher à comprendre. Dans le long silence qui suivit, Prue décida de cacher sa déception.

« Très bien, dit-elle. Cela m'est égal.

– Et ensuite vous pourrez épandre le fumier, ajouta Mrs. Lawrence, et cet après-midi il faut nettoyer l'étable à fond et chauler les murs. »

Prue regarda Mr. Lawrence : son signe de tête signifiait qu'il était d'accord avec le plan de sa femme.

« Comme vous voulez. »

Elle haussa légèrement les épaules. Son dos et ses jambes étaient douloureux. L'intérieur de ses lèvres était enflé. Elle y sentait de minuscules cloques de sang salé.

« Ag et Stella feront la traite ce matin, puis Joe supervisera les moutons, continua Mrs. Lawrence. John va vous montrer comment faire avec la truie, Prue : moi je suis occupée toute la matinée avec la lessive. »

Pour la première fois c'était Mrs. Lawrence qui planifiait les travaux et elle les énumérait avec une férocité inhabituelle.

Prue laissa une tartine entamée dans son assiette.

« Je suis sûre que le cochon et moi nous nous entendrons très bien, en tout cas », dit-elle en faisant bouffer le nœud jaune de ses cheveux.

Personne ne répondit.

Quand les trois filles et les deux hommes eurent précipitamment quitté l'atmosphère tendue de la pièce, Mrs. Lawrence resta à la table, remuant toujours son thé, les muscles de la mâchoire en action. Elle regarda la lumière naissante filtrer sur la toile cirée et allumer de petites flammes pâles sur les flancs des vieux bols et de la théière. Dès que la dernière porte eut claqué, et que, excepté le léger ronflement des chiens, le silence fut total, elle cacha sa tête dans l'écran de ses mains et récita une rapide prière. Puis elle se leva pour commencer son travail du matin.

« Hello, cochon, lança Prue. Hello, Sly. »

Elle s'appuya contre le mur de la porcherie en se demandant par quoi elle devait commencer. Mr. Lawrence l'avait laissée avec une fourche, un balai et des instructions qui, dès qu'il fut parti, lui étaient sorties de la tête. La truie était couchée dans son abri sous un toit de tôle ondulée, sur une litière de paille qui brillait d'un or humide. Elle semblait sommeiller. Ses yeux étaient fermés. Un doux grognement irrégulier faisait trembler, comme de la gélatine, tout son corps couvert de soies.

Si ce n'est qu'elle n'aimait pas le rôti de porc, Prue, jusqu'alors, n'avait jamais accordé une pensée aux gorets. Elle n'en avait quasiment jamais vu un de vivant. À présent, repoussant l'horrible moment où elle devrait essayer de faire bouger l'animal, elle se surprit à penser à la vie du cochon.

Dans sa fatigue, de petits aphtes et des élancements sanglants lui endolorissant toujours l'intérieur de la bouche, elle se sentit prise de pitié devant sa captivité ennuyeuse et elle fut moins repoussée qu'elle ne s'y était attendue par sa laideur. Il y avait quelque chose de plutôt digne, trouva-t-elle, dans la peau rose violet du ventre enflé de Sly, qui était pleine, dans ses pattes trapues et informes, dans sa queue ridicule et dans ses grandes oreilles alertes. Pendant la semaine qu'elle avait passée dans la proximité des vaches, elle avait appris que les animaux sont dénués de vanité, et elle admirait cela. Bien que – elle sourit en son for intérieur – l'apparence de Sly eût été bien améliorée par une touche de mascara. Les cils blancs plantés autour des tout petits yeux donnaient à la truie un air pitoyable de vieille fille. En fait, Sly était loin d'être une vieille fille. Mr. Lawrence avait précisé qu'en son temps elle avait été mère d'une douzaine de porcelets. Appréciait-elle d'être à nouveau pleine ? se demanda Prue. S'était-elle couchée par pur ennui, par fatigue, par bien-être ou par détresse ? Les hommes feraient bien de réfléchir plus sérieusement pour savoir si les animaux pensent, plutôt que de fabriquer des bombes et de mettre en danger la planète, songea Prue, chez qui lambiner faisait naître moult pensées.

Elle ouvrit la barrière et pataugea sur le sol boueux de l'enclos cimenté. Une odeur âcre s'élevait de la paille. La boue treillissée qui jaillissait sous ses bottes était gluante et désagréable, contrairement à la terre noire et fraîche des champs. La truie ouvrit les yeux, regarda Prue sans le moindre intérêt et referma les yeux.

« Hello, répéta-t-elle. Désolée, mais il faut que tu bouges. »

Pour se donner plus de temps, Prue pensa à ce que Mr. Lawrence lui avait appris sur les sévères restrictions de nourriture pour cochon. Il avait dit qu'on abattait beaucoup de petit bétail. Pour le moment, Sly n'était pas menacée : les Lawrence avaient une bonne réserve de nourriture pour porcs, Silcock n° 1, qu'on complétait avec les reliefs de la maison et les fruits à demi pourris. Mais quel serait le sort de la portée à venir ? Les yeux de Prue s'embuèrent de larmes fugaces à l'idée de tuer d'innocents porcelets. Elle se rapprocha de la truie et lui donna un petit coup de son balai.

La truie souleva sa masse si rapidement, en poussant un cri si fort et si hideux, que Prue, surprise et apeurée, bondit en arrière.

Sly sauta gauchement hors de la litière de paille bosselée qui sentait l'ammoniac. Elle glissa vers Prue qui se replia dans un coin de l'enclos en plaçant devant elle, piètre défense, le balai et la fourche. La truie grognait avec force, très mal intentionnée, pensa Prue. À ce moment-là, elle aurait aimé plus que tout être dans le salon de coiffure, chaud et embué, confortablement entourée de tous les instruments nécessaires pour faire une permanente.

Ne l'énervez pas, en tout cas, avait dit Mr. Lawrence. Mais il ne lui avait pas dit comment éviter de l'énerver. Manifestement, elle avait fait quelque chose qu'il ne fallait pas. Sly était définitivement énervée. Elle passa sa grosse tête entre les deux manches et regarda Prue en agitant furieusement son obscène groin épais.

« Va-t'en ! » cria Prue, en frappant la tête de Sly avec le manche du balai. Puis, plus calmement, elle ajouta : « Laisse-moi passer, s'il te plaît !... »

Les oreilles velues du cochon battirent l'air. L'une d'entre elles effleura la main nue de Prue. La peau, où s'enchevêtraient des veines violettes, était dure comme de la pierre ponce et transparente comme un nuage.

« Fous le camp ! cria à nouveau Prue quand le groin s'avança vers sa cuisse. Je ne suis pas une sacrée truffe. »

Brusquement lassée, la truie fit demi-tour. Prue resta immobile un instant, regardant le dos mauve, l'indécent point de jonction des cuisses bulbeuses, le balancement des mamelles déjà gonflées dans l'attente de la portée à venir.

À une vitesse surprenante, sous la poussée de l'adrénaline, Prue jeta la litière souillée par-dessus le mur de la porcherie. Plus tard, si Dieu lui en donnait la force, elle en remplirait la brouette et viderait tout ça sur le tas de fumier. Plus tard aussi – aujourd'hui, précisément – elle l'épandrait dans un champ, avait dit Mrs. Lawrence. Maintenant qu'il n'y avait plus de danger, elle ne pensait plus au salon de coiffure pour se réconforter, mais au labour. Elle aurait aimé, cet après-midi, recommencer à labourer. Mais il n'en était pas question. Ce qu'elle aurait aimé, plus que tout, c'était passer tout l'après-midi sur l'une des plus hautes meules, dans la grange, avec Joe.

Une fois la porcherie nettoyée et balayée, Prue jonchа le sol d'une botte de paille odorante. Sly retourna immédiatement à son lit fraîchement préparé et s'écroula sur le flanc, ingrate comme un malade revêche. La voie, au moins, était libre pour que Prue entasse le fumier à l'extérieur de l'enclos et lave la rigole avec un grand seau de Jeyes Fluid.

« Ça se passe bien ? »

Prue leva les yeux et vit Joe.

« Tu sais qu'elle mord quand on l'énerve. »

Prue eut un geste d'indifférence. Épaules, bras et dos lui faisaient mal. L'idée de transporter le lisier de l'endroit où elle l'avait jeté jusqu'au tas de fumier l'accablait tellement qu'elle ne put répondre. Elle aurait voulu que Joe la soulève par-dessus le mur, l'emmène quelque part – n'importe où –, apaise ses douleurs, l'embrasse, l'écrase et la brise contre lui avec son extraordinaire force explosive, bien loin des réalités, de la truie, du fumier et de la vie à la ferme.

« Tu as l'air crevée, remarqua-t-il. Je pense que ce soir on va s'en passer. Dormir un peu. Le foin n'arrange pas du tout mon asthme. Il va falloir que nous changions de coin.

– D'accord. »

Prue sourit faiblement. Elle se rendait compte qu'elle sentait aussi fort que la porcherie. *Nuits de Paris* n'avait pas l'ombre d'une chance, dans ces circonstances.

Une heure plus tard, à son grand soulagement et à sa grande surprise, Prue réalisa que la première partie de son travail était achevée. La litière souillée de Sly était empilée au sommet du tas de fumier. Plus un brin de paille ne traînait dans la cour : Prue avait pris la précaution de la balayer – Mr. Lawrence était intransigeant quant à la propreté de cette cour. Pataugeant triomphalement, elle monta en haut du tas de fumier en s'aidant de la fourche. Il n'y avait personne dans les environs, personne pour lui reprocher de se reposer quelques instants. Les paroles d'une chanson apprise pendant les cours de formation lui revinrent à l'esprit. Elle commença à chanter.

Elle est volontaire
Elle est volontaire pour travailler aux champs
Dix shillings par semaine – « c'est pas vrai »
Pas grand-chose à manger – « c'est pas vrai »
De grosses bottes
Et des ampoules aux pieds
S'il n'y avait pas la guerre
Elle serait là où elle était avant –
Volontaire agricole, tu es timbrée…

« Ça, c'est sacrément vrai, en tout cas », ajouta-t-elle, en commençant à s'enfoncer dans le fumier. Elle en sentait la chaleur qui montait à travers ses bottes, et l'odeur d'ammoniac qui s'élevait, aussi forte qu'une odeur d'encens.

Prue s'appuya plus lourdement sur la fourche. Elle se sentait presque défaillir.

Après que la traite fut terminée, Stella conduisit, toute seule, les vaches au pâturage. Ag alla lâcher les poules. En revenant à la maison elle passa près de la buanderie – une ancienne étable, près de la cuisine, qu'on avait aménagée à cet effet – et jeta un coup d'œil par la fenêtre ouverte. Là, dans un nuage de vapeur, elle vit Mrs. Lawrence au travail. L'endroit était plein de chemises et de draps, quelques-uns en train de tremper, d'autres en train de sécher. Sur le sol de pierre, il y avait des flaques d'eau. Et sur une étagère d'ardoise, deux fers à repasser démodés se dressaient sur le talon, leurs soles d'acier d'un bronze rosâtre dans la lumière sale. Mrs. Lawrence s'arrêta et sortit un drap d'une cuvette d'eau émaillée. Elle le tordit violemment, les muscles de ses bras minces et forts tendus comme des cordes. Puis elle disposa le drap dans l'essoreuse à rouleaux et commença à tourner la poignée avec énergie. L'eau s'écoula dans le seau placé sous l'appareil. Quand il n'y en eut plus que quelques gouttes, Mrs. Lawrence jeta le drap sur la pile. Elle s'arrêta pour essuyer la sueur de son front et repousser une mèche de cheveux gris de ses yeux. Son tablier, pot-pourri passé de fleurs indistinctes, était trempé. Elle regarda une autre cuvette contenant un autre tortillon de coton à essorer, mais sembla décider de ne pas le faire. Ses mains avaient peut-être besoin de se reposer un peu après avoir été plongées dans l'eau froide. Elle prit alors une immense et grossière chemise d'homme dans un tas et la jeta sur la planche à repasser. Elle se saisit d'un des fers – Ag vit que son dos couleur crème était si ébréché qu'il évoquait une coccinelle monstrueuse – et l'appliqua avec violence sur toute la longueur de la manche. Sa bouche n'était plus qu'un trait dur.

Ag recula d'un pas. Elle s'était demandé si elle proposerait son aide, mais elle décida que Mrs. Lawrence n'aurait pas souhaité que quiconque fût témoin de son travail et de sa colère intime. Ce fut alors qu'Ag eut la certitude qu'à l'aube, entre Mrs. Lawrence et Joe, il n'avait pas été question de Prue. Mrs. Lawrence menait un combat solitaire avec ses instincts et ses doutes. Elle se demandait, tourmentée, ce qu'elle devait faire, si toutefois il y avait quelque chose à faire. Ag aspirait à l'aider. Mais elle savait qu'elle ne pouvait que guetter le moindre signe qui montrerait que Mrs. Lawrence désirait discuter de ce qui la préoccupait, ce qui était peu probable. C'était une femme forte et fière qui estimait que partager ses problèmes personnels n'était qu'une regrettable faiblesse. Sans bruit, Ag continua son chemin. Elle devait retrouver Mr. Lawrence, chasser de son esprit l'image du combat de sa femme dans la buanderie et se concentrer sur le regroupement des moutons.

En revenant du champ où elle avait conduit les vaches, Stella entendit chanter. Elle s'arrêta et écouta. Prue ? Une voix rauque et atone, mais, derrière les paroles, il y avait de la passion. Stella contourna la grange par un côté, en passant par la cour impeccablement balayée. Le chant s'était à présent interrompu. Prue, au sommet du tas de fumier, se reposait, menton et mains appuyés sur le manche de la fourche.

« Prue !

– Je me repose entre les travaux. Je me repose entre le *nettoyage* – elle balança ses hanches comme une chanteuse – et *l'épandage* du fumier. » Des touches de rouge, brillantes comme des sceaux de cire, rehaussaient la pâleur de ses joues.

« Ça va ?

– Très bien, compte tenu du ratissage du fumier. Tout à l'heure j'étais un peu étourdie. Sans doute à force de me pencher.

– Tu ne viens pas t'occuper des moutons avec nous ?

– On ne dirait pas. Ordre d'épandre le fumier sur une centaine d'acres. » Elle grimaça un sourire et planta sa fourche dans la paille humide. « Dire que dans le temps je trouvais que deux permanentes et un rinçage étaient une dure journée de travail. Bon, je suppose qu'on apprend des tas de choses pendant la guerre. »

Elle soupira. Stella, en la regardant, sourit aussi.

« Tu sais ce dont je rêve, Stella ? Ici – partout ? Je rêve que, quand ce sera fini, je terminerai mon apprentissage et que cet homme viendra. Le *bon.* Je t'assure : je le reconnaîtrai dès qu'il passera la porte. Il sera costaud, un peu comme Joe, mais il aura des tas et des tas de fric. Nous nous marierons et nous vivrons dans une immense maison, dans les faubourgs d'une quelconque ville chic, comme York. Pas à Manchester, merci bien. Nous aurons une baignoire en marbre avec des robinets d'or et des tas d'étagères en marbre où je pourrai aligner toutes mes poudres et mes lotions – autant que je veux. Nous aurons de la moquette *partout,* une radio dans chaque pièce et un de ces nouveaux grands postes de radio en érable qui ressemblent à une armoire et, tous les soirs, la bonne nous apportera des *cocktails,* Stella, je te jure, sur un plateau d'argent, et nous serons heureux. Dans la journée – elle fourragea à nouveau dans le fumier – je m'étendrai sur un canapé comme une star de cinéma, en lisant des romans et en mangeant des chocolats, et tout ce fumier sera bien loin, presque oublié, et chaque soir mon mari rentrera de son usine – ou de l'endroit quel qu'il soit où il gagnera de l'argent – dans une Rolls-Royce. C'est ça mon rêve. »

Stella rit doucement.

« Des enfants ? demanda-t-elle.

– Des mômes ? Trois ou quatre. Ce serait bien. Mais seulement avec une nurse.

– Quel rêve ! Tu t'ennuierais.

– Non, sûrement pas. Pas un instant, de toute façon. Imagines-tu quelque chose dans ce genre pour toi ?

– Non, mon rêve est plus modeste, répondit Stella.

– Autant viser haut.

– Qu'est-ce qui se passe ? » Mr. Lawrence traversait la cour à grands pas, étonné de voir une silhouette, plus semblable à celle d'une chanteuse de cabaret qu'à celle d'une volontaire, perchée sur son tas de fumier. « Vous vous êtes occupée du cochon ?

– Je m'en suis occupée, Mr. Lawrence. Et j'ai balayé la cour, Mr. Lawrence, comme vous pouvez voir.

– Ce matin, je ne veux pas de vos impertinences. Vous feriez mieux de mettre le fumier dans la remorque et de l'emmener au Grand Champ. Allez, vite. »

Son regard dévia sur Stella et s'adoucit.

« Venez avec moi, Stella, chercher le matériel puis nous irons aider Ag à ramener les moutons. »

Prue, ostensiblement, souleva une lourde masse de fumier avec sa fourche.

« Avez-vous le temps de rêver, Mr. Lawrence ? demanda-t-elle.

– Je vous préviens, jeune demoiselle… »

Stella, qui le suivait vers la grange pour prendre les cisailles, les couteaux et les tondeuses, vit une tache sombre s'étendre sur son cou et recouvrir ses joues tannées par les intempéries.

« Cette petite prétentieuse de star de cinéma aura ce qu'elle mérite un de ces jours, dit-il. Bien que ce ne soit pas de son travail que je me plaigne. »

Une heure plus tard, Stella et Ag luttaient avec leur premier mouton. La brebis était couchée sur le dos, sur un banc, afin d'en faciliter le maintien. Quand Mr. Lawrence leur avait fait la démonstration, cela avait paru fort simple. Mais, livrées à elles-mêmes, les filles avaient du fil à retordre.

Ag s'était proposée pour tenir l'animal pendant que Stella, armée de la sénette, examinait les sabots. Les mains profondément enfoncées dans la laine graisseuse, Ag sympathisait avec l'inquiétude de la brebis. Le délicat cou noir, saillant de l'épaisse toison, se tordait et agitait la tête osseuse au nez romain et aux yeux jaunes indignés. Elle bêlait pitoyablement ; ses lèvres retroussées découvraient des dents grises tachées de vert et une bave épaisse comme de la guimauve giclait de ses gencives en aspergeant Ag.

« Du calme, ma vieille, la consola-t-elle en sentant les

muscles tendus de l'épaule se tordre sous ses mains d'une façon écœurante. C'est pour ton bien… »

Elle se remémora les dessins représentant un mouton dans un livre pour enfants : personnifié en un professeur sérieux, il portait des lunettes au bout du nez et tenait une canne dans son sabot. Elle pensa à quel point son père aimait le mouton bouilli avec une sauce aux câpres, bulles de graisse arc-en-ciel dans la sauce. Dimanche après dimanche ils déjeunaient en tête à tête, la coupe de fruits en cire entre eux, recueillant de leurs cuillères les derniers grains d'orge gorgés des sucs de la viande.

« Je pense que ça ira pour celle-là, dit Stella. Pas de piétin, pour autant que j'en puisse juger. Elle a juste besoin d'une taille. »

Elle saisit la patte qui battait l'air et rougit sous l'effort. La corne du sabot avait éclaté sur les bords. Il y avait deux petites fentes. En se mordant les lèvres, Stella y plongea le couteau aiguisé et commença à enlever une languette de sabot, tout comme elle aurait pelé une pomme de terre. La brebis se débattit plus fort, mais en un instant un demicercle de corne noire, dure comme de la pâte à modeler, tomba au sol.

« Voilà ! Bravo ! »

Stella relâcha la patte qui s'agitait frénétiquement et reçut immédiatement un coup dans l'estomac. Ag rit si fort qu'elle desserra sa prise des épaules de la brebis. Si Stella ne s'était pas alors jetée, tel un sac, sur le ventre de l'animal, il se serait échappé.

« Tu es douée pour rogner les sabots », admira Ag quand le long travail de manucure sur les quatre sabots fut achevé.

Le moment redoutable où il leur faudrait raser la bête était arrivé.

À présent, le mouton était fatigué et plus facile à manipuler. Stella se pencha par-dessus sa tête, les mains plongées dans les gros tas de laine puants et emmêlés. Amusée, elle regarda Ag ramasser la tondeuse et estimer, d'un air de feinte compétence, la masse crottée de l'arrière-train de l'animal.

« Allons-y. »

Elle saisit une poignée de laine, rigide de boue séchée et de crotte. Elle donna soigneusement de délicats coups de tondeuse. Le tas tomba au sol avec un petit bruit sourd, comme la coquille d'une noix vide. Elle choisit un autre morceau et cisailla avec plus de fermeté. C'était comme de couper dans des cailloux, pensa-t-elle, beaucoup moins dégoûtant qu'elle ne s'y était attendue. Elle travaillait plus vite. À présent l'animal gigotait à peine. Bientôt son arrière-train fut rasé et propre. Ag se sentit satisfaite d'elle-même. Elle et Stella aidèrent doucement la brebis à se remettre sur le sol. Elle s'en fut en bêlant rejoindre ses compagnons dans l'enclos que Mr. Lawrence avait délimité dans la cour. Sa tête, comme un gros bec noir, picorait dans l'air, lèvres baveuses et retroussées en une grimace de soulagement.

« Philip ne voudra pas le croire, soupira Stella en se massant le dos. Plus que quatorze à soigner.

– Essayons d'en terminer avant la nuit.

– C'est facile, répondit Stella. Nous sommes expertes, à présent. »

À la fin de l'après-midi, Joe conduisit le tracteur dans le champ où Prue épandait le fumier. Il devait aller chercher la remorque vide pour la ramener dans la cour.

Il trouva Prue debout au milieu d'un océan de fumier fauve ; la paille molle n'était éclairée que par une clarté décroissante. Elle manipulait sa fourche sans énergie, en retournant ce qu'elle venait d'étendre ; elle prit péniblement un petit tas sur ce qui restait de la pile et joncha le sol à la diable. Quand elle aperçut Joe, elle s'arrêta et renonça à faire semblant de s'acharner.

Il sauta du tracteur, escalada la barrière et se dirigea vers elle à grandes enjambées. Elle lui tendit les bras. Il l'enlaça et lui embrassa légèrement les cheveux. Le nœud de satin avait glissé sur le côté et gisait dans ses boucles comme un canari mort.

« Bon travail, dit-il.

– Oh, Joe, dit-elle, je suis vannée. Jamais je n'ai été aussi fatiguée. »

Sa poitrine, sur laquelle elle avait posé sa tête, était saturée d'aigres odeurs de la ferme. Elle les trouva plus réconfortantes que celles de n'importe quel flacon de parfum. Le tissu de son vêtement imperméable craqua sous ses joues quand elle s'y frotta.

« Couche-toi tôt ce soir, dit Joe, et demain matin ça ira. Demain, quand les autres dormiront, viens dans ma chambre.

– C'est sûrement de la folie ! Je ne veux pas qu'on me renvoie.

– Nous serons prudents.

– Il y avait quelque chose qui n'allait pas aujourd'hui – avec ta mère et ton père. Tous ces boulots dégueulasses qu'ils m'ont donnés. Ils ont été durs : c'était une façon de me tester.

– C'est leur méthode. Il vaut mieux ne pas les questionner. Est-ce que je te ramène dans la remorque ?

– Je n'ai pas tout à fait terminé – ce petit tas.

– Laisse-le pour demain.

– Je voudrais terminer.

– Je vais le faire pour toi.

– Non. »

Joe releva le visage de Prue et sourit ironiquement.

« Tu es entêtée, en tout cas.

– Autant faire de mon mieux mon travail pour mon pays. » Elle éclata de rire, toute son énergie retrouvée. « Seigneur, je sens mauvais. Je pue.

– Pas mauvais au point que je ne pourrais te prendre, là, tout de suite, sur ce tas de paille trempée, si nous avions le temps, rétorqua Joe. Embrasse-moi. »

Leurs bouches se joignirent. Derrière ses paupières closes, Prue eut l'impression que leurs têtes s'étaient fondues en une énorme fleur aux pétales emmêlés qui crachait de la lumière, comme des pièces de feu d'artifice. Elle se sentit chanceler. Elle sentit que Joe l'enlaçait plus étroitement pour l'empêcher de s'écrouler. Elle lâcha sa fourche qui tomba sur le sol.

En revenant d'examiner une vache malade et en longeant le champ, Mr. Lawrence les vit. La brume avait commencé à s'élever et cachait leurs jambes. Ils ressemblaient à la moitié supérieure d'une statue posée sur un socle fragile, légèrement vacillante et mal fixée.

Mr. Lawrence sentit que son visage s'empourprait. Il passa son chemin en hâtant le pas.

Ag et Stella échouèrent. Il faisait trop sombre pour y voir clair et il restait encore cinq moutons à traiter.

« Nous ne pouvons pas continuer, nous pourrions en blesser un », remarqua Ag. Le dos des deux filles était terriblement douloureux. Il faisait froid et humide. Leur dernier mouton s'éloigna en glissant pour rejoindre le petit troupeau. « Quoi qu'il en soit, nous ne nous en sommes pas mal tirées. »

Elles rassemblèrent les outils, puis chacune prit un bout du lourd banc et elles le rangèrent dans l'abri.

« Ce que j'aimerais par-dessus tout, c'est un long bain chaud, dit Stella.

– Moi aussi. Suivi par une espèce de cocktail ridicule devant un feu. »

En regagnant la cour, elles constatèrent que Mr. Lawrence, flanqué des deux colleys, avait déjà fait sortir les moutons de l'enclos. Les animaux tournaient dans le crépuscule, suivant le premier du groupe, puis un autre, bêlant de façon monotone.

« Ils sont vraiment stupides, dit Stella.

– Ils sont mieux quand ils ne sont qu'un élément du paysage », remarqua Ag.

Mr. Lawrence siffla les chiens. En un clin d'œil ils se mirent à ramper, le nez tendu vers le troupeau éparpillé qu'ils regroupèrent en ordre.

« Nous n'avons pas tout à fait fini, dit Stella. Il en reste cinq.

– Aucune importance. On verra ça demain. Nous laisserons l'enclos ouvert toute la nuit. »

Cela n'avait pas l'air d'intéresser Mr. Lawrence qui s'éloigna vers la barrière.

« Pouvons-nous vous aider ? demanda Ag.

– Je peux me débrouiller. »

À quelques mètres du chemin, Joe, sur le tracteur, rencontra le troupeau. Il coupa le moteur et regarda les moutons passer en désordre de chaque côté de l'engin. Les chiens les empêchaient adroitement de descendre dans les fossés – aboyant, s'arrêtant, repartant à toute vitesse, exerçant une subtile tyrannie. Mr. Lawrence, houlette en main, les suivait à quelques pas. Quand il parvint au niveau du tracteur, Joe l'interpella :

« Comment se sont-elles débrouillées avec les moutons ?

– Très bien. »

Mr. Lawrence le dépassa à grandes enjambées, incapable de le regarder. Joe remit le moteur en marche et entra dans la cour. Ag et Stella y étaient encore, adossées à l'enclos des moutons. Elles riaient, lui sembla-t-il. L'une d'entre elles lui fit signe : mais c'était difficile de savoir laquelle. Il pénétra dans la grange et sauta du tracteur. Le bruit sourd des bottes en caoutchouc l'avertit que les filles étaient venues le rejoindre.

« Ce n'était pas trop dur, dit l'une d'elles d'une voix gaie.

– Nous sommes quasiment devenues des expertes, dit l'autre. Nous les avons presque tous traités.

– C'est bien. »

L'une des filles l'aida à détacher la remorque. L'autre jeta un morceau de sac sur le moteur du Fordson. Puis ils regardèrent la masse noire de la maison.

« Une des choses qui me manquent le plus depuis qu'il y a la guerre, remarqua Joe, ce sont les fenêtres éclairées. Imaginez ce que ce serait que de pouvoir marcher vers la fenêtre de la cuisine si elle était éclairée.

– Cela n'a pas d'importance, dit Stella – il pensa que c'était Stella. Nous sommes devenues très douées pour trouver notre chemin dans le noir. »

Joe posa ses bras puissants sur les épaules des filles.

« Je vais quand même vous guider », dit-il.

Prue, en ayant finalement terminé avec le ratissage du fumier, se dirigea péniblement vers la barrière. Elle décida de s'y asseoir un instant pour rassembler son énergie avant de rentrer à pied. Elle aurait donné n'importe quoi pour accepter la proposition de Joe – revenir dans la remorque – mais un certain orgueil l'avait poussée à achever totalement sa tâche avant de quitter le champ.

Elle s'assit sur la barre supérieure de la barrière en regardant la dernière lueur disparaître du ciel, les arbres se changer en capuchons noirs et la brume du sol monter plus haut. Elle tendit un pied et l'enfonça dans l'écheveau argenté, comme si elle tâtait l'eau d'une mer fantomatique.

Prue n'aimait pas beaucoup l'obscurité. Un frisson courut le long de son dos. Elle avait peur qu'un hibou ne hulule (elle n'avait jamais entendu un hululement et avait toujours désiré en entendre, mais pas *maintenant*). Si une chauve-souris l'effleurait, elle se mettrait à hurler.

Tout était silencieux. Puis elle entendit les pas traînants et sourds des moutons, leurs bêlements inquiets et l'aboiement des chiens. Prue pivota prudemment, en se servant de la fourche comme support, pour faire face au chemin. Elle ne put que distinguer une vague roulante de gros corps laineux, coussins spectraux qui avançaient pesamment, et, de temps en temps, l'éclat d'un œil brillant. Bon sang, se dit-elle, *ça fout la frousse.* Qui plus est, ils étaient conduits par un berger spectral muni d'une houlette. Ce ne fut que quand le berger fut parvenu à la barrière que Prue reconnut Mr. Lawrence.

« J'ai fini, cria-t-elle. J'ai fait tout le champ, Mr. Lawrence. »

Peut-être n'entendit-il pas car il ne répondit pas. Il passa près d'elle à grands pas, les jambes invisibles dans la brume, en sifflant ses chiens.

« Sale bonhomme », cria-t-elle à voix haute en sautant à terre.

Elle se hâta sur le chemin en rassemblant ce qui lui restait d'énergie. Elle avait très froid, à présent. Elle rêvait d'un bon bain chaud dans une salle de bains qui aurait ressemblé à celles des publicités pour shampooings – se prélasser dans du lait d'ânesse ou de l'essence de pin, avec un gin-citron à portée de la main. Et qu'aurait-elle, en réalité ? Si elle avait de la chance, trois pouces d'eau tiède, dans la salle de bains minable et glacée des Lawrence, suivis d'un verre d'eau et d'une tourte au lapin.

« Volontaire agricole, tu es timbrée », chanta-t-elle.

Ses yeux s'étaient accoutumés à l'obscurité. Quand elle arriva dans la cour, elle put voir, presque facilement, trois silhouettes qui se dirigeaient vers la maison. Joe semblait se tenir au milieu, les bras autour des épaules d'Ag et de Stella. Prue s'arrêta un instant pour s'en assurer.

Mince alors, se dit-elle, il y a une semaine il nous parlait à peine et à présent il semble *apprécier* les volontaires ! Comme disait toujours sa maman, les hommes étaient vraiment bizarres.

Mr. Lawrence pénétra dans la cuisine sans s'arrêter pour essuyer ses bottes.

Sa femme, comprenant le signal, leva les yeux du pudding qu'elle préparait sur la table.

« Petite garce, dit-il.

– Qu'a-t-elle encore fait ? »

Mr. Lawrence fronça les sourcils. Il avait décidé de se taire. Des plans s'échafaudaient à toute vitesse dans son esprit.

« Rien qu'on puisse clairement lui reprocher, dit-il finalement. Je t'avais avertie. J'ai toujours dit que les volontaires agricoles ne feraient pas l'affaire.

– Je ne sais pas ce que nous ferions sans elles, dit-elle. Il m'avait semblé que tu commençais à t'habituer à elles.

– Cette Prudence. Elle est dangereuse. »

Mrs. Lawrence mit le plat dans le four et prit son temps pour répondre.

« J'ai pensé qu'elle pourrait être une menace – pour Joe. Mais j'ai fini par conclure qu'elle est inoffensive. Et c'est une travailleuse. C'est pour Stella que je me fais du souci.

– Stella ? »

Mr. Lawrence, qui se dirigeait vers le paillasson, jeta un regard en arrière si brusque que son mouvement aurait pu passer pour un signe de culpabilité.

« Qu'est-ce qui se passe avec Stella ? »

Sa femme croisa calmement son regard.

« Elle s'ennuie de son amoureux qui est en mer. Elle a l'air si tourmentée par l'absence de lettres.

– C'est tout ? » Mr. Lawrence quitta ses bottes d'un coup de pied avec un certain soulagement. « Elle s'y habituera. S'ennuyer ne sert à rien. Rêver de ce qui n'est pas – quelle stupide perte de temps.

– Tout à fait », répondit Mrs. Lawrence.

Le fermier se demanda si c'était sa conscience fautive qui lui faisait croire que Faith savait qu'il se parlait à lui-même. Il eut tout à coup envie d'être loin de la maison – d'une maison que ses nouvelles occupantes emplissaient et changeaient tellement. Il n'avait pas envie de participer à la soirée qui s'annonçait, avec son agitation et ses conversations. Il avait envie de s'en aller et de rassembler ses idées en paix.

« Je vais sortir ce soir, dit-il. Ratty a quelque chose en tête et je n'ai pas eu le temps de l'écouter la semaine dernière. Il a besoin d'une ou deux heures pour se détendre. Je lui ai dit que j'irais prendre une pinte de bière avec lui aux Cloches.

– Alors rase-toi. Il y a une chemise propre dans le tiroir.

– Merci. »

Mr. Lawrence fut certain d'apercevoir une lueur d'incrédulité dans les yeux las de sa femme quand elle le regarda. Il quitta la cuisine trop perturbé pour boire le bol de thé qui attendait sur la cuisinière. C'était la première fois depuis qu'ils étaient mariés qu'il lui mentait.

Au dîner, si les autres étaient rendus amorphes par la fatigue, ils n'étaient pas mal à l'aise. Joe se leva après la tourte au lapin en disant qu'il allait lire dans sa chambre. Avant de se retirer il embrassa légèrement sa mère au sommet du crâne – ce qu'aucune des filles ne l'avait vu faire jusqu'alors, et lui tapota l'épaule. Elle ne réagit pas.

Peu après, Prue, avec une politesse d'écolière, demanda si elle pouvait se lever de table : elle n'avait pas envie de pudding et craignait de s'endormir sur sa chaise. Mrs. Lawrence l'excusa d'un hochement de tête, la bouche réduite à un mince trait de désapprobation.

Stella et Ag, en montant quand la vaisselle fut terminée, entendirent la triste musique basse du concerto pour violoncelle de Brahms qui venait de la chambre de Joe.

« Seigneur ! dit Stella en s'arrêtant dans l'escalier. *Écoute.* J'ignorais que Joe aimait la musique.

– Et toi ? Tu joues d'un instrument ?

– Un peu. Je chante un peu, je danse un peu. J'aurais aimé l'enseigner un jour, mais maintenant je serais bien trop rouillée. »

Elles trouvèrent Prue couchée tout habillée sous le couvre-lit froissé. Elle était tombée endormie avant même d'avoir ôté ses chaussures. Elle portait à nouveau le jersey au crochet : les perles du cristal de son collier brillaient comme deux sourires figés autour de son cou. Sa bouche en arc était entrouverte et deux incisives enfantines reposaient sur sa lèvre inférieure. Même dans son sommeil elle avait l'air fatiguée.

Non sans mal Ag enleva les chaussures réglementaires. Des morceaux de boue sèche tombèrent au sol. Stella commença à tirailler sur le pantalon.

« Et le nœud ? Et le maquillage ?

– On ne peut rien faire.

– Elle sera épouvantée demain matin. Elle aura des yeux de panda au moment de la traite.

– Elle se débrouillera. »

Quand elles eurent libéré Prue de son pantalon, de ses chaussures et de ses chaussettes, elles essayèrent de la fourrer sous les couvertures.

« J'espère qu'elle se débrouillera avec Joe, c'est ça le plus important, dit Ag. Toute cette histoire a l'air bien dangereuse.

– Avec un peu de chance ce ne sera qu'un feu de paille. Personne n'en souffrira.

– J'espère que tu auras raison. Tout le reste mis à part, quelle volontaire peut avoir le temps et l'énergie pour faire le travail de la ferme et s'intéresser au sexe *en même temps* ? Je dirais que ce n'est physiquement pas compatible. Bien que Prue nous prouve peut-être le contraire.

– Elle est si jolie. » Stella observa la tête blonde blottie dans les oreillers. « On peut comprendre pourquoi Joe, seul ici si longtemps, la trouve irrésistible.

– Il est bizarre, Joe. » Ag se dirigea vers son coin et prépara son lit. « Au début il ne me plaisait pas beaucoup. À présent, je l'aime bien. »

Stella, comme chaque soir, prit la photographie encadrée de Philip.

« Aussi longtemps que nous continuerons à l'apprécier, dit-elle, tout ira bien pour nous. Ça se passera bien. Nous aurons un bon copain. »

Comme il l'avait deviné, Mr. Lawrence retrouva Ratty aux Cloches. La vue du vieil homme près du feu, chope en main, fit qu'il se jugea un peu moins coupable. Il avait menti en alléguant un rendez-vous mais au moins la présence de Ratty signifiait qu'il y *avait bien eu* une rencontre. Le poids du mensonge en était allégé d'autant.

Mr. Lawrence commanda une pinte de bière et rejoignit Ratty près de l'âtre. Ils se firent mutuellement un signe de tête et sentirent la chaleur des flammes sur leurs mains et leurs jambes.

« Bientôt, ça va être le moment du poison, pour les rats, remarqua finalement Mr. Lawrence.

– Cette maudite guerre. » Ratty hocha la tête. Ses yeux, de la couleur du thé, roulèrent. « Tout est sens dessus dessous partout. Des filles qui chassent les rats ! Ça change la nature des choses !

– Des filles qui rasent des moutons, qui s'occupent des haies et du labour… c'est bizarre, c'est vrai. Mais il va falloir nous y habituer. »

La mince bouche sombre de Ratty se tordit en un vague sourire.

« Vous avez changé d'avis joliment vite, hein ? Il n'y a pas deux semaines, vous disiez que vous aviez des doutes.

– Il n'y en a qu'une seule qui pose quelques problèmes. »

Un rire grondant sortit de la gorge de Ratty.

« Ce sont des filles plutôt gentilles. La grande me rappelle ma mère. » Ratty, égayé, termina son verre. « Et il y a la coquine – on ne peut pas l'oublier. Puis il y a… l'autre.

– Stella. » Mr. Lawrence remarqua que le plaisir qu'il prenait à prononcer son prénom dessinait comme une petite pointe d'électrogramme qui s'élevait dans son cœur.

« C'est ça.

– Un autre verre ?

– Non, merci. Je dois m'en aller. »

Retourner vers Edith qui raccommodait avec fureur, pensa Ratty. Elle avait réussi à faire brûler l'unique casserole ce soir-là. Abandonnant les pommes de terre, il avait dû calmer sa faim par un verre.

« Donc dans deux semaines on chassera les rats. Je vous en chargerai. Vous pourrez leur expliquer, n'est-ce pas ?

– Oui, je pourrai, si je me fais à cette idée. »

Ratty se leva, peu désireux d'y penser. Ankylosé, il bomba le dos. Il n'aimait pas du tout cette idée. D'après son expérience, les femmes criaient quand elles voyaient une souris. Dieu sait ce qu'elles feraient en voyant un rat. Quant à expliquer : les mots, dans ce genre de cas, n'étaient pas faciles à manier. En tout cas, il pouvait *montrer* – comme le jour où il avait montré à cette Stella comment harnacher Noble. Elle avait appris avec une surprenante rapidité.

« Bonsoir, Ratty, dit Mr. Lawrence.

– Bonsoir, patron. »

Ratty esquissa une espèce de salut en touchant son front. Tout proches qu'ils soient devenus au fil des années, Ratty n'aurait pas envisagé d'abandonner son geste de respect. Ils étaient patron et employé, et rien n'aurait pu convaincre Ratty de modifier son attitude : il savait où était sa place et n'avait pas l'intention de changer le comportement de tradition dans son travail.

« Il y a deux choses dont nous devons parler, Joe, toi et moi, dit Prue. Deux choses dont nous devons parler *d'abord.* »

Elle se tenait sur le seuil et serrait sa robe de chambre autour d'elle. C'était la nuit suivante. Après avoir chaulé l'étable toute une longue journée, elle avait eu quelques difficultés à attendre que les autres s'endorment avant de se glisser jusqu'à la chambre de Joe. Mais elle avait promis de se rendre à ce rendez-vous. Il le lui avait rappelé à plusieurs reprises dans la journée et lui avait affirmé qu'il n'y avait pas de danger si elle n'allumait pas sa lampe électrique. Sa chambre, par chance, était au fond de l'escalier du grenier, à l'endroit le plus éloigné, dans la maison, de celle de ses parents.

Elle était éclairée par une lampe peu puissante posée sur la table de chevet, et des chevaliers en armure, découpés dans un album, étaient collés sur l'abat-jour. Même dans la faible lumière, Prue put voir que c'était toujours la chambre d'un collégien, avec des images de trains et d'avions au mur et une pile de vieilles boîtes de jeux de société sous la table. Le lit était étroit et recouvert d'un dessus-de-lit en chenille de coton usé. Des pantoufles défraîchies, en laine, étaient soigneusement posées sur la carpette et une chaise en bois supportait des vêtements en désordre. Des disques, dans des pochettes en papier, s'entassaient partout sur le sol. Et au milieu d'eux étaient calées des piles de livres qui débordaient des nombreuses étagères. Cela sentait le dentifrice et le fumier et il y faisait froid.

Joe était assis sur la seule chaise confortable ; il portait une chemise à col ouvert et s'était déchaussé.

« Prends cette chaise, dit-il en se levant après un long silence.

– Je préfère m'asseoir sur le lit.

– Sûr ?

– Sûr. »

Prue grimpa sur le couvre-lit aux couleurs passées. Les

ressorts grincèrent. Elle replia ses jambes sous elle, espérant ainsi se réchauffer les pieds. Elle aurait donné n'importe quoi pour une Woodbine, mais elle savait que ce n'était pas possible – la fumée déclenchait l'asthme de Joe.

« Alors, par quoi veux-tu commencer ? » Joe lui fit un petit sourire.

Prue frissonna : un mélange de froid et de pression.

« Premièrement : il y a une soirée au camp de la RAF dans deux semaines. Nous voulons toutes y aller. Nous avons toutes besoin d'un peu de distraction, je crois.

– Et alors ?

– Comment s'y rendre ? »

Joe, à demi sérieux, se frotta le menton.

« Je pense qu'il y a la Wolseley.

– C'est vrai. Mais il faut un chauffeur. Veux-tu – peux-tu…

– Je vais voir ce que je peux faire. Il y a de sacrées restrictions d'essence, mais nous ne nous sommes pas beaucoup servis de la voiture ces derniers temps. Je crois que je pourrai faire pencher la balance.

– Joe ! Tu es un ange ! » Prue enlaça ses propres épaules.

« Bien sûr, ça veut dire que je devrai *rester* à la soirée pour vous ramener. Papa ne sera jamais d'accord pour un tas d'allers et retours.

– Cela ne t'ennuie pas, n'est-ce pas ?

– Je n'aime pas beaucoup les soirées. Mais bon, pour une fois, ça ira.

– Nous pourrons *danser.*

– Il en faut beaucoup pour me faire mettre les pieds sur un parquet de danse. Une très grosse récompense.

– Je te le promets ! » Prue battit des cils.

« Et quelle est l'autre question ? » Joe commença à ôter ses chaussettes.

« L'autre question, c'est Janet. Nous devrions en parler.

– Ce n'est pas nécessaire, si ?

– Je crois que si. »

Joe défit les deux boutons du haut de sa chemise.

« Tu es libre de remonter. Je ne te toucherai plus si cela te pose des problèmes de conscience.

– C'est à ta conscience à toi que je pense.

– Pour différentes raisons avec lesquelles je ne veux pas t'ennuyer, ma conscience est parfaitement tranquille. Mais merci de t'en préoccuper. Viens ici. »

Il tendit la main. Prue la prit et se laissa glisser en bas du lit. Joe la guida sur le plancher entre ses jambes. Elle posa ses mains sur les genoux couverts de velours côtelé. Ses joues étaient écarlates. Elle avait envie de rire, mais savait qu'il valait mieux s'en abstenir.

« Aurais-tu très froid si tu enlevais ta robe de chambre ?

– Sans doute. » Prue éclata de rire. Elle dénoua la cordelière et fit glisser le vêtement de ses épaules. Joe s'avança sur sa chaise.

« Te rends-tu compte, dit-il, que je n'ai jamais pu bien te voir dans la grange ? Je ne pouvais qu'imaginer.

– Eh bien, regarde, dit Prue en se tortillant un peu pour que ses seins brillent. Ils sont très beaux, n'est-ce pas ?

– Très beaux ? Seigneur ! Viens ici. »

Joe saisit la tête de Prue entre ses énormes mains. Elle ouvrit sa bouche rose et brillante avec empressement et ses cils battirent plus vite sur ses yeux loin d'être innocents. Tout d'un coup plus violent, Joe la renversa sur le lit.

Plus tard, Prue se glissa hors du petit lit malcommode. Elle se sentait épuisée d'avoir dû se contenir. Ils avaient dû s'empêcher de crier. Ils avaient dû réfréner la ferveur instinctive de leurs mouvements à cause du bruit des ressorts du lit. Prue aspirait à revenir à la grange. Joe posa la main sur son bras en guise d'avertissement.

« Écoute », dit-il.

Prue entendit un bruit de pas dans le couloir. Ils hésitèrent. Elle se glissa rapidement dans le petit espace compris entre l'armoire et la fenêtre, sa robe de chambre jetée sur ses épaules, le cœur battant à tout rompre. Joe se débattit avec son pyjama. On frappa doucement à la porte.

« Joe ?

– Oui ?

– Je croyais t'avoir entendu tousser. »

Joe alla entrouvrir la porte. Sa mère était dans le couloir, tenant une bougie dans un chandelier d'étain bleu cobalt. Elle portait une chemise de nuit crème, longue et effilochée, en laine : d'aussi loin que Joe pouvait s'en souvenir elle portait de ces chemises de nuit.

« Veux-tu que je fasse bouillir de l'eau ? Veux-tu un bol de Friar's Balsam ? »

Sa triste bouche beige rose était tirée vers le bas, une longue mèche de cheveux gris pendait sur une de ses épaules. Le léger tremblement de sa main faisait danser la flamme de la bougie et vaciller les ombres sur les murs.

« Non merci, ça va.

– Très bien, alors.

– Bonsoir, Maman.

– Bonsoir, Joe. »

Joe referma la porte. Prue sortit de sa cachette.

« Mince ! dit-elle. C'était moins une.

– Maman est toujours inquiète, dit Joe. Elle se fait toujours du souci pour ma santé. Mais elle n'avait aucun soupçon – franchement.

– Je vais m'en aller », répondit Prue. Elle lui tendit la joue pour qu'il l'embrasse puis, sur la pointe de ses pieds nus, monta silencieusement l'escalier. Troisième nuit : et des complications, pensa-t-elle. Des ennuis avec Mrs. Lawrence étaient bien la dernière chose qu'elle désirait. Joe n'était peut-être pas tellement une bonne idée, tout compte fait. Peut-être les choses seraient-elles plus faciles avec le type de la RAF, celui du salon de thé. Prue eut un petit frisson en grimpant dans son lit froid et sombre à la pensée de sa stricte casquette bleue inclinée si correctement sur sa tête rasée.

CHAPITRE VI

Stella avait prédit que l'engouement de Prue pour Joe ne serait qu'un feu de paille et elle ne se trompait pas : leur aventure prit fin une quinzaine de jours après avoir commencé. Prue était épuisée par les nuits blanches et les dangereux trajets jusqu'à la chambre de Joe. Elle n'en pouvait plus de devoir, pendant la journée, cacher ses sentiments. Elle trouvait que les difficultés provoquées par une passion illicite n'étaient que trop décourageantes ; elle en avait assez. Pour elle, comme d'habitude, le plaisir avait été dans la capture. Une fois la proie attrapée, l'habituelle mélancolie née d'une victoire trop facile s'empara d'elle. L'excitation s'évanouit. Pour d'aucuns, la nécessité du secret ne fait qu'épicer l'aventure amoureuse. Pour d'autres, comme Prue, c'est un élément corrosif qui tue la magie en peu de temps.

« C'est comme ça, Joe », dit-elle, après une rencontre qui s'était prolongée jusqu'à l'aube dans sa chambre inhospitalière. « Je n'en peux plus. Je vais m'effondrer. »

Elle était sur le seuil, en robe de chambre, tremblante. Joe bougea à peine dans son misérable petit lit de collégien.

« À ta guise.

– Cela ne t'ennuie pas ?

– Non. »

Prue hésita avant de sourire. L'attitude de Joe – son « à ta guise » – était à la fois un soulagement et une insulte – surtout un soulagement, décida-t-elle très vite. Elle n'aimerait sûrement pas que Joe lui saute dessus dans la laiterie après qu'elle eut dit *ça suffit*. En fait, le comportement de Joe était si décent qu'elle sentit qu'elle lui devait quelques explications.

« Je ne peux plus supporter toutes ces embrouilles : remonter en cachette en m'attendant à tomber sur cette terrible lady Macbeth avec sa bougie, nuit après nuit, dit-elle. Cela me tape sur les nerfs.

– Je comprends parfaitement.

– De plus, tes parents me font passer de sales quarts d'heure. Pourquoi ai-je été la seule à épandre le fumier ? Ce n'est pas juste. En tout cas, c'était bien – je veux dire toi et moi. » Elle fit une pause. « J'espère simplement que ça ne te fera pas changer d'avis… pour nous conduire au bal…

– Non. » Joe détourna les yeux et tira les couvertures. « Tu as ma parole. »

À l'étage, son étrange impression de soulagement la rendant négligente, Prue fit plus de bruit que d'habitude. Les autres s'agitèrent. Prue garda sa robe de chambre et monta dans son lit froid. Elle s'assit, les bras entourant ses genoux. Il était inutile d'essayer de dormir pendant la demi-heure qui restait avant qu'il soit l'heure de se lever. La voix de Stella s'éleva dans le noir.

« Qu'est-ce qui se passe ?

– On a rompu, moi et Joe.

– Quoi ? »

À l'autre bout de la pièce, le grincement du lit d'Ag prouva qu'elle s'était assise, intéressée.

« Eh bien, ça ne pouvait pas continuer, hein ?

– Non, dit Ag.

– Je pense que tu as fait ce qu'il fallait faire, renchérit Stella.

– Cela ne menait à rien », dit Prue. Leurs voix, petites notes d'accord dans l'obscurité, furent suivies par un long silence. « Donc, à présent, reprit finalement Prue, je dois me concentrer sur la collecte de brocs d'eau de pluie. J'ai besoin de *pluie*.

– Pour quoi faire ?

– Le bal, bien sûr, idiote ! Nous allons nous faire des

shampooings Drene et des rinçages à l'eau de pluie. J'ai tout organisé. Vous ne vous reconnaîtrez pas quand j'en aurai fini avec vous. Les types de la RAF croiront que nous sommes des starlettes de la Rank. »

Stella éclata de rire. Ag, ayant froid, s'étendit à nouveau. Dans l'obscurité, elle toucha ses cheveux courts et ordinaires. Elle se demanda, au cas où elle aurait connu le shampooing Drene et l'eau de pluie à Cambridge, si cela aurait fait une quelconque différence.

Il ne plut pas ce jour-là, mais le temps d'automne était devenu humide et brumeux. Ag, déléguée au déplacement des moutons d'une pâture à une autre, avançait à grands pas dans l'herbe haute et grise dont chaque brin étincelait de rosée.

Ce travail ne l'effrayait pas : il ne s'agissait, lui avait affirmé Mr. Lawrence, que d'ouvrir la barrière entre les deux prés. Les chiens feraient le reste.

Les colleys, queue et échine basses, se faufilaient près d'elle dans l'herbe en attendant ses ordres. Leurs corps formaient des taches sombres. Là-haut, le ciel, d'un gris profond, ne se distinguait de la terre que par l'absence de tout scintillement. La terre et le ciel étaient séparés par d'indistinctes rangées de haies, ni vertes, ni brunes, ni grises, mais ayant la densité incolore du bois nu. Quelques arbres, dont les branches, dans l'attente d'une brise qui les ferait palpiter, s'élevaient tels des éventails carbonisés et, fragiles dans le ciel, dessinaient les seules aspérités acérées du paysage.

En avançant sur cette bande de terre, silencieuse et enveloppante comme un nuage, Ag pensa qu'elle aurait dû se sentir sereine. C'était, dans la nature, le genre de moment étonnant qu'elle aimait, celui où un changement de temps modifie tellement un paysage familier que le spectateur est la proie émerveillée d'une profonde terreur.

En fait, elle avait peur. Mr. Lawrence avait annoncé pendant le petit déjeuner que plus tard, ce matin-là, il y aurait une chasse aux rats. Ag avait peur depuis longtemps des créatures grouillantes qui trottinaient à toute vitesse. Elle se souvint des nuits où elle restait étendue, terrorisée, tendant l'oreille vers le bruit des petites griffes répugnantes qui grattaient les planches de bois dans les greniers au-dessus de sa chambre, et terrifiée à l'idée que les animaux trouvent une fente dans le plancher, s'y précipitent comme des lemmings et lui tombent dessus. Elle les imaginait la déchirant de leurs pattes avides, montrant leurs dents pour réduire ses paupières en lambeaux. Leur fracas au-dessus de sa tête était parfois si bruyant qu'elle était sûre que c'étaient des rats et des écureuils, bien que son père lui eût affirmé que ce n'était que d'inoffensives souris. Elle n'avait pas pu lui parler de ses craintes. Après dîner, il s'asseyait dans son fauteuil de cuir en tripotant sa pipe et en écoutant un concert à la radio. Il n'aurait pas aimé qu'un enfant trouble sa paix vespérale habituelle. Gentil, il aurait été rassurant et patient. Mais secrètement méprisant. Peur des souris ? Quelle bêtise, ma petite, aurait-il dit. Va te recoucher, va dormir. Aussi Ag n'était-elle jamais descendue mais restait-elle pétrifiée dans son lit. Elle rêvait de la consolation que lui aurait apportée une mère dont elle ne se souvenait pas. Pendant bien des nuits semblables, les larmes aux yeux, elle avait prié Dieu de lui envoyer au moins une vision du visage de cette mère. Elle ordonnait à son inconscient d'extirper ne serait-ce qu'une image de son enfance. Mais aucune ne venait. Elle se bouchait les oreilles pour ne pas entendre les bruits dans le grenier et attendait le matin avec impatience.

Ag ouvrit la barrière dont le bois, sous sa main, était doux et détrempé. Les chiens se précipitèrent vers le lointain troupeau de moutons. Elle plissa les yeux pour observer leur adresse, à travers la brume. Le troupeau commença à se déplacer. Elle distinguait des têtes noires qui reculaient et sentait l'indignation de la masse devant le trouble causé par les chiens. De temps à autre un bêlement déchirait le silence humide. Puis les moutons furent tout près : éclat d'un œil doré, odeur âcre de la laine. Les chiens se couchèrent, remuèrent la queue dans la rosée et aboyèrent. Par un tel matin, les moutons n'avaient pas le courage de résister à la vieille routine. Ils se bousculèrent pour passer la barrière, manchons de laine grisâtre gonflés sur des pattes maigres, leurs bêlements dénotant à présent le plaisir qu'ils prenaient à ce petit changement de scène. Ag remarqua non sans satisfaction que leur arrière-train était impeccable.

Quand le dernier mouton fut passé, elle referma la barrière. Les chiens revinrent près d'elle, pantelants. Leur respiration s'éleva en nuages pâles qui persistèrent un moment puis disparurent. Ag resta immobile quelques instants, observant les moutons qui hésitaient à se diriger vers l'ouest du pré. Tout d'un coup ils se refondirent en une masse indistincte et lointaine, tels qu'elle les avait vus la première fois. Une fois sa tâche achevée, la crainte de la suite de la matinée empira. Elle pouvait entendre battre son cœur.

« Desmond ! » dit-elle sourdement, et les chiens la regardèrent avec curiosité.

Quand pendant le petit déjeuner, ce matin-là, Mr. Lawrence suggéra que Prue aidât Stella à charger la remorque de betteraves fourragères, Prue se demanda si, comme l'avait été sa culpabilité passée, sa nouvelle innocence était visible.

« Sacrément merveilleux – pas d'allusion à l'épandage du fumier. C'est un miracle », dit-elle plus tard à Stella.

Dans l'obscurité glauque de la cour, elles se penchaient, côte à côte, prenaient une betterave sur la pile et la jetaient dans la remorque. Il leur fallait en charger un immense tas dans l'heure dont elles disposaient avant d'aller chercher des instructions auprès de Ratty. Elles travaillaient rapidement, sur un rythme facile, se courbant et jetant. Bien vite leur dos et leurs épaules souffrirent de ces points douloureux qui leur étaient devenus familiers et quotidiens. Prue s'arrêta, ses doigts explorant la peau boueuse et variqueuse d'un des légumes.

« Je ne peux pas imaginer que j'aimerais ça même si j'étais une vache affamée, dit-elle. Crois-tu qu'ils sachent, ou qu'ils se doutent ? Les Lawrence ? Je veux dire, pourquoi, tout d'un coup, n'ai-je pas à épandre le fumier ce matin ?

– Les scrupules, répondit Stella, jouent un tas de tours bizarres à l'imagination. Je crois simplement qu'il n'y a plus de fumier à épandre.

– Je n'avais pas de scrupules. » Prue jeta violemment une betterave. « Bon, pas plus que ça, en tout cas. J'ai donné un certain plaisir à Joe. Il n'en a pas beaucoup avec Janet. Il lui faut un souvenir. Des années et des années d'ennui avec Janet et il pourra penser à moi – la volontaire qui le baisait dans la grange. » Elle pouffa et repoussa les boucles humides qui lui retombaient sur les yeux. Stella rit.

« Et toi et Philip ? demanda Prue alors, se reposant toujours, les bras croisés.

– Que veux-tu dire : moi et Philip ?

– Vous l'avez déjà fait ? »

Stella se sentit rougir.

« Continue, Prue. J'ai cinq betteraves d'avance.

– Allez, dis-le-moi.

– Je te le dirai si tu en fais dix pendant que je me repose.

– Chiche ! » Prue se pencha immédiatement.

« Un, deux, trois… très bien. Tu travailles bien. »

Les mains sur les hanches, Stella regardait la petite silhouette qui se courbait, se redressait et jetait la betterave. Dans l'air gris, les boucles blondes étaient animées et éclairées par une source invisible.

« Maintenant dis-le-moi ou je m'arrête, gronda Prue. Je veux *savoir.* »

Stella se mordit la lèvre.

« Nous ne l'avons pas encore fait. Nous n'en avons pas eu l'occasion.

– Ma pauvre vieille, pas de chance, dit Prue. Bon, ce n'est qu'une question de temps. Quand tu auras commencé, tu ne voudras plus t'arrêter, je te le garantis.

– Nous n'aurons qu'une ou deux nuits, quand son bateau devra décrasser la chaudière.

– Et c'est quand ?

– Je voudrais bien le savoir. »

Stella se remit au travail. Elle espérait que sa voix transmettait une légèreté qu'elle ne ressentait pas. La tension d'attendre une seconde lettre était parfois détournée par le dur travail manuel, pourtant même cet antidote était de plus en plus inefficace. Transporter des betteraves froides et lourdes de la cour à la remorque par un matin humide et lugubre n'était pas une tâche qui lui remontait le moral. Elle se demanda, comme si souvent, comment il se pouvait qu'un *amour si fort*, transporté dans l'air vers son objet, ne soit pas ressenti et instantanément payé de retour.

« Je n'envie pas *son* travail par un matin comme celui-ci », disait Prue.

Stella suivit son regard vers la barrière de la cour. Le facteur poussait sa terne bicyclette rouge dans la boue et de lourds sacs de toile pendaient sur le guidon.

« C'est ridicule d'espérer, dit Stella.

– Tu peux toujours », répondit Prue.

Pour distraire son esprit de l'affreux projet – l'instruction des volontaires dans l'art de la chasse aux rats –, Ratty se laissa aller à rêvasser tout en passant une couche supplémentaire de cirage sur ses bottes et ses guêtres. Il avait écouté une discussion à la radio sur la crise de l'embauche dans les usines de munitions. En septembre dernier on avait annoncé que 1 750 000 hommes et 84 000 femmes de plus seraient nécessaires pour les trois armées et la défense civile d'ici à la fin de l'année. C'est là qu'était le problème : si on enlevait un demi-million d'hommes des usines de munitions pour les envoyer se battre, et si les industries devaient en employer un million et demi, qui travaillerait dans les usines pour équiper les nouvelles forces grossissantes ? Réponse : les femmes. Un million et demi d'entre elles devraient quitter leurs enfants, leur cuisine, leur raccommodage, leur travail – comme s'occuper du bureau de poste local – et aller dans les usines. C'était là que le rêve de Ratty devenait splendide : il cira le bout de la seconde botte avec une ardeur renouvelée. Car il devrait être possible, avait-il pensé, de persuader Edith d'aller travailler en usine. Son imagination lui fit se jouer une petite scène, qui pourrait avoir lieu dans un futur proche.

« *Tu dois y réfléchir, Edith. Tu es une bonne travailleuse. Ce serait une façon honorable de faire ton devoir envers ta patrie.* » (Elle serait séduite par l'idée d'honneur.)

« *Et comment le pourrais-je ? Où y a-t-il des usines près d'ici ? De plus, à mon âge...*

– *Tu es une femme drôlement forte sur laquelle les années n'ont pas laissé de traces, chérie.* » (Si dans la réalité il lui parlait ainsi, elle lui frotterait les oreilles, incrédule. Dans son rêve, elle souriait, rose d'un modeste orgueil.) « *Tu habiterais chez ta sœur Nancy : il y a plein de travail à Southampton. Tu aurais un peu de vie sociale. Les bals des forces armées, ce genre de chose. Ce serait une guerre bien plus animée que de rester simplement ici avec moi...*

– *Ratty !* » (Son visage s'éclairait comme il l'avait fait une ou deux fois quand elle était jeune.) « *Je crois que tu as eu une bonne idée...* »

Ensuite, la rêverie déviait vers d'autres domaines plaisants : disposer du cottage pour lui seul, être libéré de sa tyrannie, réfléchir sans être interrompu, quel luxe ! Et par-dessus tout, la possibilité qu'elle puisse ne jamais revenir.

Ratty rangea brosses, chiffons et cirage soigneusement dans leur boîte. Il se redressa et vit Edith, en chair et en os, sur le seuil. Elle était de mauvaise humeur, ce matin – le genre d'humeur où elle aurait plutôt donné ses miches de pain aux poules que de permettre à ses clients de les acheter.

« Pourquoi tout ce cirage ? »

Elle était maligne, pourtant. Il fallait lui reconnaître cela. Rien ne lui échappait.

« Pour rien de spécial.

– Hum ! »

La confrontation du rêve et de la réalité avait été quelque peu prématurée. Ratty savait que dire quelque chose maintenant aurait été stupide. Les restes effilochés de ses rêveries amoindriraient son pouvoir de persuasion. Par ailleurs, il était impatient d'essayer. Si cela marchait, il pouvait être débarrassé d'elle en moins d'une semaine.

« Ils ont dit à la radio qu'il fallait encore plus de femmes dans les usines. Et que c'était urgent, ajouta-t-il en voyant la méfiance qui assombrissait instantanément son visage.

– En quoi cela me concerne-t-il, s'il te plaît ?

– J'ai pensé que tu t'en tirerais bien sur une chaîne d'usine, avec toute ton énergie, Edith. Ce serait un effort de guerre merveilleux. Un sacrifice plus grand que n'importe quel tas de casseroles... » Sa voix retomba. Son regard s'attarda sur la silhouette rigide de son épouse, n'en évitant que les yeux. « Il y a plein de travail près de chez Nancy. Une vie plus amusante pour toi qu'ici. Je peux très bien me débrouiller tout seul. »

Edith commença à rire, d'un gloussement méchant. Ratty regretta amèrement sa décision – quel moment mal choisi ! Troublé par sa déception, il se demanda un instant si cela l'amusait vraiment. Il sourit, à la fois complice et gêné. Cesserait-elle bientôt de faire cet affreux bruit pour dire qu'elle était accord ? Perplexe, Ratty posa la boîte à cirages sur la table. Edith poussa un cri perçant.

« Tu ne peux pas te débarrasser de moi aussi facilement que ça, oh non ! Trouve quelque chose de mieux. Et enlève cette boîte de ma table ! Combien de fois t'ai-je dit... ? »

Au fil des années, Ratty avait appris qu'il valait mieux paraître calme face à son hystérie. Il quitta la pièce sans prononcer un mot, cris et injures le poursuivant dans l'allée du jardin. Une fois passé la petite barrière, il se retourna pour fermer le verrou. Il avait conscience qu'Edith, le visage tordu, l'observait par la fenêtre de la cuisine. Alors qu'il s'éloignait avec un signe poli, la fenêtre s'ouvrit. On ne pouvait pas imaginer qu'une femme aussi petite était capable d'un tel flot d'insultes et avait des poumons aussi puissants, se dit Ratty. Puis il vit quelque chose qui volait dans l'air gris.

Ratty s'arrêta moins d'une seconde pour s'assurer que l'objet qui avait atterri dans l'herbe était bien ce qu'il craignait le plus que ce soit : leur dernière casserole. Il descendit l'allée précipitamment, décidé à ne pas penser au genre de soirée que cela présageait. Ses genoux tremblaient après cette scène : c'étaient eux qui réagissaient toujours en premier après les éclats d'Edith. Mais à ce moment, en tournant le coin, il aperçut au loin la haute silhouette de la fille au visage de sainte. Elle lui fit un signe amical. Tandis qu'ils s'approchaient l'un de l'autre, Ratty vit que ses cheveux pendaient, ternes, dans l'air humide. Son pas avait quelque chose d'indécis et de contraint.

Ce qui se passa alors releva de ce que Ratty estimait être un petit miracle. Elle lui sourit, la fille, et ce fut comme si tous les désagréments de sa vie avec Edith cessaient d'exister. À la place de ses soucis, la seule chose qui occupa son esprit, et en fait tout son corps tremblant, fut le profond désir de transmettre à cette charmante créature l'art et les joies de la chasse aux rats.

« Bonjour », dit-il, fondant d'une gratitude dont elle ignorerait toujours être la cause. Ils pénétrèrent ensemble dans la cour.

« Vous pouvez vous asseoir », dit Ratty. Il se tenait debout, dans la grange, devant son public composé de trois personnes. Les filles se laissèrent tomber sur des tas de foin. Ratty nota l'air gentil d'Ag et son demi-sourire.

Elle pensait à cette même période, l'année dernière : les étudiants dans la salle de conférence se levaient quand le professeur de littérature élisabéthaine entrait, en traînant les pieds, toujours avec un retard d'au moins dix minutes, semant ses nombreuses notes sur la poésie métaphysique en montant sur l'estrade. Il les observait tous un très long moment en silence, hochant la tête tout en comptant silencieusement combien d'entre eux avaient pris la peine de venir. De petits morceaux de papier de couleur, couverts d'une écriture illisible, sortaient de ses poches et des livres qu'il portait. On avait souvent l'impression qu'il était tellement préoccupé par quelque grave problème d'érudition qu'il avait oublié que son travail consistait, en fait, à parler. Parfois il laissait ses étudiants debout trois minutes avant de murmurer *Vous pouvez vous asseoir.* Puis, se débarrassant de ses notes, il commençait et captivait son auditoire pendant l'heure suivante.

Maintenant que les filles étaient assises, Ratty était plus à l'aise. Par-dessus leur tête il pouvait voir le tracteur et les sacs et poser son regard sur les chevrons familiers et, au-delà, sur les ténèbres mystérieuses, agitées de temps à autre par le pâle battement d'ailes d'un pigeon. Parler aux filles dans la grange avait été son idée. Mr. Lawrence avait suggéré que s'installer autour de la table de la cuisine serait plus pratique – mais non, s'était dit Ratty. Il n'y aurait pas assez de distance entre elles et lui. Il voulait être debout quand elles seraient assises. Pendant tant d'années il s'était retiré dans la grange, pour s'abriter ou pour réfléchir tranquillement. C'était l'endroit adéquat pour son premier essai d'instruction théorique.

Il s'appuya sur sa canne, cherchant davantage un support moral que physique, et en pétrit le doux pommeau de bois. Un de ses genoux tremblait encore légèrement, mais il pensait qu'aucune des filles ne le remarquerait. De sa main libre il tapota la poche de sa veste, s'assurant que son mouchoir, une énorme boule, était bien là : ces temps-ci son nez gouttait et ses yeux pleuraient sans prévenir. La coquine petite star de cinéma s'agita avec impatience. Le nœud, dans ses cheveux, était de la couleur la plus horrible qu'il eût jamais vue.

« Allez, Ratty », dit-elle.

Au diable, petite coureuse, pensa-t-il. Puis il leva le menton, comme il le faisait à l'église avant la première hymne, et commença :

« Vous vous attendiez peut-être à ce qu'il y ait toute une équipe de dératisation ici, aujourd'hui – de beaux hommes, de vrais professionnels : ils font le tour du pays et s'amusent. Mais à quoi ça sert de les employer, m'a dit Mr. Lawrence, quand vous êtes ici, Ratty ? C'est vrai, j'ai chassé les rats toute ma vie, bien qu'évidemment ce ne soit pas la raison de mon surnom. » Il fit une pause. Les filles semblaient tout ouïe. « On pourrait dire que ce que j'ignore sur la chasse aux rats, c'est trois fois rien. Et ce que vous devez être pour devenir de bons chasseurs de rats, c'est quelque chose entre un assassin et un détective. Comme un détective, vous devez savoir découvrir les indices. Comme un assassin, en fin de compte, vous devez faire face à un sale boulot – le gaz et le poison sont les plus efficaces. Et je peux vous dire qu'on ne s'y habitue pas, pas vraiment. » Il s'arrêta et chercha à tâtons son mouchoir pour étancher un filet d'humidité qui lui irritait le nez.

Prue regarda la silhouette lointaine de Joe qui traversait la cour en portant deux seaux. Elle s'étonnait de l'inconstance de sa propre nature. Il y avait seulement une semaine un coup d'œil de Joe, dans la laiterie ou sur le tracteur, lui embrasait le ventre – tout juste si elle pouvait s'empêcher de lui sauter dessus immédiatement. À présent, le voir la laissait froide. Elle ne ressentait rien. Elle ne désirait même plus le toucher. Il était trop massif, trop bourru, trop peu perspicace, parfois – il ne semblait jamais remarquer ce qu'elle voulait après qu'ils avaient fait l'amour. Cela ne voulait pas dire que ce n'était pas un type plutôt gentil : assez triste, que ce soit à cause de ses projets avec Janet, ou parce qu'il ne pouvait aller ni à la guerre ni à l'université et qu'il était coincé ici avec ses parents, à travailler comme garçon de ferme. Pauvre vieux Joe. Avec un peu de chance, il rencontrerait une fille qui lui conviendrait mieux et se débarrasserait de Janet.

Prue se tourna et regarda Ag. Les cheveux d'Ag étaient en mauvais état : rendus mous par l'humidité. Fins et ternes comme de vieux rideaux. Mais, le jour du bal, Prue ferait de son mieux. Elle avait acheté des fers à friser et un plein sac de pinces à cheveux. Elle avait un bon stock de fixateur et assez de Drene pour six mois – sa mère l'avait avertie que le Dorset n'était sans doute pas très fourni en shampooing Drene. Prue n'avait donc plus qu'à gagner la confiance d'Ag. Qu'Ag donne le feu vert et Prue la transformerait – une mise en plis, une petite frange peut-être pour adoucir la largeur du front. Quand Prue en aurait fini, Ag ne se reconnaîtrait pas. Elle serait même plutôt jolie, d'une beauté originale : elle était bien charpentée, avait un sourire chaleureux et des yeux qui seraient beaux si Prue réussissait à la convaincre d'essayer une petite pointe de mascara et une touche d'ombre à paupières True Blue…

« Ce que vous ne devez jamais sous-estimer, disait Ratty,

c'est *l'intelligence* des rats. À mon avis, il y a beaucoup plus de rats intelligents que d'hommes intelligents. Mais c'est juste mon avis, vous savez. »

Sa petite plaisanterie fut récompensée par un autre sourire de la sainte. La coquine tripotait le ruban de ses cheveux. L'autre, les mains dans les poches comme si elle avait froid, semblait intéressée.

« Donc, ce qu'il faut, c'est être plus malin qu'eux. C'est une méthode qui est longue. On pourrait dire que c'est pas une méthode rapide. Mais c'est intéressant et c'est un défi. Voilà ce que c'est. C'est un défi intéressant. Le rat a des aptitudes qu'on n'a pas. Par exemple, il peut se camoufler en se cachant derrière son ombre. L'éclat de ses yeux est la seule chose qui le trahit. Il faut guetter cet éclat, ce petit point lumineux. Il faut chercher des indices : des traces de queue sur les tas de grains, des cosses vides sur le sol, des tunnels dans les meules ou les tas de foin ou de paille pourris – ce genre de choses. »

Dans sa poche droite, la main de Stella était mollement posée sur la nouvelle lettre, encore cachetée, de Philip. Elle avait à l'esprit une image qu'elle avait élaborée en détail ces derniers jours : un grand hôtel édouardien près du port, à Plymouth, des tapis pourpres en un tas doux et épais, des lustres. La chambre serait si grande qu'ils pourraient y danser. Ils commanderaient un gramophone, passeraient un disque de Glenn Miller, tireraient les rideaux et éteindraient presque toutes les lumières. Ils retrouveraient la façon dont ils avaient dansé à la soirée. Mais cette fois, nulle sirène ne les interromprait. Si Dieu le voulait, ils danseraient jusqu'à ce qu'ils tombent, épuisés, sur l'immense lit, reprenant là où ils s'étaient arrêtés… et allant jusqu'au bout. Au matin, les mouettes crieraient derrière leur fenêtre. Aucune raison de se lever jusqu'à ce qu'ils aient envie de prendre un bon bain dans la profonde baignoire de marbre, avec des tonnes d'eau chaude – bafouant, juste pour cette fois, toutes les règles d'économie – et qu'ils reviennent se coucher, sentant le savon à la lavande d'avant-guerre, le savon venant de la petite collection que Stella avait apportée à Hallows Farm et qu'elle gérait si soigneusement... Ratty croisa son regard. Elle fit un effort pour oublier ses rêveries sur Plymouth.

« Le premier jour on met l'appât. On en met partout – ici dans la grange, dans les abris, dans la cour. Mais ne vous attendez pas à ce que les rats se précipitent. Ils prendront leur temps. Ils se méfieront. Ils ne s'approcheront pas le premier jour. Pareil le deuxième. Ils remarqueront où il est, mais le laisseront. Le troisième jour, on met un appât frais. Maintenant la tentation devient plus forte que la prudence. Ils se passent le mot. Ils s'y intéressent. Mais leur instinct les retient encore. Comme je dis toujours, un chasseur de rats doit être patient. »

Ratty s'arrêta pour faire passer son poids sur la jambe gauche, celle qui avait tremblé. À présent elle était étonnamment ferme. Il frappa le sol de quelques coups de canne, ne sentant plus le besoin de s'appuyer. En expliquant la nature d'un chasseur de rats, il avait presque oublié que les filles l'écoutaient. Quand il vit leurs yeux fixés sur lui, un encouragement chaleureux courut dans ses veines. Il aurait été tout à fait heureux de continuer plus longtemps, maintenant qu'il était lancé – il avait une centaine de théories sur les rats. Mais il aurait été absurde d'abuser de leur intérêt. Il devait terminer sous peu.

Il aurait fait un très bon professeur de chasse aux rats, se disait Ag, captivée par sa conférence comme elle l'avait été par le professeur de Cambridge. Elle était la seule parmi les filles à admirer le rythme inné de ses phrases, les accents de l'Ouest – et, par-dessus tout, sa capacité à transmettre son enthousiasme pour un sujet qu'il avait étudié presque toute sa vie. Ils étaient si rares ceux qui avaient ce don. Elle se demanda si elle le possédait. Pourrait-elle transmettre à d'autres son amour pour la littérature ? Pourrait-elle jamais le transmettre à Joe ? Il était là, retraversant la cour... Ou l'amour de la poésie est-il aussi inexplicable que l'amour de la musique ? Elle aimerait essayer, un jour. Cela demanderait du courage. Cela demanderait le genre de courage de Ratty. Homme de caractère taciturne, il était là, en train de parler à trois filles presque étrangères d'un domaine où il excellait et qu'il aimait. Son enthousiasme était contagieux. Stella n'avait pas bougé et Prue avait cessé de tripoter ses cheveux. Ag, quant à elle, aurait aimé qu'il parle encore.

Mais elle vit qu'il rassemblait ses forces pour terminer. Il redressa ses épaules voûtées et essuya sa moustache avec un immense mouchoir. Sur son beau visage tanné, piqueté de petites ombres sous les pommettes saillantes et les yeux profondément enchâssés, il y avait un air de confiance en soi et de satisfaction. Qu'importe qu'il n'ait jamais fait la guerre ou commandé, quelque chose d'un militaire inné semblait avoir émergé en lui. Il ralliait ses troupes pour le combat, ou la chasse, avec une inspiration quasiment churchillienne.

« Le cinquième jour, dit-il après avoir refourré dans sa poche tout son long mouchoir, on remet encore un nouvel appât. Mais cette fois c'est un appât *empoisonné*. »

Il fit une pause, pendant que retentissait la terrible révélation.

« Avec le temps, les petits diables sont impatients. Ils sortent, avides. »

Il s'arrêta encore et jeta un coup d'œil au pigeon qui suivait le chevron en roucoulant au rythme de ses propres pas.

« Et là il ne serait pas honnête de ma part de ne pas vous dire que la suite n'est pas très agréable. Les pauvres bougres se glissent hors des tunnels à moitié morts, suffocants. Les effets sont horribles, mais personne ne peut se permettre de laisser les rats envahir sa ferme. Il faut les achever... » Ratty remarqua un spasme sur le visage de la sainte. Elle avait blêmi. « Mais ne vous inquiétez pas. On ne vous demandera pas de vous en occuper. C'est un travail d'homme. Joe, Mr. Lawrence et moi nous chargerons de cette partie de l'opération. Et maintenant, assez parlé. Excusez-moi si je vous ai retenues trop longtemps. Je n'ai pas l'habitude de faire ça, expliquer. Est-ce qu'une de vous voudrait aider Mr. Lawrence à mettre l'appât ? Les autres peuvent aller chercher l'orchestre, comme je l'appelle, à la cuisine. On a besoin d'une bonne percussion – frapper les uns contre les autres des couvercles de casserole, des cuillères contre des poêles, tout pour effrayer les bougres et les faire sortir de leurs cachettes. Je vous souhaite bonne chance. »

Quand les filles furent parties, Ratty s'assit à la place laissée vacante par Ag. Le foin, à travers son pantalon, était chaud. Il agrippa sa canne de ses deux mains et reposa son menton sur ses poings. Il était épuisé, vidé, étourdi et transporté de joie. Il l'avait fait. C'était fini. Cela semblait avoir plu aux filles plus qu'il ne s'y serait jamais attendu. Elles n'avaient ni ri, ni ricané, ni manifesté de désintérêt. C'était extraordinaire... Edith ne le croirait jamais, bien qu'il ne soit pas nécessaire de le lui dire. En fait, il pouvait à peine le croire lui-même.

« Ça va, Ratty ? » Joe, souriant, se tenait près de lui.

« Je n'ai jamais dévidé autant de mots de ma vie. Ça va, j'ai juste besoin d'un peu de temps pour me remettre.

– Ag dit que vous avez été merveilleux.

– Vraiment ?

– Voulez-vous venir prendre une tasse de thé ?

– Je n'en veux pas. Dès que mes genoux seront plus solides, j'irai leur montrer quelques indices. Il y a une belle trace de queue dans le grain, à l'écurie. »

Quand Joe fut reparti, Ratty sentit ses yeux se mouiller de larmes. Il ressortit son mouchoir. Il se demanda ce que signifiaient toutes ces pleurnicheries. Ça avait peut-être quelque chose à voir avec une victoire personnelle. Mais c'était sans importance. Il était temps qu'il retourne à ses devoirs – rassembler les troupes, mettre les rats en état d'alerte, continuer la journée.

Quand elle échappa au regard des autres, Ag frappa ses couvercles de casserole sans grand enthousiasme. Malgré la plaisir qu'elle avait pris au discours de Ratty, la dernière chose qu'elle souhaitait c'était de faire la rencontre d'un rat, surtout seule. Pour s'écarter du chemin – Stella et Prue s'amusaient à faire un terrible raffut dans la laiterie et dans la cour –, Ag se dirigea vers une vieille écurie qui servait à présent à stocker le grain. Elle ouvrit la porte et entra. Si quelqu'un s'apercevait qu'elle avait cessé de frapper sur ces cymbales, elle dirait qu'elle cherchait des indices. Ratty n'avait pas dit qu'il fallait faire du bruit en cherchant des indices.

Elle resta complètement immobile, parcourant du regard les tas de grains. Sur l'un d'eux, elle vit une indentation courbe qui allait du sol jusqu'à mi-hauteur, puis s'arrêtait dans du grain épars, comme si le rat avait changé d'avis, renoncé à monter au sommet et sauté à terre. Était-ce là ce que Ratty avait décrit en parlant de trace de queue ? Avait-elle trouvé son premier indice ?

Le cœur battant la chamade, elle recula rapidement vers la porte de l'écurie et prit appui sur sa moitié inférieure. Puis, sur le sol, entre deux tas de grains, elle le vit – elle vit l'éclat de l'œil que Ratty avait décrit. Un instant plus tard, un autre point lumineux rejoignait le premier : Ag à présent voyait nettement deux yeux rouges, cerclés de rose. Les oreilles étaient rabattues en arrière, allongeant et amincissant la tête de l'animal. Les moustaches frémissaient. Le corps entier – gros et curieusement flasque – était en position de fuite, ou d'attaque. Ag retint son souffle, trop effrayée pour bouger. Le rat, levant la tête, fit quelques pas de côté. Dans le silence, Ag entendit le grattement aigu de ses griffes sur le sol. Horrifiée, elle vit la façon répugnante dont les petits orteils se séparaient, révélant les bourrelets de chair rose tendus entre eux, quand les griffes se refermèrent. Les terreurs de ses nuits d'enfance lui revinrent à l'esprit. Elle hurla. Quelques affreux moments plus tard, elle ouvrit les yeux. Le rat était parti. Ag s'éloigna de la porte et s'approcha du mur chaulé pour s'y appuyer de tout son corps : elle craignait de s'évanouir. Puis elle entendit le bruit lourd de bottes qui se hâtaient, et, en se retournant, vit Joe penché par-dessus la porte.

« Tu as vu un rat, hein ? dit-il en riant de bon cœur.

– Oui ! Oui !

– C'est le premier ? »

Ag acquiesça. Elle commençait à reprendre ses esprits. Elle vit que Joe souriait.

« On crie toujours quand on voit son premier rat », dit-il en entrant.

Ag se retourna pour lui faire face.

« C'est stupide de ma part, dit-elle, incapable de maîtriser le tremblement de sa voix.

– Ratty aurait dû vous dire de ne pas entrer ici. C'est un de leurs endroits préférés.

– Il ignorait que je ne voulais pas en voir.

– Ça va ? Tu as l'air un peu remuée.

– Je suis… ça va. C'est simplement que j'ai toujours eu cette réaction stupide, cette phobie, à propos de tout ce qui trottine. Les rats, les souris – et même les hamsters. »

Joe hocha la tête.

« Quand j'étais enfant, dit Ag, ils faisaient un bruit épouvantable, la nuit, dans le grenier, au-dessus de ma chambre. Même à présent, quand je rentre, je n'aime pas ça. C'est drôle comme il faut du temps pour surmonter ces peurs absurdes. Je croyais que ce rat allait me sauter à la gorge.

– Je sais que c'est une vieille légende. Je ne peux pas dire que j'aie jamais entendu parler d'un cas où cela se serait réellement produit. Tu sais, je viens de dire à mon père que j'avais besoin d'aide pour décharger les betteraves pour les vaches, s'il veut que je regarde le tracteur avant cet après-midi. Il a dit que je pouvais demander à l'une d'entre vous. Ce n'est pas très marrant, mais ça vaut peut-être mieux que la chasse aux rats. Qu'en dis-tu ? »

Leurs regards se rencontrèrent : celui de Joe, anxieux, celui d'Ag, soulagé.

« Crois-tu que quelqu'un d'autre m'a entendue crier ? demanda Ag.

– Personne, j'en suis sûr. »

Joe lui enleva les couvercles de casserole et les mit sous son bras. Sa gentille sollicitude ne passa pas inaperçue.

Le samedi après-midi où devait avoir lieu le bal, Mrs. Lawrence s'installa à la table de la cuisine pour polir la poignée d'argent du support à sel et à poivre. Ce n'était pourtant pas nécessaire : elle l'avait nettoyée il n'y avait pas si longtemps. Mais ayant du temps libre, pour une fois, elle cherchait ce qu'elle pourrait faire. De l'étage lui parvenaient les cris aigus et les rires des filles qui se préparaient. Le bruit de leur entrain n'atténuait en rien sa propre mélancolie.

Elle avait été d'accord pour qu'elles prennent leur demi-journée aujourd'hui, afin d'avoir le temps de se faire une beauté comme l'avait planifié Prue ces derniers jours. Ag avait d'abord dit qu'elle n'avait pas envie d'aller au bal. Un instant, Mrs. Lawrence avait envisagé une tranquille soirée de bavardage avec cette fille calme et agréable. Mais Prue avait été persuasive. Bien qu'à contrecœur, Ag avait cédé. Elle avait même été d'accord pour laisser Prue s'occuper de ses cheveux. Stella non plus ne s'était pas montrée très encline à y aller, mais elle avait accepté pour Prue. Stella était tellement éprise de son marin absent qu'elle ne s'intéressait pas à ce qu'elle faisait. Il était clair que l'intensité de son amour la protégeait complètement des hauts et bas de la réalité. Mrs. Lawrence se souvenait d'avoir ressenti cela, elle aussi.

Son polissage achevé, elle se leva, agitée. Aucun travail ne la tentait. Ce qu'elle voulait vraiment c'était voir les filles, se joindre un peu à leur plaisir. Elle pensa qu'elle pourrait être utile : pour attacher un crochet, fermer un collier. Elles ne verraient sûrement pas d'inconvénients à ce qu'elle leur demande si elle pouvait les aider…

En montant l'escalier, elle entendit de la musique venant de la chambre de Joe. La chanson, sur son vieux gramophone, était éraillée et tremblante. Mais elle faisait quelque chose à ses membres et à sa tête.

Mince, c'est chouette
Après avoir veillé tard
De raccompagner ma poupée à la maison…

Mrs. Lawrence se surprit à sourire à demi. La porte de la chambre de Joe était ouverte. Elle le vit, grimaçant devant le petit miroir suspendu au mur et se battant avec sa cravate.

« Tu es bien élégant, mon garçon, dit-elle.

– Je dois leur faire honneur », répondit-il.

Il ne s'était pas du tout plaint de son rôle de chauffeur. En son for intérieur, Mrs. Lawrence trouvait qu'il avait plutôt l'air d'attendre cette soirée avec impatience. Bon, il ne sortait pas beaucoup, et méritait de faire une pause, à l'occasion. Et ce bal ne posait pas de problème. Joe, dans le temps, avait bien pu se montrer coureur, avec ces trois filles qui le chaperonneraient il n'y avait pas de danger. Prue, la coquine de petite flirteuse, n'avait cessé d'évoquer un garçon de la RAF qu'elle avait aperçu dans un salon de thé – ses vues, manifestement, ne se portaient pas sur Joe ce soir-là. C'était simplement dommage que Janet ne soit pas là.

Elle resta un instant dans la pénombre, sur le seuil de la chambre des filles, sans être vue. La pièce était dans un joyeux désordre ; on aurait difficilement reconnu cet endroit net et impeccable qu'elle était devenue, avant l'arrivée des filles, après des journées de nettoyage à la brosse et de peinture. Cela tenait, à présent, d'un vestiaire de théâtre bouleversé par de rapides changements de costume. Des vêtements étaient jetés partout – Mrs. Lawrence devina que de nombreuses robes avaient été essayées puis abandonnées. Des chaussures de couleur et des bas brillants jonchaient le parquet. Il y avait un bouquet de bâtons de rouge à lèvres sur la commode et chaque surface était saupoudrée d'une fine pellicule provenant d'une boîte de poudre de riz décorée d'un dessin persuasif de houppettes vaporeuses. Mrs. Lawrence pensa que la guerre semblait n'avoir rien changé à la tendance au gaspillage de la jeunesse. Elle se souvint à quel point sa garde-robe, même quand elle était jeune, était réduite.

Ag était assise sur une chaise, sous le plafonnier, pieds serrés et mains croisées sagement dans son giron. Prue tourbillonnait autour d'elle, tamponnant et tiraillant les cheveux transformés d'Ag – une masse de boucles et de plis excentriques qui brillaient sous la lumière de l'ampoule de faible puissance.

« Nous finirons par en faire quelque chose, assura Prue, trébuchant dans ses sandales de daim noir à hauts talons et aux lanières attachées aux chevilles par des boucles rubis. Tu ne te reconnaîtras pas. Non, tu n'as pas le droit de regarder avant que j'aie fini. » Ag eut un sourire confiant. Elle effleura la mince chaîne d'or, à son cou, à laquelle pendait un petit cœur d'or. « Cela ne va pas très bien, remarqua Prue. N'as-tu rien de plus *brillant* ?

– Non, répondit Ag. Je l'aime bien. Il était à ma mère.

– Bon. » Prue soupira comme celle qui, bien qu'experte, est obligée d'accepter un goût moins sûr pour des raisons tactiques. « Bon, écoute, je vais te prêter mon foulard léopard en soie – pour égayer un peu tes épaules. » Elle tirailla la sage robe vert sombre d'Ag.

« Merci », dit Ag. Prue lui tendit une petite glace. Ag se regarda en silence avant de la lui rendre. « Seigneur ! Qu'est-ce que tu as fabriqué ?

– Encore un truc, dit Prue, et la transformation sera complète. » Elle alla à la commode et prit un rouge à lèvres. « *Feu et Glace,* menaça-t-elle, en le dardant comme un poignard vers la bouche d'Ag.

– Non.

– *Cerises dans la neige,* alors ?

– Non ! Prue, s'il te plaît. Je ne mettrai pas de rouge à lèvres. Je n'en mets jamais.

– *Trouble-fête !* Tu te fais du tort. Aucune chance d'emberlificoter la RAF sans un peu de rouge à lèvres. » Prue fit la moue. Sa propre bouche était d'un rose vif, et dessinée pour séduire toute une escadrille, pensa Mrs. Lawrence en souriant. « Et une touche de vaseline, alors ?

– C'est bien pour te faire plaisir », accepta Ag.

Prue pouffa et farfouilla dans un tiroir ouvert parmi un enchevêtrement de foulards. Ag se leva et vit Mrs. Lawrence sur le seuil. Elle fut immédiatement gênée.

« Mrs. Lawrence ! Dieu sait à quoi je ressemble… ! »

Mrs. Lawrence s'avança dans la chambre. Prue lui sauta dessus :

« Comment trouvez-vous mon œuvre, Mrs. Lawrence ? Seigneur, j'ai besoin d'une sèche. *Brille, brille pleine lune.* » Elle entonna d'une voix aiguë un bout de chanson discordant. « Voilà. » Elle noua un petit foulard autour du cou d'Ag et fouilla dans la poche de sa robe de chambre à la recherche d'un paquet de cigarettes. « Et comment trouvez-vous Stella ? »

Stella, assise au bord de son lit, s'appliquait pour se mettre du rouge à lèvres. Sa jupe à pois rouges était tirée sur deux petits genoux pointus, serrés l'un contre l'autre comme pour se réconforter. Ses jambes étaient allongées comme deux côtés d'un triangle : les pieds, en pantoufles roses, tournés en dedans et les chevilles tordues. Cette pose avait quelque chose d'enfantin, se dit Mrs. Lawrence, comme si Stella ne cherchait pas à être raffinée quand Philip était en mer. Stella leva les yeux, se tamponna les lèvres et sourit.

« Vous êtes toutes très jolies », dit Mrs. Lawrence. Au milieu de cette scène de frivolité elle se sentait déplacée, comme un symbole d'austérité. Elle ne savait que faire de ses mains et regrettait de ne pas avoir enlevé son tablier. « Je me demandais si je pouvais vous aider…

– *S'il vous plaît,* Mrs. Lawrence. »

Prue fit voler sa robe de chambre qui s'affaissa en une écume bleue sur le sol derrière elle. Avec un trémoussement de son petit corps nerveux, elle les défia toutes d'ignorer les seins qui dansaient sous sa combinaison pêche et les hanches minces où s'accrochait sa jupe de satin coupée en biais. Elle émergea de l'écume, les chevilles dansant la gigue dans leurs lanières, et agita son bras mince sur sa tête.

« Qui pourrait croire que ce bras a épandu dix acres de fumier, trait cinq cents vaches, combattu un porc et effrayé un rat ? *Volontaire, tu es timbrée* », chanta-t-elle.

Les autres éclatèrent de rire. Encouragée, Prue écrasa sa Woodbine à moitié fumée et se glissa dans sa robe en un seul mouvement fluide dont Mrs. Lawrence ne put qu'admirer la grâce naturelle.

« S'il vous plaît, Mrs. Lawrence. » Elle lui tendit le dos. Confrontée à une ligne descendante de petits boutons dorés, Mrs. Lawrence leva les mains, s'étonnant de la maladresse soudaine de ses doigts.

« Et tout ça pour la RAF », dit Stella. Elle regarda Prue avec admiration. « Mais si ça avait été la marine…

– Je ne suis pas difficile, dit Prue en se penchant en avant, impatiente.

– Restez tranquille, dit Mrs. Lawrence.

– L'armée, la marine, l'aviation, les volontaires, tout ce que vous voulez. Ag, passe-moi cette bouteille et je vous en mettrai un nuage à toutes. »

Ag tendit à Prue un flacon de parfum en verre taillé.

« Pas pour moi, merci, précisa-t-elle.

– Ne sois pas stupide, Ag. Tu n'as pas envie de sentir le mouton ? »

Prue pressa la petite poire dans son filigrane de fils d'or. Un nuage vaporeux tomba sur la poitrine d'Ag. Elle rit et recula en s'étreignant elle-même. Prue glissa vers Stella et la parfuma aussi.

« Allons, tenez-vous *tranquilles.* » Mrs. Lawrence ne put retenir un sourire.

« Et la dernière, moi. Oreilles, gorge, décolleté, poignets. Voilà. » À chaque bouffée vaporeuse l'odeur de tubéreuse épaississait l'air. « Non : pas tout à fait la dernière – voilà, Mrs. Lawrence ! »

Prue pivota sur ses talons et dirigea une giclée de parfum vers le tablier de Mrs. Lawrence.

« Non ! Pas pour moi. S'il vous plaît, Prue. »

Mrs. Lawrence, à sa grande surprise, se joignit aux rires des autres. Elle fit tourner Prue afin de finir d'attacher les derniers boutons. L'image d'un bal dans la grange, en été, des années auparavant, lui traversa l'esprit : c'était à l'occasion d'un repas pour les moissons, peut-être. John s'était approché d'elle dans son dos et lui avait enlacé la taille. Des serpentins tombaient en boucles des chevrons et un petit orchestre jouait. Elle avait battu la mesure du pied bien avant qu'ils n'arrivent sur la piste de danse.

« C'est magique, je vous assure, pouffa Prue. Cela vous *fera* quelque chose, Mrs. Lawrence. »

On leur cria, d'en bas, de se dépêcher. En un seul mouvement, les filles s'éparpillèrent dans la pièce en rassemblant foulards, sacs et manteaux. Mrs. Lawrence s'écarta de leur chemin. L'odeur sucrée de la poudre de riz, combinée au parfum favori et écœurant de Prue, ne parvenait pas tout à fait à masquer une odeur pénétrante et aigrelette de sueur.

« En avant ! » cria Prue en passant la porte en premier.

Mr. Lawrence et Joe attendaient côte à côte dans le hall. Ils entendirent des bruits de pas dans l'escalier et virent trois paires de jambes soyeuses qui dessinaient un fugace treillis chatoyant contre la rampe de l'escalier, suivi de l'éclair de jupes colorées. Puis elles furent là, tourbillonnantes dans la faible lumière laiteuse du hall, emplissant l'air de la douceur toute-puissante du parfum bon marché. La main de Stella serra la rampe de chêne sombre quand elle s'arrêta un instant, riant et reprenant son souffle. Mr. Lawrence, en la regardant, rencontra ses yeux, plus visibles qu'ils ne l'avaient jamais été maintenant que des peignes retenaient ses cheveux de chaque côté. Il détourna rapidement le regard. La courbe d'une paupière nacrée et les épais cils recourbés se gravèrent dans son esprit. Ag – il remarqua vaguement qu'il y avait quelque chose de différent chez elle – se débattait avec un vieux manteau gris. Joe l'aidait.

« J'ai conduit la Wolseley à la porte, annonça-t-il.

– Joe, tu es merveilleux. » Prue se jeta sur lui et l'embrassa légèrement sur la joue. « Que ferions-nous sans toi ? Puis-je m'asseoir à côté du chauffeur ? »

Mr. Lawrence ouvrit les verrous de la porte. Il aurait voulu leur souhaiter une bonne soirée, mais ne put trouver les mots. Quand ils passèrent près de lui pour rejoindre la voiture, Stella vit la pâleur soudaine de ses joues.

« Bonsoir, Mr. Lawrence, dit-elle. Merci de nous prêter la voiture. Passez une soirée tranquille sans nous. »

Elle posa la main sur son bras, et ce fut bref comme un oiseau qui effleure l'eau, n'y voit rien et remonte en flèche.

« Bonsoir, Stella », répondit-il.

Quand ils furent partis, Mr. Lawrence ferma la porte. Mrs. Lawrence descendit silencieusement, en pantoufles. Craignant qu'elle ne devine son infidélité dans cet endroit sombre et plein d'horribles parfums qu'était devenu le hall, il se précipita dans la cuisine. Sa femme l'y suivit.

« Il n'y a que des œufs au bacon, ce soir », le prévint-elle.

Mr. Lawrence prit une bouteille de bière et un verre dans le buffet. Il s'assit à la table. Mrs. Lawrence s'appuya contre le fourneau, les chiens à ses pieds. Elle dénoua son tablier, l'ôta, le plia et le suspendit au dos d'une chaise. Un pâle objet usé dont le tissu se décousait sur les bords.

« Y avait-il des choses comme ça, dans notre jeunesse ? demanda-t-elle.

– Pas tout à fait, non. » Mr. Lawrence se leva. « Je sens cet horrible parfum même ici. Ne me dis pas… »

Mrs. Lawrence sourit.

« Prue nous a toutes aspergées : c'est très généreux…

– Dieu me pardonne ! Il va falloir que tu prennes un bain. » Il s'approcha de sa femme et baissa la tête pour humer la laine brune sur ses épaules : « Ça pue. »

Mrs. Lawrence leva à demi les bras, comme pour les passer autour du cou de son mari, mais se ravisa. Après tout, on n'était pas dimanche. Au lieu de cela, elle déboutonna le haut de son cardigan. Mr. Lawrence, troublé, la regarda. Leurs regards se croisèrent un long moment et la disparité de leurs pensées était presque tangible.

« Donne-moi une poêle à frire, veux-tu ? dit finalement Mrs. Lawrence.

– Tu es une bonne épouse, dit son mari. Oui, tu es une bonne épouse. »

Un avion vrombit dans le ciel, hachant le son de l'orchestre de la RAF. Mais les musiciens ne manquèrent pas une mesure et quelques couples de danseurs s'enlacèrent plus étroitement. Stella, installée à une petite table avec les autres filles et Joe, serra plus fort son verre de bière au gingembre.

« Ici on sent davantage la guerre », remarqua-t-elle.

Elle parcourut du regard le grand hall plutôt froid. Les organisateurs avaient essayé d'en dissimuler les affreux murs à l'aide de guirlandes et de bouquets de papier crépon. On avait collé des flocons de neige en coton sur les rideaux du black-out devant les fenêtres. À l'autre bout du hall, près du bar, quelqu'un s'était évertué à rendre le buffet appétissant. En entrant, Stella avait remarqué des piles de petits pains briochés fourrés de pâté de poisson, et des assiettes d'une mortadelle émincée à l'air desséché qui reposait sur des feuilles de laitue. Il y avait plusieurs bouteilles d'assaisonnement pour salade et ce qui avait dû être, avant-guerre, un pot de moutarde française. Une seconde table était réservée à un petit paysage urbain formé de gelées crénelées. De brillantes couleurs primaires, quelques-unes mouchetées de fruits en conserve, émergeaient d'une fausse crème blanche et brillante adroitement disposée en forme de coquillage.

Prue ne s'intéressait pas au décor : elle était occupée à scruter les doux visages et les cous rouges de la foule des jeunes pilotes en uniforme qui, au bar, riaient fort. Ce qui était réjouissant, c'est qu'il y avait au moins trois hommes pour chaque fille dans la salle. Prue fit voler ses boucles et, impatiente, tapa du pied contre la table – vraiment tout à fait comme Glenn Miller, se dit-elle. Elle devrait bientôt faire une pause et ne plus perdre de temps. Ce premier gin au citron, gentiment offert par Joe, terminé, elle bougerait. Mais elle n'eut pas le temps d'achever son verre – *car il était là,* le lieutenant d'aviation du salon de thé, encore plus séduisant sans sa casquette. Prue se leva d'un bond.

« Excusez-moi, jeunes gens, dit-elle, mais je dois y aller. Je ne veux pas laisser passer ma chance. À tout à l'heure. »

Les autres la regardèrent se précipiter vers la foule du bar, hanches frétillantes, cheveux voletants, mains à la taille. Ils remarquèrent que bien des têtes, comme eux, observaient sa progression.

« Le même numéro que dans la laiterie, le premier matin », remarqua Joe. Stella et Ag rirent puis ils tombèrent dans le malaise qu'engendre inévitablement le fait d'être trois. Ag, consciente que Stella était très en beauté, bien que dans un genre totalement différent de celui de Prue, se croisa les mains et essaya de prendre un air serein.

« Si vous avez envie de danser, vous deux, dit-elle, moi je serai très bien ici, à regarder.

– Je ne veux pas danser », dit Stella sans conviction.

À cet instant un petit enseigne de vaisseau trapu de l'armée de l'air s'approcha de leur table et fit un petit salut en direction de Stella.

« Me ferez-vous l'honneur, dit-il avec un sourire malicieux, de m'accorder la prochaine danse ? »

Stella hésita.

« Allez-y, dit Joe. Il ne faut pas compter sur moi.

– Très bien alors. Avec plaisir.

– Je m'appelle Stephen, dit l'enseigne de vaisseau.

– Et moi Stella.

– J'ai l'impression que vous êtes une fille douée pour la danse.

– Oh, je ne sais pas. »

Il tendit la main et conduisit Stella vers la piste. Ils se perdirent rapidement au milieu de la foule.

Ag ressentit l'humiliation de l'échec. Elle remarqua que personne ne s'apprêtait à l'inviter à danser. Elle revécut l'agonie de ses soirées d'adolescence où, si souvent, les choses s'étaient déroulées de la même façon. Elle se sentait empruntée avec le ridicule foulard de soie de Prue et ces absurdes boucles : elle aurait voulu ne pas être là, elle aurait voulu que Joe n'ait pas l'air de s'ennuyer autant.

« Tes boucles s'effondrent, dit-il.

– C'est l'humidité. » Ag parvint à sourire.

« Ta coiffure habituelle est bien mieux.

– Prue s'est amusée à faire ça.

– J'en suis sûr. »

Une petite douleur irrationnelle transperça le cœur d'Ag. Elle observa que Joe regardait au loin – elle supposa qu'il pensait à Prue.

« Qui sont les autres filles, ici, à ton avis ? » demanda-t-elle.

Joe se ressaisit.

« Quelques-unes viennent de l'armée. Il y a probablement quelques volontaires. » Puis il lui sourit gentiment : « Aucune ne donne l'impression d'avoir fait autant de travail que vous trois.

– C'est dommage que Janet ne soit pas là, dit Ag.

– Elle n'aimerait pas ce genre de soirée. Elle n'aime pas danser.

– C'est un point commun entre vous.

– Oui, je suppose que nous avons ça en commun. Puis-je t'offrir un autre verre ?

– C'est mon tour. Je t'accompagne.

– Je ne peux accepter que tu m'offres un verre…

– Si, en temps de guerre. De plus, comment puis-je dépenser mes confortables gages ? Mes quatorze shillings par semaine ? » Ag se leva d'un bond, tout à coup pleine d'insouciance. Elle prit plaisir à traverser le hall, suivie par Joe.

Quand ils parvinrent à la piste de danse, il dit :

« Puis-je te surprendre ? »

Sans attendre sa réponse, il l'enlaça sans la serrer. Aucun des deux ne savait bien danser : ils avançaient maladroitement pendant que les autres tourbillonnaient en les frôlant.

« Es-tu aussi amoureuse que Stella de quelqu'un qui est loin ? » demanda Joe.

Ag se sentit rougir. Elle répondit franchement :

« Je rêve de quelqu'un qui sait à peine que j'existe. Il est diplômé en médecine. Nous avons pris le thé ensemble un jour, avec quelques amis. Pour une raison quelconque je lui ai avoué que je m'appelais Agapanthus et il n'a pas ri. Mais je ne crois pas qu'il s'en souvienne.

– Agapanthus ? Eh bien, c'est difficile de ne pas rire. » Joe retint un sourire. « Vous formez une drôle de bande, toutes les trois. Pas du tout comme j'imaginais les volontaires. »

Ils étaient à présent arrivés au bar et renoncèrent à faire semblant de danser. Ag commanda une pinte de bière pour Joe et un jus d'orange pour elle. Ils retournèrent à leur table.

« J'aime ton *allure*, la taquina Joe. Tu te tiens si droite, le dos droit comme un professeur de gym. »

Il lui avança sa chaise.

« Je suis allée dans un couvent très strict, dit Ag. Nous devions nous entraîner avec des livres sur la tête. »

Joe sourit. Un morceau de jitterbug commença.

« Heureusement que nous avons manqué celui-là », dit-il.

Leurs regards étaient attirés vers le bal. Sur la piste, la foule était exubérante : quelques-uns dansaient avec habileté, d'autres sautillaient tout simplement, sans complexe. C'est alors qu'il fut évident que, parmi les danseurs, on reconnaissait unanimement un couple de stars et qu'on lui faisait place. Les simples danseurs s'étaient écartés, bougeant encore, mais toute leur attention s'était portée sur les vedettes : Stella et son cavalier.

La silhouette courtaude de l'enseigne de vaisseau, transportée par la musique, était transfigurée. Son jitterbug présentait toute la vivacité de mouvement d'un homme plus jeune, mais aussi une précision surprenante à voir. Il faisait voler Stella de-ci de-là et elle le suivait, assurée comme Ginger Rogers, inventant ses propres variations – un petit mouvement de tête ou de jupe, une rotation précise des mains. L'orchestre, conscient qu'il jouait enfin pour des experts, avait intensifié le tempo : les autres danseurs se reculèrent et laissèrent Stella et son incroyable Fred Astaire seuls sur la piste jusqu'à la fin du morceau. Stella se débarrassa de ses chaussures d'un coup de pied. Les peignes tombèrent de ses cheveux. Elle tournoyait de plus en plus vite et ses joues étaient écarlates.

Quand la musique cessa, l'enseigne de vaisseau la souleva avec aisance au-dessus de sa tête, comme une danseuse de ballet. Tout le hall leur fit une ovation et applaudit. Stella, étourdie, redescendit sur terre. Elle se hâta vers sa table, suivie par son cavalier souriant. Ses mains fourragèrent dans ses cheveux à présent dénoués. Elle haletait.

« Vous dansez vraiment bien », dit Joe. Il se leva en signe d'enthousiasme. Son évidente admiration poussa Ag à se lever aussi et à se tourner vers l'enseigne de vaisseau.

« Vous, vous devez danser le jitterbug depuis toujours, dit-elle.

– J'aime danser, reconnut-il. À votre tour. Nous y allons ?

– Je ne sais pas danser ce genre de chose, dit Ag.

– C'est un gentil slow. Venez. »

I'm in the mood for love s'élevait et retombait dans le hall.

Ag suivit l'enseigne de vaisseau sur la piste. Il l'enlaça avec tant de maîtrise, sa conduite rendait les pas lents si faciles à suivre, qu'elle commença à ne plus se soucier du fait qu'elle le dépassait d'une bonne tête. Elle baissa les yeux et examina les ondulations emmêlées de ses cheveux noirs couverts de brillantine, puis détourna le regard ; autour d'eux, d'autres couples, qui ne se connaissaient que depuis un heure à peine, s'enlaçaient étroitement comme pour savourer au mieux les derniers moments de vie sur terre : yeux clos, ils se chuchotaient des choses inspirées par la rareté de telles occasions. Un de ces couples était formé par Prue et le lieutenant d'aviation du salon de thé. Le menton de ce dernier fourrageait dans le nœud des cheveux de Prue qui avait étroitement refermé ses bras dans son dos. Ag sentit à nouveau la morsure d'un sentiment qu'elle détestait. Comment Prue réussissait-elle, à chaque fois ?

À la table, Stella termina sa bière au gingembre en une seule gorgée. Son visage brillait, plein d'excitation.

« Tu étais extraordinaire », dit Joe.

Stella haussa les épaules.

« J'ai toujours aimé danser et chanter.

– Est-ce que c'était ce que tu voulais faire, finalement, danseuse ?

– Oh non ! Je suis loin d'être assez douée pour ça. J'aurais aimé enseigner le piano – bien que je sois si peu entraînée à présent que je ne retrouverai peut-être plus jamais un niveau correct. Où se trouve le piano le plus proche de Hallows Farm ?

– Il y a toujours celui des Cloches, répondit Joe. Il y en a un vieux là-bas, tout désaccordé.

– N'importe quoi me conviendrait. » Stella s'appuya contre le dossier de sa chaise, les yeux clos. « C'était bien, dit-elle. On ne rencontre pas souvent d'hommes aussi doués que celui-là. J'aurais fait n'importe quoi ce soir. Pour fêter ça. »

Elle rouvrit les yeux et sourit.

« Quelque chose à voir avec le marin ? » demanda Joe.

Stella acquiesça.

« J'ai enfin eu des nouvelles. Dans deux week-ends à partir d'aujourd'hui, il aura plusieurs jours de permission à terre. Il veut que je le rejoigne pour quarante-huit heures. Penses-tu que ta Maman… ? Mr. Lawrence ? »

Joe passa sa large main sur son visage comme pour effacer son froncement de sourcils.

« Je pense que ça peut s'arranger. C'est très injuste que les volontaires n'aient droit qu'à une semaine de vacances dans l'année. Maman est sensible à ça.

– Je rattraperai le temps perdu.

– Je dirai un mot en ta faveur. »

Ils restèrent assis à écouter la musique et à regarder les danseurs. Prue et son cavalier, à présent, ne bougeaient plus du tout. Ag et l'enseigne de vaisseau se faufilaient adroitement entre les danseurs plus sculpturaux, et Ag avait un petit sourire crispé.

« Sais-tu ce que Prue désire, en fin de compte ? demanda Stella. Elle désire un riche homme du Yorkshire, des robinets en or et des cocktails présentés sur des plateaux d'argent. Elle m'a raconté ses rêves, quand elle était perchée sur une montagne de fumier. »

Joe sourit.

« Ce que veut Prue, elle l'a. C'est la fille la plus décidée du monde. »

Leurs regards se croisèrent. Ils éclatèrent de rire.

« Jésus, j'ai été irréfléchi, dit Joe, mais ça n'était pas la peine de résister quand c'était offert comme ça, sur un plateau. Cela ne pouvait pas durer – c'était trop dangereux, sous mon propre toit. Mais j'aime bien son caractère. Et je ne connais aucune fille meilleure qu'elle pour tracer un sillon droit. »

Stella sourit, honorée que Joe lui eût fait ses confidences.

Elle remarqua que ses yeux qui parcouraient le hall, étaient soudain tristes.

« De semblables occasions, dit-il, ça fait mal. Quand on est l'un des rares à ne pas porter l'uniforme. On se sent vraiment un maudit tire-au-flanc.

– Eh bien, tu ne devrais pas, rétorqua Stella. Tout le

monde sait que si un homme n'est pas dans l'armée, c'est qu'il a de bonnes raisons.

– Ce genre de raisonnement n'est pas très consolant. Le jour où j'ai échoué à la visite médicale fut le pire de ma vie. Je ne l'oublierai jamais : cette pièce glacée avec cette affiche sur le mur – tu sais, *Votre pays a besoin de vous.* Ce petit médecin suffisant. J'ai bien peur que votre pays n'ait pas besoin de *vous,* mon garçon, m'a-t-il dit. Vous ne pouvez pas combattre l'ennemi, si vous vous battez pour votre propre santé. C'était logique. Je lui ai dit – je lui ai dit que j'allais beaucoup mieux que dans mon enfance – que j'avais de moins en moins de crises en grandissant. Mais rien n'aurait pu faire changer son petit esprit borné. La même chose est arrivée à mon ami Robert – il a les poumons gravement endommagés. Ils se sont moqués de lui, lui ont dit qu'il leur faisait perdre leur temps en se présentant à cette visite et l'ont renvoyé pour raisons médicales. Mais Robert est pacifiste de cœur. Il s'est complètement moqué de devoir rester chez lui. Mon ambition était de rejoindre la HAC[1].

– Je suis navrée », dit Stella. Elle s'arrêta, prenant conscience que sa sympathie était inutile. « Mais pense à ce que tu fais. Il faut que quelqu'un organise la lourde tâche qui consiste à nourrir le pays. Hallows Farm apporte le genre de contribution que tu ne dois pas sous-estimer. »

Joe haussa les épaules et regarda Stella droit dans les yeux.

« Je ne la sous-estime pas, dit-il. Tu es sage et tu as raison. Mais je ne peux m'empêcher de me sentir coupable et honteux. J'aimerais mieux être au combat. »

Ag et son cavalier revinrent à la table. Tous quatre s'assirent et continuèrent à converser et à boire. L'enseigne de vaisseauétait marié et sa femme habitait à Édimbourg. Dans la vie civile, ils avaient gagné des prix de danse. Il regrettait de ne pas danser plus souvent.

Alors que minuit approchait, la soirée baissa d'un ton.

1. *Honorable Artillery Company.*

La musique ralentissait. Les couples disparaissaient. On ne voyait nulle part Prue et son lieutenant d'aviation.

Ils réapparurent juste à temps pour l'hymne national. Quand Prue traversa le hall pour rejoindre leur table, elle marchait d'un pas hésitant. Elle s'appuyait lourdement sur le lieutenant dont les cheveux clairsemés et enfantins étaient d'or rosé sous les lumières brutales. Les chevilles de Prue cédèrent plusieurs fois, mais il la soutint noblement, récompensé par un constant sourire taché de rouge à lèvres.

« J'ai plutôt abusé du gin-citron, dit-elle. Voici Barry. »

Barry eut à peine le temps de serrer les mains à la ronde avant qu'un accord grondant et autoritaire de l'orchestre ne réclamât son attention. Le *God Save Our Gracious King* éclata. Tous les hommes portant l'uniforme, l'instant d'avant si détendus et décontractés sur la piste de danse, adoptèrent immédiatement une implacable rigidité. Prue, le cerveau embrumé par le gin, jugea pourtant que s'accrocher à Barry à cet instant solennel serait une erreur. À la place, elle s'appuya sur Joe avec le manque d'inhibition de la vieille amie qui ose abuser de la gentillesse d'autrui. Puis elle se retrouva fermement guidée vers la sortie, entre Ag et Stella.

Elles la soutinrent dans le couloir du hall pendant que Joe allait chercher la Wolseley au parking du camp. L'air froid de la nuit leur glaçait les os. Barry, toujours aussi raide, resta pourtant assez près du trio des filles pour planter audacieusement un baiser au sommet de la tête affaissée de celle du milieu.

« À bientôt, Prue », dit-il.

Il salua et partit.

« Qu'est-ce que je vous avais dit ? pouffa Prue. Attention – vos pieds ! Je crois que je vais être malade. »

Après le dîner à Hallows Farm, Mr. Lawrence sortit s'occuper d'une vache malade. Mrs. Lawrence s'installa avec une pile de raccommodage près du feu, en écoutant un concert à la radio. Quand son mari rentra, il s'effondra sur sa chaise habituelle, renversa la tête en arrière et ferma les yeux.

« C'est bizarre d'avoir à nouveau la maison pour nous tout seuls pendant une soirée », s'aventura à dire Mrs. Lawrence.

Mr. Lawrence acquiesça d'un signe de tête mais n'ajouta rien. Il s'assoupit un instant, puis se leva pour aller se coucher. Mrs. Lawrence savait que, si elle le suivait, elle ne dormirait pas. Elle resta à sa place et rajouta des bûches dans le feu car la nuit se refroidissait.

Un peu après minuit, elle entendit un bruit de voiture. Elle éteignit rapidement les lumières et alla à la fenêtre. Elle écarta un peu le rideau du black-out et épia par une fente. Les filles et Joe sortaient de la voiture : il semblait y avoir quelque agitation. À la lumière de la pleine lune, Mrs. Lawrence put voir que Joe, Stella et Ag discutaient. Puis Joe se pencha sur le siège avant du passager. Il en sortit avec Prue dans les bras et l'adossa maladroitement contre la portière ouverte. Mrs. Lawrence aperçut brièvement une tête blonde ballante et des lèvres barbouillées. Puis elle vit Joe prendre la fille et la jeter sur son épaule comme un sac. Les jambes minces et les chaussures ridicules battirent contre lui mais Prue ne protesta pas.

Mrs. Lawrence resta dans la pièce sombre et regarda les dernières flammes. Elle entendit Joe et les filles monter l'escalier.

Il y eut des rires et des murmures insistants quand ils s'exhortèrent mutuellement au silence. Mrs. Lawrence attendit jusqu'à ce qu'elle entende Joe revenir du grenier, regagner sa chambre et fermer la porte. Elle se demanda si elle n'allait pas réveiller John. La solitude de sa propre veille lui était presque insupportable.

Lorsque la maison fut plongée dans le silence, un moment plus tard, elle alla à la porte du salon et monta à pas de loup, dans le noir, jusqu'à sa chambre. L'un d'entre eux lui raconterait-il comment s'était passée la soirée ? Elle s'étonna, aussi, de sa curiosité et de la hâte qu'elle éprouvait à être au lendemain matin.

CHAPITRE VII

L'impassibilité de Ratty devant le comportement déraisonnable d'Edith s'accrut après son succès de conférencier. Quand elle prétendit que c'était bien de sa faute à lui si la casserole était passée par la fenêtre, et de sa faute si elle était perdue, il ne proposa pas d'aller la chercher (tout en sachant parfaitement dans quelle bande d'herbe haute elle gisait), pas plus qu'il ne tenta d'échapper à ses reproches. En silence, il mangea légumes et bacon frits, n'ignorant pas qu'Edith détestait la nourriture grillée, et s'en réjouissant. Laissons-lui quelques jours, pensa-t-il, et la casserole reviendra, sans explications.

Il devait admettre que les filles avaient compris la nature de la chasse mieux qu'il ne s'y attendait. La petite coquine avait vu un gros rat en chair et en os qui se cachait derrière sa propre ombre. Ratty pensait que ça c'était exagéré – ce n'était pas quelque chose qu'il avait, lui-même, vu souvent. Il avait l'impression qu'elle essayait de lui plaire, de se mettre dans ses petits papiers. La sainte, devait-il s'avouer, ne s'était pas montrée à la hauteur. Elle avait relevé une trace de queue dans la réserve de grains – tout à fait pertinent – mais avait cogné la cuillère en bois sur la poêle si mollement que Ratty avait bien vu que c'était à contrecœur : ce bruit pitoyable n'aurait même pas effrayé une souris. En un mot, bien que Ratty détestât l'admettre même en son for intérieur, quant à la chasse aux rats la sainte était décevante.

Le lundi qui suivit le bal de la RAF était le cinquième jour de la chasse. Ratty prit sur lui d'installer l'appât empoisonné avant l'aube : il ne désirait nullement être tenu pour responsable si les filles faisaient une bêtise avec le poison. Dans les ténèbres mouchetées, sans torche, il avança sur la pointe des pieds et glissa des morceaux de nourriture, bien marinés dans du phosphore de zinc brûlant, sous des balles de foin, près des tas de grains, de la nourriture des poules et du tas de fumier – dans tous leurs endroits favoris. À présent, il fallait simplement attendre. Ratty était satisfait : ces sacrés bougres allaient pointer leur nez aujourd'hui, ne comprenant pas ce qui leur arrivait et ne demandant plus qu'à être assommés. Il n'avait jamais apprécié ce moment, comme il l'avait dit aux filles. Mais il fallait le faire.

Au petit déjeuner, Mr. Lawrence demanda aux filles d'ouvrir l'œil. Si elles trouvaient un rat agonisant, dit-il, elles devaient appeler Ratty, Joe ou lui-même ; ils s'en chargeraient.

Ag espérait que son travail, ce matin, consisterait à traiter le verger, un endroit loin des rats. Mais elle n'eut pas de chance : Faith voulait que l'on ramasse les œufs tôt afin d'en emporter un certain nombre à Dorchester, où le WVS les distribuait aux personnes âgées. Les deux autres furent assignées à un sarclage matinal.

Munie de son panier, Ag alla d'abord à la grange. Elle calcula que, Ratty n'ayant posé l'appât que quelques heures plus tôt, il y avait des chances pour que les rats aient fait montre de leur prudence habituelle et n'aient pas encore cédé à la tentation. Nerveusement, elle glissa sa main gantée dans les petits trous entre les tas de paille en vrac qui, avait-elle appris, étaient les coins préférés des bantams pour pondre. Et, dans un de ces nids secrets, elle tomba sur un bout d'agneau tendineux qu'elle reconnut comme ayant, quelques jours auparavant, été servi en ragoût. Dégoûtée, Ag recula prestement et se battit contre sa conscience. Devait-elle continuer à ramasser normalement les œufs jusqu'à ce qu'elle en ait à peu près une douzaine ? Ou cela suffisait-il pour aujourd'hui ? L'appât empoisonné l'avait mise dans tous ses états.

Tendue et se méprisant elle-même, elle quitta la grange et se dirigea vers la sellerie. Une vieille couverture de cheval, abandonnée depuis des années, était pliée sur le sol. Le dessous en était raide et moisi et le dessus avait servi de pondoir, il y a bien longtemps, à une cane, dont les descendantes venaient, à l'occasion, pondre dans ce nid ancestral. Presque chaque jour on y trouvait des œufs.

Parvenue à quelques mètres de la sellerie, Ag vit Ratty, l'air satisfait, en sortir. Il tenait un gros rat mort qui se balançait au bout d'une queue glabre. Une fraction de seconde avant que le brouillage de la scène ne vienne à son secours, Ag put voir scintiller une dent et une griffe répugnantes. Elle cria à Ratty de ne pas approcher l'animal d'elle, puis réprima un hurlement en posant sa main sur sa bouche.

Ratty, tout à son plaisir, fut troublé. Il s'était imaginé qu'elle partagerait son triomphe et que le monstre les ferait jubiler ensemble. Il ne comprit pas pourquoi elle criait ni pourquoi elle se détourna de lui pour tomber dans les bras de Joe.

« Emporte-le, Ratty, dit Joe par-dessus l'épaule d'Ag. Elle n'aime pas les rats. »

Ratty fit demi-tour immédiatement et s'éloigna de sa démarche traînante ; renonçant à se tenir droit, il était retombé dans son habitude de marcher le dos rond.

Quand il fut parti, Joe, doucement, ouvrit les bras et s'écarta d'Ag.

« Ça va ? » lui demanda-t-il.

Ag repoussa ses cheveux et secoua la tête. Elle était pâle et honteuse.

« Oui, merci. Je ne pensais pas qu'un rat mort me ferait autant d'effet, mais le dégoût reste le même.

– Ils sont répugnants, morts ou vifs. Aimerais-tu que je te prépare une tasse de thé ?

– Quoi ! Pour gagner la médaille de la trouillardise, décernée par ton père ? » Ag parvint à rire. « Non merci. Je vais aller au verger et aider à traiter les fruits.

– D'accord.

– Et merci de m'avoir sauvée. Je me sentais étourdie depuis un petit moment. Où étais-tu ? Tu es sorti de nulle part. »

Joe la regarda quelques instants sans répondre en fronçant les sourcils.

« Dans le coin », dit-il. Puis il lui tapota l'épaule et s'éloigna à grands pas vers la grange, les épaules voûtées, absorbé dans ses pensées.

Il avait offensé et effrayé la sainte et le regret dansait en lui, lourd comme une cloche de fonte. Désolé, Ratty était tombé des hauteurs où il planait le matin jusqu'aux abîmes les plus sombres. L'orgueil précède la chute, se murmura-t-il. Oh, effacer cette matinée : qu'on lui donne l'occasion de recommencer, d'agir avec plus de sensibilité. Tous les signes de l'aversion d'Ag envers les rats avaient été lisibles, et il les avait ignorés. Ratty cracha sur le sol dur en se maudissant. Lui pardonnerait-elle jamais ? Que pouvait-il lui dire ? Comment pourrait-il jamais exprimer son regret de lui avoir fait passer un moment si épouvantable ?

Une fois qu'il se fut débarrassé du rat mort – et comme il haïssait ce rat, cause de toute cette histoire ! –, Ratty n'eut pas le cœur de continuer à chasser les autres. Les plaisirs de la chasse aux rats s'étaient évanouis. Il descendit lentement au Pré d'En Bas et s'accouda à la barrière pour regarder les vaches. Leur indifférence, trouvait-il, était bien souvent un réconfort. Mais une autre pensée horrible l'assaillit : Joe et Ag. La sainte dans les bras de Joe – Joe qui avait surgi au signal comme un maudit magicien – bon moyen pour toucher le cœur d'une fille que d'être là au bon moment.

Ce que Ratty ne voulait pas qu'il arrive entre Joe et Ag n'était pas précisément clair dans son esprit. Mais l'ancien malaise qu'il avait ressenti quelques jours plus tôt et qui s'était apaisé le reprenait à présent. Cela ne lui avait guère plu de voir la jeune fille se blottir spontanément contre la grande charpente solide de Joe, ni de voir avec quelle rapidité Joe avait ouvert des bras réconfortants. Il ne voulait plus revoir cela. Il n'aimait pas leur familiarité. De plus, la sainte devait être protégée, avertie : Joe n'était pas un type bien. Il ne fallait pas lui faire confiance ni compter sur lui.

Ratty avait été témoin de maintes rencontres de hasard dans la jeunesse du garçon et vu plus d'une fille au cœur brisé abandonnée sans raison. La sainte était l'être le plus innocent et le plus vulnérable que Ratty eût jamais rencontré ; elle lui inspirait, dans sa huitième décennie, des sentiments protecteurs nouveaux et troublants. Il repensa à son vieux plan de revanche. Au moindre indice prouvant que Joe avait des intentions égoïstes envers elle, lui, Ratty, s'interposerait et la sauverait d'une situation autrement plus grave que l'histoire du rat mort. Il ignorait encore, pourtant, les mesures qu'il prendrait, mais une fourche serait sans doute utile. Joe devrait savoir, depuis le temps, qu'il était cruel de badiner avec les sentiments d'une fille innocente. Qui plus est, il y avait Janet. Ratty n'éprouvait pas beaucoup de respect pour Janet, mais c'était la fiancée de Joe et elle n'avait rien fait pour mériter d'être ainsi trompée. Joe ferait donc mieux de se tenir à carreau, pensa Ratty à qui sa nouvelle résolution rendit des forces. Sa montre lui indiqua qu'il avait perdu presque une heure en méditation. Il devait revenir à la ferme et continuer à chercher des rats agonisants avant qu'il ne fasse sombre et qu'il soit obligé de rentrer chez lui.

« Je ne sais pas ce qu'une fille est censée faire, avec ce rationnement de vêtements, grommela Prue. Soixante coupons par an ! Une seule tenue complète. Qu'est-ce qui pousse ces idiots du gouvernement à croire qu'on peut s'en tirer avec ça ? Ils sont timbrés.

– Tu as plus de vêtements que tous les gens que je connais, répliqua Stella.

– Heureusement, j'ai fait des stocks avant juin. Ça va pour *l'instant*, mais que se passera-t-il si Barry et moi sortons ensemble ? Il faut qu'un homme soit sans arrêt surpris. Il faut quelque chose de neuf chaque fois qu'on le voit. Pour qu'il ne s'endorme pas. »

Les filles sarclaient côte à côte. Abandonné pendant les semaines où la ferme avait manqué de main-d'œuvre, avant leur arrivée, le champ était couvert de chardons, de patiences et de sénevé qui leur arrivaient à la taille. Comme d'habitude, leurs dos étaient douloureux. Elles trouvaient difficile de manipuler les longs manches des houes. Leur travail était lent et maladroit. Au bout de deux heures, elles n'avaient nettoyé qu'une parcelle ridiculement petite du sol.

« Je ne comprends pas pourquoi on ne me laisse pas simplement labourer tout ça, soupira Prue en se redressant pour faire une pause. Seigneur, qu'est-ce que je donnerais pour une sèche ! Regarde mes mains. Écorchées, violettes, les doigts gonflés. J'aurai de la chance si quelqu'un s'intéresse encore à moi.

– Tu devrais mettre des gants.

– Je hais les gants. Maudit sarclage. Je suis crevée. Comment se fait-il qu'Ag s'occupe toujours du verger ?

– Traiter les fruits n'est pas très drôle. Le produit vous revient dans le visage à la moindre brise.

– J'aimerais encore mieux m'occuper du *cochon* que de sarcler. En fait, je me suis mise à bien aimer Sly. Mais ce que je préfère, c'est labourer. Cela me serait égal de labourer tous les jours. Tu sais, Joe a finalement reconnu que la rectitude de mes sillons l'impressionnait. Joe, lui ai-je dit, mon apprentissage de coiffeuse n'a pas été inutile. J'ai bien été entraînée à faire des raies droites sur les clientes, non ? Bien sûr que je sais tracer un sillon droit. »

Stella éclata de rire. Elle se redressa, elle aussi, et s'appuya sur sa houe.

« Demain, à cette heure, dit-elle.

– Où seras-tu ?

– Dans le train de Plymouth, j'espère.

– C'est chouette. » Prue sortit un paquet de Woodbines de sa poche et en alluma une dans la paume de sa main. « Mrs. Lawrence t'a facilement permis de partir ?

– Elle a été très compréhensive. Ce n'est que pour deux nuits. J'ai dit que je resterais ici à Noël, pour compenser.

– En tout cas, moi je rentre chez moi, à Noël. » Prue inhala profondément. Puis elle souffla un ruban de fumée lilas dans l'air froid et clair. « Je ne crois pas que je m'habituerai jamais à ce silence, dit-elle au bout d'un moment.

Ag et toi – vous avez l'air de trouver ça moins bizarre que moi – la boue, les chiens, la maison glacée, tout. » Elle essuya des gouttelettes de sueur sur son visage mais laissa des traînées de boue sur ses joues. « Je présume que c'est moins différent du Surrey que de Manchester.

– Oh, peut-être. Comme je pense toujours à Philip, je me moque de ce que je fais, de l'endroit où je me trouve. Quand je ne suis pas avec lui, tout m'est égal. En fait, bien que le travail physique soit dur, cela me plaît davantage que je ne m'y attendais. Mais peut-être n'est-ce que parce que Philip *existe*.

– Tu es vraiment amoureuse, remarqua Prue, pleine d'un effroi respectueux, en inhalant à nouveau.

– Oui », dit rêveusement Stella.

L'odeur âcre, pâle et douceâtre de la cigarette de Prue domina les odeurs plus puissantes de la terre et des mauvaises herbes.

« Bon, dit Prue au bout d'un moment, je vais peut-être faire comme toi. Barry a quelque chose de très attirant. Pas seulement un joli visage, je dirais. » Elle laissa tomber son mégot et l'écrasa férocement sous sa botte. « Je serai prête, Barry, lui ai-je dit, quand tu voudras de moi. » Tout en pouffant, elle plaça sa houe autour des racines d'un gros chardon et les frappa, sans grand résultat. « Je suppose que tu me trouves bien légère.

– C'est ta façon d'essayer de trouver le *bon*, répondit Stella. Je fais la même chose. La seule différence, c'est que je ne couche pas avec eux. J'ai trop peur. À la place, je tombe amoureuse. Pas d'un amour très profond. Je suis si désespérément romantique que la seule idée de l'amour me suffit presque, bien que je sache, au fond de mon cœur, que l'essentiel n'est que chimères et que je serai déçue. Je le suis presque toujours. Mais cette fois, avec Philip, je crois que c'est différent.

– Je croiserai les doigts, dit Prue. Moi, je ne marche pas dans tous ces romans fleur bleue. Surtout pas quand il y a une guerre – pas de temps à perdre. Se déshabiller aussi vite que possible, voilà ma devise, avant que ces pauvres diables ne soient tués. Un peu de plaisir rapide, puis au suivant. À la fin de la guerre, quand nous serons tous un peu plus vieux et plus sages – il sera temps de chercher un mari. C'est là qu'un millionnaire sans méfiance sera le bienvenu. En attendant, je prends mon plaisir là où je le trouve. Ce n'est pas aussi facile par ici que ça l'était à la maison, bien sûr. Mais je n'ai pas pris un mauvais départ. Joe est un type bien, un peu outsider, un très bon amant, selon mes critères. Mais que représentait-il ? Un simple défi. Séduire le fils du fermier était ma priorité numéro un, ensuite, c'était de dénicher les types doués du coin. Remarque, je pense qu'il a bien aimé : ça a duré une semaine entière, puis ça m'a épuisée. Un matin je me suis réellement endormie contre Marybelle, les trayons entre les doigts... Vraiment, moi et Joe, ce n'était pas pratique. De plus, Mrs. Lawrence commençait à avoir des soupçons. Je ne veux pas qu'on m'envoie ailleurs, dans un de ces hôtels pour volontaires ou quelque chose comme ça. Ici, c'est bien. J'ai écrit à ma mère pas plus tard qu'hier soir et je lui ai dit : "Maman, on a de la chance." Puis je lui ai dit que j'avais mis tous mes espoirs en ce Barry. Cela me ferait plaisir s'il venait me voir, je lui ai dit. »

Elles retournèrent au sarclage et au silence. Pendant un moment, les seuls bruits furent le tintement des outils contre le sol pierreux et les croassements lointains des corneilles et des freux qui s'agitaient dans les arbres dénudés d'un bosquet. Puis un sifflement perçant les fit tressaillir : le sifflement d'un berger expérimenté qui dirigeait ses moutons. Elles se tournèrent toutes les deux vers la barrière, à quelque cinquante mètres, s'attendant à voir Ratty ou Joe. Mais elles virent un jeune aviateur souriant sur une vieille bicyclette.

« *Mince !* siffla Prue. C'est Barry. Quand *on parle* du... ça t'ennuie si j'y vais ? Je me demande combien de temps il a mis. Je t'en supplie, ne retourne pas dans la cour sans moi. Je reviendrai chercher ma houe. »

Elle la jeta au sol et se passa machinalement la main dans les cheveux, ses doigts boueux vérifiant l'état du nœud de satin bleu. Puis elle s'élança parmi les mauvaises herbes, agitant la main et criant « Barry ». Le jeune homme descendit de sa bicyclette et ouvrit les bras, riant, rougissant – même d'aussi loin Stella put distinguer la rougeur soudaine de ses joues. Quand Prue le rejoignit, ils s'embrassèrent frénétiquement, oubliant la barrière qui les séparait.

Stella se détourna. Elle se demanda si, demain, l'accueil que lui ferait Philip serait aussi extasié. L'attente et l'énervement, qu'elle avait tenté si difficilement de cacher, s'emparèrent à nouveau d'elle. Si intenses qu'elle se sentit faible. Avec effort elle recommença à sarcler, sachant que sans Prue elle devait faire double tâche.

Quand le premier enlacement de Prue et de Barry et ses bis eurent pris fin, Prue passa par-dessus la barrière et saisit le bras du lieutenant. Ils parvinrent rapidement à l'orée du bosquet, à quelques mètres en longeant le chemin, et trouvèrent un endroit confortable au plus dense du bois. Barry s'assit sur le tronc d'un arbre après s'être assuré que la mousse jaunâtre et frisée ne tacherait pas son pantalon. Prue s'installa dans un recoin attrayant de lierre terrestre, dans une position telle que, le moment venu, elle pourrait poser sa tête sur les genoux de Barry sans avoir à se déplacer.

Le rouge à lèvres de Prue tachait d'un rouge plus sombre le visage écarlate de Barry. Ses cheveux, dorés et coupés ras, libérés du calot plié dans sa poche, se dressaient tout droit sur sa tête, comme en bataille. Prue, quant à elle, ronronnant à l'idée de sa propre séduction, était l'image même d'une pin-up rurale : mélange de boue et de rouge sur les joues et boucles blondes formant un nid chaotique d'où pendait, comme un oiseau blessé, le nœud de satin. Ils tremblaient tous les deux. Prue saisit ses cigarettes. Barry trouva une allumette. Il alluma sa cigarette avec beaucoup de dextérité, comme si c'était un art qu'il avait pratiqué toute sa vie : entourant la flamme de ses mains en coupe et n'effleurant qu'une seconde les doigts voletants de Prue. Puis il prit aussi une cigarette et l'alluma avec tout autant de précision. Ils se soufflèrent mutuellement la fumée dans le visage, puis l'écartèrent, en riant, avec de larges mouvements de mains. Barry consulta sa montre.

« J'ai perdu plein de temps, dit-il, à aller de champ en champ et à vous chercher. Je ne voulais pas demander à la ferme. Un vieux type avec des guêtres a fini par me dire que je vous trouverais ici.

– C'est Ratty », dit Prue.

Elle se demanda si Barry appréciait les vagues traces de son propre parfum sous l'odeur agréable de la fumée de leurs cigarettes. Barry consulta sa montre.

« Je ne peux rester que dix minutes, ajouta-t-il. Puis il faudra que je pédale comme un fou pour rentrer à temps. Il y a bien sept miles. »

Prue exhala la fumée très lentement. Il serait stupide de laisser voir une trace de déception.

« C'est dommage, dit-elle.

– C'est vrai, c'est dommage. Vous êtes resplendissante. »

Prue n'avait jamais aimé le mot « resplendissante », mais ce n'étaient pas les adjectifs employés par Barry qui l'intéressaient. De sous ses cils, elle lui jeta un regard.

« Dès l'instant où je vous ai vu, dit-elle, dans le salon de thé, j'ai pensé exactement la même chose. J'ai pensé : c'est lui.

– Je savais que vous le pensiez. Cela me rendait très nerveux. »

Barry éclata de rire.

« On ne peut pas laisser passer un homme comme vous, ajouta Prue. C'est pour ça que je les ai tous emmenés au bal.

– J'avais deviné votre plan, bien sûr, et j'étais perdu. » Il eut un petit sourire contrit d'écolier. « Je me suis dit : tu t'es fait avoir. Je vais dire oui à tout ce qu'elle voudra. »

Prue sourit. Elle posa la main sur son cœur qui battait fort. Barry tendit le bras et mit sa main sur la sienne.

« J'ai les reins en feu », dit-il avec solennité.

Prue pouffa de rire.

« Oh, Barry, dit-elle, vous êtes adorable. Bon : je suis ici pour ce que vous voulez me demander, non ? Je suis ici pour que vous preniez ce que vous voulez, que vous fassiez ce que vous voulez.

– Nous n'avons plus que huit minutes à présent », dit Barry.

Prue fit la moue.

« Nous pouvons simplement commencer, dit-elle. On aura plus de temps la prochaine fois.

– Mais il y a tant de choses que j'aimerais faire avec vous. Cela m'a hanté, tout ce que… Dois-je vous le dire ? J'aimerais commencer par vous embrasser sur la tête, partout et tout autour, partout, très lentement… »

La rougeur avait à présent envahi son cou. Il agrippa la laine épaisse du pull-over de Prue, tendu sur ses seins, d'une main aussi rouge que son visage.

« Je ne sais pas si je peux attendre, chérie. »

Prue vit dans quel état d'angoisse il se trouvait. Elle ôta sa main de son pull-over.

« Vous devrez attendre, mon vieux, dit-elle gentiment. Six minutes, c'est vraiment trop précipité pour essayer de faire tout ce à quoi vous pensez, de toute façon. Vous dépasseriez la vitesse autorisée. En si peu de temps vous n'en auriez pas tout le bénéfice. »

Barry, désespéré, soupira :

« Vous avez sans doute raison. »

Ils écrasèrent tous les deux leurs cigarettes à moitié fumées et les jetèrent dans un buisson d'épineux.

« Que faites-vous, pour le moment ? » demanda Prue.

Ce qu'elle pouvait faire de plus gentil et la meilleure façon de le calmer, c'était de distraire son esprit du sujet qui manifestement l'oppressait tant : mais Dieu sait si c'était un sacrifice, si on considérait à quel point elle avait envie de lui.

« Des vols de nuit, la plupart du temps.

– C'est terriblement courageux.

– Je ne suis pas courageux. Je suis terrifié chaque fois que nous décollons. Chaque fois, je me dis que ça y est. Que c'est mon tour. Je pourrai revenir vendredi, ajouta-t-il. À deux heures, j'ai l'après-midi libre. Vous pouvez ? » Prue acquiesça. « C'est agréable, ici, dans les bois. » Il la regarda, essayant de garder son calme. « Cet uniforme de volontaire me fait vraiment quelque chose. Seigneur, ces pantalons ! Venez ici, chérie. Je veux vous embrasser, au moins. »

Prue s'agenouilla, effrayant un merle proche qui s'envola avec un petit bruit d'ailes creux. Le visage de Barry, contre le sien, était chaud et moite. En l'embrassant, cette fois, elle ne ressentit pas l'excitation qu'elle avait ressentie près de la barrière. La précipitation de Barry était presque une excuse, comme si la vie elle-même pouvait cesser à tout instant. Il fallait saisir chaque occasion. Mais pendant leur très court moment ensemble, cet après-midi-là, Prue avait compris que, malgré sa gentillesse, Barry n'était pas destiné à être son Philip. Il était trop jeune, dans ses comportements : il lui faisait penser à un enfant de chœur avec son visage angélique et rougissant et ses cheveux dorés de bébé. Pendant son après-midi post-Joe, au salon de thé, puis au bal, pendant ses danses embrumées de gin, l'enthousiasme l'avait poussée à se tromper. Il ferait pourtant l'affaire, un moment encore.

Elle sentit qu'il levait sa montre au-dessus de sa tête et jetait un coup d'œil à travers ses cheveux.

« Plus que trois minutes », dit-il.

Prue se sentit vaguement triste.

« Pas eu le temps pour le *concret*, raconta-t-elle plus tard ce soir-là à Stella et à Ag, mais un bon début. À sa façon, c'est un véritable séducteur, Barry – courageux comme tout. Ce sera mon quatrième pilote. »

Le lendemain, gelée dans son wagon de troisième classe, Stella pensa à Prue. Elle réfléchit à sa façon d'approcher les hommes – du genre « Cueillez dès aujourd'hui les roses de la vie » – et se demanda quels en étaient les avantages. Elle ne se voyait pas voletant, avec la légèreté de cœur de Prue, d'une intense relation sexuelle à une autre ; elle ne se voyait pas rompre brusquement avec un homme, apparemment sans qu'il en reste quelques traces, et, dans la foulée, céder à une attirance toute neuve pour un autre. Prue n'était pas déçue parce qu'en premier lieu elle ne se faisait pas d'illusions. À court terme, ses buts étaient le sexe et le plaisir. La conquête était un stimulus et les ruptures sans importance. Elle agissait avec la confiance de celles qui connaissent les lois régissant leur propre cœur. Son cœur resterait intact jusqu'au moment opportun – jusqu'à ce que, après la guerre, il soit temps que le millionnaire lui offre mariage et sécurité.

Stella ne pouvait qu'admirer la philosophie de Prue, même si l'idée de tant d'hommes de passage troublait profondément son âme puritaine, ce qu'elle n'aurait jamais avoué pour tout l'or du monde. Elle se demanda si les vicissitudes des comportements différents ne manquaient pas à Prue : les bas et les hauts dus à un amour constant, l'attente fiévreuse, la tension quand on espérait lettres ou déclarations, le chatoiement général de la vie quotidienne dont l'amour d'un homme peut enrober toutes choses. Si elle était honnête avec elle-même – processus difficile que Stella appréciait plutôt –, d'après sa brève expérience, la plupart de ses « amours » avaient été des inventions de son imagination optimiste. Ses sentiments, si avides de s'adresser à quelqu'un, s'étaient souvent – par manque de choix – adressés à la mauvaise personne. Elle attribuait à l'objet de son amour les qualités qu'exigeait si clairement son esprit. Derrière l'image ainsi créée, la vérité, quand elle éclatait, causait bien des dépressions dans son cœur. Mais elle n'était pas de celles qui se morfondent dans la mélancolie. Elle ne reprochait jamais à un homme de la laisser tomber. Bien au contraire, elle reconnaissait que son choix avait été erroné. Il y en aurait d'autres, se disait-elle. Et, en fait, il y en avait toujours eu d'autres. Pour ceux qui pensent que vivre sans amour n'a pas de sens – le credo de Stella –, il ne manque pas d'objet sur lesquels on peut jeter le manteau de l'imagination.

Durant sa brève relation avec Philip, Stella avait obtenu plus de récompenses que d'habitude. La beauté émouvante de Philip combinée avec son manque de vanité, son sens du plaisir équilibré par le côté sérieux de sa nature, ses prouesses de danseur, cette façon qu'il avait de lui faire croire à ses déclarations d'amour – tout cela était nouveau et merveilleux pour Stella, tout cela l'incitait à penser que, par la suite, partager sa vie serait tout à fait possible. Et peut-être que ses lettres pourraient s'améliorer. Leur amour était cristallisé par les incertitudes d'un monde chancelant : Stella savait que la peur d'un avenir inconnu, pendant un temps indéterminé, la mort possible qui leur ôterait toutes leurs chances, ces choses-là étaient communes à bien des amants en temps de guerre. Néanmoins, elle était convaincue que leur situation était très différente de la majorité des aventures de guerre, désespérées et impulsives. Leur amour était durable… non ?

Stella se tourna et regarda par la fenêtre. À travers les filets de pluie, entortillés et nacrés sur la vitre, elle vit de petites collines de terre rougeâtre. Elle pensa que ce devait être le Devon : on avait supprimé le nom des gares, comme d'ailleurs les poteaux indicateurs. L'Angleterre était devenue un endroit mystérieux où il fallait repérer des indices et deviner où on se trouvait. Mais cela mis à part, ici, comme dans le Dorset, la seule chose qui prouvait qu'il y avait la guerre, c'étaient les femmes qui travaillaient dans les champs. Elle aperçut une rangée de volontaires courbées sur des houes dans un champ de betteraves et sourit.

Le contrôleur qui vérifia son ticket lui dit qu'ils étaient à une demi-heure de Plymouth. Stella eut le cœur serré. Pour la millième fois, elle pensa à Philip qui l'attendait sur le quai et à son cher visage qui s'élargirait en un sourire quand elle se précipiterait vers lui. Si ce n'est que, tout à coup, dans son esprit, le visage n'était qu'un blanc. Il s'était évanoui.

Dans sa panique, une autre image lui traversa l'esprit, horriblement nette – celle de Mr. Lawrence. Elle se souviendrait toujours de son visage quand il s'était tourné vers elle dans la Wolseley pour lui dire au revoir. Son regard avait été un mélange d'angoisse, de sympathie et de regret. Il lui avait brièvement tapoté le genou, lui avait souhaité bon voyage et lui avait rappelé qu'il viendrait la chercher à son retour. Il avait ouvert la portière, lui avait tendu sa valise et dit au revoir au guichet, avec un visage si tourmenté que Stella avait eu envie de lui demander ce qui le troublait. Il était bizarre, Mr. Lawrence, mais elle l'aimait bien. Elle se souvint alors que, pendant le petit déjeuner, il avait dit que son frère, gravement malade, qui habitait dans le Yorkshire, allait plus mal. Pas étonnant qu'il ait eu l'air si malheureux et que la force de son chagrin ait déteint sur sa propre bonne humeur.

Stella prit son portefeuille et y chercha le petit instantané de Philip. À la vue des traits familiers, son moment d'amnésie fut oublié. Le soulagement et l'excitation croissante firent battre son cœur follement, comme s'il était devenu un organe aiguisé comme un rasoir qui aurait, avec une précision particulière, cogné dans sa poitrine et blessé les parties voisines. Elle sortit son poudrier d'argent – un héritage de sa grand-mère – et se tamponna le nez de sa petite houppette en duvet de cygne. Inutile de mettre du rouge à lèvres, jugea-t-elle, tout en souriant en son for intérieur à l'idée des apprêts de maquillage que Prue, en de telles circonstances, aurait entrepris.

Le grondement rythmé du train commença à faiblir. Stella referma son sac et croisa ses mains sur ses genoux. Elle étudia la photographie sépia de St. Ives, Cornwall, encadrée au-dessus du siège en face d'elle. Philip et elle iraient peut-être un jour en vacances là-bas. L'endroit avait l'air intact. Philip et elle parcourraient peut-être le monde. Ensuite ils reviendraient dans une maison de banlieue (ils aimaient tous les deux la banlieue) avec des lauriers, deux chats, de la place pour un piano afin qu'elle puisse donner des leçons… trois, non, quatre enfants.

Le train s'arrêta brusquement en la projetant en avant. Il y eut un sifflement de vapeur. Par la vitre souillée de pluie, elle eut une vue brouillée de la grande gare avec des douzaines de soldats encombrant le quai.

Plymouth. Philip.

Tremblante, Stella se leva.

Une rencontre peut ressembler à une noyade. Dans les instants qui la précèdent, on peut revoir toute une vie en un éclair. En se frayant un chemin parmi les capotes des soldats, les bottes qui piétinaient, les nuages des respirations qui se regroupaient comme de petits parachutes dans l'air, Stella réalisa qu'elle n'avait jusqu'alors vu Philip que la nuit. Ce serait la première fois qu'elle le verrait *en plein jour*. Leurs trois rencontres précédentes (n'y en avait-il bien eu que trois ?) avaient toutes eu lieu pendant des soirées : lumières douces, boissons, danses, les ténèbres de la nursery. Dans un instant, à présent, elle le verrait sous la cruelle lumière grise.

Tout à coup, au loin, elle aperçut sa tête, et la photographie familière s'anima : le visage fendu en un demi-sourire et la beauté de son uniforme bleu sombre au milieu du kaki. Ils s'avancèrent l'un vers l'autre et s'enlacèrent comme des douzaines de couples dans les films de guerre. Stella but la pluie sur les lèvres froides de Philip et sentit l'humidité de ses cheveux et l'odeur de bois musqué de sa peau, qui lui était particulière et qu'elle avait oubliée.

À l'extérieur de la caverne éternelle de leur baiser, elle entendit démarrer le train et des centaines d'ovations et de cris d'encouragement – des rires envieux. Se libérant de l'étreinte de Philip pour voir ce qui se passait, elle se rendit compte que c'était d'eux que l'on se moquait. Philip ne le comprit qu'un peu plus tard. Sa réaction fut de rire. Mais Stella vit que son visage taché de pluie s'était tout à coup violemment empourpré et sut que ses propres joues avaient la même couleur.

« Maudits jaloux ! » dit-il et il fit des signes de la main aux soldats qui se penchaient aux portières, à ces visages hilares qui s'étaient emparés des moments de joie d'un couple inconnu pour cacher ce qu'eux-mêmes ressentaient.

Brusquement, le train parti, la gare redevint tranquille. Philip prit la valise de Stella sur le quai humide.

« Viens, dit-il. On va manger. Tu dois avoir faim. »

Il lui prit la main. Le claquement aigu des chaussures de Stella fit un léger accord discordant avec le bruit plus sourd des bottes de Philip. Ils se dirigèrent vers la sortie, et la ville au-delà.

Ils s'assirent dans un petit café, un lieu dépourvu des raffinements du salon de thé de Blandford. Sur les tables, les toiles cirées étaient craquelées et des couvertures du *Picture Post* étaient négligemment épinglées aux murs pour dissimuler un réseau de taches. Hormis une serveuse à la bouche tombante et aux cheveux gras, qui semblait engluée, comme par du saindoux, dans une fatigue presque tangible qui ralentissait ses mouvements, l'endroit était désert. Philip mangea des œufs brouillés, si grumeleux et si dégoûtants à voir que Stella se demanda comment il pouvait les avaler. Elle, elle n'avait pas faim et elle joua avec ses deux tartines de margarine. Ils burent tous les deux des tasses de thé fort, qu'ils sirotèrent avec beaucoup d'attention, chacun attendant que l'autre choisisse une entrée en matière.

« J'ai réservé une chambre tout à fait correcte », dit finalement Philip.

Stella sourit. Elle vit le salon d'hôtel de ses rêves : lustres, tapis rubis étouffant les pas dans l'escalier en spirale qui conduisait à leur suite. Et, de toute façon, un gramophone.

« Nous devons nous y rendre à cinq heures », ajouta-t-il.

C'était bizarre. Mais Stella pensa qu'il y avait des règlements spéciaux dans les hôtels en temps de guerre. Elle ignorait tout dans ce domaine.

« C'est bien. J'aimerais visiter Plymouth.

– Nous irons au port, voir le bateau. Le voyage s'est bien passé ? »

Stella fit un signe de tête. Les journées passées à attendre cet instant et l'angoisse de l'anticipation étaient devenues poussière, comme toute souffrance. Elle se demanda si Philip avait traversé ces mêmes affres et si elle oserait le lui demander.

« Ça me fait tellement plaisir de te voir, s'aventura-t-elle à dire finalement. Parfois j'ai cru que cette attente me rendrait folle.

– Ça me fait plaisir, aussi, répondit Philip après avoir

réfléchi. Très plaisir. » Mais il n'en dit pas plus et ne laissa en rien deviner ce qu'avait été l'attente pour lui.

Ils commandèrent à nouveau du thé. Philip décida d'essayer le roulé à la confiture. La seule chose jolie dans ce café était un petit pot à crème en porcelaine, décoré d'un lever de soleil. Tout en se débattant pour enlever la croûte de son gâteau avec une fourchette et diriger l'épais flot de crème dessous avec une cuillère, Philip demanda à Stella de l'épouser.

Stella regarda intensément le petit pot et son délicat dessin se grava à jamais dans sa mémoire. Un tel flot de pensées tourbillonnait dans son esprit qu'elle se demanda si elle avait bien entendu, si elle n'avait pas rêvé la question. C'était si loin de l'idée qu'elle s'était faite de l'endroit et de la façon dont se passerait la demande en mariage qu'elle se trouva au cœur d'un combat silencieux et désespéré pour sembler calme.

« J'ai pensé, dit Philip, enfin inquiet du trouble de Stella, que si nous disions clairement que le mariage était à l'ordre du jour, les choses seraient plus faciles ce soir…

– Que veux-tu dire ? »

Des larmes mouillèrent les yeux de Stella.

« Je ne voudrais pas que tu te sentes coupable, que tu aies peur… que tu craignes que je ne sois un de ces types qui couchent avec une fille puis la laissent tomber.

– Je n'ai jamais rien envisagé de semblable.

– Non ? Bon. Nous ne nous connaissons pas très bien, n'est-ce pas ? Je voulais que tu te sentes en sécurité. Quoi qu'il en soit, quelle est ta réponse ? »

Il avait l'air presque impatient.

Stella reposa sa tasse et ravala ses larmes. Elle n'avait que quelques secondes pour émerger de la vague de sentiments qui l'avait paralysée. Elle baissa les yeux sur ses mains tremblantes qui reposaient, comme mortes, sur la toile cirée, et dont les ongles avaient été vernis de rose pâle sur l'insistance de Prue, la veille. Elle tenta de mettre de l'ordre dans son esprit. Ce qui dominait, c'était le soulagement, une espèce de joie diffuse parce que ce qu'elle avait prévu et attendu s'était produit si vite et si facilement.

Mais, montant à l'assaut de ce sentiment primordial, il y avait de petits rejets de soucis : la profonde impression de dégringoler du sublime jusque dans l'ordinaire et la déception que Philip n'ait pas organisé plus habilement un moment si important.

« Tu as l'air étonnée, remarqua-t-il. Ce n'est sûrement pas une surprise. Je croyais… »

Stella se ressaisit et réussit à esquisser un sourire.

« Je ne suis étonnée que par le moment et l'endroit, répondit-elle. Étant une incorrigible romantique, j'avais pensé que la demande en mariage se faisait inévitablement avec du champagne et de la musique.

– Et à genoux, je suppose. Tu as vu trop de films. Désolé, ce n'est pas mon genre. »

Philip prit une des mains de Stella. Le choc électrique entre eux la ranima. L'amour familier, qui l'avait tant enflammée pendant qu'elle sarclait les champs, trayait les vaches, épandait le fumier, revint. Honteuse de sa déception, elle serra plus fort les mains de Philip et se pencha vers lui. Son instant d'humilité fut accompagné par l'odeur écœurante de graisse et de sauce chaude du roulé.

« Vais-je être repoussé ? » La voix de Philip était tout à coup pleine d'anxiété.

« Bien sûr que non. Bien sûr que je t'épouserai. Je t'aime.

– Je t'aime, moi aussi. Alors tout va bien. »

Philip enleva sa main de celles de Stella et écarta l'assiette à demi pleine de pudding. Il fit un signe à la serveuse pour qu'elle prépare l'addition, sortit une poignée de monnaie de sa poche et forma trois petites tours avec des pièces de six pence.

« Quand je serai de nouveau en mer, ce sera bon de savoir qu'une future épouse m'attend à la maison. Parfois, pendant le quart de nuit surtout, en regardant ces étendues de mer, on se met à croire que rien d'autre n'existe dans le monde. On se met à croire qu'on est le seul bateau sur l'unique océan. L'esprit joue un tas de drôles de tours.

– J'espère que l'idée d'avoir une femme arrangera ça.

– Je le crois. Partons d'ici. »

Au port, un faible soleil déchirait le ciel lisse et sans couleur. Au-dessus de leurs têtes, des mouettes poussaient des cris perçants et indignés qui mouraient au loin en notes basses, éparses et insolentes. De petits groupes de marins erraient sans but. Il y avait une odeur de sel et de goudron, un relent de poisson dans les profondeurs du vent.

Stella et son enseigne de vaisseau contemplèrent les flancs massifs de l'*Apollo*, un bâtiment puissant aux lignes effilées et lisses de prédateur. Pour une raison quelconque, il rappela à Stella un pointer – nez au sol, traversant un champ d'herbes hautes – qu'elle avait, un jour, vu chasser avec son père. Elle imaginait l'*Apollo* fendant les vagues éternelles avec la même pure détermination qu'un chien de chasse – mais c'était une idée stupide ; inutile d'en faire part à Philip. Elle lui prit le bras et le regarda, si beau avec sa casquette dont le galon doré brillait doucement au soleil. Il avait la tête renversée et les yeux posés sur le pavillon blanc flottant au grand mât.

« J'ai eu beaucoup de chance d'être envoyé sur un destroyer, dit-il. Beaucoup de mes amis ont été expédiés sur des drifters ou des chalutiers. Je n'aurais pas aimé ça.

– Tu seras capitaine, un jour, dit Stella. Peut-être même vice-amiral. »

Philip détourna son regard de dévotion du pavillon blanc sur Stella. Il lui sourit, de son sourire le plus chaleureux depuis qu'elle était arrivée.

« C'est ce que prétend la future épouse d'un enseigne de vaisseau, dit-il. Regarde ça. »

Il désigna une rangée de canons qui pointaient agressivement leur gueule – menace prochaine.

Stella frissonna.

« Je n'imagine pas vraiment un combat en mer, dit-elle. Un destroyer de cette taille coupé en deux comme un jouet, brûlant et sombrant. Ce que j'aimerais – elle fut saisie d'une audace soudaine – c'est savoir exactement comment tu vis... Je veux connaître ta routine quotidienne, les détails, pour que, de retour à la ferme, je puisse t'imaginer clairement. Jusqu'à présent, je n'ai pu que deviner.

– Je ne serais pas très doué pour décrire tout ça », répondit Philip.

Ils s'éloignèrent de l'ombre de l'*Apollo* et, main dans la main, avancèrent dans le port. Il y avait plusieurs bateaux à l'ancre, immobiles sur l'eau calme.

« Ils sont terrifiants pour quelqu'un qui n'appartient pas à la marine », observa Stella. Elle se dit qu'en faisant une remarque, assez vite, elle n'aurait pas le temps de réfléchir au manque de coopération de Philip. « Ce sont des mondes à eux tout seuls, des mondes étranges.

– Le temps d'arriver à Hamilton Road, répliqua Philip en consultant sa montre, et il sera cinq heures. »

Mrs. Elliot, la veuve qui dirigeait la pension de famille d'Hamilton Road, se montrait si profondément soupçonneuse qu'elle n'était pas la tenancière idéale. Son imagination pessimiste s'enflammait à la simple vue d'étrangers remontant l'allée de ciment, et continuait à brûler bien après leur départ. Son esprit, empli des occupations possibles des anciens pensionnaires, était donc toujours prêt à avoir un point de référence. Quand Philip était venu réserver une chambre, Mrs. Elliot l'avait informé que non seulement plusieurs soldats vivaient sous son toit, mais aussi, coïncidence extraordinaire, qu'un enseigne de vaisseau de l'*Apollo* y avait une fois passé deux nuits. Son vernis de bienveillance était calculé de façon que le nouveau locataire révèle le genre d'informations qu'elle transmettrait aux prochains.

Pendant que, dans un silence gêné, Stella et Philip suivaient la rue bordée de maisons mitoyennes identiques, Stella luttait pour écarter l'image d'un portier en uniforme l'introduisant par de grandes portes vitrées dans un salon d'hôtel à la magnificence rococo. En approchant de l'établissement de Mrs. Elliot, au bout de la petite allée stérile, elle eut quelques craintes – mais elle les mit rapidement de côté, car rien, se dit-elle, n'avait d'importance si ce n'est qu'elle était enfin ici *avec* Philip. Tandis qu'ils attendaient qu'on leur ouvre la porte, Stella examina les murs de stuc gris de la maison, les fenêtres voilées d'épais rideaux de tulle et le heurtoir de cuivre rutilant sur la porte d'entrée d'un vert abominable. Elle eut conscience qu'un kaléidoscope d'images matérielles se formait dans son esprit, images qui auraient une signification jusqu'à la fin de sa vie, simplement parce qu'elles prenaient place dans le week-end où, comme aurait dit Prue, elle *l'avait* enfin *fait*.

La porte s'ouvrit. Mrs. Elliot, de sa position en hauteur dans le hall, put voir Philip et Stella dans l'allée. Son regard leur signifia qu'elle était experte pour juger la nature humaine et toutes ses ruses – et qu'il était donc inutile de vouloir donner le change. Stella était curieuse de savoir comment Philip s'en tirerait avec leur censeur : stupide vieille chouette, pensa-t-elle – ce que nous sommes n'a rien à voir avec elle. L'immédiate désapprobation silencieuse de cette femme était une intrusion dans une intimité qui signifiait beaucoup pour Stella. Elle se sentit tout à coup pleine de colère mais ne dit rien.

À l'intérieur, ils furent accueillis par des odeurs qui n'avaient jamais pu s'échapper par les fenêtres soigneusement closes : des années de relents de soupe, choux, sauce et thé, s'étaient combinées pour épaissir, comme un invisible liant, l'atmosphère confinée. L'endroit était impeccable, immaculé : le salon était encombré par un ensemble de trois pièces couvertes de reps rouille, tissu auquel la mère de Stella avait toujours juré qu'elle n'aurait jamais recours, quelle que soit la durée de la guerre. Des têtières amidonnées de dentelle blanche pendaient aux dos des chaises et des canapés, indiquant que leur propriétaire n'ignorait rien de tels raffinements, et malheur à tout soldat effronté qui oserait y appuyer la tête. Malgré la chaleur et l'air incitant à la claustrophobie, Stella frissonna. Seigneur, qu'allaient-ils faire, elle et Philip, toute la soirée, dans cette pièce mortelle ?

Mrs. Elliot étudia le registre de location.

« L'enseigne de vaisseau Wharton, c'est ça, n'est-ce pas ? Deux nuits ?

– C'est ça.

– Et… ? »

Stella vit Philip pâlir. Elle vit ses mains trembler.

« Je serai bientôt Mrs. Wharton, répondit Stella.

– Dès que la guerre sera finie, ajouta Philip.

– C'est ce qu'ils disent tous. » Mrs. Elliot referma brusquement le registre et agita une main à la peau grise vers le rebord de la fenêtre. « Ma collection de bouquets de moisson vous intéressera peut-être, proposa-t-elle ; elle intéresse la plupart de mes pensionnaires. Vous aurez le temps de l'étudier avant le dîner. » Elle les conduisit à l'étage et fit un petit discours sur les règlements de la maison – le black-out, les heures de fermeture, les économies essentielles d'eau pour les bains, et l'interdiction absolue d'alcool dans les lieux. Pour finir, par respect pour les autres, elle leur demanderait de s'abstenir de tout *bruit* excessif. Cette dernière règle, calculée d'avance pour inhiber les jeunes marins qui auraient tendance à se livrer à des activités répréhensibles avec leur future « épouse », fut accompagnée par un coup sur le mur de la salle de bains : le triste écho du placoplâtre en prouva la minceur. Peut-être pour contrebalancer ces féroces recommandations, Mrs. Elliot fit remarquer que leur fenêtre, masquée de tulle épais, donnait sur le « front ».

Quand elle fut partie et les eut laissés avec un sourire entendu, Stella alla vers la fenêtre et écarta le rideau de tulle. La vue donnait sur les maisons semblables à celles de Mrs. Elliot, de l'autre côté d'Hamilton Road.

« Où est le front de mer annoncé ? demanda-t-elle.

– Je pense qu'elle voulait dire le front de maisons plutôt que le front de mer. »

Stella revint vers Philip, assis sur le lit. Elle commença à déboutonner son manteau en souriant.

« Cela n'a pas d'importance, dit-elle. Rien n'a d'importance si ce n'est que nous sommes enfin ici ensemble.

– Sans doute », répondit Philip. Il se leva et s'approcha de Stella pour l'aider à ôter son manteau. « Nous dînerons ici ce soir, mais demain soir nous irons dans un hôtel plus grand.

– Ce sera agréable. » Les lustres recommencèrent à

flamboyer dans un vague horizon ; et le champagne possible. Philip regarda sa montre.

« Nous avons exactement une heure jusqu'au souper fin de Mrs. Elliot à dix-huit heures. Et nous devons nous rappeler de ne pas faire de bruit... »

Ils éclatèrent tous deux de rire. Philip renversa la tête de Stella dans les fronces du rideau de tulle jusqu'à lui faire toucher la vitre. Il commença à l'embrasser avec une ardeur que Stella aurait partagée si elle n'avait pas craint de faire éclater le verre derrière elle.

Une heure plus tard exactement, ils s'assirent à table dans une pièce à l'arrière et mangèrent une salade de corned-beef et – spécialité de la maison, leur avait assuré Mrs. Elliot – des pommes de terre au four.

Le silence était pesant. La fatigue, l'adaptation et une crainte soudaine des choses à venir avaient privé Stella de toute idée d'amuser Philip qui avait l'air absent. Ne partageant qu'une faim mutuelle, ils mangèrent rapidement leur salade fanée, et mirent une quantité extravagante d'assaisonnement sur leurs pommes de terre pour contrebalancer les minuscules tranches de margarine que Mrs. Elliot avait disposées dans une soucoupe. Dans le silence, Stella chercha longtemps l'inspiration dans la salière et le poivrier – en forme de vulgaires champignons de porcelaine peints avec des points identiques. Qui avait eu l'idée de fabriquer ces objets ? Quelle poterie avait décidé qu'ils capteraient l'œil avisé d'une logeuse et s'était mis à les fabriquer ? Stella avait toujours aimé se poser à elle-même ces questions sans réponse, et elle ajouta les champignons à sa liste des choses mémorables de ce week-end inoubliable. Elle sourit.

« À quoi penses-tu ?

– Je pensais à la salière et au poivrier. »

Philip ne donna pas signe d'avoir compris son état d'esprit.

« Moi, je pensais que nous devrions sortir d'ici et aller

prendre un verre quelque part. Nous ne pouvons pas rester assis dans cette pièce en attendant d'aller nous coucher.

– Non. »

Stella finit son verre d'eau.

« Il y a un pub juste au bout de la rue.

– Il y en a un, dit Mrs. Elliot, venant de la cuisine, mais il ferme à neuf heures trente et je ne tolérerai aucun écart de conduite dû à l'alcool. Il y en a eu dans le passé, spécialement de la part de matelots. » Elle connaissait l'art et la manière de lancer une insulte et regarda Philip se raidir. « Il y a du gâteau au caramel pour terminer. Mes gâteaux ont une très bonne réputation. Je n'ai jamais eu jusqu'à maintenant un invité qui ne m'en ait pas fait de compliments, je peux vous l'assurer. »

Encore affamés, Philip et Stella ne purent qu'accepter son défi. Mrs. Elliot fixa le rideau de black-out devant la petite fenêtre et alluma le plafonnier peu puissant. La scène étant prête pour l'entrée triomphale du pudding, elle apporta un amas beige dans une assiette de verre taillé.

« Vous allez aimer ça, dit-elle, ou je veux bien être pendue. »

Quand Mrs. Elliot eut quitté la pièce, Stella bougea doucement l'assiette. Le gâteau tremblota. Ils rirent.

« Allez, dit Philip, sortons d'ici le plus vite possible. »

Ils écrasèrent un peu de substance au caramel au fond de leur petite assiette, emplirent leurs deux serviettes en papier inutilisées avec le reste et fourrèrent le paquet mou dans le sac à main de Stella.

Dix minutes plus tard ils étaient de retour dans le port. Dans le crépuscule d'hiver, ils jetèrent cérémonieusement le pudding dans l'eau noire, unis par leurs rires, soulagés, tout à coup à nouveau pleins d'excitation. Stella sut alors que tout irait bien. Elle prit le bras de son futur mari et appuya sa tête sur son épaule tout en marchant. La pleine lune éclaira leur chemin vers le pub.

Il faisait chaud dans la salle illuminée et pleine d'une foule de marins en compagnie de leurs petites amies. Comme il y avait trop de bruit pour converser, Philip et Stella prirent un verre au bar. Ils s'appuyèrent l'un contre l'autre et le frisson de joie causé par leur proximité transperça leur manteau. Stella, suivant l'avis de Prue, but un gin au citron. Peu habituée à l'alcool, elle se sentit délicieusement étourdie après deux verres. Philip prit un whisky sec. Mais même sous l'empire de l'alcool et dans leur état d'extase insouciante, les menaces de Mrs. Elliot pendaient au-dessus de leur tête et les glaçaient. Ils partirent à neuf heures quinze.

Les pas de Stella étaient un peu incertains. Philip la soutint d'un bras ferme pendant leur court trajet. De retour à la maison, ils rassemblèrent leurs forces pour monter silencieusement l'étroit escalier, bien décidés à priver Mrs. Elliot – certainement éveillée, l'oreille tendue pour surprendre le plus léger bruit indu – du plaisir de les sermonner. Dans leur chambre dépouillée, ils virent qu'on avait fait le black-out et que l'affreux lilas des murs était atténué par l'ampoule de faible puissance.

Stella était reconnaissante à Prue de son conseil. Le gin avait pour une grande part embelli le cadre de sa séduction. Assise sur le lit, elle avait envie de musique, de chandelles et de danse. Mais, grâce au gin, le tapis, les rideaux hideux et la mesquinerie intentionnelle de la pièce ne pouvaient plus la toucher vraiment. Ce n'était plus que des objets de dérision, s'ils osaient rire…

Philip quitta la chambre avec un sac de toilette et une robe de chambre. Stella profita de son absence pour se déshabiller rapidement et enfiler sa robe de chambre. Dans sa légère ébriété, elle ne pensa pas aux corvées régulières de la toilette du soir – se brosser les dents et les cheveux. Elle monta sur le lit étroit et dur avec ses maigres couvertures et ses oreillers fermes et attendit.

Philip revint après ce qui lui sembla un long moment. Il se donna une petite claque sur les mâchoires, son liquide dans le silence.

« J'ai pensé que je ferais mieux de me raser », dit-il. Il suspendit correctement son uniforme dans l'armoire qui avait l'air d'un cercueil retourné et disposa ses chaussures près de la porte dans la position rigide d'un garde-à-vous, comme s'il les avait aux pieds pendant l'hymne national.

Puis il se jeta sur le lit, fleurant le dentifrice, l'after-shave et le whisky. Ils se rapprochèrent rapidement l'un de l'autre, leurs robes de chambre de laine s'ouvrant sous les couvertures rugueuses.

« Souviens-toi, dit Philip, pas de bruit, pas de cris, pas de rires. Nous devons réserver tout ça pour le reste de notre vie. »

Stella, dans son empressement à ce que le déroulement des choses continue, aurait juré n'importe quoi.

« Je pense que nous ferions mieux d'éteindre, chuchota-t-elle d'une voix pâteuse, si je te vois, je pourrais bien crier d'émerveillement. »

Dans le noir absolu, ils gloussèrent nerveusement. Comme leurs mains hésitaient sur le corps de l'autre, et que leurs lèvres se rencontraient et se séparaient, se rencontraient et se séparaient, Stella se rendit compte que la qualité de leur désir avait changé depuis la nuit passée dans son ancienne nursery. C'était comme si une familiarité prématurée, signe involontaire de ce que seraient les implicites années à venir, avait émergé de son propre chef. Un peu effrayée, mais en désirant plus (plus de quoi ? ne cessait-elle de se demander), elle gisait, jambes écartées dans les ténèbres, attendant ce moment de la vie dont on lui avait dit qu'il était si important et qu'il ne fallait pas le gâcher par trop de légèreté. Elle était contente que Philip ne puisse la voir, contente de ne pas le voir. Ce qui troublait son esprit, c'était l'écart entre imaginer ce que ça aurait pu être et ce que c'était réellement. *Cela.*

Philip était là, très soudainement, plus lourd qu'elle ne l'avait pensé. Il y eut un instant de douleur. Une brûlure dans ses entrailles. Puis il n'y eut plus rien. Simplement le vide des ténèbres.

C'était fini. Elle le sut parce que Philip roula sur le côté, haletant. À présent, même leurs mains ne se touchaient pas.

« La première fois, toujours… murmura enfin Philip.

– Je sais.

– Je ne t'ai pas fait mal ?

– Non.

– Elle n'aura rien entendu, cette sacrée bonne femme. »

Stella, troublée par l'importance qu'accordait Philip à leur logeuse, l'entendit se retourner et s'installer confortablement. Il s'endormit très vite. Elle resta allongée sur le dos. Elle pensa qu'elle aurait beaucoup de questions à poser à Prue. Il y aurait aussi bien des choses qu'elle lui tairait, par peur de son rire moqueur.

Le lendemain matin, ils furent réveillés par un coup à la porte : Mrs. Elliot les avertissait que le petit déjeuner était servi.

« Stupide mégère, murmura Philip. Son seul plaisir dans la vie doit être de gâcher celui des autres. »

Stella observa son visage ensommeillé, moins familier que la photographie qu'elle regardait chaque matin. Il l'attira vers lui et l'embrassa sur le front.

« Ne lui donnons pas la moindre raison de se plaindre, dit-il. Levons-nous. »

Dix minutes plus tard ils affrontaient un chiche petit déjeuner. Philip semblait plus en forme que la veille. Il étala du bout de son couteau une minuscule portion de marmelade.

« Il y a des économies inutiles, remarqua-t-il, et ici on fait des économies de bout de chandelle. J'ai décidé que nous allions *déménager*. Nous allons réserver dans ton hôtel somptueux. Ma marraine m'a envoyé dix livres pour mon anniversaire. Nous allons en dépenser chaque penny...

– Il faut payer pour les deux nuits sur lesquelles nous nous étions mis d'accord. »

Mrs. Elliot, qui avait écouté derrière la porte, s'avança à grands pas vers la table et ramassa le porte-toasts métallique, qui était vide, avec un méchant mouvement de poignet.

« Je ne remplirai pas à nouveau le porte-toasts, dit-elle, en aucun cas. »

Philip sortit de sa poche un billet de dix shillings froissé et le plaqua sur la table.

« Gardez la monnaie », dit-il.

Mrs. Elliot ne put s'empêcher de suffoquer.

« Si vous voulez, je peux préparer une autre tartine. »

Son offre fut fermement repoussée.

Dans la véranda du Grand Hôtel, ils étaient installés dans des fauteuils d'osier, un plateau avec du café posé entre eux sur une table d'osier. Dehors, les destroyers étaient immobiles sur une mer d'écailles d'or : le cri des mouettes était atténué par le dôme de verre qui servait de toit, les palmiers en pots et la chaleur concentrée de la pièce. L'endroit était désert. L'hôtel avait si peu de clients que lorsque Philip avait demandé une chambre avec un lit à deux places avec salle de bains, le réceptionniste leur avait proposé une suite pour le même prix.

Dans le salon, Stella avait découvert ses lustres, un tapis rubis et un escalier en spirale. Il y avait une radio dans leur petit salon, un vase de lunaires séchées, des fauteuils confortables et une vue sur le port. Stella examina chaque détail de son rêve si longtemps que Philip dut lui demander de se presser si elle voulait boire un café avant le déjeuner.

Dans la véranda, il lui redemanda sa main.

« Mais j'ai dit oui hier. Avais-tu des doutes ? Qu'est-ce qui te fait croire que je pourrais avoir changé d'avis ?

– Je veux simplement en être absolument sûr.

– Tu peux l'être. »

Philip fronça les sourcils, mais sembla avoir gardé sa bonne humeur.

« Alors je dois te confesser quelque chose. » Il se tut un instant. Stella attendit avec curiosité. « Ces filles auxquelles j'ai fait allusion quand nous nous sommes rencontrés pour la première fois – ces filles, dans le passé…

– Pas tant que ça, si je me souviens bien.

– Deux. Deux en particulier. C'est-à-dire… j'ai un peu exagéré. Quoi que je t'aie dit, je me vantais. En vérité, je ne… avec aucune d'elles.

– Eh bien ?

– Donc… cette nuit, c'était aussi la première fois pour moi. »

Il baissa les yeux.

« Est-ce que c'est important ?

– Peut-être. Je n'ai pas eu le courage de te le dire. Je préférais que tu penses que j'avais de l'expérience… J'avais honte d'être un tel amateur. Je veux dire que j'ai vingt-trois ans. La plupart des hommes, déjà… »

L'amour de Stella, qui s'était un peu amoindri dans les ténèbres de sa nuit solitaire, fit un retour en force – un petit coup poignant dans la poitrine. Elle lui prit la main.

« Cela t'est égal ? demanda Philip.

– Bien sûr. J'en suis plutôt contente.

– Plutôt ?

– Très.

– Cela ira mieux. Ce n'était sans doute pas très agréable pour toi. Cela ira de mieux en mieux, je te le promets. Et, de plus, je t'aime. J'aime la façon dont tu n'as pas fait toute une histoire à propos de cet horrible café hier et de cette épouvantable pension de famille. Je ne sais pas pourquoi nous ne sommes pas venus directement ici. J'ai pensé que nous ne devions pas céder trop vite à tes rêves. Des idées complètement idiotes, histoire de montrer qui était le chef. »

Stella sourit.

« L'endroit où nous étions et ce que nous faisions m'étaient égal. Bien que j'avoue qu'ici c'est… le genre de chose dont je rêvais.

– Très bien. Donnons un peu de travail à ce garçon qui s'ennuie. Faisons monter des sandwichs dans notre chambre pour le déjeuner. Allons allumer la radio…

– … et danser, dit Stella.

– Je ne crois pas que nous aurons beaucoup de temps pour danser », dit Philip avec une petite grimace.

Ils passèrent l'après-midi dans le grand lit à deux places ; un éclatant soleil d'hiver éclairait leurs corps et les heures s'enfuirent dans leur concentration réciproque. Ils se baignèrent ensemble dans la profonde baignoire de fonte, se délectant des six pouces d'eau très chaude et du savon à la lavande de Stella. Ils dînèrent, avec seulement deux autres couples, dans la salle à manger silencieuse et peu éclairée, peuplée de tables fantômes aux nappes blanches. Les garçons désœuvrés roulèrent bruyamment les chariots à viande vers leur table, ôtèrent les couvercles d'argent en forme de dôme avec cérémonie et servirent deux côtelettes minuscules avec la solennité qui devait être de mise pour les gros rôtis de bœuf d'avant-guerre. Ils burent la moitié d'une bouteille de champagne avec un gâteau à la gelée rendu prestigieux par une couronne d'ersatz de crème. Stella fit rire Philip avec des histoires sur Hallows Farm.

Conscients du peu de temps qu'il leur restait, ils remontèrent l'escalier rouge à neuf heures trente. D'épais rideaux, dans leur chambre, cachaient ceux du black-out : on avait allumé des lampes roses et le lit avait été préparé. Ils entendirent aux nouvelles que les armées alliées avaient envahi les possessions françaises d'Afrique du Nord. Mais seules les quelques heures dont ils disposaient retenaient leur attention : c'était leur dernière occasion avant Dieu sait combien de mois. Ils se recouchèrent en hâte et laissèrent les lumières allumées. Ils passèrent la sorte de nuit qui aurait secoué Mrs. Elliot et sa pension de famille guindée jusque dans leurs fondations.

« J'ai compris très vite, dit Philip le lendemain soir, à la gare, que je t'aimais – ou du moins que je *pensais* t'aimer : tu es le genre de fille que j'ai toujours eu en tête. Mais – je ne sais pas comment dire : je ne crois pas que je *ressentais* l'amour qu'on est censé ressentir quand on demande à une fille de vous épouser. Je crois que ce que je ressentais c'était le poids de la guerre, la nécessité d'avoir des projets solides.

– Je pense que beaucoup de couples ont senti la même chose : c'est une époque si irréelle, si peu sûre. »

Sur le quai désert, ils s'assirent sur un banc. Le train arriverait dans deux minutes.

« Je dois reconnaître que je ne suis pas certain que je t'aimais comme il faut même quand je t'ai proposé de m'épouser, la première fois, avant-hier. » Philip parlait vite, ayant tant à dire avant le départ. « Mais à présent j'en suis *sûr*. Tu me crois ? »

Stella fit un signe de tête.

« Depuis les nuits passées ensemble, je pense. C'est pour ça que je te l'ai demandé deux fois : une fois, j'étais à moitié sûr, et l'autre, absolument sûr. »

Stella sourit. Philip regarda sa montre.

« J'espère que je n'ai rien gâché, en avouant tout ça. Mais c'était terriblement important que tu connaisses la vérité. Veux-tu me le répéter encore une fois ? Veux-tu me redire que tu m'épouseras en étant aussi convaincante que possible ?

– Je t'épouserai, oui.

– Quoi qu'il arrive ?

– Quoi qu'il arrive.

– Merci pour ça. Ça veut dire que les semaines sans toi, si longues qu'elles soient, n'ont pas beaucoup d'importance. Je veux dire : parce que j'en suis sûr.

– En effet.

– Je t'aime, je t'aime.

– Je t'aime, moi aussi. »

Ils s'embrassèrent. Ils s'enlacèrent, les larmes aux yeux. Puis le train, affreusement ponctuel, vint en hurlant mettre un terme à leurs promesses sténographiques et leur rappeler que c'était le moment de rassembler leurs forces pour accomplir, comme l'avait dit Churchill, leur devoir.

Pendant le trajet, Stella dormit. Elle n'avait jamais été si fatiguée. Elle se demanda comment elle réussirait à rester éveillée pendant le dîner et à repousser la curiosité de Prue. Elle redoutait d'avoir à se lever à l'aube, demain, pour traire les vaches dans les ténèbres glacées. À moitié endormie, elle se souvint que, malgré toutes les histoires qu'elle avait racontées sur Hallows Farm, elle n'avait pas dit à Philip qu'elle commençait à s'y sentir comme dans un second foyer.

À la gare il y avait un peu de neige. Quelques flocons tombaient du ciel sombre, mais ils fondirent rapidement sur le pare-brise de la Wolseley.

Il faisait très froid dans la voiture. Mr. Lawrence avait apporté une écharpe et une veste épaisse pour que Stella les mette sur son manteau. Elle fut touchée par cette attention.

« J'espère que tout s'est bien passé, dit-il après avoir roulé quelques miles en silence.

– Philip m'a demandé de l'épouser. J'ai accepté. »

Elle entendit Mr. Lawrence grincer des dents.

« C'est bien, dit-il finalement. Si c'est le bon, vous ne le regretterez pas. »

CHAPITRE VIII

Quelques semaines après que Stella fut rentrée de Plymouth, Mrs. Lawrence tomba malade. Elle se battit quelques jours avec un mauvais rhume et de la fièvre. Puis un matin, au petit déjeuner, Mr. Lawrence annonça qu'il avait insisté pour qu'elle s'alite au moins ce jour-là.

« Ce sera la première fois en vingt ans qu'elle fera ça, dit-il, mais je lui ai dit que si elle ne restait pas couchée j'appellerais le médecin – pour elle, c'est bien pire. Une d'entre vous devra faire son travail à sa place aujourd'hui. Laquelle ? »

Le manque d'enthousiasme de Prue fut immédiat. Elle avait rendez-vous avec Barry. Elle s'occupa à étaler de la confiture de prunes sur une seconde tartine pour éviter de croiser le regard de son employeur.

Stella, depuis ses fiançailles officielles avec Philip, avait découvert que les divers travaux qu'on lui demandait à la ferme la laissaient moins indifférente. Être fiancée avait, semblait-il, changé la nature brûlante de l'amour. À présent, se sentant en sécurité, ses pensées, bizarrement, n'étaient pas constamment tournées vers Philip. Il n'y avait plus ce vernis d'indifférence entre elle-même et ce qu'elle faisait. Elle constata qu'elle pouvait bien plus facilement prêter attention aux animaux et aux champs, et qu'ils lui procuraient effectivement un certain plaisir. Secrètement, Philip lui manquait moins qu'elle ne l'aurait cru. À la place, ce dont elle avait terriblement envie à présent, c'était de musique – un piano, un concert à la radio. Elle se demanda s'il était nécessaire que la nature humaine ait toujours envie de quelque chose, et passa de longues heures à méditer sur le thème de la consolation. Si manque ce qu'on désire le plus, vers quoi se tourne-t-on pour se consoler ? Un vers de Keat, appris à l'école et dont elle se souvenait vaguement, lui fournit la réponse : *Rassasie ton cœur d'une rose du matin...* Eh bien, pensa-t-elle, avec son travail de volontaire elle était directement en contact avec la Nature : elle essaierait donc. Elle commença à regarder autour d'elle plus attentivement et prit un étrange plaisir à l'odeur de la terre fraîchement sarclée, aux nuages bordés d'or dans les ciels d'hiver, à l'effroi qu'elle éprouvait dans les bois. Elle avait fait part de ces nouvelles sensations à Ag qui les avait immédiatement comprises.

« Je te ferai lire Wordsworth, dit Ag. Personne ne le surpasse en ce qui concerne la complicité entre l'Homme et la Nature. Il m'a joliment convaincue des compensations qu'offre la terre. J'espère qu'il a raison, car si Desmond n'entre pas dans ma vie, c'est tout ce qu'il me restera. »

Elle avait parlé si solennellement, en envisageant une vie de célibataire avec la Nature pour seul amant, que Stella eut envie de rire.

« Je serai heureuse de faire ce qu'il y a à faire, Mr. Lawrence, proposa alors Stella, bien que je ne sois pas très bonne cuisinière. »

Elle avait eu envie de passer la journée à dégager une barrière d'un buisson de ronces. La veille, elle avait commencé ce travail armée de gants épais et d'un solide sécateur. Surprise de sa propre adresse à démêler la masse épineuse, elle avait hâte d'en finir. De plus, c'était un travail solitaire – une des occasions pendant lesquelles, sans aucune inhibition, elle pouvait chanter tout en travaillant.

Ag se porta volontaire :

« *J'aimerais vraiment* passer une journée à la maison. J'ai regardé Mrs. Lawrence faire le pain, jour après jour – j'aimerais essayer.

– Bon, alors, c'est Ag, dit Mr. Lawrence. Allez demander des instructions à Faith, et nous nous attendons à ce que le déjeuner, de deux plats, soit prêt à l'heure habituelle. »

Il lui sourit gentiment.

« *Au moins* deux plats, pouffa Prue. Un pudding au vin des Canaries avec du sirop, si tu sais le faire. »

Prue avait besoin de repas plus copieux les jours où Barry lui rendait visite, afin de se protéger du froid et lui donner assez d'énergie pour se livrer à ses acrobaties dans leur lit de feuilles sous les arbres.

Quand ils furent tous partis, et après avoir débarrassé et fait la vaisselle du petit déjeuner, Ag se permit de rester quelques instants près du poêle, les mains posées sur la tête des chiens, pour s'habituer à l'étrangeté que représentait le fait de rester à la maison. Elle était à présent si accoutumée à être dehors la plupart du temps qu'il lui semblait très bizarre, insipide, d'être abandonnée au monde du travail ménager. Mais, se dit-elle, ce devait être comme ça tous les jours pour Mrs. Lawrence : le silence soudain, la perspective pesante des travaux domestiques, des listes de choses à faire avant la tombée de la nuit. Et on n'échappait pas à la discipline des horaires : le repas devait être sur la table à midi, peu importait s'il y avait beaucoup de repassage. Il fallait garder le contrôle sur la pile de chaussettes à raccommoder ; il fallait calibrer les œufs, dans le froid de loup de l'arrière-cuisine, avant de les expédier deux fois par semaine. Pour la première fois, Ag commença à penser à la vie d'une ménagère, deux fois plus difficile si on avait épousé un fermier. Elle se demanda comment cela se passerait et si elle aimerait ça, quand son tour serait venu – si, bien entendu, elle n'était pas entièrement abandonnée à la Nature.

Avec un soupir, elle se mit en mouvement et monta l'escalier sombre qui menait à la chambre de Mrs. Lawrence – dans une partie de la maison qu'elle n'avait encore jamais visitée. Mrs. Lawrence lui cria d'entrer.

Il fallut à Ag quelques secondes pour s'habituer à la pénombre de la pièce, avec ses poutres au plafond et ses petites fenêtres. Puis quelques objets, éclairés par le ciel gris du dehors, comme des lampes qu'on viendrait d'allumer, lui sautèrent aux yeux – une paire de brosses au dos d'argent sur la table de chevet, une photographie sépia, dans un cadre, représentant une équipe féminine de la crosse, un pot de chardons séchés. Mrs. Lawrence était appuyée sur des oreillers dans un haut lit en bois sombre. Ses cheveux étaient attachés en une tresse qui pendait sur une de ses épaules ; et son visage rougeoyait comme une ecchymose. Elle portait une chemise de nuit en calicot à manches longues et ses mains croisées, qui émergeaient de poignets à volants, reposaient sur le dessus-de-lit, pétrifiées comme les mains d'une statue. En le voyant, on se rappelait qu'on était mortel : qu'on pouvait mourir de maladie ou de vieillesse, pas simplement dans la boucherie de la guerre.

Cela sentait vaguement les pastilles contre la toux et le miel. Malgré un radiateur électrique à un élément, il faisait froid. Mrs. Lawrence s'agita.

« Cela vous ennuie, Ag ? C'est tellement bête ! Mais John a insisté… »

Sa voix était douloureusement rauque. Les cernes sous ses yeux creusaient des joues tirées. Ag se demanda si elle était sérieusement malade, si elle était surmenée, ou les deux. Quel âge avait-elle ? Sans doute dans les cinquante ans, mais elle en paraissait soixante. Ag se sentit parcourue d'un regain d'affection pour cette femme réservée et pleine d'énergie silencieuse.

« Ne vous faites pas de souci, dit-elle. Dites-moi simplement ce qu'il y a à faire, puis je vous apporterai une tasse de thé.

– Des saucisses et de la purée pour le déjeuner, des pommes cuites et de la crème. Pour ce soir du hachis de corned-beef, peut-être – ce qu'il y a. Je n'ai pas les idées très claires. »

Elle eut un petit sourire de dérision et ferma les yeux. *Paupières lasses sur des yeux las…* Peau d'un blanc de craie tirée sur des orbites profondément creusées. Ouvertes, les paupières étaient froissées comme un mouchoir en papier usagé. Fermées, une illusion de jeunesse se posait sur les traits forts de Mrs. Lawrence.

« Je vais essayer de faire du pain, dit Ag.

– Il en reste assez d'hier.

– J'aimerais essayer.

– Bon. Mais ne salez pas trop. John n'aime pas beaucoup le sel. »

Dans la douce pénombre de la chambre leurs voix calmes résonnaient comme dans une église. Puis Ag sortit à pas de loup, laissant sommeiller la maîtresse de maison.

Ag avoua plus tard aux autres que, depuis son arrivée à Hallows Farm, cela avait été la plus étrange matinée qu'elle eut passée. Tout en travaillant dans la maison froide et silencieuse, elle s'était surtout inquiétée de ne pas avoir achevé avant midi toutes les tâches matinales habituelles, en plus de la préparation du déjeuner. Où était l'aspirateur ? Les chiffons à poussière ? Que fallait-il cirer ? Était-ce aujourd'hui qu'il fallait frotter les dalles de pierre du sol de la cuisine ? Quelles récompenses trouvait-on à faire cela *tous les jours* ? Tout en passant la rampe de l'escalier à la peau de chamois dans le hall glacé, elle se rendit compte, avec un sentiment de culpabilité, que les récompenses n'entraient pas en ligne de compte : Mrs. Lawrence ne pensait jamais en termes de récompenses. S'occuper de la maison était simplement un travail qu'il fallait faire.

Dans le salon, un endroit désolé à la lumière du jour, Ag alluma la radio. Les accords entraînants de *Music While You Work* l'incitèrent, pour se réchauffer, à polir le garde-feu de cuivre en rythme avec la musique. Puis elle écouta les nouvelles. On annonça que les Japonais avaient attaqué Pearl Harbor.

Ag s'assit sur ses talons, tordant un chiffon à poussière dans ses mains – éclat jaune dans la lumière triste. Elle tenta d'imaginer le lointain carnage, la destruction, l'horreur, les terribles souffrances et les morts inutiles. Et la peur, la colère devant son impuissance, l'envahirent. Puis leur succéda un sentiment de culpabilité, tout aussi impuissant, à l'idée de sa propre situation qui, par comparaison, était si exempte de danger. Il ne se passait pas un jour où elle ne reconnût la chance qu'elle avait d'être ici, dans un endroit à peine touché par la guerre, mais il ne se passait pas, non plus, un jour, où elle ne se demandait pas si elle ne devrait pas se porter volontaire pour une activité moins protégée. Ne devrait-elle pas rejoindre la Croix-Rouge ou conduire une ambulance dans le Blitz plutôt que de traire des vaches ou de se gaver des ragoûts que Mrs. Lawrence leur servait ponctuellement ? Son courage n'aurait-il pas l'occasion de s'exercer ? Et pourtant, pendant que les hommes combattaient, le travail des femmes, à la ferme, était vital : elle avait choisi ce travail et elle l'aimait. Mais quand on apprenait des nouvelles désastreuses, Ag était torturée par l'idée qu'elle devrait aider les blessés plutôt que balayer une cour tranquille ou soigner les moutons.

Elle éteignit la radio et reprit son travail. Tristement elle se mit à préparer le déjeuner – au moins la cuisine était chaude ! Des images la hantaient. N'ayant jamais vu de photographie de Pearl Harbor, elle n'avait aucune idée de sa taille. Elle imagina de tranquilles petits ports avec une foule de jolis bateaux à voiles, sur la côte de l'East Anglia. Elle tenta de remplacer les scènes familières par un endroit plus vaste, avec des destroyers à l'ancre. La pauvreté de ses images mentales lui fit monter les larmes aux yeux.

Quand les autres rentrèrent déjeuner, ils la trouvèrent pétrissant un gros morceau de pâte à pain sur la table de la cuisine. Ils s'étonnèrent de la vigueur de son martèlement, mais ne firent aucun commentaire. La première miche d'Ag, qui plus tard leva merveilleusement bien dans le four, était pleine de la stupidité de la race humaine, de l'absurdité de la guerre, de l'impuissance d'un individu dans son genre à permettre au monde de retrouver la raison.

Ratty, lui aussi, entendit la nouvelle à la radio. C'était un des jours où il ne travaillait pas à la ferme – ce n'était jamais un jour agréable, les heures collaient comme de la boue et rien ne parvenait à l'en débarrasser – et les petites corvées dans la maison ou le bûcher ne pouvaient faire passer plus vite les interminables minutes. Dans cette situation de semi-retraite, ce qui manquait à Ratty c'était la discipline des longues heures de travail en plein air. Seul au salon, tapotant sa pipe contre la grille du foyer, la nouvelle accrût encore son agitation.

« Pauvres bougres, murmura-t-il. Encore des drames en perspective. »

Il eut envie d'être avec quelqu'un. N'importe qui. Même Edith.

La cuisine était inhabituellement accueillante : chaude à cause de la fournée et emplie de l'agréable odeur de la pâte. Edith, à la table, enrégimentait des troupes de scones qu'elle disposait en rangées bien nettes sur des présentoirs métalliques. Tout à coup Ratty se sentit saisi d'une faim dévorante.

« Veux-tu m'en garder un ?

– Pas question. »

Ratty s'approcha un peu de la table et observa les mains enfarinées de sa femme qui volaient sur le bord craquelé des beaux scones qu'elle plaçait en bon ordre.

« Ces bougres de Japonais ont bombardé Pearl Harbor, annonça-t-il.

– Ah. »

Edith, dépourvue de toute imagination en dehors des limites de sa propre vie, était imperméable à la plupart des horreurs de la guerre. Elle ne croyait que ce qu'elle lisait dans les journaux – sa foi en l'imprimé avait toujours surpris Ratty – et encore seulement s'il y avait une photographie en guise de preuve. C'est ainsi que son propre effort de guerre avait été enflammé par une photographie de Beaverbrook brandissant des casseroles et elle concédait que le Blitz avait fait beaucoup de victimes uniquement parce que les photographies « le disaient ». Toute compréhension plus large de la guerre, surtout « à l'étranger », la dépassait. Récemment, Ratty avait commencé à se demander si son manque d'intérêt pour l'état du monde, pour les millions de vies concernées, ne relevait pas d'une espèce de maladie. Mais il lui vint à l'esprit que cette réponse n'était qu'une chimère de sa propre imagination exacerbée et que la vérité c'était que l'ignorance professée par

Edith était une défense contre l'intense peur personnelle qu'elle éprouvait.

« Les catastrophes se succèdent. Ils sont pour le thé, non ? »

Ratty regarda à nouveau les scones avec convoitise.

« Ils ne sont pas pour le thé. Ils sont pour la boutique. Pour satisfaire les clients. Pour gagner notre vie. »

Ratty pensa que c'était une nouvelle manœuvre destinée à contrer son excentrique goût du luxe. En général, le but d'Edith était de créer un malaise parmi ses clients qui se battaient pour ses quelques miches. Ratty observa soigneusement son épouse. Il soupira.

« Alors qu'y a-t-il pour le dîner ?

– Je pense que je ferai bouillir deux panais. »

Par un jour si gris et si plein de mauvaises nouvelles, Ratty n'avait pas envie de panais bouillis.

« Je ne crois pas que j'en mangerai, dit-il, tout en sachant que son refus causerait une offense disproportionnée.

– Alors, fais-toi un sandwich. Ce n'est pas le Ritz ici, tu sais. Cela m'est égal. »

Ratty s'était attendu à pire. Mais il remarqua que l'attention qu'Edith portait à ses scones était inhabituelle.

Il coupa deux tranches de la dure miche de pain noir et y tartina une mince couche de pâte de crevettes qu'il prit dans un petit pot strié. Il savait qu'il valait mieux ne pas demander de beurre : Edith avait manifestement profité de la ration que Ratty avait soigneusement économisée pour faire ses scones et n'était pas d'humeur à reconnaître son vol. *Oui*, affirma brutalement Ratty, il appelait bien ça *du vol.* Si l'occasion s'en présentait, il ne pourrait pas, en toute honnêteté, faire autrement que de traiter sa femme de voleuse.

« Je crois que je dînerai dehors, dit-il. Le ciel s'éclaircit.

– Tant pis pour toi si tu attrapes la mort », répondit Edith.

Ratty traîna un peu et se prépara du thé fort qu'il versa dans une thermos. Edith était si occupée qu'elle ne remarqua pas qu'il y mélangeait deux cuillerées – interdites ! –

de sucre : c'était, au moins, un triomphe. Il enveloppa le sandwich indigeste dans du papier sulfurisé.

« Fais attention de l'emballer soigneusement et rapporte le papier ; ça peut resservir », aboya Edith.

Elle avait écouté le froissement du papier, bien qu'elle n'eût pas pris la peine de lever les yeux pour évaluer ce que Ratty en avait utilisé.

« Ce n'est qu'un petit bout, pour l'amour du Ciel.

– Chaque bout compte en temps de guerre. » Quand on en venait aux petites contraintes qu'imposait la guerre, son esprit pervers marchait très bien. Elle leva les yeux. « Je présume que tu vas retrouver ces filles.

– Absolument pas.

– En tout cas l'une d'entre elles.

– Non.

– Ce n'est pas ce que j'ai entendu dire.

– De quoi s'agit-il, Edith ? De quoi parles-tu ?

– J'ai des oreilles pour entendre. »

La culpabilité envahit le cœur de Ratty. Malgré son innocence, et tout en sachant pertinemment qu'il n'en avait jamais touché un mot à quiconque, pas plus qu'il n'avait eu de geste déplacé, il se demanda comment sa femme avait pu deviner l'admiration et la secrète *estime* qu'il éprouvait pour la sainte. Dans un instant de panique, il pensa qu'il s'était peut-être confessé à Edith, ce qu'un accès d'amnésie lui avait fait oublier. Mais non, c'était de la folie. Sûrement… Le sentiment de pure nostalgie – car c'était bien de cela qu'il s'agissait – qu'il ressentait envers Ag était un secret absolu entre Ratty et son Dieu, et le resterait à jamais.

« Tu es ridicule, dit-il. Et tu le sais bien. Tu sais que ces filles ne sont rien pour moi. Nous travaillons ensemble, tout simplement.

– Hum ! Mais depuis qu'elles sont arrivées, tu retravailles presque à temps plein, non ? Tout le monde l'a remarqué. C'est ce que tout le monde m'a dit. »

Il y eut un long silence incrédule. Puis Edith entreprit de brosser son tablier : la farine tomba en une fine poussière sur le linoléum craquelé du plancher. Si ses gestes brutaux montraient que sa femme pouvait faire appel à une imagination odieuse quand c'était nécessaire, Ratty ne le remarqua pas.

« Tu es méchante, Edith, voilà ce que tu es », dit-il finalement.

Il prit sa canne dans un coin et enfonça la thermos dans sa poche vide. Puis, plus rapidement qu'il ne l'avait fait depuis bien des années, il quitta la cuisine avant qu'elle ait pu répliquer.

Le déjeuner lourd et une tasse de thé fort apaisèrent Ag. Elle avait envie de s'occuper de la traite de l'après-midi ou de nettoyer la truie, tout plutôt que d'affronter l'énorme pile de repassage, mais les compliments sur sa cuisine lui avaient redonné du cœur à l'ouvrage pour attaquer un après-midi de tâches domestiques, et dès qu'elle eut fait la vaisselle du déjeuner, elle alla à la lingerie et saisit le lourd fer métallique.

Ag était une repasseuse inexpérimentée et maladroite. Elle mit du temps pour venir à bout des endroits difficiles, comme les cols et les intervalles entre les boutons : en comparaison, les surfaces des draps et des nappes étaient faciles, bien que le vieux fer fût lourd. En moins d'une heure son bras fut douloureux et ses pieds sur le dallage de pierre glacés. Elle entreprit de se réciter tous les longs poèmes narratifs dont elle se souvenait, et fut contente de constater qu'il n'y avait que peu d'oublis. Quand elle arriva à la fin de *Lycidas*, il y avait une pile de vêtements correctement pliés sur la table – d'aspect très professionnel, estima-t-elle –, et elle ne put décider ce qui lui donnait le plus de satisfaction : s'être rappelé le long poème ou avoir terminé le premier panier de linge.

La fenêtre de la lingerie était embuée, mais elle voyait, dans la cour, les silhouettes floues de Prue et de Stella qui reconduisaient les vaches au pré. Elle entendit le meuglement du bétail – un bruit différent, plus sourd, marquant le soulagement d'avoir été trait – et le bruit de succion que faisaient des douzaines de sabots dans la boue. Ag consulta sa montre. C'était étonnant mais deux heures s'étaient écoulées. Elle finit de repasser les dernières chemises de Mr. Lawrence, s'autorisa, brièvement, à rêver qu'elle repassait les chemises de Desmond dans un futur éternel, puis elle décida de faire une petite pause. Elle était là à penser au repassage, alors que Pearl Harbor avait été bombardé…

Elle déposa un plateau avec du thé près de Mrs. Lawrence assoupie, puis descendit s'asseoir à la table de la cuisine. Ses mains froides refermées autour d'un bol de thé sur la toile cirée, elle écouta le silence étouffé de l'après-midi. Tout d'un coup, le calme fut déchiré par le hurlement d'un avion dans les cieux. Pendant les quelques secondes nécessaires avant que le bruit inquiétant ne fût réduit à néant, Ag put entendre goutter un robinet et battre son propre cœur. Elle leva les yeux et vit Joe, en bottes de caoutchouc – chose interdite dans la cuisine quand sa mère y était – debout sur le seuil.

« Voilà longtemps qu'on n'en a pas eu un comme ça, dit-il.

– Peut-être veut-il nous tirer de notre indolence. Pearl Harbor…

– Oui, j'ai entendu. Comment va Maman ?

– Elle dort. Je lui ai apporté du thé.

– Comment t'en tires-tu ?

– Bien, je crois.

– Je dois aller voir un mouton, au Pré de la Rivière. Aimerais-tu m'accompagner ? »

Joe se versa un bol de thé. Ag prit son temps, évaluant ce qu'elle avait encore à faire.

« Il faut que je sorte le pain et que je termine le repassage.

– Je t'ai demandé si cela te ferait *plaisir* de m'accompagner.

– Oui. »

Ag sourit. Elle mit la vaisselle du thé dans l'évier, se déplaçant avec la langueur de ceux qui sont restés longtemps à l'intérieur et envisagent à présent de se promener dans le froid.

« Je vais mettre mes bottes », dit-elle.

Les volutes d'un plan, si indécis que sa signification était encore floue, commencèrent à palpiter dans son esprit. Elle se sentit tout à coup pleine de courage. Ou était-ce de l'imprudence ? En franchissant la porte derrière Joe, Ag ne pouvait en être sûre : et elle ne s'en souciait pas.

« La méchante, méchante femme », se murmurait Ratty. Il avançait lourdement sur le chemin en frappant les talus de sa canne. Il crachait parfois devant lui, un dur crachat en boule qui grésillait et séchait avant qu'il n'ait eu le temps de l'enjamber. Son angoisse avait deux objets : Pearl Harbor, les pauvres bougres, et lui-même : privé du moindre scone par une femme qui de plus – sans l'ombre d'une preuve – l'accusait... de quoi ? Et comment était-elle parvenue à saper son innocence ? Qu'est-ce qui lui avait fait suspecter qu'il y avait plus de respect dans son cœur pour les volontaires – oui, même pour la coquine, une brave petite travailleuse, malgré ses bêtises – qu'il n'y en avait jamais eu pour elle ?

Le ciel d'hiver pesait lourdement sur la tête de Ratty. Ses tempes battaient, sa hanche arthritique lui faisait mal. Il avait besoin d'ombre, d'abri, loin de l'éclat cruel des cieux. Il pénétra dans le Grand Bois qui longeait les champs sur un demi-mile et continuait sur la colline. Il trouva un peu de réconfort dans le sentier entre les arbres. La lumière mauve qui s'accrochait aux branches hivernales et les myriades d'ombres joliment éparpillées comme du verre cassé lui troublèrent agréablement la vue. Il n'était pas d'humeur à voir les choses clairement. Et le son étouffé de ses pas lui était aussi un réconfort. Là, le seul bruit était, de temps en temps, le doux craquement d'un rameau, moisi par la pluie, qui se brisait sous ses pieds. Aucun oiseau ne chantait.

Puis l'aéroplane, venu de nulle part. Arraché aux entrailles du silence, il hurlait, invisible dans le ciel. Interrompus dans leur train-train hivernal, les oiseaux menèrent grand tapage sous le couvert en poussant des cris d'alarme et s'envolèrent vers les hautes branches qui vibraient au passage du monstre. Ratty regarda attentivement. Était-ce un des nôtres ? Un des leurs ? Il était passé trop vite pour qu'il pût le voir. Les genoux tremblants, il avança plus lentement. Au bout d'un moment, le bois retrouva son calme et Ratty parvint à une clairière, à la jonction des sentiers.

Il avait décidé de monter au sommet de la colline – et donc d'être ainsi en sécurité loin de la maison pendant deux heures. Mais, troublé par l'avion et les angoisses qui se mêlaient dans son esprit, il se trompa de chemin. Il fit une cinquantaine de mètres avant de s'en rendre compte, mais décida de continuer. Et, à un tournant, il vit les silhouettes lointaines de Joe et d'Ag qui s'approchaient. Le sang tambourinant et battant à ses tempes lui indiqua que c'était la goutte qui faisait déborder le vase… Joe et la sainte… Une telle colère enflamma son être qu'il s'arrêta et resta pétrifié sur le sentier. Ils firent des signes de la main, *des signes* : quel culot ! Ils devaient croire qu'ils pouvaient le tromper, sans doute. Ils sourirent, *sourirent* : comment osaient-ils ? Ratty leur répondit par un regard noir indiquant que leur temps était venu. Avant qu'ils ne soient à quelques mètres de lui, Ratty avait pris sa décision. Dommage qu'il n'ait pas sa fourche, mais sa canne était suffisamment solide. Il allait rosser Joe à mort : lui apprendre à cesser de jouer avec les sentiments de filles innocentes.

Avec un geste sans doute moins terrifiant qu'il ne l'aurait voulu, Ratty brandit sa canne et l'agita d'un air menaçant. Mais, en même temps, il sentit que sa main libre, machinalement, effleurait sa casquette.

« Ratty ! » Ce bougre de Joe souriait. La fille aussi, gaie comme un pinson. « Je vais montrer à Ag un bel exemple de piétain, expliqua Joe. Nous devons y aller avant que le jour ne baisse.

– Au revoir, Ratty », dit la sainte.

Ils le contournèrent, chacun d'un côté, comme les eaux de la mer se divisent sans difficulté autour d'un rocher placé sur leur chemin. Si seulement il avait été plus rapide, pauvre vieux fou. À présent il avait laissé passer l'occasion

– et Joe se conduirait comme à l'habitude, avec la sainte, comme il le faisait avec les autres. Bien qu'en vérité, et là Ratty reprit sa marche encore plus lentement, Joe semblait ne vouloir qu'accomplir sa mission avec les moutons. Il n'avait pas l'air de vouloir faire des bêtises, mais on ne savait jamais. L'art de tromper, comme le savait parfaitement Ratty, consistait à arborer un air d'innocence avec tant d'aisance que l'on n'attisait jamais la suspicion, qu'on ne lui donnait jamais l'occasion de s'enflammer.

Les moutons s'étaient regroupés à l'autre bout du champ – sans doute effrayés par l'avion, disait Joe. Les moutons paniquent plus facilement que les vaches, expliquait-il : ce sont des animaux nerveux et stupides – mais, pourtant, il serait navré de les voir partir, au printemps prochain, après l'agnelage.

« Mais, comme tout le monde, nous devons consacrer l'essentiel de notre surface au labour, dit-il à Ag. C'est le prix à payer quand on vit dans un pays qui produit le tiers de sa nourriture. Si une guerre se déclenche, il faut sacrifier les animaux. Nous devrons sans doute réduire aussi le troupeau de vaches : nous n'en garderons qu'une ou deux pour le lait nécessaire à la maison. » Son regard parcourut les champs lointains. « C'est drôle de penser qu'en 1939 il y avait dix-huit millions d'acres en pâturage et vingt millions en labour. Dans deux ans, à la vitesse où ça va, ce sera le contraire. Mais je ne crois pas que nous serons encore à Hallows pour assister à ce complet bouleversement. Il se peut que nous devions déménager dans le Yorkshire.

– Le Yorkshire ? »

Dans la lumière qui déclinait rapidement, ils se dirigèrent lentement vers le troupeau.

« Mon oncle, le frère de mon père, ne guérira pas. Sa ferme est la maison de famille des Lawrence. Ma tante et mon cousin ne peuvent l'exploiter tout seuls. Ils ont des difficultés, même avec deux volontaires pour les aider. Quand Jack mourra, papa devra prendre la relève. Il préférerait être ici que là-bas, mais il n'a pas vraiment le choix. Il pense qu'il ne peut pas vendre un endroit qui a appartenu à sa famille pendant deux cents ans. Ce sera difficile d'essayer de vendre Hallows en pleine guerre. Et après tout, il est installé ici. Mais on n'y peut rien.

– J'ignorais tout cela, dit calmement Ag.

– Je te serai reconnaissant de ne pas en parler aux autres. Je n'aurais sans doute pas dû te le dire.

– Entendu.

– Voilà celle dont je m'occupe. »

Joe désigna une brebis qui semblait en piètre état. Quand le reste du troupeau s'écarta et partit en courant, elle boitilla si bas qu'elle fut rapidement distancée.

Ag tint les épaules de l'animal pendant que Joe examinait le pied malade. La grosse tête noire s'agitait et la bête bêlait pathétiquement. Ag murmura des mots d'apaisement pour essayer de la calmer mais sans succès.

« Il faudra commencer le traitement demain matin, dit finalement Joe en reposant le sabot endolori sur le sol. Va-t'en, ma vieille. »

Ils regardèrent la brebis boiter pour rejoindre les autres moutons, qui ne prêtèrent nulle attention à son triste état.

« Parfois on peut se mettre à les aimer, dit Joe, suivant anxieusement du regard la progression de l'animal. Surtout si on les connaît depuis leur naissance. Je n'oublie jamais les circonstances d'une naissance, j'ignore pourquoi. Peut-être comprendras-tu ce que je veux dire au printemps. Nous ferions mieux de nous dépêcher de rentrer, sinon tu ne serviras pas le thé à l'heure. »

Il souriait.

« Je n'ai pas très envie de me dépêcher », répondit Ag.

Cela faisait vingt-quatre ans que Ratty parcourait les bois sur les terres de Mr. Lawrence. Il pouvait y reconnaître son chemin dans la nuit la plus noire, ce que lui avait appris – sottises d'une lointaine jeunesse – le piégeage de quelques lapins et faisans quand lui et Edith trouvaient difficile de joindre les deux bouts. Mais aujourd'hui, dans la pénombre grandissante, à la fin d'une journée si désagréable, il était perturbé. Il descendit un petit sentier en croyant qu'il finirait par le ramener au chemin. Il se rendit alors compte qu'il s'était encore trompé et sut qu'il le conduirait plus avant dans le bois. Bon, pensa-t-il, il continuerait à errer sans but : tout valait mieux que rentrer à la maison.

À présent il faisait presque nuit. On discernait à peine l'endroit où se mêlaient herbes, ramilles et racines d'arbres. Les millions de branches nues et distinctes s'étaient noyées en masses solides et denses. Un chat-huant cria. Puis il y eut un cri humain, suivi d'un rire.

Ratty s'arrêta et écouta intensément. Quelqu'un riait encore, derrière un buisson de houx. Ratty connaissait bien ce houx. Des années auparavant, il avait abrité une tanière de blaireaux. Il y avait amené Joe, une nuit, pour les voir jouer. Joe, à sept ou huit ans, était passionné par les animaux sauvages. Ratty avait longtemps pensé qu'il pourrait devenir naturaliste…

Ça recommençait – le cri humain se heurtant à la note lugubre du chat-huant. Ratty fit quelques pas de côté pour se rapprocher du buisson. Il observa les environs. Il vit quelque chose en tas sur le sol – peut-être une tente effondrée. Des intrus ? Des braconniers ? Peut-être, pire que tout, des *pique-niqueurs* ?

Il plissa les yeux, s'obligeant à accommoder dans l'obscurité, et vit que ce n'était pas une tente mais une pile de vêtements. Il ne pouvait distinguer que la vareuse bleuâtre d'un uniforme de la RAF avec un calot soigneusement enfoncé dans la poche. Puis il vit, un peu à côté du tas, un pantalon de velours côtelé. Il reprit sa respiration et se rapprocha encore de l'endroit d'où s'élevaient à présent des cris et des rires déchaînés.

Ce que Ratty vit alors lui fit croire un instant qu'il avait des hallucinations : deux melons spectraux montant et descendant, bien en rythme, dans les ténèbres. Pendant qu'il regardait, fasciné, les fruits fantomatiques se révélèrent être la chair humaine d'une paire de fesses. Ces fesses, pâles comme des pierres de lune, montaient et descendaient si vite que Ratty, suivant leurs mouvements d'un œil incrédule, en fut rapidement étourdi. Il enfonça plus profondément sa canne dans le sol pour s'y appuyer. Une petite main glissait sur les fesses et s'agitait frénétiquement pour les exciter, ses doigts courant à toute vitesse. L'air s'emplit soudain de cris d'abandon qui, comme l'avait fait l'avion, effrayèrent les oiseaux dans leur cachette. Ils s'envolèrent dans les ténèbres, leurs ailes battant l'air près du visage de Ratty.

Il ne put en supporter davantage. Il recula. À l'aveuglette, il descendit le sentier en trébuchant sur les racines des arbres. Les bruits diminuèrent derrière lui. Une lune précoce, qu'il aperçut à travers un espace entre les arbres, venait de déchirer le ciel en glissant un rayon de lumière entre les branches, ce qui permit à Ratty de constater qu'il était revenu dans la clairière principale.

Il s'assit sur la souche d'un vieil arbre, un endroit où il avait fait halte dans ses promenades pendant bien des années. Il n'entendait plus les amants… *les amants qui faisaient ça sur la terre, comme des lapins en rut sous les arbres* – un rêve secret si profondément refoulé que seul le fait de voir ce spectacle avait pu le remémorer. La coquine et son aviateur : Seigneur, la coquine et son aviateur vivaient quelque chose que lui, après des décennies dans son lit conjugal, n'avait jamais connu, ne connaîtrait jamais. Oh, Seigneur, comme il les enviait.

À cause de leur plaisir, à cause de tout ce qu'il n'avait jamais connu, Ratty, dans le noir, se mit à pleurer.

« Pouvons-nous revenir en faisant le grand tour ? demanda Ag. Il fera sombre dans les bois. »

Avec les mêmes longues enjambées, ils traversèrent le champ vers le sentier en passant près de la haie qui séparait la pâture du bois. Pendant une cinquantaine de mètres, ils marchèrent dans un silence agréable, puis Joe fit halte.

« Écoute », dit-il.

De quelque part, loin sous les arbres, monta un petit trille de rire, familière dans l'enchaînement de ses cadences.

Ag sourit.

« Les esprits des bois, dit-elle. Ils doivent avoir terriblement froid.

– J'espère qu'un de ces esprits n'oubliera pas de stériliser les bouteilles cette fois, dit Joe gaiement. Lundi elle était tellement pressée qu'elle a oublié. J'ai eu du mal à lui trouver une excuse. »

Ils reprirent leur marche.

« Si Ratty les trouve, dit Ag, il va avoir une attaque.

– Pauvre vieux Ratty. Il vieillit beaucoup. Il est un peu égaré ces temps-ci – nous menacer comme ça avec sa canne, comme si nous étions des braconniers !

– Prue dit qu'il l'énerve, avec son silence. Mais Stella et moi sommes ses fans.

– Comment s'est passé le week-end de Stella à Plymouth ? demanda Joe au bout d'un moment. Je n'en ai pas entendu parler. »

Ag mit quelque temps à répondre.

« Je pense qu'il est arrivé quelque chose, dit-elle enfin, mais je ne sais pas quoi. Elle a dit que tout était merveilleux et elle est heureuse d'être effectivement fiancée. Mais je ne sais pas. Je crois, au fond de moi, qu'il y a eu une espèce de... déception.

– Elle n'est pas tout à fait aussi exubérante qu'avant. Elle semble être tombée des nues.

– C'est ça. C'est bien ça. Maintenant elle se concentre davantage sur ce qu'elle fait. Son regard rêveur a disparu. Elle parle du mariage, de la maison, des enfants, de la vie après la guerre, d'un point de vue pratique. C'est presque comme si, avant son arrivée ici, éperonnée par seulement trois rencontres avec Philip, son imagination avait pris le pas sur la réalité. Stella disait toujours qu'elle devait être amoureuse. Qu'elle ne pouvait vivre sans être amoureuse. Donc elle l'était, amoureuse de cette image presque imaginaire, puis elle est allée voir Philip et, bon... Mais ce ne sont que des hypothèses. »

Ils avaient atteint la barrière qui menait au chemin. Joe s'appuya sur la barre du haut. Il n'avait pas l'air pressé de l'ouvrir ou de la franchir. Ag l'imita, tambourinant d'une main sur le bois humide. À présent, la rosée tombait. L'obscurité, propre à un tardif après-midi d'hiver, semblait rebondir inefficacement contre le reste de lumière diurne, et le combat entre la nuit imminente et le jour finissant devenait visible. Dans une heure environ, la transparence de la pénombre s'épaissirait et se densifierait. Une lune squelettique et terne, le plus fragile des sceaux, était collée dans le ciel.

Joe se tourna vers Ag.

« Et toi, Ag, demanda-t-il, as-tu aussi un amour secret et imaginaire ?

– Comme je crois te l'avoir dit, il y avait cet étudiant, ce chercheur, à Cambridge.

– Avait ?

– En fait, il n'y *a* jamais *eu*. D'une certaine façon, il y *a* toujours. Je m'accroche encore à cette idée, bien que je le connaisse encore moins bien que Stella ne connaissait Philip. Je l'ai simplement vu de loin quelquefois. J'ai pris une fois le thé dans un café avec lui et des amis. Je l'ai écouté. Tu vas trouver ça ridicule, mais si, ce soir-là, il m'avait proposé de l'accompagner n'importe où au bout du monde, j'y serais allée sans plus réfléchir.

– Extrêmement romantique. Tant mieux qu'il ne t'ait pas donné l'occasion d'être si écervelée. »

Ag sourit.

« Je ne m'attends pas à ce que quelqu'un comprenne, dit-elle, mais je ressentais une espèce de *certitude*. J'étais si certaine, si convaincue qu'ici se tenait ma moitié, ou, quelle que soit la stupide expression qu'on emploie, que d'une façon bizarre ma vie a absolument changé à partir de ce jour-là. Depuis le 6 juin 1941, j'ai été emportée par l'ineffable sensation que… tout ce que je fais n'a de sens que parce que c'est un pas de plus vers l'inévitable dénouement… »

Elle parlait solennellement, timidement.

« Et c'est quoi, ce dénouement ? »

Il y avait, dans la voix de Joe, une trace de rire sceptique.

« Lui et moi. Ensemble, d'une façon ou d'une autre.

– Ah.

– Je suppose que tu trouves tout ça ridicule ?

– Non. La plupart des gens ont besoin de rêver. Je t'envie plutôt ce genre de rêve. Que se passera-t-il si ça ne marche pas ?

– Ça marchera, répondit Ag, mais si ça ne marche pas je m'en tirerai très bien – un peu moins bien, pourtant. »

Elle jeta un regard en coin à Joe et vit un sourire tordre les coins de sa bouche. Tout d'un coup elle se sentit parcourue par le flux chaud d'un sentiment peu familier : elle pensa que c'était de la coquetterie. De la confiance, du bien-être. Et les vagues contours du plan qu'elle avait élaboré plus tôt dans l'après-midi lui revinrent en mémoire et s'agitèrent dans son esprit.

« Mais si c'est la catastrophe, si ça ne marche pas, si je ne le vois plus, alors je suis tout à fait prête à vivre seule.

– Pour une étudiante intelligente, avec un visage qui ne passe pas inaperçu, tu débites un tas de sornettes, dit Joe en riant. N'as-tu pas froid ? Ne devrions-nous pas rentrer ?

– Pas très. Dans un moment. »

À peine consciente de ce qu'elle faisait, Ag, saisie d'une audace particulière, monta sur la barrière et s'assit sur la barre supérieure. Elle faisait face à Joe.

« Et voilà une autre absurdité, dit-elle. Si ça *marche*, si nous nous rencontrons à nouveau un jour, je veux aller à lui en ayant de *l'expérience*... » Dans les ténèbres, son visage s'empourpra. Surprise par sa propre témérité, elle poursuivit : « Je ne veux pas qu'il pense que je me suis pathétiquement gardée pour lui. » Elle fit une pause : « Il me tarde de me débarrasser de ma virginité... » Puis : « Voilà, je l'ai dit. »

Dans le silence qui suivit, Ag réalisa l'étendue de son inconvenance. Mais, toujours aiguillonnée par son but primitif, elle persévéra dans sa folie et posa les bras sur les épaules de Joe. Il ne protesta pas, il ne bougea pas, mais garda le silence.

« Je savais que j'irais trop, loin en fait, murmura finalement Ag. Je me suis rendue complètement ridicule. S'il te plaît, n'en parle pas aux autres. »

Elle ôta ses bras et descendit de l'autre côté de la barrière. Joe la suivit.

« Je pense que je peux probablement te rendre ce service, dit-il.

– *Quoi ?* Joe, je ne voulais vraiment pas… »

La réaction de Joe la gêna tellement qu'elle se détourna et commença à s'éloigner.

« Je croyais.

– J'ai été terriblement bouleversée. Attendre, attendre : c'est une espèce de cancer. Cela vous transforme. »

Joe la rattrapa et lui prit la main.

« J'imagine », dit-il.

Ils avancèrent en silence sur le chemin sombre, si vite que, sous leurs épais vêtements, une chaleur presque aussi brûlante remplaça le froid qui les avait mordus. Quand ils passèrent la barrière de la cour, Joe lâcha la main d'Ag. Elle se sentit un instant privée de chaleur, de réconfort et de compréhension. L'attente que l'offre de Joe avait provoquée était douce et calme ; il n'y avait nul désir, simplement de la curiosité.

« Quand ? demanda-t-elle.

– Bientôt », répondit Joe.

Deux jours plus tard, Mrs. Lawrence, guérie mais faible, s'était levée et avait repris sa routine. Le premier soir de son retour à la vie normale, elle mélangea les ingrédients du pudding de Noël dans une grande jatte.

« Ce sera un pudding bien pauvre, cette année, dit-elle à Stella qui découpait des légumes à l'autre bout de la table de la cuisine. Seulement riche en pièces de six pence. J'ai stocké autant de fruits secs que j'ai pu et John m'a donné une bouteille de cognac de la cave. Mais ce ne sera pas comme dans le temps. »

Stella sourit. Elle avait, dans sa poche, une lettre encore fermée de Philip – la première depuis Plymouth. Bizarrement, elle arrivait à maîtriser son impatience de la lire. L'idée de la garder jusqu'à ce qu'elle fût couchée ne lui faisait pas battre le cœur plus follement que l'idée de quelque plaisir mineur. Son sentiment dominant était une excitation enfantine devant Noël. Plus tôt, dans la journée, Mr. Lawrence avait apporté un arbre de Noël qu'il avait installé au salon. Mrs. Lawrence avait descendu du grenier une boîte de décorations qu'elle avait donnée à Prue. En tant qu'étalagiste expérimentée d'une des premières coiffeuses de Manchester, Prue avait déclaré qu'elle était la plus qualifiée pour garnir l'arbre. Et personne ne l'avait contredite là-dessus. Elle fit irruption dans la cuisine – des brindilles dans les cheveux –, Stella remarqua à part soi qu'elle avait presque tous les jours des brindilles dans les cheveux – battant frénétiquement de ses cils en étoiles de mer.

« Voilà, c'est fait ; il est très beau ! Personne n'a le droit d'aller le voir avant la fin du dîner. La seule chose qui manque, Mrs. Lawrence, ce sont de petites bougies. J'en achèterai quelques-unes à Blandford demain. Tu viendras, Stella ? On s'amusera bien. On peut trouver des cartes de Noël, des cadeaux, des tas de choses, et retourner au salon de thé. Puis on pourra regarder ce qu'ils donnent au cinéma, prendre un verre quelque part et attraper le dernier bus… N'est-ce pas, Mrs. Lawrence ? »

Mrs. Lawrence acquiesça. Elle tendit une cuillère à Prue, qui remua la pâte du pudding.

« Ne dois-je pas faire un vœu ? » dit-elle. Elle ferma les yeux un instant. « Je sais ce que je souhaite. »

Stella savait aussi ce qu'était le vœu de Prue : elle se demanda quel serait le sien. Retrouver l'élan d'autrefois, peut-être.

« Je souhaite toujours la même chose, chaque année », observa Mrs. Lawrence, en reprenant la cuillère.

Stella se demanda ce que ça pouvait bien être.

« Il faut juste continuer, pouffa Prue. Il faut simplement avoir assez de foi et tout peut se réaliser.

– Je l'espère, répondit Mrs. Lawrence. Allez, Stella, à votre tour. Où est Ag ? »

Ag, après ces trois journées de travaux domestiques intensifs, avait retrouvé avec soulagement les travaux à l'extérieur. Elle était contente de rejoindre les bantams et les poules. Ramasser les œufs, nourrir la volaille et nettoyer les poulaillers était devenu une de ses tâches régulières. Elle avait fini par connaître les diverses humeurs des animaux, leur entêtement, leurs envols stupides, leur détachement. Pendant que les autres remuaient la pâte du pudding, Ag explorait la grange à la recherche de deux bantams manquantes : les autres étaient enfermées dans leur poulailler pour la nuit.

Elle posa la main sur sa torche et envoya quelques pinceaux lumineux, presque inutiles. À présent elle savait où les chercher : elle connaissait leurs coins favoris, loin du tracteur – elles dormaient et pondaient dans des endroits différents. En arrivant parmi les piles de sacs, Ag entendit le roucoulement familier des pigeons perchés dans les chevrons. Puis, s'élevant d'un endroit proche, le gloussement plus aigu et craintif des bantams. Elle découvrit sa torche et balaya de son faible rayon un groupe de pondoirs. Sur un confortable tas de foin, les deux volailles égarées caquetaient.

« Allez, dit-elle en les chassant, vous êtes en retard. »

D'humeur à obéir, les bantams sautèrent au sol en gloussant et battant des ailes. Elles coururent vers la cour avec de furieux mouvements de cou. Ag éteignit sa torche. En se retournant pour les suivre, elle aperçut la silhouette sombre de Joe. Son cœur s'emballa. La séduction programmée, où qu'elle doive se dérouler, n'aurait pas lieu ici dans la grange, en imitation de l'expérience de Prue. Cela, Ag l'avait fermement décidé.

« J'ai besoin de quelques livres, Ag, dit Joe. J'ai presque tout fini. Si je vous emmène toutes les trois à Blandford demain après-midi, voudrais-tu m'aider à en choisir quelques-uns ? »

Ag était heureuse qu'il fasse sombre. Heureuse qu'il ne pût la voir rougir. Heureuse que ce ne fût que des livres qu'il désirât.

« Bien sûr.

– Puis, ajouta Joe, nous pourrons aller prendre le thé quelque part.

– Parfait. Comme tu voudras. Je dois m'assurer que les bantams sont rentrées, puis les enfermer. »

Elle passa rapidement près de lui.

« Dépêche-toi de venir remuer le pudding, lui cria Joe, et nous souhaiter bonne chance. »

Cinq minutes plus tard, c'était Ag qui tenait la cuillère. En fermant les yeux très fort, elle vit l'image du visage de Desmond et souhaita ne pas se tromper. Quand elle rouvrit les yeux, elle vit que Joe la regardait. Cela l'agaça. Elle avait été étrangement sereine depuis leur conversation, deux jours plus tôt, près de la barrière. À présent, son sang-froid habituel l'abandonnait.

« Je pense que nous avons tous besoin d'un verre, dit Mrs. Lawrence. Joe, il y a une bouteille de whisky dans le buffet. »

Joe alla chercher les verres et la bouteille. Stella et Ag se regardèrent. Mis à part le vin au gingembre du premier soir, c'était la première fois qu'une boisson alcoolisée apparaissait depuis leur arrivée. Ag but son whisky sec, d'un seul coup. Elle pensa que cela la calmerait. Elle avait besoin de quelque chose pour dissiper la pensée gênante de Janet. La voix de sa conscience ne parlait pas assez fort pour mettre un terme à son projet, mais, estimait Ag, elle éclaterait en reproches plus virulents devant une trahison programmée.

« Joe, disait Mrs. Lawrence, Janet a téléphoné tout à l'heure. Elle a dit qu'elle pourrait quitter son travail à midi la veille de Noël et être ici pour dîner. »

Ag jeta un rapide coup d'œil sur le visage de Joe. Le whisky sec avait déjà fait son effet : ses traits tourbillonnaient comme un soleil de feu d'artifice. En fait toute la pièce, tous les visages, tremblaient et devenaient flous. Joe n'eut pas le temps de répondre à sa mère : Prue entrait en coup de vent en chantant *I'm dreaming of a white Christmas*. Elle portait des guirlandes clinquantes autour du cou. Des boules d'argent pendaient à ses oreilles et des étoiles de papier doré parsemaient ses cheveux. Tout le monde éclata de rire : Joe lui versa à boire. Ag, à sa propre surprise, se retrouva en train de se diriger droit sur Prue et de lui poser les mains sur les épaules – le geste même qu'elle avait eu, si bizarrement, avec Joe à la barrière.

« Prue, dit-elle, tu as une allure formidable. On devrait te mettre au sommet du sapin. »

Les mots, comme la vision scintillante sous ses yeux, étaient un peu incertains.

« Seigneur, Ag, répondit Prue, qu'est-ce qui t'arrive ? »

Les rires redoublèrent.

Joe répondit pour Ag :

« C'est l'esprit de Noël. »

Ma très chère Stella chérie, lut Stella plus tard, dans son lit. Bon, il avait au moins un peu accéléré le tempo, pensa-t-elle. Un bon début.

Ce fut un week-end charmant. Je ne cesse de repenser à tant d'instants passés et c'est un sentiment agréable que de savoir que tu es sûre, comme je le suis, de vouloir t'épouser. C'est frustrant de ne pas pouvoir faire de projets à cause de la guerre. Nous devons simplement espérer qu'elle se terminera bientôt et nous pourrons alors prendre très rapidement des dispositions. Demain nous escortons un convoi à Liverpool, ce qui fera un peu de changement. J'espère que tu es heureuse d'avoir retrouvé les autres et les animaux. Excuse ce mot bref.

En toute hâte.

Avec tout mon amour,

Philip.

P.-S. – Mon ami Michael et moi organisons une journée à Londres au nouvel an. Peut-être pourrais-tu nous y rejoindre ?

Stella replia la lettre, la remit dans son enveloppe et plaça l'enveloppe près de la photographie, toujours à la même place. Elle soupira et éteignit la lumière.

« Une lettre de Philip ? » chuchota Prue dans les ténèbres. Elle était toujours au courant de tout, Prue.

« Oui.

– Quelque chose ne va pas ?

– Non. J'espérais simplement qu'elle serait un peu plus longue. Un peu…

– Ne te tracasse pas. Il n'y a pratiquement personne au monde capable d'écrire une lettre digne de ce nom.

– C'est vrai. » Ag, de son coin, se joignait à leur conversation. Elle se demandait, à présent que sa tête ne tournait plus, si le lendemain, à Blandford, elle devait ou non acheter une carte de Noël pour Desmond. Elle soupesait le pour et le contre et faisait craquer son lit. Oui, décida-t-elle. Elle le ferait.

« Stella ? » C'était encore Prue.

« Oui ?

– Tu viens demain ?

– Si tu veux…

– Et toi, Ag ? Faire des courses et nous amuser ?

– En fait, dit Ag, Joe a dit qu'à condition que je l'aide à choisir ses livres il nous y ferait faire un saut. »

Prue éclata de rire.

« Mince, fais gaffe ! Choisir des livres est un moyen aussi bon qu'un autre. » Il y eut un bref silence. « Vais-je vous en parler ? Barry dit qu'il ne sait pas combien de temps il continuera à faire tout ce chemin à bicyclette. » Prue éclata encore de rire. « Et donc, bien sûr, il va falloir que je me mette en quête d'un remplaçant, pour quand il sera vraiment épuisé. On ira au cinéma, Stella, d'accord ? Il y a toujours des occasions, là-bas. Tu viendras aussi, Ag ?

– Je pense que je rentrerai plus tôt, si Joe me ramène, répondit Ag prudemment. J'ai des lettres à écrire, des cartes de Noël.

– Comme tu veux. » Prue eut un dernier éclat de rire. « Je vais te dire : je te recommande la grange. Une de ces meules, à droite – c'est très confortable…

– Ne sois pas *stupide*, Prue, répondit Ag. Tu sais qu'il y a Desmond.

– Eh bien, il *n'y a pas* exactement Desmond. Si ? »

Il y eut un autre long silence. Ag crut que les deux autres s'étaient endormies. Mais Prue eut le dernier mot.

« Ag, tu dors ? Parce que, laisse-moi te dire quelque

chose : celle qui va te choquer, cette fois, c'est *toi-même.* Je te le parie. »

Ag se cacha la tête sous les draps. Elle ne voulait pas entendre d'autres vérités de la bouche de Prue. Elle ne voulait pas réfléchir davantage à l'extraordinaire résolution qui semblait s'être emparée d'elle : mal se comporter.

Pendant que les autres allaient faire leurs courses, prendre le thé et pour chasser, dans un cinéma, un remplaçant à Barry, Joe et Ag passèrent un long moment à explorer les étagères d'une petite librairie. Joe avait très envie d'acheter les œuvres complètes de Gissing. Ag le persuada que Balzac, comme début, serait plus gratifiant : *Eugénie Grandet* et *Born in Exile*[1] furent les résultats du compromis. Joe commençait à s'amuser. Il choisit négligemment une sélection disparate de Penguins : *Lui pardonnez-vous ?*, des nouvelles de Tchekhov, des poèmes de Thomas Hardy (Ag les recommanda particulièrement) et divers livres qui étaient passés à travers les mailles de ses lectures, comme il dit. Il fallut plus d'une heure pour remplir le grand panier à provisions apporté par Ag.

Puis ils allèrent dans une épicerie où Joe acheta un paquet de biscuits au gingembre, deux petits pains glacés anémiques et une demi-bouteille de vin rouge. Ag, pleine de curiosité mais déterminée à ne pas poser de questions, l'aida à porter les emplettes dans la voiture.

Il était trois heures quand ils quittèrent la ville. La lumière n'avait pas encore commencé à décliner.

« Pauvre Stella, dit Ag, je parie qu'elle aurait aimé rentrer avec nous à la maison.

– Sans doute, répondit Joe, mais Stella ne faisait pas partie de mon plan. »

Son plan, expliqua-t-il finalement, alors qu'ils roulaient dans un profond paysage de collines glacées, était d'aller

1. George Gissing (1857-1903) : auteur de *Born in Exile*, publié en 1892.

prendre le thé dans le cottage de Robert. Robert, son plus vieil ami, n'avait pu, tout comme Joe, être appelé sous les drapeaux, à cause de ses poumons malades.

« Avant votre arrivée, dit Joe, nous avions l'habitude de nous retrouver presque tous les soirs aux Cloches. Pour prendre un ou deux verres et parler de n'importe quoi, sauf de la guerre et de l'agriculture. C'était une perspective agréable pour la fin de la journée. Mais depuis que vous êtes arrivées… Je ne sais pas. Je me suis habitué au bavardage absurde de Prue, à ta petite tête sérieuse penchée sur un livre, au regard rêveur de Stella pendant qu'elle entretient une conversation polie. Les soirées sont plus intéressantes, maintenant. » Il sourit. « Quand je lui ai téléphoné hier soir, il m'a rappelé que nous ne nous étions pas vus depuis une semaine. Tu parles d'un ami ! a-t-il dit. Ce dont Robert a besoin c'est d'une femme, d'une petite amie. Il est seul. J'avais pensé…

– Je sais exactement ce à quoi tu as pensé, dit Ag en riant.

– Tu crois qu'elle ferait l'affaire ? Cela lui éviterait de courir les rues et les cinémas de Blandford.

– Je ne connais pas Robert. Comment pourrais-je en juger ?

– C'est un type bien. Marrant. Un jour ce sera un mari dévoué.

– Riche ?

– Loin de là.

– Alors ce ne peut être qu'une mesure provisoire. Prue tient à ses robinets en or. Mais tu peux essayer. »

Ils quittèrent le chemin pour emprunter un sentier boueux et accidenté, bordé de hautes haies, et parvinrent à un cottage de pierre grise. Son toit de chaume piqueté de mousse menaçait de s'écrouler et n'était maintenu que par un treillis des plus fragiles. La peinture s'écaillait. Les fenêtres étaient sales et couvertes de toiles d'araignées.

Joe prit une vieille clé en fer sur le linteau qui surplombait la porte d'entrée. Il passa le premier et entra dans une pièce sombre et humide qui sentait le fruit pourri et le chat. Elle n'était meublée que d'un vieux canapé en face du foyer vide. Des douzaines de livres, dont quelques couvertures portaient des taches de moisissure, s'entassaient sur le sol.

« Il n'a pas beaucoup de temps pour faire le ménage, dit Joe. Fais bouillir de l'eau pendant que je prépare un feu. »

Il fallut quelques instants à Ag pour s'y retrouver dans la cuisine malcommode. Elle dut laver des bols d'étain sales sous l'unique robinet d'eau froide et ne trouva qu'une seule assiette. Le feu préparé par Joe avait quelque peu égayé le salon quand elle y revint en portant le thé sur un plateau rouillé.

« Et quand Robert va-t-il revenir ? demanda-t-elle.

– Ne sois pas sotte. Il ne reviendra pas.

– Je vois.

– Des biscuits ? Un petit pain ?

– Tout d'un coup je n'ai plus faim. »

Ag s'assit à l'autre bout du canapé.

« Inutile d'aller jusqu'au bout si tu as changé d'avis, dit Joe gentiment.

– La nuit dernière je suis restée éveillée jusqu'à l'aube en pensant que j'étais folle, immorale, mauvaise, ridicule et cinglée. J'étais prête à dire que j'avais changé d'avis. Mais à présent que je suis là… »

Joe prit deux verres ternis sur une étagère et sortit un tire-bouchon de sa poche. Sa prévoyance était exemplaire, constata Ag. Il ouvrit la bouteille de vin rouge.

« Cela te rendra les choses plus faciles. » Il lui tendit un verre.

« Merci. »

Ag avala une gorgée. C'était froid et amer. Elle se força à boire encore, comme s'il s'agissait d'un médicament. Le feu l'enveloppa d'une langue de chaleur. Elle commença à se sentir mieux. Ce que son comportement avait de scandaleux lui sembla légèrement moins scandaleux. Avant même qu'elle eût fini son vin, il n'y avait plus qu'un seul véritable problème.

« J'ai bien peur que vous ne me trouviez pas très séduisante », dit-elle, sur le ton d'une gouvernante guindée. Pour masquer le goût du vin, elle prit un peu de mauvais thé. Elle ne pouvait croiser le regard de Joe. « Alors, si... ça ne marche pas, je comprendrai très bien. »

Joe effleura sa joue brûlante.

« Dans quelques années, quand cette rondeur se sera un peu affinée, tu seras plus piquante, plus originale, plus *frappante* que Prue ou Stella.

– Tu le penses vraiment ?

– Oui. La beauté de Prue et ses regards de chaton ne dureront pas. Stella peut être belle – au bal, la dernière fois, elle était extraordinaire – mais elle ne s'en soucie pas assez. Ton visage a une jolie ossature. C'est encore caché ; il faut juste attendre que ça se manifeste. » Ils rirent tous les deux. « J'ai dit à Robert que nous avions beaucoup de chance. Imagine les trois volontaires sur lesquelles nous aurions pu tomber, lui ai-je dit.

– C'est nous qui avons eu de la chance. Nous aurions pu être logées dans un de ces hôtels – j'ai entendu dire que ce n'était pas très drôle. Ou chez un fermier tyrannique. Hallows Farm et la gentillesse de tes parents – aucune volontaire ne pourrait en demander plus.

– C'était une idée de ma mère. »

Ils terminèrent le vin. Boire le second verre parut moins difficile à Ag. Comme l'avait prédit Joe, les choses en étaient facilitées. L'hostilité de la pièce et l'appréhension de ce qu'ils allaient faire pesaient moins lourd dans son esprit. Joe se leva et prit la main d'Ag.

« Je pense que nous devrions monter. »

Ag se leva également. Elle était aussi grande que Joe. Leurs yeux étaient au même niveau. Il l'embrassa sur le front.

« Encore une chose, dit-elle.

– Quoi ?

– Janet ?

– Oui ?

– Tout ça n'est-il pas très immoral ? Que fais-tu de ta conscience – et de la mienne, d'ailleurs ? »

Joe soupira avec impatience.

« Ce n'est pas le moment de parler de Janet, non ? Tu en aurais parlé avant si ça te préoccupait. Je ne sais pas pourquoi, mais elle ne me pose pas de problème de conscience. Je lui ai donné ma parole : je l'épouserai. Jusqu'à ce moment-là je me sens libre de faire ce que je veux. D'accord ? »

Ag acquiesça.

Joe lui fit passer la porte et la conduisit en haut de l'étroit escalier de bois. Ag se demanda combien de fois déjà il s'était servi de la maison de son ami : combien d'autres filles l'avaient suivi dans cet escalier, dans la petite chambre froide au plancher de bois noir en pente et à la fenêtre de travers. Joe tira les rideaux de coton bon marché. Des phalènes mortes tombèrent au sol. Puis il ôta le couvre-lit. Deux couvertures étaient pliées sur un vieux matelas. Des oreillers tachés s'entassaient, sans taie. Il alluma une petite lampe de chevet. L'ampoule de faible puissance salit le mur d'une lumière terne qui augmenta encore la tristesse de la pièce. Ag alla près de la fenêtre, enregistrant la scène de sa séduction imminente.

« Je crains que ce ne soit pas exactement un appartement pour lune de miel, dit Joe, mais je ne veux pas que nous allions dans la chambre de Robert qui, de toute façon, n'est pas tellement plus gaie. » Il s'assit lourdement sur le lit. Les ressorts grincèrent. « Pourquoi ne te déshabilles-tu pas ? » Il se pencha et délaça ses chaussures.

Ag voulut faire remarquer qu'elle croyait qu'un amant l'aurait aidée dans cette phase. Mais elle se souvint alors que Joe n'était pas tout à fait un amant, simplement un ami disposé à satisfaire son absurde requête. Et, en silence, elle ôta pull-over, jupe et chaussures et en fit un tas sur le plancher. Elle s'arrêta avant de faire passer son jupon par-dessus sa tête. Il y aurait quelque chose soit de comique soit de répugnant, pensa-t-elle, dans le spectacle de sa culotte, de son porte-jarretelles et de son soutien-gorge. Mais Joe devait en avoir l'habitude. Le regard qu'il lui jeta n'était pas étonné.

« Tu as un corps de danseuse classique, dit-il. Degas aurait aimé te prendre pour modèle – les lumières bleues sur ta peau. »

Ag sourit poliment et enroula ses bas. L'instant d'après

elle était complètement nue. Cette fois, le regard de Joe était appréciateur. Elle resta immobile et raide, les genoux serrés, un rai de lumière passant entre ses cuisses. Elle tordit ses doigts glacés. Elle se dit que ce serait sans doute l'unique fois de sa vie où un homme prendrait le temps de regarder son corps, d'enregistrer la maigreur de ses jambes et la petitesse de ses seins.

Tout en savourant l'approbation silencieuse de Joe, Ag se tourmentait. Que se passerait-il si elle tombait enceinte ? Quelle horrible ironie – concevoir un enfant au cours d'une unique rencontre sexuelle destinée (dans un accès de folie, pensait-elle à présent) à impressionner l'étranger de ses rêves, Desmond, par son « expérience ». Éperdue, toujours immobile, elle essaya de se souvenir de ce que Prue avait dit. Un soir, juste avant que Stella n'aille à Plymouth, Prue s'était portée volontaire pour les éclairer en matière de contrôle des naissances. Il fallait s'assurer que l'homme utiliserait un préservatif ou – un peu plus risqué – qu'il « se retirerait », comme disait Prue, avant le moment crucial. Mais quel était le moment crucial ? Ag n'avait pas voulu le demander à Prue, et elle n'allait certainement pas le demander à Joe et étaler davantage sa pitoyable ingénuité. Elle se souvint aussi que Prue avait déclaré que parfois, les jours où on ne risquait rien, elle n'avait pas à se soucier de toutes ces histoires et que – touchons du bois – elle avait eu de la chance jusque-là.

Ag posa la main sur la commode. Ces jours où on ne risquait rien, c'était quand ? L'anxiété obscurcissait ses rapides calculs. Elle regretta de ne pas avoir plus attentivement écouté Prue – dont les conseils s'adressaient surtout à Stella. Mais elle s'était endormie et avait sans doute raté des détails importants. Il n'y avait rien d'autre à faire, à présent, que de courir le risque. Si ce devait être sa seule et unique rencontre sexuelle, peut-être *de toute sa vie*, il ne fallait pas la compliquer avec des questions techniques. Elle devait être aussi détendue et agréable que possible, étant donné les circonstances. Prends ton courage à deux mains et tiens bon le manche, se dit Ag, savourant en son for intérieur la pertinence de son propre conseil, et va jusqu'au bout en restant aussi digne que possible. Elle s'adressa un faible sourire d'encouragement.

Joe se leva et s'approcha d'elle. Le fait qu'il n'ait ôté que ses chaussures sembla injuste à Ag. Elle aussi avait envie de voir son corps. Son étude la plus poussée d'un corps masculin nu avait été celle du *David* de Michel-Ange. Elle avait supposé que Joe avec sa haute taille, ses larges épaules, ses hanches étroites et ses cuisses fermes lui ressemblerait. Elle désirait voir les parties de son corps les plus intimes. Elle était curieuse d'apprendre ce qui se passait quand la pierre se faisait chair. Mais cela devait lui être refusé.

Joe la souleva. Dans cette position concave, suspendue entre ses bras, elle sut qu'il jaugeait son ventre plat, ses mains modestement posées sur son mont de Vénus. Il la posa sur le lit. Cela sentait le chat, comme le canapé, en bas.

« Je vais éteindre la lumière, dit-il, et nous pourrons faire semblant d'être dans un endroit plus agréable. »

Une épaisse obscurité obstrua la chambre. Joe, son visage transformé en une masse d'ombres indistinctes, se pencha sur Ag. Il se reposa sur ses bras tendus de chaque côté des épaules d'Ag.

« Tu es sûre… »

Ag acquiesça. Joe se déplaça et s'appuya sur son coude plié. D'une main il commença à déboutonner sa chemise. Puis il dessina un petit chemin du cou d'Ag à ses seins, à son ventre, à ses cuisses. Ag ferma les yeux.

Plus tard, alors qu'elle était étendue raide et glacée entre ses bras, l'expérience rappela à Ag une visite chez le médecin. Cela avait été efficace, clinique, facile et rapide. Pas douloureux. Il n'y avait eu ni plaisir ni déplaisir : tout ce qu'Ag pensait, en sentant Joe peser sur elle, c'était *c'est arrivé.* Il n'y avait pas de différence avec ce qu'elle avait imaginé, parce qu'elle n'avait jamais été capable de s'imaginer exactement ce que ça devait être. Cela n'avait pas été très excitant, à la fin. C'était peut-être différent avec quelqu'un qu'on aimait. La seule chose vraiment curieuse dans tout ça, se dit-elle, c'était à quel point elle s'était sentie peu concernée par ce qu'elle appelait son péché. L'idée qu'elle trahissait Janet – trahison pour laquelle elle avait réprimandé Prue – avait disparu. Il lui vint à l'esprit qu'une telle insensibilité était, peut-être, un signe de maturité.

Quelques instants plus tard, Joe balança ses jambes hors du lit et s'assit. Il alluma la lampe et regarda sa montre.

« Nous serons à l'heure pour dîner, en toute innocence. Ça va ?

– Très bien. Merci. »

Joe lui tapota machinalement la jambe.

« Voilà », dit-il.

Elle l'avait souvent entendu dire *voilà,* quand il avait achevé une tâche : traire, épandre du fumier, garer le tracteur. *Voilà,* disait-il, signifiant par là *qu'il avait fait du bon travail et qu'à présent il était temps d'aller manger.*

Il se leva et prit ses vêtements, le dos tourné à Ag. La dernière occasion qu'elle avait de voir ce dont elle avait rêvé pendant tant d'années s'évanouit.

« J'espère que cela n'a pas été trop décevant.

– Non. Merci. »

Ag hocha la tête. Ce n'était pas décevant : c'était rien. Elle ne pouvait se décider à dire si le dépucelage avait été satisfaisant ou heureux. Cela avait été simplement intéressant. Il avait parfaitement réussi un acte qu'elle désirait, dont elle avait besoin, pour sa propre estime. Et le meilleur dans tout ça, c'est que c'était à présent terminé. Le petit voile de déliquescence qui avait enveloppé Ag quand elle était dans ses bras, dû davantage à la fatigue qu'à la béatitude, se dissipait à présent. Elle sauta du lit, se précipita vers sa pile de vêtements et s'habilla en tournant le dos à Joe.

Dix minutes plus tard ils étaient dans la Wolseley, en route vers la ferme.

« Maintenant que c'est réglé, dit Joe, on peut consacrer notre temps à des choses plus importantes, comme les livres. »

Ag sourit. Réellement, il avait été – il était – très gentil dans toute cette histoire. Sa seule préoccupation à présent, c'était que son nouvel état passe inaperçu.

Joe porta le panier de livres dans la cuisine. Mrs. Lawrence versait de la soupe dans des bols et Ag se sentit curieusement affamée.

« Un après-midi très littéraire, observa Joe, avec mon professeur que voici pour guide. »

Il fit un large sourire à Ag.

Ratty passa la soirée dans le salon, fumant sa pipe près du feu éteint. Il voulait écouter les nouvelles, imaginer la guerre. Edith n'en avait pas envie. Elle raccommodait tranquillement – une soirée étrangement paisible, sans une seule dispute – à la table de la cuisine.

À dix heures, elle ouvrit la porte et regarda un long moment Ratty avachi sur sa chaise. Elle avait toujours aimé garder les mauvaises nouvelles pour le plus tard possible, afin d'être certaine que Ratty irait se coucher avec quelques soucis.

« Il y a une épidémie de maux de ventre, au village, dit-elle. Sept ou huit personnes sont alitées.

– Ah. J'espère qu'on ne va pas l'attraper.

– Je ne crois pas. » Edith parlait avec une bizarre assurance.

Elle restait là, immobile, les bras croisés comme en signe de défi sous son opulente poitrine.

« J'ai oublié de te dire, ajouta-t-elle, que ma fournée de scones s'est vendue en un clin d'œil ; tout le monde en voulait encore. Ils se battaient comme des chiens et des chats. »

Ils replongèrent dans le silence. Ratty ne trouvait aucune réponse appropriée. Il entendit le tic-tac de l'horloge dans le couloir. Son rythme fit naître une idée dans son cerveau : une idée si vile qu'il dut précipitamment dire quelque chose – n'importe quoi – pour l'empêcher de se développer.

« Alors, finalement, tu as eu combien de clients ? »

Il tenta de poser la question avec légèreté.

« Sept ou huit en tout », répondit Edith sans hésitation.

Elle s'éloigna.

La peur courut dans les veines de Ratty comme une eau glacée. À partir de maintenant c'était une question de survie et il sut qu'il devrait surveiller étroitement Edith. Personne ne savait jusqu'où, poussée par un démon insatiable, elle pourrait aller dans sa haine amère de l'humanité.

Ag alla se coucher tôt. Elle était presque endormie quand Stella et Prue revinrent par le dernier bus avec des filets à provisions pleins de cadeaux de Noël. Prue se jeta sur le lit et se mit à parler avec excitation de leur sortie. Elle n'avait plus un sou, dit-elle, mais elle avait acheté tous les cadeaux qu'elle voulait. Non : elles n'avaient pas rencontré de remplaçant pour Barry au salon de thé ni au pub, mais un vieux fermier sympathique leur avait offert deux gin-citron et leur avait raconté qu'il devait y avoir une soirée de réveillon à la mairie pour rassembler des fonds pour la Croix-Rouge.

« Il y a de l'espoir alors ! dit-elle en riant. Barry fera l'affaire jusque-là. »

Couchée sur le dos, elle leva les jambes, admirant ses bas de rayonne et ses chaussures de daim gris tourterelle aux jolies petites découpures et aux épaisses semelles compensées.

« Et toi, Ag ? Raconte-nous. Qu'avez-vous fait, Joe et toi ?

– Nous avons acheté des tas de livres et pris le thé.

– Allez ! Tu ne vas pas nous faire avaler ça ! Pas avec deux heures devant vous et Joe qui a manifestement un penchant pour toi.

– C'est la vérité. »

Prue soupira, faussement impatiente.

« Nous ne voulons pas de détails, n'est-ce pas, Stella ? On veut juste savoir comment c'était. À quoi ça ressemblait. »

Ag imita le soupir d'impatience.

« Arrête, Prue. Je suis presque endormie. Je te l'ai dit, on a fait des courses et acheté des livres. Si tu ne me crois pas, je n'y peux rien. »

Prue éclata d'un rire strident en se tortillant sur le lit et en ramenant ses genoux sur sa poitrine.

« Je le vois à ton air. D'accord, dors ! Mais un de ces jours on te tirera les vers du nez, tu verras. »

Elle fit un clin d'œil à Stella.

Ce ne fut qu'en 1947, pendant leur second déjeuner d'après-guerre, qu'Ag se confessa. À cette époque, les événements de cet après-midi-là s'étaient transformés en une poussière si impalpable dans sa mémoire que le secret n'avait plus aucune importance.

CHAPITRE IX

Stella n'avait jamais eu l'intention de rentrer chez elle pour Noël. Elle avait eu ses deux nuits de liberté et sa mère, qui conduisait des ambulances pour la Croix-Rouge, était de service à Londres. Ag avait prévu des trajets en train longs et compliqués pour atteindre King's Lynn. Elle arriverait chez elle, après avoir attendu plusieurs heures sur des quais glacés, tard la veille de Noël et passerait deux jours avec son père. Elle reviendrait, comme Prue, le 27 décembre. Elles promirent toutes les deux de faire des heures supplémentaires gratuites à leur retour.

La veille de leur départ, Prue alluma les bougies de l'arbre. Elle avait consacré tout son après-midi de liberté à les chercher. Après plusieurs longs déplacements en bus, et un dans la charrette d'un fermier, elle était rentrée triomphalement avec deux douzaines de petites bougies rouges et des coupelles de fer-blanc en forme de marguerites. L'approbation générale l'incita à déclarer que son terrible après-midi en avait valu la peine. Mr. Lawrence sortit une nouvelle bouteille de vin au gingembre, qu'ils burent dans les verres roses, autour du feu. On échangea de petits cadeaux. Ag entra avec un plateau de jacinthes blanches, une fleur par personne, dans un pot noué d'un ruban rouge. Mrs. Lawrence donna à Ag un paquet à emporter chez elle. Et à Prue une enveloppe blanche et plate.

« Je sais que je ne devrais pas l'ouvrir maintenant, dit Prue, mais je suis si intriguée que je ne peux attendre. »

Elle s'assit et ouvrit l'enveloppe. Ses vertigineuses boucles blondes dansaient éperdument, sur sa tête, autour de l'étoile clinquante qu'elle avait gardée pour elle parmi les décorations de Noël. Elle sortit de l'enveloppe une carte de Noël. Une page de coupons pour des vêtements glissa au sol. Elle bondit, incrédule, rouge de plaisir.

« Oh, Mrs. Lawrence – c'est incroyable ! C'est mieux que des *diamants*, mieux que tout ce à quoi vous auriez pu penser. Merci mille fois. »

Prue enlaça son employeuse qui se tenait toute raide près du sapin. Les petites ombres des bougies tournoyaient sur la robe brune de Mrs. Lawrence, adoucissant la rigidité de son corps mince. Peu habituée à une fête de ce type – pendant des années Noël ne s'était déroulé qu'avec les trois membres de la famille –, elle sourit devant le ravissement de Prue.

« En revenant, bafouilla Prue, je m'arrêterai dans une grande ville et m'équiperai d'une nouvelle garde-robe complète – vous verrez ! » Les autres rirent. « Pouvez-vous vraiment vous en passer ?

– Qu'en ferais-je ? » demanda Mrs. Lawrence, en jetant un coup d'œil à son mari.

Joe remplit à nouveau les verres. On entendit sonner une cloche dehors. Puis chanter.

Par une belle nuit claire
S'éleva ce glorieux cantique d'autrefois...

« C'est Ratty et ses chanteurs », dit Mr. Lawrence en se dirigeant vers la porte.

Ratty entra lentement, emmitouflé dans un épais pardessus et une écharpe, un cierge à la main.

« Pas de lanterne, cette année encore, c'est le règlement du black-out, maudite guerre, maugréa-t-il, et il n'y a que ces membres du chœur qui ont accepté de m'accompagner. »

Il était suivi de deux jeunes garçons qui portaient aussi des cierges. Ils protégeaient la flamme de leur main en coupe et leur paume brillait, rose comme un coquillage ; on voyait clairement l'haleine froide qui montait de leur bouche.

« C'est quoi, la suite ? demanda Ratty. Venez, venez jusqu'à nous par cette allée, venez chercher votre obole.

– Au milieu de l'hiver glacial », suggéra Ag.

L'année dernière, à cette époque, elle avait entendu ce chant à King's College. Elle avait passé chaque minute du service chanté à chercher Desmond des yeux. Elle ne l'avait pas vu.

Le petit chœur commença *Au milieu de l'hiver glacial.* Le grondement profond de Ratty faisait une base discordante avec les timbres purs des garçons. Après un ou deux vers, les autres se joignirent à eux. Ils formaient un demi-cercle, les yeux allant des flammes du feu aux petites flammes de l'arbre. Ils se tenaient très droits, comme pour le *God Save the King*, dissimulant leurs pensées intimes derrière les mots familiers. Une voix féminine particulièrement douce se détacha des autres. Mr. Lawrence laissa son regard glisser vers Stella. Ce soir, comme le soir du bal, elle était si belle dans sa simplicité qu'il sentit son cœur se serrer et un picotement lui brûler les yeux. Il détourna rapidement son regard et quitta la pièce pour chercher d'autres verres.

Dans la soirée il y eut d'autres cantiques et des tartelettes de Noël chaudes saupoudrées du sucre que Mrs. Lawrence avait économisé tout l'automne. On but deux bouteilles de vin au gingembre. La pièce n'avait jamais été si chaude. Les bougies, sur l'arbre, brûlèrent jusqu'au bout. Prue les éteignit en les pinçant habilement entre ses doigts mouillés de salive. De fugaces volutes de fumée remplacèrent les flammes. Ratty, troublé par plusieurs verres, lança à la cantonade :

« Regardez ça ! La coquine a rempli l'arbre de fumée ! »

Il titubait légèrement, heureux de faire rire l'assistance par son commentaire. S'il avait dit quelque chose d'aussi stupide chez lui, Edith l'aurait assommé. Joe lui prit le bras.

« Laissez-moi, merci, Joe. Les garçons me ramèneront à la maison. Je dessoûlerai dans la belle nuit claire. »

Il sourit pour la première fois depuis sa conférence sur la chasse aux rats, des semaines auparavant. Et, Dieu lui pardonne et bénisse son cœur délicieux, la sainte, en réponse, lui offrit son plus charmant sourire. C'était ça son Noël, c'était ça.

Ratty et les garçons ne s'en allèrent qu'après minuit. Mrs. Lawrence souleva un coin du rideau du black-out pour les regarder partir. Les filles se serrèrent autour d'elle. Elles purent à peine distinguer le trio – silhouettes sombres dans le noir – qui traversait la cour, les garçons soutenant Ratty, de chaque côté, par le bras. De leur main libre, ils levaient leurs cierges, qui éclairaient leur chemin comme des lucioles sous le ciel sans étoiles.

Prue et Ag partirent tôt le lendemain matin. Janet arriva dans la soirée.

Elle débarqua en Austin Seven, avec une petite valise et un filet plein de cadeaux enveloppés dans du papier de Noël. Mrs. Lawrence était en train de rentrer les poules, Joe était on ne sait où et Mr. Lawrence s'offrait le luxe inhabituel d'un bain du soir. Stella se trouva toute seule pour accueillir Janet, qui était frigorifiée, pâle et fatiguée. Elle l'accompagna dans le grenier, où Janet devait prendre le lit de Prue.

« Mon Dieu… Vous ne gelez pas ici ? Et il n'y a aucune intimité. Ça ne me plairait pas.

– On s'y est habituées, répondit Stella. En fait, je crois que ça nous manquerait si nous avions des chambres séparées.

– Bon, bon. C'est mieux qu'à l'hôtel, je suppose. »

Janet quitta son manteau gris, révélant une jupe grise et un pull-over assorti – vêtements aussi morts sur son corps fade qu'ils l'auraient été sur un portemanteau. Elle s'assit sur le lit de Prue.

« Au moins, c'est confortable, dit-elle avec un sourire soulagé.

– Pourquoi ne déballez-vous pas vos affaires ? Prue a vidé les deux tiroirs du haut. Je vais descendre faire du thé.

– Je n'ai pas apporté grand-chose. Je vous accompagne. Je ne suis pas ici pour qu'on s'occupe de moi.

– Ne soyez pas stupide. Vous devez être fatiguée après ce voyage.

– Eh bien, mon Dieu, je me suis un peu perdue dans le noir. Le manque de signalisation complique tout. Ne le dites pas à Joe : il me trouverait complètement idiote. Lui, il ne se perd jamais. »

Elle enleva quelques épingles de ses cheveux enroulés en chignon. Secouant la tête, elle y passa doucement les mains. Ses boucles ternes tombèrent sur ses épaules et modifièrent son visage : les yeux pâles semblèrent s'enfoncer et son nez devenir plus proéminent.

« Après vous avoir vues toutes les trois, la dernière fois… dit-elle, je me suis dit que Joe aimerait peut-être que je les détache pour Noël. »

Stella acquiesça gentiment, incapable de trouver une réponse appropriée.

Dans la cuisine, Mr. et Mrs. Lawrence farcissaient la dinde. Mr. Lawrence écartait les cuisses de l'animal que sa femme emplissait de cuillerées de marrons et d'oignons grossièrement hachés. Ils accueillirent Janet sans cesser leur tâche, laissant à Stella le soin de lui servir pain et thé.

« Quel charmant spectacle ; ça fait très Noël », avança timidement Janet.

Stella remarqua qu'elle frissonnait légèrement sous son pull gris.

Puis Joe entra, suivi des chiens. Il marqua un bref temps d'arrêt, un instant déconcerté par la personne aux boucles lâches. Pour dissimuler son hésitation, il se hâta vers elle et lui planta un baiser sur la joue.

« Bon voyage ? J'ai rentré la voiture dans la grange.

– Oh, Joe ! Merci. Quatre heures et demie. Désolée d'être un peu en retard. »

Joe s'était déjà éloigné et se lavait les mains dans l'évier. Il retourna vers la table et prit le couteau à pain.

« Je meurs de faim, dit-il.

– Laisse-moi faire, dit Janet.

– Tu ne le coupes jamais assez épais. »

Un petit sourire.

« Alors laisse-moi te servir un bol de thé. »

Janet se leva et s'activa gauchement entre le fourneau et la table. Son désir de plaire était si criant que Stella trouva pénible d'en être témoin.

« Mon Dieu, je pense que je suis ici pour vous aider, vous savez.

– C'est très gentil, Janet, répondit Mrs. Lawrence après un silence que personne ne tenta de rompre, mais je pense que vous auriez bien besoin de deux jours de repos. »

Elle rabattit un morceau de peau sur la cavité emplie de farce. Mr. Lawrence relâcha les cuisses de la dinde et s'essuya les mains sur son pantalon de velours côtelé. Ses yeux parcoururent la silhouette grise de sa future bru avant de passer au visage de Stella, à ses joues étincelantes sous la lumière de la cuisine, et aux reflets d'or rouge de ses cheveux ébouriffés. Elle lui adressa un sourire si discret qu'il comprit qu'il lui était destiné, à lui seul. En signe de complicité, Mr. Lawrence lui retourna son signe d'un mouvement si léger des lèvres que les autres ne le perçurent pas non plus.

Ce ne fut pas aussi gai que la veille. Les heures furent longues avant qu'il soit temps d'aller à l'église. Ils s'assirent près du feu et écoutèrent les cantiques à la radio : Mrs. Lawrence avec son raccommodage habituel, son mari installé dans sa position préférée, les yeux clos. Janet s'assit tout près de Joe sur le canapé. Il se concentra sur une grille de mots croisés, n'écoutant que d'une oreille les nouvelles qu'elle racontait sur sa vie de testeuse d'électrodes.

« Il fait si froid au travail, maintenant, disait-elle, que nous sommes gelés jusqu'aux os. On attrape des rhumes à tour de rôle, bien que personne ne prenne jamais un jour de repos. J'espère toujours devenir radiotélégraphiste mais ça n'a pas l'air facile. J'en ai parlé à Andrew Barrett – c'est notre patron – l'autre jour : il m'a dit qu'il y penserait mais qu'il ne fallait pas avoir de faux espoirs. »

Les chevilles proéminentes de Janet se touchaient : Stella remarqua qu'elle s'asseyait toujours les pieds bien serrés, comme si elle cherchait une certaine sécurité. Ses mains aussi avaient leur position habituelle – crispées dans son giron, les doigts de la main droite frottant les phalanges de la gauche.

« À vrai dire, continua Janet en jetant un regard de coquetterie à Joe, Andy m'a prise à part la semaine dernière. »

Elle s'interrompit, attendant de constater l'impact de sa révélation. Joe continua ses mots croisés. Son petit effort pour éveiller sa jalousie, ou au moins son intérêt, était pitoyable. Stella en souffrit vivement pour elle.

« Mais ne t'inquiète pas, Joe – c'était vraiment sans importance. » Janet, tout à coup pleine d'audace, posa son poing serré sur les genoux de son fiancé. « Sa femme, semblait-il, avait du mal à monter leur abri Anderson. Il m'a demandé si je pourrais disposer de quelques heures pour l'aider. Je dois dire que, bien sûr, il n'approuve pas entièrement cette idée, pourtant. Il m'a dit : “J'ai demandé à Marion ce qu'elle voulait faire de cet abri Anderson. Nous ne sommes pas à Londres. Il n'y a pas de Blitz dans les parages.” Mais, manifestement, Marion est une femme nerveuse et elle a insisté. Et donc j'y suis allée. Au moins, ça changeait, de passer l'après-midi à creuser la terre dans leur jardin de derrière et à essayer de l'empêcher de glisser sur le toit de l'abri. Nous avons fait du bon travail, Marion et moi. Mais Andy a-t-il été reconnaissant ? Peuh ! Tout ce qu'il a dit c'est que nous avions fait de fout… des ravages terribles dans ses choux de Bruxelles. » Janet remit sa main sur son propre genou : « “Les gens comme Marion s'effondrent complètement en temps de guerre”, a-t-il dit, ce qui, je dois dire, m'a semblé plutôt méchant de sa part. »

Stella acquiesça pour compenser le manque d'accord des autres. On entendit, dans le hall, la sonnerie peu fréquente du téléphone. Il n'avait pas sonné plus d'une douzaine de fois depuis l'arrivée des filles. Les parents Lawrence le considéraient avec crainte. À leurs yeux, c'était un appareil qui transmettait soit de mauvaises nouvelles du frère de John dans le Yorkshire, soit de tristes informations. Aucun des deux ne bougea. Étonnée par leur étrange réticence à répondre, Stella – pour qui le téléphone avait été un lien merveilleux avec ses anciens amoureux – proposa d'aller décrocher.

Dans le hall glacé, elle souleva le récepteur, aussi lourd qu'un marteau, et le porta avec curiosité à son oreille. La voix de Philip. Son cœur palpita à peine.

« Stella ?

– Philip ! »

Elle était contente, bien sûr. Mais elle se demanda pourquoi elle n'était pas plus heureuse.

« Désolé qu'il soit si tard. J'ai fait la queue pendant des siècles. Tout le monde veut téléphoner chez soi.

– Naturellement.

– Tout va bien ?

– Oui.

– Tu as reçu ma carte ?

– Oui.

– Il va y avoir un grand spectacle, à bord, le 26. Avec Vera Lynn en personne, paraît-il.

– C'est merveilleux.

– Il me tarde assez qu'on y soit, je dois avouer.

– Je veux bien le croire.

– L'année prochaine à la même époque, tout sera peut-être fini.

– Peut-être. Maintenant que les Américains s'en mêlent...

– L'année prochaine à la même époque tu seras Mrs. Wharton, avec un peu de chance.

– Je l'espère.

– Il faut que j'y aille, à présent. Les types derrière moi s'impatientent. Je pense beaucoup à notre week-end. Bon sang ! Aux nuits.

– Moi aussi.

– Je t'aime, Stella. Je t'aime, chérie.

– Moi aussi. »

La conversation achevée, Stella resta un instant assise sur les marches de l'escalier dans le hall sombre. Elle eut l'idée mesquine que Philip n'était pas meilleur au téléphone qu'en correspondance. La conversation à grande distance était peut-être un art encore peu pratiqué, que les générations futures maîtriseraient parfaitement, en riant de ceux qui considéraient le téléphone comme un engin épouvantable et terrifiant : une machine capable de faire hésiter même les hommes éloquents causait de multiples déceptions.

Elle fut tirée de sa rêverie par un bruit de pas et par l'apparition de Joe.

« Ton ami ? »

Stella acquiesça.

« Tout va bien, j'espère.

– Très bien. Ils auront un concert de Vera Lynn le 26.

– Les veinards. C'est l'heure d'aller à l'église. »

Tout en regardant Joe farfouiller dans le tas d'écharpes et de masques à gaz suspendus à une rangée de patères, Stella s'entendit faire une déclaration spontanée. Ce fut un de ces moments particuliers, se dit-elle plus tard, où une pensée impromptue surprend tout autant l'émetteur que le récepteur. Cette idée soudaine ne faisait pas partie du plan qu'elle avait soumis à Mrs. Lawrence.

« Joe, dit-elle, je n'ai rien trouvé qui t'aurait plu, à Blandford. Alors j'ai pensé que mon cadeau de Noël pouvait consister en une grasse matinée demain. Je m'occuperai complètement de la traite, je curerai, je stériliserai, tout. Toi, tu pourras dormir. »

Joe lui fit face en enroulant une écharpe autour de son cou. Elle lut, sur son visage, les traces de sa lutte pour savoir comment il devait réagir.

Il sourit.

« Seigneur ! C'est le cadeau de Noël le plus original que j'aie jamais reçu, dit-il enfin. Ce serait très grossier de ma part de le refuser. Je ne peux pas dormir tard, pourtant. Mais une ou deux heures de plus au lit… quel luxe ! Merci.

– Je ferai la même chose l'après-midi, reprit Stella, pour que Janet et toi puissiez disposer d'une ou deux heures. Pour une promenade, par exemple. »

Joe détourna le regard.

« Oui, peut-être. Merci. » Joe enfila son manteau. « Mais ce cadeau ne peut pas être à sens unique, n'est-ce pas ? Je n'ai rien trouvé de bien pour toi – une petite écharpe hideuse. Alors mon véritable cadeau sera le même que ton cadeau pour moi – mais le 26. D'accord ?

– Formidable. »

Ils éclatèrent tous deux de rire.

Dehors il faisait un froid sec et mordant. Mr. Lawrence se dit qu'il allait neiger. Le ciel clair était plein d'étoiles. La lune brillante éclaira leur chemin sur le sentier.

Stella avançait entre Mr. et Mrs. Lawrence. Quelques mètres derrière eux, les fiancés les suivaient – Janet le bras fermement passé sous celui de Joe. Elle bavardait mais Stella ne pouvait l'entendre. Lorsqu'ils approchèrent de l'église, une cloche se mit à tinter paisiblement.

« Ratty va en prendre pour son grade si un responsable apprend ça, dit Mr. Lawrence en souriant. C'est contre les règlements. »

Mais quand ils franchirent le porche et virent Ratty, au fond de l'église, en train de s'activer avec la corde de sa cloche, Stella constata que Mr. Lawrence le regardait avec admiration. Ratty leur fit un signe de la main. Son vieux corps avait une légèreté de danseur quand il tirait sur la corde : s'il avait été, tout à coup, soulevé du sol et emporté jusqu'aux chevrons du XVIe siècle, accroché comme un singe à sa corde, ce n'aurait pas été surprenant.

« C'est la veille de Noël, et merde pour la guerre, grinça Ratty. Noël n'est pas Noël sans les cloches ! »

Stella trouva qu'il y avait dans l'écho de sa cloche solitaire quelque chose d'insistant : un rappel de la mort. Il y avait juste deux jours que le *Prince of Wales* et le *Repulse* avaient été coulés. Depuis lors, des images de l'*Apollo* en flammes, englouti par des vagues grosses comme des mammouths, la hantaient. Elles lui revinrent à l'esprit en entendant la sonnerie pressante. Elle avait toujours redouté le pouvoir qu'avaient les cloches de susciter des images non désirées. Mais c'est alors qu'à l'orgue, une femme – portant un badge intimant de *Creuser pour la Victoire* parmi les plumes mouchetées de son chapeau – entonna *Jésus, joie et espoir de l'homme*, ses doigts grassouillets grignotant les notes avec une habileté surprenante, et que les flammes s'éteignirent.

Les Lawrence, Stella, Joe et Janet prirent place sur une rangée de chaises au premier rang : seules six autres personnes étaient présentes. Stella s'agenouilla sur un prie-Dieu recouvert de tapisserie qui, disait la broderie au point de croix, datait de 1916 : tapisserie d'une mère ou d'une épouse qui attendait sûrement que son fils ou son mari revienne de la guerre. Stella pria pour la paix, pour ceux qui se battaient pour leur pays, qui mouraient pour leur pays, pour les blessés et les affligés. Elle pria pour que sa mère soit saine et sauve et pour Philip, ses prières se dévidant mécaniquement dans son esprit. Elle jeta un coup d'œil sur Joe, visage plongé dans les mains, doigts courant dans les cheveux, et sur Janet, bouche crispée et doigts formant un temple ganté sous son menton. Une dernière prière machinale pour qu'ils fassent un heureux mariage, bien que Dieu seul sache quand…

Le pasteur, blessé pendant la dernière guerre, remonta la nef en boitant. Les fidèles se levèrent. Stella regarda le houx à boules rouges de l'autel, le gui qui pendait de la chaire, le pot de chrysanthèmes blancs, tapis, provocants, sur les marches du chœur. Quelqu'un avait fait le même effort que Prue pour trouver des cierges : ils brûlaient sur chaque saillie, leurs flammes dessinant des ombres en forme de feuillages sur la vieille pierre. Stella fut profondément émue à l'idée de tout le temps qu'avaient dû investir les villageois pour s'assurer que l'église serait, cette année encore, malgré la guerre, la même que pour les autres Noëls. Elle s'étonnait parfois du manque de reconnaissance des gens pour les efforts invisibles : des efforts qui, vus à l'échelle d'un monde plus vaste, sont de peu d'importance, mais dont les résultats, en fin de compte – une église décorée, une broderie – donnent tant de plaisir. Pour Stella, de tels efforts, accomplis par ceux que sa mère appelait « les saints méconnus d'Angleterre », étaient aussi émouvants que la musique.

Ô venez, fidèles du Seigneur…

Le petit groupe venu de la ferme se joignit au chœur.

À un moment Stella sentit que Mr. Lawrence la regardait, et vit que ses yeux brillaient de ces larmes gênantes que les hommes forts tentent de refouler à un enterrement mais ne peuvent totalement contrôler.

« Je ne suis pas sûre qu'il l'ait remarqué », dit Janet. Elle tapota la masse de ses cheveux dénoués d'une main découragée. « Qu'en pensez-vous ? Est-ce que je me recoiffe comme les autres jours demain, comme Joe en a l'habitude ? Je me sentirai mieux ainsi. »

Il était presque une heure du matin. Janet était encore assise au bord du lit de Prue. Elle ne faisait pas mine de se déshabiller. Stella, en robe de chambre, prépara et rangea, sur une chaise, ses vêtements de travail pour le lendemain.

« Vous savez, dit Janet, Joe ne m'a jamais embrassée. Je veux dire, pas vraiment. Pas ce que j'appelle un véritable baiser d'amoureux, comme au cinéma.

– Il le fera, répondit Stella. Vous n'en avez pas tellement eu l'occasion.

– Nous en avons eu l'occasion – il ne l'a jamais saisie. Ce qui me préoccupe, parfois, c'est que je crois qu'il n'y pense pas du tout. Pas avec moi. » Elle poussa un petit soupir. « Je suppose que tout sera différent quand nous serons mariés. J'imagine qu'actuellement il ne veut pas me brusquer et qu'il se maîtrise. Il sait bien que je… Bon, je ne tiens pas à ce que ça change, bien sûr, jusqu'à ce que nous soyons mariés. Mais je serais d'accord pour qu'on flirte un tout petit peu plus. Toutes les filles, au travail, vont beaucoup plus loin avec leur ami. Elles se racontent mutuellement ce qu'elles font. Et je dois prétendre que Joe et moi faisons la même chose. » Elle fit passer le pull-over gris par-dessus sa tête, révélant de petits seins emprisonnés dans un soutien-gorge rose et rigide, au dessin compliqué d'entrelacs blancs. « Parfois je me dis que je ne comprends tout simplement rien aux hommes.

– C'est pareil pour nous toutes », répondit Stella en se

couchant. Elle jeta un coup d'œil à sa montre. « L'ennui, c'est que je dois me lever dans quatre heures environ…

– Seigneur ! Je suis désolée. » Janet se leva et entreprit de continuer à se dévêtir, mais fut distraite de cette tâche par la photographie de Philip.

« Votre fiancé ? »

Stella acquiesça.

« Oh, comme il est beau ! L'aimez-vous vraiment ?

– Oui, je crois que oui. C'est difficile d'en être tout à fait sûre.

– Je ne suis pas du tout d'accord, rétorqua Janet. Je suis tout à fait certaine de mon amour pour Joe. Je l'ai toujours été, dès le moment où nous nous sommes rencontrés, il y a des années, quand nous étions presque encore des enfants. Tous mes petits soucis sont dus à cette maudite guerre. Je suis convaincue que tout ça s'arrangera quand nous serons mariés.

– J'en suis sûre, répondit Stella, presque assoupie. Puis-je éteindre ?

– Oh, je suis désolée de bavarder comme ça – je vous laisse dormir. »

Dans le noir, Stella entendit Janet se coucher et s'agiter en faisant grincer les ressorts.

« Encore une chose, Stella : c'est agréable d'être ici. Vous êtes toutes si gentilles. Noël ! Seigneur, c'est enfin Noël ! Je pense que je vais faire à Joe la surprise de sa vie. Je mettrai un peu de rouge à lèvres pour qu'il ait vraiment envie de m'embrasser… Qu'en pensez-vous ? M'en prêterez-vous un ?

– Bien sûr.

– Croyez-vous que c'est une bonne idée ? »

Pas de réponse : Janet sut que Stella s'était endormie. Bon, ça n'avait pas d'importance : elle était tout à fait persuadée qu'une fille si compatissante et si belle devait être de son avis. Oui : Janet aimait bien Stella.

Quelques heures plus tard, dans une aube claire et froide, Stella traversa la cour vide. Elle essaya de savoir si cette matinée était chargée de l'excitation enfantine qu'elle ressentait, chaque année, le matin de Noël, si elle différait des autres matinées. Oui, d'une certaine manière, décida-t-elle, à cause du silence. Mr. Lawrence ne se mouchait pas bruyamment dans son mouchoir, première chose qu'il faisait, chaque matin, dès qu'il mettait le pied dehors. Joe n'arpentait pas la cour à grandes enjambées, le visage soucieux. Qui plus est, l'allégresse supplémentaire qu'elle ressentait devant sa décision de tout faire seule ajoutait quelque chose de spécial à cette journée. Joe avait été ravi par son idée, comme elle l'avait été par la sienne. Demain, ce serait son tour de faire la grasse matinée, et ce serait le paradis.

Elle s'apprêtait à prendre le sentier qui venait du pré des vaches quand elle entendit meugler dans l'étable. Étonnée, elle revint précipitamment sur ses pas, en se demandant si Joe avait changé d'avis et était venu l'aider finalement. Dans l'étable, les animaux étaient dans leur stalle et les chaînes faisaient leur habituel cliquetis métallique. De la vapeur montait des croupes boueuses, que les pis gonflés tiraient fortement. Et, boitillant dans l'allée, s'avança Ratty, en vêtements de sonneur de cloches, l'air très content de lui.

« J'ai pensé que je pourrais les rentrer à votre place, au moins, grimaça-t-il. Je savais que vous aviez décidé de le faire seule. C'est très long, quand on n'a pas du tout d'aide.

– Ratty ! Merci. Mais vos beaux vêtements… »

Le sourire de Ratty s'évanouit : ça ne valait pas la peine d'aller se coucher, en fait, après l'office. Il fit une pause, se demandant comment continuer sa confession. « Edith ne… eh bien Noël ne l'intéresse pas. Nous nous sommes disputés. » Il se racla la gorge. « Il valait mieux que je m'en aille. J'ai un peu dormi avant le *Réveillon*, si on peut l'appeler comme ça. Edith a ouvert une boîte de Spam et un Pudding de Mrs. Peek…

– Je veillerai à ce que vous en ayez du nôtre.

– Elles sont toutes prêtes. » Les yeux brumeux de Ratty coururent sur les rangées de croupes noires et blanches. « Joyeux Noël ! »

Stella sut que lui souhaiter la même chose ne ferait que souligner le vide de sa propre journée, aussi ne dit-elle rien.

C'était le milieu de la matinée quand elle eut terminé le lavage à grande eau et la stérilisation. Un pâle soleil, aussi peu coloré qu'une rose de Noël, passait par la porte ouverte et faisait briller un morceau du sol bétonné et humide. Stella ne pouvait nier qu'elle était plutôt satisfaite. Elle était venue à bout, seule et efficacement, de ce lourd travail, et l'idée de recommencer le processus l'après-midi ne l'effrayait nullement.

Mr. Lawrence apparut.

« Joyeux Noël ! Quel beau travail, Stella, merci. Mais je pense qu'à présent elles vous attendent. Je vais conduire les vaches au pré. »

Dans la cuisine, Mrs. Lawrence remuait une sauce dans une casserole sur la cuisinière. Janet, le dos tourné à Stella, lavait avec précaution dans l'évier les verres roses. Stella s'assit à la table et commença à préparer les légumes. Janet se retourna, torchon en main, illuminée par le soleil d'hiver. Elle avait refait son habituel chignon serré et, comme elle en avait émis la menace, elle portait du rouge à lèvres écarlate (celui de Prue, sans doute : Stella n'en possédait pas de cette nuance). Dans son visage blanc, sa bouche ressemblait à un trait grossièrement dessiné par un enfant. Son sourire rehaussait la nuance primevère de ses longues dents.

« Qu'en pensez-vous, Stella ? demanda-t-elle en passant nerveusement la langue sur la balafre rouge. C'est mieux ?

– Sans aucun doute, répondit Stella.

– C'est pour Noël. » Elle prit un verre rose, examina, en clignant des yeux, son vif éclat et l'essuya encore méticuleusement.

Pas étonnant qu'on ait eu besoin d'aide à la maison, se dit Stella qui commençait à regretter de ne pas avoir accompagné les vaches.

À ce moment-là, Joe entra, le visage brouillé par son sommeil inhabituel. Janet, dans son excitation, lâcha presque le verre.

« Le plus merveilleux cadeau de Noël que j'aie jamais reçu, Stella, dit-il. Christ ! Je me suis réveillé il y a juste dix minutes. Incroyable ! »

La bouche rouge de Janet s'affaissa un instant, puis se releva laborieusement en un sourire qui brillait horriblement.

« Joyeux Noël, Joe ! »

Elle s'approcha de lui, tenant toujours torchon et verre, prête à recevoir un baiser. Stella observa le visage de Joe, traversé par diverses émotions. D'abord, le vide, comme s'il avait oublié l'existence de Janet. Puis la surprise devant sa présence. Enfin l'horreur devant son aspect. Janet ne sembla s'apercevoir d'aucune de ses réactions. Avant qu'elle l'eût rejoint, Joe s'était composé une expression plus chaleureuse et s'exécuta en déposant le baiser demandé sur sa joue. La brève cérémonie achevée, Janet recula sa tête inclinée, attendant, cette fois, un commentaire.

« Alors ? Qu'en penses-tu ?

– De quoi ? » Joe avait l'air éberlué. La barre de rubis que Janet avait épinglée en broche au col de son cardigan beige, pour marquer Noël ou pour une raison plus personnelle, lui tomba sous les yeux. Il l'effleura.

« Très joli, dit-il.

– Non. Pas la broche, idiot ! » Janet sourit. La moindre marque d'attention que lui accordait Joe l'enivrait. Et elle osa : « Le rouge à lèvres !

– Je mettrai quelque temps à m'y faire, répondit-il. Tu sais ce que je suis : un homme d'habitudes. Lent à changer. »

C'était, pour Janet, une approbation suffisante. Ravie, elle nicha sa tête contre l'épaule de Joe, un sourire rêveur aux lèvres.

« J'ai pensé que ça te plairait.

– Finissez-en avec ces verres, Janet, l'interrompit sèchement Mrs. Lawrence. On en a besoin sur la table. » Elle tournait la sauce avec agacement. Des éclaboussures sautèrent de la casserole et atterrirent avec un grésillement de colère sur la cuisinière.

« Excusez-moi, Mrs. Lawrence, murmura Janet, insensible à la sécheresse dans la voix de sa future belle-mère. Ça m'a toute retournée, cette histoire de rouge à lèvres. »

Après le déjeuner de Noël qui, grâce à la gestion avisée de Mrs. Lawrence, ressembla à un repas d'avant-guerre, Stella s'excusa dès qu'elle le put pour commencer la traite de l'après-midi. Elle ne supportait pas de voir Joe ouvrir le paquet que Janet lui avait apporté – une paire de chaussettes aux motifs des Shetlands qu'elle avait mis des mois à tricoter parmi celles qu'elle confectionnait pour les forces armées. Elle ne voulait ni être témoin de la réaction de Janet devant la boîte de quatre mouchoirs que Joe lui offrait, ni assister au débat concernant les projets de l'après-midi. Elle savait que Janet avait l'intention d'être seule quelques heures avec Joe et sentait le peu d'enthousiasme de Joe à se plier à ce désir.

Stella consacra l'essentiel de l'après-midi à s'occuper laborieusement des vaches. Tôt dans la soirée, elle était épuisée. Elle monta s'étendre une heure avant de changer de vêtements pour le dîner. Janet était assise dans sa position habituelle, les chevilles jointes, sur le lit de Prue. Elle était au bord des larmes.

« Oh, Stella ! Je suis heureuse que vous soyez revenue.

– Qu'y a-t-il ?

– Nous sommes partis en voiture. Joe aime bien conduire l'Austin. Au bout d'un moment, je lui ai dit : “Si on s'arrêtait, Joe, pour admirer le paysage ?” Il m'a regardée comme si j'étais folle, franchement. Il a dit que quand il avait l'occasion de conduire une belle voiture, il voulait conduire, pas admirer le paysage. Je crois qu'il a deviné ce que je suggérais… Bon, finalement, nous nous sommes arrêtés, sous un portail, il n'y avait aucune intimité et aucune vue. Je lui ai donné la boîte de chocolats que j'avais apportée. Je voulais que ce soit un petit cadeau personnel, et, mon Dieu, il l'a beaucoup plus appréciée que les chaussettes. Il a eu l'air vraiment content. “Tu es gentille, Janet”, m’a-t-il dit, en me tapotant le genou. *“Bon, voilà”*, a-t-il dit. Il a commencé à manger des chocolats. Je n’en ai pas voulu. Je voulais saisir ma chance. »

Une larme unique glissa sur le visage de Janet. Elle l’essuya rapidement avec un des mouchoirs d’enfant qui avait été le cadeau de Joe, et eut un petit sourire courageux.

« “En tout cas, ai-je dit, ça n’a pas l’air d’aller très bien entre nous, Joe. Nous n’avons jamais l’occasion de parler, et tu écris à peine. Je ne me plains pas, mais j’ai toujours pensé que, quand les gens étaient fiancés, ils avaient envie de rester en contact. Et que, quand ils se rencontraient, ils étaient heureux de se voir.” Joe en était, à ce moment-là, à son quatrième chocolat, une crème rose. “Laisse-moi du temps, a-t-il rétorqué. Je suis vraiment désolé.” Mais ça n’était pas très convaincant. Ensuite, il s’est concentré sur ce petit papier – vous savez, celui qui donne la composition des chocolats. Puis il a dit que le problème c’est qu’il avait plein de soucis, ou quelque chose comme ça, dont il ne voulait pas parler. “Même pas à moi, Joe ? ai-je demandé. – Non, même pas à toi”, a-t-il répondu. » Une autre larme apparut. « “Mais je comprends, ai-je dit. Bien sûr que je comprends. Je sais à quel point tu as été blessé de ne pouvoir aller combattre. Je sais à quel point tu as été déçu de ne pouvoir aller à Cambridge. Ce sont des choses pénibles. Mais tu pourras toujours aller à Cambridge après la guerre : nous pourrions même y vivre.” Il a regardé par la vitre et donc je n’ai pas pu voir son visage. »

Janet s’interrompit pour s’assurer qu’elle lisait toujours de la compréhension dans les yeux de Stella.

« C’est alors, mais n’en dites rien aux autres, s’il vous plaît, que j’ai commis des erreurs. J’ai dit : “Joe, les choses n’ont-elles pas changé à cause des volontaires ? Je comprendrais très bien que tu sois tombé amoureux de cette Prudence. Elle est si jolie, si gaie…” Il m’a regardée à nouveau comme si j’étais folle : je suppose que c’était très réconfortant. “Ne sois pas stupide, m’a-t-il dit. Je les apprécie toutes avec leurs façons d’être différentes et je ne sais pas comment on se serait débrouillés sans elles. Mais je ne suis pas amoureux de Prue – ça ne m'a jamais traversé l'esprit." Devant une perspective si ridicule, il a eu une espèce de sourire qui m'a, en quelque sorte, réconfortée. Mais je voyais bien qu'il était agacé. Alors j'ai dit, en essayant d'être frivole et enjouée : "Est-ce que tu aimes mon rouge à lèvres ? Tu n'as pas pu répondre vraiment devant les autres." Comme j'ai été bête de lui avoir reposé la question. Cette fois il s'est tourné vers moi, presque méchamment, la bouche pleine de chocolat. "Ça ne rime à rien de singer les autres, a-t-il dit. Ce n'est pas ton genre. Je te préfère comme tu es d'habitude, sans maquillage. Une bouche écarlate ne te va pas, si tu veux la vérité. – J'ai simplement pensé, ai-je expliqué, que cela pouvait te donner envie de m'embrasser… – C'est tout le contraire, en fait", a-t-il dit avec tant de cruauté (je sais bien qu'il ne voulait pas être cruel) que j'ai dû me retenir pour ne pas pleurer. Alors j'ai pris ce mouchoir – elle montra la petite boule rose, humide et chiffonnée – encore tout propre dans sa boîte, et j'ai enlevé tout le rouge à lèvres d'un seul coup. "Voilà, ai-je dit, est-ce mieux ?"»

Il y eut un long silence. Stella s'aperçut que Janet ne tentait plus de refouler ses larmes. Elle semblait plutôt lutter pour trouver le mot juste.

« Alors il m'a embrassée. Sans rien dire. Juste un baiser sur la bouche, les bras tout raides autour de moi. Tout le temps, pourtant, j'ai senti que quelque chose n'allait pas. Je veux dire que je n'ai pas d'expérience comme je pense que vous en avez, vous et les autres. Je ne m'y connais pas en baisers. Mais j'ai toujours pensé que c'était… plus chaleureux, en quelque sorte. J'ai commencé à entrouvrir les lèvres, comme je l'ai vu faire au cinéma, et il a reculé. Bien sûr, je ne lui ai pas montré que j'étais déçue : après tout, c'était le baiser le plus long que nous échangions. J'étais tellement reconnaissante. Alors je lui ai dit que je l'aimais, et il m'a répété que j'étais gentille et a mis le moteur en marche. En rentrant je lui ai dit que je croyais que les choses s'arrangeraient quand nous serions mariés ; l'attente déprime tout le monde. Il a dit oui, que quand nous serions mariés, tout irait bien.

– Bon, alors vous devez être satisfaite, commenta Stella après un long silence.

– Eh bien, oui et non. J'ai confiance en Joe, je ne pense pas qu'il me laissera tomber. Sois patiente et nous finirons par nous marier, c'est ce que je me dis toujours. Mais c'est difficile de ne pas croire qu'il ne m'aime pas à moitié autant que je l'aime, et qu'il ne le fera jamais. Il ne dit jamais ce qu'il ressent, il dit simplement qu'il ne me quittera pas. Peut-être ne devrais-je pas en demander davantage. Mon Dieu ! Je sais à quel point j'ai de la chance – je ne suis pas exactement Veronica Lake, je suis loin d'être brillante, et pourtant un homme exceptionnel comme lui, qui pourrait avoir toutes celles qu'il veut, m'a choisie. Alors tout ce que je peux faire, c'est continuer à être sûre, chasser mes doutes en attendant que la guerre finisse – tant de couples doivent ressentir la même chose. J'ai honte de m'apitoyer sur mon sort. » Elle eut un pauvre sourire. « Et quand nous serons mariés, il ne se passera pas un jour sans que je lui prouve combien je l'aime. Je crois qu'il finira par partager mes sentiments. Je l'espère.

– C'est l'heure de descendre dîner », dit Stella.

Janet bondit et lissa sa jupe.

« On voit que j'ai pleuré ?

– Laissez-moi vous mettre un peu de poudre… » Stella tamponna, de sa houppette, les joues de Janet, sous les yeux, et mit du rouge sur ses pommettes pâles. « Si seulement Prue était là ! Elle fait cela bien mieux que moi. Voilà, vous êtes très bien. »

Janet jeta un regard inquiet dans son miroir de poche.

« Vous avez été si gentille. J'ai dit à Joe à quel point vous êtes gentille.

– Mais pas du tout.

– Vous m'avez écoutée. Presque personne ne le fait. Je voudrais ne pas avoir à repartir si tôt demain matin. Mon séjour est passé si vite. Et il n'y aura plus de moment où je pourrai être seule avec Joe. Mrs. Lawrence dit que traditionnellement on joue au gin-rummy le soir de Noël, alors il faudra que je fasse bonne figure.

– Moi je ne joue pas aux cartes, dit Stella. J'irai me coucher directement après dîner. Je veux profiter au maximum du luxueux cadeau que m'a fait Joe.

– Vous voulez parler de la grasse matinée pendant qu'il s'occupera de la traite ? Il a beaucoup d'imagination, Joe, parfois. »

Janet eut l'air si abattue que Stella craignit de nouvelles larmes.

« Allez, dit-elle. Énorme dinde et tartelettes de Noël.

– Au moins, Joe sera content, remarqua Janet en descendant l'escalier avec Stella, que je ne porte plus de rouge à lèvres. Ça, au moins, ce sera son Noël. Sacré vieux Joe. »

Le lendemain, le 26 décembre, Stella dormit jusqu'à midi et n'entendit pas Janet faire, sans bruit, ses bagages, et partir. Elle descendit à temps pour déjeuner et sentit comme un soulagement dans l'air. C'était peut-être son imagination, mais la tension des deux derniers jours, quand la triste silhouette grise de Janet parcourait la maison en proposant son aide et en faisant son possible pour s'adapter, avait disparu. Les Lawrence bavardaient avec plus de laisser-aller. Joe, qui était allé rendre visite à Robert après la traite, revint en annonçant qu'il avait invité son ami à dîner pour le réveillon du nouvel an.

« Je lui ai parlé du bal de la Croix-Rouge, dit-il. Avec un peu de chance, il proposera à Prue d'y faire un tour. »

Sa mère lui jeta un coup d'œil.

L'après-midi, Stella aida Joe à traire et à emporter les bidons de lait au village. Mr. et Mrs. Lawrence firent une longue promenade avec les chiens – autre tradition de Noël. Joe invita Stella à écouter de la musique dans sa chambre, mais elle répondit qu'elle devait écrire à Philip. Le côté étrange de la rupture de la routine et des heures de repos prises en pleine journée de travail commençait à s'estomper. Il lui tardait que les autres reviennent demain ; il lui tardait de retrouver la discipline et l'ordre normal des journées.

Après souper, Mrs. Lawrence suggéra que Joe aille prendre un verre aux Cloches, en emmenant Stella.

« C'est souvent très animé, là-bas, le soir du 26, dit-elle, et vous n'avez pas souvent l'occasion de vous distraire. »

Deux heures à l'air vif avaient rougi ses joues blêmes. Stella devina qu'elle désirait passer une soirée en tête à tête avec son mari.

« C'était un Noël agréable, mais je suis tout à fait d'accord pour aller boire un verre, si Joe veut bien », accepta-t-elle.

Ils remontèrent rapidement le sentier. Il faisait beaucoup plus froid que la veille de Noël et, sous la pleine lune, se découpaient des ombres profondes aux arêtes vives.

Aux Cloches, le bar était bondé et étouffant. Des guirlandes de papier crépon et des clochettes d'argent se balançaient entre les poutres basses et le propriétaire portait un chapeau de papier.

« Presque tout le village est là, remarqua Joe en regardant autour de lui, sauf Ratty et Edith. C'est mauvais signe. »

Il apporta deux verres de vin chaud aux épices – une spécialité saisonnière des Cloches – à une table près du feu, où un enfant, le fils du propriétaire, faisait griller des châtaignes. Joe aida Stella à ôter son manteau. Elle s'installa confortablement sur une vieille chaise de chêne et jeta un coup d'œil à la ronde en souriant. Elle ne se sentait pas obligée de parler, comme cela avait été le cas dans le pub de Plymouth, avec Philip. Joe n'était pas homme à s'offusquer du silence des autres. Lui-même ne parlait pas. Les yeux fixés sur la porte, il attendait l'arrivée de Ratty. Au bout d'un moment, il se pencha vers Stella.

« Cette fichue guerre… », commença-t-il.

Elle comprit tout ce qu'il voulait dire par là, mais jugea plus sage de rester neutre.

« Tu sais, dit-elle, je n'en ai eu un aperçu qu'une seule fois. Ma mère – elle travaille pour le WVS et pour la Croix-Rouge – était de service à la gare Victoria quand les soldats ont été rapatriés de Dunkerque. Elle m'a dit que je devrais venir l'aider à tenir sa buvette et que ce serait quelque chose que je n'oublierais jamais. À la gare, c'était le chaos. Des centaines et des centaines de soldats erraient, si choqués, si épuisés qu'ils avaient l'air de dormir debout. Beaucoup étaient blessés et portaient des bandages – les plus forts aidaient les plus faibles. J'ai donné une tasse de thé à un homme qui m'a tendu deux pence. Je lui ai dit que ce n'était pas la peine, que c'était gratuit. *Gratuit ?* a-t-il dit et les larmes ont coulé sur ses joues. C'était la première fois que je voyais pleurer un homme, les larmes inondaient sa capote et ruisselaient entre les boutons... Ce fut mon seul aperçu de la guerre. Sinon, le plus près que je m'en sois trouvée, ce fut en écoutant les histoires de ma mère sur le Blitz. À la maison, nous n'avons dû descendre à la cave que deux fois pendant un raid. Ici, à la ferme, c'est tellement calme qu'il est difficile de croire aux horreurs qui se passent à Londres, dans les grandes villes, dans le vaste monde.

– Il y a toujours la tension et l'incertitude.

– Oui, c'est vrai. C'est la première chose dont on se souvient, chaque matin ; de temps en temps un avion qui hurle nous la rappelle.

– Et comme effet... on sent bien qu'on n'est à l'abri nulle part.

– Bien sûr.

– Bien qu'ici je pense que votre venue à vous, les filles, a eu quelque chose d'un antidote. C'était pénible avant que vous n'arriviez. » Joe s'interrompit en voyant Ratty franchir le seuil. « Dieu merci ! » dit-il à voix basse en faisant signe à Ratty de les rejoindre.

Le vieil homme traversa la foule, sa pomme d'Adam montant et descendant furieusement au-dessus de son écharpe, ses yeux troubles clignotant. Il prit une chaise. Joe alla chercher une pinte de bière et deux autres vins chauds.

« Je suis plus en retard que je ne devrais, dit Ratty. Edith n'arrêtait pas de râler.

– Alors, vous n'avez pas pu la convaincre de venir ? demanda Joe, quand il fut revenu, avec un sourire taquin.

– Vous pouvez le dire ! Elle était en pleine forme ! Merci. »

Ils burent tranquillement. Leur silence fut rompu par un mouvement soudain dans la foule. Il y eut des cris d'encouragement. Stella vit qu'on poussait un homme âgé vers un piano plus âgé encore.

« Je te l'avais bien dit. » Joe sourit à Stella. « On fait de la musique aux Cloches. Hugh Wadley, là, est le meilleur pianiste à des lieues à la ronde. Il enseignait à l'école de Dorchester. »

Le fringant vieillard s'installa au piano et posa ses mains sur les touches. Les notes en étaient fausses et désaccordées. Au bruit de l'accord imparfait, un frisson courut dans le dos de Stella. Voilà longtemps qu'elle n'avait pas eu l'occasion de consacrer une soirée à la musique. Elle s'amusait beaucoup.

Autour du piano, les buveurs entonnèrent *It's a long way to Tipperary*. Stella, Joe et Ratty se joignirent à eux. On applaudit, à la fin : de grandes claques dans le dos et des cris de *À bas Hitler*. Mr. Wadley but une gorgée de bière et regarda le feu.

« Y a-t-il ici quelqu'un qui sache vraiment chanter ? » demanda-t-il.

Rire général.

« Stella ? » chuchota Joe.

Stella fit non de la tête.

« S'il y avait quelqu'un, je lui en serais très obligé, ajouta Mr. Wadley. Tous ces braillements que vous appelez chants me cassent les oreilles.

– Allez-y », insista Joe.

Stella, tentée, hésita. Le vin avait rendu ses joues brûlantes. À l'aise parmi tous ces étrangers, elle ressentait l'envie inattendue de chanter.

« Savez-vous ce que j'aimerais entendre ? » Ratty se pencha vers elle. « J'aimerais entendre : *Pas de black-out pour le clair de lune.*

– D'accord, Ratty, juste pour vous. »

Stella se leva, transportée de joie par sa propre impulsion. Elle se dirigea vers le piano. Les consommateurs – des hommes, pour la plupart – s'écartèrent en lui jetant des regards curieux. Les clients réguliers des Cloches n'avaient pas l'habitude d'un tel spectacle. Ils cachèrent leur surprise sous les acclamations.

Penchée sur l'épaule de Mr. Wadley, Stella fredonna les premières paroles de la chanson de Ratty. Mr. Wadley, stupéfait qu'on ait répondu à sa requête, était penché sur les touches ternies comme s'il éprouvait une immense dévotion pour l'instrument, comme si sa concentration pouvait, par magie, en nettoyer l'ivoire.

« Tout ce que vous voulez ! Sol majeur ? »

Stella acquiesça. Le bruit cessa. Le silence momentané ne fut plus rompu que par le doux sifflement des bûches dans les flammes. Stella joignit les mains, puis les laissa retomber le long de la jupe de sa robe rouge. Elle leva les yeux vers le plafond taché de fumée et sentit vingt paires d'yeux qui l'a scrutaient.

Elle commença. Doucement, pour les premiers vers. Puis, encouragée par les sourires, elle souligna l'atmosphère de mélancolie :

Tu souris à la lueur de ta cigarette,
L'image s'évanouit trop vite,
Mais je vois tout ce que je veux savoir
Pas de black-out pour le clair de lune...

Quand elle acheva, il y eut un silence, puis on se mit à applaudir frénétiquement et à réclamer d'autres chansons. Stella, rougissante et la tête inclinée, s'aperçut que seules deux personnes ne souriaient pas et n'applaudissaient pas : Joe et Ratty. Trouble : qu'avait-elle fait de mal ? C'étaient eux qui l'avaient poussée – en quoi les avait-elle déçus ? L'angoisse submergea son plaisir. Elle s'approcha du piano et s'appuya sur le dessus d'érable craquelé.

« Vous savez ce à quoi me fait penser cette pose ? » dit Mr. Wadley en riant. « À Marlene Dietrich... ! » Il joua quelques notes. Quand Stella sourit, il y eut d'autres cris. C'était le début d'un de ses airs favoris. Elle se dit qu'elle allait le chanter, puis qu'elle partirait. Pour découvrir ce qui avait donné à Joe cet air furieux. Elle lui jeta un coup d'œil et accrocha son regard.

Elle entonna *Retomber amoureux*. Sa voix pure, voilée et douce, se perdit en volutes dans la fumée, la chaleur, parmi les visages nostalgiques de ces hommes et de ces femmes qui se remémoraient leur propre histoire d'amour, commencée avant la guerre.

Joe ne la quitta pas des yeux pendant qu'elle chantait.

Ratty, qui observait Joe, vit, en face de lui, un homme transfiguré : un homme dont la vie était, sous ses yeux, totalement bouleversée. Avec sa vue aiguisée de chasseur de rats, Ratty ne put manquer de remarquer ce qui se passait en Joe : quelque chose dont il croyait que Joe ne parlerait jamais, un secret que lui, Ratty, emporterait dans sa tombe. Quelle que soit cette ineffable expérience, Ratty l'avait ressentie avant Joe lui-même. Un spectateur avait rarement le privilège d'être témoin d'un tel rite de passage intime : c'était aussi rare que de voir s'accoupler des animaux sauvages, éclore une couvée d'oisillons, se fermer les pétales d'une marguerite, au crépuscule. Ratty s'essuya un œil et bougea un peu, las, tout d'un coup.

Stella regagna leur table, réconfortée par d'autres applaudissements. Elle était souriante, animée, une main sur sa peau visible sous le col à la Peter Pan, blanc et bas, de sa robe rouge.

Seigneur, se dit Joe, *c'est elle* : comment se faisait-il qu'elle ait été là, tout le temps, sous son nez, et qu'il ne lui ait jamais accordé une pensée ? De temps à autre il avait songé au côté flirteur de Prue, à la douce mélancolie d'Ag, à la gentillesse de Stella – mais il ne lui était jamais venu à l'esprit qu'une d'entre elles lui fût destinée. Contrairement à Robert, il n'avait jamais essayé d'imaginer la femme idéale. Il ne croyait pas à son existence. Ou, si elle existait, bon – il la reconnaîtrait quand elle apparaîtrait.

Il la reconnaissait, à présent.

Il se leva.

« Était-ce bien ? Tu n'as pas aimé, Joe, n'est-ce pas ?

– Tu étais très bien. Ils ont beaucoup apprécié. »

Il se rassit, n'osant pas avancer la main, n'osant pas la toucher. Il n'osait même pas sourire, de peur de se trahir.

Quelqu'un tendit un verre de vin à Stella, avec les compliments du propriétaire. Joe, la regardant accepter avec modestie les félicitations, et se délecter de son succès, tenta de sonder ce qui s'était emparé de lui avec une force physique telle que c'était à peine s'il pouvait respirer normalement. Le temps, ce soir-là, était un globe écrasé, trop compliqué à reconstituer. Mais, à ce moment, une explication possible de ses sentiments lui traversa l'esprit, aveuglément : la *certitude*. Il se souvint des paroles d'Ag : *J'étais si certaine, si convaincue qu'ici se trouvait ma moitié, ou quelle que soit la stupide expression qu'on emploie que, d'une façon bizarre, ma vie a absolument changé à partir de ce jour...* Quelle fille avisée, Ag ! Sur le coup, il n'avait pas compris. Maintenant il comprenait. Et voilà, c'était la *certitude*. C'était la certitude comme il ne l'avait encore jamais connue. C'était une certitude de fer, c'était une lumière venue des cieux, c'était si totalement dévastateur que, en retombant dans la réalité, il lui faudrait toutes ses forces pour dissimuler ses sentiments.

« Quelque chose ne va pas, Joe ? »

La douceur de la voix de Stella... pourquoi ne l'avait-elle pas frappé jusqu'à présent ? Il maudit son esprit prosaïque, aspirant à des mots dont il savait qu'ils n'existaient pas. Comme un homme en état de transe, il continuait à la regarder, incapable de répondre.

« Je ne suis qu'un fermier », dit-il enfin.

Stella éclata de rire.

« Joe le fermier ! Tu as un peu trop bu, Joe le fermier ! Je crois qu'il est temps de rentrer. »

Il ne pouvait lui reprocher de le croire ivre. Pendant le trajet du retour, sous l'arc des étoiles glaçantes, il garda ses distances. Si cette chose extraordinaire ne lui était pas arrivée aux Cloches, s'il avait éprouvé pour Stella les mêmes sentiments qu'une heure plus tôt, il lui aurait, poliment et amicalement, pris le bras. À présent, il craignait beaucoup trop le moindre contact physique. Dans la nuit silencieuse, il essaya de changer d'idée en imaginant, sur leur route, une fantomatique montgolfière : ils y monteraient et s'élanceraient en flèche vers les cieux dans la musique de ses flammes... Seigneur ! Stella avait raison à propos du vin. Peut-être était-il simplement vraiment ivre. En tout cas, après avoir ouvert la porte de derrière, il s'écarta rapidement pour laisser passer Stella, s'assurant que même leurs manteaux ne s'effleuraient pas.

« C'était une soirée très agréable, dit-elle dans le hall. Voilà des mois que je n'avais pas chanté. Merci de m'avoir emmenée. »

Elle paraissait si jeune, si insouciante. Joe se rappelait à présent que parfois, à la fin d'une longue journée de travail, Stella était vidée de son énergie tout autant que rêveuse. Elle monta l'escalier rapidement. Il trouva, dans le sillage de son sourire, qu'elle avait l'air plus heureuse que les semaines précédentes. Mais alors, complètement dégrisé, il se souvint qu'un esprit troublé – que ce soit par le bien ou le mal – joue des tours. Et que l'amoureux possédé – ce qu'il se sentait dorénavant – voit ce qu'il désire voir, et y attache, bêtement, beaucoup trop de prix.

Joe abandonna tout espoir de dormir cette nuit-là. Il s'assit dans sa chambre, transi, abattu, perplexe et envoûté. Pour se calmer, il mit sur le gramophone son quintette pour clarinette préféré de Brahms. Mais quand la première face du disque fut achevée, il était trop préoccupé pour écouter l'autre et remonter le tourne-disque. Alors il resta assis en silence, à méditer sur les images qu'il avait inconsciemment enregistrées celle qui avait enflammé ses sens : Stella la rêveuse, Stella pleurant dans le verger sur la lettre de son fiancé, Stella les étonnant tous par son don extraordinaire pour la danse, Stella la modeste, la serviable, réconfortant calmement chacun, si gentille envers Janet… puis Stella, ce soir, ensorcelant une foule d'étrangers avec ces deux chansons pleines de mélancolie. Pourquoi ne s'était-il pas aperçu plus tôt qu'elle était parfaite ? Les voies du Seigneur sont tortueuses, se dit-il. Il laisse un homme plongé dans les ténèbres, sans espoir, puis lui envoie une lumière aveuglante. Joe n'avait jamais espéré ce qu'il avait toujours jugé impossible – la force d'un amour si grand que tout en était transformé. S'il avait cru que cela existait, audelà de l'imagination des poètes, il n'aurait jamais offert déloyalement à cette pauvre Janet de l'épouser. C'était l'acte le plus inacceptable de sa vie, reconnaissait-il à présent, commis passivement dans un moment où il avait voulu bêtement faire plaisir à ses parents. Et maintenant, que pouvait-il faire ?

Rien. Il n'y avait rien à faire. Continuer et épouser Janet qu'il n'aimerait jamais. Continuer comme s'il ne s'était rien passé. Respecter sa promesse. Et pourtant, sachant à présent ce qu'il savait, était-ce humainement possible ?

Joe écarta le rideau du black-out pour regarder, semblable à celle d'un escargot, la première trace de lumière argentée dans le ciel. Il avait lu Byron : il savait qu'il fallait garder secret un amour sans espoir. Il s'agissait, avant tout, de ne pas accabler Stella sous le poids de ses propres sentiments. Elle aimait Philip… n'est-ce pas ? Elle n'éprouvait pour Joe que de l'amitié, rien de plus. Faire quelque allusion au chaos de ses sentiments serait déloyal et peu souhaitable. Il pouvait seulement essayer d'en finir avec la torture causée par une découverte si inopportune, essayer de réprimer peurs et désirs. La guerre achevée, ou quand Stella et les autres quitteraient la ferme, il tenterait d'oublier. *Oublier…* ? Il tâtonna dans une pile de vêtements pour trouver ses habits de travail. Comment pouvait-on oublier quelque chose d'aussi important dans son mystère que la naissance, que la mort ? Joe se hâta. Il voulait rentrer les vaches avant que Stella ne descende. Il voulait qu'elle les trouve toutes à l'étable quand elle arriverait, pour lui faire la surprise. Dans son nouvel état d'esprit, il voulait accomplir aussi vite que possible son premier geste pour elle. Il grimaça en pensant que s'occuper des vaches n'était vraiment pas une idée romantique. Mais il n'avait pas le choix. La vue des vaches toutes prêtes lui serait certainement aussi agréable qu'un bouquet de roses rouges…

Joe descendit silencieusement peu après quatre heures.

Ce jour-là, la magie du changement dans les choses ordinaires, magie provoquée par l'existence d'un autre être humain, agit avec une force que Joe trouva aussi émouvante que remarquable. Pendant que, dans leur nouvelle forme, s'écoulaient ces heures extraordinaires, il comprit, émerveillé, ce qu'il avait manqué jusqu'alors et cela le rendit humble. Le changement, observa-t-il, touchait tout. Ce que poètes et auteurs de chansons d'amour étaient chargés de transmettre – par leur génie ou par des dons moins remarquables – en mots codés que seuls pouvaient déchiffrer ceux qui étaient amoureux, c'était cette transfiguration du monde. Aucun endroit, aussi vulgaire soit-il, ne lui échappait. La cuisine – cette cuisine qu'il avait connue toute sa vie – était presque méconnaissable parce qu'à chaque instant Stella pouvait y surgir. De même, il avait trouvé méconnaissables l'étable, les champs et la cour. Il sentait dans l'air quelque chose d'électrique, un vacillement des choses solides, une hallucination glorieuse. Et il réalisa rapidement que ses nouveaux sentiments d'ivresse étaient une maladie, du corps comme de l'âme. Il tremblait à imaginer des plans pour croiser le chemin de Stella à plusieurs reprises dans la journée, sans éveiller ses soupçons.

Tout à coup il ne supporta plus d'attendre dans la cuisine. Il n'était pas encore prêt à affronter la proximité qu'imposait sa surface. Il gagna rapidement l'étable et se força à se concentrer sur son travail. Il avait déjà commencé à traire Nancy, la plus vieille vache du troupeau, quand Stella entra.

« Joe, tu m'as prise de vitesse ! Tu n'aurais pas dû – mon cadeau, c'était pour hier ! »

Joe laissa sa tête enfoncée dans le flanc de Nancy et ne la regarda pas. Une seconde, il sentit la main de Stella posée sur son épaule.

« Je me suis réveillé tôt. Alors je pouvais bien le faire.

– Bon, merci. Je vais commencer à l'autre bout. »

Joe s'autorisa un coup d'œil sur les bottes qui s'éloignaient. Ses doigts tremblaient sur les trayons de Nancy. *Je suis fou…* C'était loin d'être une impression désagréable.

En écoutant la plainte du lait heurtant le seau, en luttant encore une fois pour se calmer, il prit conscience qu'il avait atteint une certaine objectivité. Avant même que, saisissant le seau plein d'écume chaude, il se fût levé et qu'il eût jeté un regard dans l'étable pour apercevoir la tête de Stella, appuyée contre la bienheureuse Belinda, il comprit qu'il y avait à présent, en lui, deux postes de guet : un d'où il pouvait observer Stella à chaque instant ; un autre d'où il pouvait étudier son propre comportement.

Prue et Ag revinrent ce soir-là. Pour des raisons différentes, elles étaient toutes deux en grande forme. Après le dîner, la réunion dans le grenier – occasion d'échanger des nouvelles plus intimes – fut très gaie.

« Ce fut un Noël agréable et tranquille avec mon père, dit Ag, *et*... ça. Qui m'attendait. »

Elle tendit une carte de Noël pour que les autres l'examinent. C'était un dessin à l'encre représentant Trinity College sous la neige. Dedans, sous les vœux imprimés, il y avait la signature : *Desmond.*

« Je n'en croyais pas mes yeux, sourit Ag. Je n'y crois toujours pas. Dans le train je n'ai pas cessé de la sortir de mon sac pour la regarder. Ne croyez-vous pas que ça veut sûrement dire qu'il ne m'a pas tout à fait oubliée ? Ça doit vouloir dire quelque chose.

– Bon, dit Prue sans prêter vraiment attention à Ag, regardez ce que moi j'ai reçu ! »

Elle farfouilla dans du papier de soie, dans sa valise, et en sortit une robe de velours rubis avec un col de fourrure blanche.

« Ma mère a trouvé ce vieux tissu à rideaux au marché et m'en a fait une robe en un tournemain. N'est-ce pas absolument divin ? Elle jure que la fourrure est du lapin : moi je dis que c'est de l'hermine. C'est la plus belle robe que j'ai jamais vue... » Elle la déploya devant elle et virevolta dans la pièce en se regardant dans plusieurs petits miroirs. « Quand pourrai-je la porter ? C'est ça, le seul problème.

– Au réveillon du nouvel an, suggéra Stella. Joe a invité son ami Robert à dîner. Et tu pourras aller au bal de la Croix-Rouge. »

Le visage de Prue s'illumina.

« Mince ! Que dites-vous de ça ? Je croyais bien… Avec Barry, c'est fini. Peut-être que ce Robert… Et toi, Stella ? Quelle impression ça t'a fait de voir la belle Janet dans mon lit ?

– Tout s'est bien passé. Il n'est rien arrivé de particulier. J'ai bien aimé. Un soir j'ai chanté, aux Cloches.

– C'est pas vrai ! » Prue éclata de rire. Elle se lova sur son lit, serrant sa robe et frottant, comme une enfant, sa joue contre la fourrure. « Ça faisait drôle de rentrer chez soi, vous savez. As-tu ressenti ça, Ag ? C'est si petit. Et les rues sont bruyantes : c'est bizarre que je ne l'aie jamais remarqué, avant. Bien sûr, c'était agréable d'être avec Maman. Elle m'a dit : “Prue, qu'est-ce qui a bien pu arriver à tes mains ?” Je lui ai répondu : “Maman, tu devrais essayer de décrotter Sly et de garder des mains en bon état.” Sly, à vrai dire, me manquait, mais je ne le lui ai pas avoué. En tout cas, elle m'a fait un shampooing et tout ça. C'était bizarre, avec une cuvette adéquate, un séchoir et tout ce qu'il fallait. Il m'a fallu un peu de temps pour me réhabituer. C'est drôle, je suis presque contente d'être de retour. Et toi, Ag ? »

Ag murmura un acquiescement. Elle était occupée à installer sa carte de Noël sur une chaise, près de son lit. Elle trouva une position qui lui permettrait, de son oreiller, de voir la signature de Desmond. Quand la lumière fut éteinte, elle embrassa la carte en secret, tout comme Stella embrassait la photographie de Philip. Ag remarqua que le cliché avait été placé sur la commode.

Le soir du réveillon, Robert arriva ponctuellement à sept heures, pour dîner. D'un an exactement plus âgé que Joe, il avait l'air d'un homme de trente ans qui aurait été malade toute sa vie. Il était petit et mince, recroquevillé, la poitrine creuse. Il avait des cernes bleuâtres sous ses yeux caves, et sa peau avait un aspect pâle et crémeux qui rendait difficile de croire qu'il passait le plus clair de son temps au grand air.

Les filles, curieuses de voir l'ami de Joe, vinrent serrer sa main osseuse à tour de rôle en un rang scintillant. Prue avait insisté pour être la dernière. Elle portait sa nouvelle robe et avait recourbé ses cils en pointes d'une longueur incroyable.

« Je vais vous embrasser, aussi, Robert, dit-elle, parce que c'est le nouvel an », et les bras de Robert l'enlacèrent automatiquement.

Plus tard, elle expliqua aux autres qu'elle s'était sentie attirée par Robert dès que sa bouche avait touché sa joue cadavérique. L'attraction fut mutuelle. Prue, pendant le dîner, ne fit attention qu'à lui, battant de ses absurdes cils, jouant à satiété de ses fossettes et de ses moues. Trop occupée pour proposer son aide, elle souriait, comme une duchesse, pendant que Stella et Ag jouaient les serveuses. Le dîner terminé, elle et Robert partirent immédiatement au bal de la Croix-Rouge.

« Donc ça marche, dit Joe en souriant à Ag. Je pensais bien que c'était possible. Plus de Barry. J'espère que Robert s'amuse.

– Allons, Joe, dit Mrs. Lawrence, une pointe de tristesse derrière son regard sérieux. C'est un couple très mal assorti. Que peut apporter à Robert une fille comme Prue ?

– Du plaisir, répondit Joe. Il n'y a pas de mal à ça, pour le moment. » Il se sentait la force de celui pour qui le plaisir pour le plaisir, sans rien d'autre, était chose dépassée depuis longtemps.

Stella et Ag écoutèrent la radio avec les Lawrence, en attendant que Big Ben sonnât douze coups. Ils levèrent leurs verres à leur santé respective et échangèrent des vœux formels et polis – mais ils n'étaient pas du genre à sceller ces vœux par des baisers distribués à l'aveuglette. Joe en fut soulagé. La proximité de Stella ce soir – belle, un peu lasse – lui était à la fois ravissement et tourment. Ce qu'il souhaita, secrètement, pour la nouvelle année, quand il leva brièvement son verre en direction de la fille qui avait ravagé sa vie, ce fut de trouver en lui la force nécessaire.

CHAPITRE X

Prue était seule dans l'étable. Personne ne pouvant protester, elle saisit l'occasion de chanter :

Si tu veux aller au ciel à ta mort
Porte un pantalon kaki et une cravate.
Porte un vieux bonnet de feutre marqué WLA
Si tu veux aller au ciel à ta mort…

Elle chaulait les murs bosselés de son mieux. Sacré boulot, mais qui valait mieux, pourtant, que de voiturer des charretées de betteraves pour les vaches, comme le faisait Ag. Ou que de harnacher Noble, l'obstiné, comme Stella. Elles, elles avaient la pluie dans le cou, des cheveux ruisselants et des gants de laine trempés. Il avait beaucoup plu pendant la première semaine de cette nouvelle année – Prue avait recueilli assez de seaux d'eau de pluie pour faire des shampooings pendant un mois. Il faisait également froid à pierre fendre. Sacrément froid. Prue était la seule à attendre encore une vareuse. On n'avait pas résolu la pénurie de tissu pour confectionner les vareuses des volontaires : impossible de savoir quand la sienne arriverait. Mrs. Lawrence avait fait plusieurs demandes auprès de la commissaire du district, qui ne laissait pas d'espoir d'en obtenir une dans un avenir proche. Prue devait donc se débrouiller avec trois pulls sous un vieil imper de Joe, et elle était quand même gelée jusqu'aux os.

Mais, dans son enfance, Prue avait appris que l'épreuve est un défi. Elle se souvint du conseil de sa mère : quand les choses vont mal, souviens-toi de Winston Churchill. Essaie de te rappeler ce qu'il dit. C'est un homme qu'on peut prendre pour modèle. La mère de Prue avait l'habitude de murmurer *Voici la plus belle heure*[1], tout en s'efforçant de pallier au mieux le manque de produits pour les permanentes. Nous y voilà, c'est *maintenant*, ma plus belle heure, se disait Prue en flanquant de la chaux sur un nouveau pan décourageant du mur de briques sale. Son bras lui faisait si mal qu'elle en aurait pleuré. Mais ça ne servait à rien de pleurer ou de s'arrêter. Mr. Lawrence voulait que ce mur soit chaulé à midi.

Elle pouvait réfléchir à loisir à des compensations : Robert, par exemple. Elle et Robert, au réveillon du premier de l'an, avaient rapidement entamé une liaison. Une demi-heure au bal de la Croix-Rouge avait suffi pour les convaincre que son cottage serait un endroit plus approprié pour fêter la nouvelle année. Robert avait allumé un feu et secoué le bout de tapis devant l'âtre. Il avait réchauffé une boîte de soupe et trouvé une demi-bouteille de vin. Le cadre de la troisième conquête de Prue en tant que volontaire était donc, bien qu'imparfait, à la fois plus chaud et plus confortable que la grange ou les bois.

Elle avait été séduite par la timidité de Robert. Elle aimait la façon dont il avait détourné ses immenses yeux de phalène, quand, au beau milieu de l'infecte soupe, elle avait estimé qu'il était temps de cesser de badiner et avait ôté sa robe de velours. Elle l'avait déployée sur le tapis, en gonflant le col de fourrure en une espèce de traversin féerique. Robert avait eu l'air, quelques instants, si délicieusement embarrassé que Prue s'était sentie attirée vers lui d'une façon qui l'avait immédiatement inquiétée quant à ses inconvénients. Elle s'était souvenue, juste à temps, que tomber amoureuse d'un jeune fermier anémique, sans le sou qui plus est, n'entrait pas dans ses plans d'avenir. Elle posa rapidement la main froide de Robert (dans ses expériences précédentes, elle n'avait jamais encore senti une

1. *Now is our finest hour* : phrase célèbre d'un discours de Winston Churchill.

chair si glacée) sur sa cuisse gainée de soie, au-dessous de sa combinaison, et en fut récompensée par une réaction électrique.

« Ce sont les bombes qui incitent une fille à se décider vite, dit-elle, ses cils papillonnants allongés par trois couches de mascara. De nature, je ne suis pas une fonceuse, mais quand il s'agit d'une course contre ces maudites bombes, je veux gagner.

– Bien », répondit Robert.

Il quitta rapidement ses vêtements pendant que Prue détachait avec langueur ses bas du porte-jarretelles, art qu'elle avait appris en étudiant soigneusement les attitudes de nombreuses stars. Elle sourit en voyant les pieds de celui qui allait être son nouvel amant – les pieds les plus petits, les plus délicats, qu'elle ait jamais eu le plaisir d'observer chez un homme. Une peau blanche, veinée de bleu, tendue sur les os blancs. Les orteils miniatures remuèrent dans les plis de la robe de velours – comme des *crustacés* (mot qu'elle avait récemment appris d'Ag), en quelque sorte –, et la firent rire. Elle leva les yeux : Robert était nu mais avait gardé sa montre.

« Minuit moins cinq, dit-il.

– Big Ben va bientôt sonner. »

Prue s'écroula toujours en gloussant et Robert s'accroupit près d'elle. Comme bien souvent précédemment, elle ne fit pas attention au moment précis où disparut la vieille année, mais put se réjouir, très tôt dans la nouvelle, de la présence de son nouvel amant.

À présent – cette idée désagréable lui revint à l'esprit, dans le froid de l'étable – la seule chose qui restait à *nettoyer*, c'était Barry. Elle pensa à leur dernière rencontre – le 10 décembre. Vraiment le jour des renonciations : la perte de Singapour, d'après Mr. Lawrence, qui était un auditeur attentif des nouvelles, et celle de son intérêt pour Barry. Elle n'avait rien dit sur le coup, promettant simplement de garder le contact. Le nouveau cours des événements signifiait qu'elle n'avait pas tenu sa promesse. Peut-être lui écrirait-elle ce soir. Ce n'était pas loyal de laisser un homme tirer des plans sur la comète. Mais c'était difficile de savoir quoi dire.

Cher Barry,

Je ne peux pas te demander de faire encore tous ces trajets à bicyclette et ce ne sera pas très agréable dans les bois en hiver, nous attraperons la mort et de toute façon il m'est difficile de m'éclipser si souvent même si Stella et Ag sont gentilles et couvrent mes absences. Je crois donc que nous devons faire une croix. C'était bien. Quand je raconterai à mes petits-enfants des histoires d'amour du temps de la guerre, je dirai qu'il y avait Barry…

Non ! Ce dernier passage était gnangnan. Elle n'écrirait pas ça. *Toutes mes amitiés et bonne chance*, à la fin, pourtant : qu'il ne pense pas qu'il n'avait été rien de plus qu'un sacré bon coup.

Pendant les repas, on avait beaucoup parlé de la fin de la guerre. Maintenant que l'Amérique avait rejoint le combat, Mr. Lawrence semblait croire qu'on pouvait s'attendre à ce que ça ne traîne pas trop. Prue, quant à elle, trouvait ces spéculations vaines. Elle était d'accord avec Ratty qui prétendait que le pire était encore à venir avant la victoire. Elle ne désirait pas penser à l'avenir. Elle était heureuse – malgré la pluie déprimante et le froid – de prendre chaque jour comme il venait : travail acharné, pendant de longues heures, bonne nourriture abondante et chaude et quelques moments de récompense dans le lit miteux de Robert. La semaine précédente, Prue s'était souvent dit que Robert avait quelque chose de mystérieux : sa peau ne se réchauffait jamais, quelque passionnément qu'ils fissent l'amour. C'était là un vrai défi. Elle aimerait un jour être celle qui changerait sa température de cadavre en une chaude incandescence rose (Prue sourit toute seule à cette idée). Elle appréciait aussi sa compagnie : de sèches petites expressions dont les références culturelles lui passaient bien au-dessus de la tête, de timides compliments, d'originales petites plaisanteries. Et la façon dont il lui caressait l'arête du nez quand il parlait très sérieusement de la guerre ou d'autre chose. Il disait que l'arête du nez était une zone érogène. Peut-être chez les érudits, avait-elle rétorqué, mais d'après l'avis de gens plus ordinaires, elle pensait à d'autres zones. Quoi qu'il en soit, elle n'essayait pas de l'arrêter – tac tac tac, faisait son petit doigt froid.

« Beau travail, Prue », dit Mr. Lawrence.

Prue se retourna et le vit, au seuil de l'étable, jaugeant son œuvre. La pluie coulait dru sur les rides marquées de son visage. Vives comme des billes de mercure, les gouttes glissaient dans les plis de son cou.

« Ce n'est pas *exactement* ce que j'appellerai ma plus belle heure, Mr. Lawrence, dit-elle satisfaite, mais je vais continuer. »

Il lui vint à l'esprit que, dans une période comme celle-ci, c'était beaucoup plus réconfortant d'être volontaire agricole que coiffeuse. En fait, s'était-elle dit à plusieurs reprises, quand la guerre serait finie ça vaudrait la peine d'essayer de dénicher son millionnaire quelque part dans la campagne plutôt qu'à Manchester.

« Vous n'êtes pas à moitié aussi fofolle que vous en avez l'air », conclut Mr. Lawrence, ruisselant et souriant.

Joe l'évitait. Stella l'avait remarqué quelques jours après leur soirée au pub. Elle pensa d'abord qu'elle se faisait des idées, et qu'il évitait tout le monde. Il semblait certainement moins ouvert – les autres aussi l'avaient constaté. Peut-être que deux jours en compagnie de la belle Janet l'avaient désespéré, suggéra Prue. Ag estimait que ne pas voir venir la fin de la guerre déprimait tout le monde. Mais Stella savait qu'aucune de ces hypothèses n'était la bonne. Cela avait à voir avec elle. Elle avait par inadvertance fait quelque chose qui l'avait blessé ou ennuyé, mais elle ne parvenait pas à imaginer de quoi il s'agissait.

Pendant les froides et tristes journées du début de janvier, Stella essaya de comprendre l'attitude de Joe. C'était décidément à elle seule qu'il battait froid (elle le remarqua à de multiples petites occasions) et le souci que lui causait sa faute inconnue commença à lui peser. Elle aurait aimé affronter Joe : lui demander ce qui s'était passé, tirer les choses au clair. Mais ce n'était pas un homme qu'il était facile d'affronter. Il était devenu de plus en plus fuyant, toujours disposé à entreprendre, loin de la ferme, des travaux qu'on pouvait faire seul. Stella guettait une occasion de lui parler. Mais tout au long des sombres jours qui se traînaient, elle ne la trouva pas.

L'après-midi où Prue fut chargée de la tâche peu enviable – mais qui permettait de rester au sec – de chauler l'étable, Mr. Lawrence demanda à Stella d'emporter les bidons de lait au village. D'habitude il s'en chargeait. Mais la lourde pluie persistante avait causé des ravages aux vieilles toitures. Il y avait une fuite dans celle de la buanderie et l'eau avait coulé dans le panier de repassage de Faith. Il était urgent de remettre les tuiles en place. Mr. Lawrence s'excusa auprès de Stella et dit que, s'il apercevait Joe, il lui demanderait de lui donner un coup de main.

Stella partit dans le champ chercher Noble, courbée contre les rafales obliques de pluie. Bas dans le ciel, une masse compacte de nuages noirs empêchait le moindre rayon de lumière de se refléter. Et pourtant, sur le chemin, les flaques dans lesquelles pataugeait Stella miroitaient en bleu noir et rose boueux. Dans les haies dépouillées, se tapissaient des moineaux ébouriffés et muets. Le tapotement de la pluie, parfois, se changeait en un *adagio*, faisant espérer qu'elle cesserait bientôt. Puis, comme une plaisanterie trop longue, elle reprenait un *prestissimo*, battant en brèche ces vains espoirs. La persistance du mauvais temps déprimait Stella.

Noble s'abritait sous un arbre, plus sombre encore sous la pluie. Il s'approcha dès que Stella l'appela. Elle quitta son gant mouillé, lui donna une demi-carotte et le souffle de son haleine chaude fut agréable sur sa main froide. Dans le champ voisin, elle voyait la silhouette trempée d'Ag, le capuchon de son ciré rabattu sur les yeux, prenant des betteraves dans la remorque derrière le tracteur et les éparpillant au sol. Les vaches se pressaient autour d'elle en une foule égoïste, formant un puzzle blanc et noir dont les morceaux séparés, à cette distance, étaient indistincts.

Ag lui fit un signe de la main. Stella lui répondit. Ag était beaucoup plus gaie depuis qu'elle avait reçu la carte de Noël de Desmond. Stella, s'emparant de la corde humide du licou de Noble, s'étonna qu'une âme humaine puisse survivre avec un espoir si mince. Elle et le cheval piétinèrent dans les hautes herbes mouillées, avant d'atteindre la barrière. Si Ag réussissait à vivre cet amour presque inexistant, fruit, sans doute, de son imagination, Stella lui rappellerait ce pluvieux après-midi de janvier 1942 où elle, Stella, était quasiment persuadée qu'il ne se passerait jamais rien avec Desmond. Et avec Philip ? Dans sa dernière lettre, il disait que, quand il irait à Londres, il lui achèterait une bague. Alors ils seraient vraiment fiancés. Alors ils se marieraient vraiment. Alors ils vivraient vraiment ensemble pour toujours. Mariée et marié de guerre. Histoire romantique. Serait-ce une histoire heureuse ? Stella le supposait, d'une certaine façon.

Elle attacha Noble à un poteau de la grange et fit plusieurs allées et venues jusqu'à la sellerie en portant les lourdes pièces du harnais. Elle avait les mains gourdes, humides et froides. Elle lutta pour boucler les vieilles sangles durcies. Elle s'agrippa au cuir rebelle, bien décidée à ne pas céder, à ne pas chercher d'aide. Et quand, enfin, elle guida Noble entre les brancards, une idée aveuglante lui traversa l'esprit. Avec une fulgurance si terrible qu'un instant elle dut s'appuyer contre le garrot trempé du cheval, et cacher sa tête dans ses bras afin de se noyer dans les ténèbres. Le soupçon qui, depuis quelques semaines, l'effleurait et qu'elle avait refoulé, venait, tout à coup, de submerger ses fragiles défenses. C'était Philip, et non les intempéries, qui la déprimait. L'amour intense qu'elle ressentait pour lui quand elle était arrivée à la ferme, cet amour qui l'avait protégée pendant ces moments difficiles que le travail manuel provoque chez ceux qui préféreraient s'adonner à une activité intellectuelle plus créatrice, cet amour s'était évanoui. Absolument évanoui. Elle aimait bien Philip, elle le respectait…

elle l'épouserait : *mais elle n'était pas amoureuse de lui.* Et, comme elle l'avait si souvent dit à Prue et à Ag, à quoi bon vivre si on n'est pas amoureuse ?

Stella finit par abandonner la chaleur du corps du cheval. Elle regarda à nouveau les rafales obliques de pluie qui balayaient la cour. Il n'y avait qu'une seule chose à faire. Le seul antidote au malheur, quel qu'il soit, disait son père, c'était le travail. Elle devait concentrer toute son énergie, toute son attention, sur le travail : faire son devoir pour son pays de son mieux. Elle devait se souvenir que, au moment où des milliers de filles voyaient mourir prématurément ceux qu'elles aimaient, elle, elle avait la chance d'être aimée par un homme bien qui, Dieu merci, était toujours vivant. L'idée que Philip puisse *mourir* fit courir un frisson d'horreur coupable le long de son échine… S'il était épargné, elle serait une bonne épouse. Elle apprendrait à s'arranger du genre d'amour fondé sur l'amitié et l'affection qui, poli par le mariage, dure. Elle comprit, alors qu'elle essayait de persuader Noble de reculer entre les brancards de la carriole, à quel point elle avait été jeune et sotte en espérant que l'écume d'amour qu'elle avait ressenti si vite pour Philip, et pour d'autres avant lui, était un matériau durable.

Une main secourable se posa soudain sur la bride. Joe marmonna quelques mots magiques à Noble qui obéit instantanément. La discorde inexplicable avec Joe était l'autre raison, bien que mineure en comparaison, de la dépression inhabituelle de Stella. Elle leva les yeux sur son visage sérieux, voilé par l'eau qui coulait du bord de son chapeau imperméable. C'était peut-être l'occasion de l'affronter, de découvrir la cause de son comportement blessant.

« Merci, dit-elle.

– Je vais t'aider pour les bidons. »

Quand ils eurent fixé les brancards, Joe conduisit Noble vers la laiterie, où s'alignaient de ruisselants bidons argentés. Il les souleva sans peine et les posa dans la carriole en refusant, d'un geste, l'aide de Stella. Elle s'installa sur le siège du cocher et attendit. Joe, à sa grande surprise, quand il eut terminé le chargement, s'assit près d'elle. Il regarda sa montre.

« Je t'accompagne. Je t'aiderai à les décharger. Ils sont sacrément lourds quand ils sont mouillés. »

Stella lui laissa la place du cocher.

Ils s'éloignèrent bruyamment sur le chemin. Le cliquetis des bidons, le martèlement des sabots et le tambourinement de la pluie, formaient une douce musique. Des écharpes de vapeur s'élevaient des haies, prolongements fantomatiques. Malgré ces désagréments dus à la pluie et au froid, Stella se surprit à savourer les intempéries. Elle était impressionnée par cette pluie sans merci, fascinée de constater qu'un trajet si familier était rendu méconnaissable par les gazes de brume qui l'enveloppaient.

En un rien de temps, Joe déchargea les bidons qu'il disposa sur l'estrade de bois où on les collectait quotidiennement. La pluie redoublait.

« Nous devrions nous abriter quelques instants, suggéra-t-il. Ça va passer. »

Il fit avancer un Noble récalcitrant de quelques mètres et s'arrêta sous un chêne, près de la grille de l'église. Là, ils étaient à l'abri du plus gros de la pluie, bien qu'elle parvînt encore à pénétrer les entrelacs des branches dépouillées. Voûté sur son siège, Joe laissa aller les rênes sur le dos de Noble. Il regarda, devant lui, la cascade de pluie qui battait la pierre noire des cottages d'en face, oublieux, apparemment, de la présence de Stella.

« Joe ? Joe, qu'ai-je fait de mal ? » Stella rompit le long silence qui s'était installé entre eux. « Tu as été si distant, depuis l'autre soir, aux Cloches. Cela t'a-t-il déplu que je chante ? »

Elle étudia attentivement son profil. Même dans la faible lumière sous l'arbre, sa peau luisait sous la pluie. Des gouttes dégoulinaient de ses sourcils et rejoignaient celles qui tombaient de son chapeau en un long voyage sur ses joues. Il fronça les sourcils, ce qui fit ruisseler l'eau plus vite sur l'arête de son nez. Son imperméable sombre, brillant de pluie, craqua quand il se tourna vers elle.

« Non, répondit-il, tu n'as rien fait de mal. J'ai apprécié

ton chant. Tu as une jolie voix. » Il s'interrompit et soupira. La légère voussure de ses épaules fit courir un autre ruisselet rapide le long de ses bras. « C'est simplement la perspective de la longue année qui nous attend. Sombre. Avoir de l'asthme. Ne pas savoir. L'anxiété. L'attente. Le gâchis pour tous. L'immense gâchis. »

Stella, à demi réconfortée, le croyant à demi, ne prit pas le temps de peser ses paroles :

« Mais tu es toujours le même envers Prue et Ag. Ce n'est qu'envers moi que j'ai l'impression... que j'ai l'impression que tu as changé. Tu es désagréable, parfois.

– Vraiment ? » Il se tourna carrément vers Stella qui put voir ses deux yeux. Les iris en étaient couleur de pluie et piquetés de points lumineux. Il lui jeta un étrange coup d'œil, bref, brillant comme un tison sous un souffle de vent. « Je suis désagréable ? » Puis il lui tourna le dos.

« Tu le sais très bien, dit Stella. Ce n'est pas moi qui l'imagine. Il doit y avoir une raison, en plus de celle de cette guerre sinistre que nous supportons tous mal.

– Peut-être. » Il continua à fixer, devant lui, la pluie qui tombait si fort qu'elle ne rebondissait sur la route que pour retomber de plus belle. « Si c'est le cas, et c'est vrai, alors je suis désolé. Je ne veux pas être désagréable. »

Stella eut alors conscience de l'effort qu'il fit pour arranger les choses. Il la regarda à nouveau en face avec un petit sourire taquin.

« Je suppose que je pourrais être à nouveau gentil avec toi. Mais où est passée ta bonne humeur ? Tu es plus ni rêveuse ni heureuse, me semble-t-il. Mais je peux me tromper. Il est presque impossible, en temps de guerre, de suivre les sautes d'humeur des gens. L'espoir chasse la peur : le rythme des choses est dérangé, il y a des traumatismes et la norme vole en éclats... Que t'est-il arrivé ? »

Stella haussa les épaules. À présent, des douzaines de ruisselets coulaient le long de ses propres manches.

« Peut-être est-ce un cas où un sentiment a été mal identifié. Peut-être ai-je aimé une idée, plus que la réalité...

– Ah ! C'est ça. » Joe avait l'air de vouloir concentrer toute son attention sur l'averse. « Ça n'a pas l'air de se calmer. Nous ferions mieux d'affronter la pluie. Je dois aider Papa, pour le toit. »

Mais au moment où il reprenait les rênes, apparut un cycliste. Pitoyablement courbé sur le guidon, tête baissée, son imperméable avait des reflets sombres comme les plumes d'un corbeau mouillé.

« C'est Barry, non ? » dit Joe.

L'aviateur se dirigea vers eux et s'arrêta près de la tête de Noble. Il souleva son calot ruisselant et les regarda d'un air interrogateur. Ce n'était pas Barry, mais quelqu'un qui lui ressemblait : cheveux ras et teint rubicond.

« Pourriez-vous m'indiquer où je peux trouver Prue ? Prudence ? À Hallows Farm ?

– À un demi-mile en bas du chemin, répondit Joe en lui désignant la direction. Nous allons là-bas. Pouvons-nous lui transmettre un message ? »

Le jeune homme se mordit la lèvre. Il serra et relâcha plusieurs fois, selon un rythme personnel, le guidon de sa bicyclette. Il frappa le sol de sa lourde botte noire.

« C'était une amie de mon ami Barry. Je suis venu lui annoncer que son avion… que son avion a été abattu avant-hier soir. J'ai pensé… j'ai pensé qu'elle aimerait le savoir… » Il se recoiffa de son calot trempé. Stella crut voir des larmes, parmi les gouttes de pluie, sur ses joues. « Si vous allez là-bas, si vous la connaissez… je vous serai reconnaissant… Je m'appelle Jamie Morton, si elle veut me rencontrer. Au camp.

– Je suis vraiment navrée », dit Stella.

« Bordel de merde ! » hurla Prue quand Joe lui annonça la mort de son Barry.

Elle saisit une boîte de chaux blanche qu'elle jeta violemment contre le mur nouvellement enduit.

« Voici ce que je pense de cette putain de guerre. Elle vient jusqu'ici, à présent. Elle frappe jusqu'ici ! » Elle s'effondra sur le tabouret de traite et se frappa la poitrine. Elle commença à sangloter. « Pauvre Barry ! Il était si courageux. Il m'avait dit qu'il haïssait les vols de nuit. Il savait qu'il allait mourir. Oh, Seigneur ! C'est la seule personne que je connais qui soit vraiment *morte*... »

Quand elle se prit la tête entre les mains, son nœud de satin jaune s'écroula sur ses tristes boucles. Le bout de ses bottes en caoutchouc à bandes blanches était tourné vers l'intérieur : Stella pensa que Prue avait souvent l'air innocent d'une enfant, malgré toute la supériorité de son expérience. Elle posa la main sur l'épaule tremblante de Prue.

« Pleure, lui conseilla-t-elle. C'est ce qu'il y a de mieux à faire.

– J'espère, en tout cas, que ton Philip ne connaîtra pas le même sort... »

Joe ramassa rapidement la boîte de chaux.

« Tu as fait un merveilleux travail, ici, dit-il. Et, en plus, fini à temps. Pourquoi n'irions-nous pas tous prendre une tasse de thé ? »

Tout compliment venant de ses employeurs touchait profondément Prue. Ses plaintes cessèrent un instant. Elle leva les yeux, son visage affligé barbouillé de traces de mascara. « Mon Dieu, vous deux – on dirait des chiens mouillés ! D'où sortez-vous ? » Elle renifla, égayée. « Bon, il y a au moins quelque chose de positif : je n'ai pas envoyé ma lettre d'adieu. Je n'ai pensé à l'écrire qu'il y a une heure. Il est donc mort sans savoir que tout était fini entre nous. J'en suis heureuse. Parce que c'était un drôle de garçon, Barry : je crois qu'il m'aimait. »

Elle se leva et eut un petit sourire. Tous trois se hâtèrent sous la pluie vers la maison. Quand ils eurent enfilé des vêtements secs, et que Prue se fut baigné le visage, ils s'assirent à la table de la cuisine autour de bols de thé.

« Je ne peux pas y croire, renifla Prue, qui avait changé son nœud jaune mouillé pour un nœud noir. *Barry*. À un moment, on est avec quelqu'un. Le moment suivant, il est mort. Et pourquoi ? Cette maudite, maudite guerre... »

Deux larmes silencieuses tombèrent de ses yeux démaquillés, humectant les longs cils doux qui, sans mascara, brillèrent. Elle les essuya d'une main impatiente, et tourna crânement la tête vers Joe.

« Cet ami de Barry, Joe, celui qui t'a apporté la nouvelle – comment as-tu dit qu'il s'appelait ?

– Jamie Morton. Il a dit que tu pouvais le voir, si tu désirais en savoir plus.

– À quoi ressemblait-il ?

– Il était triste et mouillé jusqu'aux os, répondit Stella.

– Je dois lui écrire. J'aimerais savoir… où c'est arrivé. Je voudrais le remercier. »

Elle esquissa un sourire si fugace qu'il creusa à peine ses fossettes. Comme Stella et Joe le reconnurent tous deux, et se l'avouèrent en échangeant un regard, même dans l'affliction où la plongeait la mort de Barry, Prue, avec sa résistance, voyait en Jamie Morton, l'ami de Barry, une possible source de lumière.

Ce même après-midi de pluie inoubliable, Ratty, chez lui, avait fait un effort pour fêter l'anniversaire de sa femme. Le matin, il lui avait offert une carte ; au thé, il sortit un cadeau que bosselaient de nombreuses couches de journaux sous l'ultime emballage – une feuille de papier décorée de houx, qui restait de Noël.

Edith, qui ne recevait jamais les cadeaux avec grâce, déchira impatiemment la ficelle.

« Qu'est-ce que c'est, à la fin ? Qui a dit que je voulais qu'on se souvienne de mon anniversaire ? J'en ai fini avec tout ça ! »

Malgré tout, elle fourragea dans le papier comme une enfant excitée. Finalement elle découvrit l'objet, un petit rouge-gorge en porcelaine perché sur une souche d'arbre en porcelaine. Edith avait toujours eu un certain penchant pour les rouges-gorges, bien qu'elle ne s'intéressât pas aux autres oiseaux. Ratty avait fait plusieurs pénibles voyages dans les villes des environs pour trouver le rouge-gorge qu'il avait en tête. Il avait été heureux de le découvrir enfin, tout poussiéreux, dans une boutique de brocanteur – un petit sujet qui avait l'air vivant avec son œil vif et qui était particulièrement attirant car en solde : six pence. Il pensait d'avance au plaisir d'Edith – stupidement, admit-il plus tard. Il aurait dû se souvenir que rien de ce qu'il lui offrirait n'aurait pu lui faire plaisir. Sauf, bizarrement, le papier.

Edith prit le rouge-gorge avec un reniflement de dédain, le mit sur une étagère vide (qui abritait précédemment des casseroles) et ne pipa mot.

Puis elle revint au tas de journaux et au papier d'emballage et commença à lisser les plis de chaque feuille d'une main tremblante.

« Où as-tu trouvé tout ça ? C'est très utile. »

Ratty était perplexe.

« À droite et à gauche. J'avais une réserve de vieux journaux dans l'appentis de derrière.

– *Quoi* ? Tu avais une réserve de papier dans l'appentis de derrière et tu ne m'as rien dit ? Pour quoi faire ? Allumer des feux de joie ? Ne sais-tu pas que le gouvernement nous a demandé d'économiser le papier ? Ils disent qu'avec une seule enveloppe on peut faire cinquante étuis de cartouches. Ils ont besoin de chaque bout de papier. Apporte-moi tout ça, Ratty Tyler, ou ça va barder. »

Elle avait, à présent, replié une des feuilles de journal en petits carrés nets. Elle prit une paire de ciseaux de cuisine et entreprit de découper ces carrés avec autant de respect que s'il s'était agi de la soie la plus fine, les lèvres pincées par la concentration.

« Pourquoi les découpes-tu ? se risqua à demander Ratty. À quoi ça sert ? »

Edith grogna devant sa stupidité.

« Ils sont bien plus utiles que quand ils ne sont pas coupés, répondit-elle. J'ai dû découper des douzaines de carrés cette semaine, ajouta-t-elle, fière d'elle. J'en remplis des boîtes avant de les donner à la collecte. Mais je suppose que tu ne l'as pas remarqué.

– Non, en effet », admit Ratty. Il se demandait quel genre d'homme aurait instinctivement compris que sa femme désirait qu'il cherche dans toute la maison des boîtes pleines de bouts de papier, et l'aurait ensuite félicitée pour sa bonne gestion ménagère.

« Je le savais, dit Edith. Mais, de toute façon, tu ne t'es jamais comporté comme moi quand il s'est agi de faire ton devoir pour ton pays. Tout ce que tu sais faire, c'est rôder à la ferme en bavant d'admiration devant ces volontaires inutiles. D'abord tu te plains à cause des casseroles, puis tu fais un tas d'histoires à propos de la collecte de papier.

– Je ne fais pas d'histoires », protesta Ratty. Il la regarda découper son second lot de carrés et l'équilibrer soigneusement sur le premier. Quelque démon en lui l'incita instamment à exprimer à nouveau sa surprise : « Je ne vois toujours pas l'utilité de ce découpage, insista-t-il. Le papier, c'est du papier, c'est aussi bien de ne pas le couper.

– Que tu crois. C'est tout ce que tu trouves à dire après que j'ai passé des heures à faire de mon mieux. »

Ratty contempla les épaules crispées de sa femme, penchée sur le morceau de papier orné de houx qu'elle défroissait encore et encore avec de prestes petites caresses : » La guerre te porte sur les nerfs, Edith, dit-il doucement.

– Il faut bien que quelqu'un la prenne au sérieux, rétorqua-t-elle. Va maintenant me chercher ces papiers dans l'appentis. J'aimerais m'y mettre tout de suite.

– Quoi ? Sous la pluie ?

– Es-tu un homme, oui ou non ? »

Ratty se leva et tapota sa pipe pour la vider.

« Aimes-tu le rouge-gorge ? » demanda-t-il, cherchant à gagner du temps et craignant les trombes d'eau sur son imperméable déjà trempé.

« Le rouge-gorge ? » Edith regarda autour d'elle avec effarement ; ses yeux se tournèrent vers l'étagère où était perché le bibelot, mais elle ne sembla pas le voir. Puis elle se remit à caresser le papier décoré de houx.

Après le nouvel an, les habitudes du soir changèrent, à Hallows Farm. Après le dîner, la famille et les filles ne se réunissaient plus au salon et tout le monde partait de son côté. Stella, suivant en cela les conseils d'Ag, lisait l'*Iliade*. Comme Homère exigeait une attention beaucoup plus soutenue que celle qu'elle accordait aux ouvrages qu'elle choisissait elle-même, et que même la radio était une distraction, elle avait pris l'habitude de se réfugier tôt dans le grenier pour lire au lit tranquillement avant que les autres ne montent. Prue sortait avec Robert plusieurs fois par semaine. Joe avait retrouvé ses vieilles habitudes et disparaissait. (Stella voyait de la lumière sous la porte de sa chambre et entendait de la musique en sourdine quand elle se glissait en haut.) Ag restait seule en bas avec Mr. Lawrence, qui s'assoupissait en écoutant les nouvelles, et avec sa femme, toute droite sur sa chaise, sous le lampadaire qui jetait un pâle disque de lumière sur son raccommodage. Ag elle-même, feuilletant une pile de mots croisés dans de vieux *Telegraph*, gardait libre un petit coin de son esprit pour approfondir son enquête sur Desmond : *pourquoi* avait-il envoyé une carte de Noël ? Qu'est-ce que ça signifiait ? Elle ne trouvait pas de réponse. Comme c'est souvent le cas quand le contraire n'est pas prouvé, les hypothèses optimistes gagnaient du terrain.

Le soir où l'on apprit la mort de Barry, d'un accord tacite – peut-être pour montrer à Prue qu'ils partageaient son chagrin – ils revinrent tous à leur ancienne habitude et se regroupèrent, après dîner, autour du feu. Prue, pâle mais calme, jouait au solitaire dans un coin. Elle portait un rouge à lèvres sombre et inhabituel qui, avait-elle expliqué plus tôt à Stella, lui avait semblé convenir à la situation. Quand, à la radio, on parla des raids aériens sur Londres, Mr. Lawrence passa rapidement sur un concert symphonique. Derrière la musique, ils entendaient la note distincte et persistante de la pluie lacérant les fenêtres.

Le téléphone sonna. Mrs. Lawrence, pour qui cela ne pouvait signifier que de mauvaises nouvelles, sursauta. Elle posa son raccommodage et se précipita hors de la pièce. Un instant plus tard elle revint, agitée et soulagée que ce ne soit pas l'appel venant du Yorkshire qu'elle redoutait, mais aussi troublée par autre chose.

« Prue, c'est pour vous. Robert. Il voudrait savoir si vous avez envie d'aller prendre un verre. »

Le dos de Prue était encore douloureux, ses yeux la piquaient, avoir fait semblant de manquer d'appétit, au dîner, l'avait laissée sur sa faim. Elle aurait donné n'importe quoi pour aller prendre un verre avec Robert : pour la chaleur enfumée des Cloches, pour ses doigts froids sur son cou, pour sa façon maladroite de la consoler. Mais on doit respecter certaines règles quand son ex-petit ami vient d'être tué. Elle avait conscience qu'on la regardait à la dérobée. Qu'on attendait sa réponse avec curiosité.

« Pas ce soir, Mrs. Lawrence, répondit-elle finalement. Si vous pouviez lui expliquer... »

Un soulagement encore plus marqué se lut sur le visage de Mrs. Lawrence. Elle partit transmettre le message. Prue reprit son jeu.

Joe, qui avait tourné en rond toute la soirée, se leva.

« Ag, dit-il, il y a des semaines que tu m'as promis de me guider dans mes études. Avec tous ces livres, je ne sais pas par quoi commencer. Voudrais-tu... pourrions-nous nous y mettre ? »

La surprise d'Ag fut évidente. Heureuse de se dire que c'était enfin le signe que Joe émergeait de sa morosité, elle bondit, ravie de l'aider. Le souvenir de leur étrange après-midi n'était plus qu'un vague fantôme dans sa mémoire. Elle savait que rien de semblable ne se reproduirait. Joe avait été serviable, tout simplement. Elle ne craignait nullement un tête-à-tête avec lui dans sa chambre et attendait cette soirée avec impatience.

Ils quittèrent la pièce, et Prue sourit en son for intérieur. Elle aimait penser qu'elle avait été la *première* des filles invitées dans la chambre de Joe, bien que ce soit pour de tout autres raisons.

Plus tard, seule dans le grenier en attendant les autres, Stella se rendit compte qu'elle ressentait le genre d'agitation qui énerve physiquement. Elle se coucha en hâte sans embrasser la photographie de Philip et resta étendue à écouter le bruit confus de la pluie contre les vitres et la plainte du vent. Pourquoi ce malaise ? Elle le mettait sur le compte des événements de la journée : le mystère du comportement de Joe n'était toujours pas résolu – si l'ami de Barry n'avait pas surgi, Stella aurait tenté d'en savoir davantage. La nouvelle de la mort de Barry. La tristesse de Prue. La pluie incessante. Et, à présent, l'invitation de Joe à Ag. Stella supposait que, sans doute, parmi les différentes personnes qui se rencontraient sous ce toit, c'étaient Joe et Ag qui avaient le plus en commun. Et peut-être qu'un petit échange grâce aux livres égaierait Joe. Quoi qu'il en soit, elle était en colère pour une raison obscure. Elle aurait aimé lui parler – de musique. Bon, Prue et Ag l'avaient gratifié, chacune à sa façon. Elle, elle n'aimerait pas être la seule qui n'apporterait rien de positif dans sa vie. Depuis qu'elle était sortie des brumes de son amour romantique pour Philip, elle faisait davantage attention à Joe et avait découvert qu'il lui plaisait.

Sa soirée littéraire devait avoir été un succès, car Ag ne vint se coucher que tard, ce qui n'était guère dans ses habitudes. Stella fit semblant de dormir.

Minuit était passé depuis longtemps et Edith n'était pas encore montée. Ratty, incapable de dormir dans un lit à moitié vide, se traîna jusqu'à la cuisine. Il trouva sa femme debout près de la table, comme elle l'avait été toute la journée, contemplant un paysage de douzaines de tours de papier, formées de centaines de petits carrés découpés. Une seule bougie, sur la table, éclairait la pièce. Les ombres s'étendaient en taches sombres sur les murs. Ratty se dit que la table couverte de tours, chacune avec son ombre particulière et plus pâle, dessinait un tableau à la géométrie folle : quelque chose qu'il ne comprenait pas. Pas plus qu'il ne comprenait l'air qu'avait Edith. Penchée sur la bougie, sa peau couleur de navet grêlée et marquée dans le halo de la flamme, elle semblait traverser quelque mystique transe privée.

« Tu vas nous faire brûler de fond en comble, dit finalement Ratty.

– Non, répliqua Edith d'une voix quasiment normale.

– Viens te coucher, Edith. Il est presque une heure du matin.

– Notre pays a besoin de papier, rétorqua-t-elle. Je viendrai tout à l'heure. »

Avec un calme extraordinaire – Ratty avait craint que son interruption ne provoque un des bizarres éclats d'Edith –, elle entreprit de renverser les tours de papier. Elle leur donna une chiquenaude et les regarda s'écrouler. Ratty l'observa un moment. La table fut vite couverte d'une épaisse couche de carrés de papier. Edith restait là, les mains plongées dans les monceaux de papier. Ratty ne put supporter plus longtemps ce spectacle. Effrayé, il fit demi-tour et regagna son lit.

Aucune des volontaires ne pouvait se rappeler un instant où, rencontrant par hasard Mrs. Lawrence, elle l'avait trouvée oisive. Elle ne maugréait jamais contre ses incessantes tâches. En fait, les travaux qui l'occupaient, que ce soit dedans ou dehors, du petit matin jusqu'à tard le soir, semblaient la rendre heureuse. Elle était l'exemple même de la femme mariée satisfaite d'être totalement absorbée par le cercle étroit de sa vie. Cela donnait matière à réflexion aux trois filles. Prue, qui respectait infiniment Mrs. Lawrence, n'était pas un instant détournée de son but par son exemple : échanger ce genre de vie contre la vie dont elle rêvait – avec domestiques et cocktails – ne lui venait pas à l'esprit. Ag avait été, romantiquement, tentée par l'idée de repasser les futures chemises de Desmond (tout ce lin blanc, c'était si lawrencien !). Mais elle avait, depuis peu, commencé à envisager une carrière d'avocate : elle se chargerait volontiers des tâches ménagères, mais il faudrait qu'elles s'organisent autour d'une vie d'après-guerre au Barreau. Stella, elle aussi, était inspirée par l'amour énergique que Mrs. Lawrence mettait dans chaque miche de pain, dans chaque pot de confiture qu'elle confectionnait : quelque chose que sa propre mère, nulle en cuisine, ne lui avait jamais transmis. Mais, comme Ag, elle était décidée à travailler quand elle et Philip seraient mariés. La vie ne consistait sûrement pas à satisfaire les seuls besoins de Philip. Elle se disait que, peut-être, après la guerre, une nouvelle génération de femmes éclairées penserait la même chose.

Par une froide matinée de février – des gelées mordantes avaient remplacé la pluie –, Ag vint dans la cuisine chercher une carotte pour Noble qu'elle avait passé une demi-heure à essayer d'attraper – il ne s'approchait qu'à l'appel de Stella. Mrs. Lawrence, inoccupée, était assise à la table. C'était une scène si inhabituelle qu'Ag en fut choquée et surprise. Sur la table il y avait l'un des petits bidons remplis directement à la laiterie pour le lait nécessaire aux besoins domestiques. Et deux lettres ouvertes.

Mrs. Lawrence regarda Ag sans sourire. Sur sa lèvre supérieure une trace de lait dessinait une moustache comique tout à fait inappropriée à son air grave.

« Oh, Ag ! dit-elle. De bonnes et de mauvaises nouvelles. » Elle tapota les lettres. « John doit aller dans le Yorkshire demain. Il remet ça depuis des siècles. Mais ils ne peuvent plus s'en tirer. Il faut régler les affaires. »

Ag s'assit.

« Ce qui veut dire, bien sûr, qu'il faut décider *quand*... quand nous devrons partir d'ici pour nous installer là-bas. Le frère de John restera chez lui jusqu'au bout. Il n'ira pas à l'hôpital. Mais alors il faudra que nous nous rendions là-bas. C'est beaucoup plus grand qu'ici, plusieurs centaines d'acres, la plupart arables. Dieu sait comment nous ferons.

– Peut-être pourrons-nous être transférées avec vous, dit Ag, émue du désespoir de Mrs. Lawrence.

– Peut-être, peut-être. » Mrs. Lawrence jeta un coup d'œil par la fenêtre. « Nous avons passé ici toute notre vie de couple.

– Ce ne sera pas facile de partir.

– Non. Il y a des gens qui n'accordent pas d'importance aux maisons, aux endroits. J'aimerais être comme eux. Sans racine. Heureuse de me déplacer, de vagabonder, avec l'envie de voir de nouveaux endroits. Mais ce n'est pas le cas. J'aime notre petit monde. J'aime cet endroit. John aime cet endroit. Et Joe, aussi, je crois.

– Cela se comprend.

– Mais on a encore un peu de temps. Jusqu'à la fin de

l'année, je dirais. Nous devons vous prévenir. Vous donner du temps. Il faut que vous puissiez réfléchir à ce que vous ferez ensuite. Le problème immédiat, John devant partir demain, c'est l'agnelage. Nous avons besoin d'autant que bras que possible.

– Ne vous inquiétez pas, nous vous aiderons de notre mieux, dit Ag. Je suppose que cela sera égal à Ratty…

– Ratty ? » Mrs. Lawrence sourit enfin. « Ratty ne manquerait l'agnelage pour rien au monde. Il campe plus ou moins dans la bergerie. On se débrouillera. Et maintenant les bonnes nouvelles. » Elle prit la seconde lettre. « J'ai reçu un mot de la commissaire du district. Croyez-le ou non, cela fait six mois que vous êtes ici : il est temps de vous récompenser, puisque les autorités pensent que les récompenses sont à l'ordre du jour. En tout cas, il doit y avoir une petite cérémonie la semaine prochaine. Quelque chose de très simple : du thé et une distribution d'insignes. Naturellement, on m'a demandé de faire un rapport sur votre séjour. Apparemment il y a eu quelques problèmes avec les volontaires dans le pays. Un comité exécutif de l'agriculture a dû prendre des sanctions contre une quinzaine de filles qui avaient refusé de battre quand il gelait et qu'il faisait moins cinq degrés. J'ai dit qu'il ne s'était rien passé de ce genre ici. » Elle s'interrompit et sourit à nouveau. « Mes filles font tout ce qu'on leur demande, ai-je répondu… Je ne sais pas ce que nous aurions fait sans elles… mais à quoi est-ce que je pense ? Perdre du temps à bavarder alors que le déjeuner n'est pas prêt ! Allez le dire aux autres, Ag. Mettez-vous sur votre trente et un, mercredi à quatre heures. Aimeriez-vous un gâteau au saindoux ? Des sandwichs aux œufs ? Un verre de vin au gingembre ? Nous essaierons de faire une petite fête, si j'ai un moment. »

Redevenue elle-même, elle se hâta vers le fourneau.

Le lendemain matin Mr. Lawrence partit tôt pour le Yorkshire. Pendant que sa femme lui disait adieu, Ag remarqua une petite pulsation dans le cou de Mrs. Lawrence. En vingt-quatre ans de mariage, ils n'avaient jamais été séparés plus de deux nuits.

Joe conduisit son père à la gare. Mr. Lawrence avait prévu un voyage long et compliqué par le train. Il comptait rentrer dans une semaine.

Il y avait trop de travail supplémentaire pour s'attarder sur son absence. L'agnelage avait commencé. Les gelées nocturnes étaient si fortes que Joe avait entrepris de diviser la bergerie en plusieurs petits enclos. Comme tout le troupeau de brebis et d'agneaux devait être vendu au printemps, il était capital de s'assurer de la survie du plus grand nombre possible d'agneaux. Les autres années, on ne mettait à l'abri que les brebis qui avaient un problème et les agneaux chétifs. Mais cette année, Mr. Lawrence estimait que la meilleure politique consistait à les dorloter tous.

Ratty et Joe préparèrent les enclos. Prue éparpilla de la paille sur le sol et emplit les abreuvoirs d'eau. Elle avait déjà assisté à la naissance d'un agneau, expérience qui lui avait inspiré une longue lettre à sa mère à propos des miracles de la Nature : à côté de ça, avait-elle dit, même la plus belle des permanentes ne valait pas tripette. (*Je ne veux pas dire par là que je n'admire pas ton talent et ton adresse, Maman,* avait-elle ajouté entre parenthèses.) Ce qui l'exaltait le plus, c'était la prochaine naissance de la dernière portée de Sly. Bien que Joe lui ait affirmé qu'on ne l'attendait pas avant au moins une semaine, Prue ne cessait de se précipiter à la porcherie pour juger par elle-même de l'état prénatal de la truie avec laquelle elle avait fini par très bien s'entendre. Elle avait décidé d'assister à la mise bas.

Bien qu'elles soient en forme et pleines d'énergie, les filles étaient épuisées par le travail supplémentaire et allaient se coucher plus tôt que d'habitude. Joe, la ronde du soir achevée, juste après dîner, faisait de même. L'indomptable Ratty le réclamait fréquemment au milieu de la nuit pour l'aider à s'occuper d'une brebis. Quelques heures de sommeil tôt le soir étaient essentielles pour qu'il garde efficacité et bonne humeur.

Il se trouva qu'un matin, à trois heures, Stella, les yeux rivés sur le réveil, ne dormait pas. On frappa à la porte du grenier.

« L'une d'entre vous pourrait-elle venir m'aider ? Plusieurs agneaux sont en train de naître. Désolé. »

Stella s'assit dans l'obscurité. Le silence des deux autres signifiait qu'elles dormaient profondément. Elle enfila rapidement ses vêtements dans l'obscurité. Se glissa dehors. De quel genre d'aide Joe avait-il besoin ? Elle n'avait aucune expérience de l'agnelage... Elle mit veste et écharpe et traversa en hâte la cour gelée.

Quelques lanternes suspendues aux murs et attachées aux enclos baignaient la bergerie d'une lumière biblique. Cela sentait le foin, la terre et le sang. Un chœur discordant de bêlements lui emplit les oreilles : notes tremblantes des brebis en travail, cris aigus et pitoyables d'un ou deux agneaux nouveau-nés. Dans un enclos, Ratty était serré contre une brebis étendue sur le flanc et lui murmurait des mots de réconfort en lui plongeant une seringue dans l'arrière-train. Un minuscule petit agneau noir l'observait, sa peau laineuse brillant comme autant de toiles d'araignées rompues. Dans un autre enclos, Joe était agenouillé dans la paille, un bras profondément enfoncé dans la croupe d'une brebis. Stella s'approcha de lui. Il leva les yeux un instant.

« Ah, c'est toi ! La brebis, dans le coin, là-bas : elle rejette son petit. Vois ce que tu peux faire. J'ai un sale boulot, ici. »

Stella partit précipitamment. Elle se demandait ce qu'elle était censée faire.

L'agneau qui avait besoin d'elle était étendu sur la paille humide, tête rejetée en arrière, yeux bleu laiteux et inquiets. Il était encore recouvert d'une membrane translucide et argentée sur sa laine sombre dont sa mère, une mère dénaturée, n'avait pas cherché à le débarrasser d'un coup de langue. Stella lui caressa le cou et nota la pulsation des petites narines noires. Elle se sentait impuissante et inutile. Mais l'agneau, encouragé par sa présence, lutta pour se lever. Sur ses jambes flageolantes, il entreprit un voyage hasardeux vers sa mère qui boudait toujours dans son coin. Elle soupira profondément et agita les oreilles.

Cherchant le lait, l'agneau donna doucement un coup de tête dans la panse de sa mère. À une vitesse surprenante, la brebis lança une violente ruade et le petit, terrorisé, bondit en arrière. Puis, agressive comme un bélier, elle se tourna vers son rejeton, menaçante, tête baissée, et le frappa. L'agneau retomba sur la paille sous le violent impact de la tête de sa mère. Stella vit, en un éclair, des dents jaunâtres : la brebis allait attaquer de nouveau. Elle se pencha rapidement et prit l'agneau qui criait. Le dépôt visqueux qui l'enrobait s'écoula sur sa capote. L'agneau était froid et crispé. Il se débattit. Stella, le tenant toujours fermement, courut de l'autre côté de l'enclos et alla trouver Joe.

Debout à présent, il tripotait une seringue. Sa main et son bras droit dénudé étaient maculés de traînées de sang, tout comme la paille sur laquelle pantelait une brebis, couchée sur le flanc. À ses côtés, gisait le corps inerte d'un agneau, manifestement mort-né.

« C'est le premier que nous perdons », remarqua Joe. Il jeta un coup d'œil à Stella qui portait l'agneau rejeté et maintenant plus calme.

« C'est un cas de dépression postnatale, là-bas, dit Stella. J'ai sauvé celui-ci. Sa mère allait le tuer.

– Au moins, c'est arrivé au bon moment. » Joe mit la seringue vide dans sa poche. Le haut de son corps était dans l'obscurité : Stella distinguait à peine son visage, mais sut qu'il était grave. Les ombres dansaient dans l'enclos. Une lanterne proche illuminait une petite étendue de litière de paille. « Garde-le un instant, dit Joe, pendant que je m'occupe de celui-là. »

Stella s'appuya contre l'enclos pour observer le processus d'adoption. Joe s'agenouilla, flatta la brebis épuisée, puis enleva son agneau mort. Il prit un couteau, près de lui, dans la paille et courba en arrière la petite tête rigide aux yeux éteints. Il planta soigneusement le bout de la lame dans la peau et commença à inciser la poitrine. Puis, très vite, le couteau courut de-ci de-là, sa lame maculée de sang jetant parfois un éclair atténué dans la faible lumière. Avec la dextérité d'un chirurgien, Joe entreprit de séparer la peau du corps et des membres. Tout d'un coup elle lui resta dans les mains, comme un vieux pull-over en boule, abandonnant derrière elle un agneau dépouillé. Stella vit que le petit corps était d'un bleu extraordinaire – un bleu de fleurs sauvages, de campanules, de myosotis : la chair, entre le réseau de veines minuscules, irradiait. Elle enfonça ses mains glacées dans la chaleur de l'agneau vivant qu'elle portait.

Joe ramassa le cadavre et le jeta dans un sac.

« Maintenant donne-moi le tien. »

Il prit l'animal des bras de Stella. À nouveau, fascinée, elle observa sa lutte pour vêtir l'agneau orphelin de la peau de l'agneau mort. Il y parvint très vite. Le petit se tint près de sa mère adoptive, sidéré et tremblant dans son nouvel habit mal ajusté. La brebis, narines palpitantes, se leva lourdement sur ses jambes grêles. Elle commença à flairer l'agneau, qui ne bougea pas, patient, curieux et flageolant. Puis, soudain confiant, il fouilla les mamelles du museau. Quelques instants plus tard, il tétait avec un doux bruit de caoutchouc sucé. Il agitait la queue. La brebis, les oreilles couchées, les yeux à demi fermés, restait immobile.

« Ça marche, dit Joe. Ça marche, en général. Dieu merci. » Il jeta vers la porte le sac contenant le petit cadavre et parcourut la bergerie du regard. Ratty était parti. Les bêlements avaient décru. « Tout est calme, pour le moment. Je ferais pourtant mieux d'attendre. Il y en aura peut-être d'autres au petit matin. Merci pour ton aide. » Il tapota l'épaule de Stella sans quitter son côté de l'enclos. « Il va falloir nettoyer ta veste, dit-il, en balançant une jambe par-dessus le parc. Et tu devrais retourner te coucher. Mais asseyons-nous d'abord un instant. »

Ils s'installèrent sur un tas de foin entre deux enclos. Joe ramassa une poignée de paille sur le sol et s'en essuya le bras. Puis il rabattit sa manche, attacha le poignet et passa un pull épais par la tête.

« Je suppose qu'il gèle, dit-il, mais j'ai cessé de sentir le froid depuis un bon moment. Mais toi, tu dois… »

Il se tourna vers Stella, qui avait posé les mains sur les genoux de son pantalon de velours côtelé. Comme les siennes, elles étaient tachées de sang. Joe mit sa main sur celle de Stella qu'il emprisonna. Puis il l'enleva brusquement. Le frôlement fut bref comme le V que laisse dans l'eau le sillage d'un oiseau. Sur sa propre peau glacée, Stella ne put sentir le froid de son contact.

« Oui. J'en étais sûr.

– Ça va très bien.

– C'est dur, l'agnelage. »

Joe, à présent, se passait les deux mains sur le visage. Stella entendit crisser sa chair quand il se frotta les yeux. Elle sentit qu'il frissonnait.

« Stella ? dit-il au bout d'un moment.

– Oui ? »

Ils écoutèrent les animaux qui s'agitaient sur la paille sombre. Le faible bêlement des agneaux indiquait qu'ils étaient gavés et ensommeillés. Dehors, une chouette hulula. Les bougies, dans les lanternes, baissaient. Les petits rais lumineux qu'elles projetaient étaient aussi troubles qu'un nuage. Stella aurait voulu rester assise là, à jamais.

« Je crois qu'il est temps que tu retournes te coucher, suggéra Joe finalement.

– Je peux rester pour t'aider, dit Stella.

– Non », répondit Joe.

L'apparition inattendue de Stella, suivie des froides heures passées dans la bergerie où des agneaux étaient nés, étaient morts, et avaient été sauvés, porta presque un coup fatal à la décision de Joe. Après avoir fugacement, stupidement, frôlé sa main, il crut qu'il ne pourrait garder le silence plus longtemps. Pendant les quelques minutes où ils restèrent assis – fatigués, tachés de sang et transis – à écouter les bruits de la vie nouvelle dans le troupeau, un millier de bonnes raisons pour lui avouer ses sentiments aveuglèrent ses sens épuisés. Elle ne saurait jamais quel effort il avait dû faire pour dire, à la place, d'une voix normale, qu'il était temps qu'elle s'en aille. Elle le troubla plus encore en proposant de rester pour l'aider. C'était presque plus qu'il n'en pouvait supporter. Il pria pour qu'elle parte vite – ce qu'elle fit – avant que la faiblesse ne le submerge.

Une fois seul, il resta assis à regarder, hors de la bergerie, le ciel sans lune. Les ténèbres avaient la densité particulière que connaissent ceux qui se lèvent avant l'aube, avant que les premières fissures de lumière, subtiles comme le camouflage d'une peau de tigre, n'indiquent un jour nouveau. Des images récentes de Stella tourbillonnaient dans son esprit : l'anxiété sur son visage quand il lui avait demandé de se débrouiller avec la brebis, le soulagement maternel quand elle était dans l'enclos, l'agneau dans les bras. Quand il avait dépouillé l'agneau mort, son regard, il le savait bien, n'avait pas quitté le mouvement de son couteau. Puis, quand il avait posé la peau sur l'agneau orphelin, il y avait perçu une lueur – était-ce d'émerveillement ? D'admiration ? Ou, dans la mauvaise lumière, n'avait-il vu que ce qu'il espérait voir ? Quand on est éperdument amoureux, il est facile de se tromper. Plus vraisemblablement, il n'y avait eu, dans ses yeux, que la fascination normale de qui assiste, pour la première fois, à une opération.

Depuis que Stella lui avait dit qu'il était désagréable, Joe avait fait de son mieux pour se comporter comme avant sa révélation mais aussi, afin de se protéger lui-même, pour l'éviter autant que possible. Pour une raison quelconque, pressé par l'urgence, il ne lui était pas venu à l'esprit que ce pouvait être elle qui répondrait à son appel nocturne. Et, malgré ses efforts pour se concentrer sur les moutons, la seule présence de Stella dans la bergerie, suivie par la redoutable proximité sur le foin, l'avait bouleversé à nouveau. Épuisé par une semaine de nuits blanches pour s'occuper du troupeau, il lui restait peu d'énergie pour lutter contre ses sentiments. Il s'aperçut qu'il succombait à une idée surgie brusquement de nulle part. Et il sut, bien que ce soit fou, qu'il ne reviendrait pas sur son projet.

De longues heures plus tard, il entra dans la chambre du grenier, sans frapper, un bol de thé à la main. Il s'accorda un instant pour contempler la silhouette endormie de Stella, les cheveux épars sur l'oreiller, une épaule découverte sur le drap. Puis il l'appela.

Stella s'éveilla tout de suite, luttant contre des lambeaux de rêve pour revenir à la réalité. Un couteau dans l'air dépouillait un agneau ; un corps bleu argent sur la paille ensanglantée ; la main froide et sanglante de Joe sur la sienne. Quand les bribes du rêve s'effacèrent et qu'elle vit Joe en personne, avec ses yeux battus et son petit sourire, lui tendre un bol de thé, Stella poussa un cri.

« Joe ? Qu'est-ce qui… ? Quelle heure est-il ?

– Sept heures. » Il lui donna le bol, le bras tendu pour ne pas avoir à s'approcher.

« Oh, Seigneur ! Je suis vraiment désolée. Je n'ai jamais oublié de me réveiller, avant !

– Ne te fais pas de souci.

– Où sont les autres ?

– À la traite.

– Elles auraient dû me réveiller. »

Quand elle saisit le bol des deux mains, le drap glissa. Il y eut l'éclair d'une chemise de nuit blanche au décolleté profond. Le léger renflement d'un sein quand le bras sur lequel elle s'appuyait écrasa son flanc.

« Je leur ai dit de ne pas le faire.

– Je suis vraiment désolée. » Elle secoua la tête. Ses cheveux s'enflèrent en une vague naturelle.

« Je te l'ai dit. Cela n'a aucune importance.

– Et toi ?

– Il y a eu deux autres agneaux. Tous les deux très beaux.

– Alors tu ne t'es pas couché de la nuit ? »

Joe hocha la tête.

« Je vais aller dormir deux heures, maintenant. Voudrais-tu t'occuper de Sly ?

– Bien sûr. Où est ta mère ?

– Elle est allée porter les œufs au village. »

Dans l'air froid de la chambre, Stella et son lit formaient une île qui sentait la chaleur du sommeil. Joe avait envie de s'agenouiller sur le plancher à côté de Stella et de lui faire part de sa certitude. Il agrippa le chambranle de la porte.

« Je ne serai pas long. Je descendrai à temps pour déjeuner.

– Et pourquoi ce luxe ? » Stella leva son bol. « Je ne le mérite pas. » Elle lui sourit. « Merci. Je me dépêche. »

Elle savoura son thé à petites gorgées. Ses cheveux se divisaient sur ses épaules. Ses paupières, baissées et veinées de bleu, avaient la couleur des pétales d'un iris. Joe aurait aimé la regarder éternellement boire son thé.

Stella enfila rapidement son pantalon et d'épais pullovers. Elle traversa la cour en hâte pour chercher une fourche dans la bergerie. Son agneau à elle, encore vêtu de son habit d'emprunt, dormait contre sa mère adoptive. Se sentant coupable d'être en retard, elle ne s'attarda pas pour voir les autres nouveau-nés, mais se hâta vers la porcherie. Elle y trouva Sly, irritée, au stade ultime de sa dernière grossesse. La truie refusa d'abord de quitter la litière qu'il fallait changer, puis elle donna un petit coup de tête sur le flanc de Stella en grognant plaintivement. La patience habituelle de Stella était usée. Elle aurait aimé échanger sa tâche contre celle de Prue. Sly et Prue avaient un lien particulier que les autres n'auraient jamais. Stella fit de son mieux, jeta la paille souillée dans une brouette, pour l'emporter plus tard. Pendant qu'elle éparpillait la nouvelle litière odorante, une pensée têtue lui envahit l'esprit : elle avait tout simplement très envie qu'il soit l'heure de déjeuner. Elle avait très envie que Joe soit là.

Perdue dans ses songes, il lui fallut quelque temps avant de s'apercevoir que Prue, penchée sur le mur de la porcherie, observait son travail d'un œil critique.

« Qu'est-ce que tu es en train de faire ? demanda Prue.

– Joe m'a demandé...

– Sly, c'est mon boulot.

– Nous n'avons pas de boulot particulier, il me semble, si ? » Stella cessa son travail et s'appuya sur la fourche. Elle vit que Prue avait l'air inexplicablement fâchée. « Excuse-moi. J'ai trop dormi.

– Il y a des choses pour lesquelles nous sommes douées, aboya Prue. Ag, c'est pour les haies, les poules et le verger. Toi, c'est pour la traite, Noble et les vaches. Je suis celle qui laboure et règne à la porcherie. »

Stella n'avait jamais vu Prue si en colère.

« C'est sans doute vrai. Mais nous échangeons toutes nos tâches sans faire d'histoire, n'est-ce pas ?

– Tu ne comprends pas ? Sly va mettre bas et moi je veux m'occuper d'elle jusqu'à ce que ce soit fini. » Prue cria brusquement : « Je ne veux pas que tu t'occupes de ça, que tu fasses mon travail, merci beaucoup.

– Calme-toi, Prue…

– Je ne suis pas calme, je suis furieuse.

– Je le vois bien. Tiens. » Stella lui tendit la fourche. « Prends-la. Je vais terminer la traite avec Ag. »

L'attitude de Stella apaisa rapidement l'éclat de Prue. Elle entra dans la porcherie quand Stella en sortit, réarrangea ostensiblement la paille déjà correctement épandue, et gratta Sly derrière l'oreille d'un geste de propriétaire. Puis elle se tourna vers Stella avec un sourire d'excuse.

« Si on y pense, il n'y a pas beaucoup de coiffeuses qui tombent amoureuses d'une truie ! » Elles éclatèrent de rire ensemble. « Désolée, je ne voulais pas m'énerver. Tout me tombe dessus en même temps. Je fais des cauchemars à propos de Barry. Ce matin, il y avait une lettre de son ami Jamie avec des détails sur sa mort… On se couche trop tard avec Robert. J'ai l'impression que mes nerfs flanchent.

– Ça s'arrangera avec une bonne nuit de sommeil.

– Tu parles comme ma mère », répondit Prue.

Pendant les six mois qu'elles avaient passés à Hallows Farm, c'était le premier accrochage dont se souvenait Stella. C'était, réfléchit-elle en se dirigeant vers l'étable, un fait étonnant qu'on pouvait peut-être imputer à la guerre. Les civils, épouvantés par les combats, voulaient instinctivement vivre chez eux dans une paix totale. Et, en tout cas, elles étaient trop occupées pour se livrer à de mesquines querelles.

Cet après-midi-là, à quatre heures, les filles, pull-over et pantalon propres, s'installèrent autour de la table de la cuisine avec Mrs. Lawrence et la commissaire du district, une certaine Mrs. Poodle. On aurait dit une fête enfantine. Les filles s'étaient brossé les cheveux : Prue, pour la première fois, à la demande de Mrs. Lawrence, ne portait pas de nœud. Elles avaient rincé la moindre trace de boue sur leurs mains et leurs ongles, mis une nappe sur la table et préparé un gâteau au lard et deux espèces différentes de sandwichs. Devant les assiettes de chacune il y avait trois demi-losanges rouges, récompense de six mois de service satisfaisant, qu'elles avaient maintenant le droit de coudre sur les manches de leurs pulls et de leurs vestes.

« En général, on envoie les insignes par la poste, expliqua Mrs. Poodle, mais je voulais venir voir comment vous vous débrouillez dans ce coin perdu. » Elle sourit joyeusement à la ronde.

« Nous n'aimerions pas être ailleurs, n'est-ce pas ? dit Prue. Stella, Ag et moi. » Bouleversée par son insigne, le premier prix de quelque genre que ce fût qu'elle eût jamais reçu de sa vie, Prue était au bord des larmes, de ces larmes qu'on verse le jour de la distribution des prix. Elle jouait avec les demi-losanges sans y croire, en les mélangeant en un seul. « Ma mère ne voudra pas le croire.

– C'est bizarre que le Service des volontaires soit le seul où il n'y ait pas de promotion, continua Mrs. Poodle. Cela me semble tout à fait injuste. Mais, au moins, les insignes sont une reconnaissance de vos bons et loyaux services. Si vous continuez à bien travailler, vous serez titulaires d'un brassard spécial dans huit mois, et d'un brassard *écarlate* spécial après quatre ans. Rendez-vous compte !

– Seigneur ! cria Prue, ses yeux brillants de larmes papillotant vers le plafond, on n'aura sûrement pas besoin de nous aussi longtemps. Cette sacrée guerre ne durera sûrement pas une autre sacrée…

– *Prue !* intervint Mrs. Lawrence.

– Excusez-moi.

– Personne ne peut dire combien de temps on aura besoin de vous. » Mrs. Poodle, peu accoutumée à de tels festins, savourait son troisième morceau de gâteau au lard. Elle l'avait coupé en tout petits morceaux pour faire durer le plaisir. Dorénavant, estimait-elle, elle jugerait la façon dont les WLA se débrouillaient ailleurs à l'aune de l'hospitalité reçue à Hallows Farm. « Mais il y a beaucoup d'enrôlement, ajouta-t-elle. Dans le seul Dorset, à la fin de l'année dernière, trois cent dix-neuf volontaires ont signé. J'estime qu'il y en aura deux fois plus d'ici la fin de l'année. »

Mrs. Poodle serra la main de chacune des filles avant de partir et souhaita que le long et dur service qui les attendait pour leur pays se passe bien. Comme la mère de Prue, elle trouvait inestimables les mots célèbres de Winston Churchill quand, comme l'exigeait souvent son travail, elle devait formuler des encouragements en de telles occasions. « Comme le dit notre grand chef : *Nous traversons une période pleine d'espoirs, où chaque vertu de notre race sera mise à l'épreuve et où tout ce que nous avons, tout ce que nous honorons, sera remis en jeu.* » Ses yeux se ternirent quand elle s'entendit citer avec une intensité si poignante les paroles du grand homme. Elle enfila une paire de gants en chevreau noir et ajusta son chapeau. « *Ce n'est pas le moment de douter*... Bonne chance, mes filles. Et bravo.

– Au diable tout le reste ! cria Prue dès qu'elle fut partie. Je vais coudre mes losanges, *tout de suite*. »

Mais au moment où elle s'apprêtait à rentrer, elles entendirent l'appel pressant que Joe lançait de la porcherie.

« Prue ! Dépêche-toi. Sly a commencé. »

Prue hurla. Ses demi-losanges tombèrent sur le sol. Stella se baissa pour les ramasser et se sentit à nouveau contrariée. Ce n'était pas raisonnable. C'était inexplicable. Mais c'était un fait.

Ce soir-là Robert vint dîner et suggéra qu'ils aillent tous aux Cloches pour fêter les récompenses. Ag et Mrs. Lawrence refusèrent, préférant se coucher tôt. Joe dit qu'il ne pouvait pas laisser les moutons. Stella se porta volontaire pour l'aider.

« Alors, vous et moi, tout seuls », dit, en pouffant, Prue à Robert. Elle avait été la seule à accepter une seconde pomme au four et un peu plus de crème – l'amour ne lui avait jamais coupé l'appétit. « Mais avant que nous partions il faut que je vous présente à chaque petit de la portée de Sly. Aidez-moi à leur trouver des noms. »

La mise bas de la truie, en fin d'après-midi, avait éveillé chez Prue des sentiments maternels inattendus.

« Je n'ai jamais vu un tel spectacle, n'avait-elle cessé de dire à Joe. Regarde ! En voilà un autre ! Comment fait-elle ? Brave vieille Sly… »

Elle avait passé un long moment à regarder les quatorze porcelets minuscules se tordre, crier, donner du groin dans les tétines de leur mère, leurs corps tendineux glissant sur son ventre palpitant – à contempler le miracle de la naissance. C'était quelque chose à quoi elle n'avait jusqu'alors jamais accordé une pensée : à présent, séduite par les porcelets de Sly, son désir d'avoir des bébés semblait soudain compréhensible. Elle décida qu'elle aimerait en avoir quatre, et eut très envie de faire part à Robert de sa nouvelle résolution. Elle fut donc soulagée de constater que les autres n'iraient pas aux Cloches. La déclaration qu'elle avait à faire devait être strictement privée. Elle avait beaucoup à dire à Robert : la journée avait été mémorable, avec les récompenses, les porcelets et sa décision à propos des enfants. Elle envisageait de la célébrer avec plusieurs gin-citron plutôt corsés, suivis d'une folle activité dans le dur lit bruyant, et au diable la sage suggestion d'Ag d'aller se coucher tôt.

Dès que la vaisselle fut terminée, Mrs. Lawrence et Ag montèrent se coucher. Joe suivit Stella au salon.

« As-tu froid ? » demanda-t-il en ajoutant une bûche sur le petit feu avant qu'elle ait pu répondre. Stella alluma la radio. Rubinstein jouait un prélude de Chopin. « Je ne suis pas un fan de Chopin, dit Joe. J'ai des choses à faire. » Il quitta la pièce.

Stella, déçue, se lova sur le canapé. Elle avait passé la dernière demi-heure à attendre avec impatience ce bref moment de solitude avec lui. Elle ne pouvait s'expliquer pourquoi elle désirait ce tête-à-tête. Mais elle avait découvert, depuis Noël, que, pour une raison mystérieuse, la présence de Joe était un luxe, un réconfort, un chaleureux plaisir. Le voir dépouiller l'agneau mort, la nuit dernière, et présenter adroitement l'orphelin à sa mère adoptive lui avait inspiré de l'admiration. Ce matin, il l'avait étonnée en lui apportant du thé au lit. À présent, il l'avait, en quelque sorte... insultée, repoussée. Ce qui était curieux c'était que, quel que soit son comportement, elle en était affectée. C'était troublant. Stella, peu désireuse de pousser plus loin ses investigations de peur de découvrir la vérité, voulut bien croire que les désordres provoqués par la guerre étaient plus sournois qu'elle ne l'avait cru. Ils jouaient un rôle dans la soudaine colère de Prue, dans l'espoir inépuisable d'Ag en une relation non existante, et dans ses propres réactions ombrageuses envers celui qui était devenu un ami.

La chaleur du feu, combinée aux tristes accords de Chopin, l'assoupissait. Elle se préparerait une tasse d'Ovomaltine, puis irait dormir en espérant que Joe l'appellerait à nouveau à la rescousse pour l'agnelage.

Stella pensait qu'il était dans la bergerie et fut donc surprise de le rencontrer dans la cuisine. Il avait étendu du papier sur la table et nettoyait ses chaussures, enlevant des copeaux de boue d'un talon avec un couteau émoussé.

« Un travail que je déteste, dit-il.

– Je vais prendre de l'Ovomaltine avant d'aller me coucher. En veux-tu ? »

Joe accepta. Stella versa le lait dans une casserole et prépara les bols.

« Aux demi-losanges ! » dit Joe.

Stella sourit, posa les bols sur la table et s'assit. Elle porta son bol à son nez, humant l'écume beige et parfumée, appréciant la vapeur chaude. Joe ne quitta pas du regard les brosses, le cirage, le cuir terne qui commençait, sous l'ardeur de son polissage, à briller. Au bout d'un moment, le glissement de la brosse, comme l'avait fait la musique, plongea Stella dans une vague somnolence.

« As-tu quelquefois ressenti, demanda-t-elle, une confusion si totale que tu ne sais pas par quel bout t'y prendre pour démêler les différents fils ? Que tu ne sais même pas ce que sont exactement les fils ? Une confusion sans forme définie ? As-tu quelquefois senti ça, Joe ? »

Il lui jeta un coup d'œil et vit que sa belle bouche s'était affaissée.

« Bien sûr. Souvent. Tout le temps. »

Il leva une énorme chaussure noire, en admira la brillance et s'empara d'un chiffon. Un des chiens, endormi près du poêle, grogna dans son rêve.

« Nous avons choisi le mariage, tous les deux. Penses-tu que nous ayons raison ? » Joe lui jeta un autre coup d'œil. « Je veux dire : pourquoi épouses-tu Janet ? »

Au moment même où elle posait la question, Stella comprit quel risque stupide elle prenait.

Joe reposa la chaussure cirée, s'assit et prit son bol. Il luttait pour rester calme et s'obligea à la regarder dans les yeux. *Oh, Seigneur, s'il vous plaît, donnez-moi la force de lui cacher...*

« Je pourrais te poser la même question. Pourquoi épouses-tu Philip ? »

Stella eut un sourire embarrassé. Elle haussa les épaules.

« J'étais amoureuse d'une idée. C'est une de mes faiblesses. J'ai été amoureuse d'un tas d'idées. Je pensais que Philip était le bon. C'était peut-être l'urgence de la guerre...

– Tu *pensais* ?

– Je pensais.

– Tu le penses encore ?

– Je ne sais pas. Avouer que j'ai des doutes serait par trop déloyal.

– Je connais ce genre de sentiments.

– J'ai donné ma parole.

– J'ai fait la même chose avec Janet. Tu ne m'as jamais parlé de ton week-end à Plymouth.

– Je n'ai jamais eu l'idée que ça t'intéressait.

– Je reconnais que je suis intrigué par le genre d'homme que tu aimes. »

Stella se cacha le visage derrière la barrière de ses mains et du bol. Elle essaya de se montrer enjouée.

« Philip est gentil. Le week-end n'était pas… tout à fait parfait. »

Joe fit un signe de tête et commença à enlever les copeaux de boue du deuxième talon. Ils tombaient sur le papier en volutes noires, comme de géantes rognures de sabot. Stella se leva et emporta son bol vide dans l'évier. Elle n'était pas sûre que Joe ait entendu sa dernière réflexion. Elle espérait que non, car c'était une première trahison.

« Je dois aller me coucher, dit-elle.

– Nous n'avons pas vraiment répondu à nos questions mutuelles.

– Non. Une autre fois peut-être. Appelle-moi si tu as besoin d'aide cette nuit.

– Il faut que tu dormes.

– Non, vraiment. S'il te plaît. »

Joe acquiesça. Il ne la regarda pas quand elle sortit mais continua à cirer sa chaussure avec une concentration maniaque. Il la polit et la repolit jusqu'à ce qu'on ne puisse obtenir davantage d'éclat. Une possibilité qu'il osait à peine envisager s'ajouta au marécage des problèmes qui lui embourbaient l'esprit. Ce n'était sûrement pas son imagination : ce soir, sûrement, il y avait quelques signes…

Joe avait détecté des signes dans quelque chose de si infime, de si indistinct – dans les paroles de Stella – qu'elle-même en ignorait peut-être l'existence. Mais c'était là, en elle. Cela avait pris racine. La question était de savoir s'il devait l'étouffer avant que ça ne s'enflamme et devienne conscient ou s'il devait renoncer à tout principe et l'encourager à vivre sa vie ?

Quelques jours plus tard, Ag, en ayant terminé plus tôt que d'habitude avec ses activités matinales, rejoignit Mrs. Lawrence pour l'aider à préparer le déjeuner. Joe entra dans la cuisine en apportant deux lapins morts. Il les jeta sur l'égouttoir. De l'estomac d'un des lapins du sang pourpre suinta sur le bois sombre à travers la fourrure pâle.

« Merci, Joe. Ton père va être content. » Mrs. Lawrence se tourna vers Ag. « John doit arriver ce soir. Il aura envie de son civet de lapin aux oignons. Il reste de la graisse pour faire un pudding à la mélasse – c'est son préféré, aussi. »

Ag ne fut pas surprise par la nouvelle. Elle avait remarqué ce matin-là que Mrs. Lawrence était particulièrement de bonne humeur. De subtiles manifestations de son bonheur intérieur trahissaient sa vie personnelle toujours si soigneusement cachée. Elle se déplaçait plus vite entre table, évier et cuisinière. Ses mains usées, parfois lentes et lourdes de fatigue, voltigeaient gaiement parmi les assiettes savonneuses. Elle beurrait des tartines de pain frais à une vitesse extraordinaire. Ses lèvres beige rose, à l'ordinaire prudemment serrées, s'ouvraient en d'incessants sourires.

Ag s'était souvent dit qu'elle aurait aimé que Mrs. Lawrence fût sa mère : ce matin-là elle le pensa avec encore plus d'intensité. Elle sentait que son attente joyeuse donnait à cette femme forte une espèce d'accessibilité rarement apparente. Ag, qui l'aimait autant qu'elle l'admirait, mourait d'envie de lui parler. Elle se demanda s'il serait déplacé d'essayer.

Mrs. Lawrence fonça vers l'évier, armée d'un couteau pointu. Elle commença à dépouiller un des lapins. Ag regarda sa main solide enserrer le cou de l'animal : la tête s'affaissa, obscène tas de fourrure, d'os, de dents reposant sur la lèvre raidie, globes graisseux des yeux morts.

« Pouvez-vous me préparer l'autre, Ag ? Ce n'est pas difficile. C'est une question de bon sens.

– J'ai bien peur... Je ne suis pas très adroite avec les choses mortes. Les oiseaux, les poissons, les animaux. Pour une raison quelconque, je ne peux pas les toucher. » C'était la première fois qu'Ag devait refuser une requête de

Mrs. Lawrence. « Je suis désolée », ajouta-t-elle, honteuse de son excessive délicatesse.

Mrs. Lawrence lui jeta un coup d'œil.

« Ça ne fait rien. Je ressentais la même chose, autrefois. Il a bien fallu que je m'y fasse. Je me souviens que la première fois que j'ai préparé un faisan, j'en ai été malade. À présent, ça ne me fait plus rien. »

Elle tirailla sur la peau du lapin et la retourna. La peau glissa aussi facilement qu'un gant. Ag regarda le corps nu et rose, pattes repliées comme pour une dernière course à l'élan gelé par la mort. Écœurée, elle s'activa à mettre la table, peu désireuse d'assister davantage à la boucherie de Mrs. Lawrence.

Les lapins furent rapidement découpés en un amas de membres pitoyables entassés dans une grande jatte. Mrs. Lawrence y ajouta un doigt de cidre, des feuilles de laurier, des baies de genièvre, du poivre. Ses mouvements étaient légers et heureux. Quand la jatte à l'hideux contenu fut pleine, elle l'emporta au garde-manger comme si elle ne pesait pas plus qu'une assiette vide.

« John aime ça, dit-elle en revenant. Au début de notre mariage, quand nous n'avions pas un sou vaillant, nous mangions souvent du lapin. »

Elle s'assit à la table et rectifia la position d'une fourchette, d'un verre. Elle tortilla quelques rameaux de forsythia, toujours en boutons, qu'Ag avait disposés dans un pichet. Elle mit la main sur son cœur.

« C'est ridicule ! Je devrais avoir honte de moi, à mon âge. Je suis toute troublée. »

Ag, en retour, lui sourit. C'était peut-être l'occasion ou jamais.

« Nous aurons de la chance, dit-elle, si nous réussissons toutes un mariage comme le vôtre et celui de Mr. Lawrence. »

Mrs. Lawrence eut l'air surpris.

« Vraiment ? Je ne sais pas. Je pense que si on est heureux de travailler ensemble, cela aide. À cet égard, John et moi avons eu tellement de chance. Je n'aurais pas voulu épouser un homme qui parte travailler chaque jour par le train. Avec ce système, vous ignorez tant de choses de la vie de l'autre… L'absence peut conduire à oublier les règles. Je n'aurais pas aimé quitter la maison, moi non plus. Je suppose que je suis terriblement vieux jeu. Je vois venir un temps, dans une ou deux générations, où les femmes trouveront tout naturel d'aller travailler. De simples ménagères comme moi, parfaitement heureuses de leur sort, seront ridicules. Peut-être est-ce déjà le cas. Mais j'ai trop à faire pour réfléchir à tout ça. Je suis si à l'écart du monde réel que je ne sais pas trop ce qui s'y passe. Mais vous, Ag ? Avez-vous réfléchi à ce que vous aimeriez faire après la guerre ? »

Ag médita quelques instants en silence puis décida de se confier.

« Je me suis dit que j'aimerais étudier le droit, faire partie du Barreau. Je continuerai à être volontaire agricole, ou à participer à l'effort de guerre, tant que l'on aura besoin de moi, puis j'essaierai une faculté de droit. Le plan ultime, le plan fou – elle eut un sourire d'autodérision –, c'est d'épouser Desmond.

– Celui qui vous a envoyé une carte de Noël ? »

Ag acquiesça.

« Je pense parfois que rêver de lui est une stupide perte de temps et d'énergie. Mais alors je me souviens de la certitude que j'ai ressentie. Instantanément. Positivement. Mystérieusement… C'est absurde, je suppose, mais je compte là-dessus.

– Il le faut. Vous devez. » Mrs. Lawrence soupira. « J'aimerais que Joe ressente une telle certitude.

– Ce n'est pas le cas ?

– Qu'en pensez-vous ?

– Eh bien, il n'en manifeste pas grand signe. Nous ne parlons pas de Janet. Nous parlons de livres. Mais Joe est secret. »

Il y eut un long silence.

« Peut-être ne devrais-je pas le dire, Ag, et je vous demande de ne pas répéter mes indiscrétions aux autres, mais je pense que John et moi avons fait la plus grande erreur de notre vie à propos de Janet. Et je ne sais pas comment y remédier. » Mrs. Lawrence parlait calmement, ignorant si elle devait dire des choses comme ça, mais ayant envie, après tant de mois de silence, de les révéler à cette fille ouverte pour laquelle elle éprouvait une affection particulière.

« Joe était un jeune homme si léger, séduisant toutes les filles à des miles à la ronde, brisant des cœurs partout. Nous l'avons sermonné et lui avons expliqué qu'il était sage de ne pas s'en tenir à l'attrait physique, de choisir, pour la vie, une fille solide sur qui on peut compter. Il se moquait de ces idées et disait que la seule femme *épousable* qu'il ait jamais rencontrée, c'était moi ! » Elle sourit pour bien souligner la complaisance qu'il y avait dans cette petite pointe de vanité. « Et, bien entendu, il n'a rien changé à son comportement. Puis – je ne sais pas comment ça s'est passé exactement, il ne l'a jamais dit – il nous a annoncé qu'il avait proposé à Janet de l'épouser. *Janet !* Bon, nous la connaissons depuis des années – ils vivaient dans le Somerset. Nous aimions bien ses parents. C'était une amie d'enfance de Joe – simple, gauche, le meilleur cœur du monde. Il la traitait comme si elle était un garçon ; elle était amoureuse de lui depuis qu'elle avait douze ans. Comme je vous le disais, je ne sais pas ce qui l'a poussé à prendre cette décision, mais dès ce moment les choses ont mal tourné – refusé à Cambridge, refusé à l'armée. Je suppose qu'il était amer, qu'il avait le sentiment d'échouer, d'être inutile, bien qu'il ne se soit jamais vraiment plaint.

» En tout cas, tout fiancé non officiellement qu'il soit, il a cessé de courir les filles. Il passait le plus clair de son temps libre avec Robert, à parler, à parler : ils ont beaucoup de points communs. Puis, brusquement, cette demande en mariage ; à présent, nous pensons que c'était uniquement pour nous faire plaisir. Mais, à l'époque, nous étions contents. Nous avions l'impression que c'était la sécurité, pour lui. Ce n'était, peut-être, pas très excitant, mais c'était la sécurité, l'aide, le dévouement.

» Et alors, d'une certaine façon, il a paru renoncer. La vie ne semblait plus l'intéresser. Il disait : "J'ai fait ce que vous vouliez, vous devriez être contents." Nous répondions : "Joe, tu dois faire ce que tu veux faire, toi." Le temps jouait contre lui, bien sûr. Juste au moment où ils ont annoncé leurs fiançailles, Janet a été envoyée dans le Surrey. Joe n'a pas eu l'air très triste. Encore maintenant je dois le harceler pour qu'il lui écrive. Comme vous l'avez constaté, ils n'ont presque pas l'occasion de se rencontrer.

» C'est alors que vous, les filles, vous êtes arrivées. John et moi étions inquiets, bien sûr. Tout spécialement quand, toutes les trois, vous vous êtes révélées si… bon, il aurait été facile que Joe retrouve ses vieilles habitudes. Nous avons confiance en lui, naturellement. C'est un homme d'honneur. Une fois qu'il a donné sa parole, il la respecte. Ce qui s'est passé, avec votre arrivée, comme vous l'avez sans doute remarqué, c'est qu'il est sorti de sa coquille. Il est encore tendu, inquiet, plein de regrets ; mais il est plus heureux. Ne croyez-vous pas ? Je pense que vous devez être, toutes les trois, ses premières *amies*. Je dois reconnaître que j'ai redouté que Prue ne pose ses jolies petites griffes sur lui, et je suppose qu'elle a essayé, mais elle a sans doute échoué. Et je sais qu'il aime tellement votre compagnie, Ag. » À la grande gêne d'Ag, leurs regards se rencontrèrent. « Vous êtes égaux intellectuellement. Avec tout le travail de la ferme, il a été tellement privé de ce genre de stimulant, sauf avec Robert. Prue l'amuse – et l'étonne par sa capacité à travailler dur alliée à sa frivolité. Et il a l'air d'apprécier Stella – ils partagent un même intérêt pour la musique. Vraiment, toutes les trois, de manière différente, vous lui avez fait beaucoup de bien. »

Elle s'interrompit et se massa les doigts.

« Vous lui avez aussi montré… Mais je ne veux pas être déloyale envers Janet. Il me suffit de dire qu'à Noël le contraste entre elle et vous trois… a dû le faire réfléchir. Qui plus est, Janet semble avoir changé : nerveuse, trop sérieuse, *agaçante* dans son désir d'être utile, d'être appréciée, d'être aimée. La pauvre ! Elle doit comprendre qu'il ne l'aime pas, elle doit comprendre qu'il essaie simplement de tenir sa promesse.

» Nous nous blâmons, John et moi. Nous nous blâmons. Nous avons appris à Joe à tenir sa promesse et, à présent, en la respectant, il aura peut-être une vie moins agréable. Que pouvons-nous faire ? »

Mrs. Lawrence jeta à Ag un coup d'œil où se mêlaient désespoir et regret. Ag, étonnée par la confession de son employeuse en général réservée, fut incapable de suggérer un conseil. Elle ne pouvait répondre sur-le-champ. Pour gagner du temps, elle alla chercher les assiettes chaudes sur le fourneau et remua la soupe à la carotte. Puis elle retourna s'asseoir.

« Par une étrange ironie du sort, remarqua-t-elle finalement, je crois que c'est un cas où, peut-être, la guerre peut *sauver*. Je veux dire que, puisqu'elle fausse et casse tout, partout, elle peut, aussi, servir d'excuse. Joe et Janet iront peut-être chacun de leur côté et n'en blâmeront que la guerre. La rupture de leurs fiançailles peut avoir les mêmes raisons que le début : les *pressions* de la guerre, les décisions prises à une époque exceptionnelle.

– Vous ne tenez pas compte de son honneur, dit Mrs. Lawrence.

– Si. Mais même l'honneur, dévoyé par les événements d'une guerre, peut être considéré comme une folie. Et donc si on ne tient pas sa promesse, on peut être pardonné.

– Je l'espère. Les choses s'arrangeront peut-être toutes seules. Et, s'il vous plaît, Ag, pas un mot de tout ceci.

– C'est promis.

– Sortez les pommes de terre, voulez-vous ? Je vais appeler les autres – il ne reste que quelques heures. » Elle était redevenue gaie. « John doit arriver vers cinq heures. »

Mrs. Lawrence mit un tablier propre pour le retour de son mari et tous savourèrent son civet de lapin, sauf Ag qui ne put se décider à manger les pattes agiles, qu'elle avait vues dans leur nudité, bien qu'elles fussent à moitié masquées par la sauce.

Mr. Lawrence revint avec les nouvelles auxquelles il s'attendait. La maladie de son frère était en rémission. On pronostiquait, à présent, qu'il pouvait vivre des mois et non plus seulement quelques semaines. Ils avaient décidé ensemble que les Lawrence s'installeraient dans le Yorkshire l'année suivante.

Après avoir fait part de la nouvelle, Mr. Lawrence ne perdit pas de temps et se mit à expliquer ses projets pour Hallows Farm avant leur départ. Il voulait qu'avant de mettre la ferme en vente les terres redeviennent, autant que possible, arables. Les vaches – toutes sauf Nancy – devraient partir dans quelques semaines. Tout comme Sly. Devant le hurlement de protestation de Prue, il se garda bien d'évoquer le destin qui attendait sa portée. La nourriture pour porcs était plus rare que jamais, expliqua-t-il patiemment à une Prue éperdue, et leur stock touchait à sa fin. Il détailla ses plans à propos de tel ou tel champ qu'il vaudrait mieux planter de telle ou telle culture.

« Je vous préviens, dit-il, ce sera le printemps le plus laborieux de votre vie. Herser, labourer, désherber, semer : heureusement que vous êtes toutes les trois en forme. Les demi-losanges sont tout à fait mérités, en tout cas. Mais je ne veux pas que vous sous-estimiez le dur travail qui nous attend. Répondez-moi franchement : pensez-vous qu'on y arrivera avec six paires de bras plus Ratty, ou dois-je demander de l'aide ?

– On y arrivera », répondit promptement sa femme au nom de tous.

Presque autant que chasser les rats, Ratty aimait s'occuper des moutons. L'agnelage était sa saison favorite, avec les nuits passées loin de chez lui et les « douzaines de sacrés miracles », comme il appelait les naissances. Qui plus est, ce travail nocturne lui offrait l'excuse de dormir quelques heures dans la journée et d'éviter ainsi Edith dont l'irascibilité ne cessait de croître.

La nuit où Mr. Lawrence revint fut très occupée pour Joe et Ratty. Il était né neuf agneaux, dont des jumeaux. Il était six heures du matin quand Ratty rentra chez lui – pas fatigué, la poussée d'adrénaline due à l'émerveillement l'empêcha de partir jusqu'à ce que le dernier agneau de la saison soit né – mais affamé. Une belle journée se préparait. Le printemps n'était pas loin.

Ratty aspirait à avoir une heure de paix dans la cuisine et à se préparer lui-même des tranches de bacon dans l'unique casserole, et une tartine. Mais, à sa consternation, Edith était déjà descendue. Debout devant une grande boîte posée sur la table, elle fourrageait dans une épaisse couche de carrés de papier découpé, comme si elle tentait sa chance à un jeu de pêche miraculeuse. Il remarqua que les carrés étaient devenus plus petits pendant la dernière semaine. Elle passait des heures à veiller à leur symétrie.

« Encore à traîner avec les filles, l'accueillit Edith avec un étrange regard vide.

– Je me suis occupé de l'agnelage avec Joe – neuf depuis minuit, y compris des jumeaux noirs. Tu sais bien que j'étais en train de travailler. Je prendrais volontiers un petit déjeuner.

– Un petit déjeuner ! gloussa Edith. Tu n'as qu'à le préparer toi-même, ton sale petit déjeuner ! Ou demander à une de ces filles de le faire.

– Écoute, Edith… » Les joies et les succès que Ratty avait connus pendant la nuit s'évanouirent tout à coup. Une froide colère, éperonnée par la faim et le désir de dormir tranquillement, les remplaça. « Tu n'es pas raisonnable, dit-il.

– *Pas raisonnable !* » aboya Edith. Ses mains éparpillèrent les papiers hors de la boîte. Elle la saisit par les côtés et en jeta le contenu à la tête de Ratty. « Voilà ce que je pense de toi, Ratty Tyler. »

Les papiers ruisselèrent sur Ratty, brillantes petites étincelles de vieux livres et de cartes postales en couleurs, ternes flocons de journaux, fragments clinquants de mouchoirs multicolores. Ils émaillèrent son manteau et s'accrochèrent à sa casquette. Edith se mit à rire.

« Des confettis ! Voilà, c'est des confettis ! Tu te souviens que nous n'en avions pas le jour de notre mariage ? Tu ne voulais pas dépenser de l'argent pour des confettis. J'aurais dû me douter alors… »

Ratty entreprit de secouer son manteau. Il était tout à coup très las. Vidé. Gelé.

« Il y en avait, non… ? Tu en es sûre ?

– Il n'y en avait pas. »

Edith se dirigea bruyamment vers le buffet et s'empara brutalement d'un petit cadre de cuivre contenant une photographie sépia. Elle le lui tendit brusquement.

« C'est le jour de notre mariage, non ? »

Ratty cligna des yeux devant l'image fanée du jeune fou plein d'espoir au sourire figé. Edith avait-elle jamais été comme ça, souriante elle aussi ?

« Pas de confettis ! Absolument pas de confettis ! Tu vois ?

– Ça ne prouve rien, pas sur une vieille photographie. Je suis sûr qu'il y en avait. Des trucs roses, des pétales. »

Il avait l'esprit confus et se sentait étourdi.

« Je t'affirme que non. C'est une preuve. »

L'ancienne indignation d'Edith disparut devant son triomphe. Elle recula et remit le cadre en place.

« Bon, ce que nous n'avons pas eu, au moins ça va au gouvernement. »

Ratty ne voyait pas en quoi cet argument était logique, mais il était trop épuisé pour la contredire. « Je vais balayer ceux-là et aller en chercher d'autres.

– Y a-t-il du bacon ? » Ratty essaya d'esquiver le balai qu'elle avait pris.

Edith balaya quelques instants le kaléidoscope de morceaux de papier avec un plaisir particulier, avant de répondre :

« Non, dit-elle enfin. Il n'y a même pas une tranche de pain, Ratty Tyler. Il n'y a rien. »

CHAPITRE XI

D'aussi loin qu'il s'en souvenait, le petit bout de jardin de Ratty avait toujours abrité une dynastie de merles. Gardiennes vigilantes de leur territoire, année après année, des générations successives chantaient dans le lilas dont elles avaient hérité. Elles laissaient le cerisier aux pinsons.

Vers la fin de février, Ratty entendit le premier chant vespéral que sifflaient deux vieux mâles. Leur prime jeunesse étant achevée, il sut qu'ils ne lui offriraient plus, et seulement au crépuscule, qu'une répétition des mélodies du temps passé et qu'elles manqueraient de leur vigueur d'antan. Mais c'était aussi le signe qu'un membre de la nouvelle génération reprendrait sous peu le flambeau. Ratty était impatient de voir l'héritier pour la première fois.

Après un petit déjeuner solitaire – Edith, pour la première fois de sa vie, avait décidé de rester couchée –, Ratty s'attarda dans le jardin. Dans l'herbe, il trouva l'oiseau qu'il cherchait : un bel animal, encore brun foncé comme sa mère, avec un bec encore brun lui aussi. Le cercle qui entourait son œil était un pâle indice du doré qu'il prendrait dans quelques semaines.

L'oiseau ne sembla pas effrayé par sa présence. Ratty resta tout à fait immobile, l'examina quelques instants, puis se dirigea tranquillement vers l'autre bout du jardin, au-delà du lilas. Il se retourna, s'accouda à la barrière et jeta un coup d'œil au cottage. Des branches de l'arbre non élagué cascadaient les premières vagues du chant familier : hésitantes au début, puis plus assurées, plus prestes dans la gamme, crâneuses enfin. Si Ratty avait été un homme sentimental il aurait pu croire que l'oiseau l'avait suivi, avait lu dans ses pensées et lui dédiait son chant. En tout cas, la musique qui, chaque année, retrempait son optimisme usé par l'hiver lui rappelait que le printemps était enfin là : qu'il y avait beaucoup à faire. Et que l'année prochaine à cette même époque, la vie telle qu'il l'avait connue à Hallows Farm aurait disparu. Il prendrait sa retraite, et pas une demi-retraite, comme les vieux merles. Dieu sait, alors…

Ratty fit demi-tour sur le sentier qui luttait pour son existence au milieu des herbes folles. Il s'arrêtait presque tous les mètres, et se laissait enfermer par le chant du merle – à présent exubérant et ensorcelant – dans un présent vide, peuplé uniquement de ce son pur. Il n'avait aucune envie d'être ni dans le passé ni dans le futur.

La tête vide, il contempla l'arrière de son cottage délabré. Le chant de l'oiseau donnait la chair de poule à la vieille peau de ses bras, sous ses manches. Puis il apparut. Devant lui, il vit un monstre. Il crut d'abord que l'horrible créature, là, au seuil de sa propre porte, était une hallucination. Il manquait de sommeil ces derniers temps, avec l'agnelage. À plusieurs reprises, il avait eu l'esprit confus, avait eu des oublis, vu des choses qui se fondaient dans l'air. Et pourtant il savait qu'il était éveillé. Sous ses pieds, le sol était ferme. Le merle chantait toujours.

Le monstre avait un grand œil vitreux, ovale, et le groin noir et caoutchouteux d'un porc géant. Debout sur ses pattes postérieures, les pattes avant repliées, il fixait Ratty de son œil terrible et sans expression. Puis il fit quelques pas vers lui et Ratty vit que sa peau – d'un horrible bleu – était une chemise familière, et ses pattes antérieures des bras humains enfilés dans les manches plissées d'un cardigan brun.

C'était Edith avec son masque à gaz.

« Seigneur, Edith ! » s'écria Ratty.

Son soulagement fut tel qu'il dut s'appuyer sur sa canne pour ne pas tomber. Il sentit se glacer les articulations fragiles de ses genoux. La sueur lui coulait sur les tempes. Ses mains tremblaient.

« Tu m'as fait une de ces peurs ! Que fabriques-tu avec ça ? »

Edith retira son masque. Son visage était pâle et son regard vacillait. La lumière rosissait la peau de son crâne et ses mèches de cheveux blancs, normalement attachées en chignon, pendouillaient.

« Il y a des agneaux dans les champs et des bombes dans le ciel », énonça-t-elle calmement.

Ratty leva les yeux, incertain. Deux nuages dérivaient dans un morceau de ciel bleu-gris.

« Il n'y a rien du tout, dit-il.

– La guerre est là, maintenant ; souviens-toi de ce que je te dis.

– Je vais aller à la ferme. » Ratty hocha la tête. Voir Edith comme ça, ne lui disait rien qui vaille…

« Prends un masque à gaz, Ratty Tyler, ou tu le regretteras.

– Il n'est pas question que je prenne un de ces trucs. »

Ratty la croisa en traînant les pieds, les yeux fixés au sol, et se dirigea lentement vers le sentier. Il vit qu'Edith haussait les épaules.

« Bientôt, nous serons tous aplatis comme des crêpes », prédit-elle.

Bien qu'Ag n'eût pas, comme Edith, peur de l'apparition de bombes dans le ciel local, elle était de plus en plus consciente de la guerre dans les lointaines parties du monde : des combats à Malte, aux Philippines, des attaques renouvelées de Hitler en Russie, des souffrances de la VIIIe armée en Égypte. À présent, les journées étaient si longues et si occupées qu'il ne restait que peu de temps à consacrer aux bulletins quotidiens, et elle lisait rarement le journal. Mais Ag se faisait un point d'honneur à essayer d'écouter les nouvelles de neuf heures, chaque soir, avec les Lawrence. L'accélération de la guerre, même vue de son coin du Dorset relativement protégé, la troublait plus que les autres. Quand elle ne pensait pas à Desmond, elle se surprenait, presque obsessionnellement, à imaginer des batailles, la destruction, la mort et les cadavres.

Par contraste avec ces sombres réflexions – et peut-être à cause d'elles – ce printemps semblait tout particulièrement lourd de sens. Ag observait ses lents débuts. Mrs. Lawrence avait depuis longtemps cessé de soigner le jardin : la priorité, ces temps-ci, était donnée au verger et au potager. Mais Ag, sachant que Mrs. Lawrence aimait les fleurs, avait, en novembre, acheté et planté quelques douzaines de bulbes. Ils commençaient à sortir, à la grande surprise de Mrs. Lawrence. D'abord les perce-neige. Puis la primevère « précoce » (Ag n'avait jamais pu découvrir le sens du mot mystérieux de Milton, avoua-t-elle un soir à Joe) dans le verger, où l'une de ses tâches consistait à pulvériser de haut en bas chaque arbre de sulfure de chaux décapant – protection contre le chancre du pommier. Dans les plates-bandes qui bordaient la pelouse négligée, une douzaine de narcisses poussaient de-ci de-là dans la terre délaissée. En mars, quelques tulipes écarlates éclatèrent au hasard, froides comme du verre, dans les mauvaises herbes. La joie de Mrs. Lawrence était touchante.

« C'est si gentil de votre part, Ag, dit-elle. Comme c'est dommage que nous ne soyons pas là l'année prochaine pour voir comment elles se propageront. »

Dans les haies, on commençait aussi à apercevoir le résultat des travaux d'automne d'Ag. Elle et Mr. Lawrence regardaient s'ouvrir les bourgeons sur les jeunes pousses de noisetiers soigneusement tissées. Ils trouvèrent un nuage de feuilles nouvelles dans la longue haie d'aubépines qui protégeait le Pré d'En Bas sur deux côtés.

« Je dois dire que c'est bien taillé, se vanta doucement Mr. Lawrence tandis qu'ils inspectaient les rejets. Je pense que nous avons fait du bon travail, Ag. Les nouveaux propriétaires, quels qu'ils soient, se retrouveront avec un bout de terre bien entretenue… »

Ils traversaient des bois. Ag avait l'impression que les yeux du fermier parcouraient chaque point de vue avec une vigilance particulière, comme s'ils emmagasinaient paysages et bruits pour l'avenir. Il lui montra du doigt, haut dans un frêne, une fauvette à tête noire et s'arrêta pour écouter son chant sauvage. De l'autre côté du bois ils tombèrent sur un rassemblement de litornes qui se préparaient à leur voyage d'outre-mer. Une autre fois, en inspectant un champ fraîchement ensemencé, ils entendirent la voix rauque d'un bruant-proyer. Et un bel après-midi, sortant d'un silence presque inquiétant, les gouttes intenses du chant d'une alouette cascadèrent sur la terre labourée.

« On le voit, on l'entend, on le sent, année après année, dit Mr. Lawrence, pourtant il vous surprend toujours, le printemps, avec ses merveilles. On se dit : drôle de Dieu. D'un côté, il y a tout ça ; de l'autre, des milliers d'hommes en armes qui cherchent à se détruire mutuellement. Et, maintenant, tout ce qu'on raconte sur la bombe atomique, qui peut signifier la fin. Cela n'a pas de sens. Regardez : le premier pivert de l'année, petit vaniteux. » Il posa la main sur le bras d'Ag pour qu'elle s'arrête ; il songea que même à présent, bien que se fussent atténuées les flammes de son tourment, il ne se serait pas autorisé à toucher Stella de cette innocente façon. Leurs regards suivirent un bref éclair de plumes émeraude. « Je vais vous dire quelque chose : si on sort de cette sacrée guerre, si, finalement, je prends ma retraite – savez-vous ce que j'aimerais faire ? J'aimerais écrire un livre sur la migration. C'est quelque chose qui m'a toujours fasciné : quelque chose que personne ne comprend vraiment.

– J'aimerais le lire. » Ag lui sourit.

« Vous en auriez un exemplaire, dédicacé à la meilleure apprentie en taille de haies que j'aie jamais rencontrée. Vous êtes vraiment douée pour ça, Ag : peu de gens le sont. Vous vous y connaissez aussi très bien en oiseaux – vous n'êtes pas simplement l'intellectuelle desséchée que je croyais. Mais, au début, je me suis trompé sur vous trois. Je le reconnais. J'étais contre votre venue. C'est Faith qui a insisté. Elle a eu raison, bien sûr. On peut lui faire confiance à Faith pour avoir raison bien souvent. Elle est plus avisée que n'importe qui. »

L'approbation de Mr. Lawrence représentait beaucoup de choses pour Ag. Elle en fut réconfortée quelque temps.

Mais la mélancolie larvée dont elle souffrait, ce printemps-là, ne la quitta jamais complètement. L'espoir de voir approcher la fin de la guerre commençait à s'amenuiser. Comme celui d'un possible avec Desmond.

Pendant qu'Ag luttait contre sa morosité, Stella essayait de comprendre pourquoi – sans la perspective de voir Philip sous peu et avec quelques rares lettres – elle se sentait si heureuse. Les morceaux d'un puzzle incompréhensible ne cessaient d'apparaître. Il y eut le jour où Prue se foula le poignet et ne put conduire le tracteur : Joe essaya alors de lui apprendre à elle, sans grand succès, à tracer un sillon droit. Ils rirent tellement de ses essais que Stella se sentit faible et étourdie, ciel et terre tournoyant autour d'elle lorsqu'elle dut prendre appui sur l'énorme garde-boue. Il y eut le jour où il fallut conduire Noble chez le maréchal-ferrant. Joe lui dessina une carte pour s'y rendre – une route toute simple de cinq ou six miles. Mais, tout à coup, il changea d'avis sur la capacité de Stella à trouver son chemin malgré ses directives : il déclara que si elle devait être rentrée avant la tombée de la nuit, il fallait qu'il l'accompagne. Elle monta à cru le cheval et Joe roula à bicyclette à ses côtés. En tout cas, cela leur prit la plus grande partie de la journée. Ils mangèrent des sandwichs à la mortadelle dans un pub du coin pendant qu'on ferrait Noble et revinrent par une route plus longue à travers des chemins creux, le bruit rythmé et les étincelles des sabots du cheval formant un arrière-fond à la brise. Les pièces du puzzle tournaient toutes autour de Joe.

En remontant plus encore en arrière dans le temps, Stella ne pouvait pas dire à quel moment précis tout ce tableau s'était mis en place. Contrairement à Joe, elle ne fut pas frappée par une révélation foudroyante. Sa propre certitude s'élabora si tranquillement, si subtilement, que son apogée ne fut pas une surprise. Elle savait que ce qu'elle voyait devant elle – depuis quand ? *quand* exactement, elle l'ignorait – était là depuis toujours, attendant d'être dévoilé. Elle en acceptait sereinement l'existence, sachant qu'on ne pouvait rien y changer. Elle savait que Joe l'aimait bien, mais ignorait si ses sentiments allaient plus loin. Ils étaient tous les deux liés à d'autres. Leur amitié s'achèverait vraisemblablement quand ils quitteraient la ferme. On n'y pouvait rien. L'amour de Stella pour Joe était voué à la mort avant même d'avoir vécu. Joe ne le saurait jamais. Tout ce qu'elle avait à faire, c'était d'être prudente, de contenir son bonheur, de ne laisser échapper aucun indice quant à ses sentiments piétinés. Il était inutile de se lamenter sur les hasards et les jeux cruels du temps. Stella décida que, pendant les quelques mois qui lui restaient, tout ce qu'elle pouvait faire c'était graver chaque moment dans son esprit, pour s'en nourrir, un jour, dans les années à venir : car ce ne serait sûrement plus jamais pareil. C'était si loin de ce que, dans le passé, elle interprétait comme de l'amour, si loin de ses anciennes idées frivoles et bébêtes basées uniquement sur une réflexion chimérique, qu'elle se moquait dédaigneusement d'elle-même et se sentait tout à coup plus mûre. C'était un amour sûr : du genre qui s'étend, croît et, si on lui en donne l'occasion, peut survivre. Stella croyait – quand elle s'accordait le luxe d'y penser – qu'elle avait eu la chance extraordinaire d'éprouver un sentiment rare, qu'on ne revivait qu'exceptionnellement dans une vie. En étouffer l'aveu serait le défi le plus difficile à relever qu'elle ait jamais à affronter. Ce serait une espèce de meurtre, quelque chose qu'elle regretterait toute sa vie durant. Mais il n'y avait pas le choix.

Stella fit de son mieux pour se maîtriser. Avant que jacinthes et cerfeuil sauvage ne fleurissent, dans les bois, elle était parvenue à se contrôler. Elle divisait son attention également entre tous et se montrait pointilleuse dans son comportement. Personne, elle en était sûre, n'avait le moindre soupçon. Quoi qu'il en soit – et là se trouvait le fantôme d'un nouveau puzzle – son regard rencontrait, par hasard, celui de Joe plus souvent que d'habitude. Comme par hasard, ils travaillaient souvent ensemble. Comme par hasard, leurs chemins se croisaient souvent. Et, tout le temps, pour Stella, dans son bonheur confus, les trompettes du printemps n'étaient qu'un arrière-fond abstrait de chants d'oiseaux, de nouvelles feuilles et de ciel clair. Tout dans la nature, ce printemps-là, resta flou. Seul le visage de Joe était net. Elle essaya d'y lire un signe de quelque chose qui irait au-delà d'une grande amitié, mais échoua. Elle était seule, alors : et son secret était la chose la plus lourde qu'elle ait jamais eu à porter.

Prue s'étourdissait de printemps. Pour la première fois, cette année, elle le découvrait hors de Manchester, et c'était une révélation.

« Pas étonnant que ça fasse bouillir le sang », se disait-elle en gambadant et en s'émerveillant devant la luxuriante herbe fraîche et les feuilles émeraude. Elle trouvait vraiment tout ce processus plus captivant que le lèche-vitrines. Durant plusieurs semaines, elle choisit, pendant sa demi-journée de liberté, de renoncer à la petite ville voisine pour cueillir primevères et perce-neige et pour observer les brebis au pré avec leurs agneaux, jusqu'à ce que Mr. Lawrence l'accusât de « traînasser ». Stella et Ag furent agacées par son perpétuel émerveillement. Au bout de quelque temps, elle le garda par-devers elle.

Trois choses, pourtant, troublaient la magie de la saison. Premièrement, le décret gouvernemental contre les sous-vêtements et le linge de nuit brodés mit Prue en rage : elle avait eu l'intention d'étonner Robert avec quelques jupons à la Jean Harlow qu'elle avait vus dans une revue. À présent, les boutiques n'auraient plus le droit d'en vendre. Deuxièmement, on avait vendu Sly et ses porcelets à une porcherie voisine. Mr. Lawrence prit la peine de s'en excuser auprès de Prue, en expliquant qu'on lui avait fait une offre qu'il ne pouvait refuser. De toute façon, il avait prévu le départ de Sly : et le plus tôt serait le mieux. Quand la mère et ses rejetons furent chargés dans un camion, ils poussèrent des cris terribles – que seules égalèrent les plaintes de Prue. Calme, barbouillée de mascara et les yeux gonflés le reste de la journée, elle insista cependant pour être chargée du dernier nettoyage de la porcherie.

Alors que l'histoire de la lingerie était ridicule et que le départ de Sly était navrant, ces deux événements ne furent pourtant cause que de quelques jours de vague tristesse. Mais le troisième problème – Robert – était source d'un malaise larvé qui ne devenait clairement conscient que lorsque Prue se donnait le temps d'y réfléchir.

Robert, se rendit-elle compte rapidement, ne répondait pas au bouillonnement de sa propre sève. Pendant presque quatre mois elle avait apprécié sa compagnie, ses petites plaisanteries sèches et leurs rapports physiques. Elle avait renoncé à essayer d'insuffler quelque chaleur à sa chair et s'était habituée à ses membres et à ses lèvres glacés. Mais il était clair que rien n'incitait à poursuivre cette aventure le reste de l'année, jusqu'au départ de Prue. Ils étaient utiles l'un à l'autre, s'aimaient bien, mais n'allaient pas dans la même direction. Et, dans l'esprit de Prue, sur sa curieuse Carte du Tendre, le manque de destination commune signifiait qu'une relation ne pouvait survivre, ne survivrait pas très longtemps. Elle reconnaissait parfois que, toute guidée qu'elle soit par son instinct animal, le seul aphrodisiaque durable pour elle était *l'argent* : elle ne pourrait éprouver un attachement éternel que si son amant avait de l'argent à la banque.

Mais elle ne montra pas que son intérêt déclinait : c'était inutile puisque personne n'était susceptible de remplacer Robert. Les hommes – ou, en tout cas, le genre d'homme dont elle rêvait – ne poussaient pas dans les labours. Donc, tout en rêvant mélancoliquement de découvrir un nouveau défi sur les pentes moussues des bois, elle s'en tint à son habitude de sortir avec Robert trois fois par semaine.

Quelques mois après le départ de Sly, et après une de ces nuits en mineur que Prue trouvait difficile de pardonner à un homme quel qu'il soit, elle était plus que jamais mélancolique malgré la radieuse matinée de printemps. Mais, au déjeuner, Mrs. Lawrence annonça une nouvelle qui, comme le constata Prue, était le remède, unique dans une vie, à toute espèce de tragédie. Le quartier général de l'armée de terre, à Londres, avait envoyé un message disant que le roi et la reine donneraient, cet été, une réception en l'honneur de quelques volontaires du pays triées sur le volet. Chaque comté ne disposait que d'un nombre limité d'invitations. On avait demandé à Mrs. Lawrence d'envoyer une représentante. Le piaillement incrédule de Prue coupa court à la lecture de la lettre.

« *Buckingham ?* C'est pas vrai…

– Bien entendu, le plus juste serait de tirer au sort », remarqua Mrs. Lawrence. Le moment d'anticipation vertigineuse de Prue s'évanouit.

« Bien sûr, dit-elle, ce serait la seule chose juste. »

Il y eut un moment de silence. Stella et Ag se jetèrent un coup d'œil, puis regardèrent le visage de Prue parcouru par différents sentiments.

« Je ne sais pas pour Stella, dit Ag, mais moi ça ne me ferait rien de ne pas y aller. J'ai souvent été à Londres et je n'aime pas la ville. L'extérieur de Buckingham me suffit.

– C'est exactement la même chose pour moi », ajouta Stella quelques minutes plus tard. Elle ne désirait pas s'éloigner de Joe, ne serait-ce qu'un après-midi.

« Alors pourquoi ne pas… ? » Ag fit un geste vers Prue. « Ce n'est pas la peine de voter. Nous sommes d'accord à l'unanimité.

– En êtes-vous sûres ? » Le regard de Mrs. Lawrence allait anxieusement d'Ag à Stella.

Les deux filles firent un signe de tête. Prue poussa un nouveau piaillement exalté. Elle se jeta sur les deux autres pour les enlacer et les embrasser à tour de rôle, laissant des traînées roses de rouge à lèvres sur leurs joues et inondant ses amies, les plus généreuses et les plus gentilles qu'elle ait jamais eues, sous un flot de remerciements incohérents.

Bien entendu, Prue avait besoin de temps pour réfléchir à la question cruciale : que porter ? Cet après-midi-là, demi-journée de congé, elle était partie dans les bois pour s'émerveiller devant violettes, cerfeuil sauvage et jacinthes, pour chercher une inspiration quant à la couleur et la forme du tissu, et se demander qui ferait la robe, et quand… Mais, pour une fois, elle trouvait difficile de se concentrer sur la question des vêtements. Son excitation à la perspective de la lointaine réception à Buckingham l'avait rendue plus nerveuse qu'elle ne l'aurait jamais admis devant les autres. Elle s'assit sous un arbre, partagée entre des idées de *rose*, ou, plus original, de *jaune*. Elle se releva et se mit à marcher sans but dans le cerfeuil qui lui arrivait à la taille, écoutant une foule d'oiseaux qui nidifiaient et s'égosillaient. Son agitation croissant, elle commença à couper des tiges de cerfeuil avec l'idée d'en mettre dans un grand pot sur la table de la cuisine – battant Ag à son propre jeu – pour faire à Mrs. Lawrence la surprise de sa vie. Puis elle tomba sur une vaste nappe de jacinthes : déployant, aussi loin qu'elle pouvait voir, un bleu qu'aucune palette sur terre ne possédait, un bleu qui lui coupa la respiration. Prue, stupéfaite, s'immobilisa. Puis elle eut une idée de génie : *de la soie artificielle de cette couleur-là*. Elle pourrait, sûrement, en trouver quelque part, même s'il fallait parcourir la moitié du Dorset. Ravie de son idée, elle s'agenouilla et se mit à cueillir rapidement les fleurs, émerveillée de constater qu'elle pouvait s'emparer facilement de quelques longues tiges brillantes et vert pourpre, non maculées par la terre d'où elles sortaient. Elle les ajouterait à son pot : ils penseraient tous qu'elle était devenue dingue, mais elle s'en moquait. Elle les défiait tous de ne pas applaudir à l'idée de la soie artificielle couleur jacinthe…

Quelques instants plus tard, Prue redescendait le sentier, les bras chargés de gerbes de fleurs qui mouchetaient d'ombres sa jupe. Le soleil de l'après-midi, haut dans le ciel, jouait dans les arbres : Prue avait chaud et se sentait bien. Cette histoire du printemps, songea-t-elle pour la centième fois, était incroyable. Que n'aurait-elle donné pour que sa mère voie ça : un pot de jacinthes des bois aurait terriblement égayé le salon.

Au bout du sentier, elle aperçut l'échappée entre deux frênes, où la barrière donnait sur le chemin. L'ouverture était une tache dentelée de lumière scintillante. Aspirant à la caresse du soleil sur ses bras nus, que ne gêneraient en rien les feuilles et les branches, Prue pressa le pas.

Puis elle le vit. Dans la lumière pédalait le fantôme de Barry.

Prue hurla et se mit à courir.

Elle ne regagna pas le bois mais se précipita *vers* l'apparition. Elle se dirigea droit vers la barrière. Dans sa terreur, elle ne savait qu'une chose : elle devait arriver au chemin et retourner à la ferme. Si le fantôme pénétrait dans le bois et se dressait devant elle, dans l'ombre, elle s'évanouirait de frayeur.

Elle escalada tant bien que mal la barrière, glissant et semant des jacinthes de chaque côté. En se retournant en direction de la ferme, elle le vit à nouveau. À présent le fantôme était assis sur la bicyclette, bottes noires fermement posées au sol, mains agrippant le guidon, calot incliné de côté, comme Barry le portait toujours. Le soleil éblouissait Prue et lui troublait la vue : mais elle s'aperçut très vite que ce n'était pas un spectre. Elle cria à nouveau, mains serrant son cœur, et laissa tomber le reste des fleurs.

« Seigneur, je suis désolé de vous avoir fait peur, dit l'homme en grimaçant. Je cherche Prudence.

– Qui êtes-vous ? » Prue, hors d'haleine, se sentait ridicule. « J'aurais juré que c'était Barry qui venait me hanter.

– Je suis son ami, Jamie Morton. Je voulais vous remercier de vos lettres et j'ai pensé qu'il était temps que nous nous rencontrions. Pour parler de Barry. »

Prue jeta un regard curieux sur l'ami de Barry. Habituée à présent à la lumière, elle constata que la ressemblance n'était que superficielle. Jamie avait un visage plus large, plus lourd, des joues au teint vif et des yeux bruns. Seuls les cheveux blonds et ras, à peine visibles sous le calot, étaient les mêmes. Il sourit amicalement : plutôt charmant, se dit-elle.

« Mon Dieu ! Vous m'avez fait une peur bleue !

– Désolé. Une cigarette ? » Il sortit un paquet de Players de sa poche. « Quelqu'un, à la ferme, m'a dit que je vous trouverais ici. Un costaud.

– Joe. »

Ils tirèrent sur leurs cigarettes. La fumée, en volutes nettes, monta doucement dans l'air. Son parfum se mêla à celui des jacinthes qui jonchaient le sol près de Prue.

« C'est une longue route, je dois dire. »

Comme un faisceau de lumière, le regard de Jamie parcourut Prue des pieds à la tête, approbateur. Elle tapota le nœud de ses cheveux ; c'était, par hasard, celui à pois rouges : le préféré de Barry. Elle mit une main sur sa hanche et sourit juste assez pour creuser ses fossettes.

« Voulez-vous venir prendre une tasse de thé ou quelque chose ? Avant de repartir. Mrs. Lawrence sera d'accord. Barry venait quelquefois. »

Jamie regarda sa montre.

« Merci, mais je ne peux pas. Je serai en retard si je ne m'en vais pas. J'ai perdu du temps avant de vous trouver. » Le sourire, à nouveau : de belles dents bien larges. « On peut se revoir, si vous voulez. Je peux revenir une autre fois. On peut se retrouver à Blandford : pour prendre une tasse de thé ou un verre. »

Prue plissa les paupières et fit mine de réfléchir intensément.

« Personnellement, répondit-elle, je n'ai pas envie de gâcher une seule minute de ce temps superbe dans un salon de thé. C'est la première fois que je suis à la campagne au printemps : et peut-être la dernière. Pourquoi ne pas se retrouver ici, la semaine prochaine ? À deux heures ?

– D'accord. » Jamie enjamba sa bicyclette et fit demi-tour.

« Je vous raccompagne un peu, dit Prue.

– Et les fleurs ? »

Prue haussa les épaules. Le bouquet de fleurs surprise pour Mrs. Lawrence avait perdu de son importance.

« Je reviendrai plus tard : je ne veux pas vous retarder. »

Son cœur battait fort, mais ce n'était plus de peur.

Avec l'arrivée du beau temps, Ag et Stella, elles aussi, choisirent de passer leurs après-midi de repos en restant tranquillement à la ferme, à lire, à dormir, à se promener. Le travail augmentant – labour, semis, roulage, épandage

– il leur restait peu d'énergie, pendant leurs maigres loisirs, pour prendre le bus irrégulier et aller voir des boutiques peu attirantes. Elles optaient souvent maintenant pour des occupations personnelles, chacune ayant besoin de quelques heures de solitude dans une semaine très occupée.

L'après-midi où Jamie, tel un fantôme, avait rencontré Prue, Ag se dirigeait vers le verger avec une natte et des livres. C'était son coin favori. Ayant passé tant d'heures à en cueillir les fruits, chaque arbre lui était maintenant familier. Elle avait pulvérisé sur presque toutes les branches et répandu de la potasse autour des racines. Les arbres étaient à présent en pleine floraison, époque de leur cycle à laquelle Ag n'avait pas assisté l'année précédente. Elle déploya la natte sur le sol et s'étendit. Son dos était très douloureux. La semaine dernière, la machine à planter les pommes de terre était tombée en panne. Pendant deux jours, en attendant la réparation, elles avaient dû planter à la main. Se pencher sur les sillons pendant des heures interminables, disposer les tubercules à intervalles réguliers – sans autre vue que la terre, la terre – était le travail physique le plus fatigant qu'elles aient eu à accomplir depuis leur arrivée. Le dos d'Ag ne s'en était toujours pas remis et elle avait encore l'impression que ses muscles étaient aussi rigides qu'une dentelle victorienne. Elle était étendue, décontractée, et sentait les reliefs du sol ferme sous elle. La natte dégageait une odeur de moisi. Au-dessus de sa tête s'élevait une arcade de rameaux fleuris et, encore plus haut, l'arcade plus vaste d'un clair ciel bleu. On pourrait facilement s'endormir, songea-t-elle, une main posée sur son livre. Et même, peut-être, rêver. Où était Desmond, à présent ?

Stella, tout ouïe ces jours-ci quand il s'agissait des projets de Joe, avait découvert qu'il devait se rendre dans une ferme à quelques miles pour inspecter un tracteur que Mr. Lawrence désirait acheter. Pour rendre les terres arables rapidement et de façon aussi efficace que possible, il fallait davantage de matériel. Stella calcula que Joe rentrerait de son inspection vers les trois heures. Elle ne ferait qu'une courte promenade – elle aussi avait mal au dos – jusqu'au Pré d'En Bas où les vaches passaient leurs derniers jours. Elle s'assiérait sur la barrière pour profiter du soleil. Joe passerait sur le chemin et la verrait. Il s'arrêterait, peut-être, pour dire quelques mots sans importance sur le tracteur ou les vaches. Oh, comme l'amour est chose tortueuse, pensa-t-elle.

Son attente fut longue, mais Stella s'en moquait. Elle s'installa pour écouter les oiseaux affairés dans la haie d'aubépines. Une abeille somnolente volait de-ci de-là, indécise, comme si elle attendait qu'une espèce de force extérieure décide pour elle de ce qu'elle devait faire. Les vaches étaient couchées, regroupées à l'autre bout du champ, tout près de l'unique meule de foin qui restait de l'année dernière. Vraiment, songea Stella, quelles créatures peu sympathiques. Elle aimait les traire, mais n'avait aucune affection pour elles. Leur manque de personnalité était affligeant. Stella se dit qu'on ne pourrait jamais comparer les vaches aux chevaux (elle aimait beaucoup Noble, le bourru), ni même aux porcs : l'excentricité de Sly avait bien du charme. Non : les vaches ne lui manqueraient pas – ce qui lui manquerait, ce serait de les voir, symboles de paix dans un pré vert.

Stella consulta sa montre. Un vulcain voleta près d'elle, troublant l'abeille plus encore. Elle ne sut pas combien de temps elle attendit dans le chaud silence de l'après-midi.

Puis, surgi de nulle part, s'éleva l'épouvantable hurlement d'une machine : soudain déchiré, le silence sembla lui aussi pousser un hurlement d'agonie quand un affreux avion noir fila dans le ciel. Dégringolant de la barrière et se bouchant les oreilles, Stella vit un bouquet de petites bombes incendiaires argentées tomber du ventre de l'avion. Avant même qu'elles eussent atteint le sol, l'avion était hors de vue. Son bruit terrifiant traîna, répercuté dans son sillage. L'herbe s'aplatit et se coucha.

Stella écouta l'écho des bombes qui touchaient terre. Des flammes de magnésium jaillirent aussitôt, d'une beauté terrible dans leur chatoiement. La meule flambait. Elle vit les vaches assoupies sauter follement sur leurs pattes avec un frisson de leur masse, comme si on avait secoué un tapis noir et blanc. Leurs meuglements se joignirent au vacarme de l'avion qui s'atténuait. La queue dressée toute raide dans l'air, elles se mirent à courir, en proie à la panique.

Dans la fraction de seconde où tout s'était passé, une seule pensée avait dominé l'esprit pétrifié de Stella : faire sortir rapidement les vaches du champ. Elles continuaient à foncer vers la meule, léchée à présent à sa base par de hautes flammes, près de laquelle l'une d'entre elles gisait sur le flanc, se débattant, pattes raides, saignant et beuglant. Stella n'avait pas le temps de chercher de l'aide. Elle devait agir immédiatement.

Au moment où elle allait s'élancer vers la barrière qui conduisait au champ de trèfles voisin, elle entendit un crissement de pneus, vit la Wolseley sauter de tous côtés comme une machine folle et s'arrêter dans une grande secousse. Joe, à ses côtés, évalua la situation en un clin d'œil.

« Je vais téléphoner aux pompiers, je reviens tout de suite, dit-il. Essayez de les conduire au champ de trèfles. Attention : elles sont hystériques. »

Il était parti.

Stella, même dans l'affolement du moment, fut heureuse de constater qu'elle avait eu la même idée que Joe.

Tout en courant le long du champ, elle regarda attentivement autour : elle serait moins visible dans l'ombre de la haie. Non : ce serait trop long. Elle s'élança droit à travers le champ.

Immédiatement, deux vaches pivotèrent vers elle, tête basse, leur queue ridicule toute droite dans l'air. Elles la suivirent en meuglant. Stella saisit l'occasion : elle se retourna et leur fit face, battant follement l'air de ses bras aux manches blanches, criant. Leur surprise domina leur peur. Elles firent un arc de cercle et virèrent de côté comme de lourds bateaux dans le vent. Stella enregistra l'éclair des larges mufles noirs et de quatre yeux stupéfaits, avant qu'elles ne rejoignent à toute vitesse le reste du troupeau qui fonçait dangereusement vers la meule.

Quand Stella poursuivit sa course vers la barrière, aucune vache ne la suivit. Elle lutta avec le loquet, les muscles de son dos la torturant, et l'ouvrit : elle ne savait pas s'il lui avait fallu quelques secondes ou plusieurs minutes. Par chance, à quelques mètres, elle aperçut un long bâton, du genre de ceux que Joe coupait quand il marchait dans la campagne. Elle le ramassa et fit volte-face.

À présent, la meule n'était plus qu'une masse dense de hautes flammes. Un miroitement de chaleur s'en élevait parmi les animaux bondissants. Ils semblaient un mirage d'éclats de verre, leur peau noire et blanche scintillant de soleil et de flammes. Quelque part près des flammes, Stella aperçut la silhouette d'Ag, bâton en main, qui appelait calmement les bêtes par leur nom.

Stella se précipita pour la rejoindre et vit que Prue avait surgi, elle aussi, de quelque part. Et que Ratty, penché sur la barrière près du chemin et tout excité, criait d'inaudibles instructions.

Quand, venant de différentes directions, elles arrivèrent près des vaches, Stella et Ag ralentirent leur allure. Elles sentaient sur leur visage la chaleur intense des flammes. Elles respiraient l'odeur acide des excréments des vaches terrifiées : bouses de terreur, nota Stella. Elles n'avaient, l'une et l'autre, qu'une vision tremblante du tableau.

« Essayons de passer derrière elles », cria Ag. Son visage était écarlate, mais sa voix ferme.

Les trois filles, dos à la meule, agitant leur bâton et criant des encouragements, commencèrent à pousser les vaches vers la barrière que Stella avait ouverte dans le champ de trèfles. Elles avancèrent derrière les animaux vers le centre du champ en essayant de détourner leur regard du cadavre éclaboussé, morceaux noirs et blancs éparpillés d'où jaillissait le sang : Nancy, la vieille vache qui devait rester à la ferme.

Heureuses d'être guidées, les bêtes se laissèrent rassembler vers le passage. Mais, à chaque instant, l'une d'entre elles, reprise de panique, sautait hors du troupeau, retournait vers les flammes et devait être pourchassée par qui était le plus proche d'elle.

Persuader les vaches affolées mais épuisées d'aller vers la barrière semblait un travail interminable. Ratty, bien à l'abri et agitant toujours sa canne, criait plus faiblement. Les filles ruisselaient de sueur, visage rouge, cheveux poisseux et pailletés de cendres. Les vaches, à présent, étaient elles aussi tachées de sueur. De la bave coulait de leurs narines. Leur souffle était chaud et humide. Leurs meuglements faisaient un bruit pitoyable qui rebondissait en écho dans le champ.

Finalement elles franchirent la barrière et se dispersèrent précipitamment dans l'herbe haute : leurs gambades, maintenant, étaient des gambades de soulagement. Leurs mugissements diminuaient. Le calme revint ; on n'entendait plus que le sinistre rugissement de la meule enflammée.

« Christ ! cria Prue, rien, sauf une bombe, n'aurait pu me faire penser à autre chose. »

Ag et Stella étaient trop épuisées et soucieuses devant le feu qui faisait rage pour lui demander ce qu'elle voulait dire. Elles revinrent lentement vers la meule – inutile de se hâter. Une légère brise leur rafraîchit le visage.

Joe réapparut. Lui et Ratty ouvrirent largement la barrière du chemin pour laisser passer la pompe à incendie. Puis Joe les rejoignit à toute vitesse.

« Ils arriveront trop tard », dit-il.

Pâle dans les flammes craquantes, la meule n'était plus qu'un fragile squelette s'effondrant en gros morceaux qui continuaient à brûler sur le sol. La chaleur était telle qu'ils ne pouvaient trop s'en approcher. Ag pensa au feu de joie de l'automne dernier, à la fin du premier jour où elle avait taillé les haies : à eux tous, heureux autour des petites flammes, par une fraîche soirée. Ce feu-là était si différent dans sa sauvagerie. Stella regarda le visage impénétrable de Joe. Elle se sentait mieux depuis qu'il les avait rejointes. Prue, maintenant que les vaches étaient hors de danger, se laissa aller à penser qu'un rouge *flamme* pouvait être une heureuse alternative au bleu jacinthe… Se morigénant de sa frivolité, il lui apparut que c'était l'événement le plus terrible, mais aussi le plus excitant, qu'elle eût jamais vu. Cela les inciterait tous à oublier l'idée complaisante que la guerre ne concernait pas leur vie rurale. Mr. Lawrence, suivi de près par sa femme, se hâtait pour rejoindre les spectateurs du feu. Ils portaient tous deux des fourches et des râteaux.

Joe avait raison. Avant qu'ils n'entendent la faible cloche du camion des pompiers qui brinquebalait sur le chemin, la meule n'était plus qu'un amas noir et fumant. Ratty, toujours appuyé sur la barrière, adressa des signes impatients et très dignes dans leur superfluité, au camion. La machine écarlate cahota dans le champ, sa cloche sonnant toujours. Cela rappela à Stella les voitures de pompiers dans les histoires pour enfants.

Les quatre pompiers ne pouvaient pas faire grand-chose, si ce n'est arroser à la lance, avec leur réserve limitée d'eau, la terre noire et ravagée. Des volutes de fumée s'élevèrent de la surface chauve et il y eut une âcre odeur de poudre.

« Les salauds ! dit Mr. Lawrence. Ils reviennent sans doute de bombarder quelque part à l'ouest et ils larguent leurs putains de bombes au retour.

– Ça aurait pu être pire, dit sa femme. Ça aurait pu tomber sur la maison.

– Ta mère et moi allons aider à ratisser tout ça : je voudrais que tu ailles voir les vaches, Joe. » Mr. Lawrence se tourna vers le chemin. Ratty, à la barrière, agitait toujours sa canne. « Et je serais reconnaissant si deux d'entre vous, les filles, escortiez Ratty chez lui. Il semble qu'il ait besoin de se calmer. »

Ag et Prue se hâtèrent immédiatement vers Ratty. Stella proposa d'aider Joe.

Silencieux, ils traversèrent vivement le champ et enjambèrent la barrière pour entrer dans le trèfle. Dissimulé aux regards par l'épaisseur de la haie d'aubépines, Joe saisit la main de Stella. D'un seul mouvement, ils tombèrent dans les bras l'un de l'autre. Le menton de Joe reposait sur le haut du crâne de Stella dont les cheveux sentaient la fumée.

« Ça va ?

– Oui.

– J'ai eu si peur pour vous... Je ne m'inquiétais que pour toi... »

Joe éloigna un peu Stella de lui pour examiner son visage. Il était aussi marqué de traînées de cendres que devait l'être le sien. Ils se contemplèrent avec le genre d'émerveillement qui naît de la révélation, enfin, de quelque chose qui a été longtemps dissimulé.

« Tu sais sûrement, dit Joe, tu te doutais sûrement... J'ai tellement essayé de te le cacher. Mais tu n'avais pas l'air de t'en soucier ? »

Stella hocha la tête. Loin de la chaleur, la sueur avait séché et elle avait tout à coup merveilleusement froid.

« Tant mieux, parce que je vais t'embrasser, très brièvement, très vite, pour te montrer que je t'aime, que je t'aime à la folie depuis la nuit du 26 décembre. »

Leur baiser fut bref, comme il l'avait promis. De l'autre côté de la haie, ils entendaient des voix atténuées et le camion des pompiers dont le moteur ronflait.

« Tu dois t'occuper des bêtes.

– Oui.

– Pas le temps de parler. N'essayons pas – nous avons tout l'été pour parler...

– ... tout l'été pour parler. »

Stella entendit, venant de loin, l'écho délirant de sa propre voix. Ils se séparèrent pour avancer dans le trèfle parfumé et peuplé d'abeilles. À présent les vaches étaient calmes, mais sur leurs gardes.

« Pour moi c'est un début », dit Joe.

Edith, à la grille du jardin, attendait Ratty. Une fois encore elle avait pris la précaution de mettre son masque à gaz et avait apporté celui de Ratty afin qu'il puisse s'en protéger sur le sentier du jardin.

Quand elle vit qu'il était escorté par deux volontaires elle renifla, ce qui embua malencontreusement le hublot de son masque. Mais ce n'était pas le moment de donner libre cours à son indignation. De plus, c'était là une bonne occasion de montrer à quel point elle avait eu raison. Elle quitta son masque.

« Qu'est-ce que je t'avais dit, Ratty Tyler ? La guerre arrive jusqu'ici, maintenant. J'ai cru que les bombes t'avaient eu. »

À vrai dire, elle n'y avait pas pensé. Terrorisée par le hurlement de l'avion et le tremblement des murs du cottage, elle était montée quatre à quatre à l'étage pour se tapir sous le lit, suffoquant à cause des moutons de poussière qui s'y étaient accumulés tranquillement depuis des années.

« Ce n'est pas arrivé », répondit Ratty.

Voilà des siècles qu'il n'avait pas passé un après-midi aussi extraordinaire. Une fois que le putain de bruit de l'avion ennemi avait décru… l'excitation du feu, les vaches sautant partout comme si elles étaient possédées du diable en personne, le spectacle charmant des filles qui couraient en agitant leur bâton, puis indiquer au camion des pompiers où il devait aller… Pas étonnant que son vieux palpitant batte un peu trop fort. Mais alors la sainte et la coquine, qu'elles soient bénies, étaient venues dans le chemin lui donner le bras. Secrètement, il s'était appuyé plus fort sur la sainte que sur la coquine, et avait pu sentir l'odeur de sa douce sueur au milieu de la fumée. Et il était là, capable de payer en retour l'horrible peur d'Edith par un tour à sa façon : ça lui couperait le sifflet que de le voir au bras de deux jolies filles. Même si, naturellement, il le payerait plus tard. La dernière casserole passerait sans doute par la fenêtre, mais ça en valait la peine.

« Bon, nous devons rentrer, dit la sainte, si gentille et tout sourire.

– Prenez soin de vous, Ratty. » La coquine, bénie soit-elle, l'embrassa sur la joue ; elle avait dû lire dans ses pensées. Ratty eut le plaisir de voir une grimace d'incrédulité sur le visage d'Edith.

« Pas de ça, fut tout ce qu'elle parvint à dire. Viens, Ratty… ton thé est prêt. »

Un mensonge, bien sûr, pour impressionner les filles.

Son thé n'était jamais prêt. Edith lui tendit un masque à gaz.

« Je ne mettrai ce truc pour rien au monde », gloussa-t-il. Il adressa aux filles un clin d'œil qu'Edith ne manqua pas d'enregistrer.

Elles firent demi-tour avec un signe de la main. Ratty, appuyé sur sa canne, insensible aux appels de son épouse, les regarda jusqu'à ce qu'elles fussent hors de vue. Il riait tout seul. L'après-midi le plus extraordinaire qu'il ait passé, d'aussi loin qu'il pouvait s'en souvenir, voilà ce qu'il pensait.

Quand elles eurent quitté Ratty, Prue et Ag eurent envie de se promener avant de rentrer à la ferme. Elles firent un grand tour par des champs éloignés de la meule brûlée et, sur le chemin, rencontrèrent Stella. Ag sentait un peu trembler ses jambes – le souvenir du corps raide de Nancy et de sa langue brûlée ne quittait pas son esprit. Prue jacassait à propos du fantôme de Barry qu'elle avait vu et qui s'était révélé être son ami Jamie. Ag ne prêtait pas beaucoup d'attention à l'histoire. Elle remarqua que Stella, qui venait vers elle à larges foulées, était toujours aussi calme : c'était la seule que les événements de l'après-midi semblaient peu toucher.

Stella, à un mètre environ des autres, vit un éclair d'intuition dans les yeux d'Ag. Ag remarquait toujours tout.

« Les vaches vont bien ? questionna Ag.

– Elles semblent s'être calmées. Pas de blessure.

– Pauvre vieille Nancy », s'apitoya Prue.

Les filles, bras dessus bras dessous, avancèrent d'un même pas vers la ferme. C'était quelque chose qu'elles n'avaient encore jamais fait, quelque chose que, normalement, elles n'auraient jamais dû avoir l'occasion de faire. Elles rirent de leurs propres sottises. Elles chantèrent. Leur soulagement passait entre elles de façon tangible. La chaleur de leur intimité était claire pour elles trois, réconfortante, liante : elle s'était développée au fil des mois, et, le soir du bombardement, fut silencieusement reconnue.

Il fallut plusieurs heures à Joe et à son père pour enterrer la vache morte. Joe creusa une tombe profonde – le sol était dur et sec – avec l'énergie de trois hommes. Ils terminèrent au crépuscule. En rentrant, pelles à la main, ils entendirent le premier rossignol de l'année.

« Je ne sais pas ce qu'il fête », remarqua Mr. Lawrence dont le visage émacié était gris de fatigue.

Le dîner les attendait dans le four. Ils mangèrent rapidement dans la cuisine, puis se joignirent aux autres pour écouter les nouvelles de neuf heures. Il y avait eu un raid de jour, inhabituel, sur Exeter : une cinquantaine de bombes.

« Zut alors, dit Prue, ils se rapprochent. »

Elle avait raison. Quelques jours plus tard il y eut des raids sur Bath, deux nuits de suite. Les nazis avaient commencé à détruire les villes du *Baedeker*[1]. Un nouveau malaise, que même le travail physique le plus dur ne pouvait tout à fait cacher, affectait chacun à Hallows Farm.

D'un commun accord et avec beaucoup de difficultés, Stella et Joe continuèrent à se comporter en public comme ils l'avaient toujours fait. Ils évitaient les coups d'œil, ils évitaient de travailler ensemble plus que d'habitude. Joe continuait à partager également son temps dans les champs avec les trois filles. Le jour où l'on emmena les vaches dans deux camions, il laissa Prue pleurer sur son épaule. Lui et Ag passaient encore parfois des soirées dans sa chambre pour des « leçons ». Mais ce qu'il trouvait le plus difficile à cacher, c'était l'énergie extraordinaire qu'il avait retrouvée. Il travaillait davantage, pendant plus longtemps, qu'il ne se souvenait l'avoir jamais fait. Bizarrement, il n'avait pas de crise d'asthme, habituelles au début de l'été, et ne se sentait jamais fatigué.

1. Expression utilisée à partir du 29 avril 1942 pour décrire les attaques allemandes visant à détruire systématiquement les monuments historiques de Bath, Cantorbery, Norwich, etc., décrits dans le *Baedeker*, célèbre guide de voyage.

Mais on ne peut dissimuler complètement à un œil d'aigle la charge émotionnelle intense qui passe entre deux personnes. Pour l'observateur attentif, un couple qui essaye de déguiser son lien laisse filtrer bien des indices. Il y a ce ton de voix un peu trop décontracté quand on s'adresse à l'aimé, ces regards de biais qui ne se détournent pas tout à fait assez vite pour qu'on ne les remarque pas, des douzaines de petites coïncidences qui provoquent leur proximité. Ag se rendait compte de tout ça. Dans un de leurs rares moments d'intimité, Stella et Joe furent d'accord pour penser qu'Ag devait savoir quelque chose, bien que ses propres soupçons fussent aussi soigneusement cachés ; et ils ne s'en inquiétèrent pas. C'était au moins réconfortant de penser que quelqu'un d'autre partageait leur secret : bien qu'eux-mêmes, au-delà de leur certitude, ne sachent pas vraiment en quoi consistait ce secret.

Leurs tête-à-tête étaient si rares et si brefs qu'ils n'avaient pas le temps de se parler, d'analyser, de se faire des déclarations, d'essayer de s'expliquer mutuellement le mystère de ce qui leur arrivait. Tout ce qu'ils pouvaient faire, c'était reconnaître la cristallisation de leurs sentiments, en mots hachés et inadéquats, s'émerveiller de l'existence de l'autre, chaque jour – « se réveiller éperdu d'émerveillement chaque matin », comme disait Joe. Ils s'embrassaient, parfois, très légèrement, par peur de l'embrasement de leurs sentiments. Étrangement, ils étaient habités d'un grand calme quand ils en venaient à s'enlacer : comme s'ils savaient qu'ils avaient le temps.

Un jour, au début de juin, Mr. Lawrence chargea Stella de passer le rouleau dans un champ de jeune blé. La journée serait dure, dit-il, mais si elle ne traînait pas, elle en aurait fini le soir. Mrs. Lawrence proposa, pour gagner du temps, d'envoyer quelqu'un lui apporter un panier et une thermos pour déjeuner. Stella, devenue presque aussi experte en labour que Prue, attendait ce jour-là avec impatience : des heures dans le champ, seule avec ses pensées.

Malgré le départ des vaches, ce qui supprimait la traite,

les filles continuaient à se lever à cinq heures. C'était devenu une habitude et, le temps se réchauffant, elles étaient heureuses de commencer à travailler dans la fraîcheur du petit matin. On confiait généralement un travail avec le tracteur à Stella et à Prue. Mr. Lawrence avait acheté une belle machine d'occasion, un International. Ag découvrit le truc pour herser avec Noble : elle aimait passer ses journées à aller et venir derrière le patient cheval, les mains guidant fermement le lourd engin.

Il y avait encore de la brume quand Stella fit soigneusement tourner le tracteur, tirant le rouleau, à la barrière du champ de blé. Le ciel était d'argent terne, plus lourd de lumière que ne pouvait le distinguer l'œil humain, et ne prouvant son existence qu'en faisant scintiller les pointes émeraude du blé en herbe. Stella leva les yeux avec circonspection. Elle n'avait plus confiance dans les cieux clairs et silencieux. Elle coupa le moteur, le temps d'organiser son travail. Le cri d'un vanneau matinal s'éleva du champ de trèfles voisin. Il y avait une puissante odeur de trèfles (une seule fleur lui remémorerait, jusqu'à la fin de ses jours, l'après-midi du bombardement), d'aubépine et de rosée. À laquelle, quand elle remit le moteur en marche, se mêla une forte bouffée d'huile.

Par comparaison, il était beaucoup plus facile de passer le rouleau que de tracer un sillon droit. Cependant cela demandait une certaine attention que de s'assurer qu'aucune pousse verte n'était négligée. Les heures s'enfuyaient à tire-d'aile et des images vagabondes de Joe dansaient dans le paysage : le soleil pâlit jusqu'à prendre un lustre incolore, et, vers la moitié de la matinée, il réchauffait les bras nus de Stella.

Juste au moment où elle commençait à avoir faim – elle avait découvert que l'amour avait accru son appétit plus qu'il ne l'avait diminué –, elle vit Joe enjamber la barrière en portant un panier. Elle fut surprise. Elle attendait l'une ou l'autre des filles ou Mrs. Lawrence elle-même qui, cloîtrée si longtemps dans la maison, avait un penchant marqué pour les pique-niques. Avec l'arrivée des beaux jours, elle trouvait souvent une excuse pour apporter des sandwichs aux filles dans les champs et s'installer avec elles une heure sur une natte à l'abri d'une haie.

Joe fit un signe de la main et suivit la lisière du pré pour rejoindre Stella sous la haie où elle pensait faire une pause.

Il l'aida à descendre du tracteur. Elle était ankylosée et transpirait : les salopettes n'étaient pas moins chaudes que le velours côtelé. Ils s'assirent à l'ombre de la pâle crête de fleurs d'une aubépine isolée. Joe ouvrit le panier, en sortit des sandwichs aux œufs, des radis, une jeune laitue et des fraises du potager ainsi qu'une thermos de thé fort.

« Dans son innocence, Maman a dit que, comme j'étais le moins occupé, ce serait moi qui viendrais. Elle s'est même excusée ! »

Stella éclata de rire.

« Que font les autres ?

– Prue s'est découvert une affinité naturelle avec la machine à planter les pommes de terre. Elle parcourt le Champ de l'Ouest en la faisant hurler et en plantant à toute allure. Avec un peu de chance il n'y aura plus rien à planter à la main. Ton dos va mieux ? » Il lui posa une seconde la main sur l'épaule. Stella acquiesça. « Ag a un dur travail. Elle passe la herse : il y a des tas de pierres. Mais ça a l'air de lui plaire, toute cette marche. Papa est allé chercher une cargaison de trèfles à semer. On le plantera dans le jeune blé…

– … pour qu'il sorte plus tard, enchaîna Stella.

– Tu apprends facilement. Ton travail n'a pas l'air trop pénible, non plus, d'après ce que j'en vois. » Il parcourut le champ de regard. « Tu en as fait un tiers environ. Tu peux avoir fini vers sept heures.

– Ce que je ne comprends pas, dit Stella en s'allongeant dans l'herbe haute, la tête reposant sur son bras, c'est *l'utilité* du rouleau. Comment se fait-il que les pousses ne soient pas abîmées ?

– Ça les enracine dans la terre, et leur permet de se développer mieux. Elles sont si faibles, si souples, à ce moment-là, qu'elles se redressent très vite après qu'on l'a passé.

– Je l'ai remarqué. » Stella bâilla, somnolente. « Je pense que j'aimerais en apprendre plus sur l'agriculture. » Elle ferma les yeux pour éviter les pointes lumineuses du soleil criblées par l'aubépine.

« Je n'ai jamais eu l'intention de suivre les traces de ma famille. En tout cas, je suppose que maintenant il va bien falloir. Mais ce n'est pas inintéressant. Ça m'est un peu égal.

– Dans le Yorkshire ?

– Dans le Yorkshire.

– Avec Janet ?

– *Non.*

– Quoi ? » Stella se redressa et lui fit face.

Il suçait la longue tige d'une herbe drue.

« Je n'épouserai pas Janet. Comment le pourrais-je, à présent ? Ce serait une mascarade. Comment pourrais-je épouser Janet maintenant qu'il y a toi, qu'il y a nous ? *Celui qui abandonne la certitude pour l'incertitude n'est pas un homme sage.* Dr Johnson. »

Stella sourit, les idées tourbillonnant dans son esprit. Ils gardèrent le silence quelques instants. Puis Joe lui prit la main.

« Vas-tu épouser Philip ? »

Stella refusa délibérément de se donner le temps de réfléchir.

« Non, bien sûr que non. Pour les mêmes raisons qui font que tu n'épouseras pas Janet. »

Les ombres vacillantes, la brume brillante que formait le blé en herbe derrière eux, le ciel dégagé – tout tremblait, tel un mirage, dans les yeux de Stella. Joe l'attira vers lui, l'embrassa, puis posa sa tête sur sa poitrine protectrice et referma ses bras sur elle.

« *Je sais que l'amour est vassal du temps*[1], cita-t-il. Tu vois ? Je connais *Hamlet* aussi bien que Johnson. »

Stella rit et refoula ses larmes.

« Ag doit être un bon professeur.

– Ag est un très bon professeur. Un esprit original derrière toute sa gaucherie.

– J'aime Ag et Prue. Et tes parents.

1. *Hamlet* : acte IV, scène 7.

– Moi aussi. » Joe la regarda, presque solennel. « *Je t'aime* : c'est le vers le plus difficile à dire. Ça doit l'être. Pour tout le monde, non ?

– Je ne l'ai dit que poliment à Philip – sans grande conviction.

– J'espère que ça, ça ne manque pas de conviction. » Il l'embrassa dans les cheveux. « Stella ? Entends-tu ? C'est à toi que je le dis. Je ne cesserai de le dire à partir d'aujourd'hui jusqu'à la fin de mes jours.

– *Joe*. Je dois retourner – je t'aime aussi – sur le tracteur.

– Tu entends ? Un vanneau. Je t'aime, je t'aime, je t'aime : trois fois. Qu'en dis-tu ?

– Je l'ai entendu ce matin. Seigneur, je t'aime aussi. Je ne cesse de remercier Dieu. Il peut être certain à présent de toute ma gratitude. Comment cela s'est-il produit, Joe ? Comment cela nous est-il tombé dessus ?

– Avec le temps. À partir de la sécurité de la simple amitié, juste en s'observant. En étant proches. En s'appréciant. En s'appréciant de plus en plus. Puis, un jour, c'est la transformation. La magie.

– Tu l'as découvert le premier. Moi je continuais à être troublée par des tas de choses : je ne comprenais pas pourquoi j'étais déprimée quand je ne t'avais pas vu pendant une demi-journée. »

Joe éclata de rire.

« Les indices n'étaient que trop faciles à voir. Non : ils sont subtils comme les traces de la queue d'un rat, pour reprendre le vocabulaire de Ratty. Un œil distrait peut si facilement les laisser passer. Je voudrais savoir, ma Stella, à quel moment précis, tu as réalisé…

– Je crois… » Stella hésita. « Ce devait être quand tu tenais l'agneau mort et que tu l'as dépouillé.

– C'est la première fois que j'en dépouille un aussi vite. » Joe rit à nouveau. « Bien sûr, je crânais.

– Bien sûr. Et toi, c'était quand ?

– Quand tu as chanté *Pas de black-out pour le clair de lune*, j'en étais presque au bord. Puis quand on en vint à *Retomber amoureux* – eh bien, il n'y avait plus d'espoir. Les ailes irrémédiablement brûlées. Cela ne ressemblait à rien de ce que je connaissais. Une espèce de renaissance. Ça m'a étonné que tu ne remarques pas l'état dans lequel j'étais en rentrant. J'étais terrifié à l'idée d'effleurer ne serait-ce que la manche de ton manteau. Et, ce qui est drôle, bien entendu, ce que tu ne savais pas, c'était que toi, tu retomberais amoureuse, aussi. Mais autrement que lors de toutes ces fausses alertes d'avant. *Vraiment.* »

Ils rirent encore.

« Je voudrais simplement, dit Stella, que nous ayons plus de temps à nous, plus de temps pour parler. J'ai envie de te parler toute la journée.

– Nous n'avons qu'à attendre des occasions comme celle-ci. Il faut tout engranger. »

Stella, habituée à présent au chaud parfum de la chemise de coton de Joe, eut à nouveau sommeil.

« Il y a pourtant quelque chose dont nous devons parler.

– Je sais.

– Que va-t-on faire… pour eux ?

– Nous avons une bonne raison pour changer d'avis. Une raison valable. La guerre. S'il n'y avait pas eu la guerre, rien de tout cela ne serait arrivé.

– Oui, c'est vrai.

– Mais nous aurons le temps d'en discuter plus tard, de faire des plans. » Joe serra Stella plus étroitement. « Cela me terrifie de te toucher.

– Moi aussi. Le temps viendra pour ça.

– Dieu sait si je… Mais pas ici, à Hallows Farm. Pas dans la grange, ni dans mon lit, ni dans le cottage de Robert, ni même dans les bois. Pas avec toi.

– Non.

– Alors nous attendrons tous les deux. Noblement. » Ils se levèrent en souriant. « Je dois m'en aller. Quelqu'un vient voir le matériel de laiterie, pour l'acheter. Seigneur, et dire que s'il n'y avait pas eu les bombes, nous aurions continué à nous taire tous les deux.

– Je me demande si ça aurait été possible ? Mon Dieu, comme les vaches me manquent. Je ne l'aurais pas cru, mais elles me manquent.

– Un jour, nous aurons un nouveau troupeau, dit Joe.

Mais des jersiaises, pas des frisonnes. En fait, je n'ai jamais beaucoup aimé les frisonnes. »

Il ramassa le panier, caressa la joue de Stella du dos de la main et s'éloigna à grands pas.

Stella regagna son siège sur le tracteur. Le soleil, à présent, était presque trop chaud. Elle calcula la grande étendue de champ qu'il lui restait à travailler avant la tombée de la nuit et remit le moteur en marche, le cœur ferme et les yeux pleins de rêve. Nul doute qu'elle en aurait fini ce soir même.

Herser le sol pierreux dans la prairie de la colline était un travail harassant qu'Ag aimait pourtant bien. Travailler avec un cheval était plus intéressant que l'interminable épandage qui avait été son lot ces derniers temps. Et elle savait qu'à peine en aurait-elle fini avec ce champ qu'elle devrait penser à s'occuper des prunes, activité qu'elle attendait avec impatience. Si planter des pommes de terre à la main était la tâche la plus épuisante physiquement qu'elle eût jamais faite, herser venait en second. Le dos était épargné, mais jambes et bras étaient rompus. Avancer droit tout en encourageant continuellement Noble – qui avait tendance à progresser avec indolence – demandait une concentration intense. Cette concentration était un bienheureux antidote à la mélancolie qui habitait son esprit. Récemment, son étrange impression de manquer manifestement de séduction, de charme, quel que soit le nom qu'on lui donne, avait recommencé à la hanter. Alors que l'étalage constant que Prue faisait de ses conquêtes ne provoquait, chez Ag, qu'un sourire envieux, le lien plus sérieux entre Joe et Stella (si évident pour un œil exercé qu'Ag ne pouvait pas croire que les Lawrence n'aient rien vu) accentuait sa tristesse.

Pendant que Stella, dans un état de profonde extase, passait le rouleau dans le champ de blé, Ag, un demi-mile plus loin, piétinait derrière la croupe baie de Noble, rythmiquement fouettée par sa queue noire quand les mouches s'y posaient, s'envolaient, revenaient. À mi-chemin de la colline, le cheval s'arrêta soudain. Ag l'encouragea. Il ne bougea pas. Ag, impatiemment, avança. Que pouvait-elle faire, échouée dans un champ loin de la ferme, avec un cheval qui ne voulait plus avancer ? Elle saisit la bride et essaya de le tirer. Noble bâilla en découvrant des dents tachées d'herbe. Des mouches volaient autour de ses yeux. Ag tirait en vain. Noble renâcla, mais ne bougea pas.

Désespérée, Ag regarda le sol devant elle. Il y avait peut-être quelque chose qu'il voulait éviter. Elle vit ce que c'était.

À deux mètres, juste sur leur chemin, une femelle couvait dans un nid de pluvier. Ag caressa Noble pour s'excuser et resta immobile. L'oiseau s'éloigna un peu, plumes luisantes, yeux agités par l'indécision : devait-il s'envoler ou rester ? Ag reprit la bride et écarta le cheval du nid qu'ils contournèrent par un grand détour. Noble, encouragé dans sa bonne action, avança plus vite.

À plusieurs reprises pendant le reste de la journée, Ag jeta un coup d'œil sur le pluvier et le vit toujours là, parfois avec son compagnon. Tout en méditant sur la sagesse qu'il y avait à laisser tranquilles les oiseaux qui couvent, une étrange transmission de pensée tissa en mots ce qu'elle interpréta comme un signe : cela avait quelque chose à voir avec le fait de prendre l'initiative, de ne pas laisser une situation languissante se dégrader plus avant. *Il fallait faire quelque chose.*

Ag ne put jamais savoir avec certitude à quel moment de ce long et chaud après-midi du pluvier elle le décida : prendre la situation en main et écrire à Desmond. Que pouvait-il y avoir d'inconvenant à écrire une lettre amicale ? Si elle ne recevait aucune réponse – eh bien, au moins, elle saurait où elle en était, et abandonnerait les tortures de l'espoir. Il devait être plus facile d'accepter le rien, songea-t-elle, que de jouer avec les infinis possibles du quelque chose.

Ce soir-là, Ag commença sa lettre. Elle écrivit dix-sept pages, emportée par ses descriptions de la vie à Hallows Farm. Ça débutait par *Cher Desmond*. Ça se terminait par *Amitiés, Ag*. Elle l'envoya à son collège, à Cambridge.

CHAPITRE XII

Le beau temps continuait. La moisson débuta. Mrs. Lawrence avait peu de temps pour se joindre aux autres dans les champs. Six mois avant de déménager, chaque moment libre était consacré aux livres de comptes, aux calculs et aux listes.

Un après-midi, fin juin, elle emporta son panier de draps fraîchement lavés pour étendre la lessive dehors. Le matin, il avait fait beau et chaud. À présent, le ciel était couvert et une forte brise soufflait.

Elle commença son travail. D'aussi loin qu'elle s'en souvenait, il lui semblait l'avoir accompli chaque semaine et, en fait, elle ne le trouvait pas si désagréable. Elle prenait un plaisir particulier à la blancheur du coton rude, au sain parfum du savon qui se dissiperait dans le vent et serait remplacé par une odeur de soleil et de terre. Elle se demanda combien de draps elle emporterait dans le Yorkshire. Devait-elle prendre moins de linge et vendre tout ce qui était possible ? Dernièrement, une douzaine de questions de cet ordre lui envahissaient chaque jour l'esprit.

Il y avait six draps sur le fil, maintenant. Dans la brise plus forte, ils se gonflaient comme des voiles basses. Leur claquement, plus doux que celui de toiles tendues contre les vagues, faisait davantage songer au bruit d'ailes d'un vol de gros oiseaux. Un des draps s'enroula autour de Mrs. Lawrence. À travers son tablier et sa robe, elle en sentit l'humidité. Il l'enveloppait comme la cape d'un fantôme. Elle resta là, saisie d'une brusque fatigue inhabituelle, laissant le linge faire d'elle ce qu'il voulait. De chaque côté, les autres draps, à présent largement gonflés d'air, tiraient sur leurs épingles. Mrs. Lawrence craignait qu'ils ne tombent. Elle n'avait pas le courage de les rattacher. Pendant qu'ils murmuraient autour d'elle, le drap quasiment détaché l'enveloppa à nouveau et, tout à coup, elle eut froid. Elle vit que la masse compacte du ciel gris avait été lacérée en petits nuages duveteux, comme la poitrine d'une pintade. Dans la cour les chiens aboyaient. Le malaise de Mrs. Lawrence était si vif qu'elle ne reconnaissait plus le bout de jardin familier dans lequel elle était emprisonnée. Elle n'avait conscience que du tourbillon de blanc qui dansait autour d'elle et du harcèlement de la brise sur sa peau. Elle avait l'impression de se noyer.

Mr. Lawrence qui, par hasard, revenait à la ferme chercher une nouvelle faux, vit sa femme enfermée dans un drap pendant que les autres se gonflaient sauvagement sur le fil. Il se précipita. En arrivant près d'elle, il eut l'impression de pénétrer dans un tableau surréaliste. Le malaise de Mrs. Lawrence le gagna et le visage de sa femme l'inquiéta.

Rapidement, il déroula le drap et prit les mains glacées de son épouse dans les siennes. Elle s'appuya sur lui avec un soupir si profond qu'il sentit frissonner tout son corps frêle.

« Je ne veux pas partir, John, dit-elle.

– Je sais, répondit-il. Personne n'en a envie. »

Sa femme sanglota, brièvement et calmement. Mr. Lawrence ne se souvenait pas qu'elle l'eût jamais fait. Ils restèrent longtemps enlacés, attendant qu'elle se calme, écoutant chuchoter les draps.

Le travail physique devant plus prenant, même Prue, plus fatiguée qu'auparavant, fut obligée de réduire le nombre de ses visites chez Robert à deux soirées par semaine. Elle n'en fut pas particulièrement chagrinée. Ses précédents doutes s'étaient accentués, confirmant son impression qu'avec Robert elle se trouvait dans une *impasse*[1] – le genre *d'impasse* dans laquelle elle débouchait souvent avec les hommes aux moyens insuffisants. Bien qu'elle le respectât toujours – il y avait, en lui, quelque chose de mystérieux qui l'intriguait encore –, l'aventure s'était flétrie et transformée en une routine peu exaltante dans laquelle Prue voyait le signal de la fin. En attendant, Jamie Morton se préparait à être le successeur éventuel – bien que, comme l'expliqua Prue, elle ne l'envisageât finalement que faute d'autre choix.

Consciencieusement, Jamie vint plusieurs semaines de suite à la ferme à bicyclette, se hâtant de rejoindre Prue dans les bois pendant son après-midi de liberté. En le connaissant mieux, Prue découvrit qu'il avait peu de traits communs avec Barry. En fait, les deux seuls points qu'ils partageaient, c'était la RAF et le fait de fumer beaucoup. Contrairement à Barry, Jamie n'aimait pas les Woodbines : il préférait les Players. Il parlait longuement des cigarettes. Parfois Prue – accommodante à certains égards, elle était passée aux Players pour lui plaire – avait l'impression qu'elle ne supporterait pas une autre conversation sur les mérites comparés des diverses marques ou sur le nombre de paquets que Jamie avait fumés à telle ou telle occasion.

L'autre sujet de conversation que proposait Jamie était à peine plus engageant. Il lui décrivait la nature de ses rêveries – des rêves si crus que même Prue en était choquée. Pourtant il ne la touchait pas. Bien que, l'occasion se présentant, elle eût cédé, Prue n'éprouvait pas un très grand désir d'être tripotée par ses grosses mains rouges aux doigts gonflés et aux ongles rongés. Il y avait une espèce de charme simple sur son visage – Prue admirait toujours ses dents – et elle avait toujours aimé le bleu de l'uniforme de la RAF. Mais, pour être tout à fait franche, comme elle le confia aux autres, le rendez-vous hebdomadaire pour

1. En français dans le texte.

fumer dans les bois avec Jamie Morton n'était pas le genre de choses qui l'intéresserait longtemps.

En ce début d'été, Prue avait, pour une fois dans sa vie, deux sujets en tête qui la préoccupaient plus que les hommes. L'un était le départ des brebis et des agneaux ; l'autre, l'invitation à Buckingham.

Quand elle réussissait à placer un mot, elle essayait de parler à Jamie de la journée qu'elle avait dû passer à aider Mr. Lawrence à examiner la laine des moutons à la recherche d'asticots – il voulait vendre un troupeau bien entretenu. Elle en avait trouvé quelques-uns. Les vers avaient formé des traînées rouges de chair à vif et irrité la racine de la laine et il fallait traiter les bêtes. Mr. Lawrence avait dit que ces petits bougres pouvaient passer directement dans les os des moutons et les rendre fous. Prue avait dû donner deux comprimés sacrément gros à chaque brebis. Persuader chacune de desserrer ses dents jaunes et de les avaler était l'une des pires tâches dont elle se souvenait. Pourtant elle aimait les moutons et adorait les agneaux. Quand finalement on les avait chargés de force dans une file de camions, elle n'avait pas honte de reconnaître qu'elle avait pleuré toutes les larmes de son corps. Elle n'avait jamais entendu un tel bruit de toute sa vie. Bêlements et chevrotements la hanteraient pendant des années.

Jamie s'intéressait peu aux histoires de moutons de Prue. Par contre l'invitation à rencontrer Leurs Majestés – ça, c'était autre chose. Pendant que Prue décrivait le mal qu'elle avait eu à trouver de la soie artificielle bleu jacinthe, et l'image qu'elle se faisait du roi et de la reine avec leur couronne, assis sur un trône doré constellé de pierreries, Jamie tirait plus vite sur sa cigarette, inhalait profondément et soufflait de splendides ronds de fumée qui s'élevaient très haut dans les arbres avant de se briser – image même de l'émerveillement et du respect.

« Seigneur, Prue, dit-il quand, un après-midi, dans les bois, son imagination se tarit enfin, ce sera quelque chose. C'est pas croyable, vraiment. » Il écrasa le mégot de sa septième cigarette dans une touffe de mousse vierge. « Je n'ai jamais baisé avec une fille qui est allée à Buckingham. Tu sais ? Je ne crois pas qu'aucun de mes copains l'ait jamais fait.

– Cela ne m'étonne pas », répondit Prue.

Elle remarqua distraitement, ses rêveries sur le Palais étant plus réelles à ses yeux que la scène actuelle, que Jamie avait posé d'autorité une de ses mains ocre sur son genou. Elle l'y laissa, juste un instant, avant d'encourager le garçon à se lancer dans la laborieuse occupation qui consistait à allumer la cigarette suivante.

Les semaines du plein été passèrent à une vitesse surprenante. Il y eut de longues journées de fenaison sous un soleil brûlant. Il y eut les cultures, l'épandage du fumier de moutons et de vaches laissé dans les champs pour qu'ils n'abîment pas de petits morceaux de terrain. Pour réussir à transformer Hallows Farm en une bonne propriété arable qui attirerait les acheteurs à l'automne, les travaux semblaient interminables. Prue, afin de montrer sa gratitude d'avoir été élue pour assister à la réception, travaillait nuit et jour avec un acharnement extraordinaire. Il y avait tant à faire. Une semaine avant le grand événement, elle refusa toute faveur à Robert en disant qu'elle devait dormir pour être belle, se faire les ongles des mains et des pieds, essayer différentes coiffures, choisir son chapeau et mettre fin à tout cela en général afin de faire honneur aux femmes de l'armée de terre à son rendez-vous avec Leurs Majestés. Robert se montra compréhensif, sauf pour les ongles des orteils.

Et brusquement, elle était là, sur le quai de la gare, un matin de juillet, avec Mrs. Poodle qui rassemblait le troupeau des autres volontaires du district. Dans leurs soies et crêpes aux couleurs vives, joues fardées et cheveux ondulés, elles étaient tout sourires timides et gloussements nerveux, mortes de trac.

Pendant le trajet jusqu'à la gare, Joe n'avait pas fait le moindre compliment à Prue : son silence était agaçant. Mais quand il lui murmura, sur le quai, avant de la quitter, qu'elle était de loin la plus belle, Prue reprit confiance.

En jetant un coup d'œil autour d'elle, elle ne put, sans fausse modestie, que tomber d'accord avec lui. Mais aussi, elle avait pris tant de peine : des semaines entières d'effort et de consultation pour parfaire le résultat final. Sa robe, bien que pas tout à fait de la nuance jacinthe qu'elle avait eue à l'esprit, était en tout cas d'un bleu éblouissant, avec un délicieux décolleté copié sur sa robe d'hiver, et une jupe sexy, mais, bien sûr, rien d'assez osé pour faire froncer les sourcils du roi. Sa mère avait teint de vieilles chaussures qui s'assortissaient presque avec le bleu et, pour cacher ses mains écorchées par la fenaison, elle portait une paire de gants de coton blanc que Mrs. Lawrence avait gentiment brodés d'un petit semis de myosotis.

Mais le véritable coup de génie, c'était sa coiffure. Prue s'était confectionné un chapeau avec un morceau de tissu de la robe, puis y avait renoncé à la répétition générale de la veille pour le remplacer par de véritables bleuets. Elle s'était précipitée dans la nuit chaude, avait frénétiquement cueilli des bleuets dans les massifs enchevêtrés et l'herbe haute et les avait mis au frais dans l'eau, près de son lit. À l'aube, elle les avait, avec l'aide d'Ag, épinglés au hasard dans ses boucles blondes et avait prié très fort pour qu'ils se soient pas flétris avant cinq heures. Et, franchement, les bleuets causaient quelques remous. Les autres filles avec leurs chapeaux raides et vieux jeu admiraient la grande allure de Prue. Pendant que, sur l'insistance de Mrs. Poodle, elles se baissaient et se relevaient pour s'exercer aux révérences en attendant leur train, elles firent à Prue moult compliments généreux. Durant tout le trajet jusqu'à Londres, le tissu brûlant et rêche du siège lui piquant les cuisses à travers la soie artificielle, Prue jouit modestement de leur admiration. Elle ne se souvenait pas d'avoir passé une journée aussi heureuse.

Mrs. Poodle avait prévu d'emmener les filles piqueniquer à l'Albert Memorial. Elle avait pensé qu'elles auraient plaisir à s'asseoir sur les marches, au soleil, sous le regard des sages de marbre et du prince Albert, puis à flâner dans les jardins de Kensington avant de rejoindre le car qui devait les conduire au Palais.

Le trajet depuis la gare enchanta Prue, qui n'était jamais allée à Londres. Elle ne s'était pas attendue à tant d'arbres, à la luxuriance de Hyde Park, aux gens étendus sur l'herbe qui ne se souciaient ni de la guerre ni d'un raid possible. Elle ne vit qu'un seul immeuble détruit : pierres noircies, amas de décombres non encore déblayés, pans de papier peint autrefois privés et à présent exposés à la vue de tous. Mais rien ne pouvait mettre un terme à son excitation.

À l'Albert Memorial, elle s'assit sur une marche, un peu à l'écart. Elle voulait être seule, pour que rien ne lui échappe : si seulement Stella et Ag étaient là ! En tout cas, elle essayerait d'être un bon reporter. Elle ouvrit son sac en papier pour déjeuner, sortit les sandwichs de leur papier sulfurisé et les émietta aux oiseaux. Impossible de manger jusqu'à ce qu'elle soit *là-bas*. Du rouge à lèvres barbouillé ne ferait pas bon effet sur Leurs Majestés.

Prue jouissait de la chaleur du soleil. Les bleuets, elle s'en assura, étaient encore fièrement dressés dans ses cheveux. Elle se leva, impatiente – encore une demi-heure avant de monter en car. Elle lissa les plis de sa jupe et se promena autour du Memorial. On avait divisé le terrain en parcelles. Stupéfaite, Prue vit un homme penché sur une rangée de petits pois soutenus par des tuteurs. Le spectacle de cette activité agricole au beau milieu de Londres lui rappela que Stella et Ag, à ce moment même, devaient travailler dans les champs. Elle ferma les yeux en imaginant l'après-midi à Hallows Farm, un endroit à présent à des années-lumière d'elle, un rêve… Mais non ! C'était ça qui était sûrement un rêve : Prue Lumley, volontaire agricole, en soie artificielle sur les marches de l'Albert Memorial, qui allait être présentée au roi et à la reine.

Les idées que se faisait Prue des activités à la ferme n'étaient pas tout à fait exactes. Stella et Joe étaient censés moissonner le champ de trèfle : Joe avec le nouvel International, Stella avec le Fordson, qui lui était maintenant familier. Mais la vieille machine, de plus en plus butée, refusa de démarrer. Stella tripota le starter, remit de l'huile et, finalement, exaspérée, donna un coup de poing sur le capot, mais en vain. Enfin, ne voulant plus perdre de temps, elle fut obligée d'interrompre Joe pour qu'il vienne à sa rescousse.

Il régla immédiatement le problème : une bougie encrassée. Il les dévissa une à une, les examina et les essuya avec un bout de chiffon. Devant la simplicité de la solution Stella eut honte de son incompétence.

« J'ignorais ce truc des bougies, expliqua-t-elle. Je ne suis pas sûre que j'aurais su où elles étaient.

– Je ne suis pas tombé amoureux d'un mécanicien, Dieu merci », répondit Joe.

Il faisait chaud dans la grange. Nulle brise n'agitait la torpeur des ombres. Cela sentait la paille et les sacs de grains. Dans les chevrons, les pigeons assoupis roucoulaient à peine. Dehors, dans la cour, le soleil était éblouissant. Stella savourait cet instant passé à l'ombre avant d'affronter la chaleur du champ.

« J'ai pensé, dit Joe, que je ne dirais rien à Janet avant que vous, les filles, ne soyez parties, juste avant qu'on déménage dans le Yorkshire. Tout bien pesé – ça a été une décision difficile à prendre – c'est ce qu'il y a de plus gentil à faire. Ça ne fera que prolonger son anxiété, peut-être : mais je dois le lui dire en face. »

Stella, appuyée contre le métal chaud du garde-boue, le scruta.

« Je pense que je devrais agir de même. Avec Philip. Lui dire en face, moi aussi. Penses-tu qu'ils accepteront nos raisons ? Les vicissitudes de la guerre ?

– Il faudra bien. C'est la vérité. Je ne peux pas dire que ça m'amuse, bien que je ne croie pas que Janet sera vraiment surprise. Elle doit se douter que nos prétendues fiançailles sont une épouvantable erreur. Pauvre fille : elle n'a pas eu beaucoup de chance dans la vie. Tester des bougies – il leva la dernière bougie propre – et peu d'espoir de promotion. Je suppose qu'elle a estimé qu'il vaut mieux se marier, même si ce n'est pas avec le bon, que de rester célibataire. Il va falloir que je la persuade qu'elle s'est trompée.

– Je pense, dit Stella, que Philip va être profondément choqué. Anéanti. Il ne se doute pas que mon cœur a changé. Il ne le croira pas. Son orgueil…

– Seigneur ! On va faire de sacrées histoires, dit Joe en essuyant son visage ruisselant de sueur, mais je pense que notre plan est le meilleur. Nous allons simplement repousser ce jour maudit – pour eux – de quelques mois. Quant à nous… J'y ai réfléchi. Ce ne sera pas facile que tu nous accompagnes dans le Yorkshire en tant que volontaire, quand j'aurai rompu avec Janet. Mes parents…

– Je comprends. Je crois que je rejoindrai ma mère pour conduire des ambulances à Londres. Pendant mes loisirs, je reprendrai le piano. Mais à la fin de la guerre, il n'y aura pas de raison pour que je n'aille pas dans le Yorkshire.

– Il y a un petit cottage qui appartient à la ferme, dans les Dales[1]. Il a besoin d'être complètement restauré. J'ai souvent rêvé… » Il grimpa sur le siège et poussa le bouton du starter. Le moteur revint à la vie dans un grondement. « Tu t'y plairais. » Il redescendit et tendit la main à Stella. « Le tracteur t'attend, mon amour !

– Merci ! Je saurai comment m'y prendre, la prochaine fois.

– Avec un peu de chance, à cette époque, l'année prochaine, nous moissonnerons les champs du Yorkshire et ce maudit Hitler sera mort. »

Ag et Mrs. Lawrence, dans des arbres voisins du verger, éclaircissaient les prunes presque mûres. Sur le sol il y avait plusieurs paniers pleins. Ag aimait ce travail, comme la plupart des travaux concernant les haies, les arbres et les fruits. Elle aimait la chaleur du soleil sur ses bras nus. Elle aimait se dire, pour la millième fois, que Desmond avait lu sa lettre. C'était – elle se l'avouait en secret – une lettre aux descriptions si vivantes qu'elle ne pouvait vraiment pas laisser indifférent son destinataire. Et pendant encore deux

1. Dales : région vallonnée du Yorkshire.

semaines elle espérerait une réponse. Au-delà, s'attendre au pire serait la seule chose raisonnable. À cet instant elle aurait refoulé ses rêves et se serait fortifié l'âme pour accepter un avenir solitaire. Mais il restait quatorze jours avant qu'elle ait à affronter ce choc, il y avait encore un minimum d'espoir dans l'air estival. Son optimisme parmi les branches, lourdes de prunes chaudes, n'était pas remis en question.

« C'était *incroyable.* Je n'y crois toujours pas. Le tapis rouge. Franchement. Un rouge rubis profond. Des *mètres* de tapis rouge, tout le long de ce grand escalier large, et dans le grand hall d'entrée. On pourrait couvrir tout le Pré d'En Bas, facilement, avec tout ce rouge… »

L'auditoire de Prue était tout ouïe. Il était plus de dix heures du soir, il y avait juste assez de lumière pour y voir ; les fenêtres du salon étaient donc encore ouvertes et les rideaux du black-out non tirés. L'odeur de quelques pieds de tabac survivants pénétrait dans la pièce où elle s'harmonisait mal avec *Nuits de Paris*, le lourd parfum que Prue avait généreusement vaporisé toute la journée sur ses poignets et son cou. Elle était écroulée sur le canapé, soie artificielle froissée, bleuets fanés dans les cheveux, souliers bleus jetés au hasard, yeux lourds de rêve.

« *Bon*. Nous montons l'escalier, comme si on marchait sur du velours. Il y a beaucoup de volontaires, venues de partout. Plus de trois cents. La plupart en rouge, avec des robes à fleurs – pas de bleu comme celui-là, je suis heureuse de le dire. » Elle tapota la robe fatiguée. « Vous vous imaginez bien qu'il y a un peu de désordre pour placer les comtés par ordre alphabétique. Des hommes en queue de pie, très élégants et très polis, qui organisent tout ça. *Ooh*, et des valets de pied, comme dans *Cendrillon*… Finalement nous entrons dans cette grande salle, la salle d'Audience, qui donne sur les jardins. Des piliers et tout ça. Il y a un orchestre qui joue. J'ai follement envie de danser. Puis le mot passe à la ronde, malgré la musique, et tout à coup ils sont là, ils entrent, toute *la Famille royale*. Et moi près d'eux

– *moi* ! Le roi, la reine, les deux princesses. Le chemin s'ouvre devant eux. Ils avancent en souriant à gauche et à droite. Nous faisons toutes une révérence tremblante, nous sommes si nerveuses. En fait, je ne tremblais pas autant que certaines. Et c'est la première des quelque vingt-neuf révérences que j'ai faites. Chaque fois que je voyais *l'un d'entre eux* tout près, je plongeais, juste au cas où. Une fois, j'ai fait la révérence à une fille du Derbyshire – elle était dans mon champ de vision, ce qu'elle a rigolé, la garce. Puis les gentlemen de service emmènent quelques-unes des grosses légumes des WLA pour parler au roi et à la reine. Et quelques volontaires. Pas moi, en fait, bien que je leur aie fait des signes de tête, plusieurs fois même. Je crois qu'on les appelle des *écuyers*. Mais j'étais très près d'eux. Surtout des princesses. Elles se promenaient partout, tout à fait normalement. Je n'y croyais pas. Moi-même, j'étais à moins de deux mètres de la princesse Elizabeth qui portait une jolie robe à fleurs.

» On nous emmène prendre le thé. Le thé ! c'était plutôt un sacré banquet ! Ces immenses tables, grandes et longues, couvertes de nappes blanches damassées tellement brillantes qu'elles éblouissaient. Un millier de tasses, de soucoupes, des assiettes et des assiettes de minuscules sandwichs. Et des masses de gâteaux au chocolat : ils n'avaient pas du tout le goût d'œufs en poudre. Peut-être en ont-ils mis des vrais. J'ai demandé à l'un des valets de pied s'ils avaient un poulailler au Palais, mais il n'a pas répondu, il a simplement souri, trop discret pour le dire. Mais le mieux, c'étaient les théières : d'énormes choses gigantesques en argent avec de petites passoires en argent suspendues à leur bec – j'ai trouvé que c'était très astucieux. Je dois avouer que j'ai bu du thé – je n'oublierai jamais une seule gorgée de ce thé royal – mais que je n'avais pas d'appétit pour les sandwichs. Juste pour un morceau de gâteau au chocolat, bon, pour deux morceaux. Je me suis dit que je ne pouvais pas laisser passer une occasion pareille… Je voulais en ramener, mais je n'ai pas trouvé comment faire… J'ai emporté mon assiette près de la fenêtre – haute comme cette maison – pour regarder dans le jardin. Eh bien, je veux bien être pendue s'il n'y avait pas que des légumes, des plates-bandes impeccables de légumes entre de petites allées sans une mauvaise herbe. Je me suis retournée, la bouche pleine de gâteau au chocolat, pour dire quelque chose à quelqu'un qui se trouvait là, tout près, quand la princesse Margaret, dans un rose splendide, est passée à un mètre de moi. Quels yeux ! Franchement, je n'ai jamais vu d'aussi beaux yeux ! Elle m'a souri. Du moins, je crois. Bien sûr, la bouche pleine de gâteau au chocolat, c'était un peu gênant. C'était bien ma chance ! Avant que j'aie vidé ma bouche, elle était partie. J'ai pourtant fait une autre révérence, pour être sûre. J'espère qu'elle ne m'a pas trouvée grossière, mais elle m'a prise au dépourvu.

» Je n'y crois toujours pas. Je vous assure, c'était un rêve. Je sais que c'est vrai seulement parce que j'ai taché mes gants avec du chocolat. Je ne les laverai jamais. Jamais, jamais. Pour le reste de mes jours, le chocolat royal restera sur mes gants blancs, comme preuve que c'est bien arrivé, comme preuve que moi, Prue, je suis allée un jour au Palais… »

Prue, que seule une fatigue terrassante pouvait arrêter, mit temporairement fin à la narration de sa réception pour ce soir-là. Mais le lendemain après-midi, à son rendez-vous dans les bois avec Jamie Morton, elle n'eut aucune difficulté pour raconter à nouveau l'histoire, l'embellissant ci et là, supputant la hauteur des magnifiques plafonds, le métrage des rideaux de soie, la valeur probable de la broche en diamants de Sa Majesté et celle de ses perles grosses comme un œuf d'oie.

Jamie fut vivement impressionné. Prue constata qu'il portait plus lentement sa cigarette à sa bouche. L'inhalation était superficielle et les ronds de fumée peu appliqués. Il n'avait sans doute jamais écouté quelqu'un aussi longtemps, en étant aussi totalement, aussi complètement fasciné, estima Prue. Quand enfin elle acheva son histoire, il mit une de ses grosses mains lourdes comme une cale en bois sur son épaule et la fixa intensément.

« Mince, Pruey, s'exclama-t-il, quelle histoire ! Comme

je te l'ai dit, je n'ai jamais couché avec une fille qui est allée à Buckingham. C'est ma seule occasion. Qu'en penses-tu ? »

Dans le débordement de son extase, sa générosité d'esprit réchauffée par son expérience exceptionnelle, Prue fut heureuse de céder. Pendant que le lieutenant d'aviation Morton se préparait à ravir la première fille de sa vie qui se soit frottée à la royauté, Prue s'étendit sur la mousse et rêva de Buckingham.

Le jour arriva où la batteuse fut extraite de ses bâches et présentée aux filles. Elles furent d'abord interdites par l'aspect compliqué du monstre, et pensèrent qu'elles ne comprendraient jamais cet enchevêtrement innombrable de courroies, de plateaux vibrants et de trappes astucieusement disposées, tous destinés à séparer chaque gerbe en morceaux distincts. Mais Mr. Lawrence se montra fort zélé dans ses explications et à la fin elles étaient pleines d'admiration devant l'ingéniosité de la machine.

Deux hommes d'âge mûr du village vinrent aider à battre. Il fallut toute une matinée pour installer la machine sur un espace de terrain plat entre deux meules. Le battage commença tôt, par un chaud après-midi. Ce fut un travail que les filles, unanimement, détestèrent.

Les cliquètements et les pulsations bruyantes de la machine leur donnèrent vite des maux de tête exacerbés par les gênantes lunettes de protection qu'elles devaient porter. En haut de la meule, il fallait plus d'habileté qu'elles ne l'auraient pensé pour manipuler les gerbes à la fourche. Elles étaient déçues par leur maladresse, transpirantes, irritées sur tout le corps par la menue paille et la poussière qui pénétraient partout, et ces quelques jours d'activité intensive furent un test d'endurance. Mais aucune n'abandonna ou ne se plaignit.

En repensant, des années plus tard, à ces pénibles journées, Ag ne se souvint clairement que d'un après-midi. Elle était, comme d'habitude, au sommet de la meule – plus experte, à présent, pour couper la corde qui liait les gerbes et pour les lancer à l'homme qui les glissait dans le tambour de la machine. Il faisait particulièrement chaud, cet après-midi-là. Les chemises des filles étaient noires de sueur et leurs bras nus très bronzés. Le paysage vibrait dans une brume de chaleur, doublement flou derrière les lunettes. À un moment, en regardant ses mains qui, mécaniquement, répétaient leurs gestes ennuyeux, Ag se souvint que la période Desmond était terminée. Pas de lettre. Pas de réponse. Trop de semaines étaient passées pour qu'il y ait une excuse plausible. Il n'y avait plus qu'une chose à faire. *Oublier*. Envisager un nouveau genre de vie.

Les larmes brouillèrent plus encore sa vue derrière les lunettes. Mais elle encouragea d'un sourire Stella qui se massait les côtes. Elle se souvint qu'elle s'était autorisé cette idée sentimentale que tout espoir à propos de Desmond s'engloutissait dans la batteuse, avec les gerbes, et que si elle regardait sur le côté de la machine, elle le verrait sortir par la trappe, avec la paille : redevenu poussière, vain, envolé.

Pendant la moisson, des passages d'avions – parfois un Spitfire, parfois les silhouettes cauchemardesques des monstres de la Luftwaffe – troublèrent plus fréquemment la paix coutumière d'Hallows Farm. Depuis le jour des bombes incendiaires, l'arrière-pays n'avait pas tout à fait retrouvé son ancienne et absurde impression de sécurité. Vivre en attendant la prochaine catastrophe fit partie de la routine.

Mais rien n'arrêta le travail pendant la moisson. Elle fut mise à l'abri et engrangée pour la dernière fois par les Lawrence.

« Il y a quelque chose de très satisfaisant, fit observer Ag à Prue, dans le spectacle d'une grange à nouveau pleine. C'est très encourageant de voir emmagasiner les stocks annuels pour l'hiver. »

Prue pouffa devant le ton solennel d'Ag.

« Ce à quoi j'aime penser, dit-elle, c'est à tous ces nouveaux lits ici. » Elle jeta un coup d'œil sur les meules. « J'espère que le fils du nouveau fermier et son amie passeront de bons moments. »

Le dîner de la moisson eut lieu par une chaude soirée, dans le coin du champ où, l'automne précédent, ils avaient allumé le feu de joie. On étendit nattes et nappes sur le chaume. Il ne restait que quelques gerbes de blé, appuyées les unes contre les autres comme pour former une tente, qu'on devait apporter le lendemain à l'église pour le service de la fête de la moisson. Noble tirait la carriole qui, en général, servait à livrer les bidons de lait. Elle était pleine de jattes de nourriture, de bouteilles de cidre et de bière, de gros morceaux de fromage et de paniers de prunes. Mrs. Lawrence avait préparé le festin toute la journée : le dîner de moisson était sa fête préférée dans l'année.

Les moissonneurs se retrouvèrent à sept heures : trois Lawrence, les deux aides venus du village, Robert, Ratty et les filles. La soirée était tiède et les ombres s'allongeaient. Nul avion, ce jour-là, n'avait brisé la paix : la tranquillité semblait assurée. Il y avait une odeur de terre chaude et de pain juste déballé et cuit par Mrs. Lawrence. Des coquelicots dansaient dans la haie. Il en restait quelques-uns éparpillés dans l'éteule. Les filles, affamées, mordant à belles dents dans les cuisses de poulet froid qu'elles tenaient entre leurs doigts, ne se souvenaient pas d'avoir connu de fête plus heureuse.

Chacune avait pour cela une bonne raison. Ag s'était adaptée à sa nouvelle vie de renonciation à Desmond. Elle avait occupé son esprit avec d'autres sujets, formé des plans d'avenir, lu chaque nuit avant de s'endormir, et presque totalement réussi à oublier ses anciennes aspirations. Elle avait recommencé à apprécier le présent – une fête comme ce dîner – plutôt que de mener une double vie avec un futur imaginaire toujours là à assombrir le moment présent. Ses efforts avaient porté leurs fruits.

Stella, assise aussi loin que possible de Joe, blottie dans sa certitude toujours croissante de leur amour mutuel, se demandait si les autres percevaient le lien invisible qui les unissait. Évitant de rencontrer les yeux de Joe, elle avala un plein gobelet de cidre froid, sentit une coulée dorée courir dans ses membres et douta qu'aucune fille au monde puisse être aussi heureuse qu'elle.

Prue, un bouquet dans les cheveux en l'honneur de la fête de la moisson, saisit l'occasion de donner à l'assemblée d'autres détails sur son après-midi au Palais, jusqu'à ce qu'on la fasse taire en riant. Elle ne s'en offusqua pas : ça lui était égal qu'on la taquine. Elle se sentait légère, en forme, forte et affamée. Tout en se coupant une énorme part de tourte maison, elle brûlait de les choquer tous en révélant le secret qui faisait couler à grands flots l'adrénaline dans son sang. Que diraient-ils s'ils savaient qu'elle fréquentait deux hommes en même temps ? Robert, deux nuits par semaine, Jamie Morton deux après-midi ? Et pourtant ni son travail ni son énergie n'en subissaient le contrecoup. Au contraire, ils en semblaient accrus. Secrètement fière d'elle, Prue caressa ses jambes nues et brunes – depuis la campagne « jambes nues par patriotisme », en mai, Prue refusait de porter des bas. Elle rit en voyant que Ratty lorgnait sur ses jambes.

« Et où est Edith ? » lui demanda-t-elle.

Ratty mit longtemps à terminer sa bouchée de pain et de fromage.

« Elle viendra tout à l'heure, répondit-il. Avec le thé. C'est la coutume. »

Ils mangèrent, burent et rirent pendant deux heures, en surveillant le bleu du ciel qui prenait l'indigo des ombres recouvrant le chaume. Stella commença à chanter son répertoire des chansons de Vera Lynn qui passaient presque chaque soir à la radio.

Nous nous reverrons
Je ne sais ni où ni quand...

Ratty songea qu'il n'avait jamais entendu de voix si belle. Sous le coup d'un mélange de bière et de cidre, il se risqua à l'accompagner. Les autres l'imitèrent. Le chœur passa de chanson de guerre en chanson de guerre, sous la direction de la voix pure, jusqu'à ce qu'il fasse presque sombre.

Ce fut Stella – par hasard elle s'était levée pour soulager

une de ses jambes ankylosée – qui, la première, vit une silhouette indistincte près de la carriole.

Ratty, qui lui faisait face, se leva aussi, le dos tourné à la silhouette. Il estimait qu'à présent c'était son tour.

« Chantons une hymne maintenant, tous ensemble. Que diriez-vous de *Demeure avec moi* pour terminer cette réunion ? »

Il avait pris sa voix d'église, celle dont il usait pour guider à leur place les rares fidèles venus d'ailleurs.

Ratty commença à battre la mesure avec les mains, sa voix rauque les dirigeant parmi les mots familiers. Stella, en regardant la silhouette qui approchait derrière eux, reconnut Edith. Elle avait un foulard et une longue jupe comme une vieille femme d'un autre âge et portait un bidon de fer-blanc à la main. Bon, pensa-t-elle, elle apporte le thé.

Dans les ténèbres mouchetées, Stella vit une main tremblante dévisser le couvercle du bidon puis laisser tomber ce même couvercle au sol.

Quand les autres secours échouent, que la consolation s'envole
Espoir des désespérés, ô demeure avec moi !

Alors que le chœur reprenait son souffle, Stella pressentit instinctivement ce qui allait se passer. À la seconde même où Edith balançait le bidon pour donner plus de force à son coup, Stella bondit sur Ratty. Elle le saisit aux genoux et le jeta sur son épaule, comme l'aurait fait un pompier. Elle sauta par-dessus le pique-nique et les jambes tendues et courut aussi vite qu'elle le put. Ratty, éperdu, suppliait le Seigneur de demeurer avec lui. Sa voix étranglée s'élevait de quelque part au niveau de la taille de Stella.

C'est ainsi que Ratty échappa, in extremis, au thé bouillant que lui avait jeté Edith. Déconcertée par la soudaine disparition de sa cible, Edith manqua heureusement son but. La plus grande partie du liquide explosa sur les restes du pique-nique. Les jambes nues de Prue en furent éclaboussées. Elle eut un bref cri de protestation, puis bondit et se joignit à l'agitation générale.

Au milieu de la demi-obscurité, Ag, Mrs. Lawrence et Joe se retrouvèrent en train d'essayer de calmer une Edith hystérique qui donnait des coups de pied sur le sol et hurlait. Ses talons heurtaient le bidon vide avec un bruit métallique pendant qu'elle se tordait en arrière et repoussait les mains qui se tendaient vers elle. Un peu de bave blanchissait les commissures de ses lèvres. Mr. Lawrence partit précipitamment en disant qu'il allait téléphoner au médecin. Les autres, à eux tous, parvinrent à relever Edith et la conduisirent à l'arrière de la carriole. Elle s'assit, frémissante, sur le hayon, vieille femme pitoyable, jambes pendantes, bas tire-bouchonnant sur les chevilles. Entre ses cris, elle murmurait des paroles incohérentes : Prue eut bien l'impression qu'il s'agissait de quelque histoire absurde concernant Ratty et les volontaires. Mais les imprécations d'Edith étaient trop confuses pour que l'on comprît la cause de son délire. Prue et Mrs. Lawrence grimpèrent dans la carriole près d'elle et enlacèrent son corps d'anguille. Ag marchait à côté pour s'assurer que la vieille femme ne glisserait pas. Robert conduisait Noble vers la ferme. Les deux hommes du village suivaient, les bras chargés du pique-nique. La procession avançait sous la blanche lumière de la lune des moissons. Edith ne cessa ni de crier ni d'essayer de s'échapper. Le cri strident d'un hibou qui passait par là lui répondit.

Voilà une moisson qu'elle n'oublierait jamais, se dit Prue. Elle se demanda si cette histoire inciterait Jamie à poser un instant sa cigarette.

Stella avait reposé Ratty sur ses pieds à cinquante mètres de la scène du désastre.

« Que s'est-il passé ? » demanda-t-il, encore égayé par la bière et le cidre.

C'était la première fois qu'il se retrouvait seul avec l'une des volontaires – avec la lune et tout ça, en plus ! Ce n'était pas le genre de choses qui arrivait à chaque moisson.

« Edith a eu une crise. Ne vous en faites pas. Les autres s'occupent d'elle.

– Ah bon ? » Ratty semblait indifférent. Il leva les yeux quand Joe surgit des ténèbres. « Ma femme ? demanda-t-il.

– Le docteur va venir. Elle est un peu surexcitée, c'est tout. Elle est rentrée à la maison avec la carriole.

– C'est donc ça ? » Ratty hocha la tête et soupira profondément. « Il y a eu des signes, non ? On peut dire que quelque chose la faisait bouillir, ces derniers mois. Il suffisait d'attendre.

– Stella et moi allons vous raccompagner, dit Joe en prenant le bras du vieil homme.

– Très bien. »

Ratty se permit de s'appuyer sur eux juste assez pour être poli. Mais, compte tenu du drame, il avançait d'un pas vif et la tête haute.

Beaucoup plus tard cette nuit-là, Edith, sous l'effet d'une puissante drogue, fut emmenée par le médecin et l'infirmière du district. Ratty, à qui l'on demanda s'il désirait les accompagner, répondit que, bon sang, certainement pas.

Le jour d'octobre où la VIIIe armée de Montgomery lança une grande offensive sur la côte d'El Alamein, il y eut, à Hallows Farm, une petite fête pour marquer le premier anniversaire de l'arrivée des filles. Mr. Lawrence sortit le vin au gingembre et prononça quelques mots de félicitations avant de proposer un toast. Il souhaita que tout aille bien pour elles, quoi qu'elles fassent quand elles auraient quitté la ferme. En particulier, dit-il, il savait que les autres se joignaient à lui pour souhaiter à Stella un heureux mariage avec Philip. Dans l'agitation générale causée par les verres levés et l'écho des vœux, il vit le regard qu'échangeaient son fils et la jeune fille rougissante qui avait causé quelques tourments, l'an dernier, dans son propre cœur. Sans s'accorder le temps de méditer sur ce qu'il venait de surprendre, il pressentit que le départ imminent des filles était peut-être, pour Joe, la meilleure des choses. Et quant à ses propres sentiments, eh bien, le malaise intérieur avait suivi son cours, un secret honteux qu'il emporterait dans sa tombe. Il pouvait, à présent, regarder Stella sans problème, puisqu'elle était clairement liée à un autre. Cela lui avait servi d'avertissement – il savait désormais que l'homme d'âge mûr le plus rangé pouvait être la proie de désirs lascifs – et il en avait tenu compte. Maintenant, il devait concentrer son énergie sur sa femme, qui montrait tant de courage devant le déménagement qu'elle redoutait. Il la soutiendrait de son mieux, lui prouverait son amour et sa gratitude. Il leva son verre, en dernier, en son honneur.

« Et si nous buvions à Faith, ma femme ? proposa-t-il. Parce que si ça n'était pas venu d'elle, si elle n'avait pas extraordinairement insisté, il n'y aurait pas eu de volontaires à Hallows Farm. Nous ne serions pas tous ici aujourd'hui. »

Ce fut au tour de Faith de rougir : son teint prit une profonde nuance sombre. Elle leva son verre rose qui scintilla devant le visage bien-aimé de son époux.

Prue, sentant instinctivement mais ne comprenant pas vraiment cette reconnaissance publique, fut la première à rompre la tension du moment. Elle se leva en tapotant, comme d'habitude, le nœud de ses cheveux.

« Bon, je vais en profiter pour embrasser *tout le monde* avant de pleurer, déclara-t-elle. Je pense que vous allez tous faire pareil. »

C'est ainsi que Prue, dans son innocence, offrit à Joe et à Stella l'occasion d'échanger un rapide baiser en public sur la joue.

Edith ne revint pas, et Ratty ne se souvenait pas d'avoir passé un automne plus agréable. Très peu de jours après son départ, il avait déjà rééquipé la cuisine en casseroles et brûlé une douzaine de boîtes de carrés de papier. Cela faisait si longtemps qu'il avait envie de vivre seul. Cette solitude, gagnée si tard, il était bien décidé à en profiter pleinement. Pendant quelques semaines, errant dans la maison, il trouva difficile de croire qu'Edith n'allait pas lui sauter dessus avec son masque à gaz ou le torturer à sa façon sadique et rusée. Il ne réalisa pas, jusqu'à l'arrivée de la lettre officielle qui confirmait sa folie, que finalement sa nouvelle paix serait permanente. Il pouvait écouter Mr. Churchill et ITMA sans être dérangé, prendre son thé près de la radio, semer des miettes sur le sol, faire ce qu'il voulait dans tous les domaines – même fumer sa pipe au lit – sans jamais être houspillé. Comme il le dit un après-midi dans le verger à la sainte – entourée de paniers de prunes et tout sourires – l'automne n'était jamais passé aussi vite.

C'était une impression que partageaient les trois filles. Le temps semblait s'enfuir étrangement vite. C'était maintenant, davantage que pendant l'été où elles avaient été si occupées dans les champs, que les vaches, les moutons et Sly leur manquaient. Elles repensaient nostalgiquement à leur début déroutant de volontaires, il y avait juste un an. Elles se souvenaient des mystères des premiers jours et riaient en se remémorant leurs erreurs : comme cette vie qui leur était à présent si familière leur avait paru étrange ! Il faisait le même temps que lors de leur arrivée. Cette seconde expérience de la ferme et des terres dans les matins brumeux, les après-midi dorés, les nuits de gel, n'était pas moins captivante que la première.

Une fois encore, au changement de saison, la routine changea le soir à la maison. Au lieu de se disperser, tout le monde se retrouvait près du feu, pendant environ une heure, avant d'aller se coucher. Mr. Lawrence s'obligeait à faire des listes du matériel agricole qu'on pourrait vendre aux enchères – la ferme serait mise en vente au début de l'année prochaine – tout en écoutant la radio. Mrs. Lawrence continuait son perpétuel raccommodage, son aiguille ne s'arrêtant que lorsqu'il était question de la percée par les troupes de Montgomery du front tenu par Rommel ou des épouvantables rumeurs selon lesquelles les nazis raflaient systématiquement les Juifs en Europe.

Elle ne pouvait jamais maîtriser son inquiétude quand

le téléphone sonnait, surtout le soir. Quand elle l'entendit dans le hall, tard début décembre, elle posa son ouvrage, le cœur battant, et se précipita dans l'obscurité. Elle revint une minute plus tard.

« C'est pour vous, Stella. »

Stella quitta la pièce. Elle savait que Philip passait deux nuits à Londres – le voyage tant de fois remis avec son ami. Il avait l'intention d'y acheter la bague. Il avait appelé une semaine plus tôt, en précisant qu'il irait à Bond Street en quête d'une aigue-marine. Stella, qui pensait qu'une lettre de rupture classique était lâche, avait décidé de s'en tenir à son intention de rompre ses fiançailles face à face. Mais elle n'en avait pas eu l'occasion. Se sentant coupable, elle espérait qu'il ne téléphonait pas pour dire qu'il avait trouvé la bague.

Quand, dix minutes plus tard, Stella ne fut toujours pas revenue, Joe abandonna son jeu de patience et, anxieux, se frotta le visage. Il remarqua que son propre malaise était partagé par tous les occupants de la pièce. À Hallows Farm une longue conversation au téléphone n'était pas chose normale.

Stella revint enfin. Le visage pâle, ses yeux secs allèrent de l'un à l'autre. Elle rejeta la tête en arrière et parla avec la maîtrise de qui est sur le point de perdre son contrôle.

« C'était la mère de Philip, dit-elle. Elle a appelé pour me dire que Philip était à l'hôpital. Il a perdu une jambe : il semble y avoir peu d'espoir de sauver l'autre pied.

– *Stella !* » cria Joe.

Ag se leva d'un bond et enlaça son amie.

« Il était en permission à Londres, chez son ami, à Bermondsey. Ils avaient passé la journée dans le West End, apparemment… à Bond Street. Ils rentraient. Il y a eu une alerte aérienne : ils étaient dans un bus. Il semble qu'ils n'aient pas pu arriver à l'abri à temps. » Elle s'interrompit. « Puis-je prendre ma journée, demain, Mr. Lawrence ? Je dois aller à Londres. À l'hôpital. Le voir.

– Je vous conduirai au premier train, bien sûr, répondit Mr. Lawrence.

– Asseyez-vous, Stella », dit sa femme en se levant.

Joe quitta discrètement la pièce.

Les autres firent de leur mieux : du Bournevita, un bras pour aider Stella à monter l'escalier, de calmes visages attentifs dans le grenier, attendant qu'elle pleure, qu'elle parle.

Stella les remercia mais ne dit rien. Avant de se coucher, elle prit la photographie de Philip qu'elle avait si passionnément, à cette même époque l'année dernière, embrassée chaque soir, et la regarda très longtemps. Puis elle la remit en place.

« Il s'attendait à être blessé au combat, dit-elle enfin. Mais être rendu invalide par une bombe dans une rue : comment pourra-t-il jamais le supporter ?

– Pauvre, pauvre Philip », dit Prue en fourrageant dans son tiroir à la recherche d'un nœud noir qu'elle pourrait porter demain, comme elle l'avait fait pour Barry.

Le lendemain parut à Joe interminable. Pluie drue, boue et froid. Il s'occupa en rangeant du matériel dans la grange : jeter des morceaux de fer pleins de rouille sur différentes piles n'était pas un antidote à ses idées noires. Finalement, vers la fin de l'après-midi, au moment où il n'y avait plus qu'une lumière glauque dans la cour, il s'écroula sur un tas de paille fraîche et essaya d'apaiser les battements de son cœur et de réfléchir calmement.

Mr. Lawrence apparut. Il jaugea rapidement l'état d'abattement de Joe.

« Nous sommes tous désolés pour cette pauvre petite, dit-il, mais Stella ne manque pas de cran, non, vraiment pas. Elle restera avec lui, avec ou sans jambe. » Le regard de Joe croisa celui de son père. « Écoute, fiston, j'ai un tas de papiers à remplir avant ce soir. Veux-tu aller la chercher à la gare ? »

Joe regarda sa montre.

« Peut-être n'aura-t-elle pas envie de voir les autres au dîner. Ce serait peut-être mieux si je lui suggérais de prendre un sandwich et un whisky bien tassé aux Cloches.

– Bonne idée », répondit Mr. Lawrence.

Le train de Londres avait une demi-heure de retard. Joe attendit sur le quai noir et glacé. Quand finalement il arriva en crachant de la fumée, Stella fut la seule à en descendre. Ils s'enlacèrent en silence, puis, main dans la main, se dirigèrent vers le parking. Ils s'assirent sur les sièges baquets de la Wolseley, aux généreux parfums de vieux cuir et de chien mouillé. Il n'y avait pas de lune et les ténèbres étaient denses.

Ce fut Joe qui rompit le silence.

« Je sais ce que vous avez décidé », dit-il.

Il la sentit acquiescer, dans l'obscurité.

« Joe, dit-elle, tu aurais dû le voir.

– J'imagine. Je sais ce que vous devez faire, ce que *nous* devons faire.

– Je ne sais pas quoi d'autre... Je veux dire, la vie normale est finie pour lui. Douleur, dépendance. Tout ce sur quoi il comptait a été ravagé en un instant. Sauf moi. Il était sous calmants, bien sûr, mais il a dit que la seule chose pour laquelle, à présent, il valait la peine de vivre, c'était moi. Nous. Notre mariage. Puis il a ajouté qu'il serait le premier à comprendre si je ne pouvais pas l'accepter, si je voulais retrouver ma liberté. » Stella soupira. « Il avait tant de bandages, comme une momie. J'ai regardé son visage et j'ai pensé : comment ai-je pu dire à cet homme, que je ne connais pas du tout, que je n'aime pas, que je l'épouserais ? Un complet étranger. Juste au moment où je partais – je ne l'ai vu qu'une demi-heure, l'infirmière a dit que cela suffisait – il a dit qu'il avait acheté la bague. Il a ajouté qu'il ne me la donnerait pas maintenant, pourtant : ce serait provoquer le destin. Et qu'allais-je faire ? m'a-t-il demandé. Quelle que soit la réponse, il voulait savoir. Ce serait sa vie ou sa mort.

– Alors ?

– Alors j'ai dit que je resterais avec lui. »

Joe, un bras passé sur son corps crispé, se pencha pour effacer de baisers ses larmes silencieuses. Puis il s'éclaircit la gorge et réussit à parler d'une voix décidée.

« Écoute, mon amour, tu dois être épuisée. J'ai dit que tu ne voudrais pas dîner à la maison et que je t'emmènerais peut-être prendre un verre aux Cloches. En as-tu envie ?

– J'aimerais mieux rester ici. Oh, Joe, mon chéri !

– Je t'aime, dit-il. Il n'y a pas de mots nouveaux pour le dire. Je ne sais pas si je peux t'en convaincre, mais je t'aimerai toujours : peu importe qui nous épouserons. Souviens-toi que mon amour est une certitude. Souviens-t'en toujours.

– Le mien aussi », répondit-t-elle.

Ils parlèrent jusqu'à l'aube froide. Sur le trajet du retour à la ferme, les roues de la voiture faisaient éclater des flaques gelées et les brumes du petit matin montaient de la terre.

Pendant leurs deux dernières semaines à Hallows Farm, les travaux commencèrent à se faire plus rares. Les filles passaient les sombres et courtes journées à aider Mrs. Lawrence à trier et empaqueter les objets de la maison et faisaient de même, dehors, avec Mr. Lawrence. Seule Prue était contente que le travail physique se soit allégé. Occupée à satisfaire et à consoler ses deux hommes aussi souvent qu'elle le pouvait avant son départ, elle était épuisée mais radieuse. Ag dépensait son énergie à essayer de remonter le moral de Mrs. Lawrence. Elle avançait différentes raisons pour la persuader que la vie dans le Yorkshire pouvait être aussi agréable que dans le Dorset, et avait plaisir à voir, de temps à autre, une étincelle de curiosité anticipée percer sa mélancolie. Tout le monde comprenait l'abattement de Stella : personne, sauf Ag, ne vit que, sous une apparence normale, il était partagé dans le cœur de Joe. Jusqu'à la fin, Joe et Stella se comportèrent normalement. Jusqu'à la fin, se plurent-ils à croire, personne ne devina leur secret et son amer aboutissement.

Mr. Lawrence avait réfléchi depuis quelque temps à la meilleure façon d'organiser un départ rapide. Il n'était homme ni à faire traîner les choses ni à aimer les adieux émouvants, et il avait donc préparé un plan. Il chargerait les bagages des filles dans le coffre de la Wolseley pendant qu'elles prendraient leur dernier petit déjeuner et s'assurerait qu'elles partent rapidement.

Le matin de leur départ, il faisait un temps épouvantable : dans la pénombre blanchâtre, seules scintillaient les toiles d'araignées gelées. Les filles portaient leurs vêtements de voyage colorés, ceux-là mêmes, se rappela Mr. Lawrence en souriant, qui l'avaient tellement inquiété à leur arrivée. À cause du froid, elles avaient jeté leur pardessus de la WLA sur leurs épaules – celui de Prue était arrivé juste une semaine auparavant. Les demi-losanges étaient cousus sur leurs revers.

Dès qu'elles eurent achevé leur repas, Mr. Lawrence, en personne sensée, les fit se hâter. Chacune embrassa rapidement Mrs. Lawrence dans le hall. Dehors, elles se mirent en rang en attendant de voir comment Joe avait organisé ses adieux. Il s'approcha de chacune à tour de rôle, la saisit par les épaules et l'embrassa légèrement sur chaque joue. Stella fut la dernière. Et là, pendant cette ultime scène, il ne put pas avoir envers elle un comportement différent.

Stella s'assit devant, près de Mr. Lawrence. Sa place naturelle, en quelque sorte, songea-t-il, après tout ce par quoi il était passé. Son triomphe personnel, c'était d'être à l'aise à côté d'elle.

Joe resta sur le seuil de la porte et entoura d'un bras les épaules de sa mère. Elle frappa dans ses mains pour éloigner quelques bantams.

« Tu t'en souviens, Ag ? » demanda Prue. Elle pouffa de rire. « Tu faisais sacrément la pimbêche simplement parce que je ne savais pas distinguer une bantam d'une autre poule.

– Désolée », répondit Ag.

La Wolseley s'ébranla. Tout le monde agita la main.

Mr. Lawrence ralentit quand ils arrivèrent au cottage de Ratty. Il vit, dans la brume, le vieil homme debout près de la barrière. Quand ils passèrent, Ratty souleva sa casquette et agita le poing dans l'air, pouce levé. Il avait eu l'intention d'aller à la ferme la veille faire des adieux officiels. Mais il n'aurait pas beaucoup aimé cette séparation formelle d'avec la sainte – ou les autres, tout aussi bien. Qui plus est, avec tout le travail qu'il y avait au cottage, dans son nouvel état de liberté, il aimait passer les soirées chez lui, en s'émerveillant de sa solitude.

ÉPILOGUE

On avait tiré le lit de Stella près de la fenêtre. Adossée aux oreillers, elle avait une belle vue sur les Dales, sur une ferme lointaine à demi cachée par des arbres et sur le clocher de l'église. Le jour où elle était censée déjeuner avec Prue et Ag à Londres, Janice lui apporta un plateau avec un peu de poisson poché et une purée de carottes. Elle essaya de manger – le médecin avait dit qu'elle devait se nourrir pour garder ses forces – mais elle n'avait pas faim. À la place, elle regarda les vaches. Des frisonnes.

Stella avait bien eu l'intention de rejoindre les autres pour leur déjeuner annuel. Sa dernière crise sérieuse était passée. La semaine précédente elle s'était sentie mieux, s'était levée et, comme il faisait beau, avait lentement fait le tour du jardin. La douleur avait disparu. Mais la nuit dernière cette maudite histoire avait recommencé et l'avait épuisée. Elle avait avalé autant de comprimés qu'elle avait osé en pensant qu'elle se sentirait mieux au matin. Mais ce n'était pas le cas. Dès qu'elle avait posé le pied par terre, la faiblesse et les vertiges l'avaient submergée. Recouchée, dans la position où elle avait découvert qu'elle souffrait le moins, elle essaya de se forcer à aller bien. Elles seraient si déçues ! Stella était furieuse contre elle-même. C'était si gênant, cette santé perpétuellement chancelante, cette perte d'énergie et de capacités. Elle détestait être vieille.

Une heure plus tard, Stella sut qu'il n'y avait aucun espoir pour qu'elle puisse faire le voyage. Elle téléphona à l'hôtel et demanda que l'on transmette un message aux autres quand elles arriveraient au restaurant. Elle espérait qu'elles l'appelleraient avant de repartir.

À l'heure approximative où Prue commanderait sans aucun doute un frivole pudding au chocolat, pendant qu'Ag demanderait du brie anglais (elle était devenue si acharnée dans la défense des produits anglais, en vieillissant), Stella repoussa son plateau. Dehors, les vaches étaient à mi-côte de la colline. Elles ruminaient, couchées. Stella n'avait jamais pu s'habituer à ces vaches étrangères. Elles étaient très différentes de celles de l'ancien troupeau. Elle ne connaissait pas leur nom, bien sûr. Elle ne voulait pas le connaître : elle n'avait rien à faire avec elles. Parfois, au crépuscule, quand l'une ou l'autre s'allongeait sur le flanc, elle la confondait avec le corps de Nancy après les bombes incendiaires. Puis la bête se relevait, mais Nancy, elle, ne ressusciterait pas, et Stella s'obligeait à penser à autre chose.

Elle s'étendit, croyant qu'elle pourrait sommeiller un peu. Ces jours-ci, elle avait peu de temps pour penser beaucoup au passé. Elle devait garder son énergie pour tout ce qu'il fallait organiser à présent : s'occuper de l'aménagement de Joe, décider où serait sa chambre, quel abri deviendrait un chenil pour ses chiens – c'était toute une affaire que de tout aménager à son goût.

Mais le jour de la réunion annuelle, si bêtement manquée, Stella fit défiler dans sa mémoire tous leurs déjeuners passés, le déroulement de toute leur vie ces cinquante dernières années. Elle ferma les yeux.

Le premier déjeuner avait eu lieu en 1946. Nourriture infecte, mais aucune ne s'en était souciée parce qu'elles avaient tant à se dire. Prue, en émeraude vif, toujours avec un nœud assorti, avait à peine pu se contenir. Avant même l'arrivée de la soupe en boîte, elle leur avait parlé du second Barry qu'elle venait de rencontrer. Barry n° 2, c'est sous ce nom qu'elles en avaient parlé à partir de ce jour. Selon Prue, un homme exceptionnel et merveilleux. Barry n° 2, à cette époque, était propriétaire d'une chaîne de magasins de cycles, mais envisageait mieux. Il était en pourparlers pour acheter un cinéma dans les faubourgs de Leeds. Prue était convaincue de son ambition, de son potentiel et de son dynamisme. Elle était convaincue qu'un jour il posséderait toute une chaîne de cinémas, et elle avait raison. Dix ans après la guerre, Barry n° 2 pouvait se proclamer un des hommes les plus riches du Nord. Aujourd'hui, il était multimillionnaire, et les robinets en or, les domestiques et les cocktails dont Prue avait rêvé, pendant qu'elle labourait, et qu'elle avait décrits à Stella, du haut de son tas de fumier, étaient depuis longtemps devenus réalité. Sa seule déception, c'est qu'elle n'avait pas d'enfant. De toute façon, Barry n° 2, un « vrai réservoir d'énergie », mais enfantin à bien des égards, occupait tout le temps de Prue. Elle s'était adaptée à une maison sans enfant, gâtait des caniches et était heureuse depuis des années.

La nouvelle qu'annonça Stella, cette année-là, fascina Prue qui n'avait jamais rien deviné à l'époque. Ag fut moins surprise et reconnut qu'elle savait depuis longtemps.

Elle leur raconta qu'elle et Joe s'écrivaient chaque semaine depuis leur départ d'Hallows Farm, mais qu'ils se rencontraient rarement. À la fin de la guerre, ils avaient pris la Wolseley, maintenant aux derniers stades de la corrosion, et avaient fait un tour dans la France en ruines. Sous le soleil des Pyrénées, ils avaient découvert des petits bistrots qui réussissaient encore à servir un délicieux café, des croissants maison et de la confiture d'abricots.

Peu après leur retour, Stella avait épousé Philip. Elle avait passé sa lune de miel à Torquay.

Ag, pendant ce déjeuner, leur avait annoncé qu'elle était inscrite en droit. Ça lui plaisait. Non, elle n'avait toujours pas de petit ami. C'était elle qui avait gardé le plus de contacts avec les Lawrence, et elle et Mrs. Lawrence entretenaient une correspondance régulière. Elle était allée dans le Yorkshire pour les aider pendant trois mois. Cela n'avait rien à voir avec le Dorset, dit-elle.

Elles se retrouvèrent, bien sûr, au mariage de Prue et de Barry n° 2. À Manchester. Ce dont Stella se souvenait le mieux, c'était des clochettes d'argent dans les cheveux de

Prue. Évoquer un renne, c'était exactement ce que Prue avait voulu, expliqua-t-elle, puisque c'était un mariage en hiver. Joe et Janet n'y assistaient pas : Joe avait écrit à Stella pour lui dire qu'il ne pourrait pas supporter cette réunion – elle et Philip, lui et Janet. Elle avait compris, bien sûr. Cela aurait été difficile.

Ce fut au mariage de Prue que Mrs. Lawrence suggéra que les filles les appellent par leur prénom, elle et Mr. Lawrence. Bien entendu, rien de tel n'était jamais arrivé quand elles étaient à la ferme. Les jeunes filles, à l'époque, ne se comportaient pas avec leurs employeurs comme elles le font de nos jours, en escomptant une familiarité non réclamée que Stella elle-même déplorait. Mais en 1947, Prue et Barry n° 2 se mariant, Stella et Philip étant déjà mariés, les filles étaient adultes. Il serait normal qu'elles s'adressent désormais aux Lawrence comme aux amis qu'ils étaient et seraient toujours. Mais Stella trouva cela difficile. Faith et John : elle devait se le rappeler chaque fois qu'elle leur écrivait. Parfois, pendant leurs rares rencontres, elle revenait, par erreur, à Mr. et Mrs.

Stella s'agita, mal installée. Il faudrait encore attendre une heure avant qu'on lui permît de prendre son prochain comprimé. Pourquoi Prue et Ag n'avaient-elles pas appelé ? Combien de temps avaient-elles l'intention de faire traîner leur café ? Elles se demandaient sûrement ce qui se passait et avaient envie de savoir comment elle se portait. Énervée, Stella ferma les yeux.

Ratty… Qu'était devenu Ratty ? Oh oui ! Mrs. Lawrence – Faith – leur avait écrit peu après le 8 mai 1945, jour de la victoire en Europe. Stella avait encore sa lettre quelque part. Ratty avait eu une crise cardiaque en sonnant les cloches pour la victoire. Il s'était précipité à l'église dès qu'il avait entendu la nouvelle à la radio et avait insisté pour carillonner pendant des heures. Ça avait été toute une histoire, avait raconté Mrs. Lawrence, que de lui enlever la corde des mains. Personne, ajoutait-elle, n'aurait pu imaginer une plus belle mort pour Ratty. Vraiment.

Edith ? Elle n'était jamais ressortie de l'asile, la pauvre. Elle avait survécu à Ratty à peu près une décennie.

L'année du premier avocat – 1948 ? 1949 ? – elle n'en était pas tout à fait sûre – fut une année qu'elle n'oublierait jamais. C'était au tour d'Ag d'annoncer une bonne nouvelle. Elle avait rencontré à nouveau Desmond. Par un de ces hasards si heureux qu'Ag trouvait difficile de ne pas croire au destin. Elle se rendait à St. Martin-in-the-Fields, au mariage d'un ami étudiant en droit. Craignant d'être en retard, elle était arrivée beaucoup trop tôt. Il pleuvait. Elle avait cherché un abri à la National Portrait Gallery. Desmond était planté devant le portrait qu'avait peint Branwell Brontë de ses sœurs. Ils étaient allés boire un café. Il n'avait jamais reçu sa lettre de dix-sept pages. Pas étonnant. Appelé sous les drapeaux, il combattait en France. Mais ils avaient rattrapé le temps perdu, non ? En commençant par se voir presque tous les jours. Par-dessus l'avocat, Ag parlait de *certitude*. Quelques mois plus tard, arrivèrent les invitations au mariage d'Ag et de Desmond. Peu de temps après, Ag commença sa brillante et longue carrière au Barreau.

Le téléphone sonna enfin.

« Allô ? Ag ?

– C'est Prue. Alors, qu'est-ce qui t'arrive, ma vieille ? »

L'accent du Nord, toujours.

« C'est complètement idiot, je suis désolée. Je ne peux pas me lever.

– Pas de chance. Ce n'est pas du tout la même chose sans toi. Nous sommes entassées dans une petite pièce lambrissée – tu vois, là où on installe le téléphone de nos jours. Étouffant. On peut à peine respirer. Ag s'évente. » Prue glousse : « Elle se plaint de mon *Nuits de Paris*, comme d'habitude.

– Oh, Seigneur !

– On attend que Joshua vienne chercher Ag pour la ramener à la gare. Elle dit qu'il conduit beaucoup trop vite, que c'est un vrai casse-cou. Moi je vais aller faire un tour chez Harvey Nichols, voir s'il y a quelque chose de portable. Puis je rentrerai par le train de cinq heures quinze. Je viendrai te voir bientôt.

– Tant mieux. Le repas était-il bon ?

– Comme d'habitude. De la mousse au chocolat. Tu nous manques. Tu nous manques, Stella. Voilà, Ag veut te parler. Au revoir, ma chérie.

– Au revoir, Prue. C'est Ag ? Je suis vraiment désolée. Je... Cette sale histoire.

– Pas de chance, Stella. Quand tu te sentiras mieux, pourquoi ne viendrais-tu pas passer quelques jours avec nous ? Tu sais bien que je ne peux jamais décider Desmond à dépasser la grille, nous avons eu quelques ennuis à la ferme, les frisonnes devront peut-être partir, mais cela nous ferait très plaisir si tu venais. L'air du Devon te rendrait des forces.

– Sans doute.

– Bon, soigne-toi bien. Je te téléphonerai de la maison.

– Je ne peux pas te dire à quel point j'aurais aimé être avec vous.

– L'année prochaine.

– L'année prochaine. C'est sûr.

– Au revoir, Stella.

– Au revoir, Ag. »

L'année prochaine. L'année prochaine, ce serait elle qui aurait la meilleure nouvelle à leur annoncer. Joe se serait installé ici. Ils auraient peut-être même régularisé leur situation. Stella sourit en son for intérieur, et massa le doigt qui avait porté une alliance jusqu'à la mort de Philip. Une fois veuve, elle avait trouvé qu'il serait incorrect vis-à-vis de Joe de continuer à la porter. Même s'il n'était pas encore libre. La thrombose de Philip... y avait-il dix ans de ça ? Non : onze en novembre. On s'y attendait, bien sûr. Combien de temps après avait-elle vendu la maison du Surrey pour s'installer ici, dans le Yorkshire ? C'était si embrouillé, dans ses souvenirs. Elle devait être ici depuis sept années pleines. À dix-sept miles de chez Joe et Janet. Les rencontres étaient faciles. En 1968, on avait placé Mrs. Lawrence dans une maison de retraite. Pour une raison quelconque, Stella s'en souvenait très bien. Elle était morte très peu de temps après, avant que Stella ait pu lui rendre visite. Ag, malgré les longs trajets depuis le Devon, allait souvent la voir. Prue envoyait des boîtes de coûteux chocolats que Mrs. Lawrence ne pouvait pas manger. Mr. Lawrence ? Il était mort environ deux ans plus tard. Pendant son sommeil. Il ne cessait de répéter à Joe que, sans sa femme, il n'avait aucune raison de vivre.

Stella tendit le bras pour prendre un biscuit digestif sur l'assiette, près de son lit. Elle en rompit un petit morceau, l'émietta et le mit dans sa bouche. Elle avait toujours les lèvres sèches, quel ennui ! La plupart des déjeuners après celui de l'avocat avaient été consacrés aux nouvelles domestiques. Aux enfants. Ag en avait quatre, deux filles, deux garçons, tous très intelligents. Il fallait s'y attendre, avec Ag et Desmond pour parents. Stella n'en avait que deux : James, très peu de temps après son mariage, et cette chère Euphemia – Effie. Prue était la marraine d'Effie et d'Henry fils d'Ag. Elle semblait merveilleusement bien supporter de ne pas avoir d'enfant elle-même. Elle s'intéressait toujours tellement à ceux des autres.

Puis étaient venus les petits-enfants. Là, Ag l'avait battue – elle en avait sept. Elle n'en avait que quatre, pour le moment. Il devait être l'heure du thé. Le chien aboyait, en bas. Racer aboyait, régulier comme une pendule, quand c'était l'heure d'être nourri. Stella espéra que Janice ne le ferait pas trop attendre. Elle tourna les yeux vers le bouquet de photographies sur la cheminée. Philip : la photographie qu'elle gardait près de son lit dans le grenier, à peine fanée, compte tenu du nombre d'années. En uniforme. Une autre, peu de temps après leur mariage. Uniquement le buste – il riait. C'était un homme si courageux, Philip. Il ne se plaignait jamais. Les enfants, très jeunes, sur le cheval à bascule. Elle devait reconnaître que, dès la naissance, Effie avait été une beauté. Et James, qui ressemblait tellement à Joe qu'il était incroyable que personne ne l'ait jamais remarqué, pas même Ag et Prue. Et le fils de James aussi : le petit William, le premier petit-fils. Extraordinaire. Même Joe le constatait.

Pas de photo de Joe. Bon, à cause des enfants, en fait.

Et pourtant Joe toujours, toujours tout près. Présent quand il le fallait. Qui attendait. Ils attendaient tous les deux.

Et vraiment Janet aussi était courageuse, comme Philip. Elle avait été courageuse d'épouser un homme dont elle savait qu'il ne l'aimait pas. Mais ils avaient passé un contrat, et s'y étaient tenus. Joe était un mari consciencieux : Janet une bonne épouse et une bonne mère pour les trois grands garçons. Elle leur avait offert une jeunesse idyllique dans la ferme du Yorkshire. Elle s'était occupée avec diligence de Mr. Lawrence, dans le cottage, après le décès de Mrs. Lawrence.

Stella se souvint qu'à quarante ans Janet avait perdu de sa timidité. Un jour, Stella était allée l'écouter faire un discours à une réunion des conservateurs. Elle avait aussi plus d'allure que dans le temps. Elle n'était pas vraiment jolie, mais elle était moins quelconque. Et pourtant quelle surprise ça avait été quand elle était partie, une nuit, juste après son soixantième anniversaire. Stella n'oublierait jamais le coup de téléphone de Joe : « *Tu ne le croiras jamais*… » Et, bien sûr, pendant quelque temps, elle n'y avait pas cru. Mais c'était vrai. Apparemment, Janet avait attendu que les enfants soient mariés et installés, avant qu'elle et ce riche boucher, qui l'aimait depuis dix ans, partent finalement passer leurs vieux jours ensemble. Ils avaient vécu une longue histoire d'amour. Joe n'en avait jamais rien soupçonné. Tout comme Janet n'avait jamais rien soupçonné… ou l'avait-elle fait ?

Ils ne sauraient jamais. Ils avaient été si prudents. Ils avaient essayé de ne jamais rien laisser voir… mais ils ne pouvaient pas être sûrs.

Bien sûr, après le départ de Janet, tout avait été très facile. Merveilleux. Joe avait vendu la ferme et déménagé dans le cottage des Dales – vacant depuis la mort de Mr. Lawrence – auquel il avait une fois fait allusion à Hallows Farm. Ils se rendaient constamment visite. Dieu sait pourquoi il leur avait fallu si longtemps pour réaliser à quel point tout serait beaucoup plus facile s'ils vivaient sous le même toit.

Stella soupira. Peut-être n'auraient-ils pas dû gaspiller autant de temps. Mais Joe était enfin en route. Près d'ici. Le cottage était presque vendu : le contrat serait signé la semaine prochaine. Il serait installé ici à la fin du mois. Ce serait bien, tellement bien. Stella s'assoupit.

Quand elle s'éveilla, il faisait sombre. Elle ne pouvait plus voir les vaches. On lui apporterait bientôt une tasse de thé : elle disait toujours à Janice de ne pas la déranger si elle dormait, de revenir plus tard. Elle se redressa sur les oreillers et enroula son châle autour de ses épaules. Les soirées étaient plus fraîches.

À six heures précises, Joe téléphonerait. Il l'appelait chaque soir, même s'il lui avait rendu visite plus tôt dans la journée. Elle voulait être réveillée pour son appel. Elle voulait être particulièrement en forme pour essayer de le presser de régler le plus tôt possible cette histoire de vente du cottage. Hier soir il avait dit qu'il faisait de son mieux, que les hommes de loi étaient toujours si sacrément lents pour les contrats et que sûrement quelques jours de délai ne faisaient pas de différence. Il ne voulait pas déménager ses affaires du cottage pour finalement constater que la vente n'aurait pas lieu : c'était beaucoup plus difficile de vendre une maison vide.

Stella en avait convenu. Elle avait dit que c'était vrai, que quelques jours ne faisaient pas de différence. Qu'il était essentiel que tout soit réglé avant de déménager. Qu'elle ne voulait pas le presser. Et donc elle lui avait menti en disant que, bien sûr, il n'y avait pas urgence. Bon, pas *menti*, à proprement parler : simplement dissimulé une partie de la vérité. Pour la première fois de sa vie, elle n'avait pas été complètement franche envers Joe. Elle espérait que, quand il le découvrirait, il comprendrait. Elle espérait qu'il comprendrait qu'elle n'avait pas voulu l'accabler avec la probable vérité. Elle avait toujours pris sa maladie avec légèreté, elle avait toujours su apaiser les soucis de Joe. C'était sûrement ce qu'il y avait de mieux à faire.

Avec un peu de chance, ils n'auraient pas à attendre longtemps. Avec un peu de bonne volonté, elle serait sur pied à nouveau avant qu'il n'arrive et pleine d'énergie pour l'installer. Il fallait qu'elle se souvienne de faire accorder le piano. Quand elle était mariée avec Philip, elle avait eu peu de temps pour en jouer. À sa mort, elle avait, finalement, donné des cours particuliers pendant un moment. Mais c'était trop tard. Elle avait perdu la main. Et, quand elle était venue dans le Nord, elle avait cessé de donner des leçons. À présent, elle ne jouait plus que pour son plaisir, le soir. Elle lui dirait quand il appellerait – il était six heures moins deux – *« Joe, ne te soucie pas pour la vente »* –, se débrouiller avec les hommes d'affaires n'avait jamais été son *fort. « Pourquoi ne viens-tu pas aussi tôt que tu le pourras ? »* dirait-elle. À six heures piles le téléphone sonna. Bien décidée, Stella rassembla ses forces. Elle devait faire attention à bien choisir ses mots pour l'encourager à se presser juste un peu, sans pourtant l'inquiéter.

« Mon cher Joe... », commença-t-elle.

CET OUVRAGE
A ÉTÉ REPRODUIT
ET ACHEVÉ D'IMPRIMER
SUR ROTO-PAGE
PAR L'IMPRIMERIE FLOCH
À MAYENNE EN SEPTEMBRE 1998
POUR LE COMPTE DE QUAI VOLTAIRE
7, RUE CORNEILLE, 75006 PARIS.

ISBN : 2-912517-02-8.
Dépôt légal : septembre 1998.
N° d'édition : ★ 016. N° d'impression : 44468.
R2